Sulitzer

DIE HERRSCHERIN

Sulitzer

DIE HERRSCHERIN

Hannah 2

Roman

Deutsche Erstausgabe

WILHELM HEYNE VERLAG
MÜNCHEN

Für Alejandra

Für meine beiden Töchter Olivia und Joy

Inhaltsverzeichnis

Erstes Buch

Zweites Buch

Drittes Buch

Viertes Buch

Erstes Buch

Kapitel 1

Anderthalb rosa Schafe

Sie, Hannah, sollte sich an die ersten, gemeinsam in Amerika verbrachten Monate immer voller Freude und Zärtlichkeit erinnern. Wie sehr hatte sie sich diese Reise, diese Emigration und diese totale Umwälzung in ihrem Leben erhofft! Fieberhaft hatte sie das Leben mit Taddeuz vorbereitet und versucht, alle möglichen Ereignisse vorherzusehen und sich gegen alle Widrigkeiten zu wappnen. Das heißt, manchmal hatte sie schon gezweifelt und sich gefragt, ob man auch ein Leben zu zweit, eine Ehe wie ein Geschäft vorbereiten und durchführen kann. Doch diese Zweifel waren immer schnell verflogen: ›Ich bin schließlich überdurchschnittlich intelligent, daran kann kein Zweifel bestehen, und rechne überdurchschnittlich gut... Und ich soll nicht mehr die alte Hannah sein? Ich soll eine Rolle spielen? Mich verstellen? Nein, das könnte ich höchstens drei Monate durchhalten, wenn überhaupt. Im übrigen: Taddeuz kann ich sowieso nicht täuschen, der kennt mich viel zu gut...

Hannah, als du entdeckt hast, daß er in deinem Kopf beinahe so gut liest wie du in seinem und daß er dich immer noch liebt, obwohl er weiß, wie durchtrieben du sein kannst, da hast du wirklich eine Entdeckung gemacht...

Und wie er dich liebt... allein beim Gedanken daran fängst du an zu zittern...‹

Zwölf Stunden täglich wanderte sie, ihre grauen Augen weit aufgerissen, durch New York und sog gierig alles Neue in sich auf. Jede Minute, die sie mit Taddeuz verbrachte, beschwingte und betäubte sie. Endlich war sie in Amerika, in der Neuen Welt, die frischer wirkte als die Frühlingswiesen in Polen. Sie hatten in Wien geheiratet, in Europa, wo sie zu Hause war. Dort hatten sie die ersten Wochen ihres gemeinsamen Lebens verbracht. Im Grunde hatte die Hochzeit ihr Leben nicht sehr verändert. Sie hatte so lange auf diesen Tag gewartet und so viele Fäden gesponnen, um zu ihrem Ziel zu gelangen, sie hatte den in ihren Augen unabdingbaren Ablauf so genau geplant und sich so häufig vorgestellt, wie sich alles abspielen würde, daß sie am eigentlichen Hochzeitstag beinahe unfähig gewesen war, Gefühle zu empfinden. Aber das ist ja meistens so, wenn man sehr lange auf einen Triumph warten muß. Sie hatte in der Tat das Gefühl gehabt, ihr Leben neige sich seinem Ende entgegen und sie sei bereits alt...

Doch jetzt...

›Hannah? Du und alt? Idiotisch bist du, das ist alles. Du bist nicht einmal zwanzig Jahre alt. Du wirst noch fünfundsiebzig Jahre mit Taddeuz zusammenleben. Natürlich wird es nicht immer einfach sein, aber für jedes Problem gibt es verschiedene Lösungen...‹

Die Atlantiküberquerung hatte sie verwandelt. Es handelte sich nicht um eine vorübergehende Begeisterung oder gar Überspanntheit; sie wußte, dieses Land war für sie geschaffen, Amerika entsprach ihr, sie paßten zueinander und würden im Lauf der Zeit noch besser zueinander passen. Sie spürte, daß der ungestüme, jugendliche Aufbruch dieses Landes genau zu ihr paßte.

Sie selbst fühlte sich wie neugeboren, war ein neues Wesen. Kein einziges Mal während ihres langen Lebens sollte sie ihre Liebe zu Amerika widerrufen, kein einziges Mal diese Liebe auf den ersten Blick verleugnen.

Zwölf Stunden täglich lief sie durch New York.

Taddeuz begleitete sie in der Regel. (Sie wohnten noch im *Waldorf Astoria;* trotz ihrer ersten, allerdings nicht sehr heftigen Bemühungen hatte sie noch keine Wohnung gefunden, die ihr gefiel.) Unter dem Vorwand, er wolle schreiben, vertraute er sie ab und zu Zeke Singer an. Eines Tages, als sie wieder einmal von dem Schwiegersohn Beckys begleitet wurde, die sie in Warschau kennengelernt hatte, erlebte sie ein denkwürdiges Abenteuer.

Sie hatte Ellis Island inspizieren wollen, und Zeke hatte sich um die notwendige Erlaubnis gekümmert. Es hatte nicht lange gedauert, bis sie die Gebäude der amerikanischen Einwanderungsbehörde auf der kleinen Insel in der New Yorker Bucht besuchen durfte, wo man die Ankommenden erst einmal zusammenpferchte. Zusammenpferchen ist das richtige Wort, denn die vielen Barrieren und Absperrungen und Schleusen, mit deren Hilfe die Menschen sortiert wurden, erinnerten nur allzusehr an Korrale für Großvieh. Sie hatte sogar das Gefühl, einen Zoo zu besichtigen, ganz vornehme Dame mit ihren Glacéhandschuhen, die bis zu ihren Ellbogen reichten, ihrem Kleid und ihrem Cape von Worth, ihrem großen Hut und ihrem Schleier von Paquin und der Sechs-Zimmer-Suite im *Waldorf Astoria*...

Am ersten Tag beobachtete sie acht Stunden lang ununterbrochen die Arbeit eines der Ärzte auf Ellis Island, der ihr empfohlen worden war. Zu Beginn war der Arzt keineswegs begeistert gewesen, als er erfahren hatte, eine Lady aus der Park Avenue würde sich an seine Fersen heften. (Der Arzt schottischer Herkunft war mit seinen rotbraunen Haaren und blauen Augen gar nicht so übel – *früher hätte ich ihn vielleicht zu mei-*

nem Geliebten gemacht, nicht gerade für Sonntage, aber für Werktage...) Hannah hatte ihren Schleier gehoben, ihre grauen Augen, die eher Revolvermündungen glichen, auf ihn gerichtet und ihn dabei verführerisch angestrahlt: Es wäre durchaus möglich, so teilte sie ihm mit, daß sie selbst, wäre sie sieben Jahre zuvor nicht aus lauter Dickköpfigkeit nach Australien ausgewandert, auf einem dieser Seelenverkäufer nach Amerika gekommen wäre.

»Ohne unbedingt appetitlicher zu sein als diese Menschen hier. Übrigens, ich spreche neben Englisch auch Deutsch, Russisch, Polnisch, Hebräisch, Jiddisch, Italienisch und ziemlich gut Spanisch. So kann ich Ihnen als Dolmetscherin behilflich sein; ich kann mir vorstellen, daß Sie eine benötigen...«

An diesem ersten Tag auf der Insel defilierten Europäer aus den verschiedensten Ländern an ihr vorbei, aus dem Ural und aus Irland, aus Skandinavien und aus Sizilien. Sie war fasziniert. Nie in ihrem Leben war sie solchen Menschenmassen begegnet; Tausende trafen hier täglich ein. Ihr eigener Weg um den Erdball, ihre Vergangenheit wurden ihr plötzlich bewußt. Zum ersten Mal in ihrem Leben schaute sie sich um und betrachtete den zurückgelegten Weg; der menschliche Strom, der an ihr vorbeifloß, frischte ihr Gedächtnis auf. Noch mehr – und an diesem Punkt wurde die Geschichte wirklich denkwürdig: Nach und nach schälten sich unter den Tausenden einzelne Gesichter heraus, eines, zwei, immer mehr; eine verwirrende Erfahrung. Zunächst war da dieses kleine Mädchen, das eines Morgens im Sprechzimmer des Arztes auftauchte, der mit der Untersuchung der Einwanderer beauftragt war, dieses winzig kleine, sieben- oder achtjährige Gör war ein Ebenbild der jungen, »polnischen« Hannah. Die gleichen großen, grauen Augen, die das Gesicht beherrschten, die gleichen schwarzen, traurigen Kleider, die einen mageren, nahezu geschlechtslosen Körper verhüllten, und vor allem dieses gleiche, harte Schweigen, diese gleiche, freiwillig auf sich genommene Einsamkeit. Hannah war völlig durcheinander. Während sie für den Arzt die Antworten der Eltern übersetzte, sah sie sich als Siebenjährige Hand in Hand mit Taddeuz im Sommer 1882 unter der glühenden Sonne marschieren (Taddeuz war zehn, also drei Jahre älter); sie spürte wieder diese Verzauberung, diese Freude, als sie es nicht fassen konnte, daß er bereit war, ihr Freund zu werden und seine Spiele mit ihr zu teilen; die Reiter des Pogroms tauchten an dem endlosen Horizont der russisch-polnischen Ebene wieder auf, und mit ihnen der Tod ihres Bruders Yasha, der bei lebendigem Leibe verbrannte, und der ihres Vaters. Sie erinnerte sich an die schwarzen, absolut unerträglichen Jahre, in denen sie in ihrem Schtetl nichts anderes tat als zu wachsen und darauf zu warten, endlich leben und dem Dorf entfliehen zu können, in dem sie geboren und aufgewachsen war und in dem sie ohne den masurischen Kutscher Mendel Visoker, diesen ewigen Vagabunden mit dem Brustkorb eines Wisents, sicher noch stärker verkümmert wäre.

Als sie endlich fünfzehn Jahre alt geworden war, hatte Mendel sie diesem langsamen Tod entrissen, mit nach Warschau genommen und sie dort beschützt.

Mendel hatte sogar für sie getötet, an dem Tag, als...

Dort steht er.

Natürlich nicht der richtige Mendel, sondern ein jüngerer, schmälerer... Sie meinte auch, ungarische, kroatische oder gar litauische Züge in dem jungen Mann zu entdecken, doch das war nicht so wichtig. Er hatte die gleichen breiten Schultern wie Visoker, die gleiche arrogante Art, den Kopf gerade und sehr hoch zu halten, das gleiche strahlende Lächeln unter dem schwarzen Schnauzbart, die gleiche katzenartige Geschmeidigkeit, die die Körperkraft ergänzte. Vor allem aber strahlte er wie Visoker den Eindruck aus, es könne ihn nichts zurück- oder festhalten, weder die Liebe einer Frau noch eine Grenze, und der Erdball sei gerade groß genug für ihn.

Zuerst ihr eigenes Ebenbild und anschließend das Mendels Bis zu diesem Zeitpunkt hatte Hannah noch glauben können, sie sei dem Zufall oder ihrer Fantasie, die Phantome zum Leben erweckte, zum Opfer gefallen. Doch auch während der folgenden Tage tauchten in dem menschlichen Meer andere Doppelgänger auf – ununterbrochen landeten die Schiffe aus Europa, so daß auf Ellis Island nie Ruhe herrschte. Der erste Doppelgänger gehörte zu einer Gruppe aus Preußen – schwerfällige, sich langsam bewegende und langsam reagierende Menschen, unter denen er mit seinen diebischen Augen und dem zu selbstsicheren Auftreten sofort auffiel. Zwei Frauen begleiteten ihn, richtiger, zwei junge, bereits abgestumpfte Mädchen. Er war ganz offensichtlich ein Zuhälter; Hannah wollte jede Wette darauf eingehen, und der alte Haß, den sie lange für erloschen gehalten hatte, stieg wieder in ihr auf und überflutete sie.

Sie erinnerte sich augenblicklich an Pelte, den Wolf, der ihr in den Straßen Warschaus auflauerte, während sie wie eine Irre zwischen den von ihr gegründeten Geschäften und Taddeuz' Zimmer im Warschauer Vorort Praga hin und her hetzte. Sie war damals siebzehn Jahre alt und schwanger (bis zu diesem Tag hatte sie Taddeuz dies verschwiegen). Eines Nachts hatte Pelte, der Wolf, sie angegriffen und vergewaltigen wollen; über ihren Widerstand erbittert, hatte er ihr mit Fußtritten übel mitgespielt...

So daß sie ihr Kind verloren hatte...

Mendel hatte daraufhin Pelte getötet und war nach Sibirien in ein Sträflingslager verbannt worden.*

»Zeke, ich will nicht, daß dieser Mann amerikanischen Boden betritt; ich werde jede gewünschte Summe bezahlen, doch dieser Mann darf auf keinen Fall einwandern. Zeke, bitte tun Sie, was Sie können!«

Doch das war noch nicht alles; andere Doppelgänger tauchten auf.

»Ich habe Halluzinationen«, dachte sie, als sie sich bei Taddeuz untergehakt hatte, der, von ihrer Leidenschaft für Ellis Island irritiert, sie endlich begleitete.

Von einem aus Galway gekommenen Schiff stammte ein Clan Iren, den man durchaus mit den MacKennas vergleichen konnte, die sie so liebenswürdig aufgenommen hatten, als sie, noch nicht einmal achtzehn Jahre alt, mit einem *einzigen* Pfund Sterling Barvermögen in Australien an Land gegangen war...

Lizzie MacKenna, die Kleinste der Familie, war nahezu sechs Fuß groß (ca. 180 cm) und war sich sicher, Maryan Kaden zu heiraten, der allerdings, wie Taddeuz feinsinnig bemerkte, von dieser Hochzeit noch nichts wußte.

»Übrigens, vorgestern habe ich einen Maryan hier gesehen; von den furchtbaren Zähnen einmal abgesehen, glich er ihm aufs Haar.«

So hatte sie auch einen Pinchos Klotz identifiziert, eine Rebecca Anielowicz, einen Leib Deich und fünfzehn, zwanzig andere, die sie in Warschau kennengelernt hatte, als sie im Milch- und Käseladen der Klotz' angestellt gewesen war – ihr erster Hafen nach der Flucht aus dem Schtetl. Wenn man auch nur ein wenig Fantasie hatte, konnte man sich diese ausgesprochen dicke, in fünfzehn Röcke gewickelte Frau, die sich mit verhaltener Wut weigerte, sich vor dem Arzt auf Ellis Island auszuziehen und sich untersuchen zu lassen – der Geruch, der von ihrem Körper ausging, war übrigens recht widerlich – als eine Zwillingsschwester von Dobbie Klotz, dem Mühlstein, vorstellen.

›Hannah, gib schon zu, daß du noch etwas Angst vor ihr hast...‹

Natürlich hatte sie nicht nur polnische Doppelgänger entdeckt, sondern auch Zeugen anderer Epochen in ihrem Leben und erstaunt festgestellt, daß sich ihr Leben mühelos in fünf verschiedene Epochen aufteilen ließ, so, als habe sie bereits fünf verschiedene Existenzen durchlebt: zuerst das Schtetl, dann Warschau, Australien und Neuseeland – hier hatte sie mit ihren Schönheitscremes den Grundstein

* Siehe hierzu auch Paul-Loup Sulitzer, *Hannah*, Heyne Verlag, Band-Nr. 41/6.

zu ihrem späteren Reichtum gelegt – Europa, wo dieser Reichtum aufgrund der verdammten Cremes bereits einen erheblichen Umfang angenommen hatte, und schließlich Amerika, wo sie, wie sie keine Sekunde zweifelte, ein neues Leben leben würde.

»Oh, Taddeuz, das ist beinahe beängstigend! Ich habe den Eindruck, als ob mich meine Vergangenheit einholt.«

»Und was ist daran so schlimm?«

»Natürlich ist nichts schlimm daran; ich habe nur vergessen, daß ich schon so viele Dinge unternommen und so viele Menschen kennengelernt habe. Und die ganzen Reisen! Ein verdammt ausgefülltes Leben!«

Er lächelte sie von seiner Höhe herab an, und sie nickte zustimmend mit dem Kopf; natürlich sagte man nicht ›verdammt‹. Sie sprach wie eine Kutscherin aus Neu-Südwales und wollte sich in Zukunft zusammennehmen, versprochen. Für den heutigen Abend waren sie vom Junior zum Diner gebeten worden, von John Davison Rockefeller höchstpersönlich, der einmal der reichste Mann der Welt werden sollte. Diese Einladung von großem Prestige hatten sie Senator Markham zu verdanken, dem Taddeuz drei Jahre lang als Sekretär gedient und der sich dafür eingesetzt hatte, daß er die amerikanische Staatsbürgerschaft erhielt. Der Junior beeindruckte Hannah nicht besonders: ein schüchterner Junge, der dauernd Angst hatte, alles falsch zu machen. Im Hause 26 des Broadway, dem Hauptsitz des Familienunternehmens, hatte er als Gehilfe begonnen und die Tintenfässer aller Angestellten nachgefüllt. Bei seinem ersten Ausflug in die Hochfinanz war er, wie behauptet wurde, kläglich gescheitert und hatte anscheinend Millionen Dollar in den Sand gesetzt. Der Junior war um die sechsundzwanzig Jahre alt, relativ klein, melancholisch und verschlossen. Seit kurzem leitete er die Bibelstunden in der Baptistenkirche an der 5th Avenue.

Bei diesem Diner, an dem zwei Dutzend Gäste teilnahmen, war eine private Unterredung mit dem Junior nahezu ausgeschlossen, und doch sollte sich genau das ereignen. Ohne daß Hannah irgend etwas unternommen hätte, saß sie plötzlich neben ihm und erzählte ihm, ohne daß sie selbst hätte angeben können, aus welchem Grund, wie sie über ihren persönlichen Reichtum Buch führte – mit Hilfe gezeichneter Schafe. Diese Schafe waren höchst banal – »wissen Sie, ich zeichne wie ein Steinmetz!« –, dafür aber bunt. Je nachdem, ob die Schafe eine Fabrik, ein Institut, ein Labor oder eine ihrer Schulen für Kosmetikerinnen und Verkäuferinnen repräsentierte. Rotgetüpfelte Schafe standen für die Vertriebsnetze, die die Fabriken mit den Institutsketten und den Läden verbanden, und Schafe mit schwarz-roten Quadraten für die verschiedenen Banknoten...

»Und wenn die Unternehmen, die sie repräsentieren, anfangen, Gewinne abzuwerfen, das heißt, wenn ich kein weiteres Geld in diese Unternehmen investieren muß, dann bekommen sie ein Schwänzchen. Und pro tausend Dollar Jahresgewinn bekommen sie ein Bein.«

»Pro tausend Dollar Reingewinn, nehme ich an?«

»Genau. Einige meiner Schafe sind zu wahren Mißgeburten der Natur ausgeartet. Eines hat bereits siebzehn Beine, das arme Tier.«

Sie zögerte kurz, beschloß aber dann doch, für sich zu behalten, daß sie seit ihrer Ankunft in Amerika einen neuen Typ »Schafe« eingeführt hatte. Ihre Letztgeborenen waren rosa und verfügten wie jedes wohlerzogene Schaf über einen Schwanz und vier Beine. Sie stellten eine *Million* Dollar Reingewinn dar. Die Herde war noch nicht sehr groß, das heißt, im Grunde konnte man überhaupt nicht von einer Herde sprechen, denn es handelte sich nur um anderthalb Schafe.

Dieses halbe Schaf beschäftigte sie stark und löste in ihr, vor allem angesichts des sagenhaften Reichtums der Rockefellers, Komplexe aus.

»Schafe!« rief der Junior.

Er schien nicht nur interessiert, sondern sogar begeistert zu sein. Besser noch: Er verriet, daß auch er schon immer geheime Buchhaltungssysteme bevorzugte. So hatte er acht Jahre zuvor, als er elf Monate in Forest Hill in einer der väterlichen Besitzungen als Holzfäller gearbeitet und Ahornsirup gesammelt hatte, um daraus Zucker zu gewinnen, jeden Tag in einem kleinen Notizbuch, von dem er sich nie trennte, die Summen, die er sich auf diese Weise als Taschengeld verdient hatte, peinlich genau eingetragen. Als er noch jünger gewesen war, hatte er sogar die Minuten, die jedes Familienmitglied täglich dem Gebet widmete, festgehalten...

»Madam Newman, ich fürchte, Sie halten mich für lächerlich.«

»Ich bin fasziniert«, antwortete Hannah und riß ihre Augen auf.

Und dachte: ›Hannah, bist du dir eigentlich bewußt, daß du mit einem Rockefeller sprichst?‹

Ermutigt fuhr der Erbe mit seinem Bericht fort: Als er drei Jahre zuvor mit dem Veloziped kreuz und quer durch Europa gefahren war, hatte er nicht nur jeden Tag seine Ausgaben, sondern auch die zurückgelegten Kilometer sowie den Zustand seines Fahrrades festgehalten. Der Junior fand die Idee, Schafe als Buchhaltungssymbole zu verwenden, nahezu genial. Er lächelte, was sich an diesem Abend wohl zum ersten Mal ereignete, und er lächelte freundlich, zuvorkommend, wobei sein Gesicht aufleuchtete, so wie es bei Ängstlichen in solchen Momenten gemeinhin der Fall ist.

»Ich hoffe, Madam, Ihnen und Mister Newman noch häufiger zu begegnen.«

»Ganz meinerseits, Mister Rockefeller.«

Zwölf Stunden pro Tag wanderte sie in New York umher und stand immer im Morgengrauen auf. Maryan Kaden und Hannah hatten vereinbart, einen Monat lang nicht über Geschäfte zu sprechen; sie hielt diese Frist für notwendig, um sich richtig eingewöhnen zu können. Diese Entscheidung hatte sie bereits vor ihrer Einschiffung nach Amerika getroffen, um sich nach ihrer im atemberaubenden Tempo durchgeführten geschäftlichen Eroberung aller Großstädte des alten Kontinentes etwas auszuruhen.
Sie war immerhin eine jungverheiratete Frau, und sie wollte jede Sekunde ihres Zusammenlebens mit Taddeuz auskosten.

Doch jetzt, wo ihr Fuß amerikanischen Boden berührte und sie amerikanische Luft atmete...

»Maryan, wir können in New York nicht einfach eine Zweigstelle eröffnen, so wie wir eine Zweigstelle in Rom oder Wien aufgemacht haben. Unmöglich...«

Das war nicht nur eine Frage der Distanz zwischen der französischen Fabrik und Amerika. Warum verstand er eigentlich nicht, daß sie sich hier in einer anderen Welt befanden, daß sie es mit einer anderen Mentalität zu tun hatten und selbst ihre Mentalität ändern, sich dem Land angleichen mußten...

Maryan reagierte nicht. Er gab sich damit zufrieden, sie ruhig, beinahe teilnahmslos anzuschauen. Maryans Haare waren fast blond, sein Gesicht glatt und nur während strenger Winterkälte rot. Seine klaren, beinahe fahlen Augen waren wie immer absolut ausdruckslos. Er war inzwischen dreiundzwanzig Jahre alt; als sie sich in Warschau kennengelernt hatten, war er dreizehn gewesen und hatte bereits Tag für Tag sechzehn bis achtzehn Stunden gearbeitet, um die vaterlose Familie zu ernähren, die sich durch eine schier unglaubliche Anzahl von Brüdern und Schwestern auszeichnete, die alle jünger waren als er. Hannah hatte ihn dazu veranlaßt, Polen zu verlassen. Sie war damals aus Australien zurückgekommen, wo sie sich drei Jahre aufgehalten hatte, und hatte ihn aus zwanzigtausend Kilometer Entfernung zu einem Treffen aufgefordert, zu dem er ohne zu zögern erschienen war. Anscheinend gab es nichts, das ihn aus seiner Ruhe bringen konnte: Er staunte weder darüber, daß sie nach so langer Zeit wiederaufgetaucht, noch darüber, daß sie anscheinend reich geworden war. Daß sie vorhatte, noch reicher zu werden, und ihn zu ihrer rechten Hand ausersehen hatte, schien ihn nicht zu verwundern. Nach und nach hatte sie ihn gebeten, ausschließlich ihr zur Verfügung zu stehen (in erster Linie natürlich für ihre geschäftlichen Angelegenheiten, aber ab und zu auch privat, denn sie hatte ihn mit der Suche nach Taddeuz beauftragt), Französisch, Englisch und Spanisch zu lernen (er sprach bereits Polnisch, Russisch und

Deutsch), das Finanz- und Bankwesen zu studieren und sich mit Wirtschaftsfragen auseinanderzusetzen. Dabei hatte sie ihm auch ganz konkrete Fragen gestellt: Wie konnte man die Lage eines Schönheitsinstitutes oder eines Ladens definieren, wie die beste innenarchitektonische Lösung finden, Personal einstellen, das Personal motivieren, wie hatte man sich anzuziehen und den herrschenden Umgangsformen gemäß mit Fischbesteck umzugehen.

Er hatte alles gelernt, was er lernen sollte, ohne irgendwelche innere Regungen zu zeigen.

›Dabei habe ich ihn praktisch gezwungen – ich war wirklich machiavellistisch! –, zum ersten Mal in seinem Leben mit einer Frau ins Bett zu gehen. Ohne mich hätte er wahrscheinlich heute noch Pickel im Gesicht!‹

Sie musterte ihn von oben bis unten: Er war gut einen Meter achtzig groß.

»Maryan?«

Seine Lider zuckten; ein untrügliches Zeichen dafür, daß er Hannah seine ganze Aufmerksamkeit schenkte. Seine Augen verrieten allerdings, wie immer, nichts. Sie waren ruhig und glatt wie die Oberfläche eines Bergsees an einem schönen Sommertag.

– Lizzie, wir haben keine Geheimnisse voreinander, und wir können unter Frauen ohne Hemmungen reden. Verrätst du mir, wie Maryan sich im Bett verhält? Kommt es vor, daß er außer sich gerät? Ich meine, auf dem Höhepunkt? Wie? Das geht mich nichts an? Verdammt noch mal, das interessiert mich!... Ab und zu? Was heißt das, ab und zu? Heißt das, daß er manchmal... Nein? Also jedesmal? Und er gerät wirklich außer sich, verliert alle Hemmungen? Erstaunlich? Willst du mir wirklich keine Details verraten? Nein? Gut, gut, ich bestehe natürlich nicht darauf, auch wenn...

»Maryan«, wiederholte sie, »du mußt die folgende Frage nicht beantworten, wenn du nicht willst: Hast du neben dem Geld, das du von mir bekommst, sonst noch Geld verdient?«

Er verlagerte sein Gewicht von einem Fuß auf den anderen und wirkte plötzlich schüchtern:

»Etwas«, antwortete er leise.

»An der Londoner Börse?«

»Nicht nur...«

»Du bist seit sechs Monaten in New York. Hast du auch an der Wall Street spekuliert?«

»Etwas.«

»Wieviel ist das: etwas? Das heißt, ich möchte natürlich nicht indiskret sein.«

»So um die hunderttausend Dollar«, gestand er endlich in dem Ton, in dem er vermutlich gestanden hätte, drei alte Damen erwürgt zu haben.

Hunderttausend Dollar, die Hannah zu seinem Vermögen hinzurechnete; falls sie sich nicht irrte (und in der Regel irrte sie sich beim Rechnen nie), besaß er zweihunderttausend Dollar, wahrscheinlich sogar noch mehr.

»Täusche ich mich, Maryan?«

»Kaum.«

»Du hast deine Familie nach New York kommen lassen?«

»Nicht die ganze Familie. Sieben Verwandte sind in Europa geblieben.«

»Kann ich dir auf irgendeine Weise helfen?«

»Nein. Vielen Dank, Hannah.«

Sie lächelte ihn an. ›Ich liebe ihn wie einen Bruder‹, dachte sie.

»Gut«, nahm sie den Faden wieder auf, »hast du für mein New Yorker Institut die passenden Räume gefunden?«

»In der Park Avenue... Du findest eine genaue Beschreibung in den Unterlagen.«

»Und für das Geschäft?«

»In der Fifth Avenue... Neben dem Juwelier, den du erwähnt hast, *Tiffany*.«

»Glaubst du, daß du noch geeignetere Räume finden wirst?«

»Nein...«

Dann nickte er mit dem Kopf: »Ja, Hannah, das ist möglich...«

»Was ist möglich?«

»Noch ein Jahr zu warten. Vielleicht sogar noch länger. Die beiden Geschäfte sind im Augenblick vermietet, und ich bin mir sicher, daß wir mit den jetzigen Mietern vereinbaren können, die Räume erst dann freizugeben, wenn du sie brauchst.«

Maryan hatte lange überlegt und war zu demselben Ergebnis gekommen wie Hannah: Es wäre schade und unter Umständen sogar gefährlich, das Institut und das Geschäft ohne weitere Überlegungen auf amerikanischem Boden einfach so zu eröffnen, als wären sie in Europa. Er konnte sein Gefühl nicht genau begründen:

»Es ist sicher richtig, noch etwas abzuwarten, alle greifbaren Informationen über das Land zu sammeln, diese auszuwerten und dann neu zu beginnen...«

»Du ziehst dich ausgezeichnet aus der Affäre«, antwortete Hannah lachend.

Maryan hatte aufgehört, sein Gewicht von einem Fuß auf den anderen zu verlagern. Seine Stimme war ruhig, vielleicht etwas dumpf, das einzige Anzeichen für die Emotion, die ihn wohl gepackt hatte.

›Er hatte sich, verdammt noch mal, geändert. Und wie! Er ist gewichtiger geworden. Vielleicht aufgrund der Studien, die er in meinem Auftrag unternommen hat. Vielleicht aber auch, weil seine wahre Natur zum Vorschein gekommen ist. Er war ja immer schon ein Kämpfertyp gewesen, der den Erfolg sucht. Mein Glück, daß ich das schon vor zehn Jahren erkannt habe, ohne natürlich die wirklichen Ausmaße einschätzen zu können... Er wirkt immer so ruhig, aber er hat genau verstanden, was ich will... und er will es auch: In Amerika etwas anderes versuchen, etwas Größeres, Gewaltigeres als das, was uns bisher gelungen ist...‹

Da sie schon bei solchen Überlegungen war, fragte sie ihn unverblümt:

»Maryan, wirst du mich verlassen?«

»Dich verlassen?«

»Ja, nicht mehr mit mir und für mich arbeiten. Du bist in der Lage, allein reich zu werden, Erfolg zu haben wie ein Rockefeller. Ich bin überzeugt, daß du das Zeug dazu hast.«

Hätte er sofort geantwortet und seine Treue beschworen, hätte sie ganz bestimmt an seiner Ehrlichkeit gezweifelt und diese Zweifel nicht vergessen können. Doch er überlegte lange, wobei seine klaren Augen leicht verschleiert waren. Maryan wirkte sehr ernst.

Endlich antwortete er:

»Hannah, du kannst immer auf mich zählen. Solange ich lebe.«

Er würde Wort halten. Auch nach seinem erstaunlichen Aufstieg in den folgenden fünfzig Jahren.

Bis zu seinem Tod. Wie er es versprochen hatte.

Sie wollte mit ihrer Vergangenheit fertig werden. Unerklärlicherweise stand sie immer noch unter den Eindrücken, die sie auf Ellis Island gewonnen hatte, als sie unter den Tausenden von Einwanderern so viele Doppelgänger aus ihrer Vergangenheit gesehen hatte, die die letzten fünfundzwanzig Jahre des neunzehnten Jahrhunderts umfaßte.

(Wir haben es bisher noch nicht erwähnt: Sie hatte nicht nur Taddeuz geheiratet und sich auf einem anderen Kontinent niedergelassen, sondern war auch noch in ein neues Jahrhundert gerutscht, und das alles innerhalb von wenigen Wochen!

›Man kann es nicht leugnen: der Wechsel innerhalb meines Lebens ist verdammt bedeutend!‹)

Es gelang ihr einfach nicht, diese vielen Gesichter zu vergessen, obwohl sie normalerweise nicht zu den Menschen gehörte, die ihrer Vergangenheit nachtrauern und in Erinnerungen schwelgen. So nahm sie die sie bedrückende Angelegenheit in die Hand und bat die Agentur

Pinkerton, ihr Detektive ins *Waldorf Astoria* zu schicken, die über Hannahs Auftrag sehr erstaunt waren; sie hatten es normalerweise mit der Suche nach Zugräubern oder Streikenden zu tun. Trotzdem hatten sie innerhalb von drei Tagen in New York das kleine Mädchen mit den grauen Augen aufgetrieben, in dem Hannah sich erkannt hatte. Sie ging zu der angegebenen Adresse, eine vor Dreck starrende Straße in der Bronx. Taddeuz begleitete sie. Er hatte darauf bestanden, denn er war ziemlich irritiert, zumal er von der Ähnlichkeit zwischen den auf Ellis Island von Hannah entdeckten Menschen und denen, die in Hannahs Vergangenheit eine Rolle gespielt und die er gekannt hatte, nicht sonderlich überzeugt war.

»Ich hoffe, es stört dich nicht, wenn ich dich begleite?«

»Ich befürchte, daß meine sechzig ehemaligen Liebhaber alle die gleiche Idee haben wie ich: nach Amerika umzusiedeln!«

›Warum, zum Teufel, habe ich nur von meinen Liebhabern gesprochen? Er weiß, daß ich Liebhaber hatte, bevor ich ihn endlich wiederfand – glücklicherweise keine sechzig! –, doch er hat mir nie eine Frage zu diesem Thema gestellt! Und du dumme Gans mußt ausgerechnet darauf zu sprechen kommen!‹

Das kleine Mädchen und seine Familie wohnte nicht einmal in einem Zimmer, sondern in einer Art Schuppen, auf dessen gestampften Lehmboden man einfach Stroh geschüttet hatte. Es war sehr kalt. Zehn Personen drängten sich um ein irdenes Gefäß, das an einem eisernen Draht über einer offenen Feuerstelle hing. Hannah fühlte sich an ein Lager auf der weiten, polnischen Ebene erinnert, während eineinhalb Millionen New Yorker sich um diese Familie drängten, Russen aus einem verlorenen Nest südlich von Minsk. Während Taddeuz dem Familienoberhaupt eine völlig lächerliche Geschichte erzählte – seine Frau und er hatten angeblich ein Mädchen mit den gleichen Augen gehabt, und dieses Mädchen sei verstorben –, sprach Hannah mit ihrer »Doppelgängerin«. Innerhalb von wenigen Minuten wurde ihr klar, daß sich hinter den weit aufgerissenen, grauen Augen, die sie so beeindruckt hatten, während die russische Familie die Einwanderungsformalitäten erledigte, kaum etwas verbarg. Was sie für kalte Verachtung dieser Welt gegenüber gehalten hatte, entpuppte sich als Schüchternheit, vielleicht sogar Mangel an Intelligenz.

Sie schenkte der Familie hundert Dollar, damit diese Menschen sich die dringendsten Bedürfnisse leisten konnten, und dachte, sich auf diese Weise von ihrer Vergangenheit befreit zu haben.

Doch schon am nächsten und auch am übernächsten Tag besuchte sie die Familie von neuem. Natürlich suchten ihre Schützlinge Arbeit, und genauso natürlich sprach keiner ein einziges Wort Englisch. Zeke Singer fand für jeden erwachsenen Russen eine Stelle, während Hannah dafür sorgte, daß die Kleinen eingeschult wurden. Zusätzlich ließ sie ihnen fünfzig Dollar pro Woche zukommen, das Doppelte des Wochenverdienstes eines New Yorker Arbeiters.

Es verging in der Folge kaum ein Monat, in dem Hannah sich nicht für das kleine Mädchen mit den grauen Augen interessierte, und als es im Jahre 1911 heiratete, schenkte sie dem jungen Paar ein Haus und vor allem das kleine Hotel, von dem es träumte.

Das alles, obwohl Hannah seit langem von dem mangelnden Ehrgeiz ihres Schützlings enttäuscht war und eigentlich resigniert hatte.

Dreißig Jahre später allerdings sollte sie während eines Empfangs in Beverly Hills, Hollywood, etwas Seltsames erleben: Eine weltbekannte Schauspielerin mit bewundernswerten Augen sagte zu ihr:

»Madam Newman, ich bin sicher, daß Sie von alldem nichts wissen, doch meine gesamte Familie verehrt sie. Meine Mutter hat ganze Abende von Ihnen erzählt. Sie hatten ihr einmal ein Hotel geschenkt, und vor allem Ihre Freundschaft...«

In den folgenden Wochen kümmerten sich Taddeuz und sie um die anderen Doppelgänger, deren Adressen von den Detektiven der Agentur Pinkerton nach und nach ausfindig gemacht wurden. Die meisten hielten sich noch in New York auf; nur wenige hatten es gewagt – oder waren gezwungen gewesen –, sich weiter ins Landesinnere zu begeben. Man kann es vielleicht eine glückliche Fügung nennen, daß derjenige, der Hannah an Mendel Visoker erinnerte, sich als der Abenteurer unter den Doppelgängern entlarvte; Hannah war jedenfalls nicht erstaunt, daß die Detektive mehr als zwei Monate brauchten, bis sie ihn gefunden hatten. Nicht daß er sich versteckt hätte, nein, er wanderte nur unablässig von einem Ort zum anderen. Er war gerade in Kansas City angekommen, als die Mitarbeiter von Pinkerton ihn aufgetrieben hatten, und wollte noch weiter nach Westen, Richtung Kalifornien. Ein Ungar, größer noch als Taddeuz, der immerhin fast einen Meter und neunzig Zentimeter maß. Er lachte schallend, als Hannah, seine Ähnlichkeit mit einem geliebten Bruder beschwörend, ihm Geld oder sonstige Hilfe anbot. Seine flinken, fröhlichen Augen, die eines Apfeldiebes, und seine weißen Zähne unter seinem schwarzen Mongolenschnurrbart funkelten. Er akzeptierte einen Dollar, einen einzigen, allerdings aus reinem Silber, der ihm als Glücksbringer dienen sollte. Hannah gab ihm die erbetene Münze und erzählte ihm von Mendel, dem er unter Umständen auf einer seiner Wanderungen begegnen würde. Die beiden würden sich verstehen, das stand fest. Der Ungar fragte, ob er etwas ausrichten solle.

»Nein!« antwortete Hannah, die davon überzeugt war, daß die beiden sich eines Tages über den Weg laufen würden. Sie glaubte an diese Dinge. Stärker noch als an Gott.

Unter den restlichen Doppelgängern hatte der, der an Pinchos Klotz erinnerte, in einer Ziegelfabrik in Springfield, Connecticut, bereits Arbeit gefunden. Mit dem verstorbenen Pinchos, dem Schweigsamen, der ums Leben kam, da er den Wolf hatte bestrafen wollen, hatte der Einwanderer die schmale, winzige Silhouette, die sanften Augen und das fast vollständige Schweigen gemeinsam. Taddeuz strengte sich einen halben Tag an, bevor er ihm einige Worte entlocken konnte. Der Lette aus der Gegend von Riga, ungefähr dreißig Jahre jünger als der richtige Pinchos, schaute das Geld, das ihm geboten wurde, unglaublich lange an, als ob er den Verdacht habe, die Scheine seien mit tödlichem Gift bestrichen. Endlich erzählte er in wenigen Worten, daß er Angestellter einer Bibliothek gewesen war, Bücher liebte und ausgezeichnet Französisch sprach. Hatte er sich mit der politischen Polizei des Zaren angelegt? Taddeuz war davon überzeugt und schlug vor, aus Kaunas (so hieß der Schweigsame) einen Buchhändler zu machen. Hannah zögerte. Schließlich mußte nicht nur ein Laden gefunden werden, sondern auch ein nicht unerheblicher Warenbestand finanziert werden.

»Ich wüßte schon, welcher Laden für Kaunas in Frage käme«, sagte Taddeuz, der mit allen Buchhändlern Manhattans befreundet war. »Ein Keller in der einundneunzigsten Straße Ost.«

»Wohin du an den Tagen, an denen ich noch unerträglicher bin als sonst, fliehen kannst! Das meinst du doch, oder?«

»Ich kenne nur einen Ort, an dem ich vor deinen Nachstellungen sicher sein könnte: Sing-Sing. Obwohl, wenn ich es mir richtig überlege, wirst du Mittel und Wege finden, auch dort einzudringen, als Einschreibebrief verkleidet.«

Aber sie habe schon recht, Taddeuz sähe Kaunas, den Mann mit den auf dem Gebiet der Literatur so interessanten Ansichten, gerne als Buchhändler.

Hannah stimmte schließlich zu und dachte, damit sei die Geschichte erledigt. Weit gefehlt. Jetzt mußte erst der Lette überzeugt werden, der weder verstand, was man von ihm eigentlich wollte, noch aus welchen Gründen er plötzlich Hans im Glück spielen sollte. Er war mißtrauisch. Zwei Wochen später tauchte er plötzlich eines Abends in der Halle des *Waldorf Astoria* auf, als Hannah und Taddeuz gerade ausgehen wollten, und hielt mit beiden Händen feierlich ein in russisches Leder verpacktes Paket. Er packte es aus und reichte den Inhalt Taddeuz: eine völlig verbeulte Taschenuhr.

»Eine Hand wäscht die andere«, das war alles, was er dazu sagte, kein

Wort mehr, und man mußte sich schon selbst einen Reim darauf machen: Nur wenn Taddeuz die Taschenuhr annahm, die offensichtlich dem lieben Vater aus Riga gehört hatte und zum Familienerbe zählte, war er, Kaunas, bereit, Buchhändler zu werden.

Taddeuz nahm das Geschenk an und konnte sich zwei Tage lang nicht fassen ob dieser moralisch gesehen so wertvollen Geste.

Hannah war da aus anderem Holz geschnitzt.

Erstens einmal hatte sie die sechshundertfünfzig Dollar bezahlt, die die Übernahme des Ladens (ohne Ware) gekostet hatte, und nicht Taddeuz, Taddeuz aber das Geschenk erhalten (sie lachten jedesmal darüber, wenn sie daran dachten).

Zweitens hatte sie in ihrem angeborenen Mißtrauen sich die Uhr näher angeschaut und sie von *Tiffany* begutachten lassen: die Uhr war aus Kupfer und keineswegs aus Gold und höchstens einen Dollar fünfzig wert. Außerdem war sie in Amerika hergestellt worden, so daß es schon ein Wunder gewesen wäre, hätte sie jemals einem alten, am Ufer der Ostsee beheimateten Letten gehört!

»Ich hatte ihn gleich im Verdacht! Dabei ist dieser Kerl nicht einmal Jude! Dieser so unschuldige Kaunas hat, ganz wie Pinchos, die Anlage zum Betrüger in sich, wobei sich Pinchos' Betrügereien strikt auf Käse beschränkten. Von Käse einmal abgesehen, konnte man ihm wirklich vertrauen.«

Der Lette ließ sich in der einundneunzigsten Straße Ost nieder und erwies sich als außergewöhnlich großzügig: Bis zu seinem Lebensende im Jahre 1943 räumte er Hannah und Taddeuz auf die bei ihm erworbenen Bücher drei Prozent Rabatt ein. Übrigens, wenn er pro Jahr hundert Worte sprach, dann war das schon viel.

Nach und nach half sie allen Doppelgängern, die von den Pinkertons ausfindig gemacht worden waren, mit mehr oder weniger großen Geldsummen – oder rechnete mit ihnen ab, wenn noch Rechnungen aus ihrer Vergangenheit offenstanden.

Zwölf Stunden täglich wanderte sie durch New York, die Abende und Nächte nicht mitgezählt. Inzwischen war es Frühling geworden, und in der Stadt war es ausgesprochen mild. Hannah war sehr überrascht, denn sie hatte sich New York immer kalt, arrogant und brutal vorgestellt (diese Brutalität erschreckte sie nicht, denn sie war davon überzeugt, sich durchzusetzen).

An diesen Frühling erinnerte sie sich immer als an die glücklichste Zeit ihres Lebens.

Wenn sie abends zum Dinner eingeladen waren, nahmen sie in der Regel eine zweispännige Viktoria, die nicht so hermetisch verschlossen war wie ein Stadtcoupé oder eine Dorsay. Tagsüber dagegen lernten sie beide, ein pferdeloses Gefährt zu lenken. Hannah hatte aus Frankreich einen Panhard et Levassor mit Dieselmotor kommen lassen, einen fünfzehnhundert Kilo schweren Wagen, der bis zu 45 Kilometer in der Stunde zurücklegen konnte. Ihr Freund Louis Renault hatte ihr geschworen, ihr das Monstrum nach New York zu schicken, das er gerade für das Rennen Paris–Bordeaux konstruierte und das, so behauptete man, die wahnwitzige Geschwindigkeit von hundert Kilometern pro Stunde erreichen konnte.

Taddeuz stellte sich geschickter an als sie. Obwohl sie Stunden und Stunden damit verbrachte, das Funktionieren des Motors zu studieren und herauszufinden, wozu die einzelnen Teile der komplizierten Mechanik dienten, obwohl sie sich bemühte, die Vorteile der verschiedenen Antriebsstoffe wie Benzin, Alkohol, Dampf oder Elektrizität zu verstehen, half das alles nichts: Zwischen Taddeuz und dieser verdammten Technik schien ein geheimes Einverständnis zu bestehen. Sie fühlte sich verspottet. Kaum setzte er sich hinter das Steuer dieses verdammten Wagens, da schnurrte der Motor wie eine Katze. Zum Kotzen. Sie hatte bei ihren wenigen Versuchen dagegen bereits vierzehn Pannen hinter sich gebracht.

»Lach nur, du schmutziger Polak! Du kannst nicht einmal den Motor eines Wagens von dem einer Nähmaschine unterscheiden!«

»Und warum sollte ich? Der Motor läuft ausgezeichnet!«

Sie fuhren aufs Land; auf den Rücksitzen standen zwei große Weidenkörbe mit einem vom französischen Koch des *Waldorf Astoria* zubereiteten Picknick. Im Jahre 1900 gab es in New York etwas mehr als 1500 Autos, und einen Moment lang begleiteten drei, vier andere, lärmende und stinkende Wagen den Panhard et Levassor, der sie allerdings aufgrund seiner unheimlichen Schnelligkeit schon bald weit hinter sich zurückließ. Es war April geworden, und der Tag war ausgesprochen schön. Sie fuhren nach Tarrytown, wo die Rockefellers nach Aussage des Juniors ein prächtiges Grundstück zwischen den Ufern des Hudson und des Pocantico besaßen. Taddeuz hatte das Steuer übernommen. Sie hatten verabredet, daß Hannah auf der Rückfahrt lenken sollte. Er weigerte sich regelmäßig, wenn er lenkte, einen Leder- oder Pelzmantel anzuziehen und lehnte auch die großen Rennfahrerbrillen ab. Er meinte, er habe diese Schutzmaßnahmen nicht nötig. Auch wenn er sehr schnell fuhr. Auch wenn er an die 45 Kilometer in der Stunde herankam.

Sie machten es sich im Gras gemütlich.

Taddeuz schaute sich um und sagte dann:

»Hier werden wir also leben.«

»In Amerika?«

»Daß wir in Amerika leben werden, das ist doch schon seit langem geklärt. Seit dem Tag nach unserer Ankunft. Wenn nicht schon vorher. Nein, ich sprach von Tarrytown. Du willst doch hier in der Nachbarschaft der Rockefellers ein Haus kaufen, nicht wahr?«

»Oder eines bauen.«

Sie schaute ihn verblüfft an. Sie hatte nicht einmal geahnt, daß er zum Angriff übergehen würde. Taddeuz war zweifellos das einzige menschliche Wesen, das sie immer wieder überraschen konnte.

›Gott sei Dank ist er der einzige Mann, den ich je geliebt habe und den ich je lieben werde... Vielleicht errät er meine Gedanken, gerade weil ich ihn liebe...‹

»Einverstanden, Hannah.«

»Was, einverstanden?«

›Das weiß ich doch haargenau‹, dachte sie.

»Du möchtest ein eigenes Haus, nicht wahr?«

»Ich schwöre dir, daß ich nicht einmal daran gedacht habe!«

Er lächelte: »Aber jetzt schon, nicht wahr?«

»Jetzt schon. Es ist doch ganz normal, daß ich für uns beide gern ein Haus hätte. Übrigens, ich glaube, ich habe früher doch schon einmal daran gedacht, flüchtig...«

»Einverstanden«, unterbrach er sie.

Er senkte den Kopf, hob ihn wieder und schaute hinüber zum Fluß.

»Ich möchte dir eine andere Frage stellen.«

»Du kannst mich fragen, was du willst.«

›Diesmal weiß ich, was er fragen wird.‹

»Hannah, werden wir Kinder haben?«

»Mach dich nicht über mich lustig. Natürlich werden wir Kinder haben.«

»Wann und wieviel?«

›Diese höfliche Nonchalance! Diese scheinbare Gleichgültigkeit! Als ob er sich nach dem Preis einer Zeitung erkundigt! Und das Schlimmste, Hannah, das Schlimmste ist, daß du die Antworten auf seine Fragen parat hast. Und daß er dies weiß. Er weiß, daß du alles genau planst!‹

»Drei Kinder«, sagte sie laut.

»Jungen oder Mädchen?«

»Jungen und Mädchen.«

›Was für eine verrückte Konversation‹, dachte sie.

»Zwei Jungen und ein Mädchen oder umgekehrt?«

»Zwei Jungen und ein Mädchen, wenn es nach mir geht.«

Er nickte zustimmend mit dem Kopf. Hannah wußte nicht, ob sie lachen oder heulen sollte, und wunderte sich gleichzeitig, daß sie überhaupt den Wunsch hatte zu heulen, was bei ihr selten vorkam.

Sie nahm das Gespräch wieder auf:

»Aber wenn du zwei Mädchen möchtest und vielleicht noch mehr Kinder...«

»Ich werde mich mit einem Mädchen und zwei Jungen zufriedengeben. Wann werden unsere Kinder eigentlich auf die Welt kommen? Vorausgesetzt natürlich, daß wir sie gemeinsam zeugen.«

»Du bist gemein!«

»Das stimmt. Entschuldige bitte. Ich nehme die Bemerkung zurück.«

Sie setzte sich auf das Trittbrett des Panhard et Levassor:

»Taddeuz, ich weiß, daß ich verrückt bin. Man kann schließlich nicht vorhersagen, ob man Kinder haben wird oder nicht und ob es Jungen oder Mädchen werden und wann sie auf die Welt kommen.«

»Hannah, du bist du, das heißt, du bist keine alltägliche Frau.«

»Was diese Dinge anbelangt, da bin ich eine ganz und gar alltägliche Frau. Bitte, nimm mich in deine Arme, ich schäme mich.«

Er packte sie mit beiden Händen an der Taille (jedesmal, wenn er dies tat, und er tat es oft, stellte sie stolz fest, daß sich Taddeuz' lange Finger berührten) und stellte sie auf die Füße.

Was die Situation nicht wesentlich verbesserte, denn sie war ganze einhundertdreiundvierzig Zentimeter groß, und er überragte sie um genau neununddreißig Zentimeter.

»Nimm mich in deine Arme.«

Er hob sie hoch, doch anstatt sie an sich zu drücken, setzte er sie auf die noch warme Motorhaube.

»Hannah, du hast meine Frage nicht beantwortet: Wann werde ich Vater?«

»Ich weiß nicht...«

»Hannah!«

»Ich hatte eigentlich gedacht«, antwortete sie endlich kaum vernehmbar, »daß wir am besten wohl noch etwas warten. Bis wir wirkliche Amerikaner geworden sind.«

»Die Zeit, die du brauchst, um dich hier häuslich niederzulassen und deine Geschäfte anzukurbeln.«

»Sicher, warum auch nicht. Und auch die Zeit, bis du dein erstes Buch geschrieben hast, das natürlich einen außerordentlichen Erfolg haben wird; die Zeit, bis du der bedeutendste Schriftsteller auf dieser Seite des Atlantiks sein wirst.«

Sie machte eine Pause, ehe sie sich korrigierte:

»Auf beiden Seiten. Warum eigentlich nur auf einer?«

»Fünf Jahre? Zehn Jahre?«

»Zwei.«

Schweigen stellte sich ein. Sie versuchte alles, um feuchte Augen zu bewahren – vergeblich:

›Ich bin nun wirklich keine Heulsuse und wäre besser erst in hundert Jahren auf die Welt gekommen! Wie blöd ich mich fühle!‹

Auf dem Hudson fuhr ein Boot mit bärtigen Ruderern vorbei; zwei sonntäglich-würdevoll gekleidete Ehepaare kamen vorüber, und alle schauten voller Verwunderung auf die kleine Frau in dem hinreißenden Kleid von Jacques Doucet, die auf der Motorhaube des Panhard et Levassor saß, von einem Sonnenschirm geschützt, der ebenso grau war wie ihre Augen.

»Hannah?«

»Ja, mein Lieber?«

»Ich werde versuchen, wie du es mir vorgeschlagen hast, ab sofort in Englisch zu schreiben.«

›Halt bloß den Mund!‹ ermahnte sie sich.

Sie schwieg.

Er fuhr fort:

»Ich werde in Englisch schreiben. Allerdings werde ich sechs bis acht Monate brauchen, denn ich beherrsche die Sprache natürlich nicht so wie das Polnische, ja, nicht einmal so wie das Französische.«

»Gut, sagen wir Weihnachten«, rutschte es ihr heraus.

»Sagen wir Weihnachten. Möchtest du wirklich hier in der Gegend ein Haus kaufen oder bauen?«

»Hier oder auf Long Island. Wir waren ja noch nie auf Long Island. Becky behauptet, es sei sehr schön dort.«

»Wir brauchen auch eine Unterkunft in Manhattan.«

»Ich werde meine Büros dort haben. Ich könnte... wir könnten uns dort eine Wohnung mieten. Gefällt dir diese Idee?«

»Ausgezeichnet«, sagte er ausgeglichen und ruhig, so trügerisch ruhig, daß sich dahinter Taddeuz' kalte Wut verbergen konnte.

Sie schaute ihn lange an. So schön wie in diesem Augenblick war er ihr noch nie erschienen. Er war jetzt achtundzwanzig Jahre alt...

Und hatte auf Ellis Island keinen Doppelgänger gehabt. Alle, selbst sich selbst hatte sie dort gefunden, nur ihn nicht. Kein Einwanderer hatte ihm ähnlich gesehen. Natürlich war es verrückt, so etwas ernst zu nehmen, das wußte sie, und doch dachte sie unaufhörlich daran. Wenn wirklich hinter ihr ihre ganze Vergangenheit in New York an Land gegangen war, warum hatte sie dann keinen Taddeuz entdeckt?

Eine Tatsache, die ihr Angst einflößte.

»Nimm mich in deine Arme. Bitte.«

Diesmal nahm er sie wirklich in seine Arme. Sie drückte sich an ihn.

– Lizzie, ich sagte mir immer wieder, daß dies völlig verrückt und gefährlich war. Ich wußte natürlich, daß es ein sicheres Mittel gibt, Katastrophen heraufzubeschwören: Man muß nur Tag für Tag an sie denken. Ich hatte entsetzliche Angst vor dem, was sich zwischen Taddeuz und mir abspielen würde. Ich ahnte, was da auf uns zukam. Und trotzdem war diese Zeit die glücklichste in meinem Leben...

O mein Gott, wie war ich damals glücklich!

Kapitel 2

So platt wie ein Kreditrahmen einer schottischen Bank

Als es wirklich Frühling geworden war, brachen sie zu ihrer großen Rundreise durch Amerika auf. Taddeuz kannte außer New York bereits Washington und Virginia (aus seiner Zeit als Privatsekretär bei Senator Markham) sowie Boston und Neuengland. Doch das war auch schon alles, im Grunde nichts angesichts des riesigen Landes. So fuhren sie zuerst Richtung Norden, mit der Eisenbahn. Hannah hatte den Panhard et Levassor samt Chauffeur – ein gewisser, von Louis Renault empfohlener Gaffouil – ebenfalls auf die Eisenbahn verladen lassen.

Halbherzig hatte sie eine Kammerzofe engagiert. In Paris wie in London und New York waren ihre Bekannten immer sehr erstaunt gewesen, daß sie für ihre persönlichen Zwecke nie Dienstboten eingestellt hatte. Eine Frau in ihrer Position!

›Was für eine Position habe ich denn eigentlich? Ich bin doch nichts anderes als eine Salbenverkäuferin!‹

Die Vorstellung, dauernd ein Wesen um sich zu haben, das ihr bis in die intime Welt ihres Schlafzimmers folgte, hatte Hannah lange Zeit abgeschreckt. Zumal sie sowieso nicht begreifen konnte, wie man ein ganzes Leben damit verbrachte, anderen zu dienen. Doch Yvonne, eine Belgierin, hatte sie überzeugt. Die Zwanzigjährige zeichnete sich durch eine Aggressivität aus, die Hannah begeisterte, denn sie konnte unterwürfige Menschen nicht ausstehen:

»Yvonne, ich warne Sie: An dem Tag, an dem Sie unterwürfig werden, werfe ich Sie hinaus!«

»Das haben Sie wirklich nicht zu befürchten«, antwortete die Brüsselerin. »Ich möchte Sie ebenfalls warnen: Duzen Sie mich nur ein einziges Mal, werde ich Sie augenblicklich ebenfalls duzen!«

Am 28. April verließen Sie New York in Richtung Boston. Taddeuz hatte die Idee gehabt, einen Abstecher nach Montreal und Quebec zu unternehmen. Er war in der amerikanischen Welt, in der sich Hannah so wohl fühlte, ab und an noch etwas verloren und suchte vielleicht in der französischsprachigen Kolonie in Saint-Laurent die europäische, präziser, französische Atmosphäre, nach der er sich zweifellos sehnte. Mitte Mai kehrten sie in die Staaten zurück und besuchten dabei natürlich die Niagara-Fälle und anschließend Buffalo, Cleveland, Detroit und Chicago. Eigentlich wäre es normal gewesen, weiter nach Westen vorzudringen, doch Hannah hatte beschlossen, nach Süden abzubiegen.

So kamen sie über Saint-Louis und die Rocky Mountains nach Wichita, Dodge City, Denver und endlich nach Salt Lake City.

Neuerliche Richtungsänderung: Sie fuhren wieder nach Norden Richtung Seattle und in den Bundesstaat Washington.

Am 16. August trafen sie auf dem Schiff in San Francisco ein.

Sie waren genau zwei Tage in dieser Stadt und schliefen im Morgengrauen engumschlungen, als Hannah plötzlich das Gefühl bekam, es hielte sich eine dritte Person in ihrem Zimmer am Nob Hill auf.

Sie schlug die Augen auf und erkannte Mendel.

›Wie hatte ich auch nur eine Sekunde annehmen können, Mendel habe einen Doppelgänger! Dieser Ungar ist nichts anderes als eine farblose Imitation! Es gibt nur einen einzigen Mendel!‹ Das war ihr erster Gedanke, als sie den Riesen erblickte. Sie setzte sich auf und schaute sich ihn genau an: Er war breiter, als sie ihn in Erinnerung hatte, und auch massiver. In seinem schwarzen Bart entdeckte sie graue Tupfer, und die Lider schienen etwas schwerer über den geschlitzten Augen zu hängen als früher. Doch das waren die einzigen Anzeichen dafür, daß er die Vierzig bereits seit geraumer Zeit überschritten hatte. Ansonsten war er unverändert. Auch sein Watschelgang des Sohlengängers.

»Bedeck dich, Gör, du bist splitternackt.«

»Sie waren nicht verpflichtet, in unser Zimmer einzudringen.«

»Das stimmt«, sagte er.

Er lächelte Richtung Taddeuz:

»Student, alles in Ordnung?«

»Mir geht's ausgezeichnet«, antwortete Taddeuz, den Kopf unter dem Kissen versteckt, »und dir?«

Die beiden Männer unterhielten sich angeregt auf polnisch, ganz so, als ob sie, Hannah, in Australien wäre. Sie war begeistert: Nichts könnte ihr eine solche Freude bereiten wie diese aufrichtige Freundschaft zwischen den beiden Männern ihres Lebens. Immer noch aufrecht im Bett sitzend, ihre Blöße aber inzwischen mit dem Bettuch züchtig verstekkend, hörte sie den beiden zu. Angesichts der Natürlichkeit ihrer Unterhaltung, zu der sonst nur Kinder fähig waren, hätte man schwören können, die beiden kennten sich bereits Jahrzehnte!

»Ich habe Hunger«, sagte sie fünf Minuten später.

Sie hätte genausogut mit der Bettdecke reden können.

Sie schrie, so laut sie konnte:

»Ich habe Hunger!«

Die beiden Männer drehten sich um und sahen sie an, als ob sie erstaunt wären, daß sie sich an Ort und Stelle befand. Mendel hatte sich inzwischen aufs Bett gesetzt, um es bequemer zu haben. Mit wenigen Worten erklärten sie ihr, daß sie nicht verstünden, wo denn eigentlich das Problem liege: sie könne sich doch einfach waschen und anziehen, anstatt ein solches Geschrei zu veranstalten.

Nackt wie ein Wurm verließ sie so würdevoll wie möglich das Bett, doch die beiden Abgestumpften drehten sich nicht einmal nach ihr um.

›Ich kann wirklich nicht behaupten, daß ich sie fasziniere!‹

Die drei verbrachten acht Tage in San Francisco, aßen in Chinatown, dem himmlischen, ganz aus Holz errichteten Dorf, Schwalbennester und besuchten den *Bohemian Club* oberhalb des Marktes in der California Street.

Auf Ausflügen kamen sie nach Sausalito und Monterey, wo Taddeuz nach Erinnerungen an Robert Louis Stevenson suchte, der sieben Jahre zuvor dort gelebt hatte.

Hannah lernte sogar schwimmen.

Nicht ganz freiwillig, um die Wahrheit zu gestehen. Mit ihrem Panhard et Levassor, der ebenfalls mit dem Schiff nach San Francisco transportiert worden war, hatten sie einen Ausflug zur Stimson Bay zu Füßen des Talmapais-Gebirges unternommen. Kaum hatte Hannah einige Schritte an dem menschenleeren Strand gemacht, da stürzten sich die beiden Männer aus dem Hinterhalt auf sie, zogen ihr den Hut mit den australischen Straußenfedern vom Kopf, befreiten sie von ihrem Schleier, ihren Röcken und Unterröcken, ihren Blusen und Korsagen und scheuten auch nicht vor ihren Strumpfhaltern und Strümpfen zurück. Als sie endlich nackt war, zumindest größtenteils, warfen sie sie einfach in die Wellen und lachten Tränen vor Freude, diese Idioten. Vor Wut außer sich, tat sie, als ertrinke sie, doch jedesmal zogen sie die beiden Männer wieder aus dem Wasser und hielten sie so, daß sie nicht mehr untergehen konnte, bis sie endlich gezwungen war, Schwimmbewegungen zu vollführen und dann auch zu schwimmen.

Eines Abends aßen sie in einem Restaurant in Monterey, das von der Ex-Mätresse von General Sherman geleitet wurde, dem Held des Sezessionskrieges; zumindest behauptete man, die Besitzerin sei seine Mätresse gewesen.

»Ich glaube«, sagte Mendel plötzlich, »daß ich morgen abreisen werde.«

Sie warf Taddeuz einen Blick zu und stellte fest, daß dieser anscheinend bereits informiert war.

›Männer halten immer zusammen!‹ dachte sie bitter.

»Wohin reisen Sie?«

Mendel wollte nach Alaska. Gold suchen. Dabei war es ihm höchst gleichgültig, ob er Gold fand oder nicht, denn er hatte sich noch nie etwas aus Geld gemacht, was Hannah besser wußte als alle anderen Menschen. Er wollte einfach marschieren, das war alles. Wenn man es so bedenkt, dann war er schon ein ganzes Stück auf dieser Erde marschiert, seitdem er sein Dorf in den Masuren verlassen hatte: ganz Rußland und große Teile Europas (von Irland einmal abgesehen, dabei hatte er nichts gegen die Iren), China und so verrückte Länder wie Indonesien, Japan und den Philippinen, Indien, die arabischen Wüsten... und natürlich Australien und Amerika.

»Hannah, bitte verlang nicht von mir, mich in einer Stadt niederzulassen und nichts anderes mehr zu sehen als diese stinkenden Autos. Du weißt genau, daß ich dabei vor die Hunde ginge. Ich brauche Luft und Raum, viel Platz...«

Er wollte bis zum Klondyke vordringen. Und anschließend nach Mexiko wandern, und vielleicht auch noch ein bißchen weiter, Hauptsache, er behielt feste Erde unter den Füßen, denn Schiffe mochte er nicht. In Frisco hatte ihm ein Seemann erzählt, die Damen in Brasilien hätten feurige Herzen, vom »anderen« ganz zu schweigen.

»Ich weiß immer, wo ich deinen Studenten und dich finden kann. Den Beweis hast du ja gerade erst erhalten. Jetzt schau mich nicht so an mit deinen Kuckucksaugen! Du weißt doch, was du mir bedeutest...«

Er warf Taddeuz einen Blick zu; dieser verstand und ließ sie allein.

»Hannah, ich frage dich nicht, ob du mit deinem Studenten glücklich bist, das sticht einem ja ins Auge.«

»Ich bin glücklich, und das wird auch so bleiben.«

»Wüßte ich, wie man betet, dann würde ich für euch beten. Aber ich habe mich immer besonders blöd gefunden, wenn ich allein gesprochen habe.«

»Das wird so bleiben, Mendel.«

»Bist du immer noch entschlossen, dich nicht in seine Geschäfte als Schriftsteller einzumischen?«

»Immer noch. Warum? Habt ihr darüber gesprochen?«

»Jetzt werd nicht frech, Gör. Dein Taddeuz verreckt eher, als daß er mit einem anderen über dich spricht. Das weißt du ganz genau. Und deine Geschäfte?«

»Im nächsten Jahr geht's los.«

»Warum wartest du so lange?«

›Hannah, sag ihm die Wahrheit! Du kannst Mendel nicht anlügen, auch wenn du wolltest!‹

»Ich möchte nichts von Taddeuz versäumen, keine Sekunde!«

Er schaute sie forschend an, und sie spürte, wie beteiligt er war.

»Du liebst ihn wirklich, wie?«

»Mehr als das. Eine Milliarde Mal mehr als das.«

»Ich bin verdammt glücklich, Kleine.«

›Wenn Mendel so weitermacht, werde ich doch noch zur Heulsuse‹, dachte Hannah.

Doch Visoker fragte: »Und du wirst auch den armen Amerikanerinnen deine verdammten Cremes ins Gesicht schmieren?«

»*Da*«, antwortete sie.

Er tat so, als würde er vor Schreck zusammenfahren, willkommene Gelegenheit, das Gefühl zu verbergen, das ihn zu überfallen drohte. Er legte seine riesige Bärentatze auf Hannahs Hand:

»Wie lange ist es eigentlich her, daß ich dich in einem brennenden Weizenfeld fand und auf meinen Karren lud?«

»Achtzehn Jahre. Ich war damals sieben.«

»Weißt du eigentlich, daß ich ohne dich wahrscheinlich immer noch in Polen wäre?«

»Die Idee Australien stammte von Ihnen!«

»Wirklich? Ich wußte damals nicht einmal, wo Australien liegt. Hannah, ich liebe euch beide wie wahnsinnig; wenn einer von euch eines Tages dem anderen etwas antut, dann wird Mendel sich seiner annehmen. Warum machst du ihm eigentlich noch keine Kinder?«

»Nicht nächstes, sondern übernächstes Jahr. Wenn ich es so hinbringe.«

»Zuerst die Geschäfte, nicht wahr?«

In diesem Augenblick las er in Hannahs Augen die Wahrheit und fügte sofort hinzu:

»Verzeih. Du hast sicher eine andere Erklärung.«

»Wieder die gleiche: Ich will Taddeuz mit niemand teilen müssen, nicht einmal mit den Kindern, die er mir machen könnte.«

Wieder in San Francisco zurück, nahm sie am gleichen Abend ein großes Opfer auf sich: Sie gab vor, an einer starken Migräne zu leiden (ausgerechnet sie, die noch nie in ihrem Leben krank gewesen war; nicht einmal einen Schnupfen hatte sie gehabt!) und behauptete, sie wolle sich ausnahmsweise einmal früh schlafen legen. Wie kleine Kinder, die die Schule schwänzen, brachen die beiden lachend auf. Hannah wartete die ganze Nacht auf die Rückkehr »ihrer« Männer und kontrollierte dabei Zeile für Zeile die Bilanz, die Jeanne Fougaril, ihre Europa-Direktorin, ihr überallhin nachschickte.

Kurz nachdem die Sonne über der Bucht von San Francisco aufgegangen war, kam Taddeuz nach Hause, sturzbetrunken, wie nur ein Pole es sein kann. Sie mußte ihn nahezu niederschlagen, bevor sie ihn ausziehen konnte...

...und bevor sie sich vergewaltigen ließ. Zu Beginn gefiel ihr das nicht so, nicht einmal von ihm, doch dann...

Als sie aufstand, war Mendel bereits verschwunden, ohne sich von ihr verabschiedet zu haben (das machte er nie).

Gegen Ende Oktober traf das Paar wieder in New York ein, nachdem es durch Kalifornien, Arizona, Neu-Mexiko, Texas und New Orleans gekommen war. Vom Süden nach New York reisend, hatten sie die Bundesstaaten Carolina und Virginia sowie die Städte Washington und Philadelphia ausführlich besichtigt. Kurz vor Richmond hatte der Panhard et Levassor endgültig gestreikt, aber man durfte ihm nicht allzu böse sein, denn er hatte immerhin sechstausend Kilometer auf meist sehr steinigen Straßen zurückgelegt.

Die Vorstellung, den Wagen zu verkaufen, erschreckte sowohl Taddeuz wie auch Hannah. So beschlossen sie, ihn schlicht und einfach zu begraben, was dann auch am nächsten Morgen geschah, wobei Hunderte entsetzter Virginier dem feierlichen Begräbnis beiwohnten. Sie hatten einen Hornisten aufgetrieben, einen Veteranen der Schlacht von Bull Run aus dem Sezessionskrieg (zumindest hatte er dies behauptet), der den Wagen mit militärischen Ehren bestattete.

Am 26. Oktober erreichten sie New York. Fünf Tage später hatten sie sich bereits entschieden: Ihr künftiges Haus sollte auf Long Island stehen.

Bei ihrem zweiten Besuch auf der Insel hatten sie ihr Grundstück gefunden, ungefähr drei Hektar groß, stark hügelig (Hannah wollte verständlicherweise durch nichts an die polnische Ebene erinnert werden), mit vielen Bäumen und Büschen, in denen die gleichen schwarzen Eichhörnchen lebten, die sie bereits am Washington Square kennengelernt hatte, und einem großen Teich. Bei dieser Gelegenheit erlebte Hannah zum ersten Mal die außerordentliche Genauigkeit nordamerikanischer Juristen. Der Unternehmer, der das Haus bauen sollte, hatte sich verpflichtet, an Weihnachten ein bewohnbares Haus vorzuweisen (für jeden Tag Verspätung hatte er eine Vertragsstrafe zu bezahlen, die ein Prozent des Baupreises betrug). Das zweistöckige, unterkellerte Haus sollte insgesamt einundzwanzig Zimmer umfassen, darunter eine Bibliothek und ein Arbeitszimmer für Taddeuz, ein Arbeitszimmer für Hannah, neun Schlafzimmer und eine zweihundert Quadratmeter große Terrasse, von der aus man zu dem Rasen gelangte, der sanft abfallend bis zum Teich reichte. Während der warmen Jahreszeit konnte man baden oder rudern. Ein großer Bootsschuppen sollte gebaut werden, und natürlich ein großes Kinderzimmer...

...wenn sie überhaupt Kinder bekommen sollten.

›Fehlt nur noch, daß ich steril bin!‹

Ein Gedanke, der nicht so leicht von der Hand zu weisen war, denn inzwischen liebten sie sich seit zehn Monaten heftig und sehr regelmäßig, und nichts veränderte sich. Hannah war immer noch so platt wie ein Kreditrahmen in einer schottischen Bank.

›Hannah, jetzt mach dir keine Gedanken; obwohl dich alle für einen blutrünstigen Hai halten, ängstigst du dich dauernd! Natürlich bist du nicht steril! Natürlich nicht!‹

Lizzie MacKenna traf drei Wochen vor Weihnachten in New York ein, das heißt, sie fiel über New York her wie ein Wirbelsturm über Florida. Beinahe wäre sie über die Reling gesprungen, um schneller an Land zu kommen.

»Erzählt mir, was ihr alles unternommen habt. Ich will alle Details wissen! Was habt ihr alles gesehen? Seid ihr nach Kalifornien gefahren? Habt ihr Cowboys gesehen? Und Buffalo Bill? Und die Indianer? Haben euch die Indianer angegriffen? Kann man von der kalifornischen Küste aus Australien erkennen?... Ist das Haus auf Long Island schon fertig? Was? Noch nicht? Die Amerikaner sollen doch dreißig Stockwerke pro Tag bauen können! Wann fahren wir dorthin? Das ist New York? Hier gibt's ja lauter Ausländer. Ihr habt den Panhard et Levassor nicht mehr? Wissen die Amerikaner eigentlich, was das ist, ein Wagen ohne Pferde? Wo ist eigentlich Maryan? Wo ist dieser Blödmann, der nicht einmal weiß, daß er um meine Hand anzuhalten hat, damit ich ja sagen kann? Warum gibt mir eigentlich niemand Antwort auf meine Fragen?«

Die junge Australierin, gerade achtzehneinhalb Jahre alt, war noch gewachsen. Die blonde Frau war zwar nicht außerordentlich hübsch, aber sehr lebhaft und fast immer fröhlich. Hannah und Lizzie hatten sich sechs Jahre zuvor in Australien kennengelernt, und ihre Freundschaft war von der Art, wie man sie gemeinhin nur bei Männern für möglich hält. Lizzie hatte aus Europa nicht weniger als vierundzwanzig Überseekoffer mit Kleidern mitgebracht, so daß man sich unwillkürlich fragte, ob Worth, Doucet und Paquin überhaupt noch etwas zu verkaufen hatten.

»Hannah, ich hatte deine Maße. Beinahe die Hälfte von dem, was ich gekauft habe, ist für dich bestimmt. Ich wollte, daß man für uns die gleichen Kleider schneidert, aber sie haben es einfach abgelehnt. Sie kennen deinen Geschmack und haben behauptet, das, was dir steht, stehe mir nicht. Was soll das heißen? Behaupten die das, weil du gerade so groß bist wie ein Klavierhocker und ich über ausgesprochen angenehme Maße verfüge? Oder weil ich noch Jungfrau bin? Trotz meiner achtzehneinhalb Jahre! Und trotz der vielen Typen, die mich in einer Sofaecke festnageln wollten! Wie blöd ich sein kann. Mein Heroismus ist genauso sinnlos wie der der leichten Brigade vor Baklava! Immerhin riskiere ich, als Jungfrau zu sterben. Lach nur... Wo steckt eigentlich dieser Blödmann Maryan? Wo versteckt er sich?«

Maryan Kaden tauchte noch am gleichen Abend auf. Er stellte Hannah im *Waldorf Astoria* einen seiner Freunde vor, einen jungen, nahezu gleichaltrigen Finanzier namens Bernard Benda. Der Abend verlief, als habe Maryan keinen anderen Grund gehabt, Hannah zu besuchen, als habe er vergessen oder gar nicht wahrgenommen, daß Lizzie am gleichen Tag aus Europa kommend in New York eingetroffen war.

Dazu kam, daß Lizzie in Gegenwart von Maryan praktisch stumm war; wenn sie den Mund öffnete, dann nur, um einige nahezu unverständliche Worte zu stammeln. Es war kaum zu glauben, denn eine stumme Lizzie konnte man mühelos mit einem Hudson vergleichen, der plötzlich aufgehört hatte zu fließen.

»Ich weiß wirklich nicht, was ich tun soll«, sagte Hannah zu Taddeuz (es war zwei Uhr morgens; sie hatten sich gerade schlafen gelegt). »Zuerst hatte ich angenommen, daß es sich nur um einen vorübergehenden Zustand handelt, daß sie nur glaubt, in Maryan verliebt zu sein, das einzige Wesen in meiner unmittelbaren Umgebung, das Hosen trug. Aber nein: In London haben ganze Horden junger, niedlicher Offiziere vergebens zum Angriff geblasen, genau wie in Paris – sie hat alle abblitzen lassen, mit Worten, bei denen ich mich wirklich frage, woher sie sie kennt.«

»Das frage ich mich schon lange nicht mehr«, antwortete Taddeuz relativ gleichgültig, drehte ihr den Rücken zu und nahm eine seiner bevorzugten Schlafstellungen ein: auf dem Bauch liegend und den Kopf unter dem Kopfkissen versteckt.

»Tu nicht so, als ob du schliefst, Liebling.«

»Ich tu' nicht so, ich schlafe wirklich!«

Sie machte wieder Licht und richtete sich auf.

›Wenn ich will, kann ich den Mitmenschen wirklich auf die Nerven gehen!‹ Lange schaute sie Taddeuz' Schultern an, seinen Rücken, die langen Muskeln und die sanfte, geschmeidige Haut. Sie schmiegte sich an ihn und küßte ihn auf eine ihrer bevorzugten Stellen (sie hatte deren viele), im Nacken, dicht unter den Haaren, dort, wo die Haut noch die Spuren ihrer langen Reise durch Amerika trug.

›Man kann mich wirklich mit einem Wiesel vergleichen, das sich am Rücken eines Pferdes festklammert‹, dachte sie.

»Taddeuz, ich muß unbedingt herausbekommen, was dieser verdammte Maryan im Kopf hat. Vielleicht nichts. Vom Finanzwesen einmal abgesehen, ist er erst zwei Jahre alt, ich meine geistig. Willst du nicht einmal mit ihm sprechen?«

»Nein!« sagte Taddeuz mit der letzten Energie, die er aufbringen konnte.

»Du bist ein Mann, er ebenfalls, das trifft sich doch ausgezeichnet. Unter Männern...«

Ausdrucksvolles Schweigen.

›Er wird mich umbringen und meine Leiche aus dem Fenster werfen...‹

Taddeuz rührte sich. Er machte sich von ihr frei, als ob sie ihn nichts gefragt hätte, und glitt unter die Laken.

Sie ließ nicht locker, machte es ihm nach und streichelte ihn zärtlich. Mit ihren Lippen berührte sie diese Haut, die sie immer elektrisierte, und bewegte sich langsam auf seinen Mund zu. Sie küßten sich unendlich lange.

»Ich vergöttere dich«, sagte sie. »Worüber sprachen wir?«

Sie sog den Geruch seines Körpers ein.

»Hannah?«

»Ja?«

»Hast du nicht, ich meine, so ganz zufällig, in Wien eine hübsche Dame bezahlt, die Maryan zum Mann machen sollte?«

»Ich?«

»Ja, du.«

»Pure Verleumdung.«

»Hannah?«

»Ja, mein Lieber?«

»*Ich* werde nicht mit Maryan sprechen. *Wir* werden mit ihm sprechen. Das heißt, wie gewöhnlich wirst du sprechen und ich zustimmend mit dem Kopf nicken.«

Sie wartete, bis er fertig war (er war gerade dabei, ihr über den Rücken zu blasen, in diese tiefe Spalte, die sich beinahe bis zu den Schulterblättern erstreckte, wobei seine Lippen fast ihre Haut berührten, so daß der Atem ganz warm und sehr angenehm war). Dann drehte sie sich um, und der Zufall wollte es, daß sich ihr Mund genau gegenüber dem von Taddeuz' befand. In dem Halbdunkel des kleinen, von dem Bettlaken gebildeten Zeltes erschienen ihre grauen, riesigen Pupillen noch klarer und leuchtender als sonst.

Was sie wußte.

»Verfluchtes Biest!« sagte Taddeuz lächelnd.

Dann schwiegen sie.

Sie sprachen mit Maryan Kaden. Mit der Vorsicht eines Apothekers, der

Zyankali abwiegt. Sie tasteten sich langsam vor und fragten, ob, eventuell und wenn ja, unter welchen Bedingungen, Lizzie und Maryan...

Maryan, der Schweigsame – er hatte diesen Spitznamen wirklich verdient! –, dessen Gesicht so ausdruckslos war wie unbehauener, ungeschliffener Marmor aus Carrara, ließ sie lange zappeln und verstand anscheinend auch die deutlichsten Anspielungen nicht.

Endlich lächelte er (ein wahres Wunder!) und zog betont langsam, wobei es nicht auszumachen war, ob er sie nicht heimlich verspottete – ›Wenn er so weitermacht, werde ich ihm die Augen auskratzen!‹ fluchte Hannah innerlich – einen Verlobungsring mit einem weiß-blauen Diamanten aus seiner Westentasche und erklärte, diesen Ring seit einem Jahr zu besitzen; er sei jetzt bereit, sich zu verheiraten, zumal er gerade zusammen mit Bernard Benda ein kleines Geschäft gemacht habe, das ihn wohl in die Lage versetze, Lizzies Ansprüchen genügen und auch die zehn zukünftigen Kinder versorgen zu können. Soweit gäbe es keine Probleme, zumal er zu glauben wisse, daß die Australierin über eine Mitgift von 125000 Dollar verfüge – 100000 Dollar von Hannah, der Rest von den MacKennas aus Sydney. Übrigens sei der Zeitpunkt, sich zu verheiraten, im Augenblick denkbar günstig, zumal er bereits einen Ort ausgemacht habe, an dem Lizzie und er glücklich werden könnten...

»Auf Long Island. Ich habe dort zwei Hektar gekauft. Man hat mir berichtet, meine Nachbarn hießen Newman. Sind diese Newman vielleicht mit Ihnen verwandt?«

Die Pläne für das zukünftige Haus waren bereits fertiggestellt, er wartete nur noch aus Lizzies Zustimmung; und da er sie ein wenig kannte und fest damit rechnete, daß sie dieses erste Projekt ablehnen würde, hatte er bereits ein zweites in der Schublade, von dem er annahm, daß es ihr gefiel, nachdem sie das erste abgelehnt hatte. Und was die Zahl der Kinder anginge, so war die Zahl zehn nur aproximativ zu verstehen. Er hatte das Gefühl, daß Lizzie wohl eher zwölf oder vierzehn haben wollte. Auf alle Fälle hatte er seinen ersten Sohn bereits auf der Harvard University eingeschrieben, ohne Vornamen zwar, aber eigentlich hätte er den Vornamen gleich mit angeben können, denn er war sich sicher, daß ihr erster Sohn James heißen würde.

»Weitere Fragen?« schloß Maryan ab und sah aus wie die reinste Unschuld.

»Hau bloß ab!« rief Hannah zornig.

Taddeuz konnte sich nicht halten vor Lachen.

Hannahs und Taddeuz' Haus auf Long Island würde wohl rechtzeitig fertig werden. Hannahs sechs Rechtsanwälte hatten es ihr fest versprochen. Sie hatte aus London ihren bevorzugten Innenarchitekten kommen lassen, Henry, der es lieber hörte, wenn man ihn mit Beatrice ansprach, da dies seinen amourösen Vorlieben eher entsprach. Beatrice sollte sich allerdings weniger um Hannahs Haus kümmern.

»Ich möchte vor allem, daß Sie sich einmal überlegen, was man in diesem Land für meine zukünftigen Institute und Geschäfte unternehmen sollte; es handelt sich nicht darum, das, was ich in Europa aufgezogen habe, einfach zu kopieren. Ich wünsche mir etwas Neues, Originelles.«

»Also etwas Amerikanisches. Und das erbitten Sie ausgerechnet von einem Engländer!«

Sie hatte sich Maryans Wahl angeschlossen und war damit einverstanden, das Institut auf der Park Avenue und den Laden in der 5th Avenue neben *Tiffany* zu eröffnen. Kaum waren Hannah und Taddeuz von ihrer Reise durch Amerika nach New York zurückgekehrt – die Reise hatte Hannah sowohl als Hochzeits- wie auch als Studienreise gedient –, hatte sie sich mit Feuereifer in die Arbeit gestürzt. Sie hatte »Ameisen im Kopf«, wie sie selbst sagte, nachdem sie sich zehn Monate nicht um ihre Geschäfte gekümmert hatte, von dem Studium der Bilanzen einmal abgesehen, die ihr regelmäßig von ihren Direktorinnen zugeschickt worden waren. Seit zehn Jahren hatte sie zum ersten Mal Ferien gemacht. Ohne Taddeuz hätte sie es nie so lange ausgehalten, und in den letzten Wochen kam sie sich wie ein junges Pferd vor, das vor Ungeduld mit den Hufen im Sand scharrt und losgaloppieren will.

Dabei war sie sich bewußt, daß es nicht leicht sein würde, in Amerika erfolgreich zu sein. Während ihrer Hochzeitsreise hatte sie an der Ost- wie an der Westküste mehr als hundert Städte besucht und war inzwischen davon überzeugt, weit, sehr weit von Europa entfernt zu sein. Die amerikanische Bevölkerung bestand in der Hauptsache aus Einwanderern, die meisten Einwanderer der ersten Generation, die in der Heimat weder mit der Rue de la Paix in Paris noch mit dem Londoner West End vertraut gewesen waren und auch Modeboutiquen wie die von Redfein oder Lucile nie betreten hatten; die reichen Leute Amerikas waren Parvenus, was nicht so schlimm gewesen wäre, wären sie nicht auch noch stolz darauf gewesen. Die Damenmode – ein Hannahs Geschäften sehr nahestehender Berufszweig – war bezeichnend: weder in New York noch in Boston oder Philadelphia gab es Häuser, die der europäischen Haute Couture hätten Konkurrenz machen können. Es gab nur einige Schneider – die sich in der Regel hinter nicht immer gerechtfertigten französischen Vornamen versteckten; die Pariser Mode setzte auch in Amerika den Maßstab – und Kommissionäre.

»Hannah, Sie haben es soeben selbst unterstrichen: Paris entscheidet auch in New York, was Mode ist und was nicht. Ich kann Ihre Ansicht über die Inneneinrichtung der Geschäfte nicht teilen. Warum wollen Sie Ihren großen Vorteil, aus Europa zu kommen, verscherzen und auf ›amerikanisch‹ machen? Wenn das überhaupt möglich sein sollte.«

»Ich weiß es selbst nicht, Beatrice. Wir werden sehen.«

»Ich kann mir eine europäische und, warum nicht, streng französische Innenausstattung sehr gut vorstellen.«

»Lassen Sie mir Ihre Pläne da, ich werde später entscheiden.«

Die Kommissionäre fuhren regelmäßig über den Atlantik nach Europa und kauften in Paris verschiedene Größen der Modelle, von denen sie glaubten, daß sie von ihrer amerikanischen Kundschaft gekauft würden. Am Hudson wurden diese Modelle dann in Massenauflagen kopiert. Amerika war das Königreich des *ready-made*; hier wurde fast ausnahmslos von der Stange gekauft, und zwar in Großkaufhäusern (Maryan hatte in seinem Bericht ausführlich auf *Wanamaker* hingewiesen), aber auch in einigen wenigen Fachgeschäften, die häufig von Männern geleitet wurden, die Baskenmützen trugen, um »auf französisch zu machen«, und – wie Beatrice – sich im privaten Bereich nur für ihr eigenes Geschlecht interessierten.

›Wie soll ich da eine Kundschaft für meine Cremes finden?‹ fragte sich Hannah, die sich nur allzu sicher war, daß sie des Rätsels Lösung noch nicht gefunden hatte. Sie wußte, daß sie mit ihren Plänen mindestens zwanzig Jahre zu früh daran war. Selbst die Erfahrungen, die sie in Australien gemacht hatte, schienen ihr nicht ausreichend zu sein, obwohl es sich bei Australien ja auch um ein Einwanderer-Land handelte und es dort vielleicht noch weniger eigenständige Traditionen gab; in Sydney und Melbourne bewegte man sich sozusagen auf britischem Boden, in britischer Tradition, im Grunde aber auf traditionsloser Erde, wo man bei Null anfangen konnte. Hier in Amerika mußte sie sich anders verhalten, denn sie hatte so intensiv von diesem Land geträumt, daß ein nur durchschnittlicher Erfolg in ihren Augen unerträglich gewesen wäre.

›Und ich darf nicht riskieren, den größten Markt der Welt zu verlieren, nur weil ich ihn zu schnell erobern will!‹

Sie wußte auch, daß sie große Summen zu investieren hatte und bis an die Grenzen ihrer Möglichkeiten gehen mußte; scheiterte sie, so bedeutete dies ihren Ruin.

›Es wäre schade, wenn ich genau in dem Moment wieder arm bin, in dem Taddeuz als Schriftsteller Erfolg hat; es ist sicher sehr viel besser, wenn wir gleichzeitig berühmt und reich sind.‹

Ihre europäischen und australischen Geschäfte (deren Gewinne sie allerdings mit der ihr eigenen, etwas brutalen Großzügigkeit zum Großteil Lizzie zukommen ließ) brachten ihr zwischen 250000 und 300000 Dollar pro Jahr ein. Sie war sich sicher, unter Einsatz aller Kräfte diese

Summe noch steigern zu können, doch als gute Geschäftsfrau sah sie durchaus die Gefahr eines Krieges am Horizont:

›Ich stände wirklich dumm da mit meiner europäischen Organisation; von Amerika aus könnte ich nichts unternehmen, wenn sich diese Idioten untereinander bekriegten!‹

Eine Viertelmillion Dollar pro Jahr, das war wirklich nicht wenig, trotzdem wollte sie noch mehr. Mit dem Geld könnte sie in Europa zehn Filialen eröffnen, doch im amerikanischen Maßstab gerechnet schien ihr diese Summe lächerlich gering zu sein.

›Ich werde eine Lösung finden – für jedes Problem gibt es immer verschiedene Lösungen...‹

Es wurde Weihnachten.

Sie hatte dieses Fest, das in ihrem persönlichen Kalender nicht eingeschrieben war, nie gefeiert. Als sie bei den MacKennas in Sydney lebte und später in Melbourne, London und Paris, war sie regelmäßig eingeladen worden, mit befreundeten Familien zu feiern, doch sie hatte diese Angebote immer ausgeschlagen und es vorgezogen, allein zu bleiben. Weihnachten 1900 feierte sie zum ersten Mal zusammen mit Taddeuz. Auch Lizzie und Maryan, die sich inzwischen offiziell verlobt hatten, gesellten sich zu ihnen, und aus England waren Polly Thwaites und dessen Gattin Estelle gekommen. Polly war immer noch rundlich und rosa wie damals, als sie ihn in Melbourne kennengelernt hatte. Mehr als je zuvor versuchte er, seine überragende Intelligenz so weit wie möglich zu verstecken und als etwas vertrottelter Amateur zu erscheinen; dabei war er ein gerissener Hund. Er hatte eine vollständige Analyse ihrer europäischen Unternehmungen mitgebracht:

»Ich bin doch immer noch Ihr wichtigster Wirtschaftsanwalt, nicht wahr? Oder haben Sie mich durch einen dieser amerikanischen Juristen ersetzt, von denen behauptet wird, daß sie für den Preis einer Zigarre einen hundert Seiten langen Vertrag aufsetzen?«

Sie beruhigte ihn, obwohl sie ahnte, daß er die Frage nicht ganz ernst gemeint hatte. Natürlich war er weiterhin ihr wichtigster Berater und gleichzeitig ihr Freund, solange er dies sein wollte, auch wenn sie unterdessen fünfhundert amerikanische Berater engagiert hatte...

Die Wahrheit war, daß sie neben Maryan nur Polly vertraute.

Die drei Pärchen verbrachten eine Woche in Vermont, das unter einer einen Meter fünfzig hohen Schneedecke begraben war. Einige Bilder aus dieser Zeit sollten ihr immer im Gedächtnis bleiben: Taddeuz und Maryan, die sich, nur mit einer Unterhose bekleidet, nachts im frisch gefallenen Schnee wälzten, sich prustend schüttelten und wie Kinder spielten (zusammen waren sie knapp etwas mehr als fünfzig Jahre alt), während Polly Thwaites, auf englische Art sturzbetrunken, das heißt, seine Würde bewahrend, bis er zusammenbrach, mit einem von Lizzies extravagantesten Gebilden behütet allein *Auld Land Syne* sang.

Wieder in New York, hörte der gleiche Polly, diesmal allerdings stocknüchtern, Hannah zu, die ihm ihre Pläne schilderte; Polly riß die Augen auf und schüttelte den Kopf:

»Sie attackieren hier eine ausgesprochen männliche Bastion! Ich bin mir sicher, daß Ihre Chancen, in Rom *Monsignore* zu werden, erheblich besser stehen.«

»Wir sind weder in Rom noch in Paris, noch in London. Wir sind in den Staaten.«

»Wenn ich richtig informiert bin, dann gibt es an der Pariser Börse, in der Londoner City oder in der Wall Street ebenso viele Frauen wie auf dem Berg Athos: keine einzige.«

»Ich habe die Verfassung der Vereinigten Staaten von Amerika studiert und erinnere mich nicht daran, einen Artikel gelesen zu haben, in dem es Frauen untersagt wird, als Finanzmaklerinnen tätig zu werden.«

»Die gleiche Verfassung gestattet auch einem grüngesprenkelten Pferd, in der Metzgerbranche reich zu werden.«

»Aber Sie wären überrascht, wenn dieses Pferd eines Tages seine erste Million Dollar feiern könnte.«

»Unter Umständen«, antwortete Polly.

Schweigen. Hannah konnte sich nicht mehr zurückhalten, sie mußte lachen:

»Ein grüngesprenkeltes Pferd, o Polly!«

Er lachte ebenfalls.

»Lassen Sie sich wenigstens nach außen hin von Rechtsanwälten und Börsenmaklern vertreten«, fuhr er fort. »Man braucht nicht zu wissen, daß sie für eine Frau arbeiten. Übrigens, am besten wäre es, wenn auch die Rechtsanwälte und Börsenmakler davon nichts wüßten. Zumindest ich würde in diesem Fall etwas besser schlafen.«

»Ich könnte auch«, sagte Hannah scharf und erbittert, »mir einen großen Bart wachsen lassen und ein eisernes Korsett tragen, das meine Kurven versteckt und mich an der Stelle ausbeult, an der ich von Natur aus nichts habe.«

Polly Thwaites wurde rot. Hannah dachte für sich:

›Ich vergöttere ihn, wirklich! Er ist der einzige Rechtsanwalt auf der Welt, der rot wird, wenn man von Unterhosen spricht und von dem, was sie verhüllen!‹

Sie war damals sehr beschwingt; die Pause, die sie sich selbst verordnet hatte, war zu Ende gegangen, und sie hatte sich wieder auf den Kriegspfad begeben. Und dieser Kriegspfad sollte nicht zu einer mittelmäßigen Ausweitung dessen führen, was sie auf zwei anderen Kontinenten bereits unternommen hatte, sondern außergewöhnliche Wege einschlagen. Sie hatte sich selbst herausgefordert:

›Ich werde Finanzier!‹

Taddeuz hatte kurz nach ihrer großen Amerika-Tour zu schreiben begonnen, anfangs in einem in den oberen Stockwerken gelegenen, weniger prestigeträchtigen Zimmer des *Waldorf*, wo er meinte, ungestörter zu sein, doch sehr schnell hatten sich in dem Zimmer solche Büchermassen angehäuft, daß es eng und ungemütlich wurde. Da das Haus auf Long Island noch nicht fertig war, hatte er sich umgeschaut und in der Sullivan Street in Greenwich Village eine Vier-Zimmer-Wohnung gefunden, die recht dunkel war. Die Fenster gingen auf den Hof. Die Wände waren mit einem entsetzlichen altrosafarbenen Stoff bespannt, doch Taddeuz hatte es sich verbeten, daß sich jemand mit der Innenausstattung beschäftigte, und Hannah verboten, ihm jemand zur Hilfe zu schicken. Er hatte selbst die ganze Wohnung himmelblau gestrichen, ohne sich die Mühe zu machen, den alten Stoff zu entfernen. Genauso energisch hatte er neue Möbel für die Wohnung abgelehnt: der Tisch mit den drei Stühlen, der Schaukelstuhl, das Bett und die Standuhr, die wohl seit Lincolns Tod nicht mehr ging, reichten ihm völlig aus, behauptete er.

Er sollte nur bis zu dem Tag in der Wohnung bleiben, an dem sie auf Long Island einziehen konnten. Als aber der denkwürdige Tag gekommen war, weigerte sich Taddeuz auszuziehen; er arbeite, sagte er, und wolle auf keinen Fall unterbrechen. Die Zeit verstrich...

Hannah hatte nicht nachgefragt und sich dabei sehr intelligent gefunden: Es war ja verständlich, daß Taddeuz ein ›Zuhause‹ haben wollte, das nur ihm gehörte und wo er schrieb; schade um die schöne Bibliothek in dem Haus auf Long Island, die gleichzeitig als Arbeitszimmer dienen sollte, aber wenn er sich in Greenwich Village wohler fühlte... Wäre er kein Schriftsteller, sondern Industrieller, Rechtsanwalt oder Arzt, dann hätte er ja schließlich auch von ihrem Haus getrennte Arbeitsräume, in denen sie nichts zu suchen hatte.

– Lizzie, damals wußte ich nicht einmal, über welche Beträge er verfügte. Ich sollte dies auch lange Zeit nicht erfahren, denn ich habe es nie gewagt, ihm diesbezüglich Fragen zu stellen. Ich habe ihm öfter Geld angeboten, aber er hat es immer abgelehnt. Freundlich, aber entschieden. Drei Jahre lang war er Markhams Sekretär gewesen, und ich nehme an, daß er für diese Arbeit bezahlt worden war. Zu unserer Hochzeit hatte er mir dieses goldene Smaragdarmband geschenkt, und am ersten Hochzeitstag hat er angefangen, mein Kollier aus schwarzen Perlen zusammenzustellen, das du ebenfalls kennst. Ich habe daraus geschlossen,

daß er über bestimmte Mittel verfügen mußte – o Gott, was für eine beschissene Welt! Wäre ich ein Mann und er eine Frau gewesen, wer hätte sich dann gewundert, daß ich ihn aushalte?

Sie las keine Zeile von ihm. Nur ein-, höchstens zweimal hatte sie eines seiner Manuskripte gesehen. Einmal hätte sie sogar die Gelegenheit gehabt, einige Seiten von ihm zu lesen, doch sie hatte es unterlassen.

›Wenn er möchte, daß ich etwas von ihm lese, dann wird er es mir sagen.‹

Sie hielt sich eisern an das Versprechen, das sie ihm gegeben hatte, obwohl er sie nicht darum gebeten hatte: sich nie, wirklich nie in seine Schriftstellertätigkeit einzumischen.

Am 24. Dezember war das Haus auf Long Island wirklich bewohnbar, doch sie bezogen es erst am 2. Januar, nachdem sie aus Vermont zurückgekommen waren. Wochenlang hatten Hannah und Lizzie, von Becky Singer unterstützt, in den zwanzig nach frischer Farbe riechenden Zimmern gehaust und aus den aus Paris und Lyon eingetroffenen Stoffproben die passenden herausgesucht, bevor sie die Plazierung der aus London gekommenen Möbel bestimmten.

Eine sehr amüsante Zeit. Lizzie und Hannah wälzten sich häufig vor Lachen auf dem Boden, während Becky, nichts begreifend, sie nur blöd anstarrte. Becky – Rebecca – war die junge Jüdin aus Warschau, die vor zehn Jahren (sie ist drei Jahre jünger als Hannah) eine Zeitlang im Milchladen der Klotzens gearbeitet hatte. Nachdem sie einen jungen Rabbiner geheiratet hatte, der so fröhlich war wie ein Friedhof, hatte sie natürlich aufgehört zu arbeiten. Der junge Rabbiner war so taktvoll gewesen, früh zu sterben, so daß sie noch nicht einmal sechzehn war, als sie Witwe wurde. Wie in einem Märchen hatte ein Onkel aus Amerika sie knapp sechs Monate später eingeladen, zu ihm nach Trenton in New Jersey zu ziehen. Einer der Sprößlinge aus der reichen Familie Singer – eine der ältesten Amerikas; seit mehr als hundert Jahren lebte sie bereits auf amerikanischem Boden – hatte den Onkel besucht, um mit ihm über Geschäfte zu sprechen; dabei war ihm die überraschende Schönheit der Warschauerin aufgefallen, das heißt, er war regelrecht hingerissen von Betty und heiratete sie, ohne lange über die Witwenschaft nachzudenken.

– Auf diese Weise wurde diese Gans, die nicht intelligenter ist als eine Stulle, eine der reichsten Frauen New Yorks. Sie mußte nur ihre Schnute verziehen, während ich mich auf dem Bauch durch Australien schleppte und die Känguruhs beiseite schob, um vorwärtszukommen. Sicher, Lizzie, natürlich liebe ich Becky. Ich kann nur die Art nicht ausstehen, wie sie Taddeuz Augen macht, das ist alles. Wer ist da eifersüchtig? Ich? Jetzt sei nicht idiotisch, natürlich bin ich eifer-

süchtig. Ich geb' ja schon zu, daß Becky sehr freundlich ist. Wäre ja noch schöner, wenn sie bösartig wäre. Es reicht völlig, daß sie strohdumm ist!

Um den 15. Januar herum wurde ihr dank der vielfältigen Beziehungen von Becky Singers Familie – Becky zögerte keine Sekunde, Hannah zu unterstützen, wo sie nur konnte – eine Wohnung in dem Haus angeboten, auf dem später das General Motors-Gebäude errichtet werden sollte, die mehr als dreihundert Quadratmeter groß war. Als sie eine Woche später mit ihrem englischen Spezialisten Henry-Beatrice die Innenausstattung besprach, stürzte sie schwer: Sie war auf eine hohe Leiter gestiegen und gerade dabei, die Stuckdecke zu überprüfen, als sie ausrutschte, den Malerbock, der sich unter ihr befand, ruinierte, durch den von den Malern ausgespannten Stoff schlug, fünfzehn Marmorstufen hinunterglitt, die Gott sei Dank mit Stoff bedeckt waren, und sich erst in letzter Sekunde festhalten konnte, so daß sie nicht acht Meter tiefer ins leere Treppenhaus stürzte (das Geländer war noch nicht angebracht worden). Die Anwesenden meinten, sie sei tot, doch sie stand ohne fremde Hilfe wieder auf:

»Mir fehlt nichts«, sagte sie und wunderte sich selbst über ihr Glück.

(»Beatrice, wenn Sie es wagen, meinem Mann auch nur ein einziges Wort über diesen Unfall zu sagen, werde ich die Londoner Gesellschaft informieren, daß Sie im Alter von sechzehn Jahren eine Verbindung mit einer Frau hatten!«)

Sie glaubte wirklich, den Sturz ohne Folgen überstanden zu haben (von einigen blauen Flecken einmal abgesehen). Als einige Tage später ihre Periode ausblieb, brachte sie dies nicht mit ihrem Sturz in Zusammenhang, sondern dachte, sie sei schwanger.

Sie war nicht schwanger, wie sie später feststellte, und alles nahm wieder seinen gewohnten Gang. Doch sie hatte eine Lehre daraus gezogen: Wenn sie im darauffolgenden Jahr das erste Kind auf die Welt bringen wollte, dann blieben ihr noch fünfzehn Monate, um ihre amerikanischen Geschäfte aufzuziehen.

Es war höchste Zeit, daß sie wieder arbeitete; sie hatte lange genug gebummelt.

Sie war mit den von Maryan Kaden vorgeschlagenen Räumlichkeiten einverstanden gewesen. Für den Laden in der 5th Avenue neben *Tiffany* hatte sie einen Zehnjahresvertrag ausgehandelt, der ihr auch ein Vorkaufsrecht zu vernünftigen Bedingungen einräumte. Der andere, kaum einen Kilometer weiter südlich gelegene, ließ ebenfalls keine besonderen Probleme erwarten: das Ziegelbauwerk stand zwar noch, aber ab der zehnten Etage war es unbewohnt, und es war offensichtlich, daß der Bau wohl nicht mehr renoviert werden sollte. Auf der

Rückseite sah man übrigens noch die Spuren des gewaltigen Brandes von 1835.

In den von Maryan vorbereiteten Unterlagen war das gleiche festgehalten, nur daß Maryan noch einige wichtige Details hinzugefügt hatte: Er hatte den Präsidenten der Gesellschaft, der das Gebäude gehörte, aufgesucht, ein alter Mann, der auch eine Eisenbahngesellschaft besaß und der sich kaum für Immobilien interessierte, vor allem, wenn diese Immobilien in dem Bezirk lagen, der inzwischen zum New Yorker Zentrum geworden war.

Schon vor einem Jahr hatte Maryan den eventuellen Kaufpreis ausgehandelt, der zwischen 160000 und 180000 Dollar betragen sollte. Zeke Singer, Beckys junger Schwager, hatte diese Schätzung bestätigt, nachdem er die besten Experten auf diesem Gebiet um Rat gefragt hatte.

Hannah hatte die Absicht, das Gebäude zu kaufen, es abzureißen und ein neues zu bauen. Sie wollte in dem Haus ihre Büroräume unterbringen und die Stockwerke, die sie nicht benötigte, vermieten.

Eine sehr banale Affäre...

...bei der nichts auf die Katastrophe hinwies, die dadurch ausgelöst wurde – und die nur aufgrund einer an ein Wunder grenzenden Intervention seitens der Bundesregierung in Washington und der amerikanischen, das heißt globalen Bankenwelt nicht als der Große Krach von 1901 in die Geschichte einging.

Es begann am 20. Januar.

Kapitel 3

Der Mann, der Alphabet hieß

Seit zwei Tagen schneite es bereits in New York. Am Vorabend hatten Taddeuz und sie ihr neues und erstes Haus in Gegenwart von ungefähr hundert Gästen eingeweiht, zu denen, und darauf war Hannah besonders stolz – im Gegensatz zu Taddeuz, dem das vollkommen gleich war –, auch Rockefeller Junior zählte, der zu ihrer großen Überraschung die Einladung angenommen hatte.

Es schneite, aber nicht so stark, daß der Verkehr zum Erliegen gekommen wäre. Der große Renault, der mehr als hundert Kilometer pro Stunde erreichen konnte, eine richtige Bombe, hatte keinerlei Schwierigkeiten, von Long Island nach Manhattan zu gelangen. Als Taddeuz in der Sullivan Street in Greenwich Village hielt, wurde der Wagen sofort von vielen Neugierigen bestaunt.

Hannah rutschte hinter das Steuerrad, nachdem Taddeuz ausgestiegen war. Es war kurz vor zehn Uhr vormittags.

»Vergiß bitte nicht, daß wir zum Abendessen eingeladen sind.«

Zerstreut wie häufig, wenn er geschrieben hatte, schrieb oder schreiben wollte, nickte er mit dem Kopf.

»Küß mich.«

Ihre Lippen berührten sich. Trotz der Kälte trug er keinen Mantel über seinem englisch geschnittenen Anzug, der West aus granatfarbener Seide und dem Hemd mit dem anknöpfbaren Kragen. Wie fast immer hatte er auf einen Hut verzichtet. Mit seinen blonden, etwas länger als gewöhnlich geschnittenen Haaren und seinem ebenfalls blonden Schnauzbart erinnerte er leicht an William Cody, genannt Buffalo Bill.

›Nur daß er sehr viel schöner und jünger ist!‹

Sie fuhr los, bog links ab, um zum Broadway zu gelangen, dann langsam weiter Richtung Süden, zeitweilig von Kindern eskortiert, die neben dem Renault herrannten. Die Passanten warfen erstaunte Blicke auf den Wagen, der neu war und röhrte wie ein Raubtier, und auf die kleine, junge Fahrerin, die sich in einen gefütterten Blaufuchsmantel gehüllt hatte und dazu eine Mütze aus dem gleichen Material trug. Ihr dreieckiges Gesicht, das so geschnitten war wie das einer ägyptischen Katze, war für jeden erkennbar, vor allem aber die grauen, klaren Augen, denn Hannah hatte sich Taddeuz' Beispiel zu eigen gemacht und auf die entstellende Rennfahrerbrille verzichtet, die man gewöhnlich trug, wenn man in einem offenen Wagen fuhr oder diesen gar steuerte.

In der Nassau Street, im Herzen des Börsenviertels, hatte Maryan für seine privaten Zwecke ein Büro gemietet, das nur drei Zimmer umfaßte; seine Sekretärin war so anziehend wie eine seit sechs Monaten im Regal vergessene Pastete. Lizzie hatte wirklich nichts zu befürchten.

Als Hannah eintrat, standen vier Männer auf. Zwei kannte sie, Maryan natürlich und Bernard Benda, den jungen, beeindruckend intelligenten Finanzier. Die beiden anderen Männer hießen Joe Lanza und Fred Alfero. Sie hatten die Vierzig bereits seit geraumer Zeit überschritten. Ihre Augen waren kalt wie die von Mördern, was sie natürlich nicht waren. Sie stammten beide aus der Lombardei und hatten aus ihrer Heimat die außerordentliche Fähigkeit mitgebracht, mit Geld umgehen zu können, Zahlen zu lieben und zu respektieren und sich in der Geschäftswelt durchzusetzen. Seit ungefähr fünfundzwanzig Jahren arbeiteten sie an der Wall Street, der eine als *floor trader*, der andere als *operator*. Ohne mit der Wimper zu zucken, hörten sie Hannah zu, die ihre Absichten erläuterte: Sie wollte, daß die beiden ihr einen Monat lang als Führer, Mentor und Instruktor dienten.

Schweigen.

Alfredo beriet sich nicht einmal mit seinem italo-amerikanischen Kollegen, sondern schüttelte auf unmißverständliche Weise seinen Kopf:

»Man hat uns gegenüber einen Freund Mister Bendas erwähnt. Wir wußten nicht, daß dieser Freund eine Freundin ist.«

»Fünfhundert Dollar«, sagte Hannah.

»Tut mir leid, die Antwort lautet nein.«

»Tausend.«

Sie bemerkte, daß Lanza seine Finger bewegte, und fügte hinzu:

»Zweitausend. Für jeden.«

»Es gibt bestimmte Stellen, die wir Ihnen nicht zeigen können«, bemerkte Alfero.

»Ja, ich weiß: die Herrentoilette. Sie werden sie mir eben beschreiben.«

Fünf Stunden später schlenderte sie durch die Wall Street, die Straße und das Viertel, von Maryan links und Bernard Benda rechts eskortiert. Von ihrer Ausstattung als Automobilistin hatte sie nur eine Pelzstola anbehalten; trotzdem schauten ihr alle Passanten nach.

»Wenn ich ein Zebra wäre, würden mich die New Yorker wahrscheinlich lange nicht so mustern.«

»Zebras hat man in der Wall Street bereits gesehen«, antwortete Benda lachend. »Zufrieden mit Ihrem ersten Tag an der Börse?«

»Sehr. Ich hatte eigentlich gedacht, alles wäre viel komplizierter.«

Das war nicht das, was sie eigentlich dachte, denn im Grunde ihres

Herzens war sie begeistert. Dieser Umtrieb, dieses kalte Fieber, die verblüffende Schnelligkeit, mit der die Aktien ihren Besitzer wechselten! Was für ein außerordentliches Spiel!

›Und wie auf die Nerven gehend ist es ab und zu, eine Frau zu sein!‹

Zum ersten Mal in ihrem Leben hatte sie Menschen getroffen, die genauso schnell dachten wie sie selbst und für die sie brüderliche Gefühle entwickelte, die allerdings nicht erwidert wurden: Hannah wurde eher als eine Frau vom Mars betrachtet.

Sie zog die Handschuhe von ihrer rechten Hand, streckte Daumen und Zeigefinger aus und bog die restlichen Finger zurück:

»Das bedeutet: *ich kaufe.*«

Sie hielt den Zeigefinger weiterhin ausgestreckt, bog den Daumen zurück und streckte den kleinen Finger jetzt ebenfalls aus:

»Und das bedeutet: *Es gibt nichts mehr zu kaufen oder zu verkaufen.*«

Sie schloß die Hand zur Faust und streckte dann Zeige-, Mittel- und Ringfinger aus:

»*Ich kaufe dreitausend.*«

Dann bog sie die Hand mit ausgestrecktem Daumen und halb gekrümmtem kleinen Finger (die anderen Finger waren ganz gekrümmt) zur Seite:

»*Ich kaufe oder verkaufe zu zwei Achtel oberhalb des Kurses...*«

»Täusche ich mich, Bernard?«

Der junge Finanzier schaute erst auf seine feinen Gamaschenstiefel, bevor er antwortete:

»Können Sie auch nähen?«

Bernard Benda verabschiedete sich. Eine Stunde später kam sie am Columbus Circle an, wo sich der Broadway, die 8th Avenue und die Neunundfünfzigste Straße kreuzen. Die zwei Rechtsanwälte warteten bereits neben einem lächerlich kleinen Oldsmobile *Curved Dash,* der, mit dem Renault verglichen, wie eine an Tuberkulose erkrankte Spinne wirkte.

In diesem Augenblick geschah es – und noch neunundzwanzig Jahre später sollte Hannah die Szene mit dem immer gleichen, bitteren Geschmack im Mund durchleben.

Die beiden Rechtsanwälte, Harvey Stevenson und Simon Marcus, waren von Simon Guggenheim und Senator Markham empfohlen worden.

Ruhig erklärte Stevenson, daß er mit Dwyer das gewünschte Treffen vereinbart hatte.

»Der Mann heißt Dwyer?«

»Andrew Barton Cole Dwyer. Man hat ihm den Spitznamen A. B. C. D. verliehen.«

»Ich dachte, der Präsident der Gesellschaft, der das Gebäude gehört, das ich kaufen möchte, heißt MacLean?«

»MacLean ist vor zwei Monaten gestorben. Dwyer ist sein Schwiegersohn, Madam Newman...«

»Nennen Sie mich Hannah...«

»Es ist besser, wenn Sie uns, das heißt Simon und mich, bei der ersten Unterredung mit Dwyer allein lassen«, sagte Stevenson, wobei man seiner Stimme anhörte, daß er sich nicht ganz wohl fühlte.

Sie starrte ihn an. Und verstand auf Anhieb:

»Weil ich eine Frau bin, nicht wahr?«

»Hannah...«, mischte sich Maryan ein.

Kalte Wut überfiel sie. Die Entscheidung, die sie in diesem Augenblick fällte – und deren Konsequenzen sie erst neunundzwanzig Jahre später wirklich beherrschte – entsprach natürlich ihrem heftigen und zuweilen auch brutalen Charakter, war aber auch durch die Irritation bestimmt, die sie immer dann empfand, wenn man sie daran erinnerte, daß sie eine Frau war, als ob dies ein schandbares Laster sei (›selbst Polly hat in dieses Horn geblasen!‹). Und durch die überschwenglichen Gefühle, die sie seit dem Besuch der Börse bestimmten.

Sie sagte bestimmt: »Ich werde diesen Herrn, der sich wie das Alphabet zu nennen beliebt, allein aufsuchen. Allein.«

Sollten Maryan und die beiden Rechtsanwälte auf sie warten. Falls ihnen das behagte. Oder zum Teufel gehen!

Sie verschwand in dem Gebäude.

Wenn er wenigstens häßlich gewesen wäre, Lizzie! Klein, dick, schmierig, abstoßend, mit Glubschaugen, feuchten Händen und schwarzen Fingernägeln! Aber nein, dieser Schuft war ein ausgesprochen anziehender Mann, das war das Schlimmste!

A. B. C. Dwyer war fast so groß wie Taddeuz und hatte kastanienbraune, gelockte Haare. Er war um die dreißig Jahre alt. Seine Hände waren ausgesprochen schön: groß, aber nicht riesig, nervig, geschmeidig und gepflegt. Er lächelte charmant, wobei seine Augen gerne ironisch funkelten. Als Hannah in sein Büro eindrang, war er gerade dabei, hemdsärmelig (›seine Unterarme sind ausgesprochen muskulös‹) mit einer Miniatureisenbahn zu spielen. Als er sah, daß ihn eine Dame besuchte, zog er schnell sein Jackett über.

»Darf ich fragen, wer Sie sind?«

»Hannah Newman.«

»Die Rechtsanwälte sprachen von einem H. Newman.«

»Das bin ich.«

Schweigen. Er musterte sie. Endlich bat er sie, Platz zu nehmen, und rückte ihr sogar den Sessel zurecht. Doch anstatt sich hinter seinen Schreibtisch oder auf den freien Stuhl neben ihr zu setzen, blieb er dicht bei ihr stehen, so daß er sie fast berührte, und stützte sich auf den Tisch, auf dem viele Modelleisenbahnen standen.

»Sind Sie wirklich dieser H. Newman?«

»Ich bin vor allem diese H. Newman, die das Gebäude in der Park Avenue kaufen möchte, das zum Immobilienbesitz der Gesellschaft des verstorbenen Mister MacLean gehört.«

»Mein Schwiegervater, der uns viel zu früh verlassen hat.«

Seine Augen konnten die leise Ironie nicht unterdrücken. Er musterte sie weiter.

»Das Gebäude fällt bald zusammen«, fuhr sie fort. »Zumindest in absehbarer Zeit. Sie können nichts damit anfangen. Ich dagegen schon. Ich bin bereit, 100000 Dollar zu bezahlen. Bar.«

Sie beobachtete, wie sich seine rechte Hand dem Zigarrenkästchen näherte, zögerte und sich dann wieder zurückzog.

»Sie können rauchen, soviel sie wollen. Das stört mich nicht.«

Er rührte sich nicht und musterte sie weiter.

›Er ist in seinen Gedanken wohl dabei, mich auszuziehen‹, stellte Hannah fest.

»Hunderttausend Dollar?«

»Bar.«

»Das Gebäude ist mehr wert. Sehr viel mehr.«

»Es ist genausoviel wert wie das Grundstück, auf dem es steht. Wenn überhaupt. Das Gebäude muß abgerissen werden, und das kostet Zeit und Geld.«

Er lachte: »Das soll wohl heißen, das Grundstück ohne Gebäude wäre teurer...«

›Hannah, reg dich nicht auf. Man wird dich für eine blöde Gans halten, wenn du Maryan und den beiden anderen, die im Schnee auf dich warten, verkünden mußt, daß du an einer Transaktion gescheitert bist, die sie innerhalb von wenigen Minuten durchgeführt hätten.‹

Sie richtete sich auf – was vor allem ihrem Busen zugute kam, aber man konnte ja nie über zuviel Trümpfe verfügen – und lächelte A. B. C. Dwyer so charmant wie nur möglich an. (Der gleiche Dwyer hatte sich nicht geniert, einen Schritt zurückzutreten, um sie besser mustern zu können; er war inzwischen bei ihrem Busen und ihren Hüften angelangt und machte nicht einmal mehr Anstalten, sein diesbezügliches Interesse vor Hannah zu verbergen.)

»Richtig«, antwortete sie. »Ihr Humor gefällt mir, Mister Dwyer. Ich bin bereit, auf 110000 zu erhöhen.«

Er nickte abwesend mit dem Kopf und fuhr offensichtlich fort, sie in Gedanken auszuziehen.

›In seinem Kopf bin ich sicher schon fast splitternackt.‹

»Frei heraus«, sagte er endlich, »als Sie in mein Büro kamen, habe ich Sie nicht allzu hübsch gefunden. Doch ich habe mich getäuscht, was auf diesem Gebiet nur selten vorkommt. Sie sind nicht nur hübsch, Sie haben auch noch etwas anderes. Je länger man Sie betrachtet, desto mehr sticht das ins Auge. Wir werden folgendes unternehmen: Wir werden heute abend zusammen essen und dann, falls notwendig, die ganze Nacht über unser Geschäft diskutieren. Einige, um nicht zu sagen, alle Ihre Argumente verdienen es, aus der Nähe studiert zu werden. Ich mache zwar mit Frauen nie Geschäfte, aber vielleicht werde ich anschließend bereit sein, meine Ansicht zu ändern. Ich erwarte Sie um halb sieben im...«

»Scheren Sie sich zum Teufel!«

Sie war an diesem Tag ungeheuer wütend. So wütend, wie sie noch nie gewesen war und nie wieder werden sollte.

Und versteckte diese Wut – was blieb ihr auch anderes übrig? Wieder auf der Straße erklärte sie den beiden Rechtsanwälten in einer Ruhe, die sie selbst überraschte, daß es um das Geschäft gut stehe und Dwyer praktisch ja gesagt habe; sie frage sich aber, ob sie das Gebäude wirklich brauche.

»Er war bereit abzuschließen. Vielen Dank für Ihre Hilfe, meine Herren.«

Die Juristen fuhren in ihrem stinkenden, lächerlichen amerikanischen Wagen davon.

Sie stieg mit Maryan in den Renault.

Sie wollte gerade losfahren...

»Du hast vergessen, die Lampen anzuzünden«, bemerkte Maryan ruhig.

»Zünd sie schon an, worauf wartest du denn?«

Er stieg wieder aus und zündete die Gaslampen an. Es hatte aufgehört zu schneien. Maryan kam wieder zurück, setzte sich aber nicht auf den Platz neben ihr, sondern blieb stehen und verlagerte sein Gewicht von einem Fuß auf den anderen. Seine fahlen Augen schienen in der einfallenden Dunkelheit fast weiß zu sein. Die Edinsonschen Gaslaternen wurden nach und nach angezündet.

»Hannah, irgend etwas ist passiert, nicht wahr?«

»Misch dich da nicht ein!«

»Hat er es ... an dem gebührenden Respekt fehlen lassen?«

Gegen ihren Willen mußte sie lachen: »Maryan, wir leben im zwanzigsten Jahrhundert! Die Männer lassen es Damen gegenüber nicht mehr an Respekt fehlen, sie vergewaltigen sie einfach. Und er hat mich nicht vergewaltigt.«

Sie hatte sich etwas entspannt; nicht daß die Wut sich gelegt hätte, aber Hannah beherrschte nun ihre Wut, die so nur noch gefährlicher wurde.

›Für jedes Problem gibt es immer verschiedene Lösungen...‹

Sie war bereits dabei, eine dieser Lösungen auszuhecken. Die Idee war ganz bestimmt noch nicht ausgewachsen, eher noch ein Embryo, aber immerhin...

»Maryan, ich kehre nach Greenwich Village zurück. Willst du mitfahren?«

Nein. Er wollte ein wenig durch den Central Park und dann in sein einfaches Zimmer in der Achtundfünfzigsten Straße gehen, um sich umzuziehen; an diesem Abend sollte er Lizzie in die Carnegie Hall ausführen, die zehn Jahre zuvor von Tschaikowski höchstpersönlich eingeweiht worden war.

Sie fuhr los. Einige Minuten zuvor wäre sie noch die Fünfte Avenue hinuntergerast, bereit, drei oder vier Dutzend dieser New Yorker, die mit Frauen keine Geschäfte machen wollten, umzufahren.

Doch jetzt nicht mehr. Eine beinahe beunruhigende Ruhe hatte Hannah erfaßt.

›Für jedes Problem gibt es verschiedene Lösungen, und wenn es keine Lösung gibt, dann gibt es auch kein Problem.‹

›*Hannah, genau das ist die Lösung...*‹

Sie drehte sich auf der 5th Avenue einmal um ihre eigene Achse... Vier Minuten später tauchte Maryan am Rand des Central Parks auf. Sie hielt auf seiner Höhe. Er hörte ihr zu, ohne eine Bemerkung zu machen.

Nur zum Schluß fragte er:

»Und du bist dir sicher, daß deine Idee gut ist?«

»Ich bin mir sicher. Maryan? Du verrätst Taddeuz kein Wort, nicht wahr? Du sprichst mit niemandem darüber?«

Zwei Tage später teilte Maryan ihr mit, daß es sich bei der fraglichen Gesellschaft um die Carrington-Fox Railways handelte, deren Aktien nicht an der Börse eingeführt waren, das heißt mit anderen Worten, daß der Wert der Gesellschaft nur aufgrund der jährlichen Bilanz ermittelt...

»Das reicht; ich weiß, was eine Aktiengesellschaft ist, deren Aktien nicht an der Börse gehandelt werden. Ich bin schließlich nicht ganz blöd. Wieviel ist diese Gesellschaft wert?«

»Ihr gehört die Linie zwischen New York und Albany, ein Teilstück bei Boston, Anteile, die in keinem Fall fünf Prozent übersteigen, an genauso unbedeutenden anderen Eisenbahngesellschaften, von einer ruhmvollen Ausnahme abgesehen, der Northern Star Express. Dazu kommen Lagerhallen in New York und Boston sowie verschiedene Gebäude, vor allem in New York. Doch die Gebäude sind in der Regel klein und alt; eines kennst du ja.«

»Wie hat es dieser verdammte Dwyer geschafft, Präsident der Gesellschaft zu werden?«

»Ganz einfach: Er heiratete die Tochter des Chefs, MacLean. MacLean selbst war der Schwiegersohn des Gesellschaftsgründers Carrington gewesen. Dwyer allerdings ist auch von der Ausbildung her ein Eisenbahner; er hat als Eisenbahningenieur in Kalifornien und Oregon gearbeitet.«

»Wann ist er in die Gesellschaft eingetreten?«

»Vor drei Jahren. Damals hatte er Fräulein MacLean geheiratet, die übrigens, so wie er, vierunddreißig Jahre alt ist.«

»Die hat sicher schon das Gefühl gehabt zu verschimmeln, wenn sie so spät geheiratet hat. Haben die beiden Kinder?«

»Nein.«

»Der Fall ist klar: Er hat sich zwischen die Laken des Mädchens geschmuggelt, um den Posten zu bekommen. Ich bin überzeugt, daß er seinen Schwiegervater ermordet hat.«

»Dann muß er über einen besonders langen Arm verfügen. MacLean starb während eines Urlaubsaufenthaltes in Schottland an einem Schlaganfall.«

»Ich bin mir sicher, daß er einen sehr schlechten Ruf genießt«, sagte sie gehässig.

Maryan lächelte: »Es tut mir leid, Hannah, aber nach den Informationen, über die ich verfüge, ist seine Vergangenheit lupenrein. Man hält ihn für gerissen und ehrgeizig.«

»Schade. Wieviel Carrington-Aktien gibt es?«

»160000, letzte Schätzung: 11,75. Dwyer selbst besitzt ungefähr zwanzig Prozent.«

»Was heißt ungefähr?«

»Er hält 36000 Aktien.«

Maryan las in Hannahs Augen die Frage, die sie stellen wollte: »Das entspricht 423000 Dollar.«

»Besteht nicht ein Mißverhältnis zwischen dem Wert der Aktien und dem der Gesellschaft? Ich meine, angesichts des Grundbesitzes dieser Gesellschaft?«

»Schon. Das kommt allerdings bei Familiengesellschaften häufig vor. Hauptsächlich aus steuerlichen Gründen werden die Aktien gerne zu niedrig eingeschätzt.«

»Die anderen Aktionäre?«

»Aufgrund von Erbteilungen recht verstreut; nach Dwyer besitzt die Tochter von George Fox, dem Mitbegründer der Gesellschaft, die meisten Anteile. Sie ist achtzig.«

Die Menschen drängten sich dichter um sie. Wall Street wurde immer lebhafter. Hannah hatte sich mit Maryan am Eingang der »Garage« verabredet, in der bereits mehr als zweihundert Wagen abgestellt waren. Es war gegen halb elf Uhr, und sie wartete auf die Lombarden, die ihr die Börsen- und Finanzgeschäfte erklären sollten.

»Hannah, willst du wirklich zwanzig Prozent der Carrington aufkaufen?«

»Zweiunddreißigtausend Aktien.«

Man sah Maryan an, daß sich in seinem Kopf die Zahlen jagten:

»Bei einem Kurs von 11,75 beträgt der Kaufpreis 376000 Dollar. Doch das wird nicht ausreichen. Du darfst die Unkosten nicht vergessen, und die Kurse werden, wenn du so massiv kaufst, sicher steigen.«

»Ich habe aus London 500000 Dollar kommen lassen.«

»Das ist viel Geld, Hannah.«

Jo Lanza tauchte auf. Er hatte die Erlaubnis erhalten, Hannah heute den Stock Watch Room zu zeigen, den Raum, in dem die Börsentransaktionen kontrolliert werden und in dem ein Heer von Angestellten in wenigen Sekunden auch das bedeutendste Geschäft in riesigen Registern festhalten.

»Ich komme gleich«, sagte Hannah zu dem Italo-Amerikaner.

Sie wandte sich Maryan zu. ›Das ist viel Geld‹, hatte dieser bemerkt, und seine Stimme hatte dabei dumpf geklungen. Er hatte seinen Kopf gesenkt und sein Gewicht von einem Fuß auf den anderen verlagert, wie immer, wenn er mit ihr nicht einer Meinung war. (Hannah war wohl der einzige Mensch auf der Welt, der ihn so einschüchtern konnte.)

– Lizzie, das erstaunlichste war, daß ich ihm im Grunde recht gab. Nicht wegen der fünfhunderttausend Dollar – das Geld hat weniger Bedeutung, als man annimmt. Diese Summe für ein Gebäude, das war's! Ich träumte Tag und Nacht davon, mit diesem Dwyer abzurechnen... Maryan spürte, daß ich mich hinreißen ließ.

»32000 Aktien, Maryan. Du kannst bis zu 15 Dollar pro Aktie gehen. Wenn sie teurer werden, dann informier mich bitte.«

Er fragte sie, ob er Bernard Benda mit heranziehen durfte.

Sie zögerte, bevor sie zustimmte.

Ihr verrückter Plan wurde in die Tat umgesetzt. Unaufhaltsam.

Maryan und Benda brauchten 21 Tage, bis sie die 32 000 Aktien gekauft hatten. Es wäre sicher möglich gewesen, schneller ans Ziel zu kommen, doch dann hätten sie die Diskretion preisgeben müssen. Sie waren so geschickt vorgegangen, daß niemand das Börsenmanöver bemerkte und der Kurs nicht entscheidend stieg. Den Höchstpreis, den sie hatten bezahlen müssen, belief sich auf 13,40 Dollar.

Inklusive der Unkosten hatten sie 418000 Dollar ausgegeben.

Als Hannah knapp ein Jahr zuvor Rockefeller Junior ihr merkwürdiges Buchhaltungssystem mit den Schäfchen erklärt hatte, war sie in der Lage gewesen, eineinhalb rosa Schafe in ihrem Notizbuch festzuhalten.

Das stimmte und stimmte wiederum nicht.

Das stimmte, denn in der Tat besaß sie etwas mehr als anderthalb Millionen Dollar.

Das stimmte wiederum nicht, denn um diese Summe wirklich zusammenzubekommen, hätte sie praktisch ihren ganzen europäischen Grundbesitz zu Geld machen müssen – die meisten ihrer Institute und Geschäfte und auch die Villa am Saint James-Park, in der sie eine Wohnung für sich reserviert hatte, waren nur gemietet.

Sie hatte ihren Besitz schätzen lassen und war, vorsichtig wie immer, bei ihrer persönlichen Schätzung etwas unter der offiziellen geblieben; allein auf die Frage, wie ihre Patente und der Gebrauchsmusterschutz für ihre Salben einzuschätzen waren, konnte kaum verbindlich beantwortet werden.

Im Februar 1901 hatte sie wieder einmal ihre persönliche Vermögenslage überschlagen; trotz der bedeutenden Kosten, die der Kauf des Grundstücks auf Long Island, der Bau des Hauses und die Einrichtung bedeuteten, trotz der Miete für die Büroräume in der 5th Avenue sowie der 100000 Dollar Mitgift für Lizzie war sie bei vorsichtigster Berechnung auf die Summe von 1675000 Dollar gekommen.

Über 1100000 Dollar konnte sie real verfügen.

›Mehr als ich brauche! Gott sei Dank!‹

– Lizzie, hör gut zu. Ich war damals bereit, meine letzte Kugel zu verschießen, sollte das notwendig werden, nur um diesem verdammten Dwyer zu zeigen, daß ich genausoviel wert war wie er. Es ging mir im Grunde gar nicht mehr darum, unbedingt in den Besitz des Grundstückes zu gelangen.

Ich war übergeschnappt. Ich hatte den Sinn für die Grenzen verloren, und das kann im Geschäftsleben leicht tödlich ausgehen.

Mit A.B.C. Dwyer wurde wieder Kontakt aufgenommen, natürlich nicht von ihr, sondern von Rechtsanwälten, und genauso natürlich nicht von Stevenson und Marcus, die aus dem Schlachtfeld abberufen worden waren, da sie dem Gegner bereits bekannt waren. Polly Thwaites, der den Transfer der fünfhunderttausend Dollar aus England nach

Amerika durchgeführt hatte und der von ihr eingeweiht worden war, hatte zwei Tage lang seine ganze Geduld und Diplomatie einsetzen müssen, bevor er sie davon überzeugt hatte, daß es unklug wäre, wenn sie persönlich zu Dwyer ginge.

»Hannah, ich habe Sie noch nie so erregt erlebt. Dieser Dwyer ist schließlich nicht der erste Weiberfeind, dem sie begegnen, und wird sicher nicht der letzte sein. Beruhigen Sie sich, um Himmels willen!«

»Der Himmel ist mir scheißegal, und außerdem bin ich sehr ruhig.«

»Ungefähr so ruhig wie ein Vulkan kurz vor dem Ausbruch.«

»Ich will ihm an den Kragen, Polly!«

»In diesem Fall empfehle ich Ihnen, einen Berufskiller zu engagieren, das wird insgesamt billiger.«

Ein kurzer Blick in Hannahs eiskalte, graue Augen, und er bekam es mit der Angst zu tun:

»*God gracious*, Hannah, ich habe mir nur einen Scherz erlaubt.«

»Eine gute Idee, ein Berufskiller«, sagte sie mit düsterem Gesicht.

Doch dann lächelte sie plötzlich: »Polly, auch ich habe mir einen Scherz erlaubt.«

Die beiden neuen, an die Front geschickten Rechtsanwälte, Wynn und Parks, verrieten Dwyer den Namen ihres Auftraggebers natürlich nicht. Später erfuhr Hannah, Wynn und Parks hätten durchblicken lassen, ohne es jemals direkt auszusprechen.

– Lizzie, ich war mir nie sicher, ob sie es nicht doch getan hatten –,
daß ihr Auftraggeber nicht diese Frau war, nicht sein konnte, die ihn bereits einmal besucht und entsprechende Vorschläge unterbreitet hatte. Völlig ausgeschlossen, eine Frau bei einem Geschäft mit einzuschließen. Nein, ihr oder ihre Auftraggeber waren seriöse Geschäftsleute, die Dwyer darauf hinweisen ließen, daß er nicht einmal 20 Prozent der Aktien der Carrington-Fox besaß...

»... nicht einmal soviel wie unser oder unsere Auftraggeber, Mister Dwyer. Und unser oder unsere Auftraggeber legen aus Gründen, die hier nicht zur Debatte stehen, Wert darauf, daß dieses Gebäude in der Park Avenue von Madam Newman erworben wird. Wenn Sie das 160000-Dollar-Angebot ablehnen, lösen Sie eine Finanzschlacht aus, die Ihre Gesellschaft, vor allem aber Sie persönlich in den Ruin treiben kann...«

Dwyer, mit Vornamen ABC, zeigte keine Regung; er erbat drei Tage Bedenkzeit.

Hannah wäre beinahe erstickt vor Wut, als sie die von ihren Rechtsanwälten benutzten Argumente erfuhr:

»Maryan, haben diese beiden Vollidioten Dwyer wirklich gesagt, daß...«

»Hannah, sie sind davon überzeugt, richtig gehandelt zu haben. Und vielleicht klappt es ja auch...«

»Sie haben mehr oder weniger deutlich durchblicken lassen, ich sei geistig minderbemittelt. Dabei werden Sie von mir bezahlt. Die beiden sind entlassen, hast du verstanden? Diese...«

Es folgte eine hier nicht wiederzugebende Reihe von Beleidigungen in acht Sprachen. Einige Minuten wünschte sie sich fast, ein Mann zu sein, um diese Kerle verdreschen zu können, angefangen mit diesem Dwyer, dessen Vorname ein Alphabet war! Plötzlich fuhr ihr eine andere Idee durch den Kopf, und sie wurde noch wütender:

»Das heißt nichts anderes, als daß sie mich als eine Verrückte hingestellt haben, deren Liebhaber so reich ist, daß er die Carrington aufkaufen kann, um mir dieses Gebäude zu schenken, so wie er mir unter anderen Umständen einen Bach voller Diamanten geschenkt hätte. Ich glaube, ich spinne...«

Maryan schaute sie, ohne mit der Wimper zu zucken, lange an. Endlich beruhigte sie sich. Ein wenig. Zumindest so weit, um die Frage zu stellen, die gestellt werden mußte:

»Maryan, aus welchem Grund haben diese Kanaillen, die sich Rechtsanwälte nennen – und ich bin noch höflich! –, von anderen Auftraggebern als mir gesprochen und dabei durchblicken lassen, Dwyer sei gut beraten, wenn er vor diesen Auftraggebern Angst habe? Auf wen haben sie da angespielt?«

»Auf Flint und Healey.«

»Und wer sind Flint und Healey?«

»John Patrick Flint ist Bankier und Roger Healey Industrieller.«

»Wie jeder New Yorker kenne ich J. P. Flint! Was hat er in dieser Angelegenheit zu suchen?«

»Er hat sich mit Healey verbündet; die beiden versuchen, alle großen Eisenbahngesellschaften in den Staaten unter ihre Kontrolle zu bringen. Mit ihnen verglichen ist Dwyer nur ein Erdnußverkäufer.«

»Ich sterbe lieber vor Hunger, als daß ich seine Erdnüsse fresse!«

»Wynn und Parks haben durchblicken lassen, Flint und Healey stünden hinter ihnen, um auf diese Weise Dwyer einzuschüchtern; er sollte zu der Überzeugung kommen, die Grundstücksaffäre sei nur eine Lappalie und es ginge um ganz andere Dinge; sie wollten seine Aufmerksamkeit ablenken.«

Sie redete auf sich ein: ›Hannah, es wäre eigentlich an der Zeit, endlich aufzuhören, verrückt zu spielen. Beruhige dich! Vielleicht könntest du sogar etwas nachdenken?‹

Sie fragte ihren Leutnant: »War das deine Idee, Maryan?«

Er fing an herumzuhampeln: »Mehr oder weniger. Bernard und ich haben mit Stevenson, Marcus, Wynn und Parks darüber gesprochen.«

»Mit mir aber nicht. Das versteht sich ja von selbst. Was hätte auch eine idiotische, geistig zurückgebliebene Frau zu euren Männergesprächen beisteuern können!«

So unwahrscheinlich es auch klingt: Maryan wurde puterrot!

»Nein, Hannah, das stimmt nicht. Nur, von Anfang an hast du dich bei diesem Geschäft immer... etwas hinreißen lassen!«

Sie schaute ihn wütend an und war einige Sekunden kurz davor, mit ihm zu brechen. Doch dann gewann ihre Vernunft die Oberhand:

›Wäre ich nicht blöd und eingebildet gewesen und hätte ich nicht unbedingt allein zu Dwyer gehen wollen, wäre überhaupt nichts geschehen. Maryan versucht nur, den Fehler soweit wie möglich wiedergutzumachen, den ich begangen habe. Gut, Hannah, zieh einen Schlußstrich und laß endlich deinen Stolz aus dem Spiel!«

»Sie wollen Dwyer einreden, Flint und Healey wären dabei, die Carrington aufzukaufen?«

»Es reicht schon, wenn Dwyer glaubt, er habe es mit Flint und Healey zu tun.«

»Und nicht mit einer kleinen Frau.«

»Und nicht mit irgend jemand anderem. Er wird wohl vernünftiger reagieren.«

Nur mit äußerster Mühe gelang es ihr, sich zu beherrschen.

»Und wenn Dwyer mit Flint und dem anderen direkt Kontakt aufnimmt, um ihnen die Würmer aus der Nase zu ziehen?«

»Das wird er bestimmt nicht tun. Er kennt die Situation.«

»Ich kenne sie aber nicht.«

»Flint und Healey haben einen Konkurrenten, der ebenfalls alles daransetzt, das Eisenbahnwesen zu kontrollieren. Die Schlacht zwischen den beiden Gruppen ist schon eine ganze Weile im Gang. Und Dwyer ist natürlich auf dem laufenden, als Eisenbahner. Er...«

»Wer ist dieser dritte Mann?«

»Louis Rosen. Er und Flint hassen sich. Rosen hat seinen Gegnern zwei Linien vor der Nase weggeschnappt. Seither verfolgen sie sich gegenseitig quer durch Amerika, vor allem, wenn es um größere, wichtigere Gesellschaften geht. Dwyer...«

»Ist die Carrington in deren Augen eigentlich interessant?«

»Nicht mehr als ein Eisenbahnwaggon. Dwyer weiß das natürlich. Aber er weiß auch, daß es ein schlimmer Fehler wäre, die *big shots* wie Healey, Flint und auch Rosen zu kontaktieren. Bei ihrem Kampf handelt es sich um einen Kampf der Titanen, und wer sich da einmischt und für das eine oder andere Lager Stellung bezieht, der lebt sehr gefährlich, denn beide sind in der Lage, Dwyer mit einem Fußtritt auszulöschen. Er wird sich so unauffällig wie möglich verhalten.«

»Und mir das Grundstück verkaufen?«

»Wir hoffen es, Hannah.«

Maryan schüttelte den Kopf und wiederholte:

»Wir hoffen es.«

Er ging. Hannah hatte sich inzwischen wieder völlig in der Hand, auch wenn ihr Haß weiterhin loderte. Der kleine Mechanismus in ihrem Kopf hatte sich wieder in Gang gesetzt.

›So wird das nicht funktionieren! *Ich hoffe*, daß es so nicht funktionieren wird; nur dann kann ich mit dem Schuft abrechnen. Denn wenn er nachgibt, dann nicht meinetwegen. Ich hoffe, daß es nicht funktionieren wird, auch wenn ich nicht in den Besitz des Gebäudes kommen sollte.‹

Zur gleichen Zeit kümmerte sie sich mit Lizzie um den Bau und die Ausstattung des Hauses, das das künftige Ehepaar Kaden (die Hochzeit war für den kommenden Mai vorgesehen) bewohnen sollte. Alle waren sich einig: Das Haus sollte an der Grenze zwischen den beiden Grundstücken errichtet werden, so daß nicht einmal 400 Meter die beiden Häuser voneinander trennten und sie sich über den Teich hinweg praktisch anschauten; sogar Taddeuz hatte sich aktiv an den Planungen beteiligt.

»Das scheint dich nicht gerade zu begeistern«, bemerkte Lizzie.

»Sei nicht blöd.«

Sie gingen an den Fundamenten entlang, die die Arbeiter in der vergangenen Woche gebaut hatten. In den letzten Februartagen war der Winter in New York noch einmal mit aller Strenge zurückgekommen. Es hatte am Tag zuvor geschneit, und der graue Himmel wies darauf hin, daß es wieder schneien würde. Bevor Lizzie MacKenna wußte, daß sie einmal in dieser Gegend wohnen würde, hatte sie auf Hannahs Grundstück kleine Holzhäuser aufstellen lassen, in denen die schwarzen Eichhörnchen Unterschlupf finden sollten; doch zur großen Enttäuschung des jungen Mädchens hatten die Eichhörnchen diese Unterschlupfe bisher verschmäht und ihnen nur ihren hocherhobenen Schwanz zugedreht.

»Man könnte fast glauben, diese Viecher hassen Australierinnen... Hannah, hast du dich mit Maryan gestritten?«

»Nein.«

»Anders ausgedrückt: ja. Vergiß nicht, daß ich mit diesem Schuft verlobt bin und daß ich ihn ab und zu unter vier Augen spreche und sehe. Übrigens frage ich mich, wozu er überhaupt Hände hat, denn auch wenn wir uns ganz nahe sind... Hannah, er soll etwas nicht tun und wird es trotzdem tun, oder willst du, daß er etwas tut, und er will es nicht?«

»Kümmere dich um deine eigenen Angelegenheiten... Du hast wirklich riesige Füße!«

»Wir werden ein andermal von meinen Füßen reden. Obwohl sie sehr schön sind. Außer beim Reiten; mein armes Pferd kann seinen Kopf weder nach links noch nach rechts wenden, weil meine Beine es daran hindern. Wenn Maryan dich ärgert, lasse ich mich scheiden. Noch bevor ich ihn geheiratet habe.«

»Ich habe Maryan nicht vorzuwerfen.«

»Wirklich nicht?«

»Wirklich nicht. Laß uns umkehren. Du hättest dir etwas überziehen sollen. Es ist wirklich kalt, beinahe wie in Polen.«

In dem Haus der Newmans hielten sich an diesem Sonntagnachmittag mindestens zwanzig Gäste auf – fast alle waren gekommen, um Taddeuz zu besuchen –, obwohl die Familie ja erst seit kurzem auf Long Island wohnte. Hinter den farbigen Glasfenstern auf der linken Seite bewegten sich Silhouetten ungezwungen hin und her, und man ahnte, daß die Menschen sich angeregt unterhielten und lachten. Hannah erkannte Taddeuz' Profil, der sich an einen Tisch gesetzt hatte.

›Einer seiner Gäste hat ihn wohl zum Schach herausgefordert und wird, wie gewöhnlich, eine vernichtende Niederlage einstecken müssen!‹

Zwei junge Männer unter den Gästen ihres Mannes hatten am Vorabend mit auffallender Begeisterung von Georges Méliès gesprochen. Der eine hieß David Wark Griffith; der andere, kaum zwanzigjährig, zeichnete sich in Hannahs Augen durch einen weiblichen Vornamen aus: Cecil B. de Mille.

»Ich habe Maryan nichts vorzuwerfen«, hatte sie gerade zu Lizzie gesagt. Und dabei nicht gelogen. Sie war natürlich wütend gewesen, daß sie ihm hatte recht geben müssen, doch sie war aufrichtig: Sie hatte sich hinreißen lassen und mehr als vierhunderttausend Dollar in eine Eisenbahngesellschaft gesteckt, die ihr höchst gleichgültig war...

›... und die vielleicht nicht einmal einen Hosenknopf wert ist, denn ich wüßte nicht, daß diese Gesellschaft näher überprüft wurde. Bravo, Hannah! Du bist so blöd, daß ich dich umbringen könnte!‹

Die Gäste würden bald nach New York zurückfahren, und sie würde mit Taddeuz einen geruhsamen Abend verbringen.

›Wir werden zusammen ein Bad nehmen, was, wie üblich, zu einer römischen Orgie ausarten wird – zu zweit eine höchst angenehme Perspektive!‹

Vor zwei Tagen, am Freitag, hatten die Rechtsanwälte Wynn und Parks Dwyer die faustdicken Lügen aufgetischt.

›Hätte ich sie oder andere die Verhandlungen von Anfang an allein führen lassen, dann wäre ich vielleicht bereits dabei, dieses verdammte Gebäude abzureißen, und wenn ich mich mit Fußtritten selbst hätte daran beteiligen müssen...‹

Montag morgen wollte A. B. C. Dwyer seine Antwort geben.

Er gab sie.

In Form einer merkwürdigen Hutschachtel, die von einem Boten der Western Union geliefert wurde. Hannah öffnete sie. Im Innern fand sie einen kurzen Brief und ein in Seidenpapier eingewickeltes Paket. Hier der Brief:

Meine Empfehlungen an die Herren J. P. Flint und Roger Healey... für den Fall, daß Sie je ihre Bekanntschaft machen werden. Was unser Geschäft anbelangt – meine Bedingungen sind unverändert: Spreizen Sie artig Ihre Schenkel, dann werde ich Ihnen vielleicht das in diesen Fällen übliche Geschenk überreichen. Mit Frauen verhandle ich nur im Bett.

Unterschrift: *XYZ*

Das Paket enthielt das ›Rüstzeug‹, mit dem Frauen in den Augen Dwyers auf Kriegspfad gingen: Strumpfhalter, durchsichtiges Höschen und Mieder, alles in schreiendem Rot und dazu aus dem Stoff, aus dem gemeinhin aufreizende Netzstrümpfe gemacht werden – eine Hure in einem texanischen Bordell hätte sich in dieser Aufmachung nicht unwohl gefühlt.

An dem Mieder war ein Zettel geheftet:

Ich wünsche, Sie in diesem Aufzug zu sehen!

Unter anderen Umständen hätte Hannah vielleicht gelacht. Obwohl ihr dieses »spreizen Sie artig die Schenkel« aufgrund der sicher gewollten Vulgarität auf alle Fälle gegen den Strich gegangen wäre.

Doch sie lachte nicht. Dieser abgrundtiefe Haß, den Maryan mit seinen Argumenten für eine kurze Zeit gemildert hatte, loderte in aller Schärfe wieder auf, vermengt mit einer Prise Befriedigung, denn sie hatte die Sachlage richtig eingeschätzt: Dwyer war auf die Lügen nicht hereingefallen.

Sie hatte soviel Selbstbeherrschung, zwei Wochen verstreichen zu lassen, bevor sie ihre Entscheidung traf. Sie wußte, daß es noch Zeit war, alles zu stoppen und zu versuchen, den Mann mit dem Alphabet als Vornamen zu vergessen, diese verdammte Eisenbahngesellschaft sich wieder vom Hals zu schaffen und die Aktien zu verkaufen. Wahrscheinlich würde sie Geld verlieren, aber doch einen Großteil der 418000

Dollar wiederbekommen, die sie in diese verrückte Operation investiert hatte. Polly Thwaites und Maryan waren der Ansicht, dies sei der beste Weg; die Verluste müßten eben abgeschrieben werden.

›Es geht ja nicht um ihr Geld!‹

Obwohl die finanzielle Seite für sie gar nicht so wichtig war. Sie hatte sich mit etwas anderem als ihren Cremes beschäftigen wollen, mit der Finanzwelt, und das noch in Amerika, dem Land, von dem sie sich goldene Berge versprach, und war beim ersten Versuch bereits gescheitert, das war für sie entscheidend. Und natürlich die Art, mit der man sie zum Scheitern gebracht hatte.

›Dieser Scheißkerl hätte ganz bestimmt mit jedem Mann einen Vertrag geschlossen, nachdem er hart um den Preis gefeilscht hatte, aber dazu war ich ja auch bereit gewesen. Mit mir wollte er nur schlafen. Nichts anderes als eine Form von Vergewaltigung. Und was kann ich dagegen unternehmen? Mich bei Taddeuz oder im äußersten Fall bei Maryan beklagen? Ich sähe schön blöd aus, zumal ich ja immer behaupte, ich käme ausgezeichnet allein zurecht.

Ich weiß nicht einmal, wie Taddeuz reagieren würde. Ich habe noch nie beobachtet, daß er kämpft oder wirklich zornig wird. Bei ihm kann man nie wissen...

Und Mendel ist in Alaska oder sonstwo dabei, Löcher in die Erde zu graben und die Flüsse durchzusieben, von einer Familie von Grislybären beobachtet, die sich an frischem Lachs delektiert...

Bei Taddeuz kann man nie wissen. Vielleicht bringt er diesen verdammten Dwyer einfach um. Wir beide säßen dann ganz schön in der Tinte. Ich glaube kaum, daß es in Amerika gemischte Gefängnisse und Zellen mit Doppelbetten gibt...

Hannah, jetzt hör auf, den Dummkopf zu spielen. Zum Lachen hast du keine Lust und keinen Grund. Dieses Schwein Dwyer hat natürlich richtig kalkuliert und weiß, daß du schweigen wirst. Er weiß, daß du dich zu sehr genierst, um die Geschichte einem Dritten zu erzählen, und genau das macht dich so wütend!

Dieser infame Dreckskerl!‹

Anfang März fuhr sie mit Taddeuz nach Philadelphia, das heißt, sie begleitete ihn, denn er hatte unbedingt eine Ausstellung französischer Impressionisten besuchen wollen, die von Mary Cassatt organisiert worden war. Während sie die ihnen beiden vertraute Welt wiederfand, spürte Hannah plötzlich, wie egoistisch sie gewesen war: Sie hatte Taddeuz praktisch gezwungen, in Amerika zu leben, ohne sich darum zu kümmern, ob er hier glücklich war oder nicht.

»Bliebest du ohne mich?«

»Hier in Philadelphia?«

»Du weißt haargenau, daß ich nicht von Philadelphia rede. Würdest du lieber in Europa leben?«

Sie lagen in ihrem Hotel in der Chestnut Street in Philadelphia im Bett. Am Vorabend hatte sie drei Pastelle von Mary Cassatt gekauft. Taddeuz machte Licht und stützte seinen Kopf in seine Hand. Einmal mehr hatte sie das Gefühl, daß er, obwohl er immer ausgeglichen und beinahe gleichgültig wirkte, unendlich viel über sie wußte und ihre Strategien erahnte, auch wenn sie sie im Verborgenen plante.

»Hannah, du hast Schwierigkeiten, nicht wahr?«

»Versteh' nicht, wovon du sprichst.«

»Du hast geschäftliche Schwierigkeiten. Ich bitte dich nicht, mit mir darüber zu sprechen, denn wahrscheinlich kann ich dir nicht helfen. Von Geschäften verstehe ich ungefähr soviel wie von Motoren: Ich frage mich immer, warum die Zündkerzen trotz des Fahrtwindes nicht ausgehen. Übrigens, könnte ich dir helfen, dann hättest du schon lange mit mir über deine Schwierigkeiten gesprochen.«

›Mein Gott, er hat alles verstanden!‹

»Sprich weiter«, forderte sie ihn auf.

»Und aufgrund deiner Schwierigkeiten in diesem Amerika, von dem du dir soviel versprochen hast, denkst du an Europa, wo du nie gescheitert bist.«

›Er liest wirklich in meinen Gedanken wie in einem aufgeschlagenen Buch. Entsetzlich!‹

»Nein, das ist es nicht.«

Er nickte mit dem Kopf und lächelte:

»Vielleicht nicht, Hannah. Vielleicht aber doch. Und aufgrund einer Assoziation deiner verschlungenen Gehirnwindungen...«

»Ich und verschlungene Gehirnwindungen!«

»Deine Gedanken gehen verdammt verschlungene Wege, würde jemand sagen, den ich recht gut kenne. Du bist noch nicht soweit, dir einzugestehen, daß du größte Lust hast, den Schwierigkeiten aus dem Weg zu gehen und nach Paris oder London umzusiedeln. Deswegen...«

»Deswegen klammere ich mich wohl an dich.«

»In gewisser Weise.«

»Ich habe wirklich Lust, mich an dich zu klammern, das stimmt. Und nicht nur bildlich gesprochen. Tad, willst du zurück nach Europa?«

»Taddeuz.«

»Die ganze Welt nennt dich hier Tad.«

»Du bist nicht die ganze Welt.«

Sie schloß einen Moment die Augen und mußte, Gott sei Dank, wie die Rabbiner sagen, nicht heucheln, Taddeuz zu lieben.

»Das ist richtig«, räumte sie wieder ein. »Bitte, weich nicht vom Thema ab, sondern antworte mir.«

(Sie hatte begonnen, sich kaum spürbar in dem großen amerikanischen Bett zu bewegen; ihr Ziel: Taddeuz' nackte Brust und nackter Bauch.)

»Ich weiß nicht, Hannah. Ich weiß es wirklich nicht.«

»Du schreibst inzwischen in Englisch, das kannst du nicht abstreiten, obwohl ich noch kein Wort von dir gelesen habe. Du zeigst mir nichts, so wie ich mit dir nicht über meine Geschäfte spreche. Ich bin mir sicher, daß du inzwischen so viel Zeilen geschrieben hast, daß sie aneinandergereiht leicht dreihundert Kilometer lang sind.«

»Das ist keine Frage der Quantität. Der Beweis: meine Frau ist ein Däumling.«

(Endlich war sie an dem Platz angekommen, den sie einnehmen wollte, und schmiegte sich an ihn, wobei ihr Mund seinen Adamsapfel in Besitz nahm, als ob sie ein Vampir wäre. Die weiche Krümmung ihres Bauches berührte seinen, sie spürte an dem harten Kontakt, daß sie ihm nicht gleichgültig war.

– Lizzie, man soll ja über diese Dinge nicht sprechen, sondern sie für sich behalten und nicht einmal an sie denken. Zumindest nur schamhaft. Ich weiß nicht, ich habe dabei nie Scham empfunden, und mir sind diese Regeln auch nicht verständlich. Ich habe Taddeuz immer leidenschaftlich geliebt. Und ihm alles gegeben, was ich mir ausdenken konnte. Ich glaube, ich habe so ziemlich an alles gedacht... Taddeuz war nicht von gestern. Er hatte sogar mehr Ideen als ich, und seine Fantasie war nahezu unbeschränkt. Wir erneuerten uns gegenseitig. Eines Tages – dir kann ich es ja sagen, außerdem ist es inzwischen verjährt – eines Tages geschah es sogar in einem Hotelaufzug, in Chicago, glaube ich. Zwischen dem Erdgeschoß und dem sechsten Stockwerk. Natürlich ohne Liftboy. Aber doch mit der delikaten Gefahr, daß auf jedem Stockwerk ein Fremder die Kabine besteigen konnte. Sag mal, du könntest wenigstens rot werden, du australischer Strauß! Und jetzt lacht sie auch noch, diese Hopfenstange!

»Taddeuz, geht dir eigentlich Europa ab?«

»Etwas schon.«

›Ich bin überzeugt, daß er alles begriffen hat.‹

»Wie bedeutend ist eigentlich dieser Henry James, von dem du dauernd sprichst?«

»James ist ein sehr großer Schriftsteller. Einer der größten der Welt.«

»Und lebt, obwohl er Amerikaner ist, in Europa. Was wirft er Amerika eigentlich vor? Und dieser Typ, der die Geschichte mit dem Frosch und die mit den Jungen geschrieben hat?«

»Mark Twain.«

»Hast du ihn nicht mit Sam angeredet?«

»Seine Bücher signiert er mit Mark Twain.«

»Ist er ebenfalls ein Schriftsteller?«

»Hundertprozentig. Wie wär's, wenn du endlich einmal aufhörtest zu zappeln?«

»Nur wenn du deine Hand wegnimmst, du Schlingel... NEIN! NIMM DEINE HAND NICHT WEG! Ich habe das nur zum Scherz gesagt. O Taddeuz, du schmutziges Trampeltier, das ist wirklich nicht sehr loyal.«

Sie verstummte für einen langen Moment. Doch dann setzte sich die kleine Mechanik in ihrem Gehirn wieder in Gang.

»Du stehst James näher als Twain, nicht wahr?«

»Ich wäre froh, wenn dies zuträfe.«

»Ich bin mir sicher, daß du mindestens so gut bist wie zwei James'. Mindestens.«

»Vier, wenn wir schon beim Vergleichen sind.«

»Ich liebe dich.«

»Ich weiß.«

In diesem Augenblick war sie fast bereit, ihm von A. B. C. Dwyer zu erzählen, und konnte sich gerade noch zurückhalten. Oder ihm zu schwören, daß kein anderer Mann, nie... Doch in einem gewissen Sinn war das schlimmer als Schweigen. Sie hatte Taddeuz' Augen beobachtet, als sie ihm gesagt hatte, sie liebe ihn. Für den Bruchteil einer Sekunde war der Schleier gefallen und der wahre Taddeuz hatte sich gezeigt, der immer auf der Hut war, alles analysierte, das Schweigen wog und den geringsten Wechsel in der Stimme, das kleinste Zögern registrierte. An diesem Taddeuz konnte sie nichts ändern, sie mußte ihn nehmen, wie er war, und vielleicht hätte sie ihn nicht dermaßen geliebt, wäre er anders gewesen.

›Auch wenn es manchmal verdammt schwer ist!‹

»Wir können jederzeit nach Europa ziehen, Taddeuz. Wann du willst.«

Sie kannte die Antwort bereits im voraus:

»Willst du hier bleiben?«

Das Schweigen breitete sich aus, bis es in den Ohren klang. Endlich sagte er:

»Es ist möglich, wie gesagt nur möglich, daß ich eine Reise nach Europa unternehme. Allein. Außer wenn du nichts Besseres zu tun hast, als mich zu begleiten. Was sicher nicht der Fall ist. Hannah, sind deine Schwierigkeiten wirklich ernster Natur?«

»Wenn ich das Spiel bis zum Ende spiele, dann riskiere ich, alles zu verlieren, bis zum letzten *Cent*. Auch meine Geschäfte in Europa. Und die in Australien. Alles.«

»Wenn das wirklich eintreten sollte, dann wirst du von vorne beginnen.«

»Ich wäre in diesem Punkt gern so sicher wie du.«

»Du bist es.«

Sie überlegte, während sie ihm vorsichtig in die Unterlippe biß und genauso vorsichtig ihren Bauch bewegte, in dem er noch steckte.

»Du hast recht«, sagte sie.

Fünf Sekunden lang hatte sie sich in einer Bilderserie, die mit atemberaubender Geschwindigkeit ablief, völlig ruiniert im Regen durch New York laufen sehen –

›Warum eigentlich nicht mit bloßen Füßen durch den Schnee, wenn du schon dabei bist?‹ –, ohne etwas anderes zu besitzen als ihr altes Kleid mit den neununddreißig Knöpfen, das sie seit zehn Jahren überall mitschleppte. Durch New York laufend und in der Tat von neuem beginnend, so wie sie in Sidney neu angefangen hatte, einen Topf Creme nach dem anderen verkaufend; unter Umständen konnte dies sogar recht amüsant sein.

Sie schaute Taddeuz in die Augen (anders wäre es auch schlecht möglich gewesen, denn er lag auf ihr, und ihre Nasenspitzen berührten sich).

»Du kennst mich recht gut.«

»Ausreichend.«

»Und an was denke ich im Augenblick?«

Er lächelte: »Erst in fünf Minuten, ich bin schließlich kein Übermensch.«

»Was wetten wir?«

Bernard Benda bestand in der Hauptsache aus einem goldenen Zwikker, der ganz oben an seiner langen und schmalen Figur befestigt war. Wobei allerdings das, was sich hinter den Gläsern befand, nicht außer acht gelassen werden durfte: einer der stechendsten, durchdringendsten Blicke, die man sich vorstellen konnte. Er hatte nicht ganz unten angefangen: sein Vater war, aus Posen in Preußen stammend, in Amerika eingewandert und hatte während des Sezessionskrieges in der Armee der Südstaaten als Chirurg gearbeitet; nach dem Krieg wurde er an der Universität Columbia zum Professor für Medizin und Chirurgie ernannt. Doktor Simon Benda war der erste Chirurg der Welt, der eine Blinddarmoperation erfolgreich durchgeführt hatte.

Im Jahre 1898 hatte Bernard Benda anläßlich des spanisch-amerikanischen Krieges zum ersten Mal die Möglichkeit gehabt, die außerordentliche Schnelligkeit seiner Reflexe auf dem Gebiet der Hochfinanz unter Beweis zu stellen. In der Nacht zum 3. Juli wurde er von einem befreundeten Journalisten telefonisch über den amerikanischen Sieg bei Santiago de Cuba informiert. Am darauffolgenden 4. Juli, dem amerikanischen Nationalfeiertag, blieb Wall Street natürlich geschlossen. Bernard allerdings dachte daran, daß man an der Londoner Börse sehr wohl amerikanische Werte kaufen konnte. Er mietete einen Zug, um vom tiefsten New Jersey aus, wo er einen friedlichen *Independance Day* hatte verbringen wollen, so schnell wie möglich nach New York zu gelangen. Er kam gerade rechtzeitig zur Öffnung der City an, mit der er telegraphisch Verbindung aufnahm (in der Eile hatte er seine Schlüssel vergessen und die Tür zu seinem Büro eintreten müssen). In den darauffolgenden Stunden kaufte er fieberhaft alles auf, was angeboten wurde, ohne über die Beträge zu verfügen. Vierundzwanzig Stunden später machte er in New York riesige Gewinne, denn die Nachricht über das siegreiche Gemetzel hatte in der Wall Street einen regelrechten Kaufrausch ausgelöst.

Er musterte Hannah:

»Haben Sie eine ungefähre Vorstellung von den Kosten?«

»Ich benötige zwei Drittel der Aktien der Carrington, plus eine. Auf diese Weise habe ich die Mehrheit, die ich den Gesetzen des New Yorker Bundesstaates gemäß brauche, um ein Grundstück der Gesellschaft ohne Rücksicht auf die anderen Aktieninhaber verkaufen zu können.«

»Anschließend verkaufen Sie dann das besagte Gebäude an sich selbst?«

»*Right.*«

»Um es auf der Stelle abzureißen und durch ein neues zu ersetzen?«

»*Right.* Bernard, haben Sie alles verstanden? Machen Sie mit?«

Benda warf Maryan einen Blick zu:

»Er macht natürlich auch mit?«

»Natürlich.«

»Ich kenne nicht die genaue Zahl der Aktien, die die Carrington ausgegeben hat.«

»Maryan?« fragte Hannah.

»161927.«

»Und Sie brauchen eine mehr als zwei Drittel...«

»107818 plus eine macht 107819. 32000 besitzen wir bereits. Bleiben 75819.«

Benda fragte nach einer kurzen Pause: »Sie wissen selbstverständlich, daß massive Käufe den Kurs in die Höhe treiben?«

»Selbstverständlich.«

»Eine Operation, die sich überschlagsmäßig auf eineinhalb Millionen Dollar belaufen wird. Zuzüglich dem Geld, daß Sie bereits investiert haben... um die 420000 Dollar, wenn ich mich nicht irre.«

»Ich rechne mit insgesamt 2200000 Dollar«, sagte Hannah.

Sie hatte neunzehn Tage gebraucht, um die Summe zusammenzubekommen. Neben den 418000 Dollar, die sie ja bereits für den Ankauf der ersten 32 000 Aktien ausgegeben hatte, waren ihr 700000 Dollar Bargeld verblieben.

Fehlten 1100000.

Polly Thwaites hatte die Aufgabe übernommen, die fehlenden Gelder aufzutreiben. Nicht ohne Hannah angefleht zu haben, dem Wahnsinn ein Ende zu bereiten, solange es noch Zeit war. Nach langem Suchen hatte eine Londoner Bank eingewilligt, den Kredit einzuräumen, zu einem Zinssatz allerdings, der Polly die Schamesröte ins Gesicht trieb, doch angesichts der kurzen Frist, die Hannah ihm gegeben hatte, hatte er kein besseres Arrangement treffen können. Die englische Bank hatte darüber hinaus alle Institute und Geschäfte sowie die Fabrik und die Schulen als Garantie verlangt, bevor sie bereit war, die gewünschte Summe auszuzahlen.

...dazu die Patente und Gebrauchsmuster – und das Haus auf Long Island.

»Und wenn es Ihnen gelingen sollte«, fuhr Bernard Benda fort, »die Aktien aufzukaufen, müssen Sie damit rechnen, daß der Kurs, sobald das Fieber, das Sie entfacht haben, abgeklungen ist, sinkt. Wenn Sie Glück haben, nur bis zum Ausgangspunkt, wahrscheinlich aber tiefer. Sie werden sehr viel Geld verlieren. Zumal sie ja der Gesellschaft, die Ihnen nur zu zwei Drittel gehört, das Gebäude abkaufen müssen; das heißt, nur zwei Drittel der Kaufsumme fließen in ihre eigene Tasche, 50000 bis 60000 Dollar aber in die der anderen Aktieninhaber. Darf ich mir eine Bemerkung erlauben? Es handelt sich zweifellos um das schlechteste Geschäft, von dem ich je gehört habe, und ich bin mir sicher, daß es in die Geschichte der Börse eingehen wird.«

Er lächelte.

Hannah erwiderte sein Lächeln.

»Ich gestatte«, antwortete sie. »Ich frage mich nur, warum Sie einen Punkt außer acht gelassen haben, der nicht ohne Interesse ist...«

»Ich verstehe nicht, worauf Sie anspielen«, antwortete Benda.

»Jedes gute Maklerbüro hätte den Auftrag erledigen können. Ich habe aber den intelligentesten Mann der Wall Street gebeten, mir behilflich zu sein.«

»Sie schmeicheln mir auf absolut schamvolle Weise«, antwortete Bernard Benda. Er nahm seinen goldgefaßten Zwicker ab und putzte die Gläser mit äußerster Sorgfalt, bevor er sie wieder aufsetzte.

»Ich weiß nicht... vielleicht ist es ansteckend. Auf alle Fälle hatte ich eine durch und durch machiavellistische Idee. Könnte es sein, daß wir auf den gleichen Gedanken kamen?«

Hannah erklärte, was sie vorhatte.

Langes Schweigen.

»Allmächtiger Himmel«, rief Benda endlich.

Er lächelte Hannah zum zweitenmal zu, bevor er bemerkte: »Genau das befürchtete ich, und alle meine Illusionen brechen zusammen: In der Finanzwelt kann eine Frau genauso niederträchtig agieren wie ein Mann. Ich hoffe, Sie verzeihen mir das Wort ›niederträchtig‹.«

»Aus vollem Herzen«, antwortete Hannah, die *äußerst* zufrieden mit sich war.

– Lizzie, ich war wirklich sehr zufrieden mit mir. Ich fand mich ungeheuer durchtrieben und intelligent. Bendas Reaktion war Labsal für meine Seele, denn wenn ein Bernard Benda, den jeder für ein wahres Finanzgenie hielt, mir zustimmte und mich sogar als machiavellistisch bezeichnete, wie hätte ich da an mir zweifeln sollen? Lizzie, inzwischen sind viele Jahre verstrichen, Bernard ist tot wie alle anderen, außer dir und mir, die wir nichts anderes mehr sind als alte Damen. Ja, ich weiß, du bist jünger als ich, aber erlaube mir, dich darauf hinzuweisen, daß auch du Urgroßmutter bist. Die Jahre vergingen, und erst nach langer Zeit konnte ich für die Hannah des Jahres 1901 Zärtlichkeit empfinden; früher hat sie mich immer zum Kotzen gebracht, und ich hatte leichte Schwierigkeiten gehabt, mich in ihr zu erkennen: Sie war nichts anderes als ein kleines, hübsches Monstrum. Gierig nach allem, leidenschaftlich, egoistisch und gleichzeitig großzügig, nur an ihren Taddeuz denkend, was das Herz anbelangte, und ansonsten an die Welt der Hochfinanz, als ob dies das Eldorado wäre.

Die Hannah von damals hatte noch nicht begriffen, daß sie sich auf dem falschen Weg befand – im Grunde war ich nie etwas anderes als eine kleine Ladeninhaberin.

Allerdings: die Hannah von 1901 hatte wirklich kein Glück. Sie mußte ausgerechnet auf diesen verdammten ABC Dwyer stoßen, obwohl es damals Tausende gab, die sich in New York in der Hochfinanz tummelten. Sie hätte ja auch mit einem Bernard Benda oder einem Rockefeller Junior debütieren können, warum nicht? Vielleicht nicht mit dem Junior direkt, aber mit einem der vielen Berater. Sie hätte ein wenig an der New Yorker Stock Exchange spekuliert, etwas Geld verloren oder auch gewonnen – normalerweise ließ sie sich ja kaum auf Abenteuer ein – und hätte sich amüsiert, bevor sie begriffen hätte, daß sie Besseres zu tun hatte...

Aber nein. Sie mußte ausgerechnet auf diesen Dwyer stoßen.

Wie sehr ich diesen Kerl gehaßt habe!

Anfang April fuhr Taddeuz nach Europa; seine Reise sollte inklusive der beiden Überfahrten knapp zwei Monate dauern. Bevor er sich auf der *Lorraine* der Compagnie Générale Transatlantique einschiffte, hatte es einen kleinen, peinlichen Zwischenfall gegeben. Sie hatte ihn gefragt, ob er wohl über ausreichende Mittel verfüge, um die Kosten seiner Reise zu bestreiten, was er bejaht hatte. Bei allen anderen Gelegenheiten hätte sie sich mit dieser mehr als lakonischen Antwort zufriedengegeben, doch diesmal nicht. War es die unmittelbar bevorstehende Trennung, war es die Eifersucht, die sie allein bei der Idee empfand, ganze Horden von Europäerinnen, vor allem aber Italienerinnen und Französinnen, würden sich zweifellos an seine Brust werfen? Auf alle Fälle hakte sie nach:

»Taddeuz, ich weiß, daß du kein Geld hast, das ist doch lächerlich. Wo wirst du schlafen? Unter den Brücken?«

Sie wollte ihm mit Macht 20000 Dollar in die Tasche stecken. Vergebens. Mit dieser höflichen Ausgeglichenheit und Ruhe, die Hannah immer zur Weißglut bringen konnte, lehnte er jegliche Unterstützung ab. Sie ließ sich von ihrer Wut fortreißen, zumal er wie üblich kaltes Blut bewahrte: »Dann geh doch zum Teufel!«

Beinahe hätte sie noch gehässig hinzugesetzt: ›Du wirst sicher eine Frau finden, die dich aushält!‹

Als sie sich bewußt wurde, wie ungeheuer ihr Gedanke gewesen war, durchfuhr es sie eiskalt. Sie erstarrte zu einer Mumie und schwieg. Sie beobachtete, wie er aus dem Renault stieg, in dem sie ihn zum Hafen gebracht hatte, und wie er über das Fallreep auf die *Lorraine* gelangte. Natürlich rannte sie ihm hinterher. Wie eine Verrückte raste sie durch alle Gänge der ersten Klasse und verirrte sich zweimal, bevor sie die richtige Kabine fand.

Er erwartete sie, denn er hatte natürlich geahnt, was sie tun würde – ›Eines Tages werde ich noch verrückt werden mit ihm!‹ Er versteckte sich hinter der Tür, so daß sie ihn nicht sah, als sie hineinstürmte, und glaubte, er habe sich bereits auf die Suche nach einer reizenden Reisebegleiterin gemacht. Doch als sie sich schon umdrehen wollte, streichelte er mit der einen Hand ihre Wange und öffnete die andere, die zu einer Faust geschlossen gewesen war. Hannah entdeckte eine wunderbare schwarze Perle.

»Du siehst, daß ich keineswegs mittelos bin!«

Sie hätte beinahe geheult und klammerte sich an ihm fest, bis die Sirenen des Dampfers heulten und es höchste Zeit war, von Bord zu gehen.

Er schrieb ihr noch am gleichen Tag einen Brief, dann einen am nächsten Morgen und auch an den folgenden Tagen, so daß sie während seiner ganzen Abwesenheit täglich einen, manchmal auch zwei Briefe erhielt, die alle sehr zärtlich waren.

Zuerst hielt er sich in Paris auf; anschließend fuhr er nach Deutschland und traf dort einen früheren Mitschüler Rilkes an der Militärakademie von St. Pölten, Robert Musil, *der ein hinreißendes Buch begonnen hat,*

Hannah, obwohl er erst zwanzig Jahre alt ist, die Verwirrungen des Zöglings Törleß, *das ein Meisterwerk werden wird.*

Dann kam er nach Spanien, das er mochte (aber weniger als sie, er zog Italien vor), bevor er weiter nach Florenz reiste, wo er in Archiven arbeitete. Über London wollte er wieder nach Paris und dort seinen Aufenthalt in Europa beschließen.

In keinem seiner vielen Briefe schrieb er: »Ich liebe dich.«

›Ich glaube, er hält das für selbstverständlich‹, dachte sie sich.

Obwohl...

Mitte April war die Aktien-Aufkaufaktion auf dem Höhepunkt angelangt. Insgesamt arbeiteten sieben Makler für Hannah, die sich natürlich untereinander nicht kannten. Hannah, Maryan Kaden oder Bernard Benda kauften keine einzige Aktie persönlich, und die von Benda ausgewählten Agenten wußten nicht, daß eine Frau ihre Hand im Spiel hatte.

»Täuschen wir uns nicht«, hatte Bernard zu Beginn der Aktion gesagt, »wir haben es schließlich nicht mit einem geistig Minderbemittelten zu tun. Dwyer muß bemerken, daß die Aktien seiner Gesellschaft im Mittelpunkt einer großen Spekulation stehen. Wichtig ist, daß er nicht zu schnell herausbekommt, wer der Motor dieser Operation ist, Hannah. Am besten wäre es, wenn er dies erst dann erfährt, wenn es für ihn zu spät ist. Doch wir sollten nicht träumen.«

Trotz der ergriffenen Vorsichtsmaßnahmen stieg der Kurs regelmäßig.

Gefährlich hoch. Hannah hatte tausendmal das Unternehmen durchgerechnet und war dabei von einem Durchschnittspreis von achtzehn Dollar pro Aktie ausgegangen, wobei dieser Durchschnittspreis erst zwei Wochen nach Beginn der Aktion, am 20. April, erreicht werden sollte. Die Ereignisse warfen alle Berechnungen über den Haufen. Am 7. April bereits, als gerade 58000 von den 107819 Aktien aufgekauft worden waren, belief sich der durchschnittliche Ankaufspreis, der von Hannah bezahlt werden mußte, auf mehr als 20 Dollar.

›Anders ausgedrückt: Die der englischen Bank abgehandelten 1100000 Dollar werden nicht ausreichen‹, mußte Hannah feststellen.

Schlimmer noch: Der Kurs ging weiter nach oben. Am 16. April erreichte er 21 Dollar. Und nichts deutete darauf hin, daß die Bewegung zum Stillstand kommen würde.

Einige Tage später mußte Hannah bereits 21,50 Dollar bezahlen.

Sie hatte ihr Limit erreicht. Auch das viele Rechnen half nichts: Hannah mußte sich der Realität stellen. Ihre Mittel waren erschöpft, obwohl sie erst in den Besitz von 82500 Aktien gelangt war. Mehr als 25000 fehlten noch, bevor sie die entscheidende Zweidrittelmehrheit plus eine erreicht hatte.

Ihr Schamgefühl unterdrückend, hatte sie Polly Thwaites zur Hilfe gerufen, der ihr 50000 englische Pfund seines Privatvermögens zur Verfügung stellen wollte.

Sie hatte abgelehnt.

›Ich bin beinahe am Ende.‹

»Maryan, halt den Mund.«

Er schüttelte den Kopf und verlagerte sein Gewicht von einem Fuß auf den anderen, wie immer, wenn er anderer Meinung war als Hannah. Seine fahlen, völlig ausdruckslosen Augen lösten sich nur von der Decke, um auf seine Schuhspitzen zu schauen, vermieden es aber, Hannah anzusehen.

»Irgend etwas stimmt da nicht«, bemerkte er. »Kein Insider spricht über die massiven und regelmäßigen Ankäufe der Carrington, keine einzige Zeitung hat sie auch nur erwähnt.«

»Es handelt sich schließlich um eine kleine Gesellschaft; und vergiß nicht, daß sie nicht an der Börse notiert wird.«

»Vielleicht ist das der Grund. Nur, alle Besitzer, mit denen wir Kontakt aufnehmen, sind auf dem laufenden und weigern sich, die Aktien zum normalen Preis abzugeben. Sie wissen, welche Preise augenblicklich bezahlt werden.«

»Das ist mir bekannt«, sagte sie bitter.

Das Phänomen war ihr nicht nur bekannt, sie konnte es auch erklären. Sie zweifelte keine Sekunde daran, daß Dwyer hinter den Kulissen tätig geworden war.

›Dieser Schuft hat nicht die Mittel, um direkt gegen mich zu kämpfen und mir die Aktien vor der Nase wegzukaufen – vielleicht will er sich aber auch bloß nicht so weit erniedrigen, offiziell gegen eine Frau zu kämpfen! Er gibt sich damit zufrieden, die Preise in die Höhe zu treiben, indem er potentiellen Verkäufern einen Floh ins Ohr setzt. Vielleicht hat er die Aktien selbst aufgekauft, zu zwölf oder höchstens fünfzehn Dollar das Stück, um sie mir dann mit einem Wahnsinnsgewinn weiterzuverkaufen. Der Kerl bereichert sich auf meine Kosten, das ist der Gipfel!‹

»Hannah, wirst du aufgeben?«

»Was meinst du?«

»Du wirst nie aufgeben, auch wenn man dir einen Revolver an die Schläfe setzt. Hannah, ich kann dir 300000 Dollar leihen, vielleicht auch vierhundert.«

Er bot ihr zum dritten Mal Geld an.

»Immer noch nein, Maryan.«

»Ich habe bereits mit Bankiers gesprochen; sie sind bereit, den Kredit der englischen Bank mit allen Garantien zu übernehmen und gleichzeitig die Kreditsumme auf 1800000 Dollar zu erhöhen.«

»Du wirst dafür bürgen müssen. Nein. Wenn ich untergehen soll, dann will ich allein untergehen. Bitte, sprechen wir nicht mehr darüber.«

Neuer Wechsel von einem Fuß auf den anderen.

»In diesem Fall habe ich eine andere Lösung parat.«

»Wenn sie genauso idiotisch ist wie die vorhergegangenen, dann kannst du sie vergessen.«

»Ich möchte auf eigene Rechnung Carrington-Fox kaufen.«

»Ich habe mich getäuscht: Deine anderen Vorschläge waren idiotisch, dieser hier ist schlicht hirnverbrannt.«

Sie musterte ihn schweigend.

›Was hatte er da wieder ausgekocht?‹

Sie hatte nie auch nur eine einzige Sekunde gezweifelt, daß Maryan ihr gegenüber freundschaftliche Gefühle und vielleicht noch etwas mehr hegte. Aber sie wußte auch, daß sie niemals damit einverstanden sein würde, ihn in den Strudel hineinzuziehen, der durch ihr an den Wahnsinn grenzendes Unternehmen ausgelöst werden konnte. Dann erinnerte sie sich an das, was Benda über Maryan gesagt hatte: Er wäre der kälteste und hellsichtigste Geschäftsmann, den man je in New York gesehen hatte.

»Sentimental wie eine Guillotine«, hatte Benda behauptet.

»Alle Aktien, die ich kaufe, mußt du nicht kaufen, Hannah. Denn selbstverständlich werde ich, erst einmal im Besitz einer gewissen Anzahl von Aktien, so stimmen, daß du dir das Gebäude verkaufen kannst.«

Er lächelte nicht einmal, während er dies sagte. Undurchschaubarkeit gehört zu den Merkmalen echter Männer.

»Und du willst die Carringtons für 21,45 Dollar das Stück kaufen?«

»Nein, so weit gehe ich nicht. Für höchstens zwanzig.«

»Das heißt, ich soll dir die Aktien verkaufen?«

»Ich wüßte nicht, wo ich sonst Aktien zu diesem Preis auftreiben könnte«, antwortete er ruhig.

»In diesem Fall verkaufe ich dir die Aktien zu achtzehn Dollar.«

Inzwischen hatte sie verstanden, worauf der so kalte und so vorsichtige Maryan Kaden hinauswollte: Er wollte ihr helfen, das stand fest, und ihr neues Geld zukommen lassen, das sie dringend benötigte und ohne das sie ihre Offensive abbrechen mußte; er machte dies auf eine Weise, die sie kaum ausschlagen konnte.

›Er wird behaupten, er mache ein Geschäft auf meine Kosten, so daß ich ihm nichts schuldig bin.‹

»Neunzehn«, sagte Maryan. »Keinen Cent weniger. Mein letztes Angebot.«

»Und wieviel Aktien willst du kaufen?«

»Fünfzehn Prozent der zwei Drittel: 16173 Aktien, zuzüglich der Unkosten, das macht...« Er schloß eine oder zwei Sekunden lang die Lider, um die Summe im Kopf zu kalkulieren. »307287 Dollar zuzüglich 1856 Dollar Unkosten. Macht insgesamt 309143 Dollar.«

»Du verfügst wirklich über diese Summe?«

»Ich besitze noch etwas mehr, doch der Rest ist nicht verfügbar.«

Hannah allerdings war davon überzeugt, daß er auf keinen Fall über die angegebene Summe verfügen konnte und daß er sich wohl mit Lizzie abgesprochen hatte, um einen Weg zu finden, ihr zu helfen – erst sehr viel später, als die Geschichte schon lange im Schrank der Vergangenheit aufgeräumt war, erhielt sie die Beweise, daß ihre Vermutung richtig gewesen war.

»Ich habe mich arrangiert«, setzte er nach.

»Jetzt beug dich endlich runter, du Blödmann!«

Sie küßte ihn auf die Wange.

»Du hast mir immer noch nicht verraten, wohin euch eure Hochzeitsreise führen wird.«

»Es sind noch einige Details offen«, antwortete er.

»Ich bin mir sicher, daß du bereits weißt, auf welche Weise ihr in welches Land reist, an welchem Tag ihr um wieviel Uhr abreist, und zwar auf die Minute genau, wann und wie ihr zurückkehrt und was du anhaben wirst, inklusive der Socken, was ihr jeden Tag essen werdet und wie hoch die Luftfeuchtigkeit in eurem Urlaubsland sein wird...«

»In der Tat, das weiß ich bereits. Es gibt neuerdings noch ein paar Details, die mir Sorgen bereiten.«

›Zu allem Übel macht er sich noch über mich lustig!‹

Hannah zögerte keine Sekunde, die 309143 Dollar in die Waagschale zu werfen. Am Spätnachmittag des 22. April hatte sie insgesamt 98951 Aktien in ihren Besitz gebracht.

Ihr fehlten folglich noch 8868 Aktien oder die bescheidene Summe von 190218,60 Dollar (bei einem Kurs von 21,45 Dollar pro Aktie).

›Die 60 Cents habe ich und unter Umständen auch die 218 Dollar, auch wenn ich riskiere, daß man mir den Strom sperrt, denn die Rechnung werde ich nicht mehr bezahlen können, nur, wo, zum Teufel, werde ich die restlichen 190000 Dollar auftreiben? Schmuck und Bilder verkaufen? Dann verkaufe ich mich lieber gleich selbst!... Jetzt mach aber einen Punkt, Hannah. Du spinnst wohl!‹

Die Nacht vom 22. zum 23. verbrachte sie allein in der Wohnung in der 5th Avenue – Yvonne schlief –, in der nur einige wenige Räume möbliert waren. Kurze Zeit hatte sie mit dem Gedanken gespielt, die Waffen zu strecken, ihn aber dann, auch wenn die Nacht hart war, sofort wieder verjagt, außer sich vor Wut, daß sie eine solche Möglichkeit überhaupt in Betracht gezogen hatte, zumal es im Grunde dazu zu spät war. Sie schlief nicht, sondern ging in der Wohnung auf und ab. Ihre Schritte hallten in den leeren Räumen, in denen es nach frischer Farbe roch. Merkwürdigerweise war sie weder niedergeschlagen noch am Boden zerstört, und sie wunderte sich selbst darüber. In vier Wochen würde die englische Bank, die ihr den Kredit eingeräumt hatte, den Vertrag *realisieren*, wie es in der Sprache der Hochfinanz so liebenswürdig heißt, und alles an sich reißen, was Hannah innerhalb von zehn Jahren aufgebaut hatte, falls es ihr nicht gelingen sollte, bis zu dem vereinbarten Datum ihre Schulden auf Heller und Pfennig zurückzubezahlen.

›Vor allem um die Patente tut es mir leid; ich habe sie so gut abgesichert, daß ich selbst blockiert bin, sollte ich wieder von vorne anfangen müssen.‹

Laß dich nicht gehen!

Wütend zerknüllte sie den Brief, den sie Taddeuz schreiben wollte, und fing von vorne an, hörte aber bald wieder damit auf, denn sie fand nicht die richtigen Worte.

›Ich sollte ihm besser ein Telegramm schicken:

Komm sofort nach Hause, ich bin ruiniert, wir können endlich glücklich werden.

PS.: Treib Geld auf, damit wir uns etwas Warmes zum Essen leisten können.

Gut, ich bin albern und zynisch, aber was bleibt mir anderes übrig? Soll ich mich etwa aufhängen?‹

Im Morgengrauen spielte sie ihre letzte Karte aus. Sie rief Bernard Benda an, der noch schlief. Eine Stunde später traf er in der 5th Avenue ein.

Lehnte dreimal Hannahs Vorschläge ab.

Und gab endlich nach, nachdem sie ihm die Carringtons für achtzehn, fünfzehn, zwölf und schließlich für zehn Dollar das Stück angeboten hatte.

»Bernard, Sie wissen besser als ich, daß Sie bei einem Kaufpreis von zehn Dollar ein ausgezeichnetes Geschäft machen. Selbst wenn die Kurse wieder sinken, sobald ich den Kriegspfad verlasse, werden die Aktien immer mehr wert sein als zehn Dollar. Ich stelle eine Bedingung: Sie verpflichten sich schriftlich, sich dem Verkauf des Gebäudes in der Park Avenue nicht zu widersetzen, sobald Maryan, Sie und ich zusammen über die notwendigen Zweidrittelmehrheit plus eine Aktie verfügen.«

Er lächelte:

»In meiner Eigenschaft als Aktionär werde ich mich einem Verkauf nicht widersetzen, aber auf einem vernünftigen Preis bestehen.«

»150000 Dollar; Sie selbst haben diesen Preis als vernünftig bezeichnet.«

Er lächelte wieder:

»Damals befand ich mich in Ihrem Lager und habe selbstverständlich Ihren Standpunkt geteilt. Doch als Verkäufer sehe ich die Sache anders.«

»Wieviel wollen Sie?«

Er lächelte zum dritten Mal:

»180000.«

»Unbarmherzig, wie?«

»Es handelt sich schließlich nicht um eine Partie Krocket unter Freunden an einem schönen Sommernachmittag. Ich verhalte mich Ihnen gegenüber nicht anders, als ich mich einem Mann gegenüber verhalten hätte. Das heißt, einen Mann hätte ich vielleicht gezwungen, bis auf neun Dollar runterzugehen.«

»Diesen Preis hätte ich nie akzeptiert. Ich wäre von einem New Yorker Bankier zum anderen gegangen und hätte bestimmt einen gefunden, der das Geschäft für zehn Dollar pro Aktie gemacht hätte.«

Er schaute sie nachdenklich an.

»Ich bin mir sicher, daß Sie dies getan hätten.«

»Ich war bereit dazu. Bernard, danke!«

»Sie brauchen sich nicht zu bedanken. Wir haben schließlich nichts anderes getan als ein Geschäft abzuschließen. Jetzt würde ich wieder gerne menschlich werden. Wenn Sie mir das Vergnügen und die Ehre bereiten, mit mir zu Abend zu essen?«

Bernard Benda kaufte ihr 20000 Aktien zu zehn Dollar das Stück ab und ermöglichte ihr es so, die noch fehlenden Aktien aufzukaufen und die entstehenden Unkosten zu bestreiten. Endlich sollte sie ihr Ziel erreichen...

Sie warf alles in die Waagschale, was ihr blieb, und bat Benda, die Makler anzutreiben.

Es läutete. Hannah hatte Yvonne an diesem Abend freigegeben, so daß sie selbst öffnete. Vor der Tür stand eine kleine Frau, deren Alter schwer zu bestimmen war, mehr als rundlich, mit fetten, hängenden Wangen und unangenehm schmalen Lippen, die sie hart und leicht spöttisch anschaute.

Ohne ein Wort zu sagen, reichte sie ihr einen verschlossenen Brief. Auf dem Umschlag stand nur *Madam H. Newman*, wobei das Madam zweimal unterstrichen worden war. Die von ABCD unterschriebene Botschaft umfaßte nur eine Zeile:

»Sie bleiben heute nacht zu Hause und warten.«

»Was soll das heißen?«

Die Frau mit den harten Augen hatte inzwischen die Wohnung betreten. Sie wählte den einzigen Salon, der möbliert war, setzte sich in einen Sessel von Duncan Phyfe, legte ihren mit falschen Perlen bestickten Pompadour auf ihre Knie und ließ keinen Zweifel daran aufkommen, daß sie länger zu bleiben gedachte.

»Wer sind Sie eigentlich?« fragte Hannah, die zu diesem Zeitpunkt noch schwankte, ob sie wütend werden oder lachen sollte.

»Ich bin seine Sekretärin, Emily Watson.«

Jetzt erinnerte sich Hannah: Diese Frau hatte sie damals in ABCDs Büro am Columbus Circle geführt...

»Betrübt, Sie kennengelernt zu haben«, bemerkte Hannah. »Hauen Sie ab, Sie Schmalztopf!«

Ein leichtes Lächeln umspielte ihre dünnen, häßlichen Lippen.

»Er hat mich darauf vorbereitet, daß Sie mich hinauswerfen wollen, und mir aufgetragen, Ihnen in diesem Fall eine Zahl zu nennen: 8857 Aktien.«

Schweigen. Hannah hatte auf Anhieb verstanden: Sie benötigte noch 8 857 Aktien, um endlich in den Besitz des Gebäudes an der Park Avenue zu gelangen, was Dwyer anscheinend wußte. Und er hatte 8857 ausrichten lassen.

Es ging um eine einzige Aktie!

›Dieses Schwein!‹

»Ich sehe, daß Sie begriffen haben«, nahm Emily Watson das Gespräch wieder auf. »Ich sehe es an Ihrem Gesichtsausdruck. Wer sind Sie eigentlich, daß Sie meinen, ihn täuschen zu können? Für wen halten Sie sich denn?«

Im gleichen Augenblick läutete das Telefon. Hannah hob ab. Maryan erklärte ihr mit seiner ruhigen Stimme, es habe sich ein Problem ergeben, seinen Mitarbeitern sei es zwar gelungen, die Aktien aufzukaufen, die noch benötigt würden, aber es fehlte leider eine einzige...

Eine einzige.

»Hannah, wie du dir vorstellen kannst, habe ich alles überprüft. Wir sind die Liste möglicher Verkäufer immer wieder durchgegangen, von Dwyer einmal abgesehen. Ich sehe keine Möglichkeit, in den Besitz dieser Aktie zu gelangen, und glaube nicht, daß dies ein Zufall ist. Wenn man den von uns beauftragten Maklern Glauben schenkt...«

»Ich bin auf dem laufenden.«

Sie hatte sich unwahrscheinlich zusammennehmen müssen, um wenigstens diese fünf Worte aussprechen zu können. Sie war nicht eigentlich zornig, aber so bestürzt wie ein Tier, das in eine Falle gegangen war.

›Hannah, um Himmels willen, reiß dich zusammen.‹

»Ich ruf' dich morgen wieder an«, sagte sie unter Aufbietung aller Kräfte, bevor sie auflegte.

In den folgenden Minuten fiel es ihr schwer, das Zittern ihrer Hände zu unterdrücken. Sie ging in der Wohnung auf und ab und hatte nicht den Mut, den Kampf mit Dwyers Sekretärin aufzunehmen, die sicherlich immer noch lächelte.

›Wenn ich sie lange anschaue, bringe ich sie um!‹

Sie ging ins Bad und sprengte sich Wasser über Schläfen und Nacken.

Das Telefon läutete wieder. Maryan war aufgrund der lakonischen Reaktion Hannahs beunruhigt:

»Deine Stimme klang anders als sonst. Hast du sonst noch Sorgen?«

»Nein, ich möchte nur allein sein. Von dem kleinen Problem einmal abgesehen, geht es mir glänzend. Bis morgen.«

Endlich hatte sie sich wieder unter Kontrolle. Sie ging in den Salon, in dem es sich Emily Watson bequem gemacht hatte. ›Hannah, du weißt, was dich erwartet; es ist völlig sinnlos, dieser Hysterikerin den Schädel einzuschlagen.‹

»Wohl eine Abreibung bekommen, wie?« spottete die Watson. »Jetzt ist dir das Maul gestopft worden! Eine Frau! Hat man jemals so etwas...«

»Ich bitte um einige Erklärungen, falls Sie...«

»Eine Frau, eine dumme, jüdische Gans!«

»...falls Sie für einen Moment Ihr Gewieher einmal einstellen können. Watson, es gibt nur zwei Möglichkeiten: Entweder erklären Sie klar und deutlich Ihren Auftrag, oder ich werfe Sie zum Fenster hinaus. Ich bin zwar kleiner als Sie, aber sehr viel bösartiger!«

»Schmutzige Judenhure!«

»Ziehen Sie ein bestimmtes Fenster vor? Nun, alle befinden sich auf gleicher Höhe im sechsten Stock.«

›Ich bin ein einhundertachtundvierzig Zentimeter großer Koloß, doch auch wenn ich zwölf Fuß groß wäre, hätte ich immer noch das gleiche Problem am Hals: die eine einzige Aktie gibt ihm nahezu unbeschränkte Gewalt über mich.‹

– Lizzie, ich war so in die Enge getrieben wie noch nie zuvor. Zum Weinen. Doch ich wußte sofort, was ich tun würde. Heute, aus mehr als fünfzig Jahren Distanz, sehe ich die Sache etwas klarer; zu klar vielleicht, das kann störend sein. Die Hannah aus dem Jahre 1901 war ein kleines, durchtriebenes Luder. Was

meinst du? Mehr oder weniger bewußt hatte ich eines Abends in Philadelphia Taddeuz so manipuliert, so daß er im entscheidenden Moment nicht in New York und nicht einmal in Amerika war. Ich habe nie herausbekommen, ob er sich darüber im klaren war oder nicht. Er war unwahrscheinlich hellsichtig, was mich anbelangt. Eines stand fest: er war nicht da, das war das Entscheidende.

Soll ich dir die Wahrheit verraten? Die Hannah aus dem Jahre 1901 hatte gar nicht so viel dagegen, diesen Mister ABCD einmal etwas näher kennenzulernen, auch wenn sie Taddeuz bis zum Wahnsinn liebte. Ich weiß, das ist eher verwirrend, aber so ist es nun einmal.

Jedenfalls wußte sie bis zum letzten Moment nicht, welche der beiden Möglichkeiten sie wählen würde, die sie sich überlegt hatte.

»Und was nun, du Talgbeule?«

»Wir warten«, bellte Emily Watson. »Er hat gesagt, wir sollen warten.«

Die Stunden verstrichen, doch nichts ereignete sich. Gegen neun Uhr ging Hannah, die vor Hunger schier umkam – sie hatte ihr ganzes Leben über gegessen wie ein Riese, ohne ein überflüssiges Gramm Fett anzusetzen –, in die Küche und briet sich ein herrliches Filetsteak. Dazu gab es Kartoffeln in der Pelle und Sauerrahm.

›Ich bin die schlechteste Köchin Amerikas, aber ich werde zumindest nicht mit leerem Magen entehrt; immerhin ein Vorteil.‹

Zum Nachtisch aß sie drei Stücke von dem von Yvonne gebackenen Erdbeerkuchen. Plötzlich spürte sie, daß sie nicht mehr allein in der Küche war, drehte sich um und entdeckte die Watson, die sie haßerfüllt anschaute.

›Hätte gerade noch gefehlt, dieses Biest zu ernähren!‹

»Hunger, Talgbeule?«

Sie erhielt keine Antwort, doch wenn Blicke töten könnten...

»Um so besser«, sagte Hannah vergnügt und vertilgte den Rest des Erdbeerkuchens, »denn es gibt leider nichts mehr zu essen. Übrigens, hat Dwyer Sie eigentlich einmal aufs Kreuz gelegt? Nein? Das dachte ich mir. Wenn man Ihr Gesicht sieht... und den Rest erst! Vielleicht für Liebhaber von Ziegentalk, aber ansonsten... Muß schon ziemlich hart für Sie sein, Tag für Tag in seiner unmittelbaren Nachbarschaft zu leben, ohne daß er je Anstalten macht, Ihnen die Röcke zu lüpfen. Für eine Frau ist das sicher nicht ganz einfach zu ertragen. Übrigens, wenn ich von einer Frau sprach, dann meinte ich nicht unbedingt Sie damit, das war nur so eine Redensart.«

Sie leckte sorgfältig den Finger ab, mit dem sie sich die letzte Erdbeere in den Mund geschoben hatte, die auf den Teller gefallen war.

›Da habe ich mir eine Freundin fürs Leben geschaffen!‹

Sie versuchte, ihre immer stärker werdende Nervosität zu unterdrükken.

›Ich bin gerade dabei, mich auf etwas vorzubereiten, das ich mein ganzes Leben lang bereuen werde, egal, was ich heute nacht tue.‹

Um elf Uhr läutete es. Ein großer, irischer Teufel kam herein, Kutschermütze in der Hand, tat so, als sei Hannah nicht vorhanden, suchte Emily Watson und nickte, sobald er sie gefunden hatte, mit dem Kopf, ohne etwas zu sagen.

»Gehen wir«, bestimmte die Sekretärin.

Das einspännige Stadtcoupé fuhr am Central Park vorbei Richtung Columbus Circle, hielt aber nicht vor dem Bürogebäude der Carrington-Fox, sondern erst etwas später vor einem kleinen, dreistöckigen Gebäude. Nur im zweiten Stock brannte Licht. Hannah fiel auf, daß der Kutscher nicht wegfuhr, nachdem die Watson und sie ausgestiegen waren.

Sie gingen hinauf.

Die Wohnung war klein und umfaßte gerade drei Zimmer. Das Schlafzimmer war spärlich, beinahe asketisch möbliert, und nach einem kurzen Blick war Hannah überzeugt, daß hier ein Mann, und zwar ein Junggeselle wohnte. Einige Bücher standen in einem kleinen Regal; die meisten behandelten das Eisenbahnwesen in allen Aspekten, manche auch die Welt der Banken und der Hochfinanz. Doch mitten in dieser kleinen Handbibliothek aus Sachbüchern befand sich genauso ungehörig wie eine Hure mitten in einer Versammlung presbyterianischer Priester eine englische, unter dem Ladentisch verkaufte Ausgabe von de Sades *Justine*. Die Vene an Hannahs Schläfe fing heftig an zu pochen:

›Ich hatte also recht, als ich in den grünen Augen Dwyers etwas entdeckte, das den Rahmen des Gewöhnlichen, Herkömmlichen sprengt...‹

»Es ist kalt hier«, sagte sie vernehmlich.

»Dann machen Sie den Ofen an, ich bin nicht Ihr Dienstmädchen!«

»Oh, mir ist das gleichgültig, ich bin ja Polin. Bei minus fünfzehn Grad schwitze ich noch. Ich dachte nur an ihn. Der arme Kerl wird jämmerlich frieren, vor allem nackt.«

Das Argument machte Eindruck. Emily Watson kniete sich vor den Ofen und schichtete Briketts ein. Hannah hatte größte Lust, ihr in den fetten Hintern zu treten.

»Wann wird er auftauchen?«

»Wann es ihm beliebt. Ziehen Sie sich aus.«

In diesem Augenblick drohte Hannah zusammenzubrechen. Sie hatte den Eindruck, als ob ihr Sieg über die Watson, die sich widerstrebend um den Ofen gekümmert hatte, ihr letzter Sieg vor der endgültigen Niederlage gewesen war. Sie war kurz davor, aus dem Zimmer, der Wohnung, dem Haus zu fliehen und alles hinter sich zu lassen.

»Ziehen Sie sich aus«, befahl die Watson ein zweites Mal, nachdem sie festgestellt hatte, daß Hannah sich nicht rührte.

›Hannah, jetzt mußt du dich entscheiden. Entweder... oder. Die eine Lösung... oder die andere.‹

»Er hat gesagt, sie sollen sich ausziehen!«

»Helfen Sie mir.«

»Warum sollte ich einer jüdischen Hure helfen?«

Hannah schloß die Augen:

›Beruhige dich!‹

»Wir Damen der Gesellschaft, Jüdinnen oder nicht, ziehen uns niemals allein aus. Wir lassen uns immer dabei helfen, von einer Kammerzofe oder einem Geliebten.«

Sie lächelte:

»Und Sie, Watson, sehen nun wirklich nicht wie eine Geliebte aus.«

Und dachte bei sich:

›Siehst du, Hannah, wenn du ruhig bleibst, gelingt dir alles...‹

In dieser Nacht trug sie einen Übergangsmantel, ein mit drei Volants geschmücktes Cape mit gepolsterten Schultern, dazu eine niedliche, mit vielen Bändern geschmückte Kreissäge und natürlich einen kleinen Schleier.

»Immerhin, ein Zugeständnis will ich gerne machen«, sagte sie gönnerhaft. Sie zog ihren Mantel aus, legte den Hut ab und begann, die Handschuhe abzustreifen.

»Sie behalten Ihren Schmuck an«, sagte Emily Watson. »Er hat gesagt, Sie sollen Ihren Schmuck anbehalten.«

Sie legte sich wieder ihr Armband à la Sarah Bernard an (eine Blindschleiche aus Gold mit Jade-Einlagen; die Schlange zog sich bis auf ihre Hand hin).

»Doch beim Rest müssen Sie mir schon helfen, liebste Base.«

Sie setzte sich aufs Bett und streckte ihr die Füße entgegen; sie trug feine, spitz zulaufende Lederstiefel, die ihre kindliche Größe (zweiunddreißigeinhalb) etwas verbargen.

»Ziehen Sie sie selbst aus«, schimpfte die Watson.

»Dann gehe ich eben mit den Stiefeln ins Bett.«

Die Watson kapitulierte wieder.

»Die Strümpfe behalten Sie an.«

»Ich weiß, er hat gesagt, ich solle die Strümpfe anbehalten.«

Sie richtete sich auf und drehte sich um, so daß die andere ihr das Kleid aufknöpfen konnte, auch wenn sie das sehr unwillig tat.

Das Kleid fiel raschelnd auf den Boden. Hannah war ihrer Zeit voraus und trug ein gewagtes Dekolleté mit V-Ausschnitt und Spitzenbesatz, das allerdings kaum den Hals und schon gar nicht den Brustansatz sehen ließ.

Sie trat aus dem Kleid, das sich um ihre Knöchel geschlungen hatte. Ein, zwei, drei, vier, fünf Unterröcke flogen auf den Boden, dann das erste der beiden Hemdchen. Korsett trug sie keines; sie hatte nie eines getragen, und auch keinen dieser damals neuartigen Büstenhalter.

»Ziehen Sie sich ganz aus«, sagte die Watson wild.

»Das fehlte gerade noch, Bäschen!«

Sie musterten sich. Hannah lächelte:

»Es ist ganz offensichtlich, daß Sie noch nie mit einem Mann ins Bett gegangen sind, meine Liebe. Die Männer vergöttern es, uns aus dem Ei zu pellen, das gehört mit zu ihren größten Vergnügungen.«

»Er hat gesagt, Sie sollen alles ausziehen. Sie sollen nackt sein, wenn er kommt.«

»Ich glaube, ich weiß besser, was er will. Lassen Sie ihn nur reden.«

Neuerliche Musterung, bis die Lider der Watson anfingen zu zittern.

›Die ist fast erledigt‹, dachte sich Hannah, die nur noch ein sehr kurzes, ausgeschnittenes Hemdchen anhatte, unter dem sich die Brustwarzen abzeichneten, und eine Spitzenunterhose, deren Beine kurz über dem Knie mit roten Bändern festgemacht waren. Darunter konnte man den Strumpfhalter erkennen.

»Und was hat Mister Casanova Dwyer sonst noch gesagt?«

»Daß Sie sich auf dem Bett ausstrecken sollen.«

»Ich strecke mich aus, liebes Bäschen. Und weiter?«

»Sie sollen Ihren Knoten aufmachen.«

Hannah, die sich auf der Tagesdecke ausgestreckt hatte, griff schon nach dem Elfenbeinkamm von Vever, der sich durch extra lange Zähne auszeichnete und dessen Oberkante mit Mispelblättern und -früchten geschmückt war. Neben dem Kamm hielten noch einige Nadeln den breiten, nicht allzu straffen Knoten fest, so daß ihr Nacken freilag.

Doch dann ließ sie ihre Hand wieder sinken.

»Bäschen, auch in diesem Punkt trifft das zu, was ich vorher gesagt habe. Er wird begeistert sein, meinen Knoten lösen zu dürfen. Und weiter?«

»Abwarten.«

– Lizzie, die Hannah aus dem Jahre 1901 hatte zwei Lösungen parat, unter denen sie noch nicht gewählt hatte, auch wenn sie das nicht wahrhaben wollte.

Die erste Lösung bestand darin, Dwyer gewähren zu lassen. Nein, nein, das ist keineswegs absurd.

Die zweite war in ihrem rechten Strumpfband versteckt: ein schönes Rasiermesser mit einer scharfen, fast zwanzig Zentimeter langen Klinge.

Sie hatte noch nicht entschieden, was sie machen wollte, wenn Dwyer sich in Kampfeskleidung über sie beugen würde: ihm schlicht und einfach die Kehle durchzuschneiden oder ihn des Attributs zu berauben, auf das die Männer im allgemeinen so stolz sind.

Nachdem sie eine halbe Stunde mit hinter dem Kopf verschränkten Armen dagelegen hatte, stand Hannah auf, von der anderen, die sich neben den Ofen gesetzt hatte und nichts anderes tat als von Zeit zu Zeit etwas Kohle nachzulegen, mißtrauisch beobachtet. Hannah schaute sich die Bücher ein zweites Mal an und entschied sich dann für den de Sade. Sie streckte sich wieder auf dem Bett aus und begann zu lesen. Als sie auf Seite 100 angelangt war, hörte sie, wie ein Wagen vor dem Haus parkte. Die Haustür wurde aufgemacht, und im Treppenhaus erklangen Männerschritte.

Die Wohnungstür wurde aufgeschlossen. Emily Watson stand auf und ging in den angrenzenden Salon. Sorgfältig schloß sie die Tür hinter sich.

Von dem kurzen Gespräch nebenan konnte Hannah kein Wort verstehen.

Die Watson tauchte wieder auf und war anscheinend höchst zufrieden:

»Ziehen Sie sich wieder an«, sagte sie. »Er hat keine Lust auf Sie. Er findet, 21 Dollar und 45 Cents sind viel zu teuer für eine dreckige Judenhure.«

Sie suchte in ihrem Pompadour und holte einen Schlüssel sowie eine 50-Cent-Münze heraus.

Nachdem sie beides auf das Bett geworfen hatte:

»Das Geld ist für Sie, und mit dem Schlüssel können Sie, wenn Sie gehen, die Wohnung absperren. Wenn Sie wollen... Wertgegenstände befinden sich hier keine.«

Obwohl sie sich ermahnte, nichts zu unternehmen, schleppte sich Hannah ans Fenster und sah A. B. C. Dwyer am Lenkrad seines Wagens sitzen; seine Sekretärin setzte sich neben ihn.

Das einspännige Stadtcoupé war verschwunden.

Zwanzig Minuten später wurde sie von Polizeibeamten, die zu Fuß durch das nächtliche New York patrouillierten, aufgehalten. Sie fragten Sie, was sie denn allein am Rand des Central Park mit einem langen, aufgeklappten Rasiermesser in der Hand zu suchen habe.

Sie gab keine Antwort; ihre weit aufgerissenen, grauen Augen waren starr in die Ferne gerichtet.

Endlich gab sie auf heftige Befragung ihre Adresse an. Da sie nicht gerade wie eine marodierende Hure wirkte und ihr Gesicht maskenhaft streng war, glaubten ihr die Beamten und begleiteten sie zu der angegebenen Adresse. Als sie sahen, daß sie die Wohnungstür mit ihrem eigenen Schlüssel aufschloß, gaben sie ihr das Rasiermesser zurück und verabschiedeten sich.

Am schlimmsten war es, am nächsten Tag mit Maryan und Bernard Benda zu sprechen und ihren fragenden Blicken standzuhalten, als ob nichts passiert wäre. Dabei sah sie aus wie eine wandelnde Leiche. Die beiden waren dabei, sich alle möglichen Gegenangriffe durch den Kopf gehen zu lassen. Hannah hatte ihnen natürlich nichts erzählt, und die beiden suchten einfach einen Ausweg aus der extravaganten Situation...

»Einzigartig in den Annalen der New Yorker Stock Exchange«, bemerkte Bernard Benda lachend und versuchte auf diese Weise, Hannah zum Lachen zu bringen.

»Unvorstellbar, daß eine einzige Aktie so ausschlaggebend werden kann!«

Sie hatte nicht geschlafen. Sie hatte nicht einmal gefrühstückt. Es war ihr unmöglich gewesen, etwas hinunterzuschlucken. Yvonne hatte ihren Augen nicht glauben wollen. Hannah durchlebte jede Sekunde dieser Nacht zum zweiten Mal. Endlich ereignete sich etwas: Ihr Sinn für Humor wurde wieder wach. Bitter noch, aber das würde nur noch eine Frage von wenigen Tagen, wahrscheinlich sogar nur von Stunden sein, bis sich auch die Bitterkeit gelegt haben würde. Nach und nach setzte sich die kleine Mechanik in ihrem Kopf wieder in Gang und gewann an Geschwindigkeit.

›Ich habe zwar diese verdammte Aktie nicht bekommen und ihm auch nicht... den Bart abgeschnitten, das stimmt schon, doch er hat mich auch nicht gehabt. Ich bin mir sicher, daß er es in letzter Sekunde mit der Angst zu tun bekam. Hannah, ich sage das nicht, um dich zu trösten, ich sage das, weil es stimmt. Der Rest, die Beleidigungen und selbst die Münze, stammen von der Watson, das steht fest.‹

Dieser nicht endenwollende innere Monolog, der sogar während des Besuchs von Maryan und Bernard Benda fortgesponnen wurde, beruhigte sie nach und nach. Die beiden Männer dagegen waren eher beunruhigt, als sie gingen, denn Hannah war ihnen zuerst verstört und dann sehr zerstreut erschienen.

Hannahs Gehirn lief auf Hochtouren. Auch sie suchte nach einem Ausweg. Für ein Problem gibt es immer verschiedene Lösungen... bis zum heutigen Tag hatte sie mit ihrem Leitspruch recht behalten, und warum sollte sich das geändert haben? Es ging schließlich nur um eine Frage der Selbstachtung, und wenn auch Erniedrigungen und Kränkungen sehr weh tun, so schnell stirbt man nicht daran.

Sie hatte nichts essen können, denn sie war noch viel zu gespannt gewesen, doch nachmittags war sie bereit, auf Yvonnes Frage zustimmend zu antworten, etwas Tee und Zwieback...

Als die kleine Stärkung gebracht wurde, schaute Hannah sie an, als ob es sich um ein Nest giftiger Schlangen handele...

»Was ist denn das? Nimm das sofort wieder mit und bring mir etwas Handfestes. Einige Scheiben Braten, etwas Gemüse... Hast du keine Königinpastetchen? Schade, ich habe großen Appetit darauf. Auch auf Kuchen, Wein und Champagner...«

›Soll ich mich vielleicht betrinken? Das wäre das erste Mal. Himmel hilf, im Grunde ist das alles unerträglich. Wäre ich ein Mann, dann wäre ich mit dieser Braunhaarigen mit den grünen Augen – denn Dwyer wäre in diesem Fall natürlich eine Frau – mit den besten Argumenten ins Bett gegangen und hätte keine oder doch nur geringe Gewissensbisse dabei empfunden!

Hannah, denk nicht an das, was Taddeuz unter Umständen in Europa unternimmt!

...während ich schon bei der Vorstellung, ich hätte ihn unter Umständen betrogen, krank werde! Dabei weiß ich nicht einmal, was ich wirklich mit meinem Rasiermesser unternommen hätte. Hätte ich ihm seinen... Bart abgeschnitten? Ich werde diese Frage wohl nie beantworten können.‹

Yvonne hatte ihr die gewünschte ›handfeste‹ Mahlzeit gebracht, und sie schickte sich gerade an, zu Messer und Gabel zu greifen, als sie plötzlich erstarrte.

»Hannah, was ist denn los, geht es dir nicht gut?«

»Nichts, nichts, ich habe nur eine Idee.«

Zwei Tage später, neunzehn Tage vor Ablauf der von der englischen Bank gestellten Frist betrat sie in Begleitung von Maryan Kaden das Büro von Louis Rosen, dem amerikanischen Eisenbahnkönig und erbitterten Feind von J.-P. Flint und Roger Healey, die er seit drei Jahren auf dem ganzen Kontinent bekämpfte. Während der letzten Schlacht hatte er eine beeindruckende Zahl von Millionen Dollar ins Feld geführt und in einer Nacht 3000 Kilometer Eisenbahnlinien, Bahnhöfe, Lagerhallen und das rollende Material einer der bedeutendsten Eisenbahngesellschaften gegen den erbitterten Widerstand seiner Gegner an sich gerissen.

»Und Sie meinen, ich sollte mich für diese unbedeutende Carrington-Fox interessieren?«

»Es reicht mir schon, wenn Sie sich für mich interessieren, der ich allein und verlassen in dieser Männerwelt bestehen muß.«

»Vielleicht täusche ich mich, aber ich bin mir eigentlich sicher, daß Sie sich selbst nicht als arme und verlassene Frau betrachten.«

»Ich bin schwächer, als Sie glauben, und nicht so schwach, wie ich glaube. Oder umgekehrt.«

Er lachte. Er war wirklich nicht schön, doch sein dröhnendes Lachen war nicht ohne Charme.

»Simon Guggenheim hat mich gebeten, Sie zu empfangen und Ihnen behilflich zu sein, falls dies in meinen Kräften stehen sollte. Was kann ich für Sie tun?«

»Tausend Carrington-Aktien kaufen.«

»Von wem?«

»Von A. B. C. Dwyer, dem Präsidenten der Gesellschaft. Sie bieten ihm 25 Dollar pro Aktie.«

»Wieviel sind die Aktien wirklich wert?«

»Im Augenblick hat sich der Kurs bei 21 Dollar und 45 Cent eingependelt. Normalerweise bewegt er sich zwischen elf und zwölf. Dreizehn ist die absolute Obergrenze.«

»Und warum soll ich so verschwenderisch sein?«

»Weil ich die 25000 Dollar aufbringen werde.«

»Jetzt wird alles klar. Ich verstehe überhaupt nichts mehr. Und wer kommt für die Unkosten auf?«

»Für diese Unkosten komme ich ebenfalls auf. Ich verkaufe Ihnen 2500 Aktien der gleichen Carrington für zehn Dollar das Stück.«

»Und Sie tragen die Unkosten.«

»Nein, diese Unkosten bezahlen Sie. Man sollte nicht übertreiben. Mit diesen 25000 Dollar, die Sie natürlich nicht ausbezahlen, finanzieren Sie den Ankauf der 1000 Aktien, die Sie Dwyer abkaufen.«

»Ich finde Sie höchst amüsant«, sagte er nach einer kurzen Pause. »Ich weiß nicht, mit der Hochfinanz hat das nicht mehr viel zu tun, eher mit Handarbeiten. Was halten Sie von acht Dollar? Anstatt der zehn, meine ich. Und Sie übernehmen die Kosten?«

»*Sie* übernehmen die Kosten. Dafür bin ich bereit, auf 9 Dollar und 75 Cent herunterzugehen.«

»Nein.«

Sie fragte Maryan, ohne sich die Mühe zu machen, ihren Kopf zu wenden: »Wieviel Aktien zu neun Dollar muß ich aufwenden, um insgesamt 25000 Dollar zu erzielen?«

»2778«, antwortete Maryan fast augenblicklich und erweckte den Anschein, als habe er die gleiche Rechnung in der vergangenen Nacht bereits zehnmal angestellt.

»Und die Kosten?«

»65 Dollar.«

»Mister Rosen, Sie übernehmen die Kosten, ich gehe dafür mit dem Preis auf 9,25 herunter.«

»Herrlich!« lachte Rosen. »Einverstanden mit neun ein viertel.«

»Ich stelle allerdings eine Bedingung.«

»Das wird ja immer komischer. Welche Bedingung?«

»Sie verpflichten sich schriftlich, daß Sie, wenn Sie erst einmal in den Besitz der 3703 Aktien gelangt sind – die 1000 von Dwyer und 2703 von mir, beim Preis von neun ein viertel – und natürlich auch für den Fall, daß Ihr Appetit geweckt wurde und Sie mehr als diese tausend kaufen... daß Sie dem Verkauf des Gebäudes an der Park Avenue, das sich augenblicklich im Besitz der Carrington-Fox befindet, an Madam Hannah Newman – das bin ich – zustimmen werden. Unter der Bedingung natürlich, daß dieser Verkauf zu einem vernünftigen, für beide Seiten akzeptablen Preis vollzogen wird.«

»Ich kann mich bald nicht mehr halten vor Lachen«, sagt Rosen. »Sie führen diese Manöver nur aus einem einzigen Grund durch: Sie wollen dieses bestimmte Gebäude kaufen?«

»Es kommt durchaus vor, daß ich mich auf etwas versteife. Übrigens haben Sie mir eine Frage noch nicht gestellt...«

»Madam Newman, Ihre Augen sind ein wahres Wunder der Natur. Ich weiß nicht, welche Frage ich vergessen habe; gehen wir einfach davon aus, daß ich sie Ihnen hiermit stelle.«

»Warum sollte Dwyer Ihnen die tausend Aktien verkaufen, die er mir verweigert hat?«

»Die Neugierde bringt mich schier um: Warum wird er das wohl tun?«

»Weil Sie Louis Rosen sind.«

»Dagegen ist jeder Einspruch unzulässig«, meinte er ironisch.

»Weil Sie Louis Rosen sind, und weil er einzig aufgrund Ihres Eingreifens glauben wird, daß seine Drei-Groschen-Gesellschaft zum Spielball des Kampfes zwischen Ihnen auf der einen Seite und den Herren Flint und Healey auf der anderen Seite werden wird. Er wird daraus schließen, daß der Kurs der Aktien, die sich in seinem Besitz befinden, ungemein steigen wird.«

Louis Rosen lehnte sich in seinem Sessel zurück. Auch ein Blinder hätte gesehen, daß er intensiv und äußerst schnell nachdachte.

»Ich verstehe«, sagte er nach einer kurzen Pause. »Sie haben versucht, die Zweidrittelmehrheit der Gesellschaft an sich zu reißen, um das Gebäude an Sie selbst verkaufen zu können, sind aber bei Ihrem Unternehmen gescheitert. Ist das richtig?«

»Ja.«

»Und Sie gehen davon aus, daß Dwyer, sobald er über die oben erwähnte Information verfügt, die er natürlich für sich behält, Sie besuchen und Ihnen ankündigen wird, daß er nur schlechter Laune gewesen war, als er ihren Wunsch, das Gebäude zu kaufen, abgelehnt hatte, und jetzt selbstverständlich bereit sei, Ihnen nicht nur das Gebäude zu verkaufen, sondern auch einen Teil und unter Umständen sogar alle Aktien abzukaufen, die Sie vergebens gehortet haben?«

»Richtig«, sagte Hannah lächelnd.

»Vielleicht gehört das alles wirklich zum Gebiet der Handarbeiten, aber wenn es dazu gehört, dann zu den machiavellistischsten, die mir je untergekommen sind.«

»Werden Sie die tausend Aktien kaufen?«

»Nur wenn Sie bereit sind, mit mir zu Abend zu essen. Sie werden mir dabei erklären, wie man mit Stricknadeln umgeht.«

»Meine Freundin Lizzie MacKennan, die Verlobte von Mister Kaden, meinem Begleiter, und ich werden mit Vergnügen Ihre Einladung annehmen, zumal wir gerade jemanden suchen, der bereit ist, für die Rechnung aufzukommen.«

Maryan und Hannah verabschiedeten sich. Sie setzte sich ans Steuer des Renault. Gegen ihre Gewohnheit fuhr sie nicht los, als würde sie von einer Horde Banditen verfolgt, sondern ließ sich viel Zeit und bat die Neugierigen mit einem Lächeln, ihr den Weg freizugeben.

»Maryan, glaubst du, daß es klappen wird?«

»Er hat ja gesagt. Ich glaube, daß er Wort halten wird, wie es den Gebräuchen in der Finanzwelt entspricht.«

»Was wird er tun?«

»Er wird die Aktien kaufen und die Verpflichtung unterschreiben, die du von ihm erbeten hast. Aber er wird sich vor allem über die Carrington-Fox informieren, für den Fall, daß die Gesellschaft mehr wert ist als die tausend Aktien...«

»Und dabei auf die Aktien der Northern Star Pacific stoßen. Die Carrington verfügt zwar nur über ein kleines Paket, aber vielleicht lockt ihn das.«

»Vielleicht. Normalerweise zieht Doug MacGregor für ihn Erkundigungen über Gesellschaften ein. Ich habe alle Vorsichtsmaßnahmen getroffen: Sobald MacGregor etwas unternimmt, werde ich unterrichtet.«

Sie rollten durch New York.

»Hannah? Kannst du eigentlich stricken?«

»Machst du Witze?«

Sie fuhr immer schneller; das alte Jagdfieber regte sich. Am Ufer des Hudson zeigte sie es einem alten, dampfgetriebenen Stanley, der den lächerlichen Versuch unternommen hatte, mit dem Renault rivalisieren zu wollen, und drückte noch einmal fest auf das Gaspedal.

»Du bist zu schnell.«

»Bei meinen Geschäften oder hinter dem Steuer?«

»Sowohl als auch. Ich würde den Tag meiner Hochzeit gerne noch erleben. Rosens Argumentation ist stichhaltig: Du solltest dich ruhig verhalten, bis Dwyer dich besucht und dir soviel Aktien abkauft, wie er kann. Du wirst das Gebäude in deinen Besitz bekommen und dazu die Aktien noch mit Gewinn verkaufen können.«

»Maryan, Dwyer verfügt nicht über die Mittel, um alles aufzukaufen. Ich glaube, er wird überhaupt nichts kaufen. Keine einzige Aktie, davon bin ich überzeugt.«

Sie glaubte es nicht, zumindest nicht im Augenblick, hoffte aber doch für später... Jetzt, wo der Kampf voll entbrannt war, wollte sie ihn nicht sofort wieder abbrechen, dazu machte er ihr viel zuviel Spaß.

Nein, sie wollte genau das tun, was sie sich ausgedacht hatte, und von ihrem ursprünglichen Plan nicht abweichen.

Nach dem Gespräch mit Rosen wollte sie mit J. P. Flint verhandeln, Rosens Todfeind.

John Patrick Flint war so groß und schlank wie Rosen klein und untersetzt. Ohne das Empfehlungsschreiben von Rockefeller Junior hätte er Hannah sicher nicht empfangen.

Er hörte ihr zu und klopfte dabei in höflicher Ungeduld mit seinen langen, bleichen Händen auf seinen Schreibtisch. Er unterbrach sie kein einziges Mal und schien sie nicht einmal zu sehen. Seine Augen blieben völlig ausdruckslos. Dann stand er auf, zum Zeichen, daß die Unterredung beendet sei, und meinte, es tue ihm unendlich leid (dabei sah er gar nicht so aus, als ob es ihm leid täte), aber ein Mann in seiner Position könne sich solche Manöver nicht erlauben, nicht einmal, um einer persönlichen Freundin von John Davison Rockefeller dem Zweiten einen Dienst zu erweisen (offensichtlich fragte er sich, ob dieser nicht völlig übergeschnappt sei, mit einer Frau, die obendrein noch Jüdin war, geschäftliche Beziehungen zu unterhalten).

Bevor sie noch realisierte, was mit ihr geschah, stand sie wieder vor dem Büro; die Doppeltür hatte sich bereits hermetisch geschlossen.

»Maryan, er ist kein einziges Mal auf mich eingegangen. Er hat nicht einmal mit der Wimper gezuckt. Wie er seine Hände beherrscht! Ich weiß nicht einmal, ob er mir überhaupt zugehört hat, als ich ihm erklärte, ein Unbekannter kaufe die Aktien der Carrington auf und hindere mich arme, wehrlose Frau daran, in den Besitz eines bestimmten Gebäudes zu kommen und dort meine Cremes herzustellen.«

»Ich bin sicher, daß er dir zugehört hat, Hannah. Ich kenne ihn ein wenig; ich habe einmal während eines Mittagessens am gleichen Tisch gesessen wie er. Er ist alles andere als ein Dummkopf. Selbst wenn du ihn nicht hinters Licht geführt hast, selbst wenn er den wahren Grund deines Besuches erkannt hat, vor allem aber, wenn er den wahren Grund deines Besuches durchschaut hat, wird er versuchen herauszufinden, was es mit dieser Carrington auf sich hat, von deren Existenz er vor deinem Besuch vielleicht nicht einmal wußte.«

»Ich bin genial, nicht wahr?«

Er lächelte zum zweiten Mal in diesem Jahr: »Für eine Frau schon!«

»Steig sofort aus, oder ich zermalme dich!« Um aber sofort darauf zu fragen: »Wie heißt der Kerl, der für Flint Nachforschungen durchführt?«

»Er beschäftigt zwei, Sam Waters und Felix M. Lehman.«

Die Maryan natürlich ebenfalls im Auge hatte.

Hannah hatte zwei Tage, nachdem MacGregor seinem Boß Louis Rosen einen höchstwahrscheinlich ziemlich vollständigen Bericht über die Carrington überreicht hatte, und vierundzwanzig Stunden, nachdem Rosen Dwyer 5000 Aktien der Carrington abgekauft hatte – er hatte 20 Dollar pro Aktie bezahlt –, Flint besucht.

Soweit war alles klar: Hannah hätte jetzt das Gebäude in der Park Avenue kaufen können, zumindest theoretisch, denn sie verfügte, wenn auch nur indirekt, über weit mehr als die erforderliche Zweidrittelmehrheit plus eine.

Praktisch aber besaß sie nicht einmal mehr die 60 000 Dollar, die sie gebraucht hätte, um das Gebäude wirklich kaufen zu können.

Übrigens: Warum hätte sie eigentlich dieses Gebäude kaufen sollen, riskierte sie doch, daß die Londoner Bank zwei Wochen später ihre Ansprüche anmeldete und durchsetzte.

Den wichtigsten Grund haben wir bisher allerdings verschwiegen: Die Katastrophe, die Wall Street dermaßen in Aufregung versetzen sollte, war bereits voll im Gang.

– Lizzie, ich hatte wirklich keine Ahnung – zumindest das Ausmaß konnte ich nicht abschätzen ...

Vierzehn Tage blieben ihr noch bis zum Ablauf der von der Bank gesetzten Frist (die ihren Besuch am 6. Mai erwartete).

Die Dinge kamen ins Rollen.

Mit atemberaubender Geschwindigkeit.

Hannah hatte J.P. Flint am 22. April besucht; am nächsten Tag bereits teilten Maryans Späher mit, daß Waters und Lehman, Flints ›Geheimagenten‹, aktiv wurden. Maryan erstattete Bericht:

»Hannah, genau wie du prophezeit hast, haben sie sich über die Carrington informiert. Sie haben festgestellt, daß du ihren Chef nicht angelogen hast, ganz unabhängig von den Beweggründen deines Besuches, und daß du, Bernard und ich zu den wichtigsten Aktionären zählen. Neben Dwyer natürlich. Flints Späher sind auch auf die 2800 Aktien der Northern Star Pacific gestoßen, die zum Besitz der Carrington gehören. Alles läuft genau so ab, wie du es erhofft hast.«

Am 23. April lag der inoffizielle Kurs der Carrington zwischen 20 und 21 Dollar.

Die Northern Star Pacific dagegen wurde ganz offiziell mit 141,60 Dollar notiert.

Zwei Tage später betrug er bereits 152,70 (insgesamt waren 1026115 Aktien ausgegeben worden).

Anders ausgedrückt: Die Börse schätzte die Northern Star auf mehr als 156 Millionen Dollar ein, das heißt, ungefähr 70mal so hoch wie die Carrington.

›Es handelt sich wirklich nicht mehr um die gleiche Größenordnung‹, dachte Hannah. ›Dieses Spiel ist für große Leute reserviert; größer zumindest als 148 cm.‹

»Wer kauft, Maryan, Rosen oder Flint?«

»Rosen. Flint hat sich gestern nach Europa eingeschifft. Er hat sehr wahrscheinlich Instruktionen hinterlassen, die wir aber nicht kennen. Bernard ist es nicht gelungen, Näheres herauszufinden.«

»Wo hält sich eigentlich Roger Healsey auf?«

»Irgendwo in Oregon.«

»Glaubst du, daß Rosen die Abwesenheit der beiden anderen Clowns benützt hat, um anzugreifen?«

»Das ist mehr als wahrscheinlich. Er entscheidet sich immer sehr schnell.«

Die gleichzeitige Abwesenheit der beiden Chefs des einen Lagers sollte in der Tat bei der Entwicklung dieser mehr als erstaunlichen Geschichte eine entscheidende Rolle spielen.

Bernard Benda, der sich sehr wohl in New York aufhielt, besuchte Hannah am 25. am späten Vormittag. Er war bester Laune, denn er hatte Louis Rosen die 20000 Carringtons verkauft, die er Hannah für zehn Dollar das Stück abgekauft hatte und dabei mehr als das Doppelte seines Einsatzes wieder herausgeholt, denn Rosen hatte ihm 20,75 Dollar pro Aktie bezahlt.

»Ich werde mir eine oder auch zwei Zigarren leisten können... Hannah, Ihre Unternehmung ist davon nicht betroffen, ich meine, der Kauf des Hauses in der Park Avenue, denn Rosen hat sich mir gegenüber verpflichtet, meine Verpflichtungen Ihnen gegenüber zu übernehmen. Ich geniere mich nur etwas, auf ihre Kosten diesen Gewinn eingestrichen zu haben.«

»Bernard, es handelt sich schließlich nicht um eine Krocket-Partie an einem schönen Sommernachmittag, wie mir erst kürzlich jemand sagte.«

Er lachte: »Das ist richtig; ich werde mir schließlich nicht selbst widersprechen. Und Sie können, wenn Sie noch etwas warten, Ihre Anteile schließlich auch mit erheblichem Gewinn verkaufen.«

»Und warum haben Sie verkauft?«

Er lachte noch breiter als zuvor:

»Ich glaube, ich werde erhebliche Mengen an Bargeld brauchen. Hannah, es bestehen im Moment glänzende Aussichten...«

»Indem man Northern Star kauft?«

»Um Himmels willen, auf gar keinen Fall!«

»Der Kurs steigt aber.«

»Genau. Hannah, eine goldene Regel sagt, daß man bei fallenden Kursen, bei einer Baisse kaufen soll. Ich bin mir sicher, daß die Northern Star noch steigen wird, erheblich sogar. Meinen Informationen gemäß hat Rosen für zehn Millionen Dollar Kaufaufträge erteilt. Wissen Sie, was Vorzugsaktien sind?«

»Die Vorzugsaktien unterscheiden sich von den normalen Aktien in einem Punkt: Die Verantwortlichen einer Gesellschaft können auf diese Aktien jederzeit ihr Optionsrecht ausüben.* Zufrieden mit Ihrer Schülerin? Rosen sucht vor allem Vorzugsaktien, um so die Kontrolle über die Northern Star ausüben zu können. Und Flint und Healey werden ihn wohl nicht stillschweigend gewähren lassen.«

»Ganz bestimmt nicht. Die Northern ist schließlich eines ihrer Prunkstücke. Wir werden...«

»Was haben Sie da gesagt?«

»Daß die Northern Star eines der Prunkstücke in Flints und Healeys Reich ist. Warum?«

»Wollen Sie damit sagen, daß die Northern Star Flint und Healey *gehört?*«

Hannah fragte sich, ob sie eigentlich träumte.

Jetzt schaute Bernard Benda sie völlig verblüfft an:

»Wollen Sie damit etwa behaupten, daß Sie das nicht wußten? Flint und Healey üben die Kontrolle über die Mehrheit der Northern Star aus und sind in diesem Sinne deren eigentliche Besitzer. Ich dachte, Ihnen wäre dies bekannt!«

»Verdammt noch mal, das hat mir keiner gesagt.«

* Nicht nach deutschem Aktienrecht. Anm. des Übersetzers.

Maryan machte sich ganz klein.

»Hannah, das ist mir völlig entgangen. Ich dachte ebenfalls, daß du auf dem laufenden bist.«

Bernard Benda kamen beinahe die Tränen, so sehr mußte er lachen.

»O Hannah, Sie haben diesen Krieg ausgelöst, ohne die Umstände zu kennen? Wall Street müßte Ihnen ein Denkmal errichten!«

»Ich wußte nur, daß die Carrington Northern Star besitzt und daß die Northern Star eine bedeutende Gesellschaft ist. Ich dachte, das reiche aus, um sie, das heißt Rosen, Flint und den dritten wie Fliegen anzuziehen...«

Jetzt mußte sie selbst schallend lachen und dachte bei sich:

›Hannah, wenn du dich schon einmal in die Hochfinanz einmischst, dann wenigstens richtig.‹

»Mein Plan hat auf alle Fälle ausgezeichnet funktioniert!«

Sie erlitt einen neuen, so ansteckenden Lachanfall, daß selbst Maryan (fast) einstimmen mußte: Er lachte zum dritten Mal im Jahre 1901. Benda hatte sich schon lange hinsetzen müssen; er hielt sich die Seiten.

Nur mühsam konnte er sich beruhigen, immer wieder von Lachanfällen gepackt.

»Hannah, wir werden der dritten großen Schlacht zwischen diesen Herren beiwohnen, und ich schwöre Ihnen, daß angesichts dieser dritten Schlacht die vorausgegangenen wie kleine Geplänkel erscheinen werden. Ich lege keinen Wert darauf, zwischen die Linien zu geraten, und werde folglich keine Northern Star kaufen. Ganz abgesehen davon, daß es im Moment wirklich Besseres zu tun gibt. Darf ich Ihnen einen Rat geben? Wenn Flint und Healey, wie zu erwarten ist, auf Rosens Offensive reagieren, dann werden die Northern Star auf dem Markt äußerst rar werden. Die Folge: Die restlichen Aktien werden...«

»... ebenfalls steigen.«

»Ich glaube eher, daß sie fallen werden, wenn die Schlacht das hält, was sie verspricht. Tausende von Börsenspekulanten werden in den Strudel mitgerissen und verpflichtet sein zu liquidieren. Sie werden die besten Werte verkaufen, die sie besitzen, die Crème de la crème der Börse, die *blue chips*, deren Kurs seit Menschengedenken nicht gesunken ist. Überzeugen Sie meine Argumente, Hannah?«

»Ehrlich gesagt, ich halte Sie für völlig übergeschnappt! Was für apokalyptische Gedanken! Maryan, was meinst du?«

»Ich bin seiner Meinung.«

»Ich soll also *blue chips* kaufen und auf Baisse spekulieren, nicht wahr?«

»Genau«, sagte Benda mit funkelnden Augen.

»Ich habe kein Geld mehr.«

»Verkaufen Sie einen Teil der Carrington oder alle an Rosen. Auch wenn Sie einen Verlust einstecken müssen... Übrigens, Sie können selbstverständlich Aufträge erteilen und nur zehn oder gar fünf Prozent der Summen anbezahlen.«

Sie zögerte.

»Maryan, wirst du diesen Rat befolgen?«

»Ja.«

Sie zögerte und sagte dann nein.

– Lizzie, in diesem Augenblick war es klar: Ich würde nie eine echte Spekulantin werden; ich hatte es immer schon verabscheut, Geld zu leihen und Dinge zu kaufen und zu verkaufen, die ich nicht wirklich bezahlen konnte. Die Vorstellung allein machte mir Angst und stieß mich ab.

»Hat Dwyer eigentlich seine Aktien verkauft?«

Nein. Maryan meinte, er würde wohl noch abwarten, überzeugt davon, daß die Carrington im Kielwasser der Northern Star noch stiegen. Er hatte Rosen die ersten 5000 Aktien verkauft, aber seither hartnäckig jedes neue Angebot abgelehnt, obwohl er beim ersten Angebot bereits nahezu 100 Prozent Gewinn gemacht hatte.

»Ich werde ebenfalls abwarten«, sagte Hannah.

Am 26. war der Kurs der Northern auf 178,10 gestiegen; trotz der Diskretion, die Rosen an den Tag legte, betrug der Kursgewinn innerhalb kürzester Frist mehr als 25%; Hannah sollte später allerdings erfahren, daß Rosens Spekulation nicht der einzige Grund gewesen war.

Der inoffizielle Schätzpreis der Carrington-Fox belief sich auf ungefähr 28 Dollar.

»Warum reagieren Flint und sein Freund nicht? Eine solche Kurssteigerung müßte sie doch eigentlich alarmieren!«

»Hannah, die Börse insgesamt befindet sich in einer Hausse. Die Northern Star hat vielleicht etwas mehr gewonnen als der Durchschnitt, aber keineswegs aufsehenerregend mehr«, erklärte Bernard Benda.

Es kam noch schöner. Bernard war sich ziemlich sicher, daß Freunde und Verwandte von Flint und Healey begonnen hatten, Vorzugsaktien aus ihrem Besitz zu verkaufen, ohne sich allzusehr um die Identität des Käufers zu kümmern.

»Meine Liebe, es kann kein Zweifel daran bestehen, daß sowohl Flint wie Healey denjenigen, dem sie die Information verdankten, ihr Todfeind Rosen kaufe diskret die Vorzugsaktien der Northern Star auf, reich belohnen werden. Doch von den wenigen Männern der Wall Street, die darüber auf dem laufenden sind, gibt es wohl keinen, der den Mut hätte, sie zu warnen.«

An diesem gleichen 26. April besaß Hannah nach ihren Verkäufen an

Maryan Kaden, Bernard Benda und Louis Rosen noch 63941 Aktien der Carrington.

Sie hatte seit langem die Hoffnung aufgegeben, mit Hilfe der Aktien in den Besitz des ›verdammten Gebäudes‹ zu kommen, war aber immer noch entschieden, diesem Herrn Dwyer an den Kragen zu gehen.

An diesem Tag unternahm sie etwas, was sie allen verschwieg, selbst Maryan Kaden – Maryan gegenüber wenigstens einige Tage lang; einerseits genierte sie sich ihm gegenüber etwas, andererseits hatte sie keine Lust mehr, laufend von diesen Herren, die alles wußten, so daß sie sich schon völlig idiotisch vorkam, Ratschläge geben zu lassen.

Zeke Singer verkaufte in ihrem Auftrag sehr diskret ihre 63941 Carrington-Aktien an Louis Rosen, der 30 Dollar pro Stück bezahlte.

So daß sie mehr als 1918000 Dollar erhielt.

»Zeke, wenn Sie mit irgend jemand darüber sprechen, und sei es im Schlaf, werden wir nie mehr zusammenarbeiten.«

Knapp zwei Millionen Dollar. Für Hannah, die sich weder mit Flint noch mit Rosen messen konnte, eine Riesensumme. Sie hätte nun mühelos die englische Bank bezahlen und sogar noch knapp 200000 Dollar Gewinn einstreichen können.

›Jetzt beruhige dich, iß von dem Sauerkraut, das Yvonne gekocht hat – es ist leicht verdaulich, so daß du unbeschwert denken kannst – und überlege. Ganz allein. Wie eine Große...‹

Zeke Singer war ein blonder, junger, anziehender Mann, der jünger aussah, als er war (er war 23). Erstaunlicherweise war er bereits zu einem der Assistenten der berühmten Firma Kuhn & Loeb aufgestiegen.

Trotzdem riß er seine Augen weit auf.

»Was wollen Sie, Hannah?«

»Sie haben ganz richtig verstanden: Ich will, daß Sie für mich 10775 Aktien der Northern Star für 178 das Stück kaufen. Wenn Sie sie billiger bekommen, werde ich Ihnen keinen Vorwurf machen. In diesem Fall erhöhen Sie die Anzahl, bis Sie wieder auf die gleiche Endsumme kommen.«

»Hannah, mit dem Geld, das Sie einsetzen wollen, kann ich sehr viel mehr Aktien kaufen. Ich meine nicht den Kurs; wenn ich Northern für 178 auftreibe, grenzt das schon an ein Wunder. Wenn sie die knapp zwei Millionen Dollar dagegen als Garantie für ein Depot anlegen, könnten wir...«

›Die Männer gehen mir wirklich auf die Nerven mit ihren Depot-Käufen!‹

»Nein, Zeke. Ich werde es nie zu einem Finanzjongleur bringen, das wenigstens habe ich in den letzten Monaten gelernt. Ich will diese Aktien haben, wirklich besitzen, greifen können. Ich will keine akrobatischen Spielereien, verstanden? Zeke, haben Sie mich wirklich verstanden?«

Den restlichen 26., den ganzen 27. sowie den Vormittag des 28. verbrachte Zeke damit, die Aktien aufzutreiben, und arbeitete wie ein Berserker. Erstaunt sagte er zu Hannah:

»Ich verstehe die Welt nicht mehr. Nicht nur, daß die Northern Star unaufhörlich im Wert steigen, sie sind kaum mehr zu finden. Als ob einer alles zusammenrafft, was ihm unter die Hände kommt. Hannah, verfügen Sie vielleicht über Informationen, die mir unbekannt sind?«

Wäre es nur um sie gegangen, hätte sie Beckys Schwager wahrscheinlich alles erzählt. Doch sie scheute sich, die Informationen, die sie von Bernard Benda unter dem Siegel der Verschwiegenheit erhalten hatte, einfach so weiterzugeben, zumal sie sich ihm verpflichtet fühlte.

Aber sie mochte auch Zeke sehr gern.

»Einer der am besten Informierten hat mir einen Rat gegeben, den ich persönlich nicht befolge, aber vielleicht kann er Ihnen nützlich sein...«

Ohne Bendas Namen ins Spiel zu bringen, empfahl sie ihm, er solle *blue chips* auf Baisse kaufen.

»So, Zeke, jetzt können Sie mit meiner Information machen, was Sie wollen.«

»Und dieser jemand, der Ihnen den Hinweis gab, ist der wirklich vertrauenswürdig?«

»Er gehört wirklich zu den bestinformierten Börsenspekulanten.«

»Dann werde ich die vierzigtausend Dollar, die mir zu Verfügung stehen, einsetzen; ich nehme an, daß man Vertrauen in mich hat und sich mit einem Depotwert von fünf Prozent zufriedengeben wird. Ich werde also 800000 Dollar investieren können. Vielen Dank für den Hinweis, Hannah.«

»Danken Sie mir erst, wenn Sie Erfolg haben.«

›Und ich werde so blöd sein und ihm den Schaden ersetzen, wenn er sich verspekuliert‹, dachte sie sich, allerdings erst, nachdem sie ihre Unterredung beendet hatten; Zeke hatte noch gefragt, wie lange man wohl mit einer Baisse der *blue chips* rechnen könne, und sie hatte, ohne zu überlegen, mit dieser Gewißheit geantwortet, über die man nur dann verfügt, wenn man völlig unwissend ist, es handele sich wohl um zehn bis fünfzehn Tage. Erst nachdem Zeke gegangen war, war ihr klargeworden, daß der junge Mann aufgrund ihrer Selbstsicherheit annehmen mußte, sie verfüge über eine sowohl kapitale wie exklusive Information.

›Und meine Information ist ja auch sehr exklusiv: sie ist so exklusiv, daß ich die einzige bin, die sie kennt.‹

Am Nachmittag des 27. spielte sie ihre letzte Karte aus.
Neun Tage vor dem Treffen mit den Londoner Bankiers.

Polly Thwaites war wieder einmal von London gekommen. Er machte sich Sorgen und verhehlte dies nicht. Und machte sich noch mehr Sorgen, als er bemerkte, daß Hannah sich überhaupt keine Sorgen machte oder diese Sorgen zumindest sehr gut versteckte.

»Sind Sie vielleicht leichtfertig geworden?«

»Ich amüsiere mich königlich.«

»Die Bankiers in London weniger. Sie lachen nicht, sondern verhandeln. Mindestens zwei Finanzgruppen sind bereit, Ihre Geschäfte zu übernehmen, Hannah; die angebotenen Preise übersteigen die Zwei-Millionen-Grenze deutlich. Ich bin nicht gerade zufrieden mit mir: Hätte ich besser verhandelt, dann hätte ich bessere Kreditbedingungen herausgeschlagen.«

»Man hat mir keinen Kredit eingeräumt, sondern mir mit Geld ausgeholfen, Polly! Übrigens hatte ich Ihnen für die Verhandlungen nur sehr wenig Zeit eingeräumt und bin mit dem Ergebnis zufrieden. Hätten Sie diesen Hyänen mehr Geld entlockt, dann müßte ich jetzt auch mehr zurückzahlen.«

»Sie hoffen immer noch, das Geld fristgerecht zurückzahlen zu können?«

»Selbstverständlich. Übrigens, Polly, haben Sie mir nicht einmal erzählt, Ihre Mutter und Winnie Churchill seien befreundet?«

Er hatte. Churchills Mutter war Amerikanerin, und Mama Thwaites konnte sie recht gut leiden. Warum?

»Weil Winnies Mutter und Cynthia Healey eng miteinander befreundet sind und weil ich diese Cynthia unbedingt kennenlernen möchte.«

Er schaute sie entsetzt an und verstand, auf was sie hinauswollte.

»Hannah, das werden Sie auf keinen Fall tun!«

»Wer sollte mich daran hindern? Wenn man Bernard Benda Glauben schenken darf, dann hat kein Mann den Mut dazu. Ausgezeichnet, denn ich bin schließlich kein Mann.«

Sie war sich im klaren darüber, daß sie eine kleine Katastrophe auslösen würde.

– Lizzie, das schon, aber ich ahnte nicht, wie schlimm diese Katastrophe werden sollte!

»Und wann soll dieses Treffen stattfinden?« fragte Polly.

»Gestern. So schnell wie möglich.«

Sie lernte Cynthia Healey am 29. kennen, eine ausgesprochen hübsche Frau, die Hannah um einen Kopf und gut hundert Millionen Dollar sowie die geballte Kraft einer Milliardärin in dritter Generation überragte. Allerdings zuckte sie sofort mit den Achseln, nachdem Hannah mit ihrer Rede begonnen hatte: Über die Geschäfte ihres Mannes wußte sie nichts und hatte auch nicht vor, sich auf diesem Gebiet einzumischen, vor allem...

Ihre linke Augenbraue ging leicht nach oben:

»Jüdin?«

»Japanerin«, antwortete Hannah, »aus der Synagoge von Tokio. Madam, aus zwei Gründen wende ich mich direkt an Sie. Erstens: Wenn ich diesen Mister Daimler aufsuche, von dem Sie sprachen, wird es die ganze Wall Street erfahren. Und wenn ich ihn nur anrufe, wird er mir nicht zuhören. Und zweitens: Ich übermittle diese Information nicht ungern einer Frau. Auf diese Weise werden die Herren in ihrem Hochmut hoffentlich etwas aus der Fassung gebracht. Bitte teilen Sie umgehend Mister Healey mit, daß ein gewisser Louis Rosen dabei ist, ihm seine Northern Star zu stehlen. Sie können meinen Rat natürlich auch in den Wind schlagen. Nur, wenn Sie ihn befolgen, dann beherzigen Sie bitte, daß Sie nur Ihrem Gatten gegenüber Ihre Informationsquelle enthüllen. Wenn Sie ihn nicht befolgen, dürfen Sie nicht erstaunt sein, wenn Ihnen Mister Flint während der nächsten sechs Jahre aus dem Weg geht und Sie meidet wie die Pest. Ihr Haus ist entzückend. Ein Hinweis allerdings: Der Cézanne dort ist eine Fälschung. Da bin ich mir ganz sicher, denn ich besitze den echten. Noch etwas: Mit einer Lotion, die vielleicht gerade für Pferde taugt, werden sie Ihre Pickel an Ihren Handgelenken – und ich bin mir sicher, daß Sie auch an den Füßen Pickel haben, stimmt's? – bestimmt nicht los. Ich habe das Mittel, das Ihnen hilft. Sie haben ja meine Adresse...«

Der Kurs der Northern Pacific belief sich am 1. Mai auf 161,25 Dollar, hatte folglich um 17 Punkte nachgegeben.

»Was bedeutet das, Polly? Hat mein Untergang begonnen?«

»Vielleicht hat Ihr Louis Rosen seine Aufkäufe eingestellt? Es kann ja sein, daß er bereits Mehrheitsaktionär ist oder sich zumindest so stark fühlt, Healey und Flint aus der Gesellschaft zu verdrängen oder zur Bedeutungslosigkeit zu verurteilen. Hannah, ich bin kein Börsenspezialist, trotzdem zähle ich mich unbescheidenerweise aufgrund meines theoretischen Wissens als Bücherwurm zu denen, die besser Bescheid wissen als andere... muß ich ja auch, denn ich verdiene mein Geld als Ihr Berater, und Sie betätigen sich zur Zeit als Aktionärin. Rosen hat, Ihren Informationen gemäß, in der Hauptsache Vorzugsaktien gekauft?«

»Das weiß ich von Bernard Benda.«

»Good heavens!« rief Polly.

»Was hat der Himmel hier zu suchen?«

»Hannah, um eine Gesellschaft wie die Northern wirklich kontrollieren zu können – ich habe die Statuten eingesehen, sie sind eindeutig –, reicht es nicht, die Mehrheit der Vorzugsaktien zu besitzen; man muß darüber hinaus über mindestens fünfzehn Prozent der normalen Aktien verfügen.«

»Was für Aktien habe eigentlich ich?«

»Normalaktien, liebe Freundin. Sollte Rosen diese fünfzehn Prozent nicht besitzen, dann hat nicht er, sondern Flint und Healey die Mehrheit. Unter der Voraussetzung natürlich, daß sie fünfzehn Prozent der normalen Aktien besitzen. Und vierzig Prozent der Vorzugsaktien.«

»Sie scherzen.«

»Ich scherze nie, wenn ich geräucherten Lachs aus Kildare esse und dabei mit einer hübschen Frau über 150 bis 200 Millionen Dollar spreche – der aktuelle Schätzpreis der Northern Star.«

»Unmöglich, daß Louis Rosen diese Bestimmung in den Statuten nicht kennt.«

»Ich hoffe es für ihn«, antwortete Polly, den Mund voller Lachs. Er schluckte hinunter.

»Was hält Mister Roger Healey von weiblichen Spionagediensten?«

»Nichts. Überhaupt nichts. Er hält sich immer noch in Oregon auf.«

... und der andere, Flint, schlenderte zur Zeit wohl gemütlich über die Promenade des Anglais in Nizza oder die Piazza Navona in Rom. ›Diese verdammten Milliardäre, anstatt sich um ihre Geschäfte zu kümmern, reisen sie um die Welt.‹

»Hannah«, nahm Polly Thwaites den Faden wieder auf, »Sie haben wirklich alles getan, damit diese Männer sich bekriegen. Wenn Rosen diesen Fehler wirklich begangen haben sollte, wenn Healey rechtzeitig nach New York zurückkehrt und wenn die beiden in Kampfesstimmung sind, wenn diese Bedingungen erfüllt werden, Hannah, dann bekommen Sie Ihre Schlacht, die höchstwahrscheinlich ein richtiges Gemetzel werden wird, meine Liebe. Sie können mit sich zufrieden sein. Noch etwas Lachs?«

»Vielen Dank. Ich bin sicher, daß Sie mit dem Lachs problemlos fertig werden... O Polly, ich habe Angst.«

Am 2. Mai fiel die Northern Star auf 156. Hannah rechnete zum hundertsten Mal nach: Die Aktien, für die sie vor sechs Tagen 1918000 Dollar bezahlt hatten, waren nur noch 1680000 Dollar wert.

Verlust innerhalb von nicht einmal einer Woche: 238000 Dollar.

Noch konnte sie den Kredit der englischen Bank zurückzahlen.

Falls der Kurs der Northern nicht noch weiter fallen sollte, bevor sie verkaufte.

Sie weigerte sich hartnäckig zu verkaufen und konnte oder wollte sich ihre Hartnäckigkeit nicht erklären. Sie wartete auf ein Wunder und klammerte sich an eine ihrer tiefsten Überzeugungen: Sie war sich sicher, Glück zu haben. Gleichzeitig warf sie sich vor, sich an Cynthia Healey und nicht an diesen Ted Daimler gewandt zu haben, Healeys und Flints wichtigstem Mitarbeiter. Natürlich wäre es nicht so einfach gewesen, diesen Mann zu überzeugen, doch Daimler hätte alles darangesetzt, seinen Chef so schnell wie möglich nach New York zu holen...

Jetzt war es zu spät.

In vier Tagen lief die Kreditfrist ab. Polly hatte ihr mitgeteilt, daß die Beauftragten der Engländer am Samstag, dem 4., mit dem Dampfer der Cunard Line in New York eintreffen und am 6. die Papiere vorlegen würden, wobei sie zweifellos feststellen mußten, daß Hannah nicht zahlen konnte oder wollte.

Als sie an diesem Abend an einem der beiden Briefe saß, die sie Taddeuz täglich schrieb, wagte sie sich so weit vor wie noch nie:

Du fehlst mir entsetzlich, Tag für Tag, Stunde für Stunde... Zudem habe ich ziemlich ernste berufliche Schwierigkeiten... Bleibt es bei Deiner Absicht, Dich am 9. einzuschiffen? In diesem Fall wird dieser Brief Dich nicht mehr erreichen, oder erst später. Ich wünsche mir so sehr, daß dieser Brief Dich nicht erreicht, denn das bedeutet, daß du bald wieder bei mir bist...

Maryan Kaden erlebte als privilegierter Zeuge die einzelnen Schritte, die Bernard Benda am 3. und vor allem am 6. Mai 1901 unternahm.

Am Spätnachmittag des 3. schaute Maryan in der Wohnung an der 5th Avenue vorbei. Hannah und ihr belgisches Faktotum trugen graue, mit Farbe beschmierte Bauernkittel, hatten sich aus Zeitungspapier Zweispitze französischer Gendarmen gefaltet und waren gerade dabei, einen der Salons zu weißeln.

»Ich sah mich gezwungen, die Arbeiter zu entlassen«, erklärte Hannah, »da wir uns über diese schrecklichen Geldfragen nicht einigen konnten. Machst du mit? Ein Pinsel ist noch übrig.«

Sie schien fröhlich und ausgeglichen zu sein, doch er kannte sie zu gut, um nicht zu wissen, daß sie innerlich aufs höchste angespannt war. Er sprach, während Hannah heftig weiterstrich, ohne darauf zu achten, was sie eigentlich tat. Er sprach in die Stille der zu zwei Drittel leeren Wohnung hinein, in der ihm die Frauen den Rücken zudrehten und sich lachend um eine Zierleiste stritten. Er wiederholte Bernard Bendas Argumente, die *blue chips* betreffend: die Schlacht um die Aktien der Northern Star würde den Kurs in unangeahnte Höhen treiben. Als unausweichliche Folge stand fest, daß niemand seine Northern Star würde verkaufen wollen. Die Makler oder Anleger, die sich auf Termingeschäfte mit der Northern eingelassen hatten, würden die größten Schwierigkeiten bekommen, sich diese Aktien zu beschaffen, um ihre Verträge einzuhalten, und sich gezwungen sehen, ihre Basis, eben die berühmten *blue chips*, zu verkaufen...

›Warum erzählt er mir das nun schon zum x-ten Male? Ich habe es schon beim ersten Mal ausgezeichnet verstanden. Ist er betrunken?‹

»Eine logische Argumentation«, sagte Hannah laut. »Nur: Bis zu diesem Augenblick haben noch nicht einmal die ersten Scharmützel begonnen. Dieser Flint hält sich immer noch in Europa auf, und dieser Idiot von Healey spielt an der Pazifikküste immer noch Eisenbahn.«

»Healey befindet sich in New York«, antwortete Maryan wie immer mit stoischer Ruhe. »Seit genau fünf Uhr. Er ist mit einem Sonderzug eingetroffen; man behauptet, er habe den Fahrplan sämtlicher Linien durcheinandergebracht, um immer freie Fahrt zu haben, und drei Lokomotiven vor seinen Wagen spannen lassen, um so schnell wie möglich in New York einzutreffen. Hannah, er ist da. Entweder hat er in letzter Sekunde etwas geahnt, oder er hat einen Hinweis bekommen...«

So genau wie nur möglich malte Hannah, die vor Konzentration die Zunge herausstreckte, konzentrische Ringe, die an eine Zielscheibe erinnerten, auf den stark gewölbten Hintern der Belgierin. Dann drehte sie sich zu Maryan um.

Der absoluten Gleichmut verkörperte.

»Hannah«, nahm er den Faden wieder auf. »Der Moment ist gekommen, an dem du dich entscheiden mußt. Nur wenige sind bisher eingeweiht. Die Northern Star werden steigen und die *blue chips* fallen. Du solltest...«

»Ich werde meine Northern Star nicht verkaufen«, unterbrach ihn Hannah bestimmt.

Sie vollendete ihre Zielscheibe – den Punkt in der Mitte. Yvonne brach in schallendes Gelächter aus.

»Ich werde überhaupt nichts verkaufen«, setzte Hannah nach. »Versuch nicht, mich zu überreden, das wäre reine Zeitverschwendung.«

Den ganzen Abend über spielte sie mit Yvonne Domino und wartete. Sie hatte einen Moment lang gehofft, Healey käme vorbei und würde sich bei ihr auf die eine oder andere Weise bedanken.

Niemand kam.

Am Samstag, den vierten war sie fast bereit, zum Hotel *Netherland* hinüberzugehen, das nur wenige Schritte von ihrer Wohnung entfernt lag. Achtundvierzig Stunden vor Ablauf der von den englischen Bankiers gestellten Frist – die Engländer waren wohlbehalten in New York eingetroffen; ›natürlich ist ihr verdammtes Schiff nicht untergegangen!‹ – hatte sie das Stadium schierer Aufregung hinter sich gebracht und war in eine Art einfältige Resignation gefallen, die sie sich zwar vorwarf, aber deswegen noch lange nicht überwinden konnte.

Als Polly Thwaites gegen fünf Uhr vorbeischaute, schrieb sie gerade an Mendel. Da sie keinerlei Nachrichten von ihm erhalten hatte, war sie gezwungen, ihren Brief an die Adresse zu schicken, die ihr Visoker in San Francisco gegeben hatte: *Hôtel des Mamours,* Dawson, Yukon, Kanada.

»Wenn er sich noch dort aufhält... Es kann ebensogut sein, daß er bereits auf dem Weg nach Brasilien ist.«

»Oder er ist auf eine Goldader gestoßen und hat sich einen Harem gekauft«, antwortete Polly.

»Mendel würde mit einem Harem nichts anfangen können! Er liebt nur Frauen, denen er auf seinen Reisen begegnet und die möglichst hundert Kilometer voneinander entfernt wohnen.«

Sie strengte sich vergeblich an; es gelang ihr einfach nicht, sich auf den von Polly angeschlagenen, jovialen Ton einzustellen, denn sie spürte, daß Polly nur heuchelte und nichts anderes im Sinn hatte, als ihre Angst ein wenig zu verdrängen.

Er beugte sich zu ihr: »Nicht gerade in bester Form?«

»Meine Form könnte nicht besser sein!«

Er streckte seinen rundlichen Zeigefinger in die Höhe:

»Heute abend nehme ich Sie mit in die Carnegie Hall. Liszt steht auf dem Programm. Ein Pole, nicht wahr? Da meine geliebte Gattin in England geblieben ist, um über unsere englischen Kinder zu wachen, habe ich keine Begleiterin, die meiner gerecht würde... Anschließend dinieren und tanzen wir...« Er streckte seinen Zeigefinger noch höher. »Und morgen machen wir eine Bootspartie.«

»Wenn Sie mir vorschlügen mich aufzuhängen, könnten Sie kaum eine geringere Begeisterung in mir auslösen...«

»In meiner Eigenschaft als Engländer gestehe ich voller Scham, daß ich alles, was schwimmt, verabscheue. Wir werden diesen Bootsausflug aber trotzdem unternehmen, da sehr interessante Leute daran teilnehmen.«

Sie schaute ihn aufmerksam an, denn seine Stimme hatte ihr verraten, daß er zum Kern der Sache kam. Er lächelte freundlich:

»Ich habe mir gesagt, daß nicht einmal schottische Bankiers am Montag eine charmante Dame exekutieren würden, mit der sie am Sonntag einen Bootsausflug unternommen haben.«

Doch das Wichtigste hatte er Hannah noch gar nicht mitgeteilt: Seinen weitverzweigten Stammbaum studierend, hatte er zu seiner Überraschung festgestellt, daß einer seiner Vettern, der sich durch eine geradezu verblüffende Einfalt auszeichnete – »selbst meinen anderen Vettern ist dies aufgefallen, Sie verstehen, was dies bedeutet!« –, unglaublicherweise den Posten eines Generaldirektors der Bank von England innehatte.

Kurz und gut, Polly hatte vier Tage Aufschub herausgehandelt; besser als nichts.

Am Montag den Sechsten trafen sich Maryan Kaden und Bernard Benda noch vor acht Uhr vor der New York Stock Exchange. Zusammen begaben sie sich direkt in den Arbitrage-Raum, der zwei Stunden vor offiziellem Börsenbeginn bereits offen war. Diese zwei Stunden überbrückten die Zeitspanne zwischen dem Londoner Börsenschluß und dem New Yorker Börsenbeginn. Vom Arbitrage-Raum aus konnte man telegraphisch an der Londoner Börse Aktien kaufen und verkaufen, die an beiden Börsen gehandelt wurden, und versuchen, mit Hilfe des Kursunterschiedes, der Arbitrage, zwischen den beiden Börsenplätzen Gewinne einzustreichen.

Erst in zehn Minuten sollten die eigentlichen Operationen beginnen. Maryan erinnerte sich später daran, daß er mit Bernard, während sie warteten, über den Kinematographen gesprochen hatte. (Maryan gehörte zu den hundert Zuschauern, die den ersten Film der Brüder Lumière gesehen hatten, und begeisterte sich für die neue Technik).

Zwei Minuten vor dem offiziellen Beginn tauchte Ted Daimler auf; zu seiner Unterstützung hatte er drei seiner Assistenten mitgebracht.

»Wenn Ted persönlich kommt«, hatte Benda prophezeit, »dann bedeutet das eindeutig, daß die Offensive gewaltig ausfallen wird. Er ist die Nummer eins innerhalb von Healeys Mannschaft und besitzt auch das volle Vertrauen Flints.«

Ted Daimlers Gesichtsfarbe war auffallend rot. Er trug eine altmodische, in Feingold gefaßte Brille und schaute sie mißtrauisch an.

Lässig erklärte Benda, sein Freund Kaden und er seien gekommen, um an der Londoner Börse amerikanische Werte zu kaufen:

»Northern Star, Ted. Du siehst, wir verbergen dir nichts. Sie hat in den letzten Tagen etwas verloren, doch wir sind davon überzeugt, daß sie wieder steigen wird. Eine Intuition.«

Der Brillenträger schaute zuerst lange ihn und dann Maryan Kaden an. Mit einer Kinnbewegung befahl er seinen Assistenten, ihre Kampfplätze einzunehmen, und nahm dann die beiden Männer beiseite. Widerstrebend erklärte er ihnen, etwas sei im Gange, über das er nicht weiter reden dürfe, doch wer zum gegenwärtigen Zeitpunkt Northern Star kaufe, mache sich die amerikanischen Banken, vor allem aber einen gewissen Flint zum Feind, ganz zu schweigen von den Schwierigkeiten, die der Betreffende mit den Börsenmaklern, den *brokers*, bekäme, von denen Daimler einer der herausragendsten sei.

»Bernie, natürlich drohe ich dir nicht; ich bin dir freundschaftlich gesonnen, das ist alles. Ihr seid noch jung, dein Freund und du, und es ist nicht ratsam, sich schon zu Beginn seiner Karriere Feinde zu schaffen.«

»Ich bin sehr glücklich darüber, daß du mich als deinen Freund bezeichnest«, antwortete Benda charmant. »Ted, ich glaube, ich habe die Lösung für unser Problem gefunden: Du erzählst uns, was im Gange ist, wir schwören dir, niemandem auch nur ein Sterbenswörtchen davon zu verraten, und verkaufen dir die Northern zu dem Preis, zu dem wir sie erwerben. Maryan, bist du einverstanden?«

Gleichmütig wie immer erklärte sich Maryan einverstanden.

Kurzes Schweigen. Anschließend erklärte Daimler – und wand sich dabei mindestens so heftig, als hätte er gestehen müssen, von seiner eigenen Frau mit einer schandhaften Geschlechtskrankheit angesteckt worden zu sein –, aus welchem Grund er zu so früher Stunde an der Börse aufgetaucht war: Healey hatte ihn beauftragt, alle Northern Star aufzukaufen, deren er habhaft werden konnte, um einem bestimmten Krämer namens Louis Rosen zuvorzukommen, der, so hatte es den Anschein, sich die Northern Star unter den Nagel reißen wollte. Dieser Größenwahnsinnige hatte sich auf die Vorzugsaktien der Gesellschaft gestürzt und schien nicht zu wissen, daß er auch ein beträchtliches Paket der normalen Aktien benötigte, um über das Schicksal der Northern bestimmen zu können.

»Bernie, ich spreche wie ein Vater zu dir: Wenn du etwas gegen mich unternimmst oder dich mir nur in den Weg stellst, werde ich dich bis an mein Lebensende hassen...«

»Gott behüte mich!« antwortete Benda.

Zwanzig Minuten später unterschrieben Bernard Benda und Maryan Terminaufträge im Wert von 65 Millionen Dollar; sie kauften *blue chips* und spekulierten dabei mit sinkenden Kursen. Zuvor hatten sie Daimler die 30000 Northern-Aktien verkauft, die sie vor Eintreffen des Vertreters von Flint und Healey gekauft hatten.

»Maryan, du wirst sehr reich werden.«

Er verlegte sein Körpergewicht von einem Fuß auf den anderen, bevor er endlich mit der Miene eines Mannes, dem die Wissenschaftler keine Hoffnung einräumen, Hannah recht gab.

»Ich bedauere vor allem, Hannah, daß du bei uns einfach nicht mitmachen willst.«

»Ich glaube, das Thema sollten wir endgültig begraben.«

Das war kein Vorwurf, sondern eine rein sachliche Feststellung. Sie selbst konnte sich nicht erklären, was eigentlich in ihr vorging. Sie wußte nur, daß sie in den vierzehn Monaten, die sie unterdessen in Amerika verbracht hatte, untätig geblieben war...

›von der Tatsache einmal abgesehen, daß ich einen Börsenkrieg ausgelöst habe und nicht weiß, ob mir jemand dafür eines Tages eine Medaille verleihen wird.‹

Vielleicht lag es an Taddeuz' Abwesenheit, vielleicht an seinem Schweigen – seit sechs Tagen hatte sie keinen Brief von ihm erhalten –, die auf ihr lasteten; wie gesagt, sie wußte es selbst nicht. Sie wußte nur, daß sie die größte Lust hatte, um die Welt zu reisen, von einem ihrer Institute zum anderen, und in der Branche, in der sie sich auskannte, neue Institute und neue Geschäfte einzurichten.

Die massiven Käufe der beiden im Kampf liegenden Parteien blieben natürlich nicht ohne Auswirkungen: Allein am 8. stiegen die Kurse bis auf 195. Wie Benda richtig vorausgesehen hatte, waren kaum noch Northern Star aufzutreiben, was sich natürlich für diejenigen, die zu ruhigeren Zeiten Termingeschäfte auf Northern Star abgeschlossen hatten, verhängnisvoll auswirkte. Diejenigen, die sich vertraglich verpflichtet hatten, Northern zu verkaufen, konnten sich die Aktien auf dem freien Markt nicht mehr beschaffen und bestürmten die Börsenmakler, ihnen aus der Patsche zu helfen. Einer unter ihnen wurde von einer Gruppe Verzweifelter, die ihn baten, wenn er schon keine Aktien der Northern zur Verfügung habe, ihnen doch zumindest Aktienzertifikate zu verkaufen, die ihnen hätten weiterhelfen können, buchstäblich bis auf die Haut ausgezogen. Die gleichen Verkäufer wurden von den Käufern gezwungen, erhebliche Garantien zu leisten, und mußten ihre sicheren Werte verkaufen, um diese Garantien aufbringen zu können. Die Panik tat ein übriges, so daß die *blue chips* in den Keller sanken...

»Maryan, wie hoch hast du gespielt?«

»Das ist kein Spiel.«

»Meinst du? Wie hoch?«

»So um die dreieinhalb Millionen Dollar.«

»Soviel Geld hast du doch gar nicht.«

Natürlich hatte er keine dreieinhalb Millionen, doch mit Hilfe des *Depot-Systems* hatte er Verträge in dieser Höhe abschließen können.

»Hannah, noch ist es Zeit...«

»Bitte laß mich in Ruhe.«

Am gleichen Abend noch verkündeten Louis Rosens Generalstäbler, die Schlacht sei zu Ende und nichts hindere die Börse daran, zur Routine zurückzukehren, denn ihr Kunde habe sein Ziel, die Mehrheit der Northern Star, erreicht. Offensichtlich hatte Rosen versucht, der sich immer stärker entwickelnden Panik Einhalt zu gebieten.

Kaum eine Stunde später allerdings erklärte der General der gegnerischen Armee, Ted Daimler, wütend seine Brille am Jackettkragen reibend, unüberhörbar, die Mehrheit würde immer noch von seinen Auftraggebern, den Herren Flint und Healey, gehalten.

›Das ist doch nicht möglich!‹ dachte sich Hannah, die unwillkürlich an die Kinder erinnert wurde, die sich in den Warschauer Gassen spielerisch zu Kraftakten herausforderten.

Die beiden gegensätzlichen Erklärungen machten auch den Uneingeweihten unmißverständlich klar, was für eine gigantische Schlacht da im Gange war. Die Panikverkäufe überschlugen sich. Aktien, die keinerlei Verbindung zur Northern Star oder den beiden kriegführenden Parteien hatten, gaben ebenfalls im Kurs stark nach, ohne daß man sich dies hätte erklären können.

»Sie sollten das eigentlich direkt miterleben«, bemerkte Polly.

Er hatte Hannah zum Abendessen ins *Waldorf Astoria* eingeladen. Die Atmosphäre, die in dem Restaurant, den Bars und der Eingangshalle herrschte, hätte sehr gut zum Weltuntergang gepaßt. Verstört liefen die Menschen durcheinander, und nur noch wenige hatten den Mut oder die Kraft zu scherzen.

»*Are you broke*? Sind Sie ruiniert?« fragten sich diejenigen, die noch den Mund aufmachten. Hannah selbst wurde diese Frage mehrmals gestellt. Ein Pärchen, mit dem sie einmal zu Abend gegessen, deren Namen sie allerdings vergessen hatte, gestand ihr, es habe ihre vier nicht unbedeutenden Gebäude verschleudern müssen, um Northern Star zu 425 Dollar das Stück aufkaufen zu können. Etwas weiter entfernt bestätigte der berühmte Milliardär Gates lachend, er habe an einem einzigen Tag 40 Millionen verloren.

»Und, Hannah?«

»Was: und, Polly?«

»Was empfinden Sie?«

»Ich verstehe nicht, worauf Sie anspielen.«

»Ich bin mir sicher, daß Sie mich ausgezeichnet verstehen. Ohne Ihr Zutun wäre es wahrscheinlich nie zu dieser Schlacht gekommen, die man später sicher als Schwarzen Mittwoch oder den Krach von 1901 bezeichnen wird.«

»Ich wollte nur...«

»Einem gewissen Dwyer oder auch ABCD an den Kragen gehen. Eines steht fest: Was Sie sich einmal in den Kopf gesetzt haben, das führen Sie auch aus. Ich hoffe, Dwyer wird die Millionen, die er aufgrund Ihres Verhaltens verdienen wird, verdauen.«

»Mein lieber Polly, regen Sie mich bitte nicht auf.«

»Natürlich nicht, liebste Hannah. Haben Sie Hunger?«

»Wie ein Wolf.«

Am Donnerstag dem Neunten kosteten die Northern Star um zwölf Uhr 485 und um vierzehn Uhr 700 Dollar.

Eine Stunde später hatte ihr Kurs bereits die magische Schwelle von 1000 Dollar erreicht.

Maryan, Bernard Benda und Polly redeten mit vereinten Kräften auf Hannah ein:

»Wissen Sie eigentlich, wieviel Ihre 10775 Aktien im Augenblick wert sind?«

»10775000 Dollar, abzüglich der Unkosten bei einem eventuellen Verkauf. Vielen Dank, meine Herren, so weit kann ich gerade noch rechnen.

›Vor allem aber will ich diesem verdammten Dwyer an den Kragen!‹

An der Wall Street selbst tobte das Fieber weiter; das Entsetzen hatte die Finanzwelt gepackt. Noch nie in der Geschichte der New Yorker Börse, die am 17. Mai 1792 an der Stelle der alten Mauer gegründet worden war, die die Holländer zur Abwehr der Indianerattacken errichtet hatten, hatte sich ein solches Desaster ereignet. Die Zinsen waren auf zwanzig Prozent geklettert, und alle an der Börse notierten Aktien, nicht nur die *blue chips*, unvorstellbar im Wert gesunken.

Sie lächelte ihnen zu.

Und als sie ihr erklärten und dabei beinahe weinten vor Wut, denn sie spürten, daß man Hannah nicht überzeugen konnte, und betonten, mit diesem Geld könne sie sich zwanzig oder dreißig Gebäude kaufen, antwortete sie nur:

»Ich weiß, aber ich will dieses eine.«

Das Wort »Krach« traf genau ins Schwarze.

»Madame Newman?«

Einige Sekunden zuvor hatte es geläutet, und Yvonne war zur Tür gegangen. Der Ankömmling hatte in der Halle so leise gesprochen, daß Hannah nicht hatte feststellen können, wer ihr da die Ehre gab.

Sie schaute hoch – sie war gerade dabei, die Bilanz zu kontrollieren, die ihr von Jeanne Fougaril geschickt worden war, und die Ergebnisse in Schäfchen umzuwandeln – und erkannte Louis Rosen.

»Leider konnte ich nicht früher kommen«, erklärte er. »Ich habe einen ziemlich arbeitsamen Tag hinter mir.« Er lächelte breit und entblößte seine Wolfszähne. »Übrigens, die ganze Woche über ging es recht turbulent zu. Aber vielleicht hat man Ihnen die Ereignisse bereits geschildert?«

»Vage.«

Sie legte den Waterman – mit einem Tank für die Tinte, eines der ersten Modelle dieser Art, natürlich rot-schwarz und mit den zwei H ihres Vornamens geschmückt – nieder und schaute auf ihre Uhr, die an einer feinen Kette um ihren Hals hing: Es war kurz nach halb zwölf und stockdunkel.

»Darf ich mich setzen?«

»Entschuldigen Sie bitte. Müde?«

Er hatte dicke, bläuliche Schatten unter den Augen und machte den Eindruck, als habe er seit einer Ewigkeit kein Bett mehr gesehen. ›So sieht folglich ein Finanzier am Abend vor der entscheidenden Schlacht aus‹, dachte sie sich...

»Etwas«, antwortete er.

»Sind Sie verheiratet, Mister Rosen?«

Er schaute sie erstaunt an, bevor er Hannah verriet, er sei verheiratet und habe zwei Kinder:

»Das heißt, ich war verheiratet und hatte zwei Kinder, in der vergangenen Woche. Ich weiß nicht, was unterdessen aus ihnen geworden ist.«

»Wer hat gewonnen?«

»Sprechen Sie von der Schlacht um die Northern Star?«

»Die Ergebnisse der Schlachten bei Vicksburg und Waterloo kenne ich...«

»Ich befürchte, das alles ist nicht ganz so einfach«, sagte er dann und verstummte, während Yvonne ihm einen Whisky und Hannah ein kleines Glas Sherry servierte.

»Auf alle Fälle danke ich Ihnen, daß Sie gekommen sind.«

Er schaute sie über sein Glas hinweg an:

»Wieviel Northern Star besitzen Sie?«

»10775.«

»Hätten Sie sie heute nachmittag kurz vor Börsenschluß verkauft...«

»Ich habe sie nicht verkauft. Wer hat die Schlacht gewonnen, Mister Rosen? Ihre Gegner oder Sie?«

Er stellte sein Glas auf den Tisch:

»Sie haben Healey gewarnt, nicht wahr? Nein, beantworten Sie meine Frage nicht, das ist bedeutungslos geworden... Heute abend hat sich einiges ereignet. Ich habe, unter anderem, eine persönliche Mitteilung des Präsidenten der Vereinigten Staaten erhalten. Außerdem besuchten mich verschiedene Delegationen, darunter eine Abordnung der *brokers* an der New York Stock Exchange und eine andere der wichtigsten Banken. Healey erging es nicht anders. Man flehte uns an, den Krieg einzustellen und einen Waffenstillstand zu schließen.«

Er griff nach seinem Glas und trank es aus.

»Noch einen Whisky?« fragte Hannah.

»Nein danke. Madam Newman, wir sind auf die Bitten eingegangen.«

»Nennen Sie mich Hannah.«

»Wir haben einen Waffenstillstandsvertrag beschlossen. Bestimmte Bitten oder Aufforderungen kann man einfach nicht ablehnen. Übrigens habe ich zumindest teilweise erhalten, was ich wollte. Wir, das heißt Healey, Flint und ich, teilen uns jetzt die Sitze im Aufsichtsrat der Northern Star Pacific.«

»Und die Carrington-Fox?«

Er schüttelte seinen Kopf:

»Hannah, sie sind wirklich das dickköpfigste Wesen, das ich je kennengelernt habe. Haben Sie eigentlich geahnt, daß dieser... wie heißt er noch mal?«

»Dwyer.«

»... daß dieser Dwyer sich weigern wird, mir seine restlichen Carringtons zu verkaufen, nicht wahr? Warum haben Sie eigentlich das Gebäude nicht gekauft, nachdem er mir seine 5000 Aktien verkauft hatte?«

»Ich hatte kein Geld, um das Gebäude zu bezahlen.«

»Bitte entschuldigen Sie meine Skepsis, aber ich wage zu bezweifeln, daß dies der wirkliche Grund gewesen war. Sie hätten höchstwahrscheinlich die 150000 oder 200000 Dollar irgendwo auftreiben können!«

»Ich besitze das Gebäude nicht, der beste Beweis für das Gegenteil.«

»Gut. Man sollte die Aussagen von Damen nie bezweifeln... Ihr Besuch bei mir verfolgte nur einen Zweck: Sie wollten, daß ich den Krieg beginne. Sie hatten damit gerechnet, daß ich auf die 2500 Aktien der Northern Star stoße, die sich im Besitz der Carrington befanden... und Sie hatten damit gerechnet, daß ich den Kampf eröffnen werde. Sie haben Ihre Ziele erreicht, auch wenn ich es kaum glauben mag. Dieser blöde Healey und ich haben 150 Millionen Dollar in die Schlacht geworfen und beinahe einen universellen Finanzkrach provoziert, nur weil eine kleine Dame mit großen grauen Augen unbedingt ein ganz bestimmtes, dabei höchst armseliges Gebäude an sich bringen wollte. Ich befürchte, daß niemand, der nicht direkter Augenzeuge war, diese Geschichte glauben wird.«

»Und werde ich mein Gebäude erhalten?«

»Dwyer hat nach langem Zögern seine Aktien verkauft; er ist nicht mehr Präsident der Carrington. Allerdings hat Healey in diesem Fall mich übertrumpft; er hat 45 Dollar geboten, ich nur 42. Die Carrington-Fox gehört inzwischen Healey, Flint und mir. Ich selbst besitze 51 Prozent, die beiden anderen den Rest. Auch das gehört zu den Verträgen, die wir geschlossen haben.«

»Werden Sie mir das Gebäude für 150000 Dollar verkaufen?«

Er lachte:

»Wenn ich sichergehen könnte, endgültig nichts mehr mit Ihnen zu tun zu haben, würde ich Ihnen das Gebäude sogar schenken! Natürlich mache ich nur einen Scherz.«

»Natürlich. Allerdings ist das sehr schade, denn ich liebe es, Geschenke zu erhalten. Wird Healey dem Geschäft ebenfalls zustimmen?«

Rosen stand auf. In der gleichen Sekunde erschien Yvonne und brachte seinen Hut.

»Ich weiß keinen Grund, warum er dem Verkauf nicht zustimmen sollte. Sie haben ihm schließlich einen wichtigen Dienst erwiesen, wenn ich richtig informiert bin.«

Er stand in der Tür zum Salon, massig, aber nicht ohne Eleganz und Würde. (Einer seiner Söhne sollte nach einer bedeutenden Karriere innerhalb der amerikanischen Finanzwelt Senator, Berater verschiedener amerikanischer Präsidenten und schließlich Sonderbotschafter werden.) Wieder nickte er mit dem Kopf:

»Hannah, darf ich Ihnen eine etwas ungehörige Frage stellen?«

»Sie dürfen so unverschämt sein, wie es Ihnen beliebt.«

»Wer, zum Teufel, sind Sie? Und woher kommen Sie eigentlich?«

»Ich stelle Cremes und Parfüms für Damen her. Und habe meine eigene Verkaufsorganisation.«

»Wieviel Geld haben Sie bei dieser Affäre aufs Spiel gesetzt?«

»Alles, was ich besaß: etwas mehr als zwei Millionen Dollar.«

»Haben Sie eigentlich geerbt?«

»Bisher noch nie.«

»Haben Sie vor, sich noch einmal um Eisenbahngesellschaften zu kümmern?«

»Ganz bestimmt nicht!« rief sie lachend.

»Oder sich mit der Finanzwelt anzulegen?«

»Noch weniger.«

»Gott sei gelobt!«

Man hörte seiner Stimme an, daß er wirklich erleichtert war.

»Cremes für Frauen«, wiederholte er nachdenklich.

»Ich werde Madam Rosen einen Nachlaß gewähren«, versprach Hannah.

Der 10. Mai, an dem Hannahs Ausflug in die Börsenwelt zu Ende gehen sollte, begann für Sie bereits sehr früh. Obwohl sie erst gegen halb drei Uhr morgens zu Bett gegangen war, war sie bereits aufgestanden, als Maryan Kaden auftauchte. Yvonne schlief noch, so daß Hannah ihm höchstpersönlich die Tür öffnete. Kurz darauf ließ sich Polly Thwaites blicken. Ihre Berichte glichen einander aufs Haar: In der Nacht noch hatte ein Krisenstab alle Maßnahmen ergriffen, die geeignet waren, die Börse zu beruhigen und die sichere Katastrophe abzuwehren. Die Termine der auf Northern Star laufenden Verträge waren verlängert worden, und Rosen wie Healey hatten eine beträchtliche Anzahl der in ihrem Besitz befindlichen Aktien auf den Markt geworfen, um deren Kurs zu beruhigen...

»Ich bin auf dem laufenden, Polly.«

»...der künstlich auf 160 Dollar pro Aktie festgelegt wurde.«

»Ich bin wirklich auf dem laufenden, Polly... Wenn Sie es wünschen, kann ich Ihnen alle Details herunterbeten.«

Irritiert musterte er sie. Sie packte ihn am Arm und zog ihn in die Küche, in der Maryan mit der Miene eines Totengräbers, der während einer Epidemie Überstunden machen mußte, seinen Kaffee trank.

»160 Dollar«, wiederholte Polly, »sind Sie sich eigentlich im klaren darüber, was das bedeutet? Gestern nachmittag standen die Aktien noch bei 1000 Dollar!«

»Sie ist auf dem laufenden«, bemerkte Maryan gelassen.

Sie schlug den Männern Eier mit Speck vor und ließ sie anbrennen, wie alles, was sie je in eine Pfanne gegeben hatte.

›Mein Schicksal‹, dachte sie, ›bis zu meinem Lebensende werde ich die schlechteste Köchin beider Hemisphären bleiben.‹

Sie beseitigte das traurige Ergebnis ihrer Kochexperimente und holte aus dem Verschlag vor dem Fenster einen nelkengespickten Schinken aus Virginia und aus dem Eisschrank zwei Flaschen Dom Ruinart.

»Wie ist der Kaffee, Maryan?«

»Schlimmer als je zuvor.«

»8998480 Dollar in einer einzigen Nacht verloren«, grübelte Polly bitter. »Was feiern wir eigentlich, Hannah?«

»Mein Gebäude«, antwortete Hannah. »Ich habe es. Zeig ihm den Vertrag, Maryan.«

Kaden holte den von Roger Gardner Healey und Louis Daniel Rosen, Präsident bzw. Vizepräsident der Carrington-Fox Railway Company, unterschriebenen Vertrag aus der Tasche, in dem der Verkauf eines bestimmten Gebäudes an der Park Avenue bestätigt wurde. Der Verkaufspreis betrug 132000 Dollar.

»Eigentlich hatten wir 150000 Dollar vereinbart, doch die beiden Herren hatten sich darauf geeinigt, mir einen Nachlaß zu gewähren; der eine behauptete, ich habe ihm einen wertvollen Dienst erwiesen – ich weiß wirklich nicht, um was es sich da handeln soll –, und der andere schien merkwürdigerweise erleichtert zu sein, in Zukunft zumindest geschäftlich nichts mehr mit mir zu tun zu haben. Könnte sich einer von Ihnen vielleicht dazu bequemen, den Champagner aufzumachen? Ich habe Durst.«

Während ihrer kleinen Rede hatte sie unbekümmert Schinken in sich hineingestopft; sie setzte Polly auseinander, daß sie keine einzige Aktie der Northern Pacific Star mehr besitze, denn Bernard Benda habe sie inzwischen alle verkauft; in diesen Dingen konnte man sich hundertprozentig auf ihn verlassen...

»Zu 170 Dollar das Stück. Zehn Dollar über dem festgesetzten Preis. Eine gewisse Madam Cynthia Healey hat aus mir schleierhaften Gründen, vielleicht aus Dankbarkeit, denn ich habe ihr eine Creme gegen ihre Pickel verkauft, kurz, Madam Cynthia Healey hat ihren Gatten gebeten, mir pro Aktie zehn Dollar zusätzlich zu bezahlen. Übrigens macht er dabei kein schlechtes Geschäft, wenn Bernard Benda recht behält; in seinen Augen wird die Northern Star, sobald sich die Börse beruhigt hat, wieder im Kurs steigen. Nun, es ist trotzdem eine schöne Geste... Übrigens, wieviel wird man mir für meine 10775 Aktien ausbezahlen?«

»1831750 Dollar«, antwortete Maryan fast augenblicklich.

»Polly, haben Sie alles verstanden?«

»Alles ist sonnenklar«, antwortete der Engländer, der gerade dabei war, Hannahs Kaffee auszuspucken.

»Können wir die englischen Bankiers befriedigen?«

»Ich glaube schon.«

»Polly, ich habe heute nacht noch einmal alles durchgerechnet. Ich konnte sowieso nicht schlafen, da alle fünf Minuten mich jemand sprechen wollte. Rechnen wir meinen Einsatz zusammen und ziehen wir die Unkosten ab, natürlich auch die Zinsen, die ich der englischen Bank schulde, und zählen wir dann die 32500 Dollar hinzu, die... Polly, können Sie mir folgen?«

»Genau das frage ich mich in diesem Augenblick. Woher kommen denn bloß die 32500 Dollar?«

Hannah hatte ihr zweites Sandwich fertiggestellt, ein Meisterwerk aus Butter, sauren Gurken, Senf und dicken Schinkenscheiben, hinter dem sie sich versteckte, nachdem ihr Londoner Anwalt die Frage gestellt hatte.

»Sie hat das Gebäude bereits wieder verkauft«, antwortete Maryan für Hannah.

»Für 165 000 Dollar«, hörte Polly Hannahs Stimme. Er konnte sie nicht sehen, da sie sich weiterhin hinter dem Sandwich versteckte. »Polly, ich hatte im Grunde schon seit einer ganzen Zeit keine Lust mehr auf dieses blöde Gebäude. Ich habe mich verschätzt und dabei zu hoch gegriffen, das ist alles. Was hätte ich mit dem alten Ding eigentlich anfangen sollen? Was hätte ich vor allem mit einem Hochhaus mit achtzig oder hundert Stockwerken angefangen? Ich bin schließlich nichts anderes als eine Ladeninhaberin, und Sie werden mich fragen ...«

Polly machte den Mund auf, doch sie ließ ihm keine Zeit, auch nur ein einziges Wort einzuwerfen:

»Sie werden mich fragen, warum ich gestern nachmittag, als der Kurs der Northern Star Pacific auf seinem Höhepunkt angelangt war, nicht meine Aktien verkauft habe. Ganz einfach: Ich wollte Dwyer an den Kragen. Ich wollte dieses Gebäude unbedingt besitzen, um ihm zu beweisen, daß ich hartnäckiger und durchtriebener bin als er. Und gestern nachmittag war ich mir ganz und gar nicht sicher, was Healey und vor allem Rosen unternehmen würden. Vor allem Rosen hätte sich ja über mich ärgern können. Gott sei Dank haben mich beide heute nacht besucht. Healey hat mir sogar soviel Blumen mitgebracht, daß ich alle vier Zimmer damit schmücken kann. Nicht nur das: Seine Frau begleitete ihn. Ich bin sicher, daß sie zu meinen ersten Kundinnen zählen wird, sobald mein Institut in New York die Pforten geöffnet hat.«

»*God gracious!*« rief Polly.

Endlich senkte sie ihr Sandwich etwas, so daß Polly sie sehen konnte. Auch wenn sie bis zu diesem Moment den Clown gespielt hatte, waren ihre Augen eiskalt geblieben. Die Wut, die Hannah beherrschte, war immer noch deutlich sichtbar:

»Ich habe ihn hereingelegt, diesen Schuft! Ich habe sein Gebäude besessen. Und aus eigenem Antrieb wieder verkauft. Niemand hat mich dazu gezwungen! Ich habe ihm im Morgengrauen eine Kopie des Kaufvertrages zustellen lassen. Natürlich bin ich noch nicht mit ihm fertig, noch lange nicht. Ich werde ihn fertigmachen, und wenn ich fünfzig Jahre oder mehr darauf warten muß. Und seien Sie sicher, meine Rache wird durch das lange Warten nicht gemildert.«

Zwei Tage später traf Taddeuz in New York ein.

Kapitel 4

Die rosa Brigade

Zwei Tage später traf Taddeuz in New York ein. Man hätte meinen können, er habe seine Rückkehr auf die Minute genau geplant, um ja nicht in die Auseinandersetzungen verwickelt zu werden. Natürlich war das nicht so gewesen, denn während der letzten Tage der Schlacht hatte er sich auf hoher See befunden und keine Möglichkeit gehabt, seine Ankunftszeit selbst zu bestimmen.

Hannah hatte den Brief, in dem sie von ihren geschäftlichen Schwierigkeiten erzählt hatte, nicht abgeschickt. Trotzdem galt einer der ersten Fragen, die er ihr stellte, ihren Geschäften; allerdings erst, nachdem sie ihn im Hafen – durch ein Kabeltelegramm von seiner Ankunft informiert – abgeholt, nachdem sie zusammen mit Lizzie, Maryan und Polly Thwaites zu Mittag gegessen – Polly bereitete seine Rückkehr nach London vor –, nachdem sie das Haus auf Long Island sowie die Wohnung in der 5th Avenue zusammen besichtigt hatten und endlich allein waren und, ohne länger zu warten, sich ein erstes Mal geliebt hatten.

Sie antwortete, die Geschäfte gingen nicht schlecht.

»Warum stellst du eigentlich diese Frage?«

»Nur ein Gefühl«, antwortete er, etwas zu nebensächlich.

»Hat dir jemand von meinen Schwierigkeiten erzählt?«

»Kein Mensch.«

Er lag auf dem Rücken, natürlich nackt; sie schmiegte sich nicht weniger nackt an ihn, wobei ihre Wange seine Brust berührte. Plötzlich brach es aus ihr heraus, und sie erzählte ihm alles, das heißt, fast alles; die Episode Dwyer wurde nur gestreift; Hannah beschränkte sich darauf zu betonen, er habe ihr das Gebäude nicht verkaufen wollen, da sie eine Frau war.

»Taddeuz, ich hätte beinahe alles verloren. Ich frage mich, was für ein Gesicht du heute morgen gemacht hättest, hätte ich dir verkündet, ich sei pleite?«

»Was meinst du?«

»Ich glaube, dir ist es vollkommen gleichgültig, ob ich Geld habe oder nicht.«

»Das ist nicht ganz richtig, ich meine, da du gern Geld hast, ist mir das ebenfalls wichtig. Und da du um alles gebracht worden wärst, was du geschaffen hast.«

»Ich hätte von vorn angefangen, das hast du selbst gesagt.«

»Ich bin auch heute noch davon überzeugt. Das ist dein Leben.«

»*Du* bist mein Leben. Hast du mich in Europa betrogen?«

»Dreimal täglich und sonntags sechsmal.«

»Außerdem habe ich anscheinend beinahe einen Börsenkrach ausgelöst... einen richtigen Krach mit Zehntausenden, die ruiniert sind und sich umbringen... Da ich so klein bin, hält mich wohl niemand für gefährlich... Dabei war ich wie entfesselt...«

Er hob sie mit einer einzigen seiner riesigen Hände hoch und schob sie auf seinen Bauch; seine Finger schlossen sich um ihre Taille (›Ich habe folglich nicht zugenommen‹, sagte sie sich).

»Waren sie hübsch?«

»Hübsch?«

»Die 138 Frauen, mit denen du mich betrogen hast.«

»Was für eine Frage! Natürlich waren sie hübsch, du Dummkopf!«

Sie gluckste begeistert. Und lutschte kräftig an seinem Hals. Er protestierte und meinte, das müsse jeder sehen, auch wenn er einen falschen Kragen und eine Krawatte trage.

»Genau das ist der Sinn der Sache«, erklärte sie, »ich will, daß jeder den Knutschfleck sehen kann!«

»Du könntest gleich HANNAH eingravieren lassen!«

»Dafür gibt es eine geeignetere Stelle. Ich erinnere dich daran, daß du mir an Weihnachten sehr wohl einen Knutschfleck hinterlassen hast. Direkt oberhalb der linken Brust. Und wenn ich ein Dekolleté trug, dann sah man nur noch ihn. Er leuchtete wie ein Leuchtturm in der Nacht! Ich hatte wirklich allen Grund, rot zu werden.«

»Du wirst nie rot.«

»Das stimmt«, antwortete sie, ohne ihm die Bemerkung übelzunehmen.

Dann stellte sie die Frage, die ihr im Kopf herumging, seitdem er auf dem Fallreep der *Savoie*, die der French Line gehörte, aufgetaucht war:

»Wirst du hierbleiben?«

»Ja.«

»Wirst du in Englisch schreiben?«

»Ja.«

Er zögerte kurz, kaum wahrnehmbar, als ob es ihm gegen den Strich ginge, mit Hannah über seine Arbeit als Schriftsteller zu reden, und sagte dann, er habe bereits begonnen zu schreiben, einen Roman; er habe über die Hälfte bereits fertiggestellt und auch an anderen Dingen gearbeitet.

»Auf der Rückfahrt habe ich an Bord der *Savoie* mit einem Passagier namens William Rudolph Hearst nähere Bekanntschaft geschlossen.

Ihm gehören verschiedene Zeitungen, und er hat mir versprochen, sich nach Möglichkeiten für mich umzuschauen.«

Sie starrte ihn verblüfft an.

»Du wirst Journalist werden?«

»Ich weiß nicht, was daran schlecht sein soll. Ich kenne sogar Journalisten, die lesen können. Aber Hearst hat vor allem von regelmäßigen Kommentaren über Theater, Bücher und Ausstellungen gesprochen...«

»Taddeuz, du wirst keine Zeit mehr haben zu schreiben!«

Er meinte, er sei vom Gegenteil überzeugt.

Und brachte sie auf die sanfteste Art der Welt zum Schweigen.

Lizzie und Maryan Kaden heirateten am 25. Mai. Hannah entdeckte anläßlich dieser Gelegenheit, in wie hohem Maße Maryan, der Schweigsame, sich in diesem Amerika integriert hatte, in dem er sich erst seit knapp zwei Jahren aufhielt. Sie sollte niemals erfahren, wieviel er wirklich mit seinen Spekulationen auf die *blue chips* an der Seite von Bernard Benda verdient hatte; drei, vier Millionen – das schien nicht allzuweit von der Wahrheit entfernt zu sein, vor allem, wenn man bedenkt, daß Benda selbst um mehr als fünfzig Millionen Dollar reicher geworden war.

Hannah hatte eine recht einfache Zeremonie mit einigen wenigen Freunden erwartet. Anfang April hatte sie, obwohl sie sich mitten in ihrem Kampf gegen Dwyer befand, Lizzie und Maryan angeboten, bei den Vorbereitungen zum 25. Mai behilflich zu sein. Das Pärchen, vor allem aber Maryan, hatten das Angebot entschieden abgelehnt und dabei als verschworene Komplizen gewirkt, irritierend für Hannah, die immer noch glaubte, sie trüge die Verantwortung für die beiden.

»Ich habe nicht vor, meine Nase in etwas hineinzustecken, das mich anscheinend nichts angeht!« sagte sie, ohne ihre Enttäuschung ganz verbergen zu können.

Und warf sich sofort darauf ihre schlechte Laune vor: ›Hannah, du bist unkorrigierbar! Du meinst immer, über alles herrschen zu müssen!‹

Sie war sehr erstaunt angesichts der Bedeutung, die Maryan seiner Hochzeit verleihen wollte: Er hatte alle Salons im *Waldorf* gemietet und vier Orchester für den Abend verpflichtet. Die Liste der Eingeladenen war beeindruckend. Neben Taddeuz und ihr selbst, den Trauzeugen, neben den Thwaites, den Guggenheims und den Bendas oder auch den Rosens und einer starken Abordnung der australischen MacKennas hatte Maryan zu seiner Hochzeit die halbe Wall Street eingeladen, außerdem eine beeindruckende Zahl wichtigster Persönlichkeiten aus allen Bereichen. Unter anderem Thomas Alva Edison...

»Du kennst Edison, Maryan?«

»Ich habe ihn drei-, viermal getroffen, und es ist durchaus möglich, daß wir eines Tages ein Projekt gemeinsam realisieren.«

Maryan hatte natürlich auch die Hochzeitsreise genau geplant: Sie sollte nach Europa führen, nach Frankreich und Italien, aber auch nach Ägypten und Griechenland und in den ganzen östlichen Mittelmeerraum. Er hatte dafür die Yacht eines Mitglieds des Rothschild-Clans gemietet.

»Ihr müßt uns unbedingt eine Strecke begleiten, Taddeuz und du!« schlug Lizzie vor.

»Du weißt doch, daß ich das Meer verabscheue.«

»Du schmollst noch, das ist alles. Man könnte fast meinen, du seist der Vater der Braut und schmollst mit deinem Schwiegersohn, weil er deine Tochter entjungfern wird...«

»Verdammt noch mal, Lizzie, so spricht eine junge Dame nicht. Und wenn dich jemand hört?«

»Wer hat mir denn diese Ausdrucksweise beigebracht?«

Wie konnte man Lizzie widerstehen? Hannah mußte gegen ihren Willen schallend lachen – sie hatte sich mit einem Schnauzbart à la Papa vorgestellt. Wieder einmal hatten ihr Humor und die Fähigkeit, sich selbst nicht zu ernst zu nehmen, gesiegt, Eigenschaften, die Hannah ihr ganzes Leben über helfen sollten, ihren starken Charakter und ihre Wutausbrüche zu ertragen.

Die Kadens schifften sich ein und sollten drei Monate lang amerikanischen Boden nicht betreten. Erst für Mitte September war ihre Rückreise geplant. Die folgenden Wochen wären nach den Aufregungen der Affäre Dwyer Hannah sicher monoton erschienen, hätte Taddeuz sich noch in Europa aufgehalten. Randolph Hearst hatte Hannahs heimliches Flehen nicht erhört, sondern sein Versprechen gehalten. Im Laufe des Juni veröffentlichte Taddeuz seine ersten Kritiken. Selbst Hannah, die eigentlich nicht besonders geeignet war, die Schriften ihres Gatten zu beurteilen – er hatte ihr nie die Ehre erwiesen, ihr eines seiner Manuskripte anzuvertrauen; sie kannte nur einen mehrere Jahre früher in Deutschland unter einem Pseudonym verlegten Band mit Gedichten –, war sehr erstaunt über den leichten und leicht spöttischen Ton, mit dem er seine sicheren Urteile begründete. Sie war hingerissen und gleichzeitig erstaunt, daß sie staunte, denn sie hatte ja schon immer an seine Begabung geglaubt.

»Was macht denn dein Roman?«

»Ich komme ganz gut voran.«

Seine lakonische Haltung war kaum noch zu übertrumpfen. Hannah hakte nicht nach, denn sie hielt sich an dieses feierliche Versprechen, das sie sich selbst gegeben hatte: sich nie in seine schriftstellerische Tätigkeit einzumischen.

Ihr Drang, sich zu betätigen, gewann bald die Oberhand. Sie hatte Polly Thwaites nicht angelogen, als sie behauptet hatte, sie habe die riesigen Projekte aus den ersten Monaten ihres Amerika-Aufenthaltes ad acta gelegt. Sie träumte nicht mehr von Wolkenkratzern, auf deren Spitze ihr Vorname für alle New Yorker, und, warum eigentlich nicht, für alle Bewohner der Welt sichtbar prangte. Ihre Pläne waren jetzt bescheidener und paßten besser zu ihren Gewohnheiten und Vorlieben. Vor allem aber waren sie überschaubar. Ende Juni fuhr sie nach Europa, nach London und Paris. Taddeuz hatte sie zuerst begleiten wollen und so getan, als ob ihm dies das größte Vergnügen bereiten würde, doch Hannah hatte gespürt, daß es ihm schwerfallen würde, seine Arbeit als Kritiker und Schriftsteller zu unterbrechen.

So fuhr sie allein. Drei Tage hielt sie sich in London auf und vier in Paris, genau die Zeit, die sie benötigte, um die erste Abordnung ihrer »Rosa Brigade« zusammenzustellen – ›man könnte fast glauben, ich wolle ein Bordell aufmachen und stelle dafür Personal ein!‹

Und kehrte sofort wieder nach New York zurück.

»Eine rosa Brigade?« fragte Taddeuz erstaunt; »man könnte fast meinen...«

»...ich wollte ein Bordell eröffnen; ich weiß. Hab' ich dir gefehlt?«

»Warum? Warst du verreist?«

»Du Schuft! Wart nur, bis ich dich kriege!«

Sie hatte ihre ganz bestimmten Vorstellungen. Wie schon zu Beginn des amerikanischen Abenteuers, das heißt, eigentlich noch bevor sie ihren Fuß auf amerikanischen Boden gesetzt hatte, war sie auch jetzt davon überzeugt, daß es unverzeihlich dumm wäre, hier einfach Läden und Boutiquen nach dem europäischen Vorbild zu eröffnen. Nicht wegen des amerikanischen Gigantismus, sondern einer ebenso einfachen wie erstaunlichen Tatsache wegen: In diesem Land gab es vielleicht nicht einmal fünftausend Frauen, die regelmäßig einen Schneider beschäftigten. Die meisten gaben sich mit Röcken, Kleidern und Blusen von der Stange zufrieden und störten sich nicht daran, daß 20000 andere Frauen die gleichen trugen.

Wenn es schon keine Kundschaft für Kleider und Blusen gab, wie sollte sie da Puder und Cremes verkaufen können!

»Taddeuz, ich habe keine Wahl; für meine Produkte gibt es keine Kundschaft. Ich muß die Kundschaft erst schaffen. Ein Kleid oder einen Rock wird eine Frau immer brauchen, außer sie zeigt sich nackt auf der Straße oder gar in Männerhosen. Wie entsetzlich! Kannst du dir vorstellen, daß ich eines Tages Hosen trage? Jetzt lach nicht, du schmutziger

Polak! Du bist schließlich mit meinen Röcken und Unterröcken, in denen du mit deinen dreckigen Fingern herumfummeln kannst, sehr zufrieden! Ich habe leider recht: Ich muß mir meine Kundschaft erst schaffen. Vor noch nicht einmal 30 Jahren kam im Wilden Westen eine Frau auf 300 Männer. Und diese Frau, die allseits respektiert wurde, hätte sich lieber freiwillig auf einem Scheiterhaufen verbrennen lassen als ihre Lippen angemalt, um nur ja nicht mit einer Prostituierten verwechselt zu werden. Gut, ich vergröbere. Aber es stimmt schon, die Frauen auf dieser Seite des Atlantiks sind verdammt, entschuldige, sind *sehr* prüde. Hörst du mir eigentlich zu? Wenn ich dich langweile, brauchst du es mir nur zu sagen!«

Sie folgte ihm durch die Wohnung, so wie ein Hund seinem Herrn hinterherläuft, während er sich anzog. Er kniete sich nieder, um einen goldenen Kragenknopf zu suchen, der ihm aus der Hand gefallen war. Sie waren von einem Vetter der Vanderbilts zum Essen eingeladen worden.

»Taddeuz, die Amerikaner sind alles Puritaner. Und sehr auf ihre Würde bedacht, aus Angst, man könne sie mit den Immigranten verwechseln, die ihre Eltern, Großeltern oder gar sie selbst gewesen waren. Eines Tages werden sie vielleicht auf ihre Vergangenheit als Pioniere stolz sein, zu Recht, doch im Augenblick wünschen sie nichts sehnlicher, als noch würdiger denn die würdigsten Europäer zu erscheinen. Ich werde ihnen alles beibringen müssen. Stadt für Stadt... das wird viel Zeit in Anspruch nehmen. Aus diesem Grund brauche ich meine rosa Brigade. Jeanne Fougaril hat die ersten sechs Mädchen ausgewählt. Übrigens, wir haben an sie keine großen Anforderungen gestellt. Sie sind sehr hübsch, sehr höflich, sehr elegant, sehr intelligent, sehr fleißig, immer dienstbereit und fähig, zwölf Stunden hintereinander zu lächeln und auch die dümmsten Fragen freundlich zu beantworten. Natürlich sind alle sechs ausgezeichnete Kosmetikerinnen und so beherrscht, daß sie auch dann nicht in schallendes Gelächter ausbrechen, wenn eine dieser fetten amerikanischen Matronen sich hübsch oder sogar schön finden sollte. Und endlich sprechen alle Englisch mit einem leicht französischen Akzent, auch wenn sie aus Birmingham oder Wladiwostok stammen...«

»Und haben ein Patent als Bergbauingenieur sowie vertiefte Kenntnisse der tibetanischen Sprache«, warf Taddeuz ein.

»Mach dich nicht über mich lustig, du gehst mir auf die Nerven! Mehr verlange ich ja gar nicht von den Mädchen. Und dein verfluchter Knopf liegt hinter dir, hinter deinem linken Absatz, das sage ich dir jetzt schon zum hundertsten Mal. Und, du magst es glauben oder nicht, trotz der bescheidenen Anforderungen, die ich stelle, meint Jeanne Fougaril, sie benötige zwei Monate, um die Mädchen entsprechend auszubilden. Ich habe die größte Lust, sie vor die Tür zu setzen... Knie dich hin, damit ich dir diesen verdammten Knopf endlich anknöpfen kann... Nein, ich sprach von der Fougaril. Ich würde sie am liebsten vor die Tür setzen, sie und ihren schlechten Charakter, nur, sie ist die beste Direktorin, die ich je gehabt habe...«

»Willst du dich nicht umziehen?«

»Ich? Ich bin schon seit zwei Stunden fertig. Wir können losfahren, wann du willst. Die Fougaril hat wirklich einen unmöglichen Charakter. Gott sei Dank bin ich ein friedfertiges Wesen...«

»HA! HA! HA!«

»Was gibt es da so blöd zu lachen? Ich bin vielleicht manchmal etwas schnell, lebendig, das ist aber auch schon alles.«

»Dein Kleid!«

»Was ist denn nur mit meinem Kleid los?«

»Nichts. Nur, du hast keines an!«

Während sie sich im Sommer auf ihren großen, nordamerikanischen Feldzug vorbereitete, erfanden sie ein Spiel. Hannah hatte zwei neue Wagen erhalten, zwei Daimler-Phönix, jeweils 27 Pferdestärken stark. Die beiden Wagen waren, von der Farbe einmal abgesehen, Hannahs Wunsch gemäß völlig identisch: Der eine war vollkommen weiß, der andere vollkommen schwarz, von den schmalen Streifen in Hannahs Rot einmal abgesehen. Trotz der dem deutschen Automobilbauer von Hannah erteilten Hinweise – vor allem aber trotz der von Emil Jellinke, einem Prager Diplomaten und Freund von Taddeuz, dem Vertreter Daimlers an der Côte d'Azur, dessen Tochter den schönen Vornamen Mercedes trug –, waren Taddeuz und sie nach den ersten Versuchen mit ihren neuen Wagen enttäuscht: nur mit Mühe war es ihnen gelungen, etwas schneller als 70 km/h zu fahren, ein »Schneckentempo« in ihren Augen.

Sie hatte kurzentschlossen den französischen Mechaniker von Panhard et Levassor aus seinem heimatlichen Ariège kommen lassen und ihm den Befehl gegeben, kaum daß er amerikanischen Boden betreten hatte, die Höchstgeschwindigkeit der beiden Daimler zu erhöhen.

»Die Motoren werden explodieren«, wagte Gaffouil, der Techniker, einzuwenden.

»Ich vor allem werde explodieren, wenn es Ihnen nicht gelingt, die Motoren so schnell zu machen, daß wir die 100-Stundenkilometer-Grenze übertreffen!«

Gaffouil entschied sich für die kleinere Explosion und arbeitete einen Monat an den beiden Motoren, bis es endlich soweit war.

»Vorsicht, die sind gefährlich!« warnte er die Besitzer.

»Nicht so gefährlich wie meine Frau!« entgegnete Taddeuz gelassen.

Doch damit waren die Probleme keineswegs gemeistert: Hannah und Taddeuz mußten erst noch eine geeignete Fahrbahn ausfindig machen, auf denen sie ihre Wagen ausfahren konnten. Die amerikanischen Straßen waren damals nichts anderes als bessere Feldwege, und es war jedesmal eine regelrechte Expedition, wenn man von einem Bundesstaat in den anderen gelangen wollte. Staub und Schlamm durfte man nicht scheuen. So ist es erklärlich, daß die ersten in Amerika hergestellten Wagen sich alle durch überdurchschnittlich große Räder und kräftige Aufhängungen auszeichneten. Zwischen New York und San Francisco – Los Angeles war damals nichts anderes als ein unbedeutendes Dorf – waren nicht einmal fünfzig Kilometer asphaltiert. Schließlich hatten sich einige begeisterte Automobilsportler zusammengeschlossen und mit privaten Mitteln auf Long Island eine kleine, 1700 Meter lange Rundstrecke gebaut.

Taddeuz hielt mit 1 Minute, und 6 Sekunden den Rundenrekord der Familie Newman, der gleichzeitig einem Weltrekord entsprach, während Hannahs schnellste Runde sich auf 1 Minute und 9 Sekunden belief.

Was Hannah natürlich zum Rasen brachte.

Den ganzen Sommer des Jahres 1901 über verbrachten sie ihre Sonntage mit Rennen. Natürlich fuhren sie nicht nur gegeneinander, doch sie hatten nur wenige Gegner, denn damals gab es in New York kaum Automobile, deren Spitzengeschwindigkeit über 50 km/h lag. Auch wenn sie fast nur gegeneinander antraten, schenkten sie sich nichts, und die Rennen waren äußerst gefährlich. Zu Beginn des Juli versuchte Hannah Taddeuz, als sie beide schneller als 110 km/h fuhren, in einer Kurve innen zu überholen. Für ein solches Manöver war die Fahrbahn bei weitem zu schmal, zumal Taddeuz den Regeln gemäß bereits die Kurve angeschnitten hatte.

So kam es, wie es kommen mußte: Sie berührte seinen Wagen und drängte ihn von der betonierten Fahrbahn ab. Sie selbst drehte sich einige Male um ihre Achse, und es war ein Wunder, daß sich ihr Daimler nicht auf den Kopf stellte und sie unter seinen vierhundertsechzig Kilo begrub. Taddeuz war aus seinem Wagen geschleudert worden, als dieser sich auf den Kopf gestellt hatte.

›Ich habe ihn umgebracht‹, dachte sie entsetzt und war bereit, ebenfalls zu sterben. Sie lief zu ihm und fand ihn auf dem Bauch liegend, Arme ausgestreckt, Gesicht auf dem Boden, tot... Sie kniete sich hin, warf sich auf ihn, völlig außer sich und nur von einem Gedanken beherrscht:

›Ich habe ihn umgebracht und werde jetzt nicht einmal mehr ein Kind von ihm haben können!‹

Anscheinend hatte sie laut gedacht, denn er hob plötzlich mühsam seinen Kopf, drehte sich auf die Seite, stützte sich ab und sagte gelassen: »Wir machen das Kind, wann du willst. Von mir aus auch sofort.«

Als er sich aufrichtete, um sich hinzusetzen, schnitt er eine Grimasse. Ganz ohne Verletzungen war er nicht davongekommen, auch wenn nichts Ernsthaftes passiert war: eine Augenbraue und die Oberlippe waren offen, zwei Finger der linken Hand gebrochen, einige Rippen angebrochen und ein hübscher Bluterguß am Unterschenkel, von der Gangschaltung verursacht. Er nahm sie in seine Arme und tröstete und beruhigte sie. Sie zitterte am ganzen Körper und hatte ihre großen Augen weit aufgerissen, während der Techniker Gaffouil auf seinen kurzen Beinen angerannt kam und Yvonne dabei um fünfzehn Längen schlug.

Endlich traf die »Rosa Brigade« in New York ein, zu acht, da Jeanne Fougaril höchstpersönlich mitgekommen war; sie wollte unbedingt einmal einen federgeschmückten Apachen aus der Nähe begutachten. Eine ihrer Assistentinnen, Catherine Montblanc, begleitete sie, ein großgewachsenes Mädchen mit einer etwas zu lang geratenen Nase, das herrlich lachen konnte, einen unbeschreiblichen Charme entwickelte und überdurchschnittlich intelligent war; sie konnte Kleider wie eine Dame von Welt tragen oder wie eine Kokotte, falls es da überhaupt einen Unterschied gibt.

»Was ist denn das für ein Pferd? Da fehlt ja nur noch der Sattel!«

»Du hast sie bei deinem Besuch in Paris vor zwei Monaten verpaßt, da sie in meinem Auftrag in Rom und Wien einige Probleme regelte. Sie eignet sich ausgezeichnet für den Job, spricht Englisch mit einem leicht savoyardischen Akzent, kennt sich in der Kosmetikindustrie besser aus als ich selbst und hat, so hoffe ich zumindest, eine so große Seele, daß sie dich ertragen kann, Hannah, wenn es sein muß, sogar einige Monate lang.«

»Fougaril, betrachte dich als entlassen.«

»Eines Tages werde ich dich beim Wort nehmen und dich wirklich verlassen. Überleg einmal: diese Tourneen, die du in Amerika organisieren willst, werden viel Zeit verschlingen; du wirst nicht alles allein organisieren können. In diesem Punkt kannst du dich vorbehaltlos auf sie verlassen.«

»In Ordnung, Fougaril, du bist wieder eingestellt. Hast du die letzten Bilanzen mitgebracht?«

Jeanne antwortete, sie hätte sich lieber in den Atlantik geworfen als mit leeren Händen anzukommen. Eine Woche später fuhr sie wieder nach London zurück, ohne einen einzigen federgeschmückten Apachen gesehen zu haben; sie hatte die ganze Zeit über versucht, ihre abgrundtiefe Verehrung für Hannah und ihre große Liebe für ihre Arbeit hinter Hohn und Spott zu verbergen.

Alles wies darauf hin, daß sie Catherine Montblanc richtig eingeschätzt hatte: Die Große Katharina war wirklich keine x-beliebige Person. Als Fünfzehnjährige hatte sie als Kammerzofe einer reichen Engländerin zu arbeiten begonnen und war dieser über den Teich nach Amerika gefolgt, nachdem ihre Herrin einen dieser Engländer geheiratet hatte, denen riesige Güter in Colorado gehörten. Als Neunzehnjährige hatte sie ihr Dasein als Dienstmädchen satt und einen Berufsspieler aus San Antonio, Texas, geheiratet – ›um offen zu sein, so richtig verheiratet waren wir eigentlich nicht‹. Zwei Jahre später hatte sie ihren Geliebten nach einer heftigen Diskussion um ein bestimmtes Pik-As verloren und den gemeinsamen Sohn allein aufgezogen; sie schlug sich als Modistin in San Francisco durch. Später hatte sie sich in Frankreich wiederverheiratet, ›diesmal eher richtig‹, und zwar mit einem Reeder aus Nantes, der sie, nachdem sie erst einmal im Loire-Tal eingetroffen war, mit den Kindern aus erster Ehe relativ bald allein ließ.

»Ich habe nicht lange um die Erbschaft gekämpft, denn Loire-Hecht in weißer Buttersauce hing mir zum Hals heraus. Ich habe die 5000 Francs angenommen, die man mir anbot, und wollte arbeiten. So bin ich nach Paris gegangen und habe mich in einer Ihrer Kosmetikerinnen-Schule eingeschrieben. Ich bin Madame Fougaril schon bald aufgefallen. Mein Sohn lebt in Frankreich, und ich würde ihn gern zu mir holen, doch das ist nicht so eilig. Madame, ich tue alles, was Sie von mir wünschen.«

»Als erstes nenn mich Hannah.«

Anfang September trafen die ersten Cremes und Parfüms ein. Zu Hannahs angenehmsten Entdeckungen in Amerika zählten die großen, niveauvollen Frauenzeitschriften. *Harper's Bazaar* existierte bereits seit vierunddreißig Jahren, und auch die anderen wie *McCall's Magazine* (1870), *The Ladies Home Journal* (1883) oder *Good Housekeeping* (1885) waren nicht wesentlich jünger. Und 1897 war sogar die erste, ausschließlich Kindermode vorbehaltene Zeitschrift gegründet worden: *Buttericks Modern Review.*

Hauptproblem allerdings war nach wie vor die Raumfrage. Hannah hatte zwar endgültig darauf verzichtet, ein Gebäude zu kaufen, in dem sie das Schönheitsinstitut sowie einen oder auch mehrere Läden und Büroräume hätte unterbringen können; die beiden von Maryan ins Auge gefaßten Räumlichkeiten in der Park Avenue sowie in der Fünften allerdings hatte sie keine Minute ad acta gelegt. Im Juli, das heißt, eigentlich schon direkt nach ihrer Europa-Reise holte sie die von Henry-Beatrice entworfenen Dekorationen wieder aus der Schublade. Sie war entschlossen, ihrem englischen Dekorateur in allen Einzelheiten zu folgen und mit der »europäischen Exotik« zu spielen, die ihr den meisten Erfolg versprach.

Sie vergab die ersten Aufträge; Mitte Oktober sollten die Umbauarbeiten abgeschlossen sein.

»Catherine, wir werden Kosmetikerinnen und Verkäuferinnen brauchen. Können Sie sich um deren Ausbildung kümmern?«

Sie war drauf und dran, in New York genau das zu wiederholen, was sie in London und Paris verwirklicht hatte – und dachte daran, eines Tages auch in San Francisco eine Niederlassung zu gründen, sobald der Wilde Westen etwas zivilisierter geworden war. In einem Punkt allerdings unterschieden sich ihre amerikanischen Pläne: Es handelte sich nicht darum, eine Dependance ihrer europäischen Kette ins Leben zu rufen, sondern eine unabhängige, völlig autonome Einheit mit einer eigenen, vielleicht sogar mit zwei Fabriken. Das heißt, sie mußte sich auch um die Beschaffung der Pflanzen und Kräuter und der anderen, unabdingbaren Grundstoffe kümmern.

»Ich werde Chemiker und Pharmazeuten brauchen...«

Sie fragte sich, ob sie auf amerikanischem Boden wohl die Parfümspezialisten finden würde, die sie brauchte. Mußte sie in Grasse eine Massenemigration auslösen?

»Wir werden sehen...«

Doch ihre ganzen schönen Projekte hatten nicht die geringste Chance, verwirklicht zu werden, wenn es ihr nicht gelang, das wichtigste Problem zu lösen: die fehlende Kundschaft. So nahm der Kreuzzug durch Amerika, den sie am 10. September begann, ungeahnte Dimensionen an. Zehn Monate lang arbeitete sie mit einer Hartnäckigkeit, die an ihre Anfänge erinnerte und die sicher auch mit der Tatsache erklärt werden mußte, daß sie seit Februar des vergangenen Jahres praktisch nicht gearbeitet hatte, zumindest nicht in ihrem eigentlichen Beruf. Sie hatte eigentlich zwei Teams aufstellen und das zweite Catherine anvertrauen wollen:

»Doch nicht sofort, Catherine. Ich finde es besser, wenn Sie sich zunächst um das Personal für die Park Avenue und die Fünfte kümmern. Bis Ende Februar vielleicht. In der Zwischenzeit werde ich das erste Team so formen, wie ich es möchte. Später tauschen wir dann einfach die Plätze. Und wenn unter den sechs Mädchen, die Jeanne ausgewählt hat, sich eine oder auch mehrere befinden, die etwas anderes als Stroh im Kopf haben, dann werden wir drei, vier oder auch fünf Teams bilden... Cathy? Gefällt Ihnen die Wohnung, die ich für Sie gefunden habe? Ja? Schön. Ist Ihnen eigentlich aufgefallen, daß es in dieser Wohnung auch ein Kinderzimmer gibt? Yvonne meint, jemand zu kennen, der sich um Ihren Sohn kümmern kann, während Sie arbeiten. Worauf warten Sie eigentlich noch? Muß er erst einen Schnauzbart tragen, bevor Sie ihn kommen lassen?«

An diese Zeit sollte sie sich ihr ganzes Leben über erinnern:

– Lizzie, wie sagt man doch noch einmal? Ich habe mir die Absätze schiefgelaufen... Nein, für nichts auf der Welt werde ich das noch einmal durchmachen!

Fünf Monate und elf Tage lang, von einer kurzen Pause zum Jahresende einmal abgesehen, fuhr sie mit ihren Teams kreuz und quer durch den Osten und das Zentrum Nordamerikas. Sie hatte sich vorgenommen, alle Städte mit mehr als zehntausend Bewohnern zu besuchen. (Sie hätte nie geglaubt, daß es so viele davon in dem begrenzten Bereich gab!) Je nach den Entfernungen, die zurückzulegen waren, besuchte sie bis zu drei Städte pro Tag. Sie hatte mit Agenten, die sich normalerweise um Wanderbühnen kümmerten, Verträge abgeschlossen, und zuerst einen, dann zwei Beleuchter fest engagiert, die vor ihnen herreisten, um die Hotelzimmer zu reservieren, die Konferenzräume anzumieten und richtig auszuleuchten. Im Laufe der Wochen verfeinerte sie ihre Strategie. Zuerst einmal teilte sie ihre sechs Kosmetikerinnen in zwei Gruppen auf, so daß die eine sich erholen konnte, während die andere ihr Können demonstrierte. Sie selbst arbeitete achtzehn bis zwanzig Stunden pro Tag. Etwas später stellte sie eine Engländerin ein, die ihr von dem Londoner Institut empfohlen worden war, eine gewisse Miß Waldringham, fünfzig Jahre alt und ausgetrocknet wie ein Bachbett in der Wüste. Eine Stielbrille unterstrich ihre durchaus als übertrieben zu bezeichnende Würde. Sie hatte die Aufgabe, alle Männer abzuwehren, die unter Umständen einen Anschlag auf die Moral der Truppe planten. Doch Eleanor Waldringham erwies sich als weit nützlicher: Sie öffnete die Tür zu den verschiedenen Damenvereinen und überzeugte deren Mitglieder, einer Demonstration von Hannahs Truppe beizuwohnen. Dieses alte Mädchen – die Schwester eines ehemaligen Kolonialoffiziers oder die Tochter eines Pastors, Hannah konnte sich das nie so genau merken – verkörperte die Anständigkeit.

›Von der Königin Viktoria einmal abgesehen, doch die hätte sich vielleicht nicht die Zeit nehmen können, hätte ich keine bessere Wahl treffen können.‹

Mindestens achtzehn Stunden Arbeit pro Tag, und das mehr als 150 Tage lang. Selbst während der unendlich langen Eisenbahnreisen machte sie keine Pause: sie kontrollierte während dieser Zeit die aus Europa eintreffenden Bilanzen, arbeitete die Notizen auf, die sie sich in den einzelnen Städten gemacht hatte, stellte ihre Fragen und die erhaltenen Antworten zusammen, überlegte sich, ob die ins Auge gefaßten Verkaufsstellen wirklich in Frage kamen, bewertete die Möglichkeiten bestimmter Läden mit einer Skala, die von eins bis zwanzig reichte, und die mögliche Bedeutung der Kundschaft mit einer Skala von eins bis 50, führte eine genaue Buchhaltung ihrer Ausgaben und Einnahmen, sprach den Mitgliedern ihrer Teams Trost zu, wenn diese, was immer wieder vorkam, zusammenzubrechen drohten, und bereitete die nächste Etappe vor, wobei sie die Informationen, die sie von ihren Spähern erhalten hatte, sorgfältig durchging.

In jeder größeren Stadt mußte die Offensive mit der gleichen, erschreckend ermüdenden Monotonie wieder in Schwung gebracht werden: lächeln, lächeln, lächeln... Sie hielt bis zu drei, einige Male sogar vier Vorträge pro Tag, wobei das fast ausschließlich weibliche Publikum sehr verschieden und zum Teil sogar recht merkwürdig zusammengesetzt war. Mit Hilfe der Mädchen führte sie ihre Produkte vor. Nachdem sie ihre Zuhörerinnen in Kosmetikerinnen »verwandelt« hatte, brachte sie sie soweit, sich selbst etwas anpinseln zu lassen. Die Frauen stellten überrascht fest, daß sie nicht automatisch zur Hölle verdammt waren, wenn sie ihr Gesicht gegen Sonne oder Kälte schützten oder sich die Lippen leicht anmalten.

Sie benutzte eine absolut hinterhältige Taktik, die sie zu Beginn ihrer Karriere in Sydney bereits angewandt hatte. In jeder Stadt, in der ihre kleine Karawane hielt, hatte sie per Presse und Plakate nicht nur auf die wunderbare Nachricht hinweisen lassen, daß sie die Stadt beehren würde, sondern gleichzeitig die Absicht bekundet, den zehn elegantesten Frauen der Stadt ein Flakon mit einem ihrer Parfüms zu überreichen.

Um der Wahrheit die Ehre zu geben: Sie verteilte jedesmal höchstens drei oder vier Flakons, die dazu winzig klein waren, wenn überhaupt...

Doch mit diesem Schachzug erreichte sie immer ihr Ziel: sie verkaufte 40, 50 oder auch mehr Flakons an die Frauen, die von ihr nicht bedacht wurden, aber nicht von der Überzeugung abzubringen waren, zu den elegantesten der Stadt zu gehören.

Hannah konnte sich fast alles erlauben, unter der Voraussetzung, absolute Diskretion zu wahren.

Dabei stand für sie zu diesem Zeitpunkt der Verkauf nicht im Vordergrund. Ihr ging es darum, hervorragende Pressekontakte zu schaffen. In einem nur für diesen Zweck reservierten Notizbuch hielt sie Stadt für Stadt, Staat für Staat, die Namen und Adressen (und, falls vorhanden, die Telefonnummern) ihrer zukünftigen Gesprächspartner fest, so daß sie immer wußte, an wen sie sich zu wenden hatte, wenn sie einen bestimmten Artikel lancieren wollte (was in der Regel anonym geschah).

In einer anderen Kartei, die sie zusammen mit Eleanor Waldringham führte, hatte sie in relativ kurzer Zeit viertausend Frauen festgehalten, die ihr aufgrund ihrer Persönlichkeit, sozialen Stellung oder des Reichtums der Familie aufgefallen waren, vor allem aber Frauen, die eine natürliche Autorität ausstrahlten und fähig waren, Geschlechtsgenossinnen mitzureißen. Jeder dieser Frauen wurde von New York aus ein Topf Cold-Cream, eine Art Wachssalbe, geschickt, die bei leichten Hautreizungen Wunder wirkte.

Innerhalb dieser fünf Monate hatte sie sich, falls überhaupt noch notwendig, ein Bild von Amerika verschafft. Im Süden war sie nicht über Atlanta und im Norden nicht über Toronto hinausgekommen.

›Ich werde zehn Jahre brauchen, um das ganze Land zu bereisen, und meine Füße so weit abgelaufen haben, daß ich, ohne mich zu bücken, unter Tischen hindurchgehen kann...‹

Sie war müde und erschöpft. Ihre Kosmetikerinnen, die ja nur die Hälfte der Zeit arbeiteten, begannen langsam, wie Schwindsüchtige auszusehen, und Gaffouil, ihr Adjutant, der ein hartes Leben gewohnt war und kaum nach besonderem Luxus verlangte, nörgelte immer häufiger, obwohl er während der langen Reise ein Kopfkissen entdeckt hatte, das ihm ausgezeichnet behagte: Yvonne. Die Belgierin hatte sich von dem aus den Pyrenäen stammenden Schnauzbart verführen lassen, dessen Gang stark an den von Sohlengängern erinnerte, die von seinen Landsleuten aus dem Departement Ariège an einem Nasenring geführt wurden. Hannah hatte schallend lachen müssen, als sie eines Abends in Charleston ihr Zimmermädchen und ihren Mechaniker in heftiger Umarmung überraschte: »Ich dachte, du willst einen Milliardär heiraten?«

»So eilig ist das nun auch wieder nicht«, antwortete Yvonne. »Auf einen Tag mehr oder weniger kommt es nicht an.«

»Auch nicht auf eine Nacht. Wirst du ihm einen Ring durch die Nase stecken?«

»Kümmern Sie sich um Ihre eigenen Angelegenheiten!«

(Trotz ihrer Drohung hatte Yvonne sich entschlossen, Hannah, von wenigen Ausnahmen einmal abgesehen, zu siezen, wenn sie Französisch miteinander sprachen.)

Yvonne war alles andere als eine liebenswürdige Kammerzofe; wenn sie nicht gerade zornig war, war sie zumindest schlechter Laune. Ihre weiblichen Attribute sprangen ins Auge. Ihr Körper war stramm, und sie ging so gerade, als habe sie einen Stock verschluckt. Davon einmal abgesehen, war sie nicht zu groß, obwohl sie Hannah um zehn Zentimeter überragte. Taddeuz war das einzige menschliche Wesen, das Yvonne zum Schweigen bringen konnte, denn sie vergötterte ihn (von Gaffouil vielleicht abgesehen, doch hierbei handelte es sich um eine andere Verständigungsebene).

»Gaffouil ist ein anständiger Kerl und ein richtiger Mann. Wenn sich Ihre Klatschbasen täglich vor ihm ausziehen, ist es doch verständlich, daß es ihm warm ums Herz wird.«

»Und du sorgst dafür, daß er Dampf ablassen kann!« (Hannah mußte wieder schallend lachen.)

»Ein Samariterdienst...«

»Werdet ihr heiraten?«

»Ich frage mich, ob Sie das etwas angeht. Haben Sie vielleicht Angst, daß ich Sie verlasse?«

»Wirst du mich verlassen?«

»Nein. Wir haben miteinander gesprochen. Dieser Dummkopf aus den Bergen will, wie ich, bei Ihnen bleiben, solange wir Sie aushalten können.«

Ansonsten wollte Yvonne wissen, wann man endlich nach New York zurückkehre, denn dies sei kein Leben für eine Kammerzofe, und sie habe langsam die Nase voll.

Hannah hatte sich schon immer über den schnippischen Charakter ihrer Zimmermädchen amüsiert.

›Wahrscheinlich habe ich sie nur aus diesem Grund engagiert. Aber sie hat ja recht.‹

Im tiefsten Südkarolina erhielt sie ein Telegramm, das ihr als Vorwand diente, nach New York zurückzukehren: Lizzie sollte in Kürze ihr erstes Kind auf die Welt bringen.

»Yvonne, wir fahren nach Hause. Informiere die anderen. Wir brechen die Reise ab.«

Kapitel 5

Es gibt zwei Methoden, im Handel Erfolg zu haben...

Lizzies und Maryans erstes Kind war, wie von beiden gewünscht, ein Junge; sie tauften ihn auf den Namen James.

In Hannah löste die Geburt eine dieser Depressionen aus, die sie ihr ganzes Leben über immer wieder überfielen, deren Gründe sie kannte und deren Folgen sie meistern konnte: Seit sechsundzwanzig Monaten war sie jetzt verheiratet und immer noch nicht schwanger.

›Jetzt lüg dich bloß nicht an: Du drehst durch, das ist alles. Du willst einen dieser Ärzte aufsuchen? Du weißt doch, das sind alles Scharlatane; und du weißt auch, daß du keinen aufsuchen wirst, das gehört alles nur zu deinem Ablenkungsmanöver. Hannah, wenn du nicht fähig bist, Taddeuz mindestens zwei Kinder zu machen, dann werde ich dir das nie verzeihen. Sei auf der Hut!‹

Sie hatte nach der höllischen Reise durch Amerika einen Monat lang nichts tun wollen; leichter wäre es gewesen, den Regen daran zu hindern, auf die Erde zu fallen. Sie war unternehmungslustiger als je zuvor, zumal sie sich bewußt war, daß dies das beste Mittel gegen ihre Depression war. Sooft wie möglich Taddeuz zu lieben, eine wunderbare Art, ihrer Seele zu schmeicheln! Von solchen Rezepten durfte es ruhig noch mehr geben...

Doch sie hatte noch einen anderen Grund, nicht zu Hause zu bleiben und das Seelchen zu spielen: Taddeuz. Nicht daß er nicht enthusiastisch gewesen wäre, sobald es darum ging, Zärtlichkeiten auszutauschen, nein, Gott sei Dank, auf diesem Gebiet war alles in bester Ordnung. Dieser große, blonde Schuft war immer bereit, wie das leichte Zittern seines Schnurrbarts verriet, das nur sie allein bemerkte.

– Lizzie, ich habe die Liebe immer geliebt... Du bist schockiert? Jetzt tu nicht so! Ich weiß, daß dich das interessiert... Obwohl du mir nie sehr viel über Maryan und dich erzählt hast. So habe ich nie gesehen, wie ihr euch geküßt habt. Ich meine richtig, nicht nur so auf die Wange... Was? Ich habe gesagt, daß ich dich nie dabei beobachtet habe, nicht, daß ihr euch nicht richtig küßt! Ich habe euch nie dabei beobachtet, das ist alles... Was, er hat dich richtig geküßt? ERZÄHL! Was soll das heißen, Diskretion? Um Himmels willen, du hast die 78 bereits überschritten, was soll denn da noch Diskretion?

Nein, das Problem, das Taddeuz stellte oder darstellte, war nicht horizontaler Natur. Es war in der allgemeinen Haltung von Taddeuz begründet, in seiner gelassenen Ruhe – nie ein zu laut gesprochenes Wort! –, die er in allen Situationen (außer im Bett) beibehielt, und letztlich in dieser systematischen Weigerung, Stellung zu beziehen, zu welchem Punkt auch immer. Als ob er sich vor einer Auseinandersetzung mit ihr fürchtete – während er allen anderen gegenüber seine Meinungen klar vertrat und sehr wohl verteidigte. Vielleicht war das auf eine Charakterschwäche zurückzuführen, doch daran glaubte sie eigentlich nicht. Es gab einen anderen, einen schlimmeren Grund. Zu Beginn ihrer Hochzeitsnacht hatte er in dem Haus am Ufer des Luganer Sees, das sie gemietet hatte, einen Satz gesagt, den sie einfach nicht vergessen konnte: Er hatte ihr erklärt, er habe sie trotz aller Liebe, die er für sie empfinde, beinahe nicht geheiratet:

»Denn ich glaubte, mit dir zu leben, sei Wahnsinn und grenze an Selbstmord.«

Sie hatten seither dieses Thema vermieden. Vielleicht hatte er seine Meinung geändert. Vielleicht war sein Schweigen aber auch nur Ausdruck einer bestimmten Art von »Selbstverteidigung«.

›Vielleicht mache ich ihm Angst.‹

Sie wußte, daß es sinnlos gewesen wäre, mit Gewalt auf dieses Thema zu sprechen zu kommen. Sie war viel zu hellsichtig, als daß sie solche oder ähnliche Illusionen genährt hätte. Er würde mit der Zeit noch etwas verschlossener werden und das lächelnd und ausgeglichen mit einigen Bedingungen seines Schriftstellerlebens durchaus einleuchtend erklären. Auf diesem Gebiet konnte sie sich mit ihm nicht mit den gleichen Waffen messen.

›Wenn nur einer von uns beiden etwas dümmer gewesen wäre, nicht viel, nur etwas...‹

Sein Roman... vielleicht hatte er ihn abgeschlossen, während sie mit ihrer Schwadron angeblicher Pariserinnen den amerikanischen Kontinent kreuz und quer bereiste. Und einem Verleger anvertraut, wenn er einen Verleger gefunden hatte, was gar nicht so sicher war, denn alle Verleger sind ausgemachte Idioten, die nicht einmal einen Shakespeare erkennen würden, wenn er höchstpersönlich vor ihnen stünde. Doch sie hatte ja kein Recht, sich einzumischen...

›Schade, ich hätte...‹

Sie hatte nicht einmal den Schatten eines Schattens eines Manuskripts zu sehen bekommen. Hannah fragte sich manchmal, ob er die Seiten, die er schrieb, jeweils gleich verschluckte. Wenn sie einige Tage hintereinander in ihrem Haus auf Long Island verbrachten und er sich dann in seinem Arbeitszimmer einschloß, dann wußte Hannah, daß er in seinem abschließbaren Schreibtisch manchmal das Manuskript des Romans aufbewahrte. Sie geriet jedesmal in Versuchung... Doch wenn sie, was nur selten vorkam, Taddeuz' Arbeitszimmer betrat, machte sie immer einen großen Bogen um diesen Schreibtisch, als ob sie befürchte, er könne explodieren.

Seine Kritiken und Artikel las sie regelmäßig. Sie fand sie immer schärfer und bissiger, sich von der Menge der anderen Artikel abhebend und manchmal sogar schlichtweg bösartig. Sie selbst war unglücklich darüber, doch Taddeuz hatte Erfolg damit. Seine Kommentare wurden jetzt immer im oberen Teil der Seite abgedruckt und von ihm handschriftlich signiert, ein Recht, das nur wenigen Journalisten eingeräumt wurde. Schon bald druckten andere amerikanische Zeitungen in Louisiana oder San Francisco seine Kritiken nach. Nur durch Zufall erfuhr Hannah, daß die *New York Times* Taddeuz ein Angebot unterbreitet hatte.

Wenigstens verdiente er Geld, das stand fest. Er gab es mit seiner gewohnten Gleichgültigkeit aus. Zu Weihnachten 1901 hatte er ihr die zweite schwarze Perle geschenkt, die vielleicht noch großartiger war als die erste; beide stammten aus dem Haus *Tiffany*. Sie mußte sich sehr zusammennehmen, um nicht zu dem Juwelier zu gehen und sich nach dem Preis der schwarzen Perle zu erkundigen. Erst in der letzten Sekunde hatte sie diesen wirklich häßlichen Zug in ihr bekämpfen können. Sie hatte ihm als Gegenzug diamantenbesetzte Manschettenknöpfe gekauft, sie dann allerdings Maryan geschenkt, da sie Angst hatte, mit ihrem Geschenk, das zweifellos wertvoller war als die Perlen, ihren unterschiedlichen Reichtum zu unterstreichen.

›Ich bin wirklich kompliziert! Oder ist es unsere Situation?‹

Am 20. April 1902 eröffnete sie das Institut an der Park Avenue und das Geschäft in der Fünften.

Sie hatte alle Empfehlungen, die man ihr reichlich gegeben hatte, in den Wind geschlagen: In der New Yorker Geschäftsleitung arbeiteten ausschließlich Frauen; nur ihre Rechtsanwälte trugen Hosen.

›Polly in einem Röckchen, das wäre sicher sehenswert!‹

Der Posten einer Direktorin des Instituts verlangte ein Höchstmaß an technischen Kenntnissen und Fähigkeiten; Hannah hatte aus England extra eine Schottin kommen lassen, die nicht nur geeignet, sondern auch noch eine weit entfernte Kusine von Winston Churchill war (›nicht vergessen, diese Tatsache so ganz nebenbei vor den Kundinnen zu erwähnen, Hannah, eine bessere Werbung gibt es nicht‹). Cecily Barton, die Londoner Direktorin, hatte diese Jessie aus den Highlands, die mit nur einer Unterbrechung das Institut in New York beinahe fünfzig Jahre lang leiten sollte, wärmstens empfohlen.

Becky Singer sollte bei dem Erfolg des Instituts und später auch des

Geschäftes eine entscheidende Rolle spielen. Die Singers waren sehr reich und besaßen eine Bank, eine Börsenmakleragentur und verschiedene Mühlen und Bäckereien; die Hälfte des in New York verzehrten Brotes stammte aus ihren Betrieben, ganz zu schweigen von den vielen Gebäuden, die ihnen gehörten. Noch vor der Eröffnung des Institutes hatte Becky die drei- bis vierhundert wichtigsten Damen, die sie in New York kannte, nicht ungeschickt auf die neue Einrichtung, die schon bald ihre Tore öffnen sollte, hingewiesen. Nicht alle waren gekommen, aber doch gut die Hälfte. Zwei Drittel der Frauen, die sich zu einem ersten Besuch aufgerafft hatten, wollten wiederkommen. Der Erfolg zeichnete sich so deutlich ab, daß Sam Singer, ein Schwager Beckys und Vetter Zekes, um eine Unterredung mit Hannah bat und seine Dienste anbot:

»Ich bin bereit, 500000 Dollar zu investieren, und auch mehr, falls es notwendig sein sollte. Vor einigen Monaten hat uns Becky bereits von Ihren Plänen erzählt, doch wir waren keineswegs von dem Erfolg überzeugt. Wir haben uns getäuscht.«

»Und Sie täuschen sich weiterhin«, antwortete Hannah lächelnd. »Ich suche keine Partner.«

»Wir wollen nur Geld anlegen. Warum eigentlich keine zwei Millionen Dollar? Oder fünf? Hannah, selbstverständlich bleiben Sie die Chefin; überlegen Sie, antworten Sie nicht sofort. Sie arbeiten im Augenblick nur in New York; wir könnten Zweigstellen in allen Staaten Amerikas eröffnen. Wenn Sie diese Investitionen mit Ihren Gewinnen finanzieren wollen, werden Sie Jahre brauchen!«

»Sam, ich habe viel Zeit.«

»Wenn Sie nicht von Anfang an den Markt aggressiv angehen, werden es andere tun. Man wird Sie kopieren. Denken Sie auch an Europa. Natürlich wissen wir, daß Sie dort bereits ein Netz aufgebaut haben; wir sind bereit, Ihnen einen Anteil abzukaufen und bei der Finanzierung weiterer Produkte finanziell unter die Arme zu greifen. Wenn man Konkurrenz nicht ausschließen kann, ist es immer am besten, sein eigener Konkurrent zu sein. Auf diese Weise bleibt wenigstens kein Raum für andere...«

»Ich wünsche keine Partner.«

Sie hatte keinen Zweifel an ihrer Entscheidung gelassen, obwohl sie hinter den schmeichelhaften Vorschlägen die natürlich nicht offen ausgesprochene Drohung spürte: Sollte sie eine Partnerschaft ablehnen, ging sie das Risiko ein, daß diese »mächtige Gruppe«, deren mögliche Konstituierung Sam gestreift hatte, sich mit Mitteln, die unvergleichlich bedeutender waren als ihre, sich auf ihren Gefilden tummeln würde.

Sollte sie nur... Sie war sich sicher, das Problem richtig analysiert zu haben:

›Ich habe schließlich nicht mindestens zehn Milliarden Kilometer zurückgelegt und nicht mit mindestens fünfzig Millionen Frauen gesprochen, ohne etwas dabei gelernt zu haben!‹

Ein warmer Dollarregen würde ihr Geschäft nicht wesentlich beeinflussen; für eine richtig funktionierende Kosmetikindustrie war der amerikanische Kontinent noch nicht bereit.

›Europa übrigens auch noch nicht... Ich habe mich auf handwerkliche Methoden verlassen, die diesen Typen mit den enormen Bankkonten völlig verschlossen sind; das Handwerk ist die Grundlage meines Erfolges. In fünfzehn oder zwanzig Jahren sieht alles vielleicht anders aus, aber so weit sind wir noch nicht...‹

Sam Singers Vorstoß sollte sich für sie trotzdem günstig auswirken.

Zum ersten sah sie in ihm ein deutliches Zeichen für ihren Erfolg. Auch wenn sie an ihrem Weg nicht gezweifelt hatte, war dies ermutigend. Ihre Erfolge fielen zwar etwas bescheidener aus, als die Finanziers annahmen – es gab nicht sehr viele Frauen, die in der Lage waren, für Cremes und Behandlungen wöchentlich die astronomische Summe von fünfzehn bis zwanzig Dollar aufzuwenden, den Wochenlohn einer Sekretärin...

...aber besser, als sie gedacht hatte. Sie hatte sich bei ihren Kalkulationen von der Hoffnung leiten lassen, in den ersten fünf Jahren in Amerika nicht mehr als ein Drittel – 26 Schäfchenbeine – ihrer Verdienste in Europa zu verlieren. Inzwischen stand für sie fest, daß sie beste Aussichten hatte, im Laufe des Jahres 1903 bereits aus den roten Zahlen herauszukommen.

Zumal ihr, während sie Beckys Schwager zuhörte, eine Idee gekommen war...

Die Idee war nicht wirklich neu. Während ihrer Rundreise durch Nordamerika waren ihr nach und nach die Bruchstücke zu dieser Idee gekommen. Sie hatte mit Catherine Montblanc darüber gesprochen. Wie geplant, hatte Catherine anschließend die Leitung der Demonstrationsteams übernommen, vierzehn Kosmetikerinnen, von denen zehn bereits in Amerika ausgebildet wurden und die in vier Gruppen aufgeteilt waren. Catherine war bis nach Kalifornien vorgedrungen. Unmöglich, diesen Amerikanerinnen, von einer winzig kleinen Oberschicht einmal abgesehen, Luxusprodukte zu verkaufen. Hannahs Schönheitsinstitute waren nicht für die Durchschnittsamerikanerin geschaffen, denen es an Geld mangelte und die vor allem keinen Grund sahen, ein solches Institut aufzusuchen.

Hannah wollte aber auf keinen Fall die Qualität der unter ihrem Markenzeichen verkauften Produkte mindern.

›Es gibt zwei Methoden, im Handel Erfolg zu haben: entweder man verkauft Dinge, die jeder braucht, in großen Stückzahlen und dementsprechend billig, oder man sucht sich seine Kundschaft sorgfältig aus und überzeugt diese, Dinge, die sie überhaupt nicht nötig hat, zu überteuerten Preisen zu kaufen.‹

»Meine liebe Catherine, diese tiefen Gedanken stammen von mir, Hannah. Mit meinen Instituten und Geschäften verfolgte ich die zweite Methode. Vielleicht ist es jetzt an der Zeit, mich mit der ersten zu beschäftigen.«

Sie wollte eine Creme auf den Markt bringen, die nicht mehr als anderthalb Dollar pro Topf kosten sollte. Ihr französisches Labor hatte die Zusammensetzung bereits erarbeitet: Lindenblüten und Huflattich, dazu eine Spur Lavendel und Enzian. Sie hatte sie zuerst selbst einen Monat lang ausprobiert und dann Lizzie sowie Yvonne als Versuchskaninchen benutzt, ohne irgendwelche auffallenden Verwüstungen feststellen zu können. Im Gegenteil: Die Creme war erfrischend, kräftigte die Haut und roch angenehm.

»Und du willst die Creme acht- bis zehnmal billiger auf den Markt werfen als die, die du in deinen Geschäften verkaufst? Mut hast du, das muß man dir lassen!«

»Es gibt immerhin drei gewichtige Unterschiede: die Größe und die Qualität des Topfes und die Tatsache, daß diese Creme nicht unter meinem Namen verkauft wird. Und nicht nur nicht unter meinem Namen, sondern überall, nur nicht in meinen Instituten oder Geschäften. Wieviel würde wohl ein Kleid von Worth kosten, von dem fünftausend Stück in der Bronx verkauft werden?«

Es gab noch einen vierten Unterschied...

»Das ist wie mit den drei Musketieren: In Wirklichkei sind es vier.«

...ein Gebiet, auf dem sie nur schlecht Lizzies Spott ertragen konnte. Sie hatte jahrelang zusammen mit Ärzten und Chemikern an der Zusammensetzung ihrer Cremes, Toilettenwasser, Hautmilch und Parfüms gearbeitet und wußte besser als jeder andere, wie sorgfältig man bei jedem ihrer Produkte vorgegangen war. Eine völlig andere Vorgehensweise als bei dieser einfachen Creme, die sie jetzt auf den Markt werfen wollte. Übrigens spürte sie im Frühjahr 1902, daß ihr ihre »Küche«, ihr Labor, zu fehlen begann. Sie war sich sicher, es mit allen aufnehmen zu können, die in ihrem Pariser Labor arbeiteten, unabhängig von deren Diplomen und Auszeichnungen. Sie hätte gerne wieder mit Spateln und Laborgläsern und Absuden hantiert und sich amüsiert.

›Ich werde das amerikanische Labor in Kürze gründen müssen. Für den Fall, daß sich die Franzosen und die Deutschen wieder bekriegen; man kann nie wissen...‹

Sie wollte ihre Schönheitscreme zu einem Dollar fünfzig über die damals entstehenden großen Kaufhäuser verkaufen und bat Polly Thwaites ein weiteres Mal, sie in New York zu besuchen, um ein Heer von amerikanischen Rechtsanwälten zu leiten, das damit beauftragt war, die notwendigen Verträge abzuschließen und gleichzeitig Patente oder Gebrauchsmusterschutz anzumelden. Sie wollte ein juristisches Bollwerk errichten, das die Konkurrenz zumindest bremsen, wenn nicht ganz abschrecken sollte. Auf den Namen ihres Beraters auf diesem Gebiet wäre wohl niemand gekommen: Thomas Alva Edison höchstpersönlich.

Maryan hatte ihr eines Tages erzählt, wie hartnäckig der Erfinder seine Rechte verteidigte. (Maryan sprach vor allem vom »Kinematographen« Edison, doch der geniale Erfinder schien auf allen Gebieten, auf denen er arbeitete, seine Rechte unerbittlich durchzusetzen). Hannah besuchte den fünfundfünfzigjährigen Edison, der, nachdem er sich überzeugt hatte, daß sie ihn nicht übers Ohr hauen und ihm vor allem keine Patente abschwatzen wollte, sich in seiner Art liebenswürdig verhielt – »das heißt, er war etwas weniger herzlich als ein hinter einem Zaun zähnefletschender Hund« – und ihr die Verfahrensweise verriet, die er selbst zu seinem Schutz angewandt hatte. Er ging sogar so weit, die Namen der Rechtsanwälte zu verraten, die für ihn arbeiteten – Dutzende!

»Madam, ich habe bereits 271 Prozesse geführt und fast alle gewonnen. Brauchen Sie auch einen Detektiv?«

»Was soll ich mit einem Detektiv anfangen?«

»Detektive braucht man immer. Meiner heißt MacCoy. Er arbeitet Tag und Nacht, um Fälschungen meiner Produkte und Plagiatoren ausfindig zu machen.«

Edison war so seriös wie ein Papst. Laut Maryan konnte der berühmte Erfinder unglaublich habsüchtig sein, sobald es um Geschäfte ging:

– »Nur weil er vor elf Jahren das Kinetoskop hat patentieren lassen, glaubt er, alles, was mit bewegten Bildern zu tun hat, müsse über ihn laufen; auf alle Fälle versucht er, überall Geld einzutreiben. Um ein Haar hätte er von den Gebrüdern Lumière und von Georges Méliès Tantiemen verlangt! Es hat den Anschein, als ob alle Erfinder etwas verrückt wären. So gesehen, muß Edison ein großer Erfinder sein!« –

»Ich glaube, ich kann auf einen Detektiv verzichten.«

»MacCoy arbeitet auf alle Fälle ausschließlich für mich!«

Ende Juli waren die Verträge mit den großen Kaufhäusern fertig. Um einen Punkt hatten sich die Vertragspartner vier Wochen lang gestritten: die Manager der Großkaufhäuser hatten darauf bestanden, auf den

Deckeln der Cremetöpfe Hannahs Gesicht oder zumindest den Eingang zu ihrem Kosmetiksalon in der Park Avenue abzubilden. Natürlich lehnte sie ab, denn sie wollte auf keinen Fall, daß jemand diese Massenware mit ihren Instituten und Geschäften in Verbindung brachte; nach langen Verhandlungen ließ sie sich zähneknirschend ein Zugeständnis abringen; sie erlaubte den Kaufhäusern den Hinweis, die Schönheitscreme sei *von H. H. empfohlen*, zu verwenden, aber das war auch schon alles.

Neunzehn Tage allein hatte es gedauert, bis sie sich über die Größe der Buchstaben und deren Plazierung einig gewesen waren. Um *von H. H. empfohlen* entziffern zu können, mußte man ein Mikroskop zu Hilfe nehmen, falls man nicht gerade besonders trainierte Luchsaugen hatte.

»Polly, das ist immer noch zuviel; ich wollte auf keinen Fall mit dieser Creme in Verbindung gebracht werden.«

»Sie hätten nicht nachgegeben; ohne Ihren Namen oder zumindest Ihre Initialen benutzen zu dürfen, hätten die New Yorker den Vertrag nicht unterschrieben. Die wissen zu gut, wie wichtig Ihre Tournee durch Nordamerika war. Alle Frauen von Kanada bis nach Virginia, vielleicht sogar noch weiter, kennen Sie, und die, die Sie nicht persönlich erlebt haben, haben zumindest von Ihnen gehört. Hannah, Sie haben noch einen weiteren Grund nachzugeben. Lesen Sie einmal die Klausel 56 auf Seite 85 des Vertrages.«

Sie las und lächelte ihn an. Polly hatte durchgesetzt, daß die Kaufhäuser ausschließlich von ihr hergestellte Schönheitsprodukte verkauften.

»Polly, ich bin nicht einmal auf die Idee gekommen! Sie sind ein Genie!«

»Meine Liebe, es ist höchste Zeit, daß Ihnen das bewußt wird. Aufgrund dieser Klausel sind Ihre Konkurrenten machtlos. Selbst wenn sie gleichwertige oder sogar bessere Produkte produzieren sollten als Sie, Hannah – was natürlich ausgeschlossen ist, nicht wahr –, werden eventuelle Konkurrenten die größten Schwierigkeiten haben, ihre Produkte zu verkaufen. Alle möglichen Verkaufsstellen befinden sich in Ihren Händen. Noch etwas: Haben Sie einmal eine Überschlagsrechnung gemacht? Der Vertrag läuft auf zehn Jahre. Im ersten Jahr nehmen Ihnen Ihre Partner mindestens 100000 Einheiten ab. Darüber hinaus haben sie sich verpflichtet, die jährliche Abnahme fünf Jahre lang jeweils um 20% zu steigern. Sie selbst haben mir gesagt, daß Sie nach Abzug aller Unkosten 40 Cents pro Topf verdienen, im ersten Jahr also 40000 Dollar, im zweiten bereits 48000 usw....«

»Selbstverständlich habe ich die Summe einmal überschlagen, Polly, ein ausgezeichneter Vertrag.«

»Und Ihre Partner müssen Ihnen diese Summen auch dann bezahlen, wenn sie nichts verkaufen. Allerdings können wir eher damit rechnen, daß sie mehr als die vertraglich festgelegte Mindeststückzahl verkaufen. In diesem Fall erniedrigt sich Ihre Gewinnspanne allerdings um 10%.«

»Diese Gauner!« kommentierte sie lachend.

Sie hatte diese zusätzlichen Einnahmen bereits fest verplant: sie sollten die Defizite ihrer New Yorker Niederlassungen ausgleichen und ihr gleichzeitig erlauben, ihre Einnahmen in Europa und Australien weitgehend unangetastet zu lassen, wenn sie das Labor, die Schulen und andere Einrichtungen, die im Laufe ihrer Expansion auf dem amerikanischen Kontinent notwendig werden würden, zu finanzieren hatte.

Amerika würde, finanziell gesehen, autonom werden, ein entscheidender Punkt in ihren Augen.

So entscheidend, daß sie ihre letzten Bedenken beiseite schob und den Vertrag unterzeichnete. Nicht ohne Skrupel, denn sie verließ zum ersten Mal den Weg, den sie bisher verfolgt hatte.

Beinahe hätte sie sich geschämt...

Einen Monat später fand sie das Buch.

In den letzten Julitagen fuhren sie in die Ferien. Lizzie hatte sie überzeugt, daß es während der Sommerhitze in New York nicht auszuhalten sein würde; sie hatte Hannah überreden können, New York der tüchtigen Jessie anzuvertrauen, und Maryan, die New Yorker Börse allein zu lassen. Mit Taddeuz hatte sie kaum Schwierigkeiten gehabt, denn während der Sommerzeit erschien sein Kommentar nur alle vierzehn Tage; er konnte vorausarbeiten oder im Notfall den Telegrafen benutzen.

Sie fuhren bis nach Miami im tiefen Süden Floridas; der kleine Hafen hatte aufgrund des eben erst beendeten amerikanisch-spanischen Krieges einen unerhofften Aufschwung erlebt. In Miami schifften sie sich auf der Yacht ein, die Maryan hatte bauen lassen und die über zwölf Kabinen verfügte. Der Eigner hatte einige persönliche Gäste eingeladen, die Gebrüder van Guysling, Cecil B. de Mille und zwei hinreißende Damen, die anscheinend extra für diese Reise ihr Theater am Broadway im Stich ließen.

»Darf man wissen, für wen diese Sirenen bestimmt sind?« fragte Hannah Lizzie.

»Nicht für deinen Mann. Auch nicht für meinen, hoffentlich nicht!« antwortete Lizzie, wie immer gut gelaunt. »Ich weiß es auch nicht so genau, aber ich glaube, ein weiterer Gast wird noch eintreffen. Mein Strizzi hat mir seinen Namen nicht verraten wollen. Er wird in Havanna an Bord gehen, und Maryan legt Wert darauf, ihn so gut wie möglich zu empfangen.«

»Sag mal, du hast mir immer noch nicht erzählt, wie du eigentlich deine Hochzeitsnacht verbracht hast.«

»Das ist absolut richtig.«

»Was meinst du damit?«

»Ich habe dir noch nicht erzählt, wie ich meine Hochzeitsnacht verbracht habe. Und wenn du meinst, ich werde dir das heute oder morgen erzählen, dann hast du dich getäuscht. Hör mal, deine Neugier, die Sexualität betreffend, ist ja schon beinahe krankhaft!«

Hannah war nicht gerade sehr begeistert, sich an Bord dieses winzig kleinen Dinges aufs offene Meer hinauszuwagen (in ihren Augen war selbst ein Überseedampfer noch klein). Sie fuhren an den *keys* Floridas entlang, und nach und nach legten sich Hannahs Befürchtungen, zumal sie immer in der Nähe der Küste blieben und ein sehr gemächliches Tempo anschlugen. Gegrillte Langusten wurden schon bald zu einem alltäglichen Vergnügen, und die beiden Dämchen vom Broadway fanden es lästig, ihren Charme mit irgendwelchen Stoffetzen zu verhüllen. Hannah störte sich in bezug auf Taddeuz nicht daran, daß die Mädchen nackt herumliefen, wenn es dabei sein Bewenden haben sollte, zumal sie überzeugt war, daß die Formen ihres Körpers keinen Vergleich mit denen der beiden Hübschen zu scheuen brauchte.

»Nicht wahr?«

»Aber sicher, aber sicher«, beteuerte Taddeuz verdächtig schnell und leicht spöttisch.

»Soll ich mich ebenfalls ausziehen?«

»Wenn es sich vermeiden ließe...«

»Die sind verrückt, die beiden; für die Haut gibt es nicht Schlimmeres als die Sonne. Die Strahlen...«

Sieben Tage nach ihrer Abfahrt kamen sie in Havanna an. Georges Méliès kam mit seiner Gattin an Bord. Dieser schnauzbärtige Teufelskerl hatte die unglaubliche Kühnheit besessen, in Mexiko seine Kameras aufzubauen und das zu drehen, was er einen *Western* getauft hatte (Buffalo Bills Auftritt in Paris hatte ihn zu diesem wahnwitzigen Unternehmen inspiriert). In seinem Gepäck befanden sich die Rollen seines letzten, in Paris gedrehten Filmes, *Voyage dans la Lune*. Méliès war wirklich ein außergewöhnlicher und fantasievoller Mann. Maryan hielt ihn schlichtweg für ein Genie und verfolgte ein genau definiertes Ziel: Er und seine Partner, die Gebrüder van Guysling, wollten sich mit dem Franzosen zusammenschließen und in Amerika eine Filmfirma gründen, die von Edison unabhängig war.

»Hannah, ich sähe es gern, wenn du bei uns mitmachst. Wir brauchen dein Geld nicht; die van Guyslings und ich selbst verfügen über die notwendigen Summen. Nur, Hannah, ich bin überzeugt, daß dieser Kinematograph eine außergewöhnliche Entwicklung vor sich hat.«

Sie lehnte ab, so wie sie in der Folge immer seine Angebote, Geschäftsanteile zu übernehmen, ablehnte. Sie hatte sich geschworen, nur auf ihrem eigenen Gebiet tätig zu werden. Von Kinematographen verstand sie nichts, hielt es aber durchaus für möglich, daß Maryan recht behalten sollte. Um so besser für Lizzie und für ihn! Sie hatte inzwischen ihr zweites rosa Schaf fertig gezeichnet, das vor Freude in die Luft sprang, und ein drittes begonnen: die beiden Vorderbeine und ein niedlicher Schwanz zierten bereits Hannahs Notizbuch, und wenn es keine Zwischenfälle geben sollte, dann würde es wohl in zehn bis fünfzehn Monaten ebenfalls in die Luft springen können. Warum, zum Teufel, sollte sie ihr Geld in fremde Unternehmen stecken? Sie wollte ihr Leben nicht damit verbringen, Geld anzuhäufen. Der Unterschied zwischen fünf und fünfhundert Dollar ist beträchtlich, doch der zwischen zwanzig und zweihundert Millionen?

Zwei Tage später verließen die charmanten Méliès die Yacht bereits wieder und fuhren über New York zurück nach Frankreich. Maryan hatte sich mit dem Franzosen noch nicht verständigen können.

Die Yacht kreuzte eine Zeitlang in den kubanischen Gewässern, bis sie Kurs auf die Bahamas nahm. Am 24. August traf sie in Nassau ein; dort wartete ein Paket auf sie.

Zumindest entdeckte Hannah es am zweiten Abend ihres Aufenthalts in Nassau; es lag auf dem Tisch ihrer Kabine.

Und hieß *The Spiv*. Der Verfasser: Taddeuz Nenski.

»Danke, daß du mir so viel davon erzählt hast.«

»Ich wollte dich überraschen.«

»Die Überraschung ist dir gelungen. Ist es schon lange im Handel?«

»Es wird wohl in den kommenden Wochen auf den Markt geworfen werden.«

»Wohl? Du bist dir nicht sicher?«

Sie hatte größte Lust zu brüllen.

»Ich bin mir fast sicher. Edward Lucas...«

»Wer ist denn das?«

»Der Verleger. Er hat mir gesagt, das Buch erscheint September oder Oktober. Ich wußte, daß wir auf alle Fälle in Nassau Station machen würden. So hatte ich ihn gebeten, mir einige Exemplare nach Nassau zu schicken, falls es zeitlich möglich sei. Für dich, natürlich.«

»Danke.«

»Ich habe es bereits gelesen«, sagte er lächelnd.

Sie hob das Buch wieder hoch und blätterte es von neuem durch; Hannah wußte nicht, ob sie zornig oder ungeheuer stolz sein sollte:

›Er hat ein Buch geschrieben und einen Verleger gefunden, der es veröffentlicht! Ich werde die Frau eines berühmten Schriftstellers werden!‹

»Wieviel Exemplare hat dein Lucas denn aufgelegt?«

»Keine Ahnung.«

»Ist das eigentlich ein großer Verlag?«

»Nein. Eher ein mittlerer.«

»Ein guter?«

»Lucas und ich stimmen in vielen Punkten überein.«

»Dann wird er wohl kaum ein guter Verleger sein. Ich hoffe eigentlich auf das Gegenteil. Und dieser Titel! Was bedeutet das eigentlich?«

»Ein *Spiv* ist ein Mensch, der von dem Unglück anderer profitiert, ein Schmarotzer und Nichtstuer.«

Sie musterte ihn aufmerksam. Er lächelte, und niemand, nicht einmal Hannah konnte wissen, was sich hinter diesem Lächeln versteckte.

›Ich werde schreien vor lauter Kummer!‹ dachte sie völlig verzweifelt, bevor sie eine einfache Frage stellte:

»Als Autorennamen hast du Nenski gewählt.«

»So heiße ich schließlich. Newman ist ja nur der Name, der in meinem amerikanischen Paß steht.«

Sie las das Buch ein erstes Mal. In der gleichen Weise, in der sie Zeitungsartikel las, das heißt, mit atemberaubender Geschwindigkeit. Sie verstand nichts. Selbst die Handlung blieb ihr verborgen, und sie fragte sich, ob der Roman überhaupt eine Handlung hatte. Menschen schrieben sich, antworteten auf Briefe, tauschten merkwürdige Geständnisse und Bekenntnisse aus oder aber übergenaue Beschreibungen bestimmter Orte Italiens oder der Art, in der eine Frau Spuren im Sand hinterläßt.

Sie las es noch zweimal.

Zuerst im Zug von Miami nach New York, nachts, als sie von niemand beobachtet wurde.

Das letzte Mal in New York, allein in ihrem Zimmer.

Sie hatte das gleiche Gefühl wie damals, als Mendel ihr die unter dem Namen Memo in München veröffentlichten Gedichte von Taddeuz gebracht hatte: Eine andere Welt tat sich da auf, die nichts mit ihrer zu tun hatte – sie benutzten nicht einmal die gleichen Wörter.

›Taddeuz verwendet zwischen einhundertfünfzig bis zweihundert, die ich nicht einmal kenne! Wir haben wirklich nicht das gleiche Vokabular!‹

Sie spürte die Sinnlichkeit, die Tiefe, natürlich auch die Intelligenz und diesen wachen Sinn, mit der die Worte in Musik umgesetzt wurden. Dann dieser... wie sollte sie sich ausdrücken... Genuß, das Leben in den schwärzesten Farben zu sehen, was nun wirklich nicht ihr Fall war.

– Lizzie, ich war nie eine Intellektuelle. Du übrigens auch nicht. Für mich sind zwei und zwei immer vier, und der Tag unterscheidet sich von der Nacht. Selbst wenn man es nicht wahrhaben will. Als ich Taddeuz' erstes Buch las, schämte ich mich. Über mich und über das, was ich mir dachte. Denn ich dachte mir, daß das, was er machte, keinen Sinn hatte und zu nichts taugte, daß er schrieb, um zu schreiben, um zu demonstrieren, daß er die Sprache verdammt gut beherrschte und den normalen Menschen weit überlegen war, die eine Geschichte mit einem Anfang und einem Ende benötigen. Ich war wütend. Wollte er mit einem solchen Buch berühmt werden? Denn ich fragte mich, was es wohl für einen Sinn habe zu schreiben, wenn man nicht von möglichst vielen Menschen gelesen wird, und fand das ungefähr so sinnvoll wie eine Statue herzustellen, die man von vorneherein nur fünf Menschen zeigen will...

Ich habe mich zu dem Buch nicht geäußert. Er hat mich nicht gefragt, was ich davon hielt – er wußte ja immer, was in meinem Kopf vorging –, und ich habe mich gehütet, das Thema anzuschneiden...

Ich habe seinen Verleger besucht.

Edward Lucas war wohl an die fünfzig Jahre alt. Er hatte leicht geschlitzte, fayenceblaue Augen, eine lange, spitze Nase, ein rundliches Gesicht und fast keine Haare mehr. Sein Bauch hätte gut zu einem Notar gepaßt.

Er meinte, *The Spiv* habe sicher manche Fehler, aber...

»Fehler? Sie machen wohl einen Scherz! Es ist unlesbar!«

»Ich schätze es sehr«, antwortete Lucas.

Wäre sie nicht so dickköpfig gewesen, hätte sie in den Augen des Verlegers dieses gewisse Etwas entdeckt. Doch es sollte ihr erst später auffallen.

»Wieviel haben Sie aufgelegt?«

»Dreitausend. Abzüglich der Beleg- und Mängelexemplare.«

»Was ist denn das?«

»Mängelexemplare werden eingestampft, da sie, wie der Name schon sagt, irgendwelche Fabrikationsmängel aufweisen; Belegexemplare erhalten der Drucker, der Verleger, die Presse und natürlich der Autor. Für Beleg- und Mängelexemplare gibt es keine Honorare.«

»Wie bitte? Mein Mann soll für die Dummheiten aufkommen, die Ihr Drucker anstellt? Und für die Exemplare, die an die Presse verschenkt werden? Daß ich nicht lache!«

»Madam, es handelt sich hier um einen absolut gerechtfertigten Brauch. Die Auflage...«

»Alte Bräuche sollte man ändern. Übrigens, wieviel solcher Exemplare gibt es eigentlich bei diesem Buch?«

»Zwölf Prozent.«

»Ich glaube, ich habe mich verhört!«

»Zwölf Prozent sind üblich.«

»360 Exemplare! Bei einer Gesamtauflage von 3000! Ein Wahnsinn! Sie sollten den Drucker wechseln und mit der Presse sparsamer umgehen!«

Er lachte schallend.

»Ich glaube nicht, daß...«

»Ich schon!«

»Madam, ich bin froh, daß ich mit Ihnen in keiner Geschäftsverbindung stehe!«

»Sie stehen! Mein Mann hält es für unter seiner Würde, sich um so profane Dinge wie Geld zu kümmern. Ich nicht. Wieviel Exemplare gehen bei der Herstellung wirklich verloren? Und wieviel werden an die Presse verschickt?«

»Angesichts der... Umstände können wir uns vielleicht auf acht Prozent einigen.«

»Vier wäre noch besser.«

»Bei einer Gesamtauflage von 100000 Exemplaren durchaus vorstellbar. Bei kleinen Auflagen allerdings ist ein solcher Prozentsatz völlig ausgeschlossen.«

Sie öffnete bereits ihren Mund, um ihn zurechtzuweisen und ihm zu sagen, nichts hindere ihn daran, hunderttausend Exemplare aufzulegen, schwieg aber dann, da sie rechtzeitig bemerkte, wohin das geführt hätte. Im besten Fall hätte Lucas ihr geantwortet, er sei nicht so verrückt, von einem Buch eines jungen Autors 100000 Exemplare aufzulegen und mit einem Verkauf von im besten Fall 2000 zu rechnen.

›Hätte Taddeuz sein verdammtes Buch wenigstens unter dem Namen Newman veröffentlicht, dann hätte seine Berühmtheit als Kulturjournalist sich positiv ausgewirkt. Lucas wird jederzeit bereit sein, eine Million zu drucken, wenn jemand für seine Verluste geradesteht – und dieser jemand, das könnte ja nur ich sein!‹

Soweit ihre ersten Überlegungen. Eine Zehntelsekunde später – sie hatte inzwischen dieses Etwas in den Augen des Verlegers bemerkt – schaute sie kurz zu Boden, bevor sie über den mit Büchern überladenen Schreibtisch Lucas direkt anschaute und ihn fragte:

»Sie rechneten mit meinem Besuch?«

»Ja, Madam.«

»Er hat Sie gewarnt?«

»Ja, Madam.«

»Wenn ich Ihnen 100000 Dollar gebe, damit Sie ihm vorspiegeln, sein Buch verkaufe sich wie warme Semmeln, wären Sie damit einverstanden?«

Er lächelte.

Hannah schluckte kurz, bevor sie die nächste Frage stellte:

»Hat er sie vielleicht auf ein solches Angebot meinerseits vorbereitet?«

»Möchten Sie einen Kaffee?«

»Nein danke... doch, gerne.«

Er stand auf, brachte ihr einen zur Hälfte gefüllten Becher und setzte sich neben sie. Sie trank und musterte ihn dabei scharf.

»Ich komme mir idiotisch vor«, sagte sie endlich.

»Ich kann nicht behaupten, daß Sie mir diesen Eindruck vermitteln«, antwortete er sanft.

Er nahm ihr den Becher ab.

»Noch einen Kaffee?«

»Wirklich nicht, vielen Dank. Übrigens, um offen zu sein: Das war der schlechteste Kaffee, den ich getrunken habe, seitdem ich in Amerika lebe. Von dem einmal abgesehen, den ich selbst zusammenbraue. Hat er noch andere Fragen vorhergesehen, die ich Ihnen stellen werde?«

Er zögerte.

»Bitte...«, sagte sie. »Ich ziehe es vor, die ganze Wahrheit auf einmal zu erfahren.«

»Tad zufolge würden Sie unmittelbar, nachdem Sie mir 200000 oder auch 300000 Dollar angeboten haben...«

»Ich glaube nicht, daß ich so reich bin...«

»Ich habe die Zahlen etwas aufgerundet... Tad meinte, Sie gingen bis 20000, 30000, keinesfalls aber über 50000 Dollar hinaus, was sein erstes Buch anbelangt.«

»Ich verstehe. Welche Frage stelle ich nach dem Angebot?«

»Ob ich an Taddeuz' Talent glaube.«

Sie musterte ihn von neuem und hatte dabei die größte Lust, ihm die Kaffeetasse über den Schädel zu hauen, obwohl er an der Situation wirklich unschuldig war. (Verschweigen wir lieber, was sie in diesem Augenblick mit ihrem Göttergatten angestellt hätte, hätte er sich ebenfalls in dem Büro des Verlegers aufgehalten!)

»Gut«, sagte sie nach einer langen Pause, »ich stelle Ihnen diese Frage.«

»Er ist sehr begabt«, antwortete Lucas ruhig. »Er ist nicht einmal 30 Jahre alt, ein Heranwachsender, ein Jüngling als Schriftsteller. Seit zweiundzwanzig Jahren arbeite ich nun als Verleger und habe es noch nie mit einem so vielversprechenden jungen Schriftsteller zu tun gehabt. Madam, bitte glauben Sie mir, ich bin aufrichtig.«

»Sie haben von manchen Fehlern gesprochen.«

»Ich bin mir nicht einmal sicher, ob es sich um Fehler handelt. Er wird nie wie ein Mark Twain schreiben. Dafür aber wie ein Henry James. Taddeuz allerdings ist humor- und fantasievoll und empfindsam, Eigenschaften, die James abgehen.«

»Mister Lucas...«

»Edward. Oder, was mir noch lieber wäre, Eddy. Ich schätze Ihren Mann, Madam. Er ist wirklich außergewöhnlich.«

Sie schloß die Augen. Die Worte, die in ihrem Gedächtnis aufstiegen, waren die, die sie einmal unter beinahe identischen Umständen Mendel Visoker gesagt hatte:

»Ich hätte nie einen x-beliebigen Mann lieben können«, äußerte sie stolz.

Kapitel 6

Verdammt noch mal, ich flenne!

Sie sollte nie erfahren, ob Lucas Taddeuz von ihrem Besuch erzählt hatte oder nicht, war sich aber beinahe sicher, daß der Verleger diskret geblieben war. Sie sollte ihn in den kommenden Jahren recht gut kennenlernen.

In einem Punkt zumindest hatte Lucas recht behalten: Zum Schluß ihrer Unterhaltung hatte er Stein und Bein geschworen, *The Spiv* würde von der Kritik wohlwollend aufgenommen werden. Im September und Oktober erschienen fast ausschließlich lobende Kritiken, wobei die Tatsache, daß das Buch von einem Kollegen geschrieben war – daß Nenski niemand anderes war als Newman, war sehr schnell bekannt geworden –, sicher eine Rolle gespielt hatte. Die Vergleiche mit Henry James waren aufrichtig; sie gingen Hannah allmählich auf die Nerven, denn James war nichts anderes als ein alter Knacker, der aus Amerika geflohen und sich in England niedergelassen und sogar die englische Staatsangehörigkeit angenommen hatte, nur weil die Amerikaner ihn nicht gebührend feierten, wie Hannah überzeugt war. Sie fragte sich, aus welchem Grund Taddeuz diese Vergleiche als schmeichelhaft empfand. Sie hatte sich gezwungen, *Die Damen aus Boston* zu lesen, und das Buch entsetzlich langweilig gefunden.

›Taddeuz schreibt besser, das steht fest; zumindest wird er richtige Leser finden und keine Salonintellektuellen!‹

Doch im Augenblick genoß sie es vor allem, die Frau eines Schriftstellers zu sein,

›Auch wenn er mit seinem Buch nicht einmal soviel verdient hat, um einen neuen Motor für den Mercedes kaufen zu können, sollte ich doch abwarten und Tee trinken, wie Yvonne sagen würde...‹

Im Grunde war sie zu jener Zeit recht fröhlich.

Zumal ihre eigenen Geschäfte ausgezeichnet liefen. Sie hatte mit ihren Assistentinnen Jessie und Catherine Montblanc eine Erkundungsfahrt nach Boston unternommen und anschließend, nach einer genau geplanten Werbekampagne, bei der sie die Oberaufsicht behielt und viele Texte selber schrieb, dort eine Filiale eröffnet. Bei dieser Gelegenheit war sie auf eine Formulierung gestoßen, die sie fortan zu Beginn jedes Artikels oder jeder Mitteilung verwendete: *I, Hannah* (ich, Hannah), obwohl man sie natürlich immer wieder darauf hinwies, daß dieser Formulierung etwas Königliches anhaftete und sie zumindest unbescheiden war.

Sie antwortete jedesmal, dies sei ihr vollkommen gleichgültig.

»Vielleicht bin ich wirklich eingebildet. Obwohl das erst noch zu beweisen ist. Ich selbst lache heimlich darüber, und das ist das Wichtigste. Hauptsache, ich werde bekannt, und ich muß bekannt werden, wenn ich meine verdammten Cremes verkaufen will. Ich darf, eingebildet oder nicht, nur keine Fehler machen.«

48 weitere Frauen gehörten zu dem Kontingent, darunter 39 überzeugte Amerikanerinnen. Der Rest, in der Hauptsache Deutsche und Skandinavierinnen, waren von Jeanne Fougaril in Paris und Cecily Barton in London engagiert worden. Hannah hatte die Lehren, die sie aus ihrer langen Reise durch den amerikanischen Kontinent gezogen hatte, nicht vergessen: Ihre Mitarbeiterinnen trugen alle teure, in Frankreich hergestellte Kleider. Das Resultat konnte sich sehen lassen: Unter der Fuchtel der ganz in strenges Schwarz gekleideten Eleanor Waldringham fiel die Rosa Brigade überall auf; wie, zum Teufel, hätte diese Ansammlung an Schönheit und Raffinesse auch nicht ins Auge stechen sollen?

Hannah selbst setzte auf den Kontrast zwischen ihrer kleinen Figur und der ihrer alle um mindestens einen Kopf größeren Mitarbeiterinnen, auf ihren undefinierbaren Akzent, der wohl leicht französisch war, aber eben nur leicht – ihr Grundakzent drang in allen Sprachen durch –, und endlich auf das Geheimnis, mit dem sie sich umgab. Sie hatte bemerkt, daß die Journalisten sich vor allem für einen Abschnitt ihres Lebens interessierten: die Zeit zwischen der Abreise aus dem Schtetl und der Ankunft in Amerika. Hannah hatte keine Scheu, Details hinzuzufügen; vor allem ihre australischen Abenteuer wurden immer gewaltiger und pittoresker. Sie hätte beinahe erzählt, sie selbst habe versucht, den fünften Kontinent zu Fuß zu durchqueren, doch im letzten Augenblick hatte sie bemerkt, daß nicht einmal die Amerikaner ihr diese faustdicke Lüge abgenommen hätten. So begnügte sie sich mit dem jämmerlichen Tod eines verführerischen und romantischen *Aussies* irgendwo in der Wüste zwischen Brisbane und Perth, der mit den Fingern, während sein Leben ihn verließ, eine letzte Botschaft in den Sand schrieb: Hannah! (Es verstand sich von selbst, daß Hannah in ihren Berichten immer keusch geblieben war.)

›Romantischer geht es nicht mehr. Ausgezeichnet für meine Geschäfte!... Wenn Mendel allerdings einen dieser Artikel in die Hände bekommt, wird er um die Welt reisen, um mir den Hintern zu versohlen!‹

Damals hatte Hannah es noch nicht übers Herz gebracht, Lizzie die wahre Geschichte ihres Bruders Quentin MacKenna, dem Menschenfresser, zu erzählen, der tatsächlich diese wahnsinnige Durchquerung Australiens versucht hatte und dabei umgekommen war.*

Lizzie wußte nicht einmal, daß Hannah Quentin gekannt hatte.

Taddeuz dagegen wußte Bescheid. Hannah hatte ihm den so fremdartigen, dabei anziehenden Charakter des jüngsten MacKenna geschildert und ihm berichtet, wie sie ihn kennengelernt hatte und wie er, nachdem sie ihm sein Hemd gestopft hatte, eines Tages für immer weggegangen war, um die unerforschten Wüsten des australischen Kontinents zu durchqueren, ohne die geringste Hoffnung, dieses Abenteuer lebend zu überstehen.

Hannah hatte bemerkt, daß Taddeuz von ihrer Erzählung fasziniert war.

Aber sie hatte sich keine Sekunde vorstellen können, daß er sie eines Tages für seine Schriftstellerei benützen würde.

Die Geschichte ereignete sich zwei Tage vor Weihnachten. Am Vorabend war sie von Boston aus nach New York zurückgekehrt. Das neue Institut hatte seine Arbeit recht vielversprechend aufgenommen, und als Hannah ihre üblichen Vergleiche anstellte, bemerkte sie, daß der Beginn dort sogar besser verlaufen war als der in New York. Natürlich verzeichnete sie noch Defizite, aber die Räder griffen, und sie war sich sicher, schon bald aus den roten Zahlen herauszukommen.

Sie hatte das blaue Schaf für Boston bereits in ihr Notizbuch gezeichnet. (Blaue Schafe versinnbildlichten Institute, violette die Geschäfte, schwarze Labors, orangefarbene die Kosmetikerinnenschulen, rote die der Verkäuferinnen, gelbe die Sammelstellen der Kräuter und der sonstigen Grundprodukte, die sie für ihre Cremes, Hautlotions und Parfüms benötigte, rotgetüpfelte das Vertriebsnetz und schwarzweißkarierte endlich die Bankkonten.)

An diesem Tag hatte das Bostoner blaue Schaf natürlich weder ein Bein noch einen Schwanz, sondern nur einen hübschen Kopf auf einem wollenen Körper. Sollte alles gutgehen, würde es wohl im Frühjahr einen Schwanz bekommen, Zeichen dafür, daß sich Unkosten und Gewinne die Waage hielten, und endlich, sobald das Geschäft auf eigenen Füßen stand und Gewinne abwarf, pro Tausend Dollar Jahresgewinn ein Bein (Hannahs Buchhaltungssymbolik konnte man eine gewisse Logik nicht absprechen). Und sollte das Schaf wirklich nett mit seiner Mama sein, würde es nahezu unbeschränkt viele Beine bekommen.

Das Pariser blaue Schaf, zum Beispiel, besaß bereits 33 Beine; auch das Londoner war mit seinen 28 recht phänomenal.

In ihrem natürlich nur für sie bestimmten Notizbuch hatte Hannah

* Siehe Paul-Loup Sulitzer, *Hannah*, Heyne Verlag.

vierzehn blaue und neununddreißig violette (Läden), drei orangefarbene, drei rote, zwei gelbe, ein rotgetüpfeltes und siebzehn karierte eingezeichnet (sie hatte nicht sehr viel Vertrauen in die Banken und verteilte daher ihre Gelder auf verschiedene Konten, für den Fall, daß einer ihrer Bankiers mit ihrem Geld das Weite suchen sollte).

Zwei rosa Schafe waren zu dreiviertel fertig. Die rosa Schafe standen an der Spitze ihrer internen Hierarchie, waren sozusagen höchster Schafsadel. Fertiggestellt vertraten sie jeweils eine Million Dollar, wohl die teuersten Schafe dieser Welt. Und dazu noch Snobs: Hannah wollte ihnen, einmal fertiggestellt, eine große Fliege um den Hals binden.

Sie war die einzige, die sich in ihrem Buchhaltungssystem auskannte. Sie hatte mit Rockefeller junior darüber gesprochen, allerdings nicht sehr ausführlich, und versucht, Polly einzuweihen. Doch dieser war, als sie bei den karierten Schafen angelangt war, zusammengebrochen; das war eindeutig zuviel für ihn gewesen. Zumal die Schafe sich nicht durch die Bezeichnungen der Städte, in denen sie beheimatet waren, voneinander unterschieden, sondern nur durch Ziffern, die nach einem Geheimcode festgelegt wurden. Und diesen Code kannte natürlich nur Hannah:

»Polly, das ist doch ganz einfach.«

»NEIN! Das ist es wirklich nicht…«

Ganz abgesehen davon, daß Polly Schafe nur in Verbindung mit grünen Bohnen mochte.

Zwei Tage waren es noch bis Weihnachten. Wie üblich war Hannah um halb fünf Uhr aufgestanden und hatte einen kleinen Spaziergang unternommen, bevor sie sich zwei Stunden lang mit ihren Bilanzen beschäftigte. Anschließend frühstückte sie mit Taddeuz und aß wie üblich wie eine Scheunendrescherin (mindestens drei gekochte Eier und manchmal sogar ein Steak). Nach dem Frühstück schloß sich Taddeuz in seinem Büro ein, das sie praktisch nie betrat, zumindest nicht, ohne vorher anzuklopfen, während sie drei Architekten empfing, die ihr die Pläne für ihr zukünftiges Labor vorlegten, ohne daß sie schon wußte, wo dieses Labor gebaut werden sollte. Den Rest des Vormittags verbrachte sie in ihrem Institut – sie war mit Mercedes von Long Island gekommen, wo sie die Feiertage verbringen wollten – und tobte vor Wut, denn am Vorabend war vergessen worden, die Lampen auszumachen.

Nach dem Mittagessen mit Lizzie und Catherine Montblanc, die sich wie immer über Hannahs großen Appetit entsetzte –

»Wie schaffen Sie es, nicht dick zu werden, Hannah?«

»Keine Ahnung. Wollen Sie Ihre Mehlspeise nicht aufessen?« –, empfing sie vier junge, in der in der 34. Straße gelegenen Schule ausgebildete Mädchen und stellte eines für das Institut ein, das sie in San Francisco eröffnen wollte. Anschließend schaute sie in dem Laden vorbei; die sechs Verkäuferinnen zitterten vor Angst, als sie ihre Chefin sahen. (›Diese dummen Gänse, sie haben noch nicht einmal eine Ohrfeige von mir bekommen!‹) Um vier Uhr traf sie sich mit zwei Rechtsanwälten; sie war sehr unzufrieden mit der Art, in der in einigen großen Kaufhäusern Chicagos ihre Creme verkauft wurde; ihre Späher hatten in einem geheimen Bericht darauf hingewiesen, daß sich die Herrschaften schamlos ihres Namens bedienten, während sie doch nur als Beraterin hatte in Erscheinung treten wollen. Nein, sie wollte nicht gleich einen Prozeß anstreben, sondern sich gütlich einigen, doch die Herrschaften in Illinois sollten dies nicht als Schwäche auslegen. Beim nächsten Mal... In rasender Geschwindigkeit fuhr sie, Gaffouil auf dem Beifahrersitz, anschließend zu einer Ausstellung, kaufte sich einen neuen Hut und Handschuhe, schaute noch einmal in ihrem Kosmetiksalon vorbei, um die Tagesabrechnung abzuholen, telefonierte mit Boston, um auch die dortigen Resultate zu erfahren, ließ ein Telegramm an Jeanne Fougaril nach Paris schicken, damit diese nicht vergaß, die für Amerika bestimmte französische Produktion abzuschicken – ›als ob sie vergeßlich sei! Jeanne wird toben vor Zorn! Um so besser, das tut ihrem Kreislauf gut; so bekommt sie wenigstens hübsche rosa Schenkel...‹ – und kam gerade noch rechtzeitig in die New Yorker Wohnung, um die acht Gäste zu empfangen, die Taddeuz an diesem Abend eingeladen hatte.

Um zwei Uhr in der Früh fuhr sie nach Long Island zurück und nahm Yvonne sowie Gaffouil mit.

Sie begann einen Brief an Mendel, brach aber ab, denn Taddeuz kitzelte sie. Eine Woche zuvor hatte Eddy Lucas ihr die Verkaufszahlen von *The Spiv* mitgeteilt: in den ersten drei (fast drei) Monaten waren 1432 Exemplare verkauft worden. Lucas hielt dieses Ergebnis für ausgezeichnet, denn er hatte mit weit weniger gerechnet –

›Hannah, das ist Taddeuz' erstes Buch; ich bin sicher, daß es sich auch in zwanzig Jahren noch verkaufen läßt!‹

– während Hannah, die das Ergebnis für katastrophal hielt, aber auf Kommentare verzichtete:

›Wenn ich nur fünfzig Cremetöpfe verkaufte, wären wir seit langem verhungert.‹

Sie hatte ihre Spürhunde gebeten, sich mit Lucas zu beschäftigen, das heißt, nicht nur mit Lucas allein, sondern mit allen einigermaßen bedeutenden Verlegern der Ostküste. Lucas gehörte zwar nicht zu den finanziell größten, hatte aber einen ausgezeichneten Ruf. Nichts ließ darauf schließen, daß Taddeuz mit einem anderen Haus einen größeren Erfolg gehabt hätte. Übrigens, Taddeuz selbst hatte ihr erzählt, *The*

Spiv sei von sechs Verlegern abgelehnt und von drei angenommen worden. Er hatte folglich wählen könne und sich für Lucas entschieden.

»Willst du dich nicht schlafen legen? Es ist spät.«

Er nahm sie in seine Arme und legte sie aufs Bett.

Am nächsten Tag, einem Samstag: »Schläfst du, Hannah?«

Sie war zur gewohnten Stunde aufgewacht, war aber nicht aufgestanden. Eine Stunde, wenn nicht noch mehr, verstrich, ohne daß sie wieder hätte einschlafen können. Draußen wurde es langsam hell.

»Hannah, schläfst du?«

Er flüsterte. Sie hatte sich zusammengerollt und ihm den Rücken zugedreht. Ihre großen Augen waren weit offen.

»Du schläfst nicht«, stellte Taddeuz fest.

Er strich mit einer Hand über ihre Hüfte.

»Trübsinnig?«

›Wenn ich wenigstens heulen könnte!‹ dachte sie. ›Was bin ich nur für ein Ungeheuer!‹ Während des Mittagessens mit Lizzie im *Waldorf Astoria* hatten Lizzie, Catherine und sie Scherze darüber gemacht. Doch jetzt... Die Ex-Australierin erwartete kaum zehn Monate nach der Geburt ihres ersten Kindes bereits ein zweites, das Ende April, Anfang Mai auf die Welt kommen sollte.

»Oder bist du etwa krank?« fragte Taddeuz weiter. »Das könnte ich allerdings kaum glauben... Was ist denn los, Hannah?«

»Ich hätte gerne einen Kaffee, wenn du so lieb bist... Du machst ihn viel besser als ich.«

»Natürlich.«

Sie spürte, wie er sich von ihr löste, aufstand, einen Morgenmantel überstreifte und das Zimmer verließ. Der Brief an Mendel, der nicht fertig geworden war, kam ihr in den Sinn. Gott sei Dank wühlte Taddeuz nicht in ihren Sachen herum, denn sie hatte sich nicht die Mühe gemacht, den Brief groß zu verstecken...

Einige Minuten später kam er wieder zurück. Sie hatte sich nicht gerührt. Er setzte sich auf ihrer Seite aufs Bett, nachdem er das Tablett auf dem mit Büchern überhäuften Nachttisch abgestellt hatte.

»Wenn es dir nichts ausmacht, ziehe ich es vor, daß du mich nicht anschaust«, sagte sie leise.

Zehn Sekunden.

»Wenn du es so haben willst«, sagte er, ruhig wie immer.

Er stand auf, ging um das Bett herum und setzte sich auf seine Seite.

Endlich sprach sie:

»Ich kenne einen verdammt blöden Schriftsteller, der mit keinem Menschen darüber sprach, als er sein erstes Buch veröffentlichte, und sich damit zufriedengab, es eines Tages einfach auf den Tisch zu legen. Ich hätte gerne genauso gehandelt. Unmöglich. Selbst die blödesten Schriftsteller haben Augen.«

»Oh, mein Gott!« rief Taddeuz.

»Ich kann schließlich nicht einfach die 200 und etwas Tage abwarten, die noch abzuwarten sind, und das Ergebnis dann auf den Eßzimmertisch legen.«

»Hannah, Liebling...«

»Ich bin schwanger. Die Auflage wird beschränkt sein. Auf höchstwahrscheinlich ein Exemplar. Fröhliche Weihnachten!«

Sie machte ihre großen Augen noch etwas weiter auf.

›Verdammt noch mal!‹ dachte sie ganz begeistert, ›ich flenne!‹

Kapitel 7

Dieses verdammte Jahr 1913

Ihr erster Sohn, Adam, kam am 21. Juni 1903 auf die Welt.

Hannah hatte sich in ihren Berechnungen getäuscht, doch Irren ist menschlich: Sie hatte eigentlich auf eine Geburt im August gehofft.

Zumindest im Juli.

Denn in diesen beiden Monaten war, geschäftlich gesehen, kaum etwas los.

»Hannah, du hast es wohl etwas überstürzt«, sagte Taddeuz lachend, hatte aber Tränen in den Augen, als er ihren Bauch küßte.

»Es ist nicht mein Fehler, wenn er früher als vorgesehen auf die Welt kam. Der Arzt und seine Spießgesellen meinten, er käme frühestens in zwei, drei Wochen... Behaupte nur, er sei häßlich! Er hat ein paar Falten und ist rosa wie ein Schweinchen, aber er sieht genauso aus wie du, wenn du zu lange unter der Dusche bleibst. Er wiegt fünf Kilo und zweihundert Gramm und ist genau fünfzig Zentimeter lang. Ein Riese, und ich frage mich, wo ich ihn wohl die ganze Zeit über verstaut habe. Wäre er in meinem Bauch geblieben, wie es sich gehört, dann wäre er so groß geworden wie du, hätte achtzig Kilo gewogen und nach den Sommerferien in Harvard sein Studium aufnehmen können. Jetzt sag bloß nicht, du seist glücklich, du schmutziger Polak!«

Während einer Konferenz mit ihren Direktoren und Direktorinnen, die aus der ganzen Welt nach New York gekommen waren – selbst Maggie MacGregor hatte sich aus Sydney auf den Weg gemacht –, hatte sie ihre ersten Wehen bekommen. Sie war gerade dabei, die Filiale in San Francisco zu eröffnen und plante bereits die in Philadelphia und New Orleans.

Neun Tage nach der Geburt fing sie wieder zu arbeiten an, nicht ohne ihren Ärzten erklärt zu haben, sie seien Esel.

Adam sollte Taddeuz ähneln wie ein Ei dem andern.

Jonathan, der Zweitgeborene, kam am 2. September 1906 im Mount Sinai-Hospital in New York auf die Welt. Sein Vorname stellte eine glückliche Verbindung zwischen dem Vornamen von Hannahs Vater, Nathan, und dem Vater von Taddeuz, Jan Nenski, dar.

Bei seiner Geburt hatte er blaue Augen, doch drei Monate später wurden sie bereits grau; er hatte nicht nur die Farbe von seiner Mutter geerbt, sondern auch die Form: Die riesigen, runden Pupillen beherrschten das Gesicht und schauten seine Umwelt kritisch und aufmerksam, beinahe angsteinflößend an. Mendel Visoker war sich sicher, diesen Blick unter Millionen anderen zu erkennen.

»Er hat sogar meinen verdammten Charakter geerbt!«

Hannah jubilierte, obwohl sie eigentlich gar nicht mütterlich veranlagt war – und auch nie so richtig mütterlich wurde; zumindest brauchte sie Jahre, beinahe ein Leben, um diesen Fehler abzustellen.

Alles hatte sich dem Programm entsprechend abgespielt, das sie aufgestellt hatte.

»Ich habe mich sogar verbessert und den August nur um zwei Tage verfehlt. Wenn ich sechs auf die Welt bringe, wird das letzte sicher am 15. August um zwölf Uhr mittags auf die Welt kommen!«

»Und wirst du sechs Kinder machen?«

»Das würde mich überraschen. Glauben Sie nur nicht, daß das angenehm ist. Ich spreche nicht vom Machen an sich. Das gefällt mir. Sogar ausgesprochen. Doch sie dann auf die Welt bringen, das ist etwas anderes.«

»Gör, du willst wohl, daß ich rot werde. Du bist verdammt schlecht erzogen...«

»Der einzige Mensch auf dieser Welt, der sich rühmen darf, mich, wenn auch nur ein wenig, erzogen zu haben, das sind Sie.«

»Das erklärt alles!« kommentierte Mendel Visoker.

Er kam aus Peru. Oder Bolivien. So genau wußte er es selbst nicht. Auf alle Fälle gab es dort Berge und Lamas, da war er sich sicher. Er war inzwischen 48 Jahre alt geworden, und von den grauen Schläfen sowie den einzelnen grauen Haaren in seinem Schnurrbart abgesehen konnte man ihn für einen jungen Mann halten. Vor drei Jahren, als Adam auf die Welt gekommen war, war er in New York aufgetaucht. Niemand hatte ihn informiert, doch er wußte genau Bescheid. Mit seinen Pelzen aus dem hohen Norden machte der Trapper in New York und vor allem in Hannahs vornehmem Damensalon Furore. Jessie, die Direktorin, die ihn glattweg für verrückt hielt, hatte ihn hinausgeworfen. Mendel hatte weder protestiert noch erklärt, wer er wirklich war, sondern vier Stunden geduldig vor Hannahs Institut gewartet und sich während dieser Zeit mit den diensttuenden Polizisten auf polnisch und italienisch unterhalten. Als Hannah endlich erschien, bekam sie einen Tobsuchtsanfall und wollte Jessie aufgrund mangelnder Hellsichtigkeit auf der Stelle entlassen, doch es gelang Mendel, sie zu beruhigen. Abends saß er am gleichen Tisch wie Rockefeller junior und weitere elf ähnlich schwergewichtige Persönlichkeiten. Hannah war bereit, ihren Freund bis aufs Blut zu verteidigen, doch sie mußte nicht eingreifen. Er faszinierte alle mit seinen Geschichten vom Klondike, wo er Gold gesucht hatte, aus seiner Zeit in den sibirischen Gefängnissen, seiner Durchquerung (zu Fuß!) der Wüste Gobi sowie ganz Chinas, seinen Irrfahrten auf den sieben Weltmeeren sowie der Tatsache, daß er wohl fünfzehn bis zwanzig Sprachen sprach.

»Mendel, wieviel Länder haben Sie bereist?«

»Wie soll ich das wissen?«

»Sie brauchen sie nur zu zählen.«

Mendel zuckte nur gleichgültig mit der Schulter und meinte, ihm sei das völlig egal.

Am gleichen Abend (immer noch vor drei Jahren) waren Taddeuz und Mendel nach dem offiziellen Abendessen noch in die Stadt gegangen, um etwas zu trinken. Drei Tage später tauchten sie in einem erbärmlichen Zustand wieder auf:

»Sie trugen damals meinen Mann nach Hause!«

»Diese Jungen halten nichts mehr aus. Gör, wie steht es zwischen euch beiden?«

»Ich frage mich, was Sie das wohl angeht?« antwortete sie lachend.

»Wie lange kenne ich dich jetzt?«

»Es werden wohl um die 24 Jahre sein.«

»Seit 24 Jahren habe ich die größte Lust, dir eine Tracht Prügel zu verabreichen. Wie steht es zwischen euch beiden?«

»Ich habe ihm zwei Kinder gemacht.«

»Du hast dir viel Zeit zum Nachdenken genommen. Und abgesehen davon?«

»Ausgezeichnet.«

»Machst du ihn glücklich?«

»Sollten Sie mich nicht eher fragen, ob er mich glücklich macht? Schließlich bin ich eine schwache, zerbrechliche Frau.«

Er lachte sie mit seinen strahlend weißen Zähnen an.

»Dich muß man nur anschauen, dann weiß man, wie es um dich steht. Doch bei ihm weiß man das nie. Wie verkaufen sich seine Bücher?«

»Er hat inzwischen drei veröffentlicht.«

»Ich habe *The Spiv* gelesen.«

»Hat es Ihnen gefallen?«

Er musterte sie mit seinen scharfen Augen, die normalerweise Zobel und Frauen jagten.

»Ja.«

Er schwieg. Dann: »Was hat er sonst noch gemacht?«

»Ein dickes Buch über einen gewissen Giovanni delle Bande Nere, der im 16. Jahrhundert in Italien lebte. Kennen Sie die Medicis?«

»Nicht persönlich«, antwortete Mendel spöttisch. »Als ich in Italien war, habe ich sie wohl versäumt. Hat sich sein Buch gut verkauft?«

»Es geht. Etwas mehr als 4000 Exemplare. Ein etwas schlankerer Stil, etwas weniger Dokumente, weniger psychologische Überlegungen und mehr Handlung, dann hätte er den gleichen Erfolg erzielen können wie *Quo vadis* von Sienkiewicz, der letztes Jahr den Nobelpreis bekommen hat.«

»Und das dritte?«

»Warum fragen Sie ihn eigentlich nicht selbst?«

»Weil er mir nicht antworten würde. Oder lächelnd etwas erfände.«

Sie dachte: ›Ich bin also nicht die einzige, die Taddeuz gegenüber dieses Gefühl hat. Es liegt also nicht an mir, zumindest nicht ausschließlich...‹

»Das dritte hat sich überhaupt nicht verkauft. Nicht einmal ein Exemplar. Es ist noch unlesbarer als das erste.«

Mendel schüttelte weise seinen Kopf.

»Und du hast die größte Lust, dich da einzumischen, nicht wahr?«

»Ich habe mir geschworen, mich nie in seine Geschäfte einzumischen.«

»Das ist auch besser so, für dich wie für ihn.«

Etwas später sagte er, er bliebe auf keinen Fall in New York. Er wollte noch etwas herumwandern, dies und das sehen. Patagonien und dessen Küste interessiere ihn, obwohl er nicht genau wußte, wo das eigentlich lag, Richtung argentinische Pampa, auf alle Fälle bringe der Name ihn zum Lachen. Und Afrika, das er kaum kannte, von Dakar und Kapstadt abgesehen, wo er einmal zwischengelandet war. Die arabischen Länder interessierten ihn kaum; man hatte ihm gesagt, es gäbe dort so viel freundliche, entgegenkommende Frauen wie im Herzen der größten Wüste dieser Erde.

Geld?

Er lachte schallend: In der Nähe von Santa Fe in Neu-Mexiko hatte er ein kleines Transportgeschäft und ein Hotel sowie eine Bar aufgemacht, die auch ohne ihn ausgezeichnet liefen. Er hatte investiert, ohne eigentlich zu wissen, aus welchem Grund. Vielleicht wegen der Blonden, die sich für ihn um alles kümmerte und die im Gegensatz zu ihm rechnen konnte. Außerdem mußte er schließlich mit dem Gold, das er in Alaska gefunden hatte, irgend etwas unternehmen...

Natürlich hatte er Gold gefunden. Eine ganze Menge. Aus Zufall, ohne eigentlich zu suchen. Es gibt keinen dümmeren Beruf auf dieser Welt als den des Goldsuchers:

»Du gibst einem Berg einen Fußtritt und stolperst über Goldbarren.«

»Warum haben Sie mir denn nicht schon früher davon erzählt?«

»Warum hätte ich das denn tun sollen? Das hat doch keine Bedeutung...«

Wie vor drei Jahren, wie jedesmal, wenn sie sich wieder trafen, besoffen sich Taddeuz und Mendel erbärmlich.

Taddeuz kam alleine nach Hause.

»Du kennst ihn ja, er haßt es, Abschied zu nehmen.«

Endlich entschied sie sich, ihr Labor im Staat New York ganz in der Nähe der gleichnamigen Stadt zu bauen, mitten in der Natur, in der Nähe eines verlassenen Nestes namens New Rochelle. Das Gebäude umfaßte 1000 Quadratmeter, war rings von Bäumen umstanden und erinnerte eher an ein Hotel denn an ein der Forschung gewidmetes Haus. Während einer ihrer Europa-Reisen hatte sie ein zweites Mal Marie Curie besucht. Die gebürtige polnische Wissenschaftlerin hatte ihr früher einmal Juliette Mann empfohlen, die heute das Pariser Labor leitete; vielleicht kannte Madam Curie jemanden, wenn möglich eine Frau, der oder die die gleiche Funktion in Amerika übernehmen konnte.

Nein, Marie Curie konnte ihr diesmal keinen Hinweis geben.

Endlich lernte sie rein aus Zufall in New York diejenige kennen, die sie suchte: eine Irin, Kathleen O'Shea, die mit der Polizei Ihrer Britischen Majestät nicht auf gutem Fuß stand (ihr Vater war Chemiker, und sie hatte das gleiche Fachgebiet studiert): Kathleen war eine bemerkenswerte Spezialistin in Bomben aller Art. Bei ihrem ersten Treffen explodierte Kate allerdings nicht gerade vor Begeisterung.

»Ich habe Wichtigeres zu tun, als mich um Ihre blöden Cremes zu kümmern!«

Dieses »blöd« hatte in Hannahs Ohren wie reiner Glockenklang geklungen:

›Diese Irin spricht genauso ungezwungen wie ich; wir müßten uns eigentlich glänzend verstehen.‹

»Kate, es gibt viele, die Bomben herstellen können.«

»Was reden Sie da für einen Unsinn!«

(Die Irin explodierte schnell.)

»Während ich die Stelle, die ich Ihnen vorschlage, einem Mann anbieten muß, falls Sie mein Angebot ablehnen. Und das Geld, das Sie bei mir verdienen, können Sie der Bewegung zukommen lassen.«

Körperlich gesehen war Kate genauso anziehend wie ein Pulverfaß, mit dem sie gewisse Ähnlichkeiten hatte. Sie sagte ja, unter der Bedingung, einmal im Jahr Urlaub machen zu können. Wahrscheinlich wollte sie während dieser Zeit die verdammten Engländer mit ihren Bomben beglücken. Und wahrscheinlich wollte sie auch in einer abgelegenen Ecke des Labors in New Rochelle an ihren Sprengkörpern weiterbasteln.

Doch Hannah stand auf dem Standpunkt, jeder solle in seiner Freizeit das tun, was ihm beliebt.

Neben dem Labor und der Filiale in San Francisco eröffnete sie rasch hintereinander Kosmetiksalons in Philadelphia und Chicago, New Orleans, Toronto und Montreal; bei den Geschäften ging sie noch schneller vor, denn auf diesem Gebiet waren die Investitionen geringer und das Modell leichter abänderbar. Insgesamt besaß sie inzwischen achtzehn. Die von Catherine Montblanc geleiteten Schulen für Verkäuferinnen und Kosmetikerinnen – Catherine kümmerte sich noch um die allgemeine Koordination und die Verbindung mit Europa – entließen zweimal jährlich gründlich ausgebildete junge Frauen.

Zuviel für den Eigenbedarf.

Hannah machte sich einen Vorschlag der intelligenten Catherine zu eigen und begann mit den großen Kaufhäusern zu verhandeln, natürlich nicht direkt, sondern mit Hilfe einer Armada von Rechtsanwälten; der Zehn-Jahres-Vertrag lief bald aus, und die Händler wollten nichts mehr von einem Exklusivvertrag hören, den sie zu einer Zeit akzeptiert hatten, als Hannah praktisch keine Konkurrenten auf ihrem Gebiet gehabt hatte.

Vier Monate dauerten die von Polly Thwaites geleiteten Verhandlungen, bis der Vertrag unterschriftsreif war: Hannahs Schulen bildeten für die Großkaufhäuser kostenlos das Fachpersonal für die Kosmetikabteilungen aus, die damals noch *Abteilungen für Frauen* hießen.

»Wir haben durchgesetzt, was wir wollten, Hannah: In den ersten fünf Jahren werden Ihnen 25 Prozent der Gewinne, später dann 10 Prozent ausbezahlt.«

»Meine Schulen sind rentabel!« jubilierte Catherine. »Und ich bin mir sicher, daß die von uns ausgebildeten Mädchen uns treu bleiben werden: Die meisten von ihnen werden sich bei der Wahl, welches Produkt sie empfehlen sollen, richtig verhalten und intelligente Ratschläge erteilen...«

»Montblanc, habe ich dein Gehalt eigentlich kürzlich erhöht?«

»Das ist immerhin schon über ein Jahr her.«

»Dann können wir damit noch ein wenig warten... Ich will dich schließlich nicht mästen.«

Sie hatte inzwischen fünf rosa Schafe und das Hinterteil des sechsten in ihr Notizbuch gezeichnet.

Sechsmal fuhr sie nach Europa; dreizehn Jahre nach ihrem Abschied reiste sie im Jahre 1908 zum ersten Mal wieder nach Australien und Neuseeland. Taddeuz begleitete sie, so daß diese Reise sich in allen Punkten von der früheren unterschied.

Vorher (1906) verbrachte sie mit Taddeuz sechs Monate in einer Privatvilla in der Rue d'Assas gegenüber dem Jardin du Luxembourg in Paris.

Während dieser Zeit kauften sie gut zwanzig Bilder, darunter vier Derain und fünf Vlaminck; sie veranstalteten im Restaurant *Vigourelles* am Boulevard Raspail mit den beiden Malern ein Wettfressen, anders kann man es wirklich nicht nennen: Es ging darum, sich durch die ganze Speisekarte durchzuessen, von den Vorspeisen angefangen bis zu den Desserts, und dann, falls man noch die Kraft dazu hatte, wieder von vorne zu beginnen. Derjenige, der als erster streikte, hatte die Rechnung zu begleichen. Sie verlor. (Vlaminck hatte alle Gerichte auf der Karte dreimal vertilgt; am schwersten war ihm jedesmal der Übergang von mit Schokolade überzogenen Brandteigstücken zu marinierten Heringen gefallen.)

Sie verlor und bezahlte und mußte sich, nachdem sie neunzehn Vorspeisen, drei verschiedene Fischgerichte, vier verschiedene Fleischplatten, Gemüse usw. vertilgt hatte, ins Bett legen.

»Ich wollte nicht sofort die Waffen strecken...«

»Versuch doch, dich zu übergeben«, schlug Taddeuz vor, dessen Bauch ebenfalls beträchtlich aufgetrieben war.

In die gleiche Zeit fiel ein Besuch in Bagatelle; sie hatte unbedingt Santos-Dumont bei einem seiner Flugversuche beobachten wollen.

»Taddeuz, wenn man eines Tages von Irland nach Amerika fliegen könnte! Ein Traum! Ich hasse diese gottverdammten Dampfer!«

Santos-Dumont versuchte in Bagatelle, einen neuen Weitenweltrekord aufzustellen. Einige Wochen zuvor war er 60 Meter geflogen. Von Hannah kritisch beobachtet, übertraf er sich bei weitem: in 21 1/5 Sekunden legte er 220 Meter in der Luft zurück. (Ein Soldat hatte die Zeit genommen und jede Sekunde einen Teller auf den Boden geworfen, eine allseits bewunderte Präzisionsmessung.) Hannah machte sich ans Rechnen und fand heraus, daß er die sagenhafte Geschwindigkeit von 41 Kilometer pro Stunde erreicht hatte.

»Ich glaube, es ist besser, sich für die Rückkehr nach New York auf die Dampfer zu verlassen«, bemerkte Taddeuz.

»Wie gescheit...«

Taddeuz hatte aufgehört, Romane zu schreiben, arbeitete aber weiter an seinen Kolumnen. Seine per Telegraf übermittelten und in der *New York Times* veröffentlichten sarkastischen Kommentare über das Pariser Leben begeisterten seine amerikanischen Leser. Doch soweit sie wußte –

und sie mußte einräumen, daß sie nicht allzu viel wußte –, hatte er für Eddy Lucas nichts vorbereitet. Der Verleger, der (wie übrigens Lizzie und Maryan ebenfalls) nach Paris gekommen war, verzweifelte; zwei Wochen hatte er in der Villa in der Rue d'Assas verbracht und seinem Autor kein einziges vernünftiges Wort entreißen können.

»Hannah, Sie kennen ihn besser als ich. Er lächelt einen an und schickt einen auf die höflichste Art der Welt zum Teufel. Man kommt nicht an ihn heran. Ich hoffe aber trotzdem, daß er eines Tages wieder anfangen wird zu schreiben. Er ist ein geborener Romancier und kann bestimmt nicht lange aufs Schreiben verzichten. Wann und wo er wieder zur Feder greifen wird, das ist die einzige Frage, die ich nicht beantworten kann. Und ich weiß, daß jeder Versuch, ihn anzuspornen, die Sache nur noch verschlimmert.«

– Lizzie, ich konnte mit niemandem darüber sprechen, man hätte mich für verrückt gehalten. Nicht einmal mit dir. Du warst viel zu sehr damit beschäftigt, in einer atemberaubenden Geschwindigkeit Kinder auf die Welt zu bringen. Wieviel hattest du in den Jahren 1906 bis 1908 bereits? Acht? Nur sechs? Auch nicht schlecht, wenn man bedenkt, daß du erst sieben Jahre verheiratet warst. Ich konnte mit niemandem darüber sprechen. Nur mit Mendel, doch der hatte alles begriffen, und wir hatten uns mit Blicken verständigt. Taddeuz ging mit den Menschen ruhig, freundschaftlich, aufmerksam, höflich und wunderbar normal um. Nur die, die ihn nie kennengelernt hatten, konnten behaupten, er lebe wie eine Made im Speck, wie ein Prinzgemahl – dabei verdiente er vor allem mit seinen Kolumnen so viel, daß er bequem davon leben konnte. Und wenn dann die gleichen, verdammten Idioten ihn kennenlernten, mußten sie einräumen, daß er charmant war, nicht nur in meinen Augen, ungeheuer intelligent, eine Milliarde Dinge wußte, die den meisten Menschen unbekannt waren, vor allem mir, und sehr humorvoll. Man mußte ihn einfach lieben. Man liebte ihn mehr, als man mich, die kleine, geldgierige Jüdin, je geliebt hatte. Es fehlte nur noch, daß man ihn bedauerte, mich geheiratet zu haben!

Nein, natürlich spreche ich nicht von dir und auch nicht von Maryan, Polly oder den anderen...

Aber es waren nicht wenige, die...

Und Lizzie, wenn wir allein waren. Mein Gott! Er war einmalig als Mann! Er verkörperte alles, was ich mir erträumte, seitdem ich auf der Welt bin. Heul nicht, Lizzie, bitte, heul nicht, hör auf, warum habe ich wohl das Licht ausgemacht? Ich möchte nicht, daß du in diesem Augenblick mein Gesicht siehst. Aber ich muß schließlich nach all den vergangenen Jahren mit einem Menschen darüber sprechen; ich kann nicht sterben, ohne es zumindest ein einziges Mal ausgesprochen zu haben. Er war sanft und fröhlich und konnte meine verdammten Wutausbrüche bekämpfen wie kein anderer, so daß ich jedesmal am Ende lachte, ohne je zu begreifen, wie er das eigentlich anstellte. Wir haben uns jahrelang ungeheuer amüsiert. Ich begann einen Satz, und er sprach ihn zu Ende, denn er konnte in meinen Gedanken lesen, und schaute mich dabei amüsiert, so freundlich amüsiert an, daß ich ihm nicht böse sein konnte, denn er entschuldigte sich ja für seine Hellsichtigkeit. Und als Liebhaber...

Ich will dich nicht schockieren, nicht heute abend.

Diese Dinge sind so entscheidend wichtig...

Lizzie, ich hätte mich damit zufriedengeben können, nicht zu sehen, nicht zu versuchen, herauszufinden, was hinter seiner Fassade steckte. Zu ignorieren, daß in seinem Innern eine Hölle tobte. Seit seiner Geburt trug er diesen selbstzerstörerischen Zug in sich; er haßte sich und machte sich über sich selbst lustig. Übrigens, ich hätte ihn nicht geliebt, wäre er anders gewesen. Ich bin ja auch nicht gerade einfach...

Nur, ich war nicht blind. Ich wußte. Nicht immer. Ab und zu sagte ich mir, ich sei zu fantasievoll oder auch zu ängstlich und bilde mir nur etwas ein. Ich war allerdings nicht die einzige, die nicht blind war: Wenn Eddy Lucas meinte, man käme nicht an ihn heran, dann sagte er das gleiche wie ich, nur mit anderen Worten. Und Mendel wußte es schon seit langem, schon vor mir, das habe ich in seinen Augen gelesen...

Was hätte ich tun können? Verdammt noch mal, was hätte ich noch mehr tun können, als ich ohnehin schon tat? Ohne ihn zu verlassen, denn da wäre ich lieber gestorben.

Oh, dieses verdammte Jahr 1913!

1908 fuhren sie, wie bereits gesagt, zusammen nach Australien.

Sie besuchte Melbourne, Sydney und Brisbane und fand viele Zeugen ihres ersten Aufenthaltes, die MacKennas natürlich, aber auch Dinah Watts, die Gebrüder Rutge, die sich erstaunlicherweise bester Gesundheit erfreuten, während ihr geliebter Mister Soames, der Botaniker, gestorben war; natürlich machte sie die Runde durch ihre Geschäfte und begrüßte ihr Personal, die Direktorinnen, die Fournacs, Regis und Anne und viele andere...

Sie drangen bis zu den Minen Cobars vor und sogar noch weiter, bis zum Ufer des Darling; während einer anderen, von Perth aus unternommenen Expedition kamen sie bis zu der Stelle, an der Mendel und Simon Clancy das Skelett eines Menschen entdeckt hatten, Quentin MacKenna vielleicht, der, falls diese Annahme zutraf, den australischen Kontinent tatsächlich zu Fuß durchquert hatte, allein oder von einigen Eingeborenen begleitet, die ebenfalls auf immer verschwunden waren.

»Quentin MacKenna, *Man Eater,* Menschenfresser, hast du ihn eigentlich geliebt, Hannah?«

»Wie einen großen Bruder. Der wichtigste Mann in meinem Leben, nach dir und Mendel natürlich.«

»Danke, daß du mich an die Spitze der Liste plazierst.«

»Du hast schon immer den Spitzenplatz eingenommen, das weißt du haargenau! Mit dir kann sich keiner messen! Du wirst immer an der Spitze stehen.«

Er nahm ihr Gesicht in seine großen Hände:

»Hannah, o Hannah!«

Sie hatte die Reise so geplant, daß Taddeuz den schönsten und möglichst umfassendsten Eindruck des Kontinents bekam – als ob er ihr gehöre und sie ihn verkaufen wolle.

»Ein verblüffender Gedanke: Hättest du nicht existiert, hätte ich vielleicht mein ganzes Leben hier verbracht. Ich bin nur deinetwegen nach Europa zurückgekehrt.«

Sie sang lauthals *Waltzing Mathilda,* um ihm zu beweisen, in welch hohem Grade sie Australierin war, doch er brachte sie lachend zum Schweigen. Hannah sang entsetzlich falsch, eine altbekannte Tatsache.

Eine Woche hielten sie sich an den riesigen, verlassenen Stränden des Großen Barriereriffs auf, bevor sie über Neuseeland, die Tuamotuinseln, Yokohama und Honolulu die Heimreise antraten.

Sie hatte jede Hoffnung auf ein drittes Kind aufgegeben, ein Umstand, der sie stärker kränkte, als sie es wahrhaben wollte.

›Dabei habe ich es wirklich sehr häufig versucht! Ich werde mich eines Tages selbst verklagen und Schadenersatz verlangen! Allerdings, so komisch ist das im Grunde gar nicht. Ich wollte noch eine Tochter. Vielleicht weiß Gott, warum ich mir doch nicht so sicher bin, daß dies eine gute Sache ist. Wenn sie mir etwas ähnlich und nur halb so auf die Nerven gehend sein sollte wie ich, ist es sicher besser, daß sie erst gar nicht auf die Welt kommt. Aber ich hätte das gerne selbst entschieden. Selbst wenn ich sie hätte ertränken müssen!‹

Zumal Lizzie wirklich alles daransetzte, um sie zu ärgern: Mit einer Nonchalance ohnegleichen brachte sie ihr siebentes Kind auf die Welt.

»Willst du mich eigentlich ärgern, du Vogel Strauß! Was sollen denn die Leute von mir halten, wenn ich nur zwei Anhängsel vorweisen kann und du sieben?«

»Dafür bringst du lauter Institute auf die Welt. Das schafft einen gewissen Ausgleich.«

Sie war inzwischen bei 25 blauen Schafen und 49 violetten angelangt und begann, nach den Kolonien und Lateinamerika zu schielen. Und nach Asien. Sie konnte sich nicht zwischen Mexiko und Bombay entscheiden, ganz zu schweigen von Sankt Petersburg, wo sie früher oder später eine Filiale eröffnen mußte. Doch sie hatte keine große Lust, sich mit den Russen zu arrangieren, obwohl Jeanne Fougarils, die viele Groß- und Erzherzöge persönlich kannte, sie drängte. Sie erinnerte sich immer noch sehr ungern an ihren Besuch beim Zaren, damals, als sie für einen gewissen Mendel Visoker Fürsprache hielt, der in einem sibirischen Gefängnis schmachtete; was sie peinlicherweise nicht gewußt hatte, war die außergewöhnliche Tatsache, daß derselbe Mendel Visoker inzwischen zu Fuß aus der Haft geflohen war und sich vor den Tausenden von Kilometern, die er laufen mußte, nicht scheute.

Nein, sie wollte erst noch eine gewisse Zeit verstreichen lassen, bevor sie sich um die russischen Puppen kümmerte.

Sie zählte wieder einmal ihr Geld. Ihr Reichtum wuchs stetig. Nicht gerade auf spektakuläre Weise, aber immerhin zwischen 700000 und 800000 Dollar pro Jahr. Warum sollte sie sich beklagen?

Sie hatte immerhin sechseinhalb rosa Schafe in ihr Notizbuch gezeichnet.

Zu Beginn des Jahres 1909 fing Taddeuz wieder an zu schreiben. Sie wußte nicht, woran und aus welchem Grund. Wie immer hatte er eisern geschwiegen, doch sie kannte ihn zu gut, um nicht sofort Bescheid zu wissen. Acht bis zehn Stunden schloß er sich täglich in sein Büro ein, das er nur verließ, um schnell etwas zu essen, und war abends, wenn er aus seiner Privatwohnung in der Sullivan Street in Greenwich nach Hause kam, aber auch, wenn er auf Long Island geblieben war, besonders fröhlich, ein untrügliches Zeichen dafür, daß er mit dem, was er geschrieben hatte, zufrieden war.

›Darüber hinaus legt er mich aufs Kreuz, dieser Schuft! Ein Blick, und ich fließe dahin. Auch wenn er eigentlich gar keine besonderen äußeren Umstände notwendig hätte...‹

Er schrieb, und sie wußte, daß er in solchen Zeiten immer ruhiger wurde, vielleicht sogar glücklich. In *The Spiv* hatte er einem seiner Helden folgenden Satz in den Mund gelegt:

»Während ich schreibe, fühle ich mich beinahe noch lebendig und weniger erschreckt, am Leben zu sein...«

Maryan fuhr immer häufiger nach Kalifornien, nicht nach San Francisco, sondern tief in den Süden, wohin sich nie jemand begab. Zwei- oder dreimal hatte Lizzie ihn begleitet, obwohl sie sich nur ungern von ihren Bälgern trennte.

»Hannah, frag mich bloß nicht, was er da unten eigentlich macht. Er läuft durch die Hügel und hat dabei einen komischen Apparat dabei, mit dem man Hektometer messen kann. Du kennst ihn: Wenn es um Geschäfte geht, ist er genauso geschwätzig wie ein Büchsenöffner. Davon abgesehen, ist es eigentlich ganz hübsch dort unten. Und immer schönes Wetter. Ein richtiges Dorf, dieses Los Angeles. Ein hübscher Name, nicht wahr?«

Hannah hatte einige Ideen, nicht in bezug auf Los Angeles, der Name war ihr unbekannt, sondern auf das, was Maryan in dieser verlorenen Gegend wohl vorhatte. Vor einem Jahr – oder waren es bereits zwei Jahre her? – hatte sie Maryan gefragt, wieweit seine Geschäfte mit Thomas Edison eigentlich gediehen waren. Maryan wand sich verlegen:

»Hannah, ich habe jeden Kontakt mit Edison abgebrochen.«

»Du wolltest auf dem Gebiet der Kinematographie arbeiten, nicht wahr?«

»Nicht arbeiten, arbeiten lassen.«

»Und Edison ist zu gefräßig?«

»Nicht nur das: Er will alles.«

Sie hatte schallend gelacht und sich an ihre eigene Begegnung mit dem Erfinder erinnert.

»Aber so leicht läßt du dich nicht entmutigen, Maryan. Oder täusche ich mich?«

»Ich weiß nicht. Das wird von den Umständen abhängen.«

Weiter war nichts aus ihm herauszubringen. Als Vater, Gatte und Familienoberhaupt war er perfekt. Ohne Lizzies fröhliche Autorität wäre ihr Haus auf Long Island seit langem abgebrannt: Einmal hatte er sich, um seine ältesten Söhne zu imitieren, sein Gesicht rot angemalt und war wie ein Sioux auf den Kriegspfad gegangen, mit dem Ergebnis, daß er eine Woche lang seinen Geschäften an der Wall Street mit dem höchst ungewöhnlichen Teint eines gesottenen Hummers nachgehen mußte. Was ihn keine Sekunde erschütterte.

Die merkwürdige Metamorphose eines ansonsten beinahe zwanghaft fleißigen und grundanständigen Geschäftsmannes.

»Ich liebe diesen Blödmann«, meinte Lizzie.

Mendel besuchte sie zweimal, 1908 und 1910. Zwischendurch hatte er einen Abstecher nach Afrika unternommen.

»Ein sehr interessanter Kontinent. Die afrikanischen Damen haben außerordentlich kräftige und wohlgeformte Ärsche.«

»Mendel, Sie sprechen mit einer Dame!«

»Wo ist hier eine Dame? Ich sehe keine. Wenn du eine Dame bist, dann bin ich Oscar Wilde. Wie geht es so, Gör?«

1911 hatten Taddeuz und Hannah ihn überraschen wollen und einen Abstecher nach Santa Fe, Neu-Mexiko, unternommen. Die Bar, das Restaurant und das Hotel sowie die Ranch mit fünftausend Stück Vieh am Ufer des Rio Grande, ungefähr 30 km nordwestlich, gehörten ihm wirklich.

»Er ist allerdings fast nie hier«, informierte sie die vollbusige Blonde, die während Mendels Abwesenheit die Regentschaft führte. »Entweder ist er in Tibet oder aber mit Earp unterwegs.«

»Earp?«

»Wyatt Earp, dem ehemaligen *Marshall* natürlich. Der in Tombstone mit OK Corral aufgeräumt hat!«*

Mendel und Earp waren, wenn man der Aussage der Blondine vertrauen durfte, trotz des Altersunterschiedes dicke Freunde. Vor zwei Monaten war ein Brief aus Los Angeles eingetroffen. Von Earp. Mendel war daraufhin sofort abgereist.

»Earp oder nicht Earp, jeder Vorwand ist Mendel recht.«

»Sind Sie vielleicht seine Frau?« fragte Taddeuz vorsichtig.

Sie lachte, das heißt, sie wieherte schallend: Sie sei wie 1500 andere idiotische Frauen mit Mendel so gut wie verheiratet, aber eben nur so gut wie.

»Dieser Kerl ist für alle Frauen des amerikanischen Kontinents eine öffentliche Gefahr!«

»Auch der anderen Kontinente«, stellte Hannah richtig, die sich nicht halten konnte vor Lachen, aber gleichzeitig vor Stolz platzte.

Sie waren in ihrem neuen Wagen, einem faszinierend schönen Rolls-Royce *Silver Ghost*, nach Santa Fe gereist.
Für die Rückfahrt nach New York verluden sie ihn auf einen Zug. Wie immer wurden sie von Gaffouil und Yvonne begleitet, die inzwischen geheiratet hatten.

Hannah war überzeugt, daß ihr Leben zu Ende sei. Nicht in dem Sinne, daß sie aufhören würde zu leben. (›An dem Tag, an dem ich sterben will, werde ich die zuständigen Stellen informieren; im Augenblick allerdings kann das wohl noch ein kleines Jahrhundert dauern.‹) Sie hatte einfach die Ziele erreicht, die sie sich gesteckt hatte.

›Von dem dritten Kind einmal abgesehen.‹

Zu Beginn des Jahres 1913 hatte sie in beruflicher Hinsicht alles verwirklicht; jetzt handelte es sich nur noch darum, eine letzte Perfektion zu erreichen und aufzupassen, daß sich nirgendwo Staub einnistete. Mit Taddeuz war sie inzwischen dreizehn Jahre verheiratet;

* Wyatt Earp war zusammen mit Doc Holliday und den Clantons einer der Helden der Schlacht bei Tombstone in Arizona. Er starb als Einundachtzigjähriger am 13. Januar 1919 in Los Angeles und wurde auf dem jüdischen Friedhof von Colma in der Nähe von San Francisco begraben.

eine wunderbare Zeit. Sie bedauerte keinen Tag, keine Minute, die sie mit ihm verbracht und kein Wort, das sie mit ihm gewechselt hatte.

›Und er schreibt! Natürlich hatte auch sein letztes Buch keinen kommerziellen Erfolg, doch die Kritiken waren mehr als überschwenglich. Wahrscheinlich muß man sich eines Tages zwischen der Wertschätzung von seiten der Kritiker oder von seiten des breiten Publikums entscheiden. Er leidet darunter, aber, wenn die Bemerkung erlaubt ist, auch nicht mehr als gewöhnlich. Früher oder später würden alle anerkennen, daß er ein Genie war.‹

»Ich liebe dich.«

Er nahm sie in seine Arme.

In diesem Frühjahr fuhren sie, von einer Europareise zurückgekehrt, zusammen nach Kalifornien.

Frühjahr 1913, das erste der schwarzen Jahre.

Zweites Buch

Kapitel 8

Küß mich, Gör...

Das Telegramm traf am 19. Mai 1913 gegen sechs Uhr dreißig in der Früh in ihrem Haus auf Long Island ein, in dem sich niemand aufhielt, von dem Hausmeisterehepaar einmal abgesehen, das sich um den Garten und die Hunde kümmerte. Hannah und Taddeuz hatten den fast zehnjährigen Adam und den sechsjährigen Jonathan den Kadens und ihrer Gouvernante Charlotte O'Malley anvertraut und waren sechs Tage zuvor nach Kalifornien gefahren.

Bei dem Hausmeisterehepaar handelte es sich um Polen, die sich erst seit vier Monaten in den Staaten aufhielten und kaum Englisch sprachen. Sie scheuten sich, das Telefon zu benutzen, zumal zu so früher Stunde, und ließen eine Stunde verstreichen, bevor sie beschlossen, etwas zu unternehmen, das heißt, zu den Kadens auf der anderen Seite des Teiches zu gehen.

Lizzie schlief zu dieser frühen Stunde noch, doch Maryan arbeitete bereits eine geraume Zeit in seinem Büro im Erdgeschoß, obwohl es Sonntag war.

Der polnische Hausmeister hatte leider nicht daran gedacht, das Telegramm mitzubringen, sondern es unter der Obhut seiner Frau gelassen. Maryan beschloß, seinen Wagen zu nehmen, ohne sich sonderlich zu beeilen. Lizzie hörte in ihrem Bett im ersten Stock des Hauses, wie er den Motor anließ, und fragte sich, wohin er wohl fahre. Kurz darauf kam er wieder zurück; er nahm die Kurve zur Einfahrt ungewöhnlich scharf, so daß die Kieselsteine zur Seite spritzten. Es mußte etwas geschehen sein. Sie warf sich einen Morgenmantel über und ging hinunter ins Erdgeschoß. Maryans Gesicht war kreidebleich, als er das Haus betrat. Er sagte nur ein Wort:

»Mendel.«

Das Dorf hieß Keota und lag im östlichen Teil Oklahomas, fast schon an der Grenze zu Arkansas in einer der unzähligen weiten Buchten des Robert Kerr Lake. Kurz nach acht Uhr in der Früh kamen Hannah und Taddeuz in dem Tausend-Seelen-Nest an, nachdem sie überstürzt von Los Angeles aufgebrochen waren und eine irrwitzige Reise hinter sich gebracht hatten. Hannah hatte kurzentschlossen einen Sonderzug gemietet, da die offiziellen Verbindungen zuviel Zeit in Anspruch genommen hätten. In Oklahoma City, der vor zwanzig Jahren gegründeten

Stadt am Endpunkt der Eisenbahnlinie, hatte Taddeuz den schnellsten Wagen geliehen, der aufzutreiben war, und war dann so schnell wie möglich nach Keota gefahren.

Maryan erwartete sie am telefonisch vereinbarten Treffpunkt.

»Sag bloß nicht, daß er gestorben ist«, sagte Hannah wild.

»Er ist noch nicht gestorben; normalerweise müßte er bereits tot sein, doch er ist es noch nicht.«

»Warum hat man ihn nicht in ein Krankenhaus gebracht?«

»Er ist nicht transportfähig. Außerdem lehnt er es strikt ab.«

Ein Dutzend Menschen befanden sich in Maryans Gesellschaft, darunter drei Ärzte, die er hatte kommen lassen (einen Chirurg vom New Yorker Mount Sinai-Hospital hatte er gleich mitgebracht, der zweite war aus Fort Smith, Arkansas, und der dritte aus Saint Louis, Missouri, gekommen). Die anderen gehörten wohl zum Dorf, große, kräftige und nicht ganz saubere Burschen in karierten Hemden und Hosen mit Hosenträgern; sie trugen Strohhüte und kauten an etwas Undefinierbarem. Der Frühling war dieses Jahr besonders früh gekommen, und es war bereits heiß. Als Hannah, Taddeuz und Maryan auf sie zukamen, teilte sich die Gruppe:

›Wir drei Polen gehen, an unsere Heimat denkend, zu einem anderen Polen, der im finstersten Amerika sterben soll‹, dachte Hannah unendlich traurig.

Den letzten Teil des Weges mußten sie zu Fuß zurücklegen, da er auch beim besten Willen nicht befahren werden konnte, zumal die Eichen, Nußbäume und Ulmen zu dicht standen. Sie kamen zu einer Hütte, die auf einer Lichtung gebaut worden war. Die stark leuchtenden, roten Blüten der Judasbäume waren voll aufgegangen.

»Er wohnte hier?«

»Wenn er überhaupt irgendwo wohnte, Hannah.«

Sie ging in die Hütte, in der sich zwei Frauen aufhielten, Lizzie und eine junge, sehr schöne Indianerin, die wohl fünfzehn oder sechzehn Jahre alt war.

»Lizzie, nimm sie bitte mit. Laß mich mit ihm allein.«

»Hannah, laß den Jungen in Ruh. Er hatte etwas zuviel getrunken, das ist alles.«

»Ich werde ihn aufhängen lassen, und eher zweimal denn einmal«, stieß sie zwischen ihren zusammengepreßten Zähnen hervor; man spürte, daß sie in ihrem Haß bereit war, den Jungen eigenhändig aufzuhängen.

»Nein, auf keinen Fall.«

Man hatte ihn ausgezogen und versucht, die entsetzliche Wunde, die einmal sein Bauch gewesen war, auf irgendeine Weise zu behandeln; der Junge hatte aus kürzester Entfernung zwei Schrotpatronen auf ihn abgefeuert. Doch die Ärzte hatten schnell resigniert und sich damit begnügt, einen Salbenverband anzulegen. Sein Unterleib war unter einer farbenprächtigen indianischen Decke verhüllt, während sein Oberkörper nackt war, so daß seine breiten Schultern und die kräftigen, beeindruckenden Muskelpakete deutlich zu sehen waren.

»Hannah, du mußt es mir versprechen.«

»Nein!«

»Wie alt bist du?«

»Achtunddreißig Jahre.«

»Ich bin fünfundfünfzig; wir kennen uns, wenn ich mich nicht täusche, jetzt einunddreißig Jahre. Gör, entweder du verzichtest darauf, deine Wut an dem Jungen auszulassen, oder ich bin dir die ganze Ewigkeit über böse. Wenn es eine Ewigkeit gibt. Ich hoffe, es gibt keine; das Leben dauert schon lang genug, und wenn man uns noch zusätzlich Zeit einräumt, vor allem ewige, dann wird man nie damit fertig.«

»Sprechen Sie nicht zuviel.«

»Sonst noch etwas? Ich habe darauf gewartet, dich zu sehen, bevor ich einschlafen werde, und fange langsam an, entsetzlich müde zu werden. Ich würde dir gerne sagen, daß du die einzige Frau bist, die ich je geliebt habe, aber wenn dich das zum Heulen bringt, dann halte ich lieber meine große Schnauze.«

»Ich werde nicht heulen.«

»Gut. Du bist die einzige Frau, die ich je wirklich geliebt habe.«

»Sehen Sie, ich heule nicht.«

Die Tränen liefen ihr herunter, ohne daß nur ein einziger Schluchzer zu hören gewesen wäre.

Seine ganze Kraft zusammennehmend, gelang es ihm, mit dem Kopf zu nicken und zu lächeln.

»Ausgezeichnet. Als ich durch Sibirien lief, habe ich immer deine Kuckucksaugen vor mir gesehen. Sie haben mir geleuchtet.«

Er schloß die Augen, um sie sofort wieder zu öffnen, wobei er ein leichtes Zucken nicht unterdrücken konnte. Er kämpfte gegen den Schlaf, der ihn übermannen wollte. Mendel hatte richtig gerechnet: Sie kannten sich jetzt seit einunddreißig Jahren, auf ein, zwei Monate genau. Auch damals, als er mit seinem Karren aufgetaucht war, war es sehr heiß gewesen.

›Er, der die Kälte so liebt, hat mein Leben betreten, als es heiß war, und wird es auch bei großer Hitze wieder verlassen.‹

Trotz aller Anstrengungen konnte sie das Gefühl nicht loswerden, er verrate sie und ließe sie einfach im Stich.

»Hannah, im großen ganzen bin ich mit meinem Leben zufrieden. Ich bin so viel marschiert, wie es mir Spaß gemacht hat. In der letzten Zeit war ich etwas müde, und die Beine taten mir weh. Dieser Knirps hat mit seinem Gewehr genau das Notwendige getan, laß ihn bloß in Ruhe. Ich habe dich niemals um etwas gebeten, niemals, doch diesmal bitte ich dich darum.«

»Ich werde zusehen, daß er eine Medaille bekommt!«

»Du dreckiges Biest, versuche nicht, sarkastisch zu sein. Du machst genau das, was ich dir sage, das ist alles. Diesmal wirst du mir gehorchen. Ein einziges Mal. Versprochen?«

»Versprochen.«

»Noch etwas. Die kleine Cherokee, die vorher da war, kann lesen und schreiben und ist sehr zärtlich.«

»Ich werde mich um sie kümmern.«

»Danke. Was sonst noch? Richtig, der Blumenmarkt in Nizza. An diesem Tag oder am nächsten haben wir wie Männer miteinander gesprochen, und er hat mir gestanden, daß er dich über alles liebt. Ich habe ihm erklärt, daß ich ihm den Hals breche, wenn er mich anlügen würde, doch er log nicht, das sah man ihm aus weiter Entfernung an. Hannah, liebt er dich immer noch?«

»Stärker und besser als in meinen kühnsten Träumen. Aber er hat Ihnen auch noch etwas anderes gesagt.«

»Ihr habt es dreizehn Jahre miteinander ausgehalten... Darauf hätte ich keine Kopeke gewettet. So kann sich selbst ein Mendel täuschen...«

»Er hat Ihnen noch etwas anderes gesagt.«

»Das geht nur ihn etwas an. Er wird mit dir darüber sprechen, wenn er will. Hannah, der Schlaf überfällt mich.«

Er schloß wieder die Augen; seine rechte Hand ließ den langläufigen Colt Peacemaker fallen, mit dem er sich gegen einen Transport ins Krankenhaus gewehrt hatte. Sie hielt ihn für tot.

»Küß mich, Gör. Als ob du mich wirklich liebtest.«

Sie küßte ihn voll auf den Mund, wie damals in Wien, als er Europa verließ.

»O Mendel! Mendel, Mendel, Mendel...«

Er lächelte.

Er lächelte, wobei seine Lider fest, wie für immer geschlossen waren.

»Wenn ich beim nächsten Appell nicht mehr da bin, Hannah, dann sei mir nicht böse.«

Von drei, vier Schreien der Spottdrosseln abgesehen, die sich in den Judasbäumen eingenistet hatten, herrschte Totenstille. Dann bewegte sich die Brust des Riesen nicht mehr. Erst in diesem Augenblick brach sie zusammen. Taddeuz konnte sie im letzten Moment auffangen.

Durch die Gefängnisgitter entdeckte sie einen kümmerlichen, verängstigten Knaben mit blonden Haaren, dessen Gesicht noch völlig verschwollen war aufgrund der Schläge, die er nach seinen unheilvollen Schüssen erhalten hatte.

»Dieses Etwas soll Mendel umgebracht haben?«

»In der Stadt war die Hölle los«, erklärte der Marshall. »Die Ölfeldarbeiter waren wie entfesselt und begannen, alles kurz und klein zu hauen. Ich habe mich mit der einen Hälfte beschäftigt und Visoker mit der anderen. Er hat es immer abgelehnt, zur Waffe zu greifen. Dabei habe ich ihm zusammen mit seinem Stern einen Revolver ausgehändigt. Doch seine Muskelkraft reichte in der Regel aus, auch die Aufgepeitschtesten zu beruhigen. Ich weiß nicht, ob Sie ihn gut gekannt haben: Allein die Art, mit der er einen anlächelte, verursachte eine Gänsehaut.«

»Komm näher«, befahl Hannah dem Gefangenen.

»Beruhige dich, Hannah«, redete Taddeuz, der hinter ihr stand, auf sie ein.

»Ich bin sehr ruhig.«

Ohne sich die Mühe zu machen, ihren Kopf herumzudrehen, fragte sie den Marshall:

»Darf ich in die Zelle?«

Der Polizist zögerte, bevor er die Tür aufschloß. Sie trat ein.

»Wie alt bist du?«

Der Junge stotterte. Er hatte sich ihr nicht genähert, wie sie ihm befohlen hatte, sondern war zurückgewichen, drückte sich jetzt gegen die Rückwand und hatte entsetzliche Angst. Er versuchte, den Blick der grauen Augen auszuhalten. Endlich sagte er einigermaßen verständlich, er sei siebzehneinhalb Jahre alt. Ja, er hatte an diesem Abend getrunken und beobachtet, wie Visoker seine beiden älteren Brüder niedergeschlagen hatte und mit ihm das gleiche tun wollte. Die Gewehre lagen auf dem Karren; er hatte nach einem gegriffen, ohne eine bestimmte Absicht zu verfolgen. Er hatte nur Angst vor diesem Mann, der lächelnd auf ihn zukam und von dem behauptet wurde, daß seine Faust tödlich sei. Ja, er hatte den Sheriffstern auf seiner Brust gesehen. Nach dem ersten Schuß ging der Mann einfach weiter auf ihn zu, als ob nichts geschehen wäre. Da hatte er nach dem zweiten Gewehr gegriffen.

Er war fast so klein wie Hannah, hager und erbärmlich und stank nach Urin und Fett, entsetzlich...

Sie verließ die Zelle und bat Maryan:

»Treib den besten Rechtsanwalt für ihn auf.«

Er schaute sie an, unerschütterlich, als ob er nach innen schaue; Hannah wußte, daß Mendel und er durch mehr als eine einfache Männerfreundschaft verbunden waren.

»Ich weiß, Maryan. Aber er wollte es so. Und wir werden genau das tun, was er wollte.

Ich hätte diesen Widerling zwanzigmal töten wollen. Bevor ich ihn im Gefängnis besuchte. Jetzt nicht mehr. Sich an diesem heulenden Widerling zu rächen, entspräche Mendel wirklich nicht.«

Kapitel 9

Sunset Boulevard

Ihre Reise nach Kalifornien hatte berufliche Gründe; zum ersten Mal hatten sich ihre Wege auch auf diesem Gebiet gekreuzt. Ihre Filiale in Francisco bestand schon seit langer Zeit, als Hannah beschloß, auch in Los Angeles eine Niederlassung aufzumachen, obwohl die Stadt in ihren Augen eigentlich noch zu unbedeutend war. Eine Methode zur Beschaffung von Informationen auf dem Kosmetikmarkt, die ihr zu Beginn ihrer Karriere bereits einmal wertvolle Dienste geleistet hatte, hatte den Ausschlag gegeben: die Aussagen von Schauspielerinnen. Eines Abends saß sie mit einer jungen Vertreterin dieses Berufsstandes, Gladys Smith, die unter dem Namen Mary Pickford gerade ihre ersten Triumphe feierte, an einem Tisch. Mary arbeitete für eine Kinematographengesellschaft, die Biograph. Die Schauspielerin, die von Hannahs Produkten fasziniert war, hatte begeistert zugestimmt, Maskara und bläuliches Khôl zur Hervorhebung ihrer Augen zu verwenden. Im März 1910 hatte Mary Pickford Hannah erzählt, ihre Firma Biograph habe beschlossen, New York zu verlassen und ihre Studios in den Westen des Landes zu verlagern. Hannah war hellhörig geworden.

»Maryan, du bist aus diesem Grund so oft in den tiefen Westen gefahren, nicht wahr?«

»Hm, hm.«

»Was verkörpern diese berühmten Studios eigentlich wirklich?«

In seinen Augen nichts Bedeutendes. Die Studios der Biograph bestanden aus einem kleinen Stück Land, das von einer Holzpalisade umgeben war, sowie einigen bemalten Leinwänden, die im Wind flatterten. Die Schauspieler und Schauspielerinnen (Mary Pickford, Mack Sennett, Harry Carey, Lionel Barrymore und andere) zogen sich hinter einem Bretterverschlag um – man drehte mehrere Filme täglich –, und die Proben fanden in einer Scheune statt. Für die ganze Mannschaft waren nur drei Stühle vorhanden.

»Bist du immer noch von der Zukunft des Kinematographen überzeugt?«

Er war es. Und wies darauf hin, daß der Verkauf der Produkte mit einem doppelten H erheblich gesteigert werden könnte, wenn die Pickford oder Mae Marsh oder auch Priscilla Dean eines Tages sehr berühmt wurden und der Presse bekannt war, daß sie von einer der Kosmetikerinnen geschminkt wurden, die Cathy Montblanc ausgebildet hatte.

Hannah hatte bereits daran gedacht.

»Gibt es noch weitere Gesellschaften, die nach Kalifornien ziehen wollen?«

»Seit einer gewissen Zeit eine recht erhebliche Anzahl.«

»Wegen Edison, der allen auf die Nerven geht, nicht wahr?«

»Das spielt mit. Sein Detektiv versucht, überall gleichzeitig zu sein, doch Kalifornien ist ein schönes Stück von New York entfernt. Außerdem scheint dort das ganze Jahr die Sonne, so daß man fast ohne Unterbrechungen drehen kann.«

Ja, er hatte eine laufend erneuerte Liste der Gesellschaften, die wie die Biograph sich in Kalifornien ansiedeln wollten; die Biograph war den Spuren von William Selig und Francis Boggs gefolgt, die in Los Angeles die erste Version des *Graf von Monte Christo* fertigstellten. Kurz darauf folgten die Bison Life Motion Pictures (einer der Stars dieser Gesellschaft war der spätere Regisseur Jack Conway), dann die Essany aus Chicago, die Kalem, die Nestor, die Gebrüder Horsley und die Vitagraph aus Brooklyn, die Pathé Exchange, Pilgrim, die Famous Players von Zukor und die Lasky Feature Play Company von Jesse L. Lasky, der Cecil B. de Mille zum künstlerischen Direktor ernannt hatte.

»Hannah, langsam wächst das zu einem recht bedeutenden Komplex heran.«

»Gold, kernlose Orangen und Erdöl, das ist alles, was dort unten produziert wird. Mit Bauern und Erdölbohrern werde ich keine bedeutenden Geschäfte machen können. Nicht einmal mit drei Dutzend armseliger Schauspieler, die sich in der Wüste verirrt haben.«

»Innerhalb von zehn Jahren hat sich die Bevölkerung verdreifacht, von 100000 auf 300000. Ich bin mir sicher, daß die Millionengrenze relativ bald erreicht wird.«

Soweit sie wußte, hatte sich Maryan bei solchen Vorhersagen bisher nie getäuscht. Sie fragte ihn direkt:

»Und du hast einen Laden gefunden, der unseren Anforderungen entspricht?«

›Er ist zwei- oder dreimal so reich wie ich; selbst Bernard Benda bewundert ihn. Und ich benutze ihn immer noch als Laufburschen!‹

»Man sollte dort unten mehr als nur einen Laden aufmachen. Ich kenne die wichtigsten Manager und könnte eine ganze Menge Exklusivverträge aushandeln, acht, vielleicht auch zehn; die wichtigsten Schauspielerinnen und Schauspieler würden von deinen Mitarbeiterinnen geschminkt werden.«

»Ich werde Polly bitten, aus London zu kommen.«

»Du solltest ebenfalls nach Kalifornien fahren.«

»Das werde ich tun. Aber du hast mir noch nicht verraten, wo du den Kosmetiksalon aufmachen willst.«

»An einem Boulevard mit einem hübschen Namen, dem *Sunset Boulevard.*«

(Dieses Gespräch hatte nach ihrer Rückkehr aus Europa und vor Mendels Tod stattgefunden.)

»Ich hätte *Sunrise* vorgezogen«, antwortete Hannah lachend. »Kannst du die Stadtverwaltung nicht bitten, den Namen zu ändern?«

Kurz nach diesem Gespräch besuchte Cecil B. de Mille Taddeuz und bat ihn um Drehbücher; ein Zufall, bei dem Hannah ihre Hände wirklich nicht im Spiel hatte.

»Müde?«

»Nein.«

Sie fuhren von Oklahoma im Wagen nach Kalifornien zurück und wechselten sich am Steuer ab, wobei Taddeuz die weiteren Strecken auf sich nahm. Vor allem Hannah hatte die Straße (sofern es eine Straße gab) dem Zug vorgezogen. Sie fühlte sich leer und wie verstümmelt. Taddeuz verhielt sich großartig; zärtlich und einfühlsam traf er genau die Worte, die ihr guttaten, und er verstand sogar, daß sie für eine gewisse Zeit kein Interesse an der Liebe hatte, an der körperlichen natürlich. Sie hätte nie so gut über Mendel sprechen können wie er.

Sie verbrachten einige Tage in Neu-Mexiko in der kleinen, dreihundert Jahre alten Stadt Taos; ihre Einsamkeit wurde nur unterbrochen von den täglich eintreffenden Berichten von Jessie und Cathy Montblanc aus New York und Jeanne Fougaril aus Paris sowie zwei Anrufen von Maryan und Lizzie, die sich angesichts ihres Schweigens Sorgen machten.

Sie hatten von Gaffouil, der ihnen entgegengefahren war, den Rolls übernommen.

Am 15. Juni trafen sie wieder in Los Angeles ein. Laskys »Studio« war nichts anderes als eine Scheune an der Western Avenue Hollywoods, und das die Scheune umgebende Gestrüpp eignete sich trefflich, den Wilden Westen darzustellen. De Mille drehte gerade *The Squaw Man* mit dem Theaterschauspieler Dustin Framan in der Hauptrolle. Es schien ihn zu überraschen und auch etwas zu stören, Taddeuz plötzlich Tausende von Kilometern von New York entfernt zu treffen; sehr schnell wurde dem Paar klar, daß die am Ufer des Hudson gemachten enthusiastischen Versprechungen unter der Sonne Kaliforniens dahingeschmolzen waren.

»Hannah, das ist völlig bedeutungslos. Wir dürfen das Cecil nicht anlasten, denn er hat ja recht: Ich bin kein Drehbuchautor, wahrscheinlich nicht einmal ein Dramatiker.«

Im Jahre 1913 erschien sein fünfter Roman. Er schrieb schon lange keine historischen Romane mehr, die ihn langweilten, und noch weniger Bücher, die sein Verleger Lucas als »Romane für die breite Öffentlichkeit« bezeichnete, Bücher mit Massenauflagen, sondern hatte seine zwei letzten Romane wieder ganz in seinem persönlichen Stil geschrieben, *Der rote Schlüssel* (1908), vor allem aber *Der Vagabund der Hostientruhe* (1911). Den beiden Büchern erging es wie seinem Erstlingswerk: Die Kritik war begeistert, aber es fanden sich nur wenige Hundert Käufer. Eddy Lucas hatte mit Taddeuz lange gerungen, er solle den Titel des zweiten Bandes unbedingt ändern, denn niemand wüßte, was ein Vagabund der Hostientruhe sei. »Ein Bettler, der von Tür zu Tür geht und überall abgewiesen wird«, hatte Taddeuz in aller Ruhe erklärt, ohne nachzugeben.

»Hannah, ich flehe Sie an, versuchen Sie, ihn zu überzeugen! Es wäre wirklich schade um die Texte! Taddeuz verfügt über eine großartige Klaue und könnte ein Poe oder Melville sein, wenn er nur wollte. Die Erzählungen, die er geschrieben hat, sind einfach hervorragend! Wenn er diese Qualität zweihundert Seiten lang durchhielte, könnte ich 50000 Exemplare davon verkaufen... Hannah, auf Sie hört er vielleicht; ich habe es schon lange aufgegeben. Es geht mir nicht ums Geld, obwohl ich bei den augenblicklichen Verkaufszahlen nicht lange durchhalten kann. Nein, ich nehme von Ihnen kein Geld, noch stehe ich nicht vor dem Konkurs... Ich finde es nur jammerschade, daß er so dickköpfig ist...«

»Taddeuz ist Taddeuz«, antwortete Hannah und hütete sich vor weiteren Kommentaren.

Sie las die Novellen, um die Lucas ein solches Aufhebens machte, und war entsetzt. Vor allem aufgrund der angsteinflößenden Morbidität, die sie ausstrahlten. Schlimmer noch: Sie meinte, sich in einer der Personen, die Taddeuz mit klinischer Detailbesessenheit beschrieben hatte, wiederzuerkennen, und wurde bei dem Gedanken regelrecht krank, Taddeuz habe sie als diese despotische, monströse, alles um sich herum erstickende Mutter, die er einem seiner Helden zugeteilt hatte, dargestellt. Dieser Held brachte sich übrigens auf grauenhafteste Weise um.

Trotz seiner pessimistischen Aussage hatte er sich auch an Theaterstücke herangewagt, die man nicht anders als schwarz bezeichnen kann. Das eine wurde sogar am Broadway herausgebracht. Die Generalprobe und die Premiere waren ausverkauft (angesichts der vielen New Yorker Freunde des Ehepaares war das nicht weiter verwunderlich), doch die dritte Vorstellung wurde praktisch vor leerem Zuschauersaal gegeben. Nach der fünften wurde das Stück abgesetzt. Was für Qualen hatte Hannah gelitten, als während der Premiere in den Pausen

Freunde und Bekannte meinten, Begeisterung heucheln zu müssen, obwohl sie ihr Entsetzen über das Stück kaum verheimlichen konnten.

»Das hat keine Bedeutung, Hannah...«

Dieses halbe Lächeln, mit dem er sich selbst verspottete, und das sie so sehr haßte!

Das einzige Gebiet, auf dem er Erfolg hatte, blieb die (Literatur-)Kritik; ohne daß Hannah etwas dazu getan hätte – Ehrensache! –, hatte *The New Yorker* ihm wöchentlich eine Spalte anvertraut. Von allen Seiten war Hannah innerhalb des kleinen Kreises derer, die sich für solche Dinge interessierten, bestätigt worden, daß ihr Mann, wenn er von Büchern oder Theateraufführungen berichtete, bemerkenswert scharfzüngig, aber auch komisch sein konnte.

›Das ist alles recht und gut, doch man bezahlt ihn kaum besser als ich meine Kosmetikerinnen, und ich habe 650 auf meinen Lohnlisten!‹

Und das sollte bedeutungslos sein? Noch unter dem Eindruck von Mendels Tod stehend, zitterte sie vor Wut. Keine Bedeutung? Aber was war denn dann bedeutungsvoll? Ihre verdammten Institute etwa?

Sie hätte den armen de Mille beinahe umgebracht, obwohl sie ihm im Grunde nicht böse sein konnte. Sie war so realistisch, daß sie die Reaktionen des Regisseurs einfach verstehen mußte.

– Lizzie, ich habe Mädchen oder Frauen, die ich für unfähig hielt, die Arbeit, die ich von ihnen erwartete, auszuführen, nicht eingestellt oder vor die Tür gesetzt... Keine vergnügliche Sache, und manchmal fühlt man sich dabei krank, vor allem, wenn man weiß, daß die Betreffende wirklich eine Stelle braucht... Manchmal habe ich sogar denen geholfen, die ich auf der Straße habe stehen lassen, eine zweischneidige Angelegenheit, denn ich kann mich ja schließlich nicht um die ganze Welt kümmern. Und, – hat man mir eigentlich etwas geschenkt? Kannst du dir die Zahl der Typen vorstellen, die mich zerstören und meinen Platz einnehmen wollten, nur weil ich eine Frau war und natürlich noch bin?

Ich war Cecil wirklich nicht böse. An seiner Stelle hätte ich wahrscheinlich gehandelt wie er; er hatte The Spiv *gelesen, und, wenn es hoch kam, noch den* Vagabund, *aber das war auch schon alles.*

Doch der Tod meines Menzel und diese Ablehnung, das war zuviel. Ich hatte mein Versprechen dreizehn Jahre lang gehalten. Das ist eine verdammt lange Zeit, wenn man neben jemand lebt, der sich langsam umbringt.

Sie waren im *Hollywood* abgestiegen, dem Treffpunkt derjenigen, die man damals noch nicht Stars nannte. Eines der Fenster ihrer Suite führte auf ein merkwürdiges Giebeldreieck, das an mexikanische Kirchen erinnerte. Fast jeden Abend wurden in dem Hotel ausgelassene Parties gefeiert, bei denen Mary Pickford im Mittelpunkt stand.

Während der Wochen, die Taddeuz und Hannah in Los Angeles verbrachten, verließ sie nur selten ihre Suite. Wie gewöhnlich stand sie um halb fünf Uhr morgens auf und beschäftigte sich nach ihrem täglichen Spaziergang ausführlich mit den amerikanischen, europäischen und australischen Bilanzen.

Taddeuz dagegen legte sich meist erst gegen vier Uhr morgens ins Bett. Er schrieb am liebsten in der Nacht. Vor zwei Monaten hatte er mit der Arbeit an einem neuen Roman begonnen. Erstes Wunder: Er hatte Hannah die Handlung des Romans erzählt. Zweites Wunder: Hannah hatte sie verstanden. Als Ausgangspunkt diente Taddeuz Quentin MacKennas irrwitziger Marsch, der viertausend Kilometer durch eine unbekannte und unmenschliche Wüste geführt hatte. Natürlich hatte Taddeuz Hannahs Bericht stark verändert. Es ging nicht mehr um den Ausschluß aus der menschlichen Gesellschaft, dem Quentin ausgesetzt war. (Er hatte als Schiffbrüchiger Menschenfleisch gegessen und war daraufhin verstoßen worden; zudem war er bei einem Kampf kastriert worden.) Taddeuz' Held war in keiner Hinsicht behindert, weder körperlich noch sozial. Der Hauptteil des Buches bestand aus einer glänzenden Beschreibung innerer Monologe mit vielen Kehrtwendungen – diese Aspekte verwirrten Hannah am stärksten, denn sie haßte psychologische Verwirrungen und lange Erklärungen.

– Lizzie, lange Erklärungen kotzten mich schon immer an. Entschuldige bitte das Wort kotzen.

Eddy Lucas hatte praktisch geheult, als er erfuhr, daß der zweite Teil des Buches überraschend romanhaft ausgefallen war. Auch wenn die Wüste, die der Held durchquert, zumindest phantasmagorisch und mit Symbolen überladen war und mit einer echten Wüste kaum mehr etwas zu tun hatte.

In Hannahs Augen war es zudem das geeignete Mittel, nach dreizehn Jahren endlich etwas unternehmen zu können. Es sprang ins Auge, obwohl Hannah dies jedesmal ablehnte, wenn sie daran dachte, daß mit Mendels Tod die letzten Hemmungen, die sie daran gehindert hatten, aktiv zu werden, gefallen waren. Hätte er noch gelebt, hätte sie wahrscheinlich nichts unternommen. Doch sie hatte sich entschieden: Sie wollte sich einmischen und in diesem Augiasstall endlich Ordnung schaffen.

›Ich werde ihm zum Erfolg verhelfen; das hätte ich schon lange tun sollen. Hätte er auch nur einen Moment gezögert, mir zur Hilfe zu kommen, hätte ich mich in geschäftlichen Schwierigkeiten befunden? Da gibt es doch keinen Unterschied.‹

Natürlich durfte er nichts erfahren.

Sie hatte bereits die Männer ausgewählt, die ihr bei der Verwirklichung ihres Planes behilflich sein sollten.

Eddy Lucas, der New Yorker Verleger, war in ihre Pläne nicht eingeweiht und nur Mittel zum Zweck.

Mary Pickford hatte sie auf die anderen Männer hingewiesen, die ihr bei der Durchführung ihres Planes behilflich sein konnten, ohne daß Mary die geringste Ahnung hatte, welche Rolle sie selbst in der Geschichte spielte. Mary war überzeugt, daß David Wark Griffith, der sich mit der Biograph überworfen hatte, im Augenblick in Hollywood über die beste Mannschaft verfügte, um einen Film zu realisieren.

»Ich kenne ihn ganz gut, Mary; er hat uns zwei-, dreimal in unserem Haus auf Long Island besucht.«

Griffith hatte einen Assistenten namens Raoul Walsh.

»David ist der brillanteste und, wenn du willst, der intellektuellste, Hannah. Er ist fest davon überzeugt, daß der Film eine eigenständige Kunstform werden muß und hat fantastische Projekte. Walsh ist ebenfalls bemerkenswert; auch ihre Mitarbeiter wie Allan Dwan oder Jack Conway sind sehr begabt.«

Neben Griffith waren zwei weitere Regisseure am Sunset Boulevard gerade dabei, sich einen Namen zu machen: Thomas Harper Ince und Mack Sennett, wobei Ince sich immer stärker auf Western spezialisierte – er hatte in seinen Inceville-Studios in Santa Monica bereits mehr als 150 Filme dieser Art gedreht, brachte William S. Hart vor die Kamera und machte aus ihm einen Star –, während Sennett in Elledale, wo seine Gesellschaft, die Keystone, sich niedergelassen hatte, einen kleinen komischen Film nach dem anderen drehte und sich dabei vor allem mit den *bathing beauties* beschäftigte, darunter Gloria Swanson.

Hannah glaubte, Griffith sei wohl der für ihr Projekt Geeignetste.

Griffiths' Arbeits- und Auftraggeber hieß damals Harry E. Aitken, einer der Direktoren der Reliance Majestic.

Als Hannah Aitken zum ersten Mal begegnete, hatte dieser einen kräftigen Mexikaner bei sich, einen bärtigen und dröhnend lachenden Analphabeten, den er ohne viel Federlesens vor die Kamera stellte: Pancho Villa.

Kapitel 10

Alt und häßlich, nicht wahr?

Aitken schüttelte den Kopf: »Sie schlagen mir da wirklich etwas Merkwürdiges vor!«

»Sie können meinen Vorschlag ja ablehnen.«

Er lachte schallend; wer würde solche Summen ausschlagen? Und dieser Karen...

»Kaden«, korrigierte Hannah.

»Dieser Kaden ist wohl der dickköpfigste Verhandlungspartner, dem ich je begegnet bin. Lächelt der eigentlich nie? Stellen Sie sich nur vor: Er hat mich regelrecht bedroht. Trotz seiner höflichen Art...«

»Wenn irgend jemand von meinem Plan erfährt, weil Sie nicht dichthalten können, *irgend jemand,* dann werde ich eine Million und, wenn notwendig, auch fünf Millionen Dollar einsetzen, um Sie völlig zu ruinieren. Selbst nach Ihrem Ruin müssen Sie damit rechnen, von meinem Haß weiter verfolgt zu werden. Ich kann Ihnen, falls Sie es wünschen, jederzeit die Beweise vorlegen, daß ich über fünf Millionen Dollar verfüge, und, wenn notwendig, auch über mehr.«

Er musterte sie. Sie hatten sich nordwestlich von Hollywood in einem abgelegenen Viertel namens Glendale zwischen den Verdugo-Hügeln und San Rafael getroffen; sie war allein, und auch er hatte auf Begleitung verzichtet. Als er im Wagen angekommen war, hatte Hannah bereits neben ihrem Rolls Stellung bezogen.

Er fragte: »Erbin?«

»Natürlich. Sie bilden sich doch hoffentlich nicht ein, ich hätte das Geld selbst verdient?«

Er kniff die Augen zusammen: »Ich traue Ihnen das ohne weiteres zu.«

»Gut: Ich habe es wirklich selbst verdient.«

Er nickte mit dem Kopf.

»Ich räume gerne ein, daß mich das Geschäft interessiert«, sagte er. »Sehr. Im Filmgeschäft ist frisches Kapital immer von Vorteil. Vor allem, wenn es sich um Geld handelt, das in der Firma bleibt... Ich habe Ihren Vorschlag doch richtig verstanden, nicht wahr?«

»Mister Aitken, Rockefellers Bank wird Ihnen das bestätigen. Genügt das?«

»Aber sicher. Haben Sie Ihre Wahl getroffen?«

»Ja, als Regisseur David Wark Griffith; im äußersten Notfall seinen

Assistenten Walsh. Als Schauspieler diesen Julius Ullmann, der sich das Pseudonym Douglas Fairbanks zugelegt hat. Als seine Partnerin hätte ich gerne die junge Lilian Gish.«

»Die Ihnen, von den Augen einmal abgesehen, ähnlich sieht. Wie eine Perserkatze einer ausgehungerten Pantherin.«

»Reiner Zufall«, sagte sie eiskalt. »Aitken? Ich verlasse mich auf Ihr Schweigen!«

»Und wie soll ich vorgehen?«

Sie informierte ihn.

Sie gab Maryan recht: In Los Angeles mußte unbedingt ein Kosmetiksalon eröffnet werden. Er täuschte sich wohl nicht, wenn er eine besonders schnelle Entwicklung der Stadt und der Filmindustrie vorhersah. Maryan hatte sogar vor, sich hier ein Haus bauen zu lassen, war sich seiner Sache folglich sicher...

»Hier in Los Angeles?«

»Ja, ich besitze hier ein kleines Grundstück...«

»Maryan, wir werden uns über die Kosten schon einig werden; ich hätte gern, wenn du in deinem Haus neben den Zimmern für Lizzie und die Kinder auch... für uns eine Wohnmöglichkeit mit einplanst. Vor allem für ihn. Damit er unter den Bedingungen arbeiten kann, die er braucht...«

»Gerne, aber meinst du nicht, daß ein eigenes Haus für ihn besser wäre? Unsere Kinder werden ihn stören!«

»Normalerweise denkst du etwas schneller, Maryan! Wenn ich hier in der Gegend ein Haus baue oder kaufe, könnte er unter Umständen meine Pläne durchschauen. Weißt du schon, in welchem Viertel du dein Haus bauen willst?«

Beinahe widerstrebend enthüllte er, er habe seit fünf, sechs Jahren hier und dort ein paar Parzellen gekauft... Einige hundert Hektar in den Bergen von Santa Monica, im Süden, sowohl in Bel Air wie auch in Westwood. Nichts Bedeutendes... Auch in anderen Gegenden...

»Bist du dir sicher, daß es sich nur um einige hundert Hektar handelt?«

Es konnte schon etwas mehr sein. Die genauen Zahlen hatte er nicht im Kopf (»Und das soll ich glauben?« fragte sich Hannah), aber vielleicht waren es etwas mehr als einige hundert Hektar. Einen Teil hatte er schon wieder verkauft, Gelände an der Vine Street, wo sich Studios niedergelassen hatten... Ach ja, beinahe hätte er das Gelände um die Universität vergessen, die ausgebaut werden soll.

»Maryan, jetzt sag einmal so überschlagsweise, wie groß das Grundstück ist, auf dem du dein Haus bauen willst.«

»Überschlagsweise? Nun, das Gelände zwischen dem Washington Boulevard und Santa Monica.«

»O Maryan!«

Da gab es einen hübschen Flecken, auf dem man ein 30-Zimmer-Haus errichten konnte.

»Nun, um die Wahrheit zu sagen, Hannah: Seitdem Lizzie zum ersten Mal hier war, träumt sie von der Sonne und Kalifornien. Deinetwegen hat sie sich immer geweigert, New York zu verlassen, doch wenn ich ihr sage...«

Er brach ab und verlagerte verlegen sein Gewicht von einem Bein aufs andere: »Entschuldige bitte, natürlich werde ich nichts sagen.«

»Maryan, nicht einmal Lizzie darf eingeweiht werden. Ich bestehe darauf, daß nur drei Personen meine Pläne kennen, Aitken, du und ich.«

»Ich werde Lizzie schon zu überzeugen wissen.«

Sie schaute ihn an und liebte ihn wie einen Bruder. Mendels Tod hatte ihn fast genauso getroffen wie sie, und während des Begräbnisses hatte er, der sonst so unerschütterlich war, sie in seine Arme genommen, und sie hatten zusammen geweint. Die Erinnerungen stiegen in ihr hoch: der Weichsel-Bahnhof in Warschau, wo der Dreizehn- oder Vierzehnjährige für zwei schuftete, zwei oder höchstens drei Stunden pro Nacht schlief und alles daransetzte, um seine Mutter und seine acht oder neun Brüder und Schwestern zu ernähren. Mit beispielhaftem Mut hatte er die Verantwortung als Familienoberhaupt übernommen, schon damals, ohne darüber zu reden, und bis heute nicht mehr abgegeben. Er hatte, sobald er konnte, seine Mutter aus Polen geholt, die 1901 an Erschöpfung gestorben war, und seine Brüder und Schwestern. Er hatte sich um jeden einzelnen gekümmert und stand heute an der Spitze eines Clans, der mit der in Amerika geborenen Generation fast hundert Köpfe umfaßte.

Hannah gegenüber allerdings war er trotz seines wachsenden Vermögens, das ungeahnte, schwindelerregende Ausmaße annahm, immer der gleiche geblieben.

»Hannah, ich verdanke dir alles«, hatte er ihr eines Tages einmal gesagt, »absolut alles, Lizzie eingeschlossen.«

Er war weder ihr Angestellter noch hatte er sonst einen Titel. Seit zwölf Jahren hatte sie ihn für seine Dienste nicht mehr bezahlt, nachdem er bemerkt hatte, dies sei wirklich unnötig. Doch wenn sie ihn bat, sich in Toronto oder Rom oder sonstwo umzusehen, führte er ihren Wunsch augenblicklich aus oder schickte, wenn sie damit einverstanden war, einen seiner besten Mitarbeiter auf die Reise. Sie wußte nicht, über wieviel Mitarbeiter er eigentlich verfügte, und bezahlte sie nur, wenn sie wirklich in ihrem Auftrag unterwegs waren. Und selbst dann...

Seine Ehe mit Lizzie war ein voller Erfolg; niemand konnte daran zweifeln, auch Hannah nicht, obwohl sie Katastrophen auf diesem Gebiet immer witterte. Wenn sie Maryan, den Schweigsamen, mit seinen Kindern spielen sah, schmolz sie dahin.

»Ich werde mein Haus in Beverly Hills bauen«, sagte er, für seine Verhältnisse ungewöhnlich redselig, »an der Ecke des Coldwater Canyon Drive und des Sunset Boulevard. Da mir dort fast alles gehört, ist es nur normal, daß ich dort wohne. Lizzie wird mich zwar mit ihrem Wunsch nach einer Armee von Gärtnern ruinieren, doch was soll's.«

Seine blauen Augen leuchteten wie immer, wenn er von seiner Frau oder seinen Kindern sprach.

Die Augen wurden wieder stumpf. Er verstummte und schwankte beinahe noch stärker als zu Beginn des Gesprächs hin und her.

Sie schaute kurz zu Boden, bevor sie das Gespräch wieder aufnahm.

»Ich weiß, Maryan. Aber ich muß ihm helfen. Auch wenn das sehr gefährlich ist... Maryan, glaubst du, daß ich mich täusche?«

Maryan wußte keine Antwort.

Das Institut sollte auf dem Sunset Boulevard, nur wenige Schritte von der Fairfax Avenue entfernt, eröffnet werden; Hannah plante, gleich zwei Geschäfte aufzumachen: eines am Pershing Square und das andere im Viertel Bunker Hill, in der Nähe des *Angel's Flight*, dem »Flug der Engel«, der Talstation der zukünftigen Drahtseilbahn.

Darüber hinaus stellte Hannah »fliegende Mannschaften« aus Kosmetikerinnen und Spezialistinnen sowie Spezialisten für Make-up zusammen, die für verschiedene Filmgesellschaften, vor allem aber für die Universal, arbeiteten; Hannah hatte mehrere Verträge abschließen können.

Taddeuz verließ Los Angeles als erster. Nach einer fruchtbaren Periode, in der er relativ schnell vorankam – an Spitzentagen gelangen ihm vier bis fünf Seiten; er hatte schon immer relativ langsam geschrieben –, fehlte es ihm inzwischen am notwendigen Antrieb. Die Atmosphäre im *Hollywood Hotel*, vor allem der Lärm, störten ihn bei der Arbeit, und er sehnte sich nach seinen Büchern. De Mille hatte ihn lachend, im Grunde aber von seinem Vorschlag überzeugt, überreden wollen, Schauspieler zu werden.

»Ich bin dreiundvierzig Jahre alt«, hatte Taddeuz geantwortet.

»Sie wirken viel jünger; man hält Sie für nicht einmal dreißig. Auf der Leinwand werden Sie wie ein Fünfundzwanzigjähriger wirken. Tad, ich mache keine Witze. Ich denke, Sie könnten ein Star werden, wirklich.

Ich habe eine wunderschöne Hauptrolle für Sie, an der Seite von Fanny Ward und Sessue Hayakawa. Oder ziehen Sie es etwa vor, in dem Film *Die Zehn Gebote,* den ich vorbereite, Moses zu spielen?«*

Weder noch. Taddeuz fuhr mit dem Zug nach New York zurück.

»Liebling, du wirst mir fehlen. Ich werde in Kürze ebenfalls nach New York zurückkehren.«

In der Nacht zuvor hatten sie sich seit Mendels Tod zum ersten Mal geliebt.

Sie begleitete ihn bis zu seinem Schlafwagenabteil, und wäre der Zug nicht wenige Minuten darauf abgefahren, hätte sie nichts dagegen einzuwenden gehabt, einmal auszuprobieren, ob das Bett auch zwei Menschen standhielt. Er sah wirklich nicht wie ein Dreiundvierzigjähriger aus.

›Man wird mich noch für seine Mutter halten!‹

Er gehörte zu diesen großen, blonden Männern, denen das Alter anscheinend nichts anhaben konnte. Die kalifornische Sonne hatte ihn leicht gebräunt, und Hannah hatte ihn noch nie so schön gefunden wie an diesem Tag – verständlich, daß diese verdammten Huren Hollywoods ihn mit den Augen verschlangen!

Sie hatte Angst.

Sie wußte, daß sich hinter seinem berühmten Lächeln und seinen etwas verträumten Augen unglaubliche Wachsamkeit verbarg. Eine kleine Veränderung in der Stimmlage, ein Wort zuviel, eine einfache Bewegung mit einem Finger, und schon wußte Taddeuz Bescheid. Sie unterschätzte ihn nicht. Es handelte sich nicht um ihre erste, längere Trennung. In den vergangenen dreizehn Jahren hatte sie sich öfter zu ›Inspektionsreisen‹ aufgemacht, und er war mehrere Male in sein geliebtes Italien gefahren.

Doch diese Trennung unterschied sich von den anderen. (›Ich habe ihn zum ersten Mal angelogen!‹)

»Küß mich, bitte.«

Endlich packte er sie und trug sie aus dem Zug auf den Bahnsteig. Stunden später spürte sie noch den Druck seiner Finger auf ihrer Taille.

Am nächsten Tag erledigte sie die finanzielle Seite ihrer Vereinbarung mit Aitken. Mit Hilfe einer anonym durchgeführten Banküberweisung ließ sie ihm, wie ausgemacht, 250000 Dollar zukommen, die zur Finanzierung eines großen Filmprojektes von D. W. Griffith, *The Birth of Nation,* dienen sollten (zehn Prozent behielt Aitken als Honorar ein). Für den Fall, daß der Film erfolgreich sein würde, hatten die Partner verein-

* Es handelt sich hier um die erste Fassung; de Mille verfilmte das Thema zweimal.

bart, daß Hannah neunzig und Aitken zehn Prozent der Gewinne zustanden. Hannah hatte bereits zugestimmt, daß ihre eventuellen Gewinne drei Krankenhäusern zukommen sollten. Um die Gewinnaufteilung hatten sie sich heiß gestritten: Aitken hatte fünfzig Prozent gefordert (und fünfundzwanzig erhofft), während Hannah sich unnachgiebig zeigte, zumal sie ja für eine ›gute Sache‹ kämpfte.

›Fehlt gerade noch, daß ich mit meinen Machenschaften Geld verdiene!‹

»Harry, geht der Film in die Hosen, haben Sie immer noch 25000 Dollar verdient. Wenn meine Informationen richtig sind, und sie sind es, dann entspricht diese Summe einem Drei-Jahres-Verdienst. Sie können ja nachrechnen. Doch lassen Sie uns bitte keine Zeit verlieren; kommen wir gleich auf die zweite Operation zu sprechen. Sie bekommen von mir, wie ausgemacht, 75000 Dollar, mit deren Hilfe Sie den Film, zu dem mein Mann das Drehbuch liefern wird, teilweise finanzieren; 50000 Dollar sind für den Regisseur und den oder die Drehbuchautoren bestimmt. Der Rest kommt von Ihrer Seite. Da Sie ja den Gewinn einstreichen wollen, ist es nur normal, daß Sie auch die Finanzierung übernehmen. Wir können den Spieß natürlich auch umdrehen: ich finanziere, aber dann stecke ich auch den Gewinn ein.«

»Sie kennen nicht einmal das Thema des Films!«

»Sie haben doch lesen gelernt, oder? Dann wissen Sie, was Sie zu tun haben. Tun Sie es. Wenn nicht, ziehe ich alles zurück, angefangen bei den 250000 Dollar... Harry, schauen Sie mir in die Augen: Wenn von unseren Absprachen auch nur das geringste Dritten bekannt wird, bin ich, das schwöre ich Ihnen, fähig, Sie umbringen zu lassen. Glauben Sie mir?«

Er war fünfundzwanzig bis dreißig Zentimeter größer als sie und wog das Doppelte. Wie Maryan verlagerte er sein Gewicht von einem Bein aufs andere.

»Kein Problem, Hannah. Ich werde bis zu meinem Tod schweigsam sein. Wollen Sie mit mir essen? Diskret?«

»Weder essen noch schlafen, vielen Dank.«

Da sie nun schon einmal in Kalifornien war, fuhr sie in den Norden des Staates, nachdem sie mit den Architekten die Pläne für ihr Institut abgestimmt hatte; natürlich hatte sie daran gedacht, einen stichhaltigen Grund für ihren verlängerten Aufenthalt in Kalifornien vorweisen zu können.

Sie verbrachte fünf Tage in San Francisco, wo sie seit 1905 nicht mehr gewesen war; nach dem großen Erdbeben hatte sie damals die Schäden inspiziert. Gott sei Dank waren alle ihre Angestellten mit dem Leben davongekommen. Der Kosmetiksalon in San Francisco wurde von einem Mann geleitet, Emmet Wayne.

»Emmet, Sie können in Sacramento eine Filiale aufmachen, ich bin einverstanden. Bitte schicken Sie mir Fotos von der Lage des Ladens und Entwürfe für die Innenausstattung. Und werfen Sie augenblicklich dieses fette, blonde Mädchen hinaus, das sich anscheinend in der California Street so entsetzlich langweilt. Drei Wochengehälter können Sie ihr ausbezahlen... Ich hasse Verkäuferinnen, die nicht lächeln können. Wie, sie hat mich nicht erkannt? Hüten Sie sich vor solchen Überlegungen, oder ich werfe Sie hinaus! Sie hat mich nicht erkannt! Ein weiterer Grund, dieses Biest vor die Tür zu setzen. Ich hätte schließlich eine ganz normale Kundin sein können. Ein Wochengehalt genügt als Abfindung... Ich würde gerne einen Blick in Ihre Buchhaltungsunterlagen werfen...«

Sie fuhr nach New York zurück.

»Taddeuz, ich bin nicht schön. Ich bin alt und häßlich.«

»Richtig.«

»Der arme Emmet Wayne! Ich bin ganz schauderhaft mit ihm umgesprungen. Könnte ich doch nur meine Zunge im Zaum halten! Ich bin alt und verbittert!«

»Richtig.«

»Während du überhaupt nicht alterst. Schlimmer noch: Du wirst immer schöner! Mary und Lilian und die anderen Mädchen haben dich buchstäblich abgeleckt!«

»Leider nur mit den Augen.«

»Aber nur, weil sie nicht weitergehen konnten, diese durchtriebenen Biester. Übrigens, vielleicht sind sie weitergegangen...«

»Richtig...«

Er packte sie an der Taille, nahm sie unter den Arm und trug sie in den ersten Stock, als ob sie eine Schlummerrolle wäre. Sie ließ bewußt ihre Arme und Beine wie eine Puppe baumeln.

»Niemand liebt mich mehr. Die ganze Welt haßt mich.«

»Richtig.«

»Sag nicht immer richtig.«

»*Ya*.«

Das Schlafzimmer in ihrem Haus auf Long Island lag im Halbdunkel. Die Hitze vibrierte. Selbst Klapperschlangen hätten verzweifelt nach einem schattigen Plätzchen gesucht. Taddeuz ließ sie auf das Baldachinbett aus Ebenholz fallen, auf dem eine prächtige Seidendecke mit Spitzen lag, die leicht nach Vanille roch. Hannah gönnte sich drei Tage Ferien und hatte sich strikte Ruhe erbeten. Auf die morgendliche, zweistündige Kontrolle der ihr zugeschickten Geschäftsunterlagen wollte sie allerdings nicht verzichten. Sie hatte einen halben Eisenbahnwaggon Geschenke für Adam und Jonathan aus Kalifornien mitgebracht. Der ältere der beiden hatte gestrahlt, während der jüngere wie üblich verschlossen blieb. Diese Ähnlichkeit zwischen Adam und ihr und Jonathan und Taddeuz, was Augen und Charakter anbelangte, war beinahe zuviel. An diesen drei Morgen, an denen die beiden endlich ihre Eltern gemeinsam genießen konnten, waren die Jungen, kaum aufgewacht, ins elterliche Schlafzimmer gekommen. Das Mädchen servierte lachend das gemeinsame Frühstück im Schlafzimmer; schnell entbrannte eine Schlacht, bei der die weichgekochten Eier als Waffen eingesetzt wurden. Hannah verlor; ihre drei Männer hatten ihr vier Eier ins Gesicht geworfen und den Rest auf den Teil ihres Körpers, der von dem Laken nicht bedeckt war. Die Bettwäsche mußte gewechselt werden. Nach einem zweiten, richtigen Frühstück im Speisezimmer brach die Familie zu einer Kahnpartie auf dem Teich auf. Eine weitere Schlacht entbrannte, diesmal eine Wasserschlacht, denn die Familie Kaden war von der anderen Seite des Teiches in ihrem eigenen Boot aufgebrochen. Der Feind war zahlenmäßig überlegen, wenn auch das strategische Gehirn, Maryan, in Kalifornien geblieben war. (Lizzie hatte damals bereits elf Kinder.) Die Newmans blieben Sieger, obwohl Hannah in ihrem schönen, weißen Kleid, dem kurzen Cape, ihren Handschuhen und ihrem Hut ein unfreiwilliges Bad nehmen mußte – zu dem ihr heimtückischerweise in geheimem Einverständnis beide Mannschaften verholfen hatten.

»Ich bin heute wirklich nicht auf der Siegerstraße, erst die Eier und dann der Teich!«

»Der Tag ist noch nicht zu Ende.«

Es war inzwischen vier Uhr nachmittags. Lizzie hatte die ganze Bande mit zum Reiten genommen, und Hannah war mit Taddeuz allein geblieben. Die Angestellten hatten sich zurückgezogen. Die Sonne stand heiß am Himmel, die Stille wurde nur durch das Brummen der Bienen unterbrochen, und der Wind hatte sich völlig gelegt.

Er legte sie ins Gras, die Beine aus- und die Arme zu einem Kreuz gestreckt.

Er zog sie aus.

Sie beobachtete ihn und weinte beinahe. Er zog sie völlig nackt aus und machte sich nicht einmal die Mühe, die Knöpfe aufzuknöpfen oder die Verschnürungen aufzuschnüren, sondern zerriß mit einer Nonchalance ohnegleichen die Seidenspitzen. Dann richtete er sich auf und musterte sie, so daß sie rot geworden wäre, wäre sie dazu überhaupt fähig gewesen. Die Spitzen ihrer Brüste richteten sich auf, und ihr Unterleib brannte...

»Alt und häßlich, nicht wahr?«

»Ich fühle mich alt und häßlich.«

»Hannah?«

Sie schaute ihn an.

»Hannah«, sagte er sanft, »ich liebe deine weiße Milchhaut. Ich liebe deine kleinen, apfelförmigen Brüste, die Linie deines Rückens, die sich vom Schulterblatt bis zum Hintern harmonisch erstreckt, die leichte Wölbung deines Bauches, deine runden Hüften, deine kleinen Schenkel, Füße und Hände... Was sonst noch? Deinen Mund und deine genießerische Unterlippe, deine Nasenflügel, die so erregt beben und sich zusammenpressen können wie gerade jetzt... Deine oft weit aufgerissenen Augen, das keuchende Atmen, mit dem du mich liebst... Und den Geruch deines Körpers, den ich unter Tausenden identifizieren kann, selbst wenn du gerade aus der Badewanne kommst. Und dieser andere, salzige Geruch, während wir uns lieben. Hannah, alles zusammen wirkt wie eine Droge auf mich, wunderbar. Ich sehne mich nach dir, ich kann kaum das Verlangen nach dir unterdrücken, nicht nur jetzt, in diesem Augenblick, sondern jeden Tag, Jahr für Jahr, immer. Ich bin glücklich, wenn ich mit dir zusammen vor einem Kaminfeuer sitze, wenn wir gemeinsam lachen, wenn sich unsere Blicke begegnen oder wenn ich nur spüre, daß du dich im Nebenzimmer beschäftigst, ohne einen Gedanken an mich zu verschwenden. Ich liebe es, dich auf und ab gehen zu hören, ich liebe deine Zornesausbrüche, auch wenn sie so weit gehen, daß man dich nicht erkennen kann, denn du kommst immer wieder zurück und wirst wieder meine Hannah. Habe ich mich verständlich ausgedrückt, Hannah?«

Er hatte während seiner kurzen Rede Hannah kein einziges Mal angelächelt, sondern war ernst geblieben. Er war das einzige menschliche Wesen, in dessen Gehirn und Herz sie nicht lesen konnte.

»Ja«, sagte sie leise, »ich glaube, ich habe verstanden.«

Kapitel 11

Die Wüste der Tataren

Im September des Jahres 1913 fuhren sie wieder einmal nach Europa, wie sie es während der vergangenen Jahre mehr als zehnmal gemacht hatten. Eine dieser Überfahrten wurde berühmt: Im Jahre 1906 hatten sie sich zusammen mit Cornelius Vanderbilt zwei Monate nach Jonathans Geburt an Bord der *Provence* eingeschifft; eine Viertelstunde vor ihrem Dampfer hatte das deutsche Passagierschiff *Deutschland* mit Rokkefeller junior an Bord den New Yorker Hafen verlassen. Die Überfahrt verwandelte sich zu einer gewaltigen Wettfahrt zwischen den beiden Dampfern, zwischen Frankreich und Deutschland und auch zwischen Kohle und Erdöl (das heißt, zwischen Vanderbilt und Rockefeller). Die unwahrscheinlichsten Wetten wurden abgeschlossen. Schließlich schlug der gallische Hahn den deutschen Adler um vier Stunden.

Im Jahre 1913 hatten sie sich auf der *France* eingeschifft, die über vier Schornsteine verfügte, damals eine Seltenheit, und der Transatlantique angehörte. Taddeuz hatte sie der *Mauretania* der Cunard Line vorgezogen (obwohl diese damals das Blaue Band für die schnellste Überfahrt innehatte: vier Tage, siebzehn Stunden und einundzwanzig Minuten).

Sie wohnten in der Rue d'Anjou Nr. 10. Marcel Proust wohnte immer noch in diesem Gebäude; inzwischen war ein gewisser Jean Cocteau in das Haus eingezogen, der sich schon bald für Taddeuz und Hannah aus dem fernen Amerika interessierte. Er genoß die fröhlich sprudelnde Hannah und bewunderte den schönen und gleichzeitig so intelligenten Taddeuz; der ›kleine Jean‹ machte aus seiner Verehrung keinen Hehl.

›Das hat gerade noch gefehlt‹, dachte Hannah, die beinahe etwas eifersüchtig geworden wäre, aber sich kaum vor Lachen halten konnte, als sie beobachtete, wie Jean Taddeuz wie einer ›Jungfrau‹ den Hof machte. Taddeuz selbst fand das gar nicht so komisch. Sie wohnten gemeinsam der skandalumwitterten Premiere von Strawinskys Ballett *Le sacre du printemps* bei, und auch den heftigen Auseinandersetzungen zwischen Sergej Pawlowitsch Diaghilew und seinem Solo-Tänzer, der nicht nur die Unverschämtheit besaß, heiraten zu wollen, sondern sich darüber hinaus eine Frau ausgesucht hatte!

Sie fuhren nach Monte Carlo, wo Diaghilews ›Ballets Russes‹ seit zwei Jahren beheimatet war. Dort trennten sie sich; Taddeuz reiste weiter in die Schweiz in das schloßähnliche Haus in Morcote am Luganer See. Sein von Quentin MacKenna inspirierter Roman war fast fertig, und er hatte sogar einen Titel gefunden: *Die Wüste der Tataren.*

»Wo kommen denn nur diese Tataren her? Als du mir die Geschichte erzähltest, gab es noch keine, wenn ich mich nicht täusche.«

»Es gibt immer noch keine.«

»Was haben die denn dann im Titel zu suchen, verflucht noch mal?«

»Nun, gerade weil es keine gibt, ist es richtig, ihre Anwesenheit zu unterstreichen. Es gibt keine, doch mein Held bildet sich ein, sie hielten sich am Horizont auf; bei jedem Schritt, den er macht, glaubt er, ihnen näherzukommen und sie zu erreichen.«

»Jetzt wird mir alles klar. Übrigens, in Australien gibt es gar keine Tataren.«

»Mein Roman spielt weder in Australien noch in Amerika. Mein Roman spielt nirgendwo. Hannah? Ich liebe dich.«

Sie machte sich über ihn lustig: Parolen, Parolen...

Doch es sollte nicht bei bloßen Worten bleiben, wie er ihr kurz darauf in ihrer Suite im *Hôtel de Paris* bewies.

›Mein Gott, wie kann man nur mit einem Mann, mit dem man nun schon so lange zusammen ist, immer noch ein solches Vergnügen haben?‹

Hannah besichtigte ihre Läden und Kosmetiksalons und tauchte überall dort auf, wo man sie nicht erwartete, ließ auch das Labor und die Fabrik nicht aus und versetzte ihre kleine Welt in Angst und Schrecken.

Mailand, Rom, Venedig, Zürich, Wien und Prag standen auf ihrem Programm. In Prag, das sie kaum kannte, hielt sie sich etwas länger auf. Hugo von Hofmannsthal hatte ihr einige nützliche Adressen mitgegeben, so die der Frau eines Apothekers, die einen literarischen Salon unterhielt, und die einiger Männer, die sie seiner Meinung nach kennenlernen sollte. Die Frau hieß Bertha Fanta; Hannah hätte Hofmannsthals Empfehlung nicht gebraucht, denn Bertha war begeistert, endlich mal eine Frau kennenzulernen, die sich noch für andere Dinge als Seide und Spitzen interessierte. Sie machte Hannah mit einem Juristen der Prager Arbeiter-Unfall-Versicherungsanstalt bekannt, mit Franz Kafka. Mit einer unbeschreiblichen Komik, die durch seine unerschütterliche Haltung nur noch bestärkt wurde, klärte er sie über die Verwendung zylindrischer Wellen bei Hobelmaschinen auf; er behauptete, auf diesem Gebiet der beste Experte zu sein, den es auf der ganzen Welt gäbe, denn er redigiere schließlich schon seit sieben Jahren Berichte über dieses Thema. Ja, er schrieb auch andere Sachen. (Er hatte gerade bei dem Berliner Verleger Kurt Wolff die Erzählung *Der Heizer* veröffentlicht.) Es gelang ihr, ihm einige Aussagen über sich selbst zu entlocken, und war nicht nur erstaunt, sondern sogar bestürzt über die nicht körperliche, aber geistige Ähnlichkeit zwischen Taddeuz und Kafka ... Genau hatte sie den Satz nicht in ihrem Gedächtnis behalten können, dazu war sie zu erstaunt gewesen, doch Kafka hatte ihr ungefähr folgendes gesagt: Er sei außerhalb der Literatur nur in den wenigen Momenten glücklich, in denen er nicht schreibe, dies sei wohl auch der Grund, daß dieser Zustand nie lange anhalte ... Dabei hatte er sie spöttisch angeschaut, als bitte er sie darum, ihn vor allem nicht ernst zu nehmen.

›Taddeuz hoch zwei!‹

Am Schluß ihrer großen Reise durch Europa fuhr sie nach London und traf sich dort mit ihrem Mann ...

Der in mehrfacher Hinsicht glücklich war: Einmal freute er sich, Hannah nach 43 Tagen wiederzusehen; darüber hinaus hatte er *Die Wüste der Tataren* abgeschlossen und zusammen mit der letzten Lieferung seiner wöchentlichen Chronik zur Post gebracht; außerdem hatte er bereits eine neue, kleine Sache grob umrissen ...

»Auch ich habe dir etwas mitzuteilen, Taddeuz!«

... und als letztes hatte er ein Telegramm von Eddy Lucas erhalten, der wie üblich maßlos übertrieb – die Verleger sind die einzigen Menschen, die die Schriftsteller in diesem Punkt übertreffen! – und ihm ein bemerkenswertes Ereignis ankündigte.

»Was hast du mir mitzuteilen, Hannah?«

»Ich bin schwanger.«

Schweigen.

»O mein Gott!« rief Taddeuz endlich mit Tränen in den Augen.

Er nahm seinen Tiroler Hut ab, den er aufgesetzt hatte, um sie zum Lachen zu bringen; ansonsten trug er nichts am Leibe:

»Sicher?«

»Ich habe mich in Paris untersuchen lassen.«

»Mädchen oder Junge?«

»Du hast doch immer von einem Mädchen geträumt, nicht wahr?«

»Mmmmmm.«

»Nun, dann wird es bestimmt ein Mädchen werden.«

»Unser zweites Kind sollte bereits ein Mädchen sein. Heute heißt es Jonathan und wird bald einen Bart tragen.«

»Jeder und jede kann sich einmal irren.«

›Hannah, du hast immer zuerst zwei Jungen gewollt. Aber da du diese Dinge nicht völlig in der Hand hast, war es wohl richtig, Taddeuz nicht zu informieren ...‹

»Diesmal wird es ein Mädchen. Ich schwöre es dir.«

Er legte seine Wange auf ihren Bauch und roch dieses salzhaltige Aroma, das er so gerne mochte. Dann schloß er die Augen.

»Ich bin grenzenlos glücklich, Hannah.«

Sie krümmte sich zusammen und umschloß seinen Kopf mit ihrer Brust und ihren Schenkeln.

»Und dieses bemerkenswerte Ereignis, von dem Eddy Lucas in seinem Telegramm sprach?«

»Oh, das ist weiter nicht wichtig. Vor allem nach dem, was du mir soeben gesagt hast.«

»Du mußt mir nichts erzählen, wenn du nicht willst.«

»Er hat eines meiner Bücher an eine Filmfirma verkauft. Die Rechte natürlich. Für 25000 Dollar.«

Sie befahl sich, die Kontrolle über sich selbst zu bewahren, so daß auch ihr Atem sie nicht verraten konnte, und krümmte sich noch etwas stärker zusammen, als ob sie seinen Kopf in ihrem Bauch bewahren wollte. Jedes Wort, das sie aussprach, wog sie erst sorgfältig ab.

»Auch ich bin grenzenlos glücklich.«

»Aber die Sache mit Lucas ist doch völlig bedeutungslos.«

»Wie kannst du nur so was sagen. Sie ist verdammt wichtig. Um welches Buch geht es eigentlich?«

»Das hat er nicht telegrafiert.«

»Und du hast ihn natürlich nicht gefragt. Typisch du! Wann kam denn das Telegramm an?«

»Vor acht oder zehn Tagen. Das hat weiter keine Bedeutung.«

»Du hast ihm doch hoffentlich geantwortet?«

Er hatte ihm telegrafisch mitgeteilt, ihm sei das alles völlig gleichgültig.

Als sie Eddy Lucas am 9. November in New York trafen, hatte er das insgesamt neun Buchstaben umfassende Kabel immer noch nicht verdaut. Natürlich wußte er, daß alle Schriftsteller geisteskranke Paranoiker waren, doch dieses Kabel hatte dem Faß den Boden ausgeschlagen!

»Glaubst du vielleicht, es sei ein Kinderspiel, deine verdammten Bücher zu verkaufen?«

»Glurp«, kommentierte Taddeuz sarkastisch.

»Wir können von Glück reden, wenn wir an fünf Prozent unserer Autoren verdienen! Reich werden wir auf keinen Fall!«

»Olé!«

»Hannah, er geht mir auf die Nerven. Sag ihm, daß er mir auf die Nerven geht!«

»Liebling, reg Edward bitte nicht auf«, schüttete Hannah Öl ins Feuer, »er ist schon rot wie eine Tomate!«

»Sicher, mein Liebling.«

Am anderen Ende des Zimmers sitzend, hatte sie einen gewaltigen

Stapel Briefe vor sich. Sie hatte die Mitarbeit ihrer Sekretäre abgelehnt, denn sie wollte wie immer nach einer längeren Abwesenheit möglichst umfassend informiert werden und den Puls der Geschäfte direkt spüren. Ganz abgesehen davon, daß sie auf diese Weise der Unterredung zwischen Eddy Lucas und Taddeuz diskret beiwohnen konnte, denn sie war da und doch nicht da und konnte ihre Befürchtungen leichter verbergen.

»Taddeuz«, nahm Lucas den Faden wieder auf, »dies ist die große Chance deines Lebens. Und, so ganz nebenbei gesagt, auch meine. Kannst du dir eigentlich vorstellen, daß auch ein Verleger zumindest ab und zu essen sollte?«

»Wie heißt der Kerl?«

»Aitken, Harry Aitken. Ich habe Erkundigungen eingeholt: Aitken ist ein sehr bedeutender Produzent, dem große Mittel und begabte Mitarbeiter zur Verfügung stehen. Er hat so ziemlich alle Verlage auf der Suche nach geeigneten Themen besucht; ich habe ihm von deinem Buch über Giovanni delle Bande Nere erzählt, und er zeigte sich nicht uninteressiert. Außerdem habe ich ihm die ersten zweihundert Seiten der *Wüste der Tataren* mitgegeben. Zwei Tage später rief er mich schon an; die Geschichte interessierte ihn. Ich habe natürlich alles darangesetzt, daß er den Vertrag so schnell wie möglich unterschrieb. Eigentlich wollte er nicht mehr als 10000 Dollar bezahlen, aber da war er bei mir an den Falschen geraten. Zehn Tage haben wir verhandelt. Gott sei Dank haben mir seine Mitarbeiter, die dein Manuskript vergöttern, geholfen. Kurz und gut, der Vertrag ist unterschrieben. Natürlich muß der Titel geändert werden. Tataren! Was für eine Idee! Wo nicht einmal ein einziger Tatar in dem Buch vorkommt, oder habe ich die Stelle vielleicht überlesen?«

»Es kommt keiner vor.«

»Da bin ich beruhigt. Ich sah schon aus allen möglichen Ecken Tataren kriechen, die die hinterhältigsten Fallen stellten.«

»Eddy, werden die Filmfritzen meine Geschichte verändern?«

»Tad, entschuldige, wenn ich dich darauf hinweise, aber bisher habe ich mit deinen Büchern kaum etwas verdient...«

»Werden sie sie verändern?«

»Wenn dein Buch verfilmt wird, werde ich es zehn- bis zwanzigmal besser verkaufen können als die anderen.«

»Eddy!?«

Keine Antwort. Ohne sich umzusehen, wußte Hannah, daß Taddeuz lächelte. Sie mußte sich ungemein zusammennehmen, um sich nicht zu bewegen und vor allem nichts zu sagen.

»Vielleicht ein wenig«, räumte Eddy endlich ein.

»Stark«, kommentierte Taddeuz.

»Tad, ich habe drei weitere Tage verhandeln müssen, bis ich Aitken soweit hatte, daß er dich als Drehbuchautor akzeptiert. Du wirst mit Gardner Sullivan und Larry Noltman zusammenarbeiten, die ja nicht ganz unbedeutend sind. Natürlich wirst du für die zusätzliche Arbeit auch zusätzlich bezahlt, die Kosten für Reise und Aufenthalt werden ersetzt, und dein Name wird im Vorspann erwähnt.«

Wieder keine Antwort. Hannah war sich sicher, daß der lächelnde Taddeuz gleich sagen würde, dies alles sei völlig unwichtig.

»Noch etwas«, fuhr Lucas fort. »Ich habe durchgesetzt, daß du bei der Wahl des Regisseurs zugezogen wirst, und habe mit Mary Pickford in Los Angeles telefoniert. Sie meint, David Griffith sei im Augenblick der beste; unglücklicherweise bereitet er gerade einen großen Film vor. Sie schlug einen gewissen Raoul Walsh vor. Du hast doch Vertrauen in Mary, nicht wahr?«

»Natürlich«, sagte Taddeuz beunruhigend leise. »Was für ein Buch wirst du eigentlich verlegen, Eddy? Das, das ich geschrieben habe oder das, das man schreiben wird, nachdem aus meinen Tataren Apachen geworden sind?«

›O mein Gott!‹ Hannah spürte den flehenden Blick des Verlegers auf sich, der hoffte, sie käme ihm zu Hilfe. Doch sie rührte sich nicht, sondern beschäftigte sich intensiv mit ihren Briefen.

Taddeuz sprach sehr ruhig weiter: »Und nachdem meine Wüste der Hühnerhof einer Scheune in Hollywood und mein Held ein armer, einsamer Cowboy geworden ist?«

»O Scheiße!« rief Lucas.

»Eddy, das ist alles unwichtig. Natürlich werde ich deinen Vertrag unterschreiben. Was soll ich nur mit dem Geld anfangen? Hannah, du wirst mir doch helfen, es gut anzulegen, oder?«

Endlich wagte sie es, hochzusehen. Gott sei Dank schaute er sie nicht an. Sie stand auf: »Eddy, Sie bleiben doch zum Mittagessen, nicht wahr?«

Der Verleger bedauerte. An einem anderen Tage gerne...

»Bitte entschuldige mich«, sagte Taddeuz zu Hannah, »die beiden letzten Bemerkungen hätte ich besser verschwiegen. Eddy hat recht: Diese Chance darf man nicht ungenützt verstreichen lassen. Er hat sich soviel Mühe gemacht... Und mit den vielen Dollars, die ich in Hollywood verdienen werde, kann ich *Die Wüste* auf eigene Kosten drucken lassen. Kennst du eigentlich diesen Walsh?«

Sie verneinte, was der Wahrheit entsprach. Ansonsten verhielt sie sich eher schweigsam und war froh, in den vergangenen dreizehn Jahren kaum Kommentare zu Taddeuz' schriftstellerischer Arbeit abgegeben zu haben. So konnte sie sich wenigstens in den Augenblicken, in denen Taddeuz sie so forschend wie nie zuvor anschaute, hinter ihrer gewohnten Haltung verschanzen.

»Wann wirst du nach Kalifornien fahren?«

Im Januar. Die Feiertage wollte er zusammen mit ihr und den Kindern verbringen.

Hannah nahm langsam zu. Während einer gewissen Zeit lag die Vermutung nahe, Hannah habe bei dieser Schwangerschaft größere Schwierigkeiten, die durch ihr relativ hohes Alter – sie war inzwischen neununddreißig Jahre alt geworden – oder ihr ungebremstes Arbeitspensum bedingt sein konnten. Einmal griff Taddeuz sogar ein und verbot ihr an einem Sonntag jede Arbeit; sie hatte nicht einmal das Recht, ihre Briefe anzuschauen.

Doch von einem Tag zum anderen war sie wieder die alte; als ob sie Taddeuz auf gar keinen Fall daran hindern wollte, nach Kalifornien zu fahren, hatte sie ihre Lebhaftigkeit und diese Transparenz ihrer Haut wiedergefunden, die zusammen mit den lodernden Augen zu den wenigen attraktiven Punkten ihres dreieckigen Gesichtes zählte. Sie hatte wirklich eine eiserne Gesundheit, und selbst Lizzie, die ihre Kinder ja problemlos auf die Welt gebracht hatte, konnte sich nicht fassen vor Staunen. Die Freundschaft zwischen den beiden Frauen sollte bis zu ihrem Lebensende ungebrochen bleiben, und Lizzie nahm bei Adam und Jonathan den Platz ein, den Hannah aus Zeitmangel nicht einnehmen konnte.

»Hannah, ich spreche nicht gerne davon, aber mit einem deiner Söhne gibt es Schwierigkeiten. Nicht mit Adam, der großartige Leistungen bringt...«

»Mit Jonathan?«

»Mit Jonathan. Nicht daß er absolut faul wäre. Das kommt auf die Fächer und auch auf die augenblickliche Stimmung an. Nur, er ist völlig undiszipliniert. Er hat einen seiner Lehrer geschlagen und eine Suppenschüssel auf den Kopf eines Mitschülers gehauen.«

»Ich konnte Suppe noch nie leiden.«

»Hannah, glaub mir, ich bin keine Suppenfanatikerin, aber Jonathan ist zuweilen recht schwierig.«

»Er ist mir aus dem Gesicht geschnitten, nur daß er ein Mann ist. Ich hatte Schlimmeres erwartet.«

Sie lachte und schob das Problem einfach beiseite, wenn es überhaupt ein Problem gab. An diesem Abend vor Weihnachten saßen die beiden Freundinnen in einem breiten, bequemen Lehnsessel und beobachteten ihre Männer beim Billardspiel... Plötzlich mußten sie so lachen, daß sie unter den entsetzten Blicken Maryans und Taddeuz' auf den Boden fielen. Hannah hatte Lizzie erklärt, daß ein *cue*, ein Billardstock, auf französisch *queue* (Schwanz) hieß; für die beiden Grund genug, schallend zu lachen.

– Lizzie, erinnerst du dich? Du hast mir immer meine derben Witze vorgehalten, doch du warst auch die erste, die über sie gelacht hat. Heute scheuen sich Männlein wie Weiblein nicht, sich nackt auszuziehen, doch damals, in den ersten Jahren des zwanzigsten Jahrhunderts, lebten wir im Grunde noch im neunzehnten... Trotzdem haben wir uns herrlich amüsiert, nicht wahr?

Anfang Januar reiste Taddeuz ab.

»Hannah, in spätestens zwei Monaten bin ich wieder zurück.«

»Auf gar keinen Fall! Ich werde dich besuchen. Ohne Vorankündigung! Um dich mit deinen Damen aus Hollywood im Bett zu überraschen! Ich werde ein Flugzeug nehmen...«

Sie begann, sich ernsthaft mit Flugzeugen auseinanderzusetzen und war zu dem Fliegertreffen in Sheepshead an der südwestlichen Spitze Brooklyns gefahren. Sich an einen Piloten nahmens Ovington klammernd, war sie sogar geflogen.

»Und wenn ich bis nach Kalifornien fliege?«

Ovington suchte entsetzt das Weite. Maryan und Taddeuz packten sie rechts und links und trugen sie fort. Sie hatten nur eines im Sinn: Hannah so weit wie möglich von den Flugzeugen zu entfernen.

Wieder einmal erlebte sie Taddeuz' Abreise.

»Bitte, betrüg mich nicht zu oft.«

Ihre Stimme war kaum vernehmbar und alles andere als beherzt. Sie fühlte sich auch nicht beherzt:

›Alt, häßlich und dazu noch mit einem dicken Bauch! Wenn es kein Mädchen wird, dann ertränke ich das Kind!‹

Obwohl Lizzie sie begleitete, wurde Hannahs Reise Anfang März zu einem wahren Alptraum. (Anfang Januar waren Maryan und sie nach Beverly Hills umgezogen.) Lizzie hatte darauf bestanden, Hannah in New York abzuholen: »In deinem Zustand kommt es gar nicht in Frage, daß du allein reist.«

Allein war natürlich nur so dahin gesagt. Neben Yvonne und Gaffouil begleiteten zwei Sekretäre und eine Hilfskraft Hannah. Die Hilfskraft hatte vor allem für den Transport der drei Schreibmaschinen – zwei Remington und eine Reiseschreibmaschine von Blick – sowie des Fotokopierers Rectigraph zu sorgen und bei jedem Halt die Briefe zu holen, die von Josuah Wynn, ihrem neuen Verwaltungsdirektor, der für die Gesamtorganisation ihrer Betriebe zuständig war, auf die Post gebracht worden waren.

»Hätte ich ein Flugzeug, wären wir schon lange angekommen. Wieviel Zeit man verliert!« seufzte Hannah.

»Ein was?«

Lizzie, die sich nicht vorstellen konnte, in einem Apparat Platz zu nehmen, der in die Lüfte ging, war entsetzt.

»Vor allem mit deinem dicken Bauch!«

»Sprechen wir von etwas anderem.«

Das Kind in ihrem Bauch begann sich zu bewegen.

›Das kann nur ein Mädchen sein; ein Junge würde mir nicht so auf die Nerven gehen.‹

Hannah war sich inzwischen hundertprozentig sicher.

Während die öde Ebene zwischen den Appalachen und den Rocky Mountains an den Fenstern ihres Zuges vorbeizog, sprachen Hannah und Lizzie über Gott und die Welt; ab und zu mußte Hannah ihren Sekretären ein paar freie Stunden einräumen. Lizzie wußte selbst nicht, aus welchem Grund sie ein lange vermiedenes Thema aufwärmte, während es draußen langsam dunkel wurde.

»Hannah, du hast mir niemals verraten, ob...«

Hannahs graue Augen vergrößerten sich.

»...ob Taddeuz je erfahren hat, daß du von ihm schwanger warst, als Pelte, der Wolf, dich in Warschau so entsetzlich geschlagen hat...«

Nur Lizzie konnte sich auf ein solches Gebiet vorwagen. Und selbst ihr fiel auf, daß es gefährlich war, diese Frage zu stellen, die am Anfang der nun zweiunddreißig Jahre alten Liebe zwischen Taddeuz und Hannah gestanden hatte.

»Entschuldige bitte, ich hätte nicht...«

Doch Hannah unterbrach sie: »Lizzie, ich habe mir diese Frage oft gestellt. Und nie eine Antwort darauf erhalten. Vor unserer Hochzeit habe ich mit Taddeuz natürlich nicht darüber gesprochen; ich hätte mich geschämt, ihn auf diese Weise zu zwingen, mich zu heiraten. Und später ebenfalls nicht.«

Vielleicht hatte Mendel ihn während ihres berühmten Treffens auf dem Nizzaer Blumenmarkt im Jahre 1899 eingeweiht, doch Hannah wußte nichts Genaues, denn noch auf seinem Totenbett hatte Mendel es abgelehnt, über diese Begegnung zu sprechen. Vielleicht hatte er es auch von Dobbe Klotz erfahren.

»Eigentlich glaube ich es nicht, Lizzie. Doch das ist alles so lange her, so lange...«

Am Bahnhof von Los Angeles wurden sie von einer ganzen Armee abgeholt. Taddeuz und Maryan hatten sich an die Spitze einer Blaskapelle gestellt, natürlich von den vielen Kindern Maryans und Lizzie begleitet.

In den Stunden vor ihrer Ankunft wäre Hannah beinahe in Panik geraten.

›Ich werde aufgeblasen sein wie ein Zeppelin, eine alte, verrückte Frau, die unbedingt noch einmal schwanger werden mußte und jeden Tag der Mutter ihres Mannes ähnlicher wird... In Hollywood hat er täglich Hunderte von schönen jungen Mädchen um sich, die sich nichts anderes wünschen, als ihre Arme und andere Teile ihres Körpers zu öffnen, denn Taddeuz ist so schön, daß man fast weinen könnte, und arbeitet für den Film... Eigentlich ist es mir gleichgültig, wenn er mich betrogen hat. Hauptsache, er bleibt bei mir, wenn ich da bin. Obwohl, wenn ich mir vorstelle, daß er mit einer anderen ins Bett geht, dann tut das schon weh...‹

Lizzie und sie hatten sich den Luxus eines Privatwaggons mit eigenem Badezimmer erlaubt, der an den fahrplanmäßigen, von einer Mountain gezogenen Zug angehängt worden war. In Barstow hatte man das Wasserreservoir aufgefüllt. Kurz vor Los Angeles wagte sich Hannah ins kalte Wasser, in der Hoffnung, auf diese Weise anziehender zu wirken.

»Du siehst großartig aus«, sagte er. »Du strahlst ja richtig. Wie geht es den Kindern?«

Taddeuz war leicht gebräunt und wirkte noch jünger als früher. Das Haus der Kadens in Beverly Hills war im spanischen Stil gebaut; Maryan hatte es sich allerdings nicht nehmen lassen, es mit einem englischen Garten zu umgeben. Taddeuz hatte sich dort häuslich niedergelassen und bewohnte einen eigenen Flügel. Ja, er arbeitete. David Griffith hatte ihn gebeten, an dem Film *The Birth of a Nation* mitzuarbeiten (der allerdings erst 1915 gedreht werden sollte); er hatte sich mit Thomas Ince befreundet, der in dem Cañon von Santa Ynes erstaunliche Filmarchitekturen hatte bauen lassen, darunter eine Straße New Yorks; er hatte Scott Sidney, einen ehemaligen Theaterregisseur, kennengelernt, der sein Stück mochte, und einen außergewöhnlichen Spencer Chaplin... Natürlich arbeitete er gleichzeitig an seiner *Wüste.*

Er lachte und war offensichtlich mit sich eins: Das, was Raoul Walsh und die beiden anderen Drehbuchautoren aus seinem Roman machten, war schon mehr als überraschend, und sie würde Schwierigkeiten haben, die Geschichte wiederzuerkennen, doch warum eigentlich nicht?

Offensichtlich... Sie musterte ihn lange und gründlich. Schwierig zu entscheiden, ob er entsetzlich unglücklich war oder sich freiwillig und leichten Herzens an die Welt Hollywoods anpaßte. Sein Gesicht verriet nichts. Nur, daß er sie stärker und zärtlicher liebte als je zuvor. Schon als sie Adam in sich trug, hatten sie sich bis kurz vor der Entbindung – körperlich – geliebt, das heißt, die letzte Zeit hatte sie vor allem ihn geliebt...

Er nahm sie, als die Koffer noch nicht einmal ausgepackt waren. Obwohl die kleinen Rädchen in Hannahs Kopf wie verrückt rasten, entdeckte sie nichts, was ihre Befürchtungen hätte nähren können.

›Hannah, du machst dir zuviel Sorgen. Er ist glücklich mit seinem Schicksal, an dem du mitgesponnen hast. Er ist erst dreiundvierzig Jahre alt und als Schriftsteller, wie er selbst behauptet, noch am Anfang seiner Reifezeit. Seine erste Erfahrung mit dem Film, damals, mit de Mille, ging schief, doch jetzt läuft es richtig. Hollywood ist gerade dabei, seine Talente zu entdecken. Er selbst ebenfalls, und das ist wohl das Wichtigste. Obwohl er so hellsichtig und intelligent ist, hat er mein Manöver nicht durchschaut. In einem Jahr wird man nur noch von ihm reden; er wird berühmt sein und viel Geld verdienen, was ich schon immer für ihn wünschte... Mit deinen machiavellistischen Plänen hast du ihn vor sich selbst gerettet, du verdammtes Luder.‹

Die Dreharbeiten unter Raoul Walshs Leitung sollten Anfang Mai beginnen. Hannah las die letzte Fassung des Drehbuches. Die Art der Filmleute, einen Stoff wie einen Braten in verschiedene Scheiben aufzuschneiden, verwirrte sie. Als sie entdeckte, was aus der Geschichte Quentin MacKennas geworden war, verstand sie die Welt nicht mehr: Der Held (Douglas Fairbanks) verheiratet sich zu Beginn des Films; ein heimtückischer, eifersüchtiger und grausamer Vetter entführt die Holde (Lilian Gish) nicht einmal zweiundsiebzig Minuten nach Vollzug der Ehe und schleift die Unglückliche, wobei spöttisch grinsende Apachen ihm zur Hand gehen (Gott allein weiß aus welchem Grund), in eine einsame Hütte, die mitten in der Wüste liegt (immerhin hatte man das Motiv Wüste wenigstens beibehalten). Diese Wüste ist für jeden, der nicht die abseits gelegenen Wasserstellen kennt, tödlich. Trotzdem verfolgt der einsame Held natürlich die Vielgeliebte und den Verräter. Zu Fuß durchquert er die Wüste, denn die immer noch höhnisch grinsenden Apachen, die inzwischen schwarz wie die Neger Afrikas geworden waren, hatten seinen Schimmel getötet. Völlig erschöpft erreicht er die Hütte, hat aber dennoch die Kraft, sich mit dem teuflischen Vetter zu schlagen und ihn zu betäuben, bevor dieser die Vielgeliebte hatte entehren können. Endlich wieder vereint, reitet das glückliche Paar auf dem Schimmel, der unter Umständen, die nicht erklärt werden, wieder auftaucht, aus dem Bild.

Hannah konnte kaum glauben, daß man es wagte, soviel Dummheit auf einmal dem Publikum vorzusetzen.

Doch Taddeuz lächelte nur, ohne sich im geringsten aufzuregen: »Liebling, so sieht die Welt des Films aus...«

Harry Aitken und Eddy Lucas waren begeistert; sie fanden das Drehbuch hervorragend.

»Eddy will, daß ich in einem neuen Roman die Geschichte Punkt für Punkt übernehme. Er hat eine ganz gute Idee: Das Buch soll gleichzeitig mit dem Film erscheinen und den Besuchern am Ende der Vorstellung verkauft werden. Er besteht auf einem schreienden Umschlag und meint, auf diese Weise 100 000 bis 200 000 Exemplare verkaufen zu können... Hannah, jetzt schau doch nicht wie ein trauriger Kuckuck! Bitte, glaub mir, mich amüsiert das alles ungemein!«

Der Film sollte *Der einsame Reiter* heißen.

Kapitel 12

Und obendrein schreit er mich an... wunderbar

Mitte Juni erschienen Buch und Film. Vier oder fünf Wochen vor ihrer Entbindung war es ausgeschlossen, daß sie Amerika durchquerte, um an der Premiere teilzunehmen. Taddeuz' Telegramm erreichte sie um vier Uhr dreißig in der Früh, als sie sich gerade an ihren Schreibtisch in ihrem Haus auf Long Island setzen wollte: *In aller Bescheidenheit ein Triumph. Ich liebe dich.*

Eine Woche später traf Taddeuz in New York ein und machte mehr als je zuvor den Eindruck eines glücklichen Autors. Dank der von Polly Thwaites und dessen amerikanischen Mitarbeitern ausgehandelten Vertrages sollte er zwölf Prozent des mit dem Film erzielten Gewinnes einstecken, die er allerdings mit Eddy Lucas zu teilen hatte. Anders ausgedrückt, zwischen 30000 und 40000 Dollar. Doch dabei blieb es nicht. Er unterschrieb zwei weitere Verträge, in denen er sich verpflichtete, an den Drehbüchern der Filme *Die Rückkehr des einsamen Reiters* und *Die Rache des einsamen Reiters* mitzuwirken.

»Ich habe *Der einsame Reiter gegen den Ameisenmenschen* und *Der einsame Reiter gegen Frankenstein* vorgeschlagen, doch sie zögern noch. Später vielleicht. Eddy befindet sich im Delirium: er hat mir einen Fünf-Jahres-Vertrag mit 50000 Dollar Jahresgarantie angeboten. Eine einzige Bedingung: Alle drei Monate muß ich einen *Einsamen Reiter* abliefern. Ich werde den Vertrag natürlich annehmen, wie du dir denken kannst. Und während ich gerade dabei bin...« Er reichte ihr ein Schmuckkästchen in ihren Farben, Schwarz und Rot, in dem eine Diamantenhalskette lag.

»Taddeuz, du hast ein Vermögen ausgegeben!«

»Wenn ich schon reich bin...«

»Weißt du, eigentlich ziehe ich die schwarzen Perlen vor...«

»Ich werde dir, solange ich lebe, jedes Jahr eine schwarze Perle schenken. Das eine hat mit dem anderen nichts zu tun.«

Diesmal konnte sie der Versuchung nicht widerstehen, sondern ließ den Schmuck schätzen: Er war mehr als 150000 Dollar wert.

›Alles, was er verdient hat, hat er ausgegeben‹, dachte sie bestürzt. ›Und sogar noch Schulden gemacht.‹

Er lächelte; weder in seiner Stimme noch in seinem Gesicht konnte man erkennen, ob sich hinter der Geste noch etwas anderes verbarg. Sie fragte ihn: »Wann wird Eddy *Die Wüste der Tataren* veröffentlichen?«

»Überleg einmal: Welcher Verleger wäre einverstanden, von dem gleichen Autor gleichzeitig zwei so verschiedene Bücher zu veröffentlichen? Hannah, ich habe mich nie in deine Arbeit eingemischt. Eine Frage: Würdest du zur gleichen Zeit und unter dem gleichen Markenzeichen Luxusprodukte und solche, mit denen man Unterhosen wäscht, auf den Markt werfen? Du verstehst das Problem, oder?«

Instinktiv begriff sie, daß Taddeuz die Hölle durchmachte.

– Lizzie, man kann die Geschichte immer zweimal schreiben. Und beim zweiten Mal verstehen. Zwischen Taddeuz und mir gab es nicht nur dieses entsetzliche Geldproblem; ich hatte Geld, verdiente es problemlos, aber er hatte nie welches, außer wenn ich mich einmischte. In den ersten Tagen unserer Ehe habe ich ihm alle möglichen Lösungen vorgeschlagen und wollte ihm sogar eine beträchtliche Summe überschreiben, mit der er tun und lassen konnte, was er wollte, notfalls sogar einen reichen Erbonkel erfinden, so daß niemand erfahren hätte, woher das Geld stammte. Niet. Ich habe ihm die wichtigsten Posten innerhalb meiner Unternehmen angeboten. Niet. Wenn wir in ein Restaurant oder ein Hotel gingen, habe ich versucht, ihm Geld zuzuschieben, damit er in der Öffentlichkeit bezahlen konnte; das war damals, um 1900, sehr wichtig, und ich frage mich, ob es heute, siebzig Jahre später, nicht immer noch wichtig ist. Niet. Ich bezahlte, und er ließ es zu, ohne mit der Wimper zu zucken. Man behandelte ihn ganz offen als Gigolo. Zwei-, dreimal schlug er Schufte, die ihn auf diese Weise behandelten, zusammen, doch im Grunde lachte er nur darüber. ›Das ist bedeutungslos, Hannah.‹ Er hat mich nie um etwas gebeten, nicht einmal um ein Buch. Während der ersten drei Jahre kaufte ich seine Anzüge, seine Schuhe, alles, was er brauchte, heimlich. Ich schämte mich, Lizzie, und war unglücklich. Heute abend spreche ich mit dir zum ersten Mal darüber, und du bist die einzige. Das war alles so lächerlich; die ganze Welt hat darüber gelacht …

DAS IST BEDEUTUNGSLOS, HANNAH! … O mein Gott, wie sehr habe ich diesen Satz gehaßt!

Doch es ging nicht nur um das liebe Geld. Eines habe ich mir während meines langen Lebens immer am heftigsten gewünscht: Er sollte als Schriftsteller Erfolg haben. Das war mir tausendmal wichtiger als alles Geld. Taddeuz konnte und wollte nie etwas anderes tun, als Bücher schreiben; dafür war er geschaffen, für nichts anderes. Entsetzlich; die Jahre verstrichen, und nichts geschah. Er hatte die besten materiellen Bedingungen und nichts weiter zu tun als zu schreiben. Taddeuz schrieb, doch niemand wollte seine Bücher lesen. Erst als er sich untreu wurde und auf blödeste Weise blödes Zeug schrieb. Man behauptet, Juden würden sich das Hirn zermartern. Bei uns war es allerdings so, daß er, der Nichtjude, sich das Hirn zermarterte. Dieses Leben ist wirklich beschissen, und ich frage mich, wie ich es bis zu meinem hohen Alter ausgehalten habe …

Weder Geld noch ein wirklicher Erfolg. Und dazu sein so entsetzlich fordernder Charakter, diese übergroße, anomale Sensiblität …

Und als Krönung meine Wenigkeit. Ich habe ihn jahrelang mit meinen Wünschen verfolgt und konnte nie meinen verfluchten Mund halten. Ich kann es auch heute noch nicht, ich weiß, Lizzie. Es war sicher nicht leicht, mit mir zu leben, das ist wohl das geringste, was man behaupten kann. Es reichte nicht, daß ich ihn bis zum Wahnsinn liebte...

Was hätte es eigentlich gebracht, hätte ich dies alles zur rechten Zeit verstanden? Hätte ich etwas unternehmen können, um alles zu ändern?

Am 4. Juli kam Abigail auf die Welt. Eine schwere, sehr schwere Geburt. Die Wehen dauerten lange, die Schmerzen waren unerträglich, und das Baby lag nicht genau in der Achse des Geburtskanals, sondern leicht seitlich verschoben, so daß seine Schulter ein Hindernis darstellte. Die fünf Geburtshelfer, die ihr beistanden, waren, nachdem sie erfolglos eine Zangengeburt eingeleitet hatten, schon dabei, einen Kaiserschnitt vorzubereiten, als Hannah, der es bisher fast gelungen war, trotz der Schmerzen ihre Schreie zu unterdrücken, sie wild anfuhr:

»Ihr verdammten Idioten, versucht es noch einmal. Ich zähle: eins, zwei, drei!«

Leichenblaß und mit geschlossenen Augen fragte sie:

»Junge oder Mädchen?«

Ein Mädchen. Sie lachte:

»Das erstaunt mich nicht. Die Tochter ist wahrscheinlich genauso nervtötend wie die Mutter!«

Zwei Tage später hatte sie bereits ihren Generalstab um ihr Bett versammelt, allen voran Josuah Wynn, einen ehemaligen Rechtsanwalt, den sie kurz nach ihrer Ankunft in Amerika kennengelernt hatte. Lange hatte er für sie als Jurist gearbeitet; er war, nach Polly, derjenige, dessen Rat und Meinung sie suchte, sobald es um Verträge und Rechtsfragen ging. Sie hatte ihm endlich den Posten eines Generaldirektors angeboten. Für einen Mann war er gar nicht so übel.

»Joe, ich möchte, daß die amerikanischen und die europäischen Geschäfte völlig voneinander getrennt werden. Es darf nur noch drei gemeinsame Punkte geben: mich, Sie und die Tatsache, daß beide Unternehmen Kosmetika produzieren.«

Sie war bereits wieder ganz Geschäftsfrau. Die Schlagzeile einer Zeitung, in der über die wachsenden politischen Schwierigkeiten in Europa berichtet wurde, hatte sie alarmiert.

»Joe, sprechen Sie die Details mit Polly ab. Ich habe ihm bereits geschrieben und Anweisungen erteilt. Damit kein Mißverständnis aufkommt: Ich wünsche, daß Sie drei völlig unabhängige Organisationen aufbauen, denn Australien und Neuseeland sollen weder an Europa noch an Amerika angeschlossen werden. Eines versteht sich wohl von selbst: Die drei Gesellschaften bleiben hübsch auf ihren Kontinenten tätig und werden nicht versuchen, ihre Bereiche auszudehnen. So, als ob die Gesellschaften von drei verschiedenen Persönlichkeiten geleitet würden, die sich abgesprochen haben, sich keine Konkurrenz zu machen.«

Schlimm, daß diese Rechtsanwälte sich immer soviel Zeit nehmen! Einige Wochen später erst schiffte sich Wynn nach London und Paris ein, um mit Polly die letzten Einzelheiten abzustimmen. Als er sich so ziemlich in der Mitte des Atlantiks befand, brach der Krieg aus.

›Man kann sich wirklich nicht auf Männer verlassen!‹ dachte Hannah bitter.

In den Zeitungen überprüfte sie in der Regel nur den Platz, an dem ihre Inserate abgedruckt wurden, so daß sie auf das, was sich in so lächerlichen Gegenden wie Bosnien, Herzegowina und auch Sarajewo abspielte, nicht achtete.

›Ich weiß nicht einmal, wo das liegt. Dabei bin ich in meinem Leben ganz schön herumgekommen.‹

Sie war wütend auf diese europäischen Idioten, die genau in dem Augenblick, in dem sie die etwas vernachlässigten Geschäfte auf dem alten Kontinent ausbauen wollte, Krieg spielten.

›Schön dumm schau' ich aus! Diese Schufte!‹

Soweit ihre erste Reaktion auf den Ausbruch des 1. Weltkriegs.

Erst nach einigen Tagen begriff sie aufgrund der vielen Gespräche in ihrer unmittelbaren Umgebung die Tragweite der Ereignisse. Sie war völlig niedergeschlagen und konnte es einfach nicht fassen. Von Amerika aus gesehen, gab es kaum Unterschiede zwischen den europäischen Ländern, die sie liebte. Daß sich die Nationen gegenseitig umbrachten, war für sie purer Wahnsinn. Taddeuz sah weiter und war überzeugt davon, daß das Europa, in dem sie geboren und aufgewachsen waren, untergehen würde, für immer.

»Du wirst doch hoffentlich nicht in den Krieg ziehen wollen! Du bist schließlich Amerikaner!«

»Und stolz, Amerikaner zu sein. Aber ich bin auch Europäer.«

»Du bist zu alt zum Kämpfen.«

»Stimmt. Außer in deinem Bett.«

Adam und Jonathan dagegen waren noch zu jung. Warum sollte sie sich Sorgen machen?

Ihre Freunde in Frankreich, Deutschland und England? Sie war davon überzeugt, daß der Krieg ihnen nichts anhaben konnte. Übrigens: Cocteau und Proust als einfache Soldaten, diese Vorstellung brachte sie eher zum Lachen. Noch eines tröstete sie: Sie beschäftigte in der Hauptsache Frauen.

Ihre Familie in Polen? Im Jahre 1905, also neun Jahre zuvor, hatte sie einen Brief erhalten, der von ihrem Berliner Kosmetiksalon weitergeleitet worden war. Von Simon, ihrem Bruder:

»*Du bist noch am Leben, wie ich durch reinen Zufall erfahren habe, was leider nicht auf unsere Mutter zutrifft, deren Seele Gott gnädig sein möge...*«

Folgten in einer dem Talmud würdigen Litanei die bittersten Vorwürfe; wie konnte man nur über so wenig Familiensinn verfügen, sich so wenig für die Seinen interessieren und keinerlei Pflichten erfüllen, vor allem keine religiösen? Die Vorwürfe ließen Hannah kalt. Schuldete sie Simon etwas, der sich nie um sie gekümmert hatte, weder als sie noch im Schtetl lebte, noch später, als sie nach Warschau gezogen war? Sie antwortete ihm trotz ihrer bitteren Überlegungen, fragte, was aus ihm geworden wäre, und bot sich an, ihm Geld zu leihen, falls er Hilfe benötigte. Als Antwort erhielt sie eine achtundzwanzig Seiten umfassende, noch bösartigere Epistel, die mit der Bitte um fünftausend Rubel endete. Hannah schickte zwanzigtausend, um, wie sie meinte, das Konto ein für allemal zu schließen. Zwei Monate später informierte ihre Pariser Direktorin sie, daß sich ein bärtiger Rabbiner mit Frau und neun grämlichen Kindern, die alle nichts anderes seien als lebendige Vorwürfe, in den luxuriösen Salons am Faubourg Saint-Honoré einnisten wollten.

»Werft sie hinaus!« kabelte Hannah. Taddeuz griff ein und bat um Milde; er kümmerte sich höchstpersönlich darum, daß der Rabbi, der immerhin sein Schwager war, sich in Frankreich niederlassen konnte. Doch das reichte dem Schwager nicht, denn, so argumentierte er, in Frankreich gäbe es zu viele Juden und vor allem zu viele Rabbiner, also zuviel Konkurrenz. Er wünschte, sich in Algier niederzulassen, Allah allein weiß, aus welchem Grund. Hannah bezahlte die nicht unbeträchtlichen Kosten und beschloß eines Tages sogar, ihren Bruder zu besuchen. Ein kapitaler Fehler. Der Rabbi und seine zwei ältesten Söhne verweigerten ihr den Zutritt zu dem Haus, das sie bezahlt hatte, und verboten ihr auch aufgrund ihres Geizes jeden Umgang mit den Neffen und Nichten. Wütend reiste sie ab. Wieder war es Taddeuz, der sie beruhigte und überredete, ihrem Bruder einen bedeutenden Monatswechsel zukommen zu lassen.

›Um Himmels willen, da ist es ja billiger, das ganze Corps de Ballet der Pariser Oper auszuhalten!‹

(Sie schickte ihrem Bruder monatlich das Zehnfache dessen, was die Leiterin eines Instituts verdiente!) Das Warschauer Quartett – Vater, Mutter und die beiden ältesten Söhne – verlangten daraufhin noch mehr. Simon wollte, daß sie den Bau einer privaten Synagoge finanzierte, deren geistlicher Leiter er werden wollte.

›Sorge lieber dafür, daß deine Söhne, diese faulen Kerle, arbeiten!‹ hatte sie geantwortet, was natürlich den heftigsten Protest auslöste. Seine Söhne sollten sich ihr ganzes Leben lang nichts anderem als dem Studium der heiligen Bücher widmen und ihn zum Beispiel nehmen; im übrigen beteten sie für sie, die soviel gesündigt habe, meinte das Bruderherz.

›Scheiße.‹ Hannahs Reaktion war eindeutig. Sie legte keinen Wert darauf, ihre Beziehung zu ihrem Bruder noch länger zu pflegen. Natürlich fuhr Simon fort, ihr weiter Briefe zu schicken, verstellte sogar seine Handschrift und brachte es fertig, seine Briefe an den merkwürdigsten Orten aufzugeben, doch Hannah beförderte sie einfach in den Papierkorb und antwortete nicht mehr.

Sie las *Die Rache des einsamen Reiters*, die Ende September erscheinen sollte; Eddy Lucas hatte ihr auf ihre Bitten hin einen ersten Abdruck ausgehändigt. Sie fand das Buch noch dümmer als das erste. Der Umschlag war vulgär und aggressiv: Ein halbnacktes Mädchen floh auf einem Pferd und wurde von Apachen mit Federn im Haar verfolgt. Kurioserweise schwangen die Apachen Tomahawks der Huronen. Selbst Lucas genierte sich ein wenig, doch nicht zuviel; nach all den schwierigen Jahren hatte er die Tugenden großer Auflagen entdeckt.

»Hat wirklich Taddeuz dieses Buch geschrieben?«

»In acht Tagen. Wenn er will, kann er schnell schreiben.«

»Eddy, werden Sie die *Wüste der Tataren* publizieren?«

»Jetzt noch nicht«, räumte er ein. »Taddeuz hat sein Manuskript übrigens zurückgezogen; er wird über den Zeitpunkt entscheiden.

Hannah, was ist eigentlich los? Sie haben sich nur einmal um das gekümmert, was Taddeuz schreibt. Ich kann mich jedenfalls an keine anderen Kommentare erinnern. Damit Sie mich recht verstehen: Ich werfe Ihnen diese Gleichgültigkeit nicht vor, denn ich kann sie verstehen. Darf ich ein offenes Wort wagen? Taddeuz hat bereits Erfolg und wird noch bedeutend erfolgreicher werden, auch wenn er im Augenblick nicht die Art Literatur schreibt, die er am Anfang geschrieben hat. Ich glaube, daß ihr in euren Reaktionen zu europäisch seid, vor allem in eurer Unterscheidung zwischen einem Schriftsteller und einem Volksautor, und...«

»Sie meinen, ich sei auf Taddeuz' Erfolge eifersüchtig, nicht wahr?«

»Das habe ich so nicht gesagt...«

»Das war auch Ihr Glück. Ich hätte Ihnen den nächstbesten Gegenstand über den Kopf geschlagen. Jetzt hauen Sie ab. Unnötig, nach dem ersten Abdruck zu fragen, den Sie mir geliehen haben. Ich habe ihn verbrannt.«

Im September drängte ein gewisser Joffre einen gewissen Moltke an der Marne zurück. Hannah stellte sich diese so weit von ihr entfernten Ereignisse wie den Kampf zwischen den Apachen des Montparnasse und den Irokesen am Montmartre vor, vom Goldhelm interesselos beobachtet.* Dieser blödsinnige Krieg war Hannah völlig gleichgültig.

Taddeuz hielt sich in Los Angeles auf. Seit drei Monaten hatte sie ihn nicht mehr gesehen. Er schrieb ihr drei Briefe pro Woche und rief sie jeden Sonntag an; zur Not konnte sie aus seinen Chroniken im *New Yorker* entnehmen, womit er sich beschäftigte. Er schrieb viel über Kalifornien, das in seinen Augen anscheinend im tiefsten Afrika lag. Wie auch immer, seine Artikel waren sehr komisch.

›Wahrscheinlich kennt er diese ganzen jungen Schauspielerinnen, über deren Abenteuer er schreibt!‹

Ende Oktober verließen Lizzie und Maryan ihre Villa in Beverly Hills, um den Winter in New York zu verbringen. Die Kleinsten, die noch nicht zur Schule gingen, hatten sie mitgenommen, während die anderen in Kalifornien geblieben waren. Lizzie machte sich Vorwürfe, während Maryan von einer anderen Sache völlig in Anspruch genommen wurde: Einer seiner Brüder, der die französische Staatsbürgerschaft angenommen hatte, war eingezogen worden und kämpfte in Flandern gegen die Deutschen. Hannah schaute ihn konsterniert an:

»Soll das heißen, daß er sich nicht mehr um den Nachschub für die Fabrik kümmert, sondern auf Rainer Maria Rilke schießt? Stelle dir einmal vor, Apollinaire auf der einen und Rilke auf der anderen Rheinseite, die Waffen aufeinander gerichtet! Völlig ausgeschlossen! Auch wenn die Menschheit zu den schlimmsten Torheiten fähig ist...«

»Hannah, ich glaube, du übersiehst das Ausmaß der Katastrophe nicht, die sich in Europa ereignet.«

Fünfundzwanzig Jahre kannten sie sich jetzt. Zum ersten Mal hatte Maryan Hannah offen zu verstehen gegeben, daß sie sich irrte. Hannah war verwirrt. Zumal sie bemerkt hatte, daß sowohl Maryan wie auch Lizzie kurz zögerten, wenn sie sich nach Taddeuz erkundigte. Als sie einmal allein waren, fragte sie Lizzie: »Er betrügt mich, nicht wahr?«

»Du spinnst!«

»*Lizzie!*«

Folgenlose Abenteuer, behauptete Lizzie. Flüchtige Liebschaften. Es gäbe dort unten so viele hübsche Mädchen, die Schauspielerinnen werden wollten. Und wenn man als Drehbuchautor so bekannt war wie Taddeuz, dann...

* Um 1900 die ersten wirklichen Gangsterbanden in Paris. »Goldhelm« war der Spitzname eines bekannten Kommissars aus der gleichen Zeit. Anm. des Übersetzers.

»Hannah, beinahe wäre ich den Winter über nicht nach New York gekommen, denn ich wußte, daß ich dich nicht anlügen kann. Was wirst du unternehmen? Dir einen Revolver kaufen und nach Los Angeles fahren?«

Die Versuchung war groß, doch sie gab ihr nicht nach.

›Du hast schließlich gewollt, daß er berühmt wird. Jetzt ist er es. Allerdings ist er auf eine Weise berühmt geworden, die ihn quält, die ihn ankotzt, die ihn unter Umständen zum Selbstmord treiben kann. Das ist alles dein Fehler. Du kannst wirklich stolz auf dich sein.‹

Sie schrieb ihm weiterhin zärtliche und fröhliche Briefe, in denen sie sich so komisch wie möglich gab. So berichtete sie ihm zum Beispiel von den letzten Heldentaten Kate O'Sheas, der Direktorin des Labors in New Rochelle, die in ihrem lodernden Feminismus darauf bestand, daß selbst die Kutscher, die den Nachschub des Labors herbeikarrten, Frauen waren, und die Pferde Stuten:

»Darüber hinaus zündet sie jeden Tag in der katholischen Kirche Kerzen an und betet für den Sieg der Deutschen; sie ist nicht in den Kronprinz verliebt, sondern hofft, daß die Engländer eine gehörige Tracht Prügel bekommen. Ich mußte darauf bestehen, daß sie das Porträt von Wilhelm II. und die deutsche Flagge aus ihrem Büro entfernt. Sie geht mir auf die Nerven ...«

Sie vermied in ihren Briefen alles, was als Verzweiflung, Selbstmitleid oder gar Vorwurf aufgrund seiner langen Abwesenheit hätte ausgelegt werden können.

In einem Brief Ende November ging sie noch weiter:

»Seit einer Ewigkeit bin ich nicht mehr in Europa gewesen. Dieser absurde Krieg erfüllt mich mit Sorgen um die, die für mich arbeiten. Da meine Geschäfte hier mir kaum Zeit lassen, ist es wohl das Beste, wenn ich während der Feiertage am Jahresende fahre. Man hat mir versichert, es bestehe keine Gefahr. Ich werde auf einem amerikanischen, das heißt neutralen Dampfer den Atlantik überqueren und nach London fahren ...«

Sie wußte nicht, ob er die Botschaft zwischen den Zeilen verstehen würde. Sie überließ ihm die Initiative: Wenn er sich wirklich für eine gewisse Zeit von ihr trennen würde ... Sie hatte sich schon überlegt, wer Adam und Jonathan auf deren Reise nach Kalifornien begleiten könnte, denn sie sollten die Feiertage auf keinen Fall allein verbringen, während sie ...

Die Antwort war kurz und eindeutig:

»Versenke dein Schiff, falls notwendig. Ich komme.«

Charles Spencer Chaplin begleitete ihn.

›Wie ein Ehemann, der mit einer anderen Frau geschäkert hat und meint, seiner eigenen Blumen mitbringen zu müssen‹, dachte Hannah, die den kleinen Engländer mit dem schwarzen Schnauzer und den Augen eines Warschauer Juden zuerst für eine Art Gevatter hielt, der Taddeuz vor allzu heftigen Gefühlsausbrüchen ihrerseits schützen sollte. Widerwillig räumte sie später ein, daß Chaplin ein Mann war, dessen Bekanntschaft sich lohnte. Seine Possen brachten selbst Jonathan zum Lachen, dessen kalte Aggressivität und Verschlossenheit sich immer stärker bemerkbar machte. (Lizzie hatte recht: Jonathan war wirklich ein schwieriger Junge. Hätte Taddeuz ihn nur ein wenig härter angefaßt! Auf Hannah hörte er überhaupt nicht!) Doch Charlie war sehr viel mehr als ein Clown; ein Genie vielleicht. Zumindest entdeckte sie in seinen Augen diese Flamme, die Genies im allgemeinen zugeschrieben wird. Er hatte mit Mack Sennett gebrochen und bei Essany einen neuen Vertrag unterschrieben. Kurz darauf fuhr er nach Chicago, um dort seinen ersten großen Film zu drehen (den er in Kalifornien, in San Francisco, herstellte). Während des Frühstücks erfand er mit Gabeln und Brötchen einen frenetischen Tanz, wobei seine scharfen Augen funkelten. Als er endlich einmal mit Hannah allein war, fragte er sie:

»Sie wissen doch, daß Taddeuz sehr viel mehr kann als das, was im Augenblick von ihm verlangt wird?«

»Ja.«

Er küßte ihr freundlich die Hand.

»Hannah, ich werde alles tun, um ihm zu helfen. Ist er Jude?«

»Nein.«

»Ich habe dich betrogen.«

Schweigen. Sie lag auf dem Bauch, nackt, und hatte ihr Gesicht im Kopfkissen vergraben. Alle Lampen waren ausgeschaltet, gegen ihre sonstige Gewohnheit, bei der Liebe das Licht nicht zu scheuen. Eine ziemlich erbärmliche Haltung, die sie da einnahm, das wußte sie, doch sie wollte auf jeden Fall vermeiden, daß Taddeuz ihr Gesicht sehen konnte.

»Du hast es gewußt, Hannah. Du hast es gewußt, bevor ich selbst daran dachte, eine andere Frau zu berühren. Du hast damit gerechnet.«

»Natürlich. Ich rechne immer mit allem.«

»Mit fast allem. Kaum auszuhalten.«

»Ich bin ein Monstrum.«

»Mit der schönsten Hüfte, die es auf dieser Welt gibt. Hannah, versuch nicht, mich zu täuschen. Ich weiß, daß du entsetzlich leidest, aber ich weiß auch, daß du diesen Frauen nicht mehr Bedeutung zumißt, als sie wirklich haben.«

Seine Stimme klang im Dunkeln ruhig und ausgeglichen. Die kleine Mechanik in Hannahs Gehirn registrierte jede Nuance.

›Vorsicht, Hannah, er wird dir gleich sagen, daß er weiß, wie sehr du ihm geholfen hast, daß er deinetwegen in Los Angeles diese Unsummen verdient und daß du an der ganzen Situation schuld bist; daß du trotz aller Versprechen, die du ihm gegeben hast, einmal mehr in sein Leben eingegriffen und es dirigiert hast...‹

»Hannah, darf ich dich berühren?«

Sie hätte beinahe nein gesagt und ihn gefragt, wie denn die Damen in Los Angeles sich im Bett verhalten. Doch sie schwieg.

›Was nützt es dir, nur deiner Selbstachtung zu gehorchen? Und die beleidigte Gattin zu spielen, du dumme Gans! Du hättest dich eben, als du ins Bett gingst, nicht ganz ausziehen dürfen. Oder besser gleich in einem anderen Zimmer schlafen. Platz ist schließlich reichlich vorhanden. Schmollen und dann doch nicht richtig schmollen ist wirklich nicht sehr intelligent. Willst du die Scheidung einreichen? Nein? Dann halt dein Maul.‹

Taddeuz' Finger, die ihren Rücken entlangstrichen, kaum spürbar auf den Schultern verharrten und dann vorsichtig in diese Furche eindrangen, die zwischen den Schulterblättern bereits begann und sich bis zu den breit geschwungenen Hüften fortsetzte.

»Hannah, insgesamt waren es drei Frauen. Die letzte im Oktober und nur einmal. Seither nichts mehr. Es wird keine weiteren geben. Bitte, dreh dich um.«

Mit der letzten Energie, die ihr noch zur Verfügung stand, klammerte sie sich an das Kopfkissen und hielt ihre Augen weiterhin geschlossen, in der Hoffnung, die Reaktionen, die durch seine Zärtlichkeiten ausgelöst wurden, verbergen zu können. Sie war allerdings gezwungen, ihren Mund zu öffnen, da sie jetzt spürte, wie er sich leicht gegen ihre Hüfte und ihre Schenkel drückte und mit seiner Zunge spielte. Er kannte sie und ihre sensiblen Stellen und konnte sie, wenn er wollte, wie einen Pfannkuchen in der Luft herumdrehen... eine ziemlich fürchterliche Vorstellung.

›Du sehnst dich nach ihm, das ist alles. Deswegen mußt du nicht jede Kleinigkeit aufblähen!... Es ist doch höchstwahrscheinlich, daß er deine Absprachen mit Aitken nicht kennt und du dich für nichts und wieder nichts aufregst!‹

»Dreh dich um, Hannah. Es ist dumm von dir, dein Gesicht zu verstecken. Und nervtötend.«

›... wirklich wegen nichts! Außer, wenn du diese Angst benutzt hast, dich dazu zu zwingen, ihm diesen Teil von dir zu geben, den du immer für dich hast behalten wollen. Kannst du mir folgen, Hannah? Und jetzt fängst du auch noch zu lachen an, du blöde Gans.‹

»Laß endlich dieses Kopfkissen los, verdammt noch mal!«

Wie einen Pfannkuchen.

›Er hat mich wie einen Pfannkuchen umgedreht. Ich liebe ihn, und es ist mir gleichgültig, wenn er mit ganz Hollywood geschlafen hat.‹

Sie suchte seinen Blick und stellte fest, daß es im Zimmer ziemlich dunkel war. Sie machte ihre Nachttischlampe an, bereit, mit ihm zu lachen.

Er lachte nicht. Hannah erlebte zum ersten Mal, daß Taddeuz kurz vor einem wahren Wutausbruch stand.

»Woher stammt diese dumme Idee, du seist alt? Fang dieses Spiel nie wieder von vorne an. Hörst du? Nie wieder!«

›Und obendrein schreit er mich an‹, dachte sie, ›wunderbar.‹

– Lizzie, an diesem letzten Weihnachten, das wir alle in unserem Haus auf Long Island zusammen verbracht haben, mit den Brüdern und Schwestern Maryans und meinem lieben Paderewski, hast du teilgenommen, auch wenn du kein einziges Wort verstanden hast, das wir über unser geliebtes Polen gewechselt haben... Du warst überzeugt, daß zwischen Taddeuz und mir alles wieder in bester Ordnung war. Du hast mit mir darüber gesprochen, erinnerst du dich? Während Jan für uns Chopin spielte.

Das Schlimmste ist, daß ich ebenfalls davon überzeugt war...

Taddeuz blieb länger als geplant in New York; erst Ende Februar reiste er wieder ab. Hannah und er hatten neue Vereinbarungen getroffen. Sie wollten sich auf keinen Fall mehr monatelang trennen, er in Kalifornien lebend und sie, 4500 Kilometer entfernt, an der Ostküste. Alle drei, spätestens vier Wochen wollten sie sich treffen, auch wenn dies nur auf Kosten ihrer jeweiligen Arbeit möglich war.

Taddeuz hatte sich im übrigen überraschend stark für die Pläne des weltbekannten Pianisten Paderewski engagiert, der ein Hilfskomitee für die polnischen Kriegsopfer gegründet hatte. Sehr schnell beschäftigte sich die zuerst humanitäre Ziele verfolgende Bewegung auch mit politischen Fragen und strebte vor allem die Unabhängigkeit Polens an. Damals lebten bereits vier Millionen Einwanderer polnischen Ursprungs in Amerika. Ohne Geld allerdings kann man kaum etwas unternehmen; so hatte Taddeuz sich bereit erklärt, »sammeln« zu gehen, und bei sich selbst angefangen. Innerhalb von nur acht Monaten schrieb er zehn neue Abenteuer des *Einsamen Reiters* und überließ die gesamten Einnahmen dem Komitee; zwischen einhundertzwanzig- und einhundertdreißigtausend Dollar. Ohne mit der Wimper zu zucken, bat er seine Frau, die doppelte Summe einzubezahlen – und es verstand sich von selbst, daß er auch die Kadens anging. Paderewski erzählte Hannah später begeistert, Taddeuz habe allein mehr als drei Millionen Dollar für das Komitee lockergemacht.

Er reiste durch ganz Amerika, hielt Vorträge und organisierte Basare und Diners, bei denen die Eingeladenen zwischen hundert und hundertfünfzig Dollar zu bezahlen hatten. Dreimal fuhr Hannah während des Jahres 1915 nach Kalifornien. Im Juli nahm sie dort an einem von Taddeuz organisierten Wohltätigkeitsdiner teil, kam neben Harry Aitken zu sitzen und schloß an diesem Abend offiziell mit ihm Bekanntschaft. Aitken spielte hervorragend mit und ging sogar so weit, sie um eine offizielle Partnerschaft zu bitten: Er wollte eine neue Produktionsgesellschaft gründen, die Triangle, in der Mack Sennets Keystone, die Studios der Fine Arts von D. W. Griffith und die Kay-Bee (Kessel und Bauman) von Thomas Ince aufgehen sollten. Das Gespräch verlief recht irreal; Aitken brauchte vier bis fünf Millionen Dollar, eine stattliche Summe. Er hatte dank der Standard Oil, der Erdölfirma, bereits einen Teil der Summe gefunden, wollte aber noch mehr.

»In der Filmindustrie kann man recht ansehnliche Gewinne erzielen, Madam Newman. Diejenigen, die uns geholfen haben, *Birth of a Nation* zu finanzieren, haben trotz der kurzen Laufzeit des Filmes bereits beträchtliche Gewinne eingestrichen.«

›Ich bringe den Kerl noch um‹, fluchte Hannah, die sich natürlich nichts anmerken lassen durfte und genau wußte, wie ertragreich Griffiths Film war; sie hatte bereits mehr als hundert Prozent Gewinn erzielt. Sie schätzte Aitkens Seiltänzernummer keineswegs, zumal Taddeuz dem Gespräch lächelnd zuhörte.

Am nächsten Morgen fragte sie Taddeuz nach Aitken aus (sie war überzeugt, daß Taddeuz sich gewundert hätte, wäre sie auf Aitkens Angebot nicht eingegangen). Doch ihr Mann schüttelte nur den Kopf:

»Hannah, es geht schließlich um dein Geld; du allein entscheidest, wie du es anlegen willst.«

»Aber dieser Typ ist doch der Produzent deiner Einsamen-Reiter-Filme.«

»Ein weiterer Grund, mich nicht einzumischen«, antwortete er wie immer gelassen. Sein spöttisches, beinahe ironisches Lächeln konnte, wie Hannah nur zu gut wußte, alles und jedes verbergen.

Im September gingen sie mit den Kadens sowie mit Mary Pickford und Douglas Fairbanks (einer der Filme, in denen er eine Hauptrolle übernommen hatte, *Der Ängstliche,* stand auf dem Programm) in das Filmtheater Knickerbocker und schauten sich, wie damals üblich, ein komplettes Programm an: drei Filme, die alle von der Triangle produziert worden waren. Hannah hatte nach langem Zögern darauf verzichtet, in Hollywood Geld anzulegen. Ohne Taddeuz wäre sie wahrscheinlich dem Beispiel der Standard Oil gefolgt, denn gereizt hatte sie diese Anlage schon, zumal sie in der letzten Zeit zu einer begeisterten Kinogängerin geworden war. Zu ihrer Überraschung – sie schämte sich fast – faszinierten sie die stummen, hüpfenden Bilder. Den *Einsamen Reiter* hatte sie atemlos verfolgt, obwohl sie das Drehbuch ja völlig idiotisch gefunden hatte. Bei Cecil B. de Milles Melodrama *Verrat* heulte sie wie ein Schloßhund, Lizzie allerdings noch mehr, was sie einigermaßen tröstete.

Ihre Situation war paradox: Ohne mit einem Gewinn zu rechnen, hatte sie im Filmgeschäft investiert, nur damit Taddeuz Arbeit bekam; jetzt wagte sie nicht mehr, weiteres Geld anzulegen, aus Angst, er glaube, sie wolle sich in seine Angelegenheiten mischen.

›Oder umgekehrt; ich weiß nicht mehr, woran ich bin.‹

Taddeuz hatte ihr dagegen genau die Antwort gegeben, die sie erwartet hatte; er hütete sich, ihr Ratschläge zu erteilen.

Verdammt noch mal, sie hatte langsam die Nase voll von diesem ewigen Lächeln, von dieser Art, sich selbst in den Schatten zu stellen, sich zu unterschätzen, wo er doch im kleinen Finger mehr Talent hatte als diese Schreiberlinge, die in der Regel bekannter waren als er!

Innerhalb von wenigen Minuten regte sie sich angesichts der Ruhe, mit der er ihr geantwortet hatte, unverhältnismäßig stark auf und bekam einen dieser eiskalten, dabei leidenschaftlichen Zornausbrüche, die bisher für John Wynn, für Polly und selbst für Maryan reserviert gewesen waren, für die ganze Welt sogar, nur nicht für Lizzie und Taddeuz.

»Scheiße, Scheiße und noch mal Scheiße, Taddeuz!«

Das Schlimmste war, daß er sie mit seiner Sanftmut und seiner Zärtlichkeit beruhigte, ohne daß es ihr gelungen wäre, seinen Panzer zu durchbrechen. Sie schämte sich dieses Streites, bei dem sie allein in die Luft gegangen war, und war folglich um so leichter zu beruhigen.

›Gott sei Dank war ich so kaltblütig geblieben, ihm nicht das Wesentlichste an den Kopf zu werfen und mein Geheimnis aufzudecken.‹

Als er Mitte Oktober wieder aufbrach, flehte sie ihn fast an, auf diese »blödsinnigen Romane« zu verzichten. Er sollte natürlich weiterhin als Drehbuchautor arbeiten, aber warum begann er nicht mit einem Buch, das seiner würdig war? Und wenn er die Filmwelt schon nicht verlassen wollte, warum arbeitete er dann nicht mit Dave Griffith zusammen?

Er wies sie darauf hin, daß sie dabei war, sich in seine Schriftstellerangelegenheiten zu mischen...

Aber er tat es lachend.

»Hannah, das ist nicht wichtig.«

Alles in allem habe sie gar nicht so unrecht, sagte er noch.

– Lizzie, ich war auf nichts gefaßt. Wobei doch immer von mir behauptet wurde, ich sähe alles voraus.

Kapitel 13

So tragisch ist das nicht

Sie investierte endlich doch im Filmgeschäft, während Maryan gerade dabei war, die enormen Gewinne aus seinen Immobilienspekulationen in Hollywood einzustreichen. Die lange Schlacht zwischen der arroganten Motion Pictures Patents Company von Thomas Edison, die vorgab, im Besitz aller Patente zu sein, und den unabhängigen Produzenten war durch ein Urteil des Obersten Gerichtshofes entschieden worden: Am 15. Oktober 1915 wurden die angeblichen Patente Edisons als nichtig erklärt. Über Nacht wurde Hollywood, das bis dahin eher ein Schattendasein geführt hatte, zum Mekka der Filmindustrie. Die Produzenten rissen sich um die Grundstücke, die sich in Maryans Besitz befanden.

Trotz seiner Arbeit mit den Grundstücksverkäufen führte Maryan die Erhebung durch, um die Hannah ihn gebeten hatte. Zumindest drei Produktionsfirmen hatten, laut Maryans Bericht, eine glänzende Zukunft vor sich: die Universal von Carl Laemmle, die Paramount von Zukor und Lasky und die Fox von William Fox (ein ungarischer Jude, der als Straßenclown mit einem Kollegen unter dem schönen Namen ›Schmaltz-Brothers‹ begonnen hatte).

»Natürlich gibt es noch andere herausragende Männer: Marcus Loew, der die Metro aufgebaut hat, Samuel Goldwyn, in Warschau geboren – er heißt eigentlich Goldfish –, oder die Gebrüder Mayer, die aus Minsk stammen. Jetzt hätte ich beinahe die Gebrüder Warner vergessen, ebenfalls Polen. Und Selznick aus der Ukraine.«

Sie lachte schallend: »Du bist nicht zufällig auf einen Smith oder einen Dupont gestoßen?«

»Nein, aber wenn du willst, suche ich gerne nach einem«, antwortete er ungerührt.

Sie wählte die Paramount. Cecil B. de Mille war ihr künstlerischer Direktor und wichtigster Regisseur; er war gerade dabei, seine Version der *Johanna von Orléans* zu drehen und seine *Conquistadores* vorzubereiten, die seinen Ruf begründen sollten. Hannah kannte ihn seit Jahren und schätzte ihn sehr.

Ihren Gewohnheiten treu bleibend, ließ sie sich bei ihren Geschäften nicht von ihrem persönlichen Geschmack oder ihrem Vergnügen leiten. Und legte, wie immer, Wert darauf, ihre verschiedenen Geschäfte und Investitionen sauber voneinander zu trennen; sollte sie bei ihren kinematographischen Unternehmen in Schwierigkeiten geraten, durfte dies auf keinen Fall die anderen Geschäftszweige berühren. Im übrigen spürte sie wieder einmal, daß es in dieser Männerwelt ein Handicap war, eine Frau zu sein. Sie hob folglich eine neue Gesellschaft aus der Taufe und vertraute sie Maryans Bruder Joseph Kaden an.

Beinahe hätte sie sich auch bei der Universal engagiert, um zwei Eisen im Feuer zu haben. Carl Laemmle begnügte sich nicht mit der astronomischen Zahl von Abenteuerfilmen, die er produzierte, sein Ehrgeiz ging weiter. Laemmle hatte die sogenannten *jeels super special* ins Auge gefaßt: In seinen Studios – die damals größten der Welt – ließ er für Filme wie *Notre Dame von Paris* und *Das Phantom der Oper* einen Teil von Paris nachbauen. Für Eric von Stroheims *Foolish Wives* stand Monte Carlo Pate...

Joseph Kadens Rechtsanwälte verhandelten mit Zukor über die Bedingungen für Hannahs Beteiligung an der Paramount. Am 25. November wurden die Verträge unterzeichnet. Hannah hielt sich nicht in den Vereinigten Staaten auf. Zehn Tage zuvor hatte sie eine Nachricht erreicht, die ihr das Herz gebrochen hatte: Der so liebenswürdige, immer freundliche Poly Thwaites, der ihr seit zwanzig Jahren mehr als ergeben war, war ganz plötzlich, nur sechsundfünfzig Jahre alt, einem Herzinfarkt erlegen. Ihre Freundschaft ging bis auf die in Australien verbrachte Zeit zurück. Nach Mendel war dies der zweite Zeuge ihrer Jugend, der sie verließ.

Sie hatte Taddeuz die Nachricht sofort per Telegramm mitgeteilt; dessen Kammerdiener antwortete, Mister Newman sei für zwei, drei Tage verreist. So schiffte sie sich allein auf einem der wenigen Dampfer ein, die es noch wagten, Passagiere über den Atlantik zu transportieren, der *Touraine*. (Sechs Monate später veröffentlichte die deutsche kaiserliche Botschaft in der *New York Times* eine feierliche Warnung, die einige Tage später mit der tragischen Torpedierung der *Lousitania* in die Tat umgesetzt wurde.)

In ihre Erinnerungen an Polly versunken, bemerkte sie kaum das aufgeregte Hin und Her ihrer Mitreisenden, die ängstlich nach den Spuren etwaiger U-Boote oder Torpedos Ausschau hielten. In London fiel sie in die Arme von Estelle Thwaites und von Winnie Churchill – in Uniform; trotz seiner einundvierzig Jahre hatte er sich freiwillig gemeldet –, den sie während der Hochzeit der Thwaites' kennengelernt hatte.

Sie blieb zwölf Tage in London und konnte an Ort und Stelle überprüfen, was sie aufgrund der von Cecily Barton, der Direktorin aller Niederlassungen Hannahs auf den britischen Inseln, ihr wöchentlich geschickten Bilanzen bereits wußte: Der Krieg schadete ihren Geschäften keineswegs. Im Gegenteil: Die Kurve stieg überdurchschnittlich steil an, als ob die Frauen, zumindest Hannahs Kundinnen, in der Schönheitspflege einen Ausgleich für die fehlenden Männer, Söhne und Väter fänden, die an den verschiedenen Fronten kämpften.

Sie überquerte den Ärmelkanal und fuhr nach Paris. Auch hier waren die Kosmetiksalons noch nie so überlaufen gewesen. Die Fabrik in Evreux arbeitete Tag und Nacht – und das ohne Probleme, denn das vorwiegend weibliche Personal war von der Mobilisierung natürlich nicht betroffen gewesen.

Sie hatte eigentlich vorgehabt, erst zwischen dem 15. und 18. Dezember für die Feiertage nach New York zurückzukehren, als sie ein Telegramm Maryans in der Rue d'Anjour erreichte. (Cocteau war als Soldat an der Front; eine Rolle, in der sie ihn sich kaum vorstellen konnte.)

»Besser schnell heimkehren«, lautete Maryans lakonische Botschaft.

Sie schaute ihm in die Augen und verstand:

»Taddeuz?«

»Ja. Aber es ist nicht so tragisch.«

»Was weißt du, verdammt noch mal? Weißt du, wo er steckt? Nein? Nun?«

Er hatte sie von dem kleinen Dampfer der Cunard Line abgeholt, der neun Tage gebraucht hatte, um den Atlantik zu überqueren; er hatte sogar vor den Galway-Inseln vor Irland kurz festgemacht, da er vor einem deutschen U-Boot, das angeblich in der Gegend kreuzte, gewarnt worden war.

»Vielleicht habe ich dir völlig unnötigerweise einen Schrecken eingejagt. Aber ich wußte nicht, was ich tun sollte.«

Er war in seinem neuen Sechs-Zylinder Pierce Arrow (zwölf Liter!) gekommen, den er mit der gleichen Ruhe und Sorgfalt steuerte, mit der er alles anpackte.

»Laß dir ruhig Zeit«, sagte Hannah schneidend.

»Er war verschwunden; drei Wochen lang wußten wir nicht, wo er steckte.«

»Und da habt ihr euch keine Sorgen gemacht?«

»Du warst nach Europa gefahren; wir dachten, er sei vielleicht bei dir. Du kennst ja Lizzie...«

Lizzies Optimismus war so groß, daß sie auch dann noch an die Zusammenstellung des abendlichen Menüs denken würde, fiele sie aus dem fünfzigsten Stockwerk eines Hochhauses auf die Straße.

»Weiter, Maryan...«

»Am zweiundzwanzigsten Tag erhielten wir einen Brief von ihm, der in Oaxaca, Mexiko, aufgegeben worden war. Mehr als dreihundert Kilometer südlich der Hauptstadt. Er schrieb, es ginge ihm gut, wir sollten uns keine Sorgen machen, er habe wieder zu schreiben begonnen, und wir sollten dich auf keinen Fall benachrichtigen.«

»Wann war der Brief abgestempelt?«

»Am 9. November. Hannah, er schreibt wieder; ich meine, richtige Bücher wie vor der Reiter-Serie, vor seinen Drehbüchern.«

»Er hat es mir verschwiegen.«

»Lizzie wußte es, aber sie hat mit mir erst vor kurzem darüber gesprochen, so daß ich lange Zeit ebenfalls nichts wußte. Lizzie meinte auch, er tauche nicht auf, obwohl sie sich natürlich nicht sicher ist, denn bei Taddeuz kann man ja nie wissen. Hannah, ich wußte wirklich nicht, was ich tun sollte. Ich habe den englischen Konsul in Oaxaca telegrafisch um Auskunft gebeten. Die Antwort: *Mister Newmans Auto befindet sich hier; er nicht.* Ich bin selbst hingefahren. Es ist zum Verzweifeln: Taddeuz hat dort unten ein kleines Haus gemietet, für ein Jahr, war aber drei Wochen vor meiner Ankunft wieder abgereist.«

»Er hat seinen Wagen dort gelassen?«

»Das beunruhigt uns ebenfalls. Ich habe die ganze Gegend absuchen lassen. Dort unten herrscht ebenfalls Krieg, bei dem Pancho Villa und Emiliano Zapata stark engagiert sind. Ich habe mir einen Moment sogar überlegt, ob er vielleicht als Kriegsberichterstatter arbeiten will...«

»Oder als *dinamitero,* wenn du schon dabei bist!«

»Nach zehn Tagen stieß ich auf die erste Spur: Er war mit dem Zug nach Veracruz gefahren und hat sich dort Richtung Vereinigte Staaten eingeschifft.«

»Wann? Das heißt, wann hast du das erfahren?«

»Am 17. November.«

»Da hielt ich mich noch in London auf. Du hättest mich sofort informieren sollen.«

»Was hätte ich dir denn sagen können? Daß er mit dem Schiff in die Staaten zurückgekommen ist? Zur gleichen Zeit erhielten wir den zweiten Brief, in Veracruz aufgegeben. Er schrieb, er reise, um Inspirationen zu sammeln, und habe vor, sich die karibischen Inseln anzusehen, alles stünde bestens. Wir sollten dir nichts sagen, denn er wolle dich überraschen.«

»Aber du hast ihn trotzdem in New Orleans suchen lassen, obwohl er in Ruhe gelassen werden wollte?«

»Hannah, das habe ich von dir gelernt. Er hielt sich in New Orleans nur wenige Tage auf. Bei seiner Abreise aus Oaxaca trug er ein ungefähr zweihundert Seiten starkes Manuskript in einer kleinen Ledertasche mit sich. Der Konsul war in diesem Punkt förmlich. Die Ledertasche haben wir gefunden; er hat sie in New Orleans für fünf Dollar verkauft. Bevor er sich einschiffte, hat er sein Manuskript in seinem Zimmer im *Hôtel du Vieux-Carré* verbrannt. Daraufhin habe ich dir telegrafiert...«

Kein Schriftsteller verbrennt ohne triftigen Grund ein Manuskript, an dem er monatelang gearbeitet hat.

»Wohin hat er sich eingeschifft?« fragte Hannah.

»Nach San Juan auf Puerto Rico. Vor einigen Tagen hielt er sich noch dort auf. Die beiden Detektive...«

Sie schloß die Augen.

»Du hast ihn *verfolgen* lassen, Maryan?«

»Du hättest mich angeschnauzt, hätte ich es nicht getan. Habe ich etwas falsch gemacht?«

›Hannah, sei Maryan nicht böse. Er hat recht: Du hast ihm diese Verhaltensweise beigebracht, als du ihn monate-, ja jahrelang auf Taddeuz' Spuren gehetzt hast. Jetzt ist er ein Jagdhund. Du bist dafür verantwortlich, nicht er...

Und du kannst dir in allen Einzelheiten vorstellen, was sich in Taddeuz' Kopf abgespielt hat – er muß sich in einem fürchterlichen Zustand befinden, wenn er nicht schreiben kann – als er entdeckte, daß man ihn von neuem verfolgt. Natürlich nimmt er an, daß ich den Auftrag gegeben habe, wie früher, wie immer.‹

»Wo hält er sich auf, Maryan?«

»Ich weiß es nicht, Hannah. Es tut mir leid. Wir haben ganz San Juan durchsucht, vergebens. Er ist verschwunden.«

Der Pierce Arrow bahnte sich majestätisch seinen Weg durch die Menge der Ford-T-Modelle. In New York wurden die ersten Weihnachtsdekorationen aufgestellt.

Es folgten vier lange Monate unerträglichen Schweigens. Dann traf ein Brief von Taddeuz ein.

Er war am 11. April in Paris aufgegeben worden.

Kapitel 14

Les Quatre Cheminées

Jean Cocteaus Kampfanzug war von dem Couturier Paul Poiret entworfen worden; perlgraue Knickerbocker, die ausgezeichnet zu der lila Tunika aus Drill paßte (der Drill stammte natürlich aus Armentières) und zu der kurzen, rötlich violetten Arbeitsjacke mit Zwickeltaschen und hinreißenden Schulterstücken und den pflaumenfarbenen Schnürstiefeln; um den Bauch trug er einen blauen Gürtel aus russischem Leder, der mit Silbernägeln geschmückt war, um »militärischer« zu wirken.

Am linken Arm trug er eine handgestrickte Armbinde, die ihn als freiwilligen und unbezahlten Sanitäter auswies.

»Meine sehr liebe Hannah, was zum Teufel hast du hier zu suchen? Diese Welt ist Männern vorbehalten...«

Er lächelte sie fröhlich und liebevoll an. Er saß auf der mit schwarzem Leder bespannten Rückbank eines weißlackierten Opel-Tourenwagens 10/18. Der Chauffeur, ein höchst merkwürdiges Wesen, trug ein Kostüm, das an den Taucheranzug von Kapitän Nemo erinnerte – es handelte sich um den Innenarchitekten Paul Iribe, die spätere große Liebe Coco Chanels. Cocteau umarmte Hannah:

»Meine Arme! Bist du dem Ungeheuer bis hierher gefolgt? Wir werden ihn finden! Komm mit zu Etienne.«

Der fragliche Etienne war der Graf von Beaumont, der innerhalb der Armee das Sanitätswesen gegründet hatte; ein fröhlicher Mensch, Jeans Chef. Das Hauptquartier befand sich in einem flandrischen Gasthof, nicht weit von Dixmude entfernt, wo sich die Marineinfanteristen erbittert geschlagen hatten, wenn sie sich nicht noch schlugen – Jean war über den Krieg kaum informiert –, und auch nicht weit entfernt von dem Platz, an dem sich die britischen und kanadischen Truppen versammelt hatten.

»Vor nicht einmal drei Stunden bin ich einem sehr hübschen englischen Lord begegnet, der vor dem Krieg in seinen Wäldern Hetzjagden auf Knaben veranstaltete; er ist inzwischen mindestens zum General aufgestiegen. Diese Feindseligkeiten zeichnen sich durch einen unerträglichen Snobismus aus! Meine Liebe, darf ich dir Etienne vorstellen? Wir werden einen charmanten Cocktail organisieren. Du weißt nicht, wo du schlafen wirst? Wie abscheulich! Ich werde das für dich arrangieren. Ich kenne einen göttlichen, schwarzen Hauptfeldwebel... Endlich! Endlich habe ich dich zum Lachen gebracht! Hannah, dieser Krieg ist völlig verrückt; man kann sich nur retten, wenn man noch verrückter ist, was mir, unter uns gesagt, nicht allzu schwerfällt. Du wirst hier schlafen; ich zeige dir nachher dein Zimmer. Hast du etwas zum Wechseln dabei oder soll ich dir etwas leihen? Siehst du, jetzt lachst du wieder richtig! Nur keine Angst, du wirst deinen blonden Abenteurer schon auftreiben!«

Sie war am 4. Juni nach einer gefährlichen Fahrt über den Atlantik – ihr amerikanischer Dampfer, der *Mount Vernon*, wurde etwas später torpediert und ging unter – in Paris eingetroffen.

In der französischen Hauptstadt hatte sie unter anderem Gertrude Stein um Hilfe gebeten. Vor drei Jahren hatte sich Gertrude von ihrem Bruder Leo getrennt und lebte jetzt in harmonischen, eheähnlichen Verhältnissen mit Alice Toklas zusammen, einer aus San Francisco stammenden Schriftstellerin, deren jüdische Vorfahren in Schlesien beheimatet gewesen waren. Die beiden Lesbierinnen hatten Hannah warmherzig aufgenommen.

Auch wenn sie begehrliche Blicke auf die großartige Kreatur mit den schwarzen Haaren und dem dunklen Teint warfen, die Hannah begleitete. 1916 war Eulalia Jones gerade einundzwanzig Jahre alt; seit acht Monaten arbeitete sie für Hannah als Privatsekretärin und bei manchen Gelegenheiten hinter Yvonnes Rücken auch als Kammerzofe, nachdem sie in New York, Zürich, London und Paris Kurse und Praktika absolviert hatte.

Eulalia war niemand anderes als diese junge Cherokee, die sich an Mendel Visokers Totenbett befunden hatte. Hannah hatte Wort gehalten und sich um sie gekümmert, zumal das Mädchen wirklich jede Mühe wert war: Es war nicht nur sehr schön, sondern auch ausgesprochen intelligent.

Gertrude Stein kannte keinen Minister der aktuellen französischen Regierung persönlich; übrigens waren Alice und sie gerade erst aus Mallorca zurückgekehrt, wo sie wenigstens eine Zeitlang vor den deutschen Zeppelinen Frieden gehabt hatten. Sie war aber mit der Freundin eines auf Militärfragen spezialisierten Journalisten des *Figaro* befreundet, Joseph Reinach, der mit Generalstäblern Umgang pflegte.

»Hannah, er wird alles, was in seiner Macht steht, für dich tun.«

Hannah hatte sich vorgenommen, ihren alten Freund Jean Clemenceau aufzusuchen, der mit einer Amerikanerin verheiratet war, den ehemaligen Innenminister und Ratspräsidenten; im Augenblick arbeitete Clemenceau als Journalist und wartete geduldig auf die Gelegenheit, wieder in die Politik direkt eingreifen zu können.

So spann sie in Paris ihr Netz. Hannah hatte sich auf eine nervös-gespannte Hauptstadt vorbereitet; in Wirklichkeit war die Stadt ruhig und fröhlich, auch wenn man von einem bestimmten Fort Vaux sprach (sie hatte keine Ahnung, wo das lag) oder von der großen Schlacht bei Verdun (ebenfalls unbekannt) oder gar von einem Sieg der englischen Marine bei Jütland (das sie in der Nähe ihres Kopenhagener Kosmetiksalons vermutete). Doch so sehr sich auch ihre Freunde bemühten: Nirgendwo fanden sie eine Spur eines gewissen Newman oder Nenski, der sich als Freiwilliger gemeldet hätte. Keine der drei amerikanischen Organisationen, die sich um Verwundete kümmerten, verzeichneten einen der beiden Namen in ihren Listen. Auch in der Rue des Pyramides, in der Madam Isobel Lathrop eine Verwundetenhilfsstelle leitete, war kein Freiwilliger aufgetaucht, der Taddeuz ähnlich sah.

Bei ihren Besuchen in den Ministerien stieß sie auf einen Mann, der bleich wurde, als er sie erkannte: André Labadie, der kurz vor den Sechzig stand. Er war ein bedeutender Bankier geworden und hatte viel mit der Finanzierung des Krieges zu tun. Er war nicht nur ein persönlicher Freund, sondern auch ein Berater des französischen Präsidenten, Raymond Poincaré.

André lud Hannah ins *Maxim's* zum Diner ein, um ihre ehemalige Verbindung zu feiern. Die einzige delikate und elegante Bedingung, die er stellte: Einen Abend lang sollte sie wenigstens so tun, als ob sie verheiratet wären und sich immer noch liebten.

»Wir werden sogar versuchen, uns wie ein altes Paar halblaut mit Worten, die nur wir verstehen, zu streiten...«

Natürlich taten sie es nicht. Er siezte sie sogar, obwohl sie sich achtzehn Jahre früher geduzt hatten, und brachte sie zum Lachen, obwohl ihr gar nicht zum Lachen zumute war. Am Nebentisch feierten René Fonck, einer der Asse der französischen Luftwaffe, und andere Piloten, die zwischen zwei Einsätzen einen Kurzurlaub in der Hauptstadt verbrachten. André war inzwischen verheiratet und hatte zwei Töchter; seine Familie lebte in Biarritz. Nach dem Essen brachte er sie in die Rue d'Anjou, verabschiedete sich aber an der Haustür.

Sie hatte ihm Taddeuz' Brief gezeigt.

Er fragte nach Lermontow.

»Ich glaube, mich an einen russischen Schriftsteller dieses Namens zu erinnern...«

»Richtig.«

»Ein schönes Zitat. Und Sie glauben, daß Ihr Gatte den Ball verlassen hat, um seine Kalesche zu suchen?«

»Ich befürchte es.«

Sie teilte ihm die wenigen Anhaltspunkte mit, über die sie verfügte, und gab ihm eine Fotografie, auf der Taddeuz abgebildet war. In seinem kurzen Brief hatte er keinerlei Hinweise auf seine Pläne gemacht; von Lermontows Satz einmal abgesehen, sprach er eigentlich nur von seiner Trauer und Scham, Hannah so weh zu tun, und bat sie um Verzeihung.

Der Brief war am 11. April am Postamt am Bahnhof Montparnasse abgestempelt worden. Detektive hatten alle umliegenden Hotels vergebens abgeklappert; erst in der Nähe der *Closerie des Lilas* erinnerte sich im *Hôtel de Nice* ein Russe namens Ilja Ehrenburg an einen gewissen Nenski, der im Hotel übernachtet hatte. Nein, mehr wußte er auch nicht, nur, daß dieser Nenski sich vergebens bemüht hatte, in das erste Regiment der Fremdenlegion aufgenommen zu werden; seit dem 21. April war er spurlos verschwunden.

»Ich werde mein Bestes tun«, hatte André Labadie versprochen. Hannah wunderte sich, daß sie, nach Mendel, wieder einen Mann mit der Suche nach Taddeuz betraute, der sie einmal geliebt hatte.

Sie verbrachte zwei tödliche Wochen, in denen sie nichts anderes tat als warten. Die erste Zeit ging sie in ihrer Wohnung auf und ab, wartete, daß das Telefon endlich läutete, wartete, daß endlich ein Bote eine Nachricht überbrachte, bis Gertrude sie überzeugt hatte, sie habe das Recht, ab und zu die Wohnung zu verlassen. So ging sie zwei-, dreimal in die Rue Schoelcher am Friedhof Montparnasse, wo der Spanier Pablo Picasso sein Atelier hatte. Sie kaufte ihm vier Bilder ab.

Und war mit sich uneins: ›Vielleicht liegt er gerade irgendwo mit offenem Bauch im Gras und stirbt, während ich Bilder kaufe!‹

Labadie informierte sie regelmäßig über seine Nachforschungen; er hatte nicht nur den französischen und englischen Generalstab mobilisiert, sondern auch, so hatte es wenigstens den Anschein, die militärischen Nachrichtendienste.

Am 23. Juni besuchte er sie; er brachte einen von Foch persönlich unterschriebenen Passierschein und Neuigkeiten mit:

»Hannah, nichts, absolut nichts beweist, daß er einer der drei Ausländer ist, die sich auf dieser Liste befinden; sie haben sich alle drei als Russen oder Polen ausgegeben und entsprechen der Beschreibung Ihres Mannes. Ihr Ehrenburg hatte recht: Er hat in der Tat versucht, in die Fremdenlegion aufgenommen zu werden, doch man hat ihn aus gesundheitlichen Gründen abgelehnt; sein Herz entsprach nicht den Anforderungen. Wie, Sie wußten nicht, daß er herzkrank ist? Hätte ich das gewußt, hätte ich es Ihnen sicher nicht erzählt. Aber die Sache hat auch etwas Gutes: Da er ja nicht mehr der Jüngste ist, wird er überall, wo er sich präsentiert, sorgfältig untersucht werden. Keine Armee wird ihn aufnehmen... Einer der drei Männer hält sich in Flandern auf, die beiden anderen in Verdun.«

Sie hatte ihre Suche in Flandern begonnen. Eulalia in Paris zurücklassend, war sie am Steuer des schnellsten Wagens, den sie hatte auftreiben können, einem Rolls-Royce *Silver Ghost* aus dem Jahre 1911, der einem brasilianischen, noch an die Belle Epoque glaubenden Geschäftsmann gehörte, aufgebrochen.

André hatte ihr als Begleiter und Berater einen kleinen, sechsundzwanzigjährigen Infanteriehauptmann empfohlen, einen gewissen Pinsun, der während der Argonnen-Schlacht den rechten Arm und drei Finger der linken Hand verloren hatte.

Als »Wegzehrung« führte sie hunderttausend Goldfranken bei sich.

Es war reiner Zufall, daß sie am 27. Juni auf Jean Cocteau gestoßen war.

Bei dem ersten der drei Ausländer, »sehr groß, sehr blond, zwischen dreißig und vierzig Jahre alt, sich als Slawe oder Amerikaner ausgebend«, handelte es sich nicht um Taddeuz, sondern um einen Ukrainer, der größer war als ihr Mann und kaum Französisch sprach. Er arbeitete als Krankenpfleger in einem Landkrankenhaus.

Jean Cocteau lachte fröhlich: »Hannah, meine Gute, du warst schon immer eine erstaunliche Frau; sobald diese blutige Angelegenheit hier abgeschlossen ist, müßt ihr mich öfter besuchen kommen...«

Er schwärmte von dem, was er, sobald er wieder in Paris wäre, unternehmen wollte, und zitierte Namen: Max Jacob und André Breton, Erik Satie, Braque und Derain...

»Du kennst Picasso? Ausgezeichnet.«

Sie hatte sich auf dem Bett ausgestreckt, erschöpft nach den vier Tagen, in denen sie sich einen Weg zwischen den Truppentransporten, die zur Front fuhren oder von der Front kamen, gebahnt hatte. Ohne den Passierschein wäre ihr schon lange die Weiterfahrt verweigert worden. Bitter stellte sie sich die Frage, ob es wohl eine Sache auf der Welt gäbe, die sie im Augenblick weniger interessierte als Malerei oder Musik.

Dabei wußte sie natürlich, daß Jeans Fröhlichkeit nur gespielt war. Er wollte ihr helfen und sie ablenken. Sie mochte ihn und seine außergewöhnlich lebendige Intelligenz. Im Gegensatz zu vielen gemeinsamen Freunden fand sie ihn trotz seiner vielen Extravaganzen keineswegs oberflächlich, sondern hellsichtig, zu tiefgehenden Gedanken fähig und manchmal auch verzweifelt.

»Entschuldige bitte, Jean, aber ich habe eigentlich keine Lust zu plaudern.«

Er stand auf und trat einen Schritt vom Bett zurück, auf das er sich, ohne sich lange zu zieren, gesetzt hatte. Er hatte ihr sogar geholfen, ihr

Kleid aufzuknöpfen. Vielleicht wollte er sie aufmuntern, vielleicht sich aber auch ganz allgemein amüsieren, auf alle Fälle liefen die folgenden Stunden ganz in seinem Sinne ab: Zum Abendessen hatten sich Beaumont und er in Schale geworfen, das heißt, Seidenpyjamas angezogen, Beaumont einen schwarzen, er einen rosafarbenen, und um ihre Fesseln goldene Spangen gelegt. Ihr Auftritt im Speisesaal des Gasthofes blieb nicht unbemerkt...

So ganz nebenbei: Marschall Douglas Haig und sein Generalstab dinierten ebenfalls in der Herberge.

Am nächsten Morgen reiste sie mit ihrem kleinen, einarmigen Hauptmann Pinsun wieder ab.

Neun Tage später kam sie in Saint-Dizier an; sie hatte über Paris fahren müssen, um die Front zu umgehen. In Saint-Dizier wurde sie zwanzig Stunden von französischen Feldjägern festgehalten, die sich auch durch den Passierschein von Foch nicht beeindrucken ließen. Einen persönlichen Befehl Pétains befolgend, verboten sie ihr, auch nur einen einzigen Schritt weiter Richtung Front zu machen. Pinsun verließ sie und ihren Rolls am Ufer des Marne-Saône-Kanals, um mit Paris zu telefonieren. Keine Sekunde verebbten die Truppenbewegungen. Tausende abgehärmter und übermüdeter Kämpfer schauten sie in ihrem weißen Luxuswagen erstaunt an.

– Lizzie, an diesem Tag trug ich ein sehr gerade geschnittenes, graublaues Kostüm von Jeanne Lanvin, das männlichste, das ich in meinem Leben getragen, und das am wenigsten weibliche, das Jeanne während ihrer ganzen Karriere entworfen hatte. Ich trug eine Art Dreispitz, der im darauffolgenden Jahr in Mode kommen sollte, und hielt die ganze Zeit als größte Idiotin aller Idiotinnen den Griff der Derringer in meiner Handtasche fest umklammert. Völlig unnötig: Die Soldaten waren am Ende ihrer Kräfte... Viele haben mir zugelächelt, weil ich eine Frau war, und für viele war ich wohl die letzte Frau, die sie in ihrem Leben zu sehen bekamen. Ich hätte diese armen Kerle am liebsten in die Arme genommen, obwohl sie entsetzlich schmutzig waren...

Nach sechs Stunden kam Pinsun endlich zurück; es war anscheinend unmöglich, mit Fochs Sekretariat oder André Labadies Büro verbunden zu werden: Auf dem Postamt in Saint-Dizier wurden keine Privatgespräche mehr durchgestellt. Er schüttelte bedauernd den Kopf: »Madame, wir werden wohl kaum Erfolg haben.«

»Bieten Sie ihnen Geld an.«

Er schaute sie an und fühlte sich in seiner Haut nicht wohl: »Madame, man wird mir das Geld um die Ohren hauen!«

»Bitte tausendmal um Entschuldigung«, antwortete Hannah, »Sie werden mich verstehen...«

Er schaute sich um und sagte dann:
»Ich werde es noch einmal versuchen.«

Endlich schlief sie ein. Sie hatte ihre Arme über dem Lenkrad gekreuzt, völlig erschöpft von den vierundsechzig Stunden, die sie ununterbrochen gefahren war, in den Schlaf gewiegt von der monströsen Brandung der marschierenden Armeen. Gegen fünf Uhr morgens wurde sie von ihrem kleinen Hauptmann geweckt, der seinerseits vor Müdigkeit schwankte, aber stolz einen Marschbefehl überreichte. Sie frühstückten, das heißt, sie aßen ein Stück Brot und tranken den Rest Kaffee, der noch in der Thermosflasche war, und fuhren im Morgengrauen des 9. Juli weiter.

Die Feldgendarmen leiteten sie über das kleine Dorf Badonvilliers, da die Straße über Bar-le-Duc, die direkte Verbindung nach Verdun, seit Monaten von den Truppenbewegungen Tag und Nacht verstopft war. In Gondrecourt-le-Château fragte sie ein Leutnant, der noch keine zwanzig Jahre alt war, ob sie nicht ›zufällig‹ nach Verdun führen; im gleichen Ton hätte er sich während des Friedens in Deauville nach dem Weg zum Strand erkundigt! Er stellte sich artig vor, Forissier, und verriet, daß er bereits seit elf Monaten in diesen Sektor abkommandiert war und vom Urlaub in einem Dijoner Krankenhaus zurückkam. Seine Einheit, falls sie noch bestehen sollte, war die dritte Kompanie des 7. Infanterie-Regiments...

Ja, er kannte die amerikanische Pflegestation; sie war in der Kaserne Saint-Paul in Verdun untergebracht. Nein, unter den Fahrern der Krankenwagen war ihm kein großer, blonder Mann aufgefallen, vielleicht hatte er aber auch nur nicht achtgegeben...

Dem Rolls war es gelungen, sich in die lange, nicht endenwollende Schlange aus Lastwagen, über deren Ladeflächen notdürftig Planen festgezurrt waren, Truppentransportern, Meldern auf Motorrädern, fahrbaren Kanonen und Granatwerfern einzugliedern. Forissier erklärte, daß sich auf der von Barrès ›Heilige Straße‹ genannten Verbindung, die im besten Fall sechs, sieben Meter breit war, jeden Tag in beiden Richtungen jeweils bis zu sechstausend Fahrzeuge bewegten. Der gleiche Forissier wies darauf hin, daß die Zeichen auf den Seiten von einigen der mehr als dreieinhalbtausend Lastwagen, die täglich von den Nachschubdepots zur Front und wieder zurück fuhren, von den Malern Kisling, Foujita und Soutine stammten.

Kurz vor der Brücke über die Aire, einem Zufluß der Aisne, machten sie eine kurze Pause. Seit sie die Hügel von Saint-Mihiel überwunden hatten, bemerkten sie die feindlichen Batterien, die versuchten, die für Verdun lebenswichtige Ader zu unterbrechen. Immer wieder rissen Geschosse die Straße auf. Doch sofort war der französische Landsturm, der noch die Uniformen aus dem Krieg von 1870/71 trug, zur Stelle und reparierte den Schaden.

»Sechzehn Bataillone mit insgesamt achttausend Mann sind Tag und Nacht damit beschäftigt, die Straße instand zu halten«, kommentierte der unermüdliche Forissier. »General Pétain hat angeordnet, stillgelegte Kiesgruben wieder zu öffnen. Wie war noch einmal der Name des Mannes, den Sie suchen?«

»Newman. Oder Nenski. Oder Nemo oder Nunnally... irgendein Name in dieser Art, er beginnt mit N.«

»Solche Namen habe ich noch nie gehört, auch keine ähnlichen.«

Der Rolls erreichte endlich Verdun, nachdem er unterwegs noch fünf Infanteristen aufgesammelt hatte. Trotz der zwei Offiziere im Wagen scheuten sie sich nicht, über die Feldgendarmen zu lästern, was das Zeug hielt. Die unter ihren Stahlhelmen bleichen Soldaten imitierten vor ihren Offizieren in einer Art schwarzem Humor, der kaum aushaltbar war, das Blöken von Schafen, die man zur Schlachtbank führte. Sie waren auf einem Lastwagen transportiert worden, der eine Panne hatte und sofort auf die Seite gekippt worden war, damit die Straße auf alle Fälle frei blieb. Die fünf stammten aus der Vendée und hatten bisher noch nie in ihrem Leben die Loire überschritten, doch da es ans Sterben ging, fanden sie es wunderbar, in einem Rolls-Royce zum Schlachtfeld zu fahren, der von einer Frau in einem Kostüm von Jeanne Lanvin gesteuert wurde.

Der amerikanische Leiter der Pflegestation hieß Lovering Hill. Mit einiger Mühe nur gelang es ihm, seine schweren Lider zu öffnen – er hatte seit Tagen nicht mehr geschlafen – und Hannah anzuschauen, als ob er ein Gespenst vor sich habe.

»Nunnally?«

»Der Vorname muß mit einem T anfangen.«

»Meiner heißt Jim.«

Leutnant Forissier und die fünf einfachen Frontkämpfer hatten den Rolls zwanzig Minuten zuvor verlassen. Zum Abschied hatte der Leutnant Hannah aufmunternd angelächelt, ihr *Good Luck* gewünscht und den Zeige- mit dem Mittelfinger gekreuzt, um seinen Wunsch zu bekräftigen.

»Der Mann, den ich suche«, sagte Hannah, die sich nicht so leicht abwimmeln ließ, »ist sehr schön, ist sechs Fuß und zwei Zoll groß, blond, hat grüne Augen und ist über vierzig Jahre alt, obwohl er aussieht, als sei er noch nicht einmal dreißig. Er spricht Englisch, Französisch, Deutsch, Russisch, Polnisch, Italienisch und Spanisch. Aber er spricht nur wenig. Dafür lächelt er häufig, als ob er sich über sich selbst lustig macht.«

Im Hof der Saint-Paul-Kaserne in Verdun standen gut zwei Dutzend Krankentransportwagen. Man loste gerade aus, wer die zweifelhafte Ehre hatte, in das sechs Kilometer nördlich gelegene Dorf Bras, das heißt, bis an die Front zu fahren. Die Straße stand unter dem Dauerbeschuß der Deutschen, die vielleicht fünfzehnhundert Meter entfernt sich in den Dörfern Vacherauville und Douaumont auf den Hügeln Poivre und Froideterre eingenistet hatten. Langsam schwebte eine Nieuport am Himmel auf einen feindlichen Beobachtungsballon zu, sicher, ihr Ziel zu erreichen.

»Mister Hill, wenn möglich würde ich gern die ganze Wahrheit erfahren.«

Sie hatte bemerkt, daß die Augen ihres Landsmanns bei ihrer Beschreibung aufgeleuchtet hatten.

»Wir kennen ihn unter dem Spitznamen Mendel«, erklärte Hill. »Ich kann Sie beruhigen: Meiner Kenntnis nach lebt er.«

»Verwundet?«

»Sein Leben ist nicht in Gefahr.«

»Wo ist er?«

Vor zwanzig Tagen ungefähr hatte man ihn abtransportiert. Er war von einem Vorposten mit dem poetischen Namen *Les Quatre Cheminées,* Die vier Kamine, zurückgekommen, wo er mehrere Wochen lang als Krankenträger gearbeitet hatte.

»Er hat sich immer als erster freiwillig gemeldet. Ein Wunder, daß er nie verletzt wurde.«

Der Unfall hatte sich zwischen Bras und Verdun ereignet, in Belleville, einen Kilometer vor Verdun.

»Ein Unfall?«

Hill schien sich zu genieren. Er fragte: »Wer sind sie eigentlich, daß Sie es geschafft haben, bis nach Verdun vorzudringen?«

»Seine Frau. Was war das für ein Unfall?«

Der dümmste, der komischste ... und, laut Hill, der dramatischste, der diesem neutralen Amerikaner hatte passieren können, nachdem er sich laufend höchster Gefahr ausgesetzt hatte:

»Der von ihm gesteuerte Krankenwagen hatte eine Panne. Ein Lastwagen mit Nachschub, der in Richtung *Les Quatre Cheminées* fuhr, hatte in der Nacht den Krankenwagen nicht rechtzeitig gesehen, den Taddeuz zu reparieren versuchte, und war auf den stehenden Wagen aufgefahren. Die Ladung fiel auf Taddeuz ...

... der von den Kartoffeln verletzt worden war.«

Kapitel 15

Becky, hör bloß nicht meinetwegen auf…

»Das ist nicht weiter wichtig.«

Sie holte ihren Derringer aus der Tasche und legte ihn aufs Bett.

»Versuch's doch einmal damit. Das geht schneller!«

Sie beobachtete, wie seine große Hand sich langsam bewegte und nach der Waffe griff. Gegen ihren Willen schloß sie die Augen.

Ein Knall.

»Wirklich erstaunlich!« bemerkte Taddeuz. »Ich hätte geschworen, er wäre nicht geladen.«

Der einarmige Hauptmann erschien im Türrahmen.

»Keine Angst«, beruhigte ihn Hannah. »Das war nur eine Art Spiel.«

Pinsun verschwand wieder.

»Noch einer, der dir vollkommen ergeben ist, Hannah!«

Sie reagierte nicht, sondern fragte nur: »Kannst du gehen?«

»Doppelter Bruch des linken Oberschenkels«, hatte der Chirurg in Saint-Dizier konstatiert und damit die Diagnose seines Kollegen in Verdun bestätigt. »Die Bänderzerrungen in der Schulter sind bedeutungslos. Mich beunruhigt eher die psychische Seite Ihres Gatten. Dabei ist er der charmanteste Mensch, dem ich je begegnet bin. Sie sprechen beide ein für Amerikaner hervorragendes Französisch…«

Ohne Hannahs Frage direkt zu beantworten, setzte sich Taddeuz auf den Bettrand, stellte seinen Gipsfuß auf den gekachelten Boden und tat so, als bemerke er die Hand nicht, die sie ihm entgegenstreckte.

»Wo immer du hingehen willst.«

– Lizzie, ich hätte monatelang versuchen können, ihn davon zu überzeugen, daß nicht ich ihn in Mexiko, New Orleans und auf Puerto Rico verfolgen und überwachen ließ. Es wäre sinnlos gewesen. Du selbst und Maryan, ihr habt stundenlang auf ihn eingeredet, und Maryan hat immer wieder beteuert, daß er auf eigene Initiative gehandelt hat; er hat uns nicht geglaubt. Schließlich hatte ich ihn fast unmittelbar hinter der Front abgeholt, so wie man ein Kind abholt, das sich verlaufen hat. Und dann diese Geschichte mit den Kartoffeln! Zum Brüllen komisch. Wie oft hat er sie so erzählt, daß man über sie lachen mußte, ihn auslachte! Ich werde diesen Schuften das nie verzeihen! Sollen sie im schlimmsten Dreck verrecken!

»Wir könnten für eine Weile in Morcote leben«, schlug sie vor. »Im Augenblick überquert man den Atlantik besser nicht.«

›In der Schweiz herrscht Frieden; du wirst ihn für dich allein haben. Und versuchen, ihn von dieser Krankheit in seinem Kopf zu heilen, die ihn umtreibt.‹

Sie nahm sein Gipsbein zum Vorwand, um alles schleifen zu lassen, und überlegte, ob sie nicht nach Florenz fahren sollten, das er so liebte und wo sie fast ebenso viele Dinge an ihre Hochzeitsreise erinnerten wie in Morcote. Doch Italien, das bereits gegen Österreich kämpfte, erklärte Deutschland den Krieg.

Blieb nur noch Morcote.

Pinsun begleitete sie. Er war nicht nur verstümmelt worden, sondern war auch einem Gasangriff ausgesetzt gewesen; an manchen Tagen mußte er sich übermenschlich anstrengen, um wenigstens zweihundert Meter gehen zu können. Er freundete sich schnell mit Taddeuz an – was sie erhofft und, um nichts zu verheimlichen, womit sie spekuliert hatte. Ihre gewohnte Planung, die sie sich vorwarf, gegen die sie aber auch nichts unternahm. Sie war sich allerdings auch bewußt, daß Taddeuz, die Präsenz des kleinen Hauptmanns duldend, vielleicht nur vermeiden wollte, mit ihr allein zu sein. Doch sie hoffte, daß der unbeugsame Lebenswille Pinsuns, der gerade dabei war, mit den beiden verbleibenden Fingern der linken Hand schreiben zu lernen, auf ihren Mann abfärbte.

– Lizzie, ich täuschte mich noch einmal. Ich machte den immer gleichen Fehler: Ich übertrug meine Maßstäbe auf ihn und dachte, seine Heilung sei nur eine Frage der Zeit, so wie es in meinem Fall wohl gewesen wäre.

Von diesen Berechnungen einmal abgesehen, mochte sie Pinsun sehr gerne. Während sie mit dem Rolls zwischen der Ardennen- und der Flandern-Front herumgeisterten, hatten sie viel miteinander gesprochen. Pinsun hatte Jura und Literatur studiert und als Journalist gearbeitet, bevor er eingezogen worden war; er war knapp siebenundzwanzig Jahre alt. Als sie ihre Idee mit ihm zum ersten Mal besprach, brach er in schallendes Gelächter aus: Er hatte von Parfüms keine Ahnung, und Namen wie Guerlain, Caron, Coty oder auch Roger et Gallet sagten ihm kaum etwas. Vor allem aber konnte er sich nicht vorstellen, sich in Kriegszeiten mit solchen Frivolitäten zu beschäftigen, während sich die anderen die Köpfe blutig schlugen. Hannah glaubte schon, sein Nein sei endgültig, als er eines Morgens ihren Vorschlag annahm:

»Ihr Mann hat mich überzeugt.«

Hannah war völlig verblüfft: Zum ersten Mal hatte Taddeuz während der sechzehn Jahre, die sie jetzt zusammenlebten, sich um ihre Geschäfte gekümmert und in einem gewissen Sinne sogar eingegriffen.

Eine Premiere. Sie glaubte, es handele sich um eine grundlegende Änderung.

Am 10. Oktober trafen sie wieder in Paris ein. Ein Arzt in Lugano hatte Taddeuz von Gehgips und Schiene befreit, die ihn zwei Monate lang behindert hatten. Taddeuz und Pinsun hatten ihr von Verdun erzählt, und auch von einem gewissen François André, den sie in den Schützengräben kennengelernt hatten, und dessen merkwürdigem Versprechen: Einem sterbenden Achtzehnjährigen hatte André gelobt, in dessen Dorf Saint-Denac ein Hotel zu bauen.*

Taddeuz lief inzwischen wieder ohne Schwierigkeiten. Nur seine Schulter tat ihm weh. Als sie im November in die Staaten zurückkehrten, waren alle äußerlichen Zeichen seiner Verwundung verschwunden. Sie waren über Spanien nach Lissabon gefahren und hatten sich auf einem kleinen Dampfer, der unter spanischer Flagge fuhr, eingeschifft, auch wenn die Reise länger dauerte und sie in Puerto Rico – welche Ironie! – zwischenlandeten.

Seit einem Jahr hatte er sie nicht mehr berührt. Sie sagte nichts und wollte auch nichts sagen. Vielleicht begehrte er sie nicht mehr und fand sie zu alt, vielleicht wollte er sie bestrafen, da sie ihn bis nach Verdun verfolgt hatte. Sie war davon überzeugt, daß es nicht ihre Rolle war, den ersten Schritt zu tun, es fehlte gerade noch, daß er sie anfuhr – auf die höflichste Art natürlich, was noch schlimmer wäre, tausendmal schlimmer als eine Ohrfeige... Hannah zumindest empfand das so. Trotz aller Überlegungen durchlebte sie insbesondere nachts Momente, in denen sie es kaum noch aushalten konnte, vor allem während der Atlantiküberquerung. Die Betten der spanischen Gesellschaft waren viel schmaler gewesen als die der French Line oder der Cunard, so daß sich ihre Schenkel dauernd berührt hatten...

Drei-, viermal richtete sie es ein, daß er sie in ihrer Kabine nackt »überraschte« – vergebens. Sie schämte sich schließlich und bekam fast den Eindruck, als ob sie ›auf Männerfang ginge‹, um ihre eigenen Worte zu gebrauchen.

In ihrem Haus auf Long Island bezogen sie getrennte Schlafzimmer. Wobei eingeräumt werden soll, daß ihr Lebensrhythmus noch nie übereingestimmt hatte, vor allem nicht während dieser so merkwürdigen Periode: Sie fing weiterhin zu der Zeit zu arbeiten an, zu der er sich schlafen legte. Wenn sie hoffte, Schlaf finden zu können, ging sie auch

* Nach dem Krieg setzte Francois André sein Versprechen in die Tat um und eröffnete in dem Dorf, das heute kein Dorf mehr ist und La Baule heißt, ein Hotel; etwas später ein zweites in Deauville. Zum König der Kasinos geworden, baute er sein Imperium, das den Namen seines Neffen Lucien Barrière trägt, immer weiter aus. Viele Jahre später wohnte Hannah eine Zeitlang im Hotel *Normandy*, von ihrer Freundin Martha Barrière freundlich aufgenommen.

schon mal früh ins Bett; jeden Morgen stand sie allerdings unerschütterlich noch vor Sonnenaufgang auf. Er dagegen verhielt sich völlig unabhängig – in Morcote hatte es bereits gewisse Anzeichen für diese Unabhängigkeit gegeben, doch da war er durch den Gips und die Schiene noch stark behindert gewesen –, ging zu den unmöglichsten Zeiten ins Bett, verbrachte viele Nächte in der Stadt und kümmerte sich nicht mehr um sie. Aufgrund seiner langen Abwesenheit hatte er die Wohnung in der Sullivan Street aufgegeben, doch Betty Singer, die gerne bereit war, sich in alle Dinge einzumischen, die sie nichts angingen, hatte im Handumdrehen für ihn eine kleine Wohnung gefunden, in der Minetta Lane im Herzen von Greenwich Village, dem New Yorker Schwabing. Taddeuz pflegte regen Umgang mit Schriftstellern und Malern. Hannah hatte einmal an einem solchen Künstlerabend teilgenommen – Taddeuz hatte sie eingeladen – und vier entsetzliche Stunden verbracht, in denen sie sich ausgeschlossen und fremd fühlte.

Sie glaubte, sie hoffte, daß er wieder zu schreiben begonnen habe, was in ihren Augen nichts anderes bedeutete, als daß er wieder er selbst war. Sie fragte Eddy Lucas, ob er auf dem laufenden sei, doch auch der Verleger konnte ihr nichts sagen.

»Wir haben uns ein einziges Mal seit Ihrer Rückkehr aus Europa gesehen; damals hatte er mir gesagt, er schreibe *Die Wüste* völlig um. Mehr weiß ich nicht. Hannah, ich sage Ihnen sicher nichts Neues, doch Taddeuz geht es gar nicht gut.«

»Was soll das heißen, es geht ihm gar nicht gut? Ist er krank? Hat er Ihnen etwas gesagt?«

Aber nein, was sie sich denn vorstelle! Taddeuz sei nicht Taddeuz, das sei doch augenscheinlich, spiele sich aber in seinem Herzen und seinem Kopf ab, nicht in seinem Körper.

Wenn er, was selten genug vorkam, auf Long Island vorbeischaute, schloß er sich in der großen Bibliothek ein, die ihm gleichzeitig als Arbeitszimmer diente. Eines Abends drang sie voller Gewissensbisse in sein Reich ein und entdeckte etwas, das wie ein ungefähr hundert Seiten umfassendes Manuskript aussah. Nur, die Seiten waren unbeschrieben, von der Titelseite einmal abgesehen, auf der Taddeuz mit seiner weit ausladenden Schrift vermerkt hatte:

Such nicht weiter, Hannah.

Wütend und gleichzeitig beschämt verließ sie sein Zimmer.

Eine andere Überraschung, eine andere »Premiere« wartete auf sie: Er bat sie um Geld. Auf die natürlichste Weise, völlig ausgeglichen, mit seinem ewigen Lächeln. Er erklärte, als ob es zu ihren Alltagsgesprächen gehöre, der Chalmers – Taddeuz fuhr damals einen Wagen dieser Marke – sei zu klein für seine vielen Freunde, er bräuchte unbedingt einen bequemeren, den großen Packard zum Beispiel. Und zwanzig-, besser noch fünfundzwanzigtausend Dollar – er machte sich nicht die Mühe, Hannah auseinanderzusetzen, für welchen Zweck er diese Summe brauchte.

Sie bezahlte.

Taddeuz war immer ein liebevoller, zärtlicher Vater gewesen. Während der Zeit, in der er in Kalifornien gearbeitet hatte, hatte er nicht nur Hannah, sondern auch seinen Söhnen jeweils persönliche Briefe geschrieben. Jedesmal, wenn er nach New York kam, wurde er mit überschäumendem Enthusiasmus begrüßt. Adam und Jonathan vergötterten ihren Vater, auch Jonathan, der sich sonst ja eher reserviert und kühl verhielt, und die dreijährige Abigail kreischte vor Glück, sobald sie ihn entdeckte. Hannah hatte mit dem größten Vergnügen das geheime Einverständnis zwischen Vater und Söhnen beobachtet und war stolz darauf gewesen. Sie hatte ihren ›Männern‹ oft als Zielscheibe für ihren übermütigen Spott gedient, vor allem, wenn sie ›Madam Hannah‹ spielten, die Chefin, die ohne Vorwarnung eines ihrer Geschäfte oder Institute besuchte; Jonathan übernahm die Rolle seiner Mutter – er imitierte ihre Art, sich mit kleinen, aber schnellen Schritten fortzubewegen und die Mitmenschen von unten her anzureden, ausgezeichnet –, während Adam und Taddeuz die völlig verstörten und entsetzten Angestellten mimten, die sich zum Teil sogar auf die Knie warfen.

Als sie ihn nach Monaten, in denen er kein Lebenszeichen von sich gegeben hatte, wieder aus Europa zurückbrachte, wurde er von seinen Söhnen empfangen, als sei er erst am Tag zuvor abgereist. Mit etwas mehr Hingabe bei dem Älteren und etwas mehr Zurückhaltung bei dem Jüngeren, aber bei beiden mit offener, unverhohlener Zärtlichkeit...

›... mir haben sie dagegen gerade einen Blick zugeworfen und mich flüchtig geküßt!‹

In der Öffentlichkeit verhielt er sich wie immer. Die Besucher, die in ihrem Haus auf Long Island vorbeischauten, Freunde und Geschäftspartner, fanden das Paar vor, das sie schon immer gekannt hatten, vereint und sich liebend, ein Paar, dem es geglückt war, sowohl die Bedingungen, die das Leben einer internationalen Unternehmerin stellte, wie auch die eines Schriftstellers miteinander zu vereinen. Nur in diesen Augenblicken berührte er sie; er legte ihr den Arm um die Schulter und küßte sie sogar, falls es Zeugen gab. Taddeuz spielte seine Rolle dabei so hervorragend, daß sie immer Stunden und Tage brauchte, um sich zu erholen.

Selbst Charles Chaplin, der eine ganze Woche bei ihnen verbrachte, durchschaute das Spiel nicht; er stand noch bei Freulers Mutuel Film

Corporation unter Vertrag, wollte aber sein eigener Produzent werden und plante, am Sunset Boulevard in Los Angeles Studios zu bauen. Auch Eddy Lucas täuschte sich, die Singers, Cecil B. de Mille, der mit seiner *Johanna von Orleans* große Triumphe feierte, ohne zu ahnen, daß Hannah zu seinen Produzenten gehörte, Mary Pickford und Douglas Fairbanks.

Nur Lizzie – und Maryan, doch dieser hüllte sich in Schweigen – durchschaute die Komödie, die sie als ›blödsinnig und entsetzlich‹ bezeichnete. Sie ließ Hannahs Bitten, die schon eher Befehlen glichen, außer acht und sprach Taddeuz, stürmisch und lebhaft wie immer, unter vier Augen auf das Problem an.

»Es ist leichter, die Bank der Rockefellers zu erschüttern als diese Mauer, Hannah!«

»Ich habe dir gleich gesagt, daß es sinnlos ist.«

»Ich liebe ihn fast so sehr wie dich, und da hätte ich dieser Eselei beiwohnen sollen, ohne zu versuchen, etwas zu unternehmen? Du kannst dir deine großen, bösen Augen sparen; ich bin vielleicht der einzige Mensch auf der Welt, dem du keine Angst einjagen kannst, mein alter Drachen, das müßtest du eigentlich schon seit geraumer Zeit wissen. Ich habe deinem blöden Mann noch einmal auseinandergesetzt, daß es mein blöder Mann war, der den Detektiven den Auftrag gegeben hatte, ihn zu verfolgen. Und daß Maryan aus eigenem Antrieb gehandelt hat, ohne mit dir darüber zu sprechen, was ja auch gar nicht möglich gewesen war, denn du warst ja damals zu Pollys Begräbnis nach England gefahren. Und daß du wütend und beunruhigt warst. Und dann habe ich ihm noch gesagt, daß ich, wäre ich an deiner Stelle gewesen, ihn auch aus der Hölle geholt hätte, wäre ich überhaupt auf die Idee gekommen und hätte ich überhaupt den Mut dazu gehabt. Dann bin ich wohl etwas zornig geworden; so genau erinnere ich mich nicht mehr. Auf alle Fälle habe ich ihm den Kopf gewaschen. Und zwar gründlich.«

»Das Resultat?«

»In Australien gibt es ein schönes Sprichwort: Wenn man in Brisbane ins Meer pinkelt, damit es in San Francisco steigt, ist das Ergebnis gleich null!«

»Das-hat-keine-Bedeutung-Lizzie.«

»Genau. Wortwörtlich.«

Sie fielen sich in die Arme und heulten.

Eigentlich heulte nur Lizzie; Hannah tröstete sie und riß ihre Augen auf.

»Lizzie, er wird wieder zu sich kommen. Das ist nur eine Frage der Zeit.«

Sie glaubte daran, mit dieser hartnäckigen Überzeugung, mit der sie ihren Geschäften und Vorhaben immer nachgegangen war. Wenn man etwas wirklich will, dann bekommt man es eines Tages, wenn man lange genug daran glaubt.

Selbst die Szene, die sich am 4. Dezember abspielte, konnte nichts daran ändern.

An diesem Tag kam sie von einer Inspektionsreise, die sie an der Ostküste nach Boston, Philadelphia, Washington und Baltimore geführt hatte, zurück. Sie hatte sich – mit Bedauern, aber es ging einfach nicht anders – von Kate O'Shea getrennt, die bis zu diesem Zeitpunkt das Labor in New Rochelle geleitet hatte. Ein heftiger Streit war zwischen ihnen ausgebrochen, nicht der erste. Männer hätten sich wahrscheinlich geprügelt; Hannah und Kate hatten sich mit Worten zufriedengegeben. Die politischen Überzeugungen Kates hatte Hannah noch hingenommen (›Obwohl sie mir langsam auf die Nerven ging mit ihrem Wilhelm II.‹), doch der extravagante Feminismus der Irin... Sie wollte unter dem Vorwand, sie würde mit zur Ausbeutung der Frauen, die Hannahs Produkte kauften, beitragen, die Forschungsarbeiten einstellen. Hannah hatte Kate sechs Wochengehälter und die Passage New York–Galway ausbezahlt und ihr fünf Minuten gelassen, um ihren Schreibtisch zu räumen, nicht ohne inständig darum zu bitten, ihre Bomben mitzunehmen. Als Übergangslösung hatte sie Kates Vertreterin Maud Goulding mit der Leitung ihres Labors beauftragt, doch sie war sich bewußt, daß sie unbedingt eine andere Direktorin finden mußte, denn Maud war nicht so dynamisch, wie sie es wünschte, dafür aber eine fast ebenso fanatische Feministin wie Kate.

Im übrigen war ihre Tournee zu ihrer vollsten Zufriedenheit ausgefallen. Ihre Geschäfte waren noch nie so gut gelaufen. Die Zahlen sprachen für sich, aber auch das Echo, das sie in der Presse fand. Ab und zu hatte sie sogar vor Tausenden von Frauen Vorträge gehalten. Hätte sie für die vielen Artikel, die ihr und ihren Produkten eingeräumt wurden, bezahlen müssen, hätte sie das ein Vermögen gekostet. Vielleicht war es ein Zufall, vielleicht aber auch pure Berechnung, vielleicht auch eine Mischung von beidem. Es war Hannah gelungen, Unvereinbares miteinander zu vereinbaren: die Revolution, die sie auf dem Gebiet der Schönheitspflege auslöste – sie arbeitete jetzt immerhin schon mehr als zwanzig Jahre auf diesem Gebiet –, und die Forderungen der amerikanischen Frauenbewegung, die sogar zu einer Gewerkschaftsgründung geführt hatten, der *Social and Political Union of Women*. In diesem Punkt, das mußte Hannah einräumen, war ihr Maud nützlich, stellte sozusagen eine Art Empfehlung dar. Ansonsten verließ sie sich auf die drei Sekretärinnen, die sie auf ihre Reise mitgenommen hatte, darunter Eulalia Jones – die von Paul Poiret eingekleidete Indianerin war mit ihrer faszinierenden Schönheit für Hannah eine lebende Reklametafel, und auf die fünf Mannequins. Jede hatte mindestens fünfzehn Kleider dabei, die aus den Werkstätten von Paul Poiret, Worth, Jeanne Lanvin, Nicole Groult – der Schwester Poirets – oder des in Venedig lebenden Spaniers Marco Fortuny stammten. Ihre möglichen Kundinnen bekamen eine leichte Gänsehaut angesichts der kühnen Make-ups, die Hannah vorschlug; die Toiletten ihrer Mitarbeiterinnen ließen sie sprachlos vor Neid werden. Noch das nebensächlichste Detail wurde zum Gegenstand heißer Diskussionen: die Abwesenheit der klassischen Korsetts, das Auftauchen dieser merkwürdigen Büstenhalter, die Paul Poiret auf Drängen von Isadora Duncan hin erfunden hatte, die kurzen, spitzenbesetzten Unterröcke, überhaupt die Einfachheit der Unterwäsche, die die natürlichen Körperformen zur Geltung kommen ließ und auf jede überflüssige Einschränkung verzichtete – die amerikanische Damenwelt bekam den Eindruck, als ob ein frischer Wind durch ihre Garderobenschränke wehe.

Was natürlich Auswirkung auf den Verkauf der einhundertsechzig Cremes, Lotions, Toilettenwasser und Parfüms hatte, die sie unter ihrem Markenzeichen, dem doppelten H, anbot.

Wieder in New York, ging sie von der Central Station aus mit Eulalia direkt in ihre Büros, die inzwischen in die 49. Straße verlegt worden waren, und verbrachte dort eine Stunde. Sie telefonierte zuerst mit der Wohnung in der Fünften Avenue. Yvonne und Abigail waren ausgegangen; nur die Köchin und eines der Mädchen waren da.

Auch auf Long Island hatte sie keinen Erfolg: Das Hausmeisterehepaar sowie die fünf Angestellten waren da. Ja, Adam und Jonathan hatten von ihrem College in Connecticut geschrieben. Mister Newman? Nein, Mister Newman war nicht im Haus, und man konnte ihr auch nicht sagen, wann er wohl kommen würde, denn man hatte ihn seit vier Tagen nicht mehr gesehen.

Sie regelte schnell die drängendsten Probleme. Aus dem Stapel Briefe fischte sie einen heraus, auf dem die Adresse mit ungelenker Hand vermerkt war: ein Brief des kleinen Pinsun. Er schrieb ihr, er habe alle Anweisungen, die er von ihr erhalten habe, genau befolgt, und wäre dabei, alles, was man über das Parfümeriewesen wissen müsse, zu lernen. Spielerisch ließ er einige der neuen Begriffe, die er kennengelernt hatte, in seinen Brief einfließen: Ylang-Ylang, Muskat, Ambra, Piperonal...

»Hannah, ich verdanke Ihnen viel. Ich hoffe, ich kann Ihnen eines Tages etwas von der Kraft, die Sie mir geschenkt haben, zurückgeben.«

»Eulalia? Ich werde eine Stunde weg sein. Vielleicht auch länger. Warten Sie nicht auf mich.«

Sie setzte sich an das Steuer des kleinen Rolls-Royce, den sie in der Stadt fuhr und der auf ihre Bitten hin ganz in Schwarz-Rot gehalten war, und bat ihren Chauffeur, einen neutralisierten Polen mit dem klassischen Namen Kowalski, mitzufahren.

Als sie den Wagen an der südwestlichen Tangente des Washington Square abstellte, war es zwölf Uhr.

»Du wartest hier auf mich«, sagte sie zu Kowalski. »Nur wenn ich dich rufe, kommst du in die Wohnung.«

Die kleine Minetta Lane ging auf die Sechste, die Avenue der Amerikaner. Das Haus aus roten Ziegelsteinen gehörte wie verschiedene andere in diesem ehemals eleganten Viertel einem Familienmitglied der Singers. Taddeuz' Wohnung lag in der zweiten Etage. Sie brauchte nur die Klinke herunterzudrücken; die Tür war nicht abgeschlossen. Seit ihrem letzten Besuch hatte Taddeuz die Wohnung neu eingerichtet. Teppiche, türkische Diwane und zusätzliche Bilder waren angeschafft worden, wo es vorher nur einige, allerdings sehr schöne Fotografien von Man Ray gegeben hatte.

›Jetzt weiß ich endlich, wofür er die fünfundzwanzigtausend Dollar gebraucht hat.‹

Das erste Zimmer war leer. Verhaltener Lärm kam aus dem zweiten. Hannahs Schritte wurden von dem tiefen Perserteppich verschluckt; sie ging einige Meter...

Taddeuz saß in einem Korbsessel, hatte den Kopf zurückgelehnt und schien zu schlafen. Seine Augen waren geschlossen, und sein Gesicht völlig ausdruckslos. Die nackte Frau kniete zwischen seinen Beinen und beschäftigte sich mit ihm; ihre schwarzen Haare hoben sich scharf von der milchweißen Haut ihres Rückens ab.

Einige Sekunden später erstarrte sie, als ob sie Hannahs Anwesenheit spürte.

Hannah sagte sehr ruhig: »Becky, mach weiter. Hör bloß nicht meinetwegen auf!«

Sie hob ihren Derringer.

»Mach weiter, oder ich bring' dich um. Ich bin zwar nicht sehr geübt, aber auf diese Entfernung kann ich dich kaum verfehlen. Rebecca – sie wechselte vom Englischen ins Jiddische –, ich habe wirklich die größte Lust, dich zu töten. Ich werde versuchen, mich zu beherrschen, dich aber dafür zum Krüppel machen. Dir das Kreuz brechen, damit du dein Leben lang gelähmt sein wirst. Mach weiter. Geh so weit, wie du hast gehen wollen, bevor ich gekommen bin.«

Hannah setzte sich, nicht einmal zwei Meter von den beiden entfernt.

»Los!«

Hannah schaute weiter Taddeuz' Gesicht an, das völlig leblos war.

Eine Minute. Becky Singer rutschte, immer noch auf den Knien, beiseite. Und heulte.

»Hannah...«

»Zieh dich an und hau ab!«

Ihre alte Gefährtin aus der Zeit, in der Hannah in Warschau bei Debbie Klotz arbeitete, schluchzte. Das Rascheln verriet Hannah, daß Becky sich anzog. Sie drehte sich nicht einmal um. Ihr Derringer lag neben ihr.

»Hannah, laß mich doch wenigstens...«

»Hau ab!«

Die Tür schloß sich leise hinter Becky. Taddeuz rührte sich immer noch nicht. Er hatte während der ganzen Szene seine Augen nicht geöffnet. Sie stand auf, zögerte, ging dann zu ihm und bekam es mit der Angst zu tun angesichts der für sie unbegreiflichen Starre von Taddeuz. Sie zog ein Lid hoch: Die Pupille war unnatürlich groß und leer.

»Verstehst du mich, Taddeuz?«

Nach einer langen Zeit nickte er, der vergebens versucht hatte, seine Augen zu öffnen, kaum merklich mit dem Kopf. Ihre Angst wurde immer größer. Sie hatte zuerst geglaubt, er sei betrunken, doch sein Atem roch nicht nach Alkohol. Es mußte sich um etwas anderes handeln.

»Schlaf nicht ein, Taddeuz. Was hast du genommen?«

Unverständliches Gestammel. Sie versuchte zuerst, ihn hochzuheben, doch es gelang ihr nicht; immerhin war er zweimal so schwer wie sie. Sich gegen den Korbsessel stemmend, konnte sie ihn aus dem Sessel kippen; mühsam zerrte sie an den Armen und Beinen, bis er endlich in einer bequemen Lage lag. Alles hatte sich sehr schnell abgespielt.

Sie rannte die Treppe hinunter und winkte vom Eingang aus Kowalski zu sich.

»Nimm den Wagen und hole Maud Goulding und ihren Vater. Vor allem ihren Vater. Seine Praxis liegt in der 37. Straße. Beeil dich und komm nicht ohne die beiden zurück. Wenn es gar nicht anders geht, bringst du eben einen anderen Arzt mit. Schnell!«

Sie rannte die Treppe wieder hinauf.

»Schlaf nicht ein, Taddeuz, bitte... Schlaf nicht ein, Liebling.«

Sie versuchte, ihn anzuziehen. Nur mühsam gelang es ihr, ihm ein Hemd und eine Hose überzustreifen.

»Hörst du mich, Taddeuz? Hörst du mich? Weißt du, wer ich bin?«

»Hannah.«

Sie fuhr zusammen, denn seine Stimme hatte sehr klar geklungen, als er ihren Vornamen ausgesprochen hatte. Sie glaubte, er wäre aufgewacht, doch sie täuschte sich. Er schien noch tiefer in seine Lethargie zu versinken, trotz der kurzen Konvulsionen, die seinen Körper schüttelten.

»Schlaf nicht ein!«

›Warum wiederhole ich diesen Satz eigentlich immer wie eine Wahnsinnige?‹

Sie war wirklich kurz davor durchzudrehen. Um sich zu beruhigen, zwang sie sich, in dem Zimmer auf und ab zu gehen; dann trat sie wieder zu ihm, streichelte ihn, schüttelte ihn, drückte ihn an sich und nahm ihn in ihre Arme, liebevoller als sie es je mit einem ihrer Kinder gemacht hatte. Endlich schaute sie sich in dem Zimmer um, ihn dabei immer im Auge behaltend. Neue Konvulsionen schüttelten ihn, er zitterte am ganzen Leib, hatte Schweißausbrüche und atmete unregelmäßig.

›Ich war verrückt. Ich hätte ihn sofort von Kowalski in das nächste Krankenhaus bringen lassen müssen! Wenn er Georges Goulding nicht auftreibt, dann bring' ich diesen Typ um!‹

In den beiden Schränken fand sie nur Wäsche, Anzüge und Schuhe. Dann beschäftigte sie sich mit dem Schreibtisch. Sie war schon kurz davor, ihn aufzubrechen, als sie sich sagte, irgendwo müsse der Schlüssel doch sein. Sie fand den Schlüsselbund in seiner Westentasche.

»Taddeuz, schlaf nicht ein.«

Ihre Litanei. Ihre magische Beschwörungsformel. Sie dachte an Mendel, der einfach eingeschlafen war.

›O mein Gott, nein!‹

Als sie den Schreibtisch öffnete, hatte sie wieder das Gefühl, eine Vergewaltigung zu begehen, stärker noch als damals in ihrem Haus auf Long Island, als sie sein Manuskript gesucht hatte. Sie stieß auf einen relativ großen, ebenfalls verschlossenen, dunklen Holzkasten. Einer der Schlüssel paßte...

Im Inneren fand sie ein dickes Manuskript, wohl sieben- bis achthundert Seiten stark, die im Gegensatz zu seinen sonstigen Gewohnheiten sehr eng beschrieben waren. Der Aktendeckel konnte die Seiten kaum umschließen, so hoch war der Stapel.

›Hannah, schau dir das Manuskript nicht an!‹

Sie las die ersten Zeilen; sofort stiegen ihr die Tränen in die Augen: Es war ausschließlich von ihr die Rede. Taddeuz hatte sich die Mühe gemacht, bei allen Ereignissen, die er beschrieb, auch Ort und Datum festzuhalten. Die frühesten lagen mindestens sechzehn Jahre zurück: Sein Weg zu ihr durch den schattigen Prater. Dann die Zeit in Morcote am Ufer des Luganer Sees, ihr ganzes gemeinsames Leben, das in einer beeindruckenden, sturzbachartigen Flut aus Worten und Bildern festgehalten worden war. Nichts war ausgelassen worden, nicht das gemeinsame Schweigen oder die vielen eruptiven Lachanfälle, von denen sie regelrecht überfallen, und auch nicht die erotischen Spiele und Gefühle, die mit einer außerordentlichen Schamlosigkeit festgehalten worden waren. Dieses Tagebuch hatte er für sich geschrieben, das stand fest; gleichzeitig war es aber auch ein literarisches Werk und ein unglaublicher, aufwühlender Beweis für seine grenzenlose und leidenschaftliche Liebe zu ihr.

›Hannah, du wolltest doch immer, daß er schreibt, und er hat geschrieben, die ganze Zeit über, warum heulst du dann, du dumme Gans? Er hat seine Liebe zu dir schriftlich niedergelegt und von vorneherein darauf verzichtet, sie zu veröffentlichen. Du hast ihn zweimal getötet! Einmal hast du den Mann erstickt und dann den Schriftsteller! Du spürst es, und er weiß es sicher auch: Dies ist das Beste, was er je geschrieben hat! Sein Meisterwerk!‹

Neben dem Manuskript lag ein Album mit Tausenden und Abertausenden von Aufnahmen, die er von ihr gemacht und selbst entwickelt hatte, die meisten nackt und ohne jedes Schamgefühl.

Die Gouldings, Vater und Tochter, waren nicht nur Chemiker, sondern auch Ärzte. Sie wußten sofort, daß es sich bei dem weißen Pulver um Kokain handelte.

»Kokainchlorhydrat, aber ich bin fast überzeugt, daß er noch etwas anderes genommen hat.«

Taddeuz' Zustand war eine Art Halb-Koma. Ja, er konnte daran sterben, er hätte bereits tot sein können.

»Hätten Sie ihn in ein Krankenhaus gebracht, hätte das wahrscheinlich nicht viel geholfen, denn es gibt kaum Stationsärzte, die sich mit Drogen auskennen. Es war absolut richtig, mich zu holen, und ich bin so schnell wie möglich gekommen. Ich wußte, daß Sie eine Frau sind, die sich nicht wegen jeder Kleinigkeit aufregt.«

George Goulding war einer der besten amerikanischen Drogenspezialisten. Sie war froh, an ihn gedacht zu haben. Erstaunlich, daß der Arzt sie trotz seiner großen Kenntnisse auf diesem Gebiet bat, einen Kollegen hinzuzuziehen:

»Louis Macke. Vor dem Krieg hat er mit Fourneau in Paris gearbeitet. Es gibt keinen Besseren. Hoffentlich hält er sich in New York auf.«

Kowalski fand ihn und brachte ihn eineinhalb Stunden später in die Wohnung. Taddeuz war immer noch in seinem Halb-Koma, obwohl er auf Hannahs Stimme zu reagieren schien, allerdings nur auf ihre. Er hatte alle Höhen und Tiefen durchgemacht: Koma-Starre, Verlangsamung der Atmung, die zudem sehr unregelmäßig wurde, und ähnliches mehr. Nachdem ihm Goulding die zweite Spritze verabreicht hatte, schlug er endlich die Augen auf. Seine Pupillen waren unnatürlich erweitert und die Lider geschwollen; das Licht tat ihm sichtbar weh, so daß die Vorhänge zugezogen werden mußten. Zweimal mußte er sich übergeben. Er zitterte am ganzen Körper, als ob es ihm entsetzlich kalt wäre, doch sobald man ihn zudeckte, schob er die Decke heftig beiseite, als ob ihn der Kontakt irritierte.

Symptome, die Louis Macke Morphiummißbrauch zuschrieb.

»Vielleicht in Verbindung mit einem Barbiturat wie dem erst kürzlich auf den Markt gebrachten Gardenal.«

»Anders ausgedrückt, Sie haben keine Ahnung«, sagte Hannah, deren Stimme eiskalt geworden war.

»Madam, Ihr Mann ist offensichtlich rauschgiftsüchtig, und zwar schon lange, wie ich meine. Ich glaube nicht, daß ich mich täusche. Auch nicht, wenn ich davon ausgehe, daß er sich nicht auf eine bestimmte Droge versteift hat, sondern mehrere ausprobierte. Hat er in letzter Zeit verschiedene Reisen unternommen?«

»Er kam vor kurzem von Verdun zurück, wo er als Krankenpfleger gearbeitet hat und... vorher hatte er sich in Mexiko aufgehalten.«

»Dort unten gibt es Drogen, über die wir nichts wissen. Alles ist möglich. Wenn er davonkommt...«

»Natürlich kommt er davon!« fiel Hannah dem Arzt wütend ins Wort.

Louis Macke war klein, rundlich und glatzköpfig. Scharf blickte er sie an:

»Vielleicht wird er diese Krise überstehen, das ist durchaus möglich. Doch es war sicher nicht die erste und wird sicher auch nicht die letzte sein. Das Problem ist nicht mit ein paar Spritzen zu lösen. Madam, ich ziehe es vor, offen mit Ihnen zu reden: Er hat versucht, sich umzubringen.«

»Sie sind nichts weiter als ein verdammter Idiot!«

»Das ist sehr wohl möglich. Er hat sich zumindest mit der Vorstellung zu sterben angefreundet.«

»Ein zweites Mal wird er es nicht versuchen.«

»Madam, ich stecke nicht in seinem Kopf. Sie übrigens auch nicht. Ich hoffe, Sie wissen, was es bedeutet, rauschgiftsüchtig zu sein. Er ist nicht nur psychisch von Drogen abhängig, es ist viel schlimmer: als ob er ein Sklave der Drogen wäre. Ihr Mann ist Schriftsteller? Dann hat er sicher, Baudelaires Beispiel folgend, mit Opium angefangen, in der Hoffnung, seine Probleme besser bewältigen zu können.

Anschließend hat er dann die Dosis erhöht und das Betäubungsmittel gewechselt, da die Wirkungen nachgelassen haben...«

Macke war in seinem Element, und Hannah hatte beinahe den Eindruck, er hielte einen Vortrag.

›Ich hasse diesen kleinen Wicht, der so selbstsicher ist!‹ dachte sie wütend und hätte Kowalski beinahe gebeten, ihn hinauszuwerfen.

Während des Nachmittags und der Nacht vom 4. zum 5. ließ sie Taddeuz keinen Augenblick allein. Sie hatte sogar Eulalia hinausgeworfen, die mit wichtigen Geschäftsunterlagen gekommen war. Endlich ungestört, las sie mit hochroten Backen Taddeuz' Tagebuch. Als sie fertig war, begann sie sofort ein zweites Mal... Gegen fünf Uhr in der Früh stellte sie die ersten Anzeichen einer Besserung fest, so wie Macke sie ihr beschrieben hatte: die Atmung wurde langsam wieder normal, Taddeuz hörte auf zu schwitzen, und die Färbung der Haut änderte sich – die feinen, blaugetönten Stellen, die die Ärzte so beunruhigt hatten, verschwanden. Sie hatten bereits von einer Zyanose gesprochen.

Eine Stunde später lächelte er sie an. Schwach zwar, aber es war doch sein Lächeln, mit dem er sich und die Welt verspottete:

»Hannah, du bist wieder einmal gekommen, um mich zurückzuholen...«

Kapitel 16

Ich bin sicher, daß du mich anlügst

Macke war auf die Idee gekommen, Taddeuz nach Vermont zu schikken.

Er hatte auch das Sanatorium ausgewählt, das von einem seiner Söhne geleitet wurde. Hannah hatte alle Vorschläge zuerst rundweg abgelehnt: Es kam überhaupt nicht in Frage, daß jemand anderes als sie...

»Ich möchte mich wirklich nicht in Ihr Eheleben einmischen. Wenn ich es trotzdem tue, dann aus einem einleuchtenden Grund: Ich bin davon überzeugt, daß es in diesem Fall eine nicht unbeträchtliche Rolle spielt«, hatte der kleine Professor gesagt. »Wir müssen mit zwei Problemen fertig werden, Madam. Einmal seine Abhängigkeit von den verschiedensten Drogen; dies wird sicher Monate in Anspruch nehmen. Wenn sich Ihr Mann überhaupt davon lösen kann. Eine Sisyphusarbeit... Ich habe von zwei Problemen gesprochen. Das zweite sind Sie, Verzeihung; natürlich nicht abstrakt, sondern für ihn. Soll ich das Problem weiter ausführen?«

Schweigen.

»Nein«, sagte Hannah nach langer Zeit.

»Ich weiß nicht, wie stark diese beiden Probleme miteinander verbunden sind. Natürlich sind Sie nicht dazu verpflichtet, mit mir darüber zu reden.«

Sie streifte ihre Handschuhe ab, ohne sich dessen bewußt zu werden, und zog sie dann wieder an. Während des ganzen Gesprächs hatte sie ihre Augen weit aufgerissen.

»Einverstanden«, sagte sie dann.

»Sie sind eine sehr intelligente Frau. Ich sage das nicht, um Ihnen zu schmeicheln.«

Bitter sagte sie: »Der Beweis: Ich spüre, an welchem Punkt wir angelangt sind, er und ich.«

Sie trafen sich verschiedene Male; Hannah erzählte ihm alles, angefangen vom Sommer 1882 bis Verdun, ohne etwas auszulassen, und war dabei so neutral, so losgelöst von ihrer Geschichte, wie sie es nicht für möglich gehalten hätte.

Macke enthielt sich jeden Kommentars.

Taddeuz' Behandlung?

Entwöhnung. Damals gab es nichts anderes. Die Dosen wurden langsam herabgesetzt und der Patient scharf überwacht, damit er sich nicht heimlich Nachschub besorgen konnte. In Vermont würde es ihm fast unmöglich sein, an Drogen heranzukommen, ein großer Vorteil gegenüber New York.

Das Sanatorium befand sich in *Smugglers Notch*, am ›Hohlweg der Schmuggler‹, in den *Green Mountains.* Bei schönem Wetter konnte man im Westen bis zur kanadischen Grenze sehen und die Umrisse des Lake Champlain erkennen; als sie in dem kaum zwei Jahre zuvor erbauten großen Sanatorium ankamen, herrschte strahlendes Wetter. Hannah hatte ihren privaten Eisenbahnwaggon an den fahrplanmäßigen New Yorker Zug anhängen lassen. Der Waggon war in Essez Junction abgehängt worden, und Kowalski hatte sie in dem großen Rolls zum Sanatorium gebracht. Die Straße führte in engen Kurven durch einen wunderbaren Mischwald aus Tannen, Buchen und Ahornbäumen. Für Taddeuz war die dritte Etage eines Seitenflügels reserviert worden, insgesamt acht Zimmer, inklusive einer großen Bibliothek, die gleichzeitig als Arbeitszimmer dienen sollte. Sieben Personen standen Tag und Nacht zu seiner Verfügung, dazu ein Arzt, der ausschließlich für ihn da war.

Sie beobachtete, wie er einen mißtrauischen Blick um sich warf, und sagte:

»Taddeuz, nichts verpflichtet dich, hierzubleiben. Du bist hier, weil du einverstanden gewesen warst, hierherzukommen. Du kannst gehen, wann du willst. Du allein entscheidest.«

Er nickte mit dem Kopf. Das war seine ganze Antwort. Seit er vor sechs Tagen aus seinem Koma aufgewacht war und gesagt hatte: »Hannah, du bist wieder einmal gekommen, um mich zurückzuholen«, hatten sie kein überflüssiges Wort miteinander gesprochen.

In der Wohnung in der Minetta Lane sowie im Zug hatte er Anfälle bekommen, die an Epilepsie erinnerten. Die beiden riesenhaften Sanitäter mußten ihre gesamte Kraft aufwenden, um ihn festzuhalten, so daß der Arzt ihm eine Spritze geben konnte.

Er hatte versucht, sich aus dem Fenster zu stürzen.

Im Sanatorium angelangt, war er ruhig und unglaublich normal. Er ging durch die Räume in der Wohnung im dritten Stock, strich sanft über die Bücherrücken und die Bilder von Klimt, Mondrian, Klee und anderen...

Nichts erinnerte an Hannah. Zuerst hatte sie auch den Klimt aus dem Jahre 1899 aufgehängt, auf dem ihre bloßen Brüste zu sehen waren und den Taddeuz immer in ihrem Schlafzimmer hatte haben wollen, dann aber wieder abhängen lassen. Louis Macke billigte diesen Entschluß aus vollem Herzen.

Endlich blieb Taddeuz vor dem verschließbaren Kästchen stehen, in dem er sein Tagebuch und das Album mit den Aufnahmen von ihr aufbewahrte und das er selbst aus seinem Schreibtisch in der Minetta Lane geholt hatte.

»Hannah, hast du in meinen privaten Dingen herumgeschnüffelt?«

»Nein.«

Er lächelte:

»Ich bin sicher, daß du mich anlügst.«

»Du wirst mir nicht einmal glauben, wenn ich dir sage, daß die Sonne scheint. Ich habe in deinen Sachen nicht herumgeschnüffelt«, sagte sie so überzeugend wie möglich und fragte sich dabei, ob es wirklich in ihrem Interesse, in ihrem beiderseitigen Interesse lag, die Tatsache einfach abzustreiten.

Die Zimmer verfügten über viele Schiebefenster, deren Griffe mit Vorhängeschlössern gesichert und deren Scheiben so dick waren, daß man sie nicht zerbrechen konnte. Zwei Krankenwärter verfolgten Taddeuz auf Schritt und Tritt, doch dieser tat so, als bemerke er sie nicht.

Die untergehende Sonne färbte den Schnee auf den weichen, sanften Hügeln des Mount Mansfield rosa, während es in den schmalen Tälern langsam dunkel wurde. Nirgendwo war ein Haus oder ein lebendes Wesen zu sehen. Der Aufstieg zum ›Hohlweg der Schmuggler‹ lag völlig verlassen da. Einsamkeit und Stille drückten auf das Gemüt.

›Wie sind wir nur an diesem Punkt angelangt?‹ fragte sich Hannah, die unendlich traurig war. In den vorhergegangenen Tagen hatte sie mit ihrer gewohnten Energie versucht, das Problem, das sie nie anders nannte als die Krankheit ihres Mannes, zu bekämpfen und zu lösen. Sie zweifelte nicht daran, so richtig wie nur möglich gehandelt zu haben, doch sie konnte jetzt auch die Konsequenzen der von ihr getroffenen Maßnahme in ihrer ganzen Tragweite einschätzen: Sie hatte ihn in ein luxuriöses Gefängnis gesperrt. Hatte sie je etwas anderes getan?

Das Abendessen verlief beinahe normal, wenn man einmal die ständige Anwesenheit der beiden Krankenwärtern außer acht ließ, die sich in regelmäßigem Rhythmus ablösten. Nach dem Essen spritzte der Arzt Taddeuz die tägliche Dosis Drogen. Plötzlich wurde er gesprächig.

– Wir sprachen über unsere Kinder, Lizzie, das einzige Thema, bei dem wir so tun konnten, als gäbe es keine Schwierigkeiten.

Auch als sie am nächsten Morgen mit Kowalski ganz in der Früh abfuhr, taten sie wieder so, als ob... Sie hatte zwei, höchstens drei Stunden geschlafen, allein, während er sich überhaupt nicht hingelegt hatte, sondern in der Bibliothek auf und ab gegangen war und gelesen, vielleicht sogar geschrieben hatte.

Er begleitete sie bis zum Rolls.

»Was machen wir an Weihnachten?«

Er antwortete, er ziehe es vor, die Feiertage allein zu verbringen.

Auch die darauffolgenden Monate, solange er hier wohnen würde. Außer, wenn seine Söhne ihn während ihrer Schulferien sehen wollten. In diesem Falle – er lächelte – würde er sein Bestes tun, damit sie von ihrem Vater keinen allzu jämmerlichen Eindruck bekämen.

Sie wollten schon zum Wagen gehen, als er sie in seine Arme nahm. In der darauffolgenden Sekunde berührten sich ihre Lippen. Doch dann löste er sich auch schon wieder von ihr. Er gab ihr zwei versiegelte Briefe mit, einen an Adam und Jonathan, den anderen an sie adressiert.

Sie wartete, bis sie sich wieder in ihrem privaten Eisenbahnwaggon auf dem Weg nach New York befand, bevor sie den zweiten öffnete. Er beschrieb das, was unter Umständen ihre gemeinsame Zukunft werden konnte. Sie habe getan, was sie habe tun können, meinte er, doch jetzt sei es einzig an ihm, eine Lösung für sein Problem zu finden oder unterzugehen. Er müsse sein Leben in seine eigenen Hände nehmen. Er akzeptiere, so schrieb er weiter, jede Art von Trennung, die sie ins Auge fasse. Für den Fall, daß er völlig gesunden und sie ihn wieder aufnehmen wolle, wäre es unter Umständen möglich, wieder eine gemeinsame Existenz aufzubauen. Doch sie müsse ihm erstens viel Zeit einräumen und zweitens sich selbst überlassen...

Er hatte darauf verzichtet, seine sehr lakonische Botschaft mit einem zärtlichen oder gar liebenden Wort abzuschließen.

Seine schmale Silhouette zeichnete sich in ihren Gedanken vor den unbelaubten, schneebedeckten Bäumen ab – ein Sinnbild kalter Einsamkeit –, als der Rolls langsam den Berg hinabfuhr. In diesem Augenblick schien Taddeuz kleiner zu sein als normal, verglichen mit den Hühnen, die ihm als Krankenwärter dienten. Dieses Bild grub sich tief in Hannahs Gedächtnis ein.

Kapitel 17

Er sagte mir, daß Sie nie auf ihn verzichten werden

Der Bruder Maryans, der von der französischen Armee eingezogen worden war, fiel in den ersten Februar-Tagen des Jahres 1917; im März hatte Zar Nikolaus II., dem Hannah in den Gärten des Palastes von Zarskoje Selo begegnet war, abgedankt; im April war Amerika in den Krieg eingetreten. Hannah bekam fast den Eindruck, als ob die Welt ihr in dieser Zeit so leeres Leben mit Ereignissen ausfüllen wollte. Nicht, daß ihre Geschäfte schlecht gegangen wären oder stagnierten; im Gegenteil, die Umsätze kletterten steil nach oben, und Hannah konnte in Amerika das gleiche Phänomen wie in Europa beobachten: Der Krieg war für sie ein positives Element, denn die Frauen schränkten sich nicht ein, sondern gaben in ihren Läden und Kosmetiksalons mehr aus als je zuvor. Sie gewann neue Kundinnen, die aufgrund des endlich begonnenen 20. Jahrhunderts und auch aufgrund der Auswirkungen des Krieges die alten Gewohnheiten und Traditionen abstreiften.

An manchen Tagen fühlte sie sich bei ihren Inspektionsreisen in diesen amerikanischen Hotels, die sich alle glichen, nicht eigentlich müde, sondern ausgelaugt, ohne Energie, psychisch erschöpft. Inzwischen war sie zweiundvierzig Jahre alt und arbeitete seit mehr als einem Vierteljahrhundert wie eine Besessene. Sie war reich, reicher, als sie es sich hatte erhoffen dürfen. Man hatte ihr mindestens zehnmal vorgeschlagen, ihr kleines Reich zu verkaufen; das letzte Angebot hatte auf zehn Millionen Dollar gelautet. Sie hatte es, wie die vorhergehenden, abgelehnt, denn sie war nie auch nur in Gedanken bereit gewesen, das zu verkaufen, was sie aufgebaut hatte, und wunderte sich, daß man überhaupt auf diese Idee gekommen war.

Die wöchentlichen Berichte, die aus Vermont bei ihr eintrafen, bestimmten in den ersten Monaten des Jahres 1917 ihren Rhythmus. Taddeuz selbst schrieb nie, und es war ihr verboten worden, ihn zu besuchen.

– Lizzie, ich bin leer und traurig und warte.

Doch sie gab keine Sekunde die Hoffnung auf.

Obwohl die Berichte niederschmetternd waren. Taddeuz hatte zwei neue Selbstmordversuche hinter sich, wobei der zweite ihm beinahe geglückt wäre. Er wies alle Symptome eines fortschreitenden Verfolgungswahns auf. Nichts deutete die immer wieder auftauchenden Krisen an, die jeden Augenblick ausbrechen konnten, oft erst nach mehreren Wochen, die so ruhig verlaufen waren, daß man im Sanatorium schon an eine vollständige Heilung glaubte. (»Ich selbst habe mich getäuscht«, räumte Louis Macke ein.)

Die schlimmste Krise machte er im April durch, als ihn Adam und Jonathan während ihrer Schulferien besuchten und mit ihm spazierengingen. Zuerst hatte er Krämpfe bekommen, die so stark waren, daß er zu Boden fiel. Die Pfleger mußten unter den entsetzten Augen des Vierzehn- und des Elfjährigen eingreifen. Erst nach einer gewissen Zeit war Taddeuz wieder so ruhig geworden, daß sie den Heimweg antreten konnten. Während dieses Rückwegs hatte er begonnen, Jonathan zuerst verbal anzugreifen – »er hat ihn mit Ihrem Vornamen angeredet, Madam; Ihr Sohn ist Ihnen ja auch wie aus dem Gesicht geschnitten!« – und hatte sich dann auf ihn geworfen und versucht, ihn zu erwürgen.

Man hatte alle möglichen Ersatzdrogen ausprobiert – ergebnislos. Einzig das Kokain schien ihn zu beruhigen, zerstörte aber gleichzeitig seinen Körper.

»Madam, Sie haben von uns vollständige Berichte verlangt. Wir müssen einräumen, daß wir keine Fortschritte machen und entsetzlich hilflos sind. Er beklagt sich über seine Beine und hat an manchen Tagen Schwierigkeiten zu laufen. Die Nasenscheidewand ist von dem Kokain schon ziemlich angefressen. Unsere einzige Hoffnung ist eine brutale Therapie, trotz aller Risiken für einen Patienten, dessen Hauptprobleme sicher anderswo zu suchen sind.«

»Sie meinen, er kann wahnsinnig werden?«

»Ich verheimliche Ihnen nicht, daß er sich augenblicklich in einem extrem unausgeglichenen Zustand befindet.«

Von Anfang an hatte Louis Macke mit ihr über dieses letzte Mittel gesprochen: den totalen Drogenentzug von einem Tag auf den anderen, bei dem man Gefahr lief, Taddeuz in eine gepolsterte Zelle stecken zu müssen. Er berichtete ihr, für den Fall, daß es ihr noch nicht bewußt war, von den komplexen Gefühlen, die Taddeuz ihr gegenüber empfand und die sich zu fast gleichen Teilen aus Haß und Liebe zusammensetzten. Sie durfte ihn auf keinen Fall besuchen; das wäre wohl das Schlimmste gewesen, was Hannah hätte unternehmen können. Er führte seinen Kampf allein. Übrigens hatte er keine Wahl: Entweder er rettete sich mit Hilfe seines Willens oder er ging unter. Er wußte, daß sie begriffen hatte: Taddeuz hatte sich in die Drogen geflüchtet wie andere in den Alkohol; dies war seine Art, dem Problem zu entgehen, das Hannah ihm stellte.

Gozlin (Scharlatan)! Ihre Lippen formten das jiddische Wort, ohne es auszusprechen. Sie war wütend, daß ein Dritter, auch wenn es ein Arzt war, in die Geheimnisse zwischen Taddeuz und ihr eindrang. Erst später empfand sie Kummer und Leid; der kleine Professor hatte ja wahrscheinlich recht, und das konnte sie ihm kaum verzeihen.

Sie hatte ihre Bedingungen gestellt: Zuerst sollten die sanften Therapien ausprobiert werden, sechs Monate lang oder auch zwölf, falls dies notwendig werden sollte, und erst anschließend...

»Sie scheinen einen wichtigen Punkt außer acht zu lassen«, sagte Macke. »Ihr Mann ist für sich selbst verantwortlich. Wenn die Behandlung, der er unterworfen wird, eine geringe Chance hat, dann nur, weil wir auf seine hundertprozentige Kooperation rechnen können. Wir haben kein Mittel, ihn in irgendwelcher Weise zu zwingen. Oder wollen Sie etwa ein Entmündigungsverfahren einleiten?«

Sie erdolchte ihn mit ihren grauen Augen.

»Das war nur eine Frage«, fuhr der Arzt fort. »Ihr Gatte ist außerordentlich intelligent und arbeitet auf bemerkenswerte Art und Weise mit uns zusammen. Er wird selbst entscheiden.«

Sie entdeckte ihre eigenen Kinder. Nicht so sehr Abigail, die in Kürze vier Jahre werden sollte, sondern ihre Söhne. Sie hatte in ihrem stürmischen Leben eigentlich nie richtig Zeit gehabt, sie kennenzulernen. Selbst während der Schulferien, die sie häufig bei den Kadens verbrachten, sah Hannah ihre Kinder kaum, denn in der Regel arbeitete sie auch abends und an Sonn- oder Feiertagen.

– Lizzie, einem Vater hätte man wahrscheinlich keine Vorwürfe gemacht oder sein Verhalten zumindest entschuldigt. Ich aber war eine Mutter, und das ändert anscheinend alles. Es stimmt schon, als Mutter war ich eine Katastrophe. Nicht einmal eine schlechte Mutter, ich existierte einfach nicht. Dabei habe ich es ab dem Sommer 1917 wirklich versucht...

Am 31. Juli kamen die beiden Jungen in Begleitung von Yvonne und Gaffouil von einem zweiwöchigen Aufenthalt in Vermont zurück – Macke und seine Mitarbeiter waren überzeugt gewesen, daß ihr Besuch bei ihrem Vater wohl keine Gefahr darstelle. Taddeuz litt immer seltener unter Anfällen, und die tägliche Dosis an Kokain hatte inzwischen um immerhin siebzig Prozent gesenkt werden können, ein erfreulicher Fortschritt.

Adam und Jonathan waren von ihrem Aufenthalt in den Green Mountains offensichtlich begeistert, obwohl sie eher lakonisch erzählten, was sie getan hatten: Ausflüge, Ausritte, vor allem aber den Umgang mit der Kamera.

»Papa hat uns beigebracht, wie man Filme entwickelt. Er hat ein eigenes Labor.«

Sie brachten eine Unmenge von Fotografien mit, die von Taddeuz oder einem der Krankenwärter aufgenommen worden waren. So wußte sie endlich, wie ihr Mann nach acht Monaten Behandlung aussah: Er war hager geworden, schien sich aber sonst kaum verändert zu haben. Die Augen, mit denen er direkt in die Linse schaute, waren weiterhin traumverloren, und auch sein ewiges, angedeutetes Lächeln war gleich geblieben.

Die beiden vermieden es, auf die gräßliche Szene, während der sich ihr Vater auf Jonathan gestürzt hatte, anzuspielen. Hannah bekam den Eindruck, als hätten sie diese aus ihrem Gedächtnis gestrichen. Ganz natürlich, beinahe erstaunt sagten sie ihr, es ginge ihm ausgezeichnet, als sie ihre Söhne nach Taddeuz' Befinden fragte.

Bei beiden war jetzt schon abzusehen, daß sie einmal Riesen werden würden. Der vierzehnjährige Adam überragte sie bereits um dreißig Zentimeter, und der um drei Jahre jüngere Jonathan hatte seinen Bruder fast eingeholt. Jonathan ähnelte seiner Mutter, einmal aufgrund der grauen Augen, die das Gesicht bestimmten, und des gleichen Lächelns (wenn er lächelte!), aber auch aufgrund dieser Neigung zu verletzender Aggressivität, die wie bei Hannah auf große innere Stürme zurückzuführen war.

Bei Jonathan allerdings tobten die Stürme nicht nur im Innern: Zweimal war er bereits von der Schule verwiesen worden, und ohne die beträchtlichen Summen, die seine Mutter seiner jeweiligen Lehranstalt zukommen ließ, hätte sich wohl keine gefunden, die bereit gewesen wäre, diesen Jonathan Newman aufzunehmen. Vor allem sein zweiter ›Wutanfall‹ war verheerend verlaufen: Man hatte es ihm aufgrund seines Alters verweigert, Mitglied einer Mannschaft zu werden; Hannah, die von Sport nicht die geringste Ahnung hatte, hatte vergessen, um welche Mannschaft es sich handelte. Als Antwort hatte Jonathan die Umkleideräume verwüstet, die Geräte, soweit möglich, zerstört, den Sohn des Trainers verprügelt und einen Esel, der die Hose, das Hemd und die Schirmmütze des Trainers trug, in das Büro des Verwalters getrieben, das in dem zweiten Stock des Schulgebäudes lag. Hannah konnte einfach nicht anders, aber an dieser Stelle des entrüsteten Berichts des Direktors mußte sie schallend lachen. Anschließend hatte er das Weite gesucht und war – kein Mensch wußte, wie er das bewerkstelligt hatte! – bis nach Kansas City gekommen. Er hatte sich bereits als Gehilfe eines Tierauktionärs verdingt, als man ihn endlich wieder aufgestöbert hatte.

Bestürzt stellte Hannah fest, daß der eine wie der andere so gut wie nichts von ihren Geschäften wußte, während sie jede Zeile, die ihr Vater geschrieben hatte – auch die unveröffentlichten –, zu kennen schienen. Sie hatten eine sehr verschwommene Vorstellung von der Art und der Bedeutung ihres Imperiums, was wohl auf eine kaum verhehlte Gleichgültigkeit schließen ließ. Die Kinder hatten sich nie gefragt, woher das Geld stammte, das sie erhielten oder das für sie ausgegeben wurde.

»Du verkaufst so Weibersachen, nicht wahr?«

Sie war eifersüchtig und irritiert. Doch wer war an dem Verhalten ihrer Söhne schuld? Sie selbst!

Die Jungen rissen vor Staunen ihren Mund sperrangelweit auf, als Hannah ihnen vorschlug, sie auf ihrer nächsten Tournee zu begleiten, die sie bis nach Kalifornien führen sollte. Sie würde ihren gewohnten Hofstaat mitnehmen, so daß die beiden Knaben sich mit einer Schar Frauen abzufinden hatten. Und sie mußten natürlich nicht mitkommen, falls sie dieser Punkt störte...

Sie versicherten, das würde sie eher amüsieren denn stören. Hannah sollte schon bald entdecken, wie sehr sich die beiden amüsierten! Sie hielten sich mit Vorliebe in den ihnen an sich verbotenen Zonen auf, in denen sich die Mannequins umzogen, wobei der Jüngere den Älteren an der Hand nahm und ihm die splitternackten und beeindruckend schönen Damen zeigte. Innerhalb von wenigen Stunden hatten die beiden ihre Lieblingsplätze ausgemacht; Yvonne protestierte empört, dies sei wohl kein für Kinder und Jugendliche geeignetes Schauspiel, doch Hannah fand das eher komisch und ließ sie gewähren.

In den sechs Wochen, die die Tournee dauerte, widmete sie ihren Jungen mehr Zeit als je zuvor. Sie erzählte ihnen von ihren Anfängen in Polen und Australien, von dem Bedürfnis getrieben, mit ihren Kindern einen engeren Kontakt zu haben; hellsichtig wie immer hatte sie schnell die Erklärung für dieses ungewohnte Bedürfnis herausgefunden. Sie wollte vor allem das Bild ändern, das ihre Söhne von ihr hatten, und stellte sich dabei nicht allzu geschickt an, wie sie schon bald feststellen mußte, was ihr die Sache keineswegs erleichterte. Wie kam es nur, daß sie bei ihren Geschäften psychologisch so geschickt vorging, ihren Söhnen gegenüber aber unbeholfen war, sobald sie zärtlich werden wollte. Es fiel ihr sogar schwer, ein vertrautes Gespräch mit ihnen zu führen.

»O Lizzie, dabei liebe ich sie wirklich! Nicht auf die gleiche Art, in der ich Taddeuz liebe, anders, etwa so, wie ich dich liebe...«

»Hannah, du komplizierst immer alles. Sag ihnen doch einfach, daß du sie liebst, und versuch, etwas mehr Zeit mit ihnen zu verbringen.«

»Bei dir ist immer alles einfach...«

»Ich bin von Natur aus glücklich... Hannah, ich mache Scherze, obwohl ich eigentlich gar keine Lust dazu habe. Adam vergöttert dich, selbst wenn er es nicht wagt, das offen zu zeigen, Abigail ist hinreißend... nur Jonathan stellt ein kleines Problem dar, aber das wird sich mit den Jahren legen...«

Mehr als je zuvor verkörperte Lizzie zu dieser Zeit das Sinnbild der

Frau, der Mutter und der Gattin, der alles geschenkt worden war, was sie sich erhoffen durfte. Das Haus in Beverly Hills ähnelte einem Taubenschlag, in dem ständig Dutzende von Kindern aller Altersstufen ein und aus gingen. Der Eindruck der Zufriedenheit und des Glücks, den das Haus ausstrahlte, war grausam im Vergleich zu dem Hannahs... Maryan wurde auf seine ruhige und ausgeglichene Art immer reicher; zwei weitere Brüder – einer wurde schwer verletzt – kämpften inzwischen in Frankreich gegen die Deutschen, in amerikanischer Uniform (er selbst war zu alt, um noch eingezogen zu werden).

Während der Zeit, in der sich Hannah und ihre Söhne bei den Kadens in Los Angeles aufhielten, wurde kein einziges Mal auf Taddeuz angespielt.

Auf dem Rückweg nahm sie Adam und Jonathan zu Mendels Grab mit.

Und erzählte ihnen seine Geschichte in allen Details.

Sie täuschte sich nicht: Indem sie ihren Kindern ihre Vergangenheit und die der Freunde schilderte, die ihr am nächsten gestanden waren, konnte sie sich selbst am besten schildern.

›Wieder einmal benutze ich Mendel!‹

Adam war fasziniert und gerührt; er nahm Hannah in seine Arme und trocknete ihre Tränen.

Jonathan schaute fortwährend mit seinen großen, kalten Augen von seiner Mutter zu dem einfachen Grab und wieder zu seiner Mutter.

Hannah hatte den Eindruck, als ob eine andere Hannah sie beobachtete und beurteilte.

Die Tournee war zu Ende. Wieder in New York angelangt, fuhren die Jungen sofort zu ihrem Internat nach New Hampshire, denn die Schule hatte offiziell bereits begonnen.

Einige Wochen später erfuhr sie von Louis Macke, daß Taddeuz und seine Ärzte gemeinsam beschlossen hatten, die brutale Therapieform anzuwenden, das heißt, die Drogen von einem Tag zum anderen ganz abzusetzen.

»Madam, er selbst hat es so gewollt. Er hat es nicht nur gesagt, sondern auch schriftlich festgehalten. Es gibt eine einzige Möglichkeit, sich einzumischen, falls Sie dies wünschen: Sie lassen ihn von einem Experten Ihrer Wahl untersuchen und versuchen, ihn von einem Richter für unmündig erklären zu lassen.«

»Gehen Sie zum Teufel!«

Der kleine Professor ließ sich nicht irritieren, sondern nickte nur mit dem Kopf:

»Noch etwas: Besuchen Sie ihn um Himmels willen nicht!«

An Weihnachten kamen die Kadens nach New York; sie hatten Hannah nicht allein lassen wollen. An Menschen mangelte es nicht: Neben Lizzie und Maryan und ihren zwölf Kindern hatten sich in den beiden Häusern, die nur durch den Teich getrennt wurden, Dutzende von Gästen eingefunden. Auf Maryans Wunsch hin hatte sich der Kaden-Clan wieder einmal so vollständig wie nur möglich versammelt; aus ganz Amerika, aus Kalifornien, aber auch aus Chicago waren die Verwandten Maryans eingetroffen, die inzwischen in ihre neue Heimat voll integriert waren. Maryan hatte darüber gewacht, daß alle Brüder, Schwäger und Vettern wichtige Stellungen in den verschiedensten Geschäftszweigen wie Banken, Automobilindustrie oder auch im Immobilienhandel einnahmen.

Doch schon in den ersten Januartagen des Jahres 1918 war es wieder still und einsam in Hannahs Haus. Nicht einmal Lizzie hatte sie alles erzählt, was sich in Vermont abspielte. Es fiel ihr zu schwer, über die Rauschgifte zu sprechen, denen Taddeuz verfallen war; so begnügte sie sich damit, ganz allgemein von gewissen Nervenproblemen zu sprechen. Die beiden Frauen verstanden sich inzwischen so gut, daß große Geständnisse unnötig waren. Als Lizzie fragte, ob sie nicht noch eine gewisse Zeit auf Long Island bleiben solle, hatte Hannah ohne Begründung abgelehnt. Lizzie war nicht weiter in Hannah gedrungen.

Sie wollte allein sein. Die erst wöchentlichen Berichte Louis Mackes trafen jetzt täglich ein. Aufgrund der Gewöhnung verlor der Schrecken etwas an seiner Bedeutung:

Dienstag, 17. Januar. Er verweigert weiterhin jede medikamentöse Hilfe und erkennt niemanden. Gegen sechzehn Uhr Puls zwischen 130 und 180. Während des Vormittags knapp hundert Minuten im Koma. Seit dem 4. Januar kein neuer Selbstmordversuch. Während des Nachmittags eine Stunde bei klarem Verstand, um die Abendessenszeit zwei Stunden. Bestätigte, daß er weiterhin keine medikamentöse Hilfe wünsche. Versuchte zu schreiben, konnte aber den Füller nicht halten.

Ihrem Wunsch gemäß verbargen die Berichte nichts. Ihre Beziehungen zu Louis Macke waren mehr als merkwürdig. Sie haßte diesen kleinen, selbstsicheren Mann und dessen Analysen und hatte trotzdem fast unbeschränktes Vertrauen in ihn. Geschickt und mit viel Geduld hatte er ihr zu verstehen gegeben, daß Taddeuz wohl schizophren war, und sie hatte ihm recht geben müssen.

»Vor einigen Jahren wurde dieser Begriff von einem meiner Kollegen, Bleuler, geprägt. Während meines Europa-Aufenthaltes habe ich einige Jahre mit der Zürcher Psychiatrischen Schule zusammengearbeitet. Sie haben Freud kennengelernt? Ich ebenfalls. Und Emil Kraepelin und Jung. Sie meinen, ich wolle Sie mit meinen Kenntnissen beeindrucken?

Sie haben recht. Ich versuche aber vor allem, Sie davon zu überzeugen, daß ich alle Trümpfe in die Waagschale werfe, die mir die Wissenschaft heute in die Hand gibt.«

Macke, der eigentlich nur Taddeuz' Entzug hatte überwachen sollen, hatte sehr schnell die möglichen Gründe für diese Sucht gefunden. Sie hatte ihm ihr Leben mit Taddeuz erzählt, ohne Vorbehalte, vollständig, vor allem aber ohne zu wissen, aus welchem Grund sie das tat. Das Gefühl, manipuliert und durchschaut zu werden, war für sie beinahe unerträglich. Die Sicherheit, mit der er aus ihrem Bericht Schlüsse und Konsequenzen zog, faszinierte und entsetzte sie. Sie hatte es niemals für möglich gehalten, eines Tages mit jemand über Taddeuz' Krankheit zu sprechen, ohne ihm die Augen auszukratzen. Louis Macke hatte nicht nur mit ihr gesprochen; es war ihm darüber hinaus gelungen, sie von der Richtigkeit seiner Diagnose zu überzeugen.

Mitte Februar teilte er mit, die Behandlung »erlaube inzwischen gewisse Hoffnungen...«

»Was heißt das wirklich?«

Sie hatte die letzten, aus Vermont eingetroffenen Berichte immer und immer wieder gelesen, ohne Anzeichen ›für gewisse Hoffnungen‹ entdecken zu können.

»Wir können eine vollständige Heilung ins Auge fassen«, erklärte Macke.

Natürlich dauere dies noch einige Monate... Insgesamt war Macke diesmal offener als die vergangenen Male. Er lächelte ihr sogar zu.

Plötzlich spürte sie instinktiv:

›Er lügt mich an! Dieser Schuft, dieser Scheißkerl wagt es, mich anzulügen!

Sie lächelte zurück:

»Sie haben viel für uns getan. Ich werde mich weiterhin in Geduld fassen.«

Zwei Tage später befand sie sich bereits in Vermont in Sichtweite des Sanatoriums. Sie hatte es abgelehnt, sich von Kowalski begleiten zu lassen, und war, fünfundzwanzig Stunden hintereinander am Steuer des Rolls sitzend, von New York bis zum Sanatorium durchgefahren. Diesen 18. Februar sollte sie nie vergessen.

Die Landschaft, die sich Tausende von Kilometern westlich erstreckte, erinnerte sie an das verschneite und verlassene Polen, nur daß es hier nicht so eben war. Ab Montpelier, wo sie einen Mechaniker aus dem Bett gescheucht hatte, der die Enotspumpe des *Silver Ghost* 40/50 neu einstellen mußte, änderte sich die Landschaft. Sie bog in die Straße ein, die zum ›Hohlweg der Schmuggler‹ führte. Zweimal streikte der

Motor. Die Bremsen waren zu schwach, um das Gewicht des Wagens zu halten, der abwärts rutschte. Hannah steuerte ihn bewußt in den Graben, um ihn aufzuhalten. Wie durch ein Wunder hatten die schmalen Reifen auf den Eisplatten, die die Straße bedeckten, beide Male gegriffen, so daß sie wieder losfahren konnte. Sie war völlig durchgefroren, denn nur die hinteren Passagiersitze waren gegen die Unbilden des Wetters geschützt, nicht aber der des Chauffeurs. Beim dritten Mal hatte sie kein Glück mehr.

Sie beschloß, den Rolls stehenzulassen und zu Fuß weiterzugehen. Bis zum Knie sank sie in den frischen Schnee.

Hannah ahnte die Antwort auf ihre Frage, die sie hergeführt hatte, noch bevor man sie ihr gegeben hatte.

Eine Stunde brauchte sie, um die zwei anstrengenden Kilometer zurückzulegen, die sie von ihrem Ziel trennten. Die Straße führte steil aufwärts. Der Himmel war bleigrau, und das Thermometer zeigte 20 Grad unter Null.

Der Hausmeister, der ihr öffnete, glaubte seinen Augen nicht zu trauen. Er fing sie auf, denn Hannah brach buchstäblich zusammen; er trug sie zum nächsten Bett und rief seine Frau, die Hannah auszog, mit Decken umhüllte, in die sie fürsorglich gleich zwei Wärmflaschen steckte, und ihr heißen Tee mit Rum einflößte.

Seit vierundvierzig Tagen war das Sanatorium bereits aufgegeben worden, bestätigte das Hausmeisterpaar. Ärzte, Pfleger und alle anderen Angestellten waren abgereist und das Sanatorium menschenleer.

»Mr. Newman ist ebenfalls abgereist. Vor ungefähr drei Monaten.«

In Begleitung eines seiner Pfleger, Adamson, mit dem er sich sehr gut verstand. Ja, Mr. Newman schien es gut zu gehen. Er steuerte den Wagen, in dem sie abreisten, selbst...

Nein, sie wußten wirklich nicht, welchen Weg Mr. Newman eingeschlagen hatte. Man hatte ihnen nichts erzählt. Außerdem konnte man vom Sanatorium aus nicht die Richtung erkennen, die die Besucher einschlugen, waren sie erst einmal den Berg hinuntergefahren.

Einziger Hinweis: Alle Briefe, die ankamen, gleich für wen sie bestimmt waren, sollten an Professor Macke weitergeleitet werden.

»Ich werde es noch einmal tun, wenn es nötig sein sollte«, sagte Louis Macke. »Sie haben mir die Verantwortung für die Heilung Ihres Mannes anvertraut; vor allem aber hat sich Ihr Mann mir anvertraut. Verzeihen Sie bitte, wenn ich diesen Punkt als gewichtiger ansehe. Ich habe Ihnen niemals meinen Standpunkt verhehlt: Nur ein einziger Mensch auf der Erde kann ihm helfen, und das ist er selbst. Natürlich mochte ich die Komödie nicht, die wir Ihnen seit Dezember vorspielten. Er war auf diese

Idee gekommen, nicht ich. Ich habe alles getan, um ihn davon abzubringen, habe mich aber nicht durchsetzen können.«

»Wo hält er sich auf?«

»Bitte rechnen Sie nicht damit, daß ich Ihnen das mitteile. Ich kann Ihnen nur schwören, daß er sich in Sicherheit befindet, soweit wir bei Ihrem Mann überhaupt von Sicherheit sprechen können. Madam Newman, in meinen Augen ist er geheilt: Seit sieben Monaten hat er nun keine Krise gehabt, ist völlig drogenentwöhnt und lebt wie ein normaler Mensch. Von einem Punkt abgesehen: Er weigert sich, Sie zu empfangen. Nicht gerade sehr wichtig und doch von ungeheurer Bedeutung. Hier gibt es einiges, was uns rätselhaft geblieben ist, wenn wir es einmal so ausdrücken. Eines steht fest: Er hat das Problem, das Sie für ihn verkörpern, noch nicht gelöst.«

Schweigen.

Sie stand auf, ging in dem Zimmer hin und her, schob den Vorhang beiseite, um hinausschauen zu können, und wunderte sich selbst über ihre Ruhe.

»Was hat er sonst noch gesagt?«

»Daß er Sie beinahe umgebracht hätte. Nicht in Gedanken, sondern real. Vor allem nach einer gewissen Affäre Aitken, die er mir in allen Einzelheiten erzählte.«

»Ich verstehe«, antwortete sie kurz – und drehte Macke den Rücken zu.

»Täuschen Sie sich nicht, Madam, er ist weit davon entfernt, Sie dafür verantwortlich zu machen. Er ist im Grunde überzeugt, daß alles sein Fehler ist... Er erzählte mir auch von einer Reise nach Oaxaca in Mexiko. Haben Sie ihn eigentlich damals wirklich suchen lassen?«

»Ja und nein.«

»Sie sind nicht verpflichtet, meine Fragen zu beantworten.«

»Ich habe ihn nicht persönlich suchen lassen. Einer meiner Freunde hat den Auftrag erteilt, ohne mit mir darüber zu sprechen. Er tat es in bester Absicht.«

»Haben Sie das Ihrem Mann gesagt?«

»Der glaubt nicht einmal das Gegenteil von dem, was ich erzähle.«

Schweigen. Sie drehte sich um. Macke war gerade dabei, zustimmend mit dem Kopf zu nicken.

»Ich habe eine junge Nichte«, sagte er, »die nur davon träumt, in einem Ihrer Kosmetiksalons arbeiten zu dürfen.«

Sie reagierte nicht.

Erst nach einer geraumen Frist machte sie ihren Beutel auf und holte eine ihrer kleinen Visitenkarten heraus, auf denen sie häufig Anweisungen gab.

»Wie heißt sie?«

»Shirley Storch.«

Sie schrieb den Namen auf den Rücken ihrer Visitenkarte und paraphierte mit ihrem doppelten H.

»Sie soll sich bei Catherine Montblanc in New Rochelle vorstellen.«

»Danke, Madam; ich muß gestehen, daß ich vor allem ein Experiment machen wollte.«

»Sie wollten herausfinden, wie ich auf Ihre Frage reagiere?«

»Ja.«

»Ihr Experiment ist schiefgelaufen. Ich habe geahnt, daß es sich nur um ein Experiment handelte. Wer wird bestätigen, daß mein Mann geheilt ist?«

»Ich glaube, Sie kennen die Antwort. Werden Sie auf ihn verzichten?«

»Nein.«

»Er sagte mir, daß Sie nie auf ihn verzichten werden.«

Sie schaute ihm direkt in die Augen.

»Sie wollen mir noch eine zweite Frage stellen, das spüre ich. Hier die Antwort: Ich werde ihn nicht suchen lassen, auf keine Weise. Ich werde auf ihn warten, für den Fall, daß er zu mir zurückkommen will. Und ich möchte gerne meine Schulden bei Ihnen begleichen.«

Der Versuch, die Kinder während der Osterferien bei sich zu behalten, endete mit einem entsetzlichen Fiasko. Eines Morgens fand sie ihre Buchhaltungsunterlagen zerrissen, zur Hälfte verbrannt und mit Urin verschmutzt. Ein anderes Mal waren ihre Kleider zerfetzt und das Bild von Pissarro, das sie vergötterte, mit einem Messer durchbohrt. Die großartigen Geschenke dagegen, die sie den Kindern Weihnachten überreicht hatte, lagen unbeachtet in einer Ecke. Man hatte sich nicht einmal die Mühe gemacht, sie kaputtzuschlagen; dazu verachteten sie sie zu sehr.

Nur Yvonne war eingeweiht. Hannah bat sie, niemandem etwas zu erzählen. Vor allem Maryan und Lizzie nicht. Sobald die beiden anwesend waren, änderte sich das Verhalten von Adam und Jonathan um hundert Prozent. Sie spielten mit den Kaden-Kindern, die ihrer Altersklasse entsprachen, und Jonathan sprach Hannah höflich und respektvoll mit ›Mutter‹ an. (Nur in den ersten Lebensjahren hatte er sie Mama genannt.) Mit seiner natürlichen Autorität organisierte er als Chef die gemeinsamen Spiele, bei denen er schallend lachen konnte. War er dagegen gezwungen, mit seiner Mutter beim Spiel Blicke zu wechseln, schaute er sie hart und ironisch an, als fordere er sie zu irgend etwas heraus.

Es war unumgänglich, sie auf verschiedene Schulen zu schicken.

Nicht daß Jonathan ein schlechter Schüler war; in manchen Perioden war er fähig, in jedem Fach der Beste seiner Klasse zu werden, in anderen dagegen schien er ein hoffnungsloser Fall zu sein. Fünfmal hatte er jetzt schon das Internat wechseln müssen. Seine Größe und seine überdurchschnittliche Kraft erlaubten es ihm, sich mit wesentlich älteren Jungen zu schlagen, und er scheute sich nicht, dies voll auszunutzen. Einen seiner Mitschüler hätte er beinahe umgebracht – Hannah hatte ihn gerade mit Müh und Not in dieser Schule untergebracht! –, und einem seiner Lehrer hatte er mit einem schweren Tintenfaß die Nase zertrümmert. Dreimal war er ausgerissen und beim letzten Mal bis nach Quebec gekommen. (Wie Adam sprach er fließend französisch; Yvonne und Gaffouil hatten es ihnen beigebracht. Außerdem sprach er recht passabel deutsch und polnisch.)

Hannah hatte versucht, ihren Söhnen jiddisch beizubringen, doch Jonathan war der Ansicht gewesen, weder er noch sein Bruder hätten die Sprache der Juden zu lernen:

»Unser Vater ist katholisch.«

Mit Adam gab es kaum Probleme. Wahrscheinlich hätte es überhaupt keine gegeben, wäre er nicht unter dem Einfluß des Jüngeren gestanden. Adam arbeitete in der Schule sehr gut mit und war bereits ein Jahr voraus. Es kam vor, daß er wie an Mendels Grab seine Mutter in die Arme nahm – das Gegenteil wäre lächerlich gewesen, denn der Sechzehnjährige war bereits einen Meter fünfundachtzig groß –, doch sobald Jonathan auftauchte, löste er sich von Hannah.

Sie erwähnten ihren Vater mit keiner Silbe.

Während der Sommerferien nahm Hannah sie mit nach Los Angeles.

»Lizzie, ich weiß nicht, wie ich es ausdrücken soll...«

»Hannah, streng dich nur nicht unnötig an! Ich habe mit Maryan gesprochen. Adam hat das gleiche Alter wie Doug, mein Zweitältester. Owie und Mark passen ausgezeichnet zu Jonathan, nicht nur vom Alter her. Die drei verstehen sich bestens. Und Abigail kann mit Sandy und sogar mit Melanie spielen. Anders ausgedrückt: Deine Kinder können sich bei mir wie zu Hause fühlen, denn sie sind hier zu Hause. Du kannst sie mir anvertrauen, solange du willst. Du weißt genau, daß mich das nicht stört, im Gegenteil. Bitte, sprechen wir nicht mehr über dieses Thema, und hör auf, dein Gehirn zu zermartern. Auch wenn du kein Heimchen am Herd bist, bist du noch lange kein Ungetüm. Nach den Ferien gehen die Jungen aufs College und Abigail hier in die Grundschule. Auch in Kalifornien kann man korrekt rechnen und schreiben lernen; glaub nur nicht, daß wir in der Wildnis leben.«

James (geboren 1902), Dougal (1903), Elisabeth genannt Colleen

(1904), Owen genannt Owie (1905), Mark (1907), Suzan (1908), die Zwillinge Patrick und Melanie (1911), Sandra (1912), Rodney (1914), Jeremy (1916) und Marion (1917) machten das Dutzend Kinder von Lizzie und Maryan voll. Eines hatten sie 1909 verloren. Hannah hoffte verschwommen, der dauernde Kontakt mit dieser fröhlichen Horde würde ihren Söhnen, vor allem dem jüngeren, zu mehr Stabilität verhelfen.

Sie selbst hielt sich nicht lange in Los Angeles auf, sondern fuhr wieder Richtung Norden nach San Francisco, wo sie sich zwei Wochen aufhielt und am Steuer ihres Rolls-Royce *Alpine Eagle*, der durch einen Sechs-Zylinder-Motor mit fast 7500 Kubikzentimetern angetrieben wurde, viele Ausflüge machte – damals besaß Hannah insgesamt neun Wagen.

Anschließend reiste sie, wieder an Bord eines spanischen Schiffes, nach Europa. Madrid, Lissabon, Barcelona, Monaco, Mailand, Rom und Zürich waren die wichtigsten Stationen.

Jeanne Fougaril hatte ihren zweiten Sohn verloren; der erste war bei Ypern und der zweite beim Chemin des Dames, dem Frauenweg, einer 30 km langen, heftig umstrittenen Gipfelstraße zwischen Aisne und Ailette, umgekommen. Hannah schlug ihr vor, sich etwas auszuruhen:

»Ich übernehme solange deine Arbeit.«

Doch Jeanne, der nur noch eine Tochter blieb, die verheiratet war und deren Mann ebenfalls als Soldat an der Front kämpfte, hatte Hannahs Angebot entschlossen abgelehnt.

»Entweder ich arbeite weiter oder ich drehe durch. Die Arbeit ist so ziemlich das einzige, was mir geblieben ist.« Bis Mitte November hielt sich Hannah am Ufer der Seine auf.

Am 11. November nahm sie auf dem Friedhof Père-Lachaise an Apollonaires Beerdigung teil und feierte gleichzeitig den Sieg über Deutschland. Sie war an diesem Tag, von der Menge bedrängt, die sie nicht so richtig verstand, sehr traurig und auch empört, als sie Rufe hörte, die den Tod »Guillaumes« forderten. Erst als sie begriff, daß damit der deutsche Kaiser und nicht der französische Dichter gemeint war, war sie erleichtert.

Am 20. Dezember traf sie in Wien ein. Drei Tage später fuhr sie mit dem Zug weiter nach Warschau, einer plötzlichen Eingebung folgend.

Sie schlenderte durch die Krochmalna, Smocha, Goyna und die vielen anderen Straßen, die ihr seit ihrer Jugend vertraut waren. Fast nichts hatte sich in der langen Zeit ihrer Abwesenheit geändert, nur daß die Menschen noch enger lebten. Dobbe Klotz war vor sechs Jahren gestorben, und ihr Tod muß entsetzlich gewesen sein, wenn man den Berichten Glauben schenken durfte. Monatelang hatte sie das Gefühl gehabt, als ob etwas ihren Magen zerreiße, und sie hatte grauenhafte Schmerzen erlitten.

›So bin ich wenigstens gerächt worden‹, dachte sich Hannah.

Wäre der Mühlstein noch am Leben gewesen, hätte sie ihn sicher besucht und ihr unter Umständen sogar verziehen.

Der Rezeptionist ihres Hotels hatte ihr einen Leihwagen verschafft, einen HP Renault 25, die vierzylindrige Sportausführung, das Gefährt eines verblichenen Grafen. Die Witwe des Adligen wollte den Wagen am liebsten verkaufen. Hannah fuhr kreuz und quer durch Warschau und besuchte die Stätten ihrer Kindheit und Jugend; dabei empfand sie das Gefühl, das man häufig bei solchen Gelegenheiten hat: Alles scheint klein und unbedeutend zu sein, und man fragt sich unwillkürlich, aus welchen Gründen man als Kind alles so groß und bedeutend empfunden hat.

›Ich hätte nicht zurückkommen dürfen. Ich bin dabei, meine Erinnerungen zu töten und ins Lächerliche zu ziehen...‹

Die Sächsischen Gärten hatten sich nicht verändert, auch der Potocki-Palast nicht, die Universität und das Altstadtviertel, das sich um den Ryneck, den ehemaligen Marktplatz, drängt. Sie überquerte die Weichsel und fuhr in das Viertel Praga. Die Straße, die sie suchte, war unverändert, wenn man einmal davon absah, daß sie nun gepflastert war.

Auch das Haus sah aus wie früher. Sie betätigte den Klopfer und brachte vor Staunen den Mund nicht zu, denn Marta Glovacki, die alte Wirtin, die vor fünfundzwanzig Jahren schon hier gelebt hatte, öffnete ihr. Sie war etwas dicker geworden und ihre Haare gelblich-grau. Zähne hatte sie keine mehr, und ihre faltenreiche Haut war durch Pockennarben gezeichnet. Ansonsten sah sie immer noch aus wie ein altes Pökelfaß und roch auch so.

»Erkennen Sie mich?« fragte Hannah fröhlich und gleichzeitig bitter.

»Nein«, antwortete die Glovacki.

»Im September 1890 und in den darauffolgenden Monaten hatten Sie einen Untermieter namens Taddeuz Nenski.«

»Vielleicht.«

»Er war sehr groß und sehr schön. Er bewohnte Ihr größtes Zimmer, das mit der Terrasse, von der aus man die Weichsel und das Altstadtviertel sieht. Ein Student, der freundlichste Student ganz Polens.«

Schweigen. Scheine wechselten den Besitzer.

»Ich erinnere mich sehr gut«, sagte das Pökelfaß. »Sie wollten ihn besuchen. Er war ihr Bruder.«

»Nein. Ich liebte ihn, und er liebte mich. Ich war nicht seine Schwester, ich hatte Sie angelogen.«

»Alle Männer sind Schweine.«

»Der nicht.«

Weitere Scheine wurden überreicht.

»Der nicht, das ist richtig«, bekräftigte die Zimmerwirtin. »Er war wirklich außergewöhnlich freundlich und liebenswürdig. Ich erinnere mich sehr genau an ihn. Er war sehr groß, blond und hatte blaue Augen.«

»Grüne.«

»Natürlich grüne; das wollte ich gerade richtigstellen. Und schön wie ein Gott... warten Sie, ich erinnere mich immer besser. Die Geheimpolizei suchte ihn...«

»Sie hat ihn niemals gefunden. Kann ich das Zimmer noch einmal sehen?«

»Es ist vermietet.«

»An einen Studenten?«

»Ja. Auf alle Fälle hat er Bücher.«

»Mein Sohn«, erklärte Hannah, die unbedingt das Zimmer sehen wollte.

Weitere Scheine... Die beiden musterten sich.

»Gut. Der junge Mann ist Ihr Sohn. Er ist nicht allein.«

»Ich weiß«, improvisierte Hannah und fragte sich, wie die Geschichte wohl ausgehen würde.

»Seine Frau ist immer bei ihm. Sie wußten doch, daß er verheiratet ist, oder?«

»Natürlich. Ich bin schließlich seine Mutter. Ich möchte gerne hinaufgehen und guten Tag sagen.«

»Sie sind im Augenblick nicht da. Aber Sie können gerne hinaufgehen. Zu diesem Preis können Sie das Haus kaufen...«

Als sie das erste Mal dieses Zimmer betreten hatte, kannte sie weder Terrassen noch Fenstertüren. Sie hatte nicht einmal gewußt, daß solche Dinge existieren.

›Ich hatte gerade mein Schtetl verlassen und ging wie eine anarchistische Bombe auf Warschau los, voller Stolz und Ehrgeiz... die Hannah, die vor achtundzwanzig Jahren hier gelebt hat, kann ich wirklich nicht gut leiden. Wenn ich einmal sehr alt bin, dann kann ich vielleicht so etwas wie Zärtlichkeit für dieses Kind empfinden, doch im Moment geht es mir eher auf die Nerven.‹

Sie setzte sich auf den einzigen Stuhl vor einem kleinen Tisch, auf dem die von der Vermieterin erwähnten Bücher standen, und schaute sich die Titel an. In der Hauptsache waren es Bücher zur Geschichte, aber es gab auch Romane, in der Regel französische, daneben polnische und russische... Hannah war nicht wirklich überrascht, als sie unter den Autoren auch Michail Lermontow entdeckte.

Ansonsten hatte sich kaum etwas geändert: das schwarze Baldachinbett stand immer noch im Zimmer, ebenso die Geranien (vielleicht auch deren Nachfahren) und die Regale. Die Radierung mit dem Ponte Vecchio in Florenz fehlte allerdings.

Sie rührte sich nicht, obwohl sie größte Lust hatte, sich auf dem Bett auszustrecken. Von der Terrasse würde sie die Warschauer Altstadt aus dem gleichen Winkel wie damals wiedererkennen, die Kirchen mit den Zwiebeltürmen und die alten, ockerfarbenen Stadtbefestigungen...

›Und du würdest Taddeuz' Hände spüren und dahinschmelzen vor lauter Rührung... obwohl er sich damals höchstwahrscheinlich recht ungeschickt angestellt hat. O mein Gott, Hannah, warum quälst du dich eigentlich immerzu?‹

Zwei Stunden später kamen sie endlich; es wurde bereits dunkel. Beide waren blond, und auch aus weiter Entfernung mußte man einfach erkennen, daß sie sich liebten. Zwei Polen. Er etwas kleiner als Taddeuz und sie bedeutend hübscher als Hannah.

»Ich bin natürlich nicht Ihre Mutter.«

Er lächelte.

»Das hätte mich gewundert. Sie ist vor zehn Jahren gestorben. Darf ich wissen...«

Hannah log sie nicht an, sondern erzählte den beiden alles, was sich damals zugetragen hatte. Ohne allerdings die Geschichte zu Ende zu erzählen: Sie berichtete noch, daß sie sich wiedergefunden und geheiratet hatten, nachdem sie durch die halbe Welt getrennt gewesen waren, daß sie heute in Amerika lebten, Kinder hatten und glücklich seien...

›Zum Schluß habe ich sie doch angelogen, aber ich konnte nicht anders...‹

Die junge Frau mit dem Vornamen Maria glaubte, ein Onkel von ihr lebe in Chicago. Inzwischen war es völlig Nacht geworden, und jenseits der Weichsel funkelten die Lichter Warschaus.

»Gleichgültig, ob Sie nun nach Amerika fahren oder nicht... Ich lasse Ihnen diese fünftausend Dollar hier. Den Rest des Geldes können Sie in Paris, London, New York oder auch hier erhalten. Sie müssen Ihre Wünsche nur diesem Rechtsanwalt in Genf mitteilen. Jedes Jahr werden Sie zum gleichen Zeitpunkt eine Überweisung bekommen... Nein, ich glaube nicht, daß wir uns wiedersehen, aber man weiß ja nie. Jan? Können Sie mir noch einmal diesen Satz Lermontows rezitieren, den Sie so lieben?«

Er erfüllte ihren Wunsch.

»Danke«, verabschiedete sich Hannah. »Möge das Leben sanft mit euch beiden umgehen.«

Yvonne und Gaffouil warteten auf sie in Berlin; Hannah ließ es sich nicht nehmen, den Kosmetiksalon und die beiden Geschäfte nach dem Krieg selbst wieder zu eröffnen. Gaffouil, der inzwischen achtundvierzig Jahre alt geworden war und sich weiterhin um den Automobilpark kümmerte, hatte in London den neuen *Silver Ghost* abgeholt und in die deutsche Hauptstadt überführt. Er betonte, er wäre während der ganzen Reise kein einziges Mal gezwungen gewesen, den Gang zu wechseln. Der Rolls befriedigte ihn vollkommen; trotzdem wies er darauf hin, daß auch andere Firmen in Kürze interessante Modelle herausbringen würden...

»Ich habe von einem Hispano-Suiza gehört, der bald auf den Markt kommt und mit einem 12-Zylinder-V-Motor ausgestattet wird. Dieser Motor wird normalerweise in Flugzeuge eingebaut; Sie können sich vorstellen, wie kräftig er sein muß.

Übrigens, auch in Amerika fangen sie jetzt an, große Wagen zu bauen. Kennen Sie Duesenberg? Er plant einen 8-Zylinder, bei dem die Zylinder in einer Reihe angeordnet sind. Soll ich mich einmal darum kümmern?«

Er kannte Hannahs Leidenschaft für Autos und fuhr die neuen Modelle für sie zur Probe.

Er sollte sich darum kümmern. Inzwischen war es Ende Januar geworden, und Hannah fuhr mit dem *Silver Ghost* nach Rom. Gaffouil folgte mit den Koffern in dem polnischen Renault – Hannah hatte der Gräfin den Wagen schließlich abgekauft; auf diese Weise hatte Gaffouil einen eigenen Wagen zur Verfügung und auch der Gräfin war geholfen; die Witwe wohnte in einem dieser schönen Häuser an den Warschauer Sächsischen Gärten, die für die jugendliche Hannah unerreichbaren Luxus verkörpert hatten.

In Zürich legten sie im *Baur-au-Lac* einen Zwischenaufenthalt ein; vor zwanzig Jahren hatte sich hier ihr Weg mit dem ihres australischen Ex-Geliebten gekreuzt, ohne daß dieser sie gesehen hätte; Lothar Hutwill hatte ihr eines Tages vorgeschlagen, seine Frau umzubringen, um in den Genuß des nicht unbeträchtlichen Vermögens seiner Gattin zu kommen; sie war sich sicher, daß er das Verbrechen mit Hilfe einer anderen Komplizin durchgeführt hatte.

›Das liegt alles so weit zurück!‹

In Zürich wartete unter anderem ein Brief von Lizzie auf Hannah:

»Ich habe ihn gesehen, Hannah, ich habe Taddeuz gesehen. Drei Tage vor Weihnachten tauchte er gegen neun Uhr morgens auf. Maryan hatte gerade das Haus verlassen, als ich ihn plötzlich im Garten erkannte. Er machte den Eindruck, als ginge es ihm blendend, soweit ich das beurteilen konnte. Er war tief gebräunt. Sein Begleiter, ein Hüne, der so breit wie hoch war, wirklich beeindruk-

kend, ein gewisser Adamson, machte die ganze Zeit seinen Mund kein einziges Mal auf. Du kennst Taddeuz. Er hat mich umarmt, als ob er von einem kleinen Ausflug zurückkäme, und mich gefragt, ob seine – eure – Kinder bei mir wären. Ich konnte und wollte nicht lügen, sondern habe Adam, Jonathan und Abigail geweckt. Probleme gab es keine. Taddeuz hat die drei zu einem Tagesausflug in seinen kleinen Wagen geladen. Der Hüne fuhr nicht mit, was mich beunruhigte, doch die Kinder wurden am Abend rechtzeitig zum Essen zurückgebracht. Die Jungen wollten mir nichts erzählen und meinten nur, sie hätten einen wunderschönen Tag verbracht; Abie war ein wenig geschwätziger: Taddeuz hatte sie mit ans Meer genommen, wo sie nach einem Spaziergang in einem Restaurant Austern und Langusten aßen. Das war aber auch schon alles, was sie für erzählenswert hielt. Auch sie bekräftigte, ›Papa sei sehr freundlich gewesen‹. Ich selbst habe Taddeuz am Abend nicht gesehen. Maryan wollte ihn suchen, aber ich habe ihn daran gehindert. Er hat übrigens nicht lange darauf bestanden. Ich hoffe, wir haben alles richtig gemacht. O Hannah, ich schreibe dir das nur, weil ich dich liebe, obwohl ich weiß, daß ich vielleicht Hoffnungen in dir wecke, die unter Umständen unbegründet sind. Ich habe Taddeuz höchstens vier, fünf Minuten gesehen, und wir haben nicht über dich gesprochen. Um offen zu sein: Ich habe mich nicht getraut, deinen Namen auszusprechen, und er wohl auch nicht. Ich habe lange gezögert, bevor ich dir geschrieben habe. Ich liebe und umarme dich…«

Am gleichen Abend noch schrieb sie an Lizzie und beruhigte sie: Sie habe sich in Hannahs Augen absolut richtig verhalten.

Und begann, da sie nun schon einmal beim Schreiben war, einen Brief an Mendel; erst nach der vierten oder fünften Zeile wurde ihr bewußt, was sie da tat…

Wenn Mendel noch lebte! Das wäre wunderbar. Ihr ganzes Leben lang hatte er sie gestützt, einschließlich der letzten Jahre, auch wenn er sich auf der anderen Seite des Planeten aufhielt, auch wenn sie ihn ein, zwei Jahre nicht gesehen und nichts von ihm gehört hatte. Rückblickend hatte sie festgestellt, daß er immer dann auftauchte, wenn sie ihn dringend brauchte. Angefangen bei diesem blutigen Morgen im Jahre 1882, als sie ihren Vater und ihren ältesten Bruder verlor, die beiden einzigen Wesen, bei denen sie wie bei Mendel hätte Schutz finden können. Ohne Mendel hätte sie ihr Schtetl nicht verlassen können, seinetwegen war sie nach Australien gefahren, er hatte Taddeuz aufgestöbert. Wäre Mendel noch am Leben, dann befände sich Taddeuz noch an ihrer Seite; er hätte besser gewußt als diese verdammten Ärzte, was zu tun oder zu sagen war, um ihrem Mann zu helfen. Die beiden hätten sich zu einer Sauftour aufgemacht, und Mendel hätte Taddeuz einmal mehr nach Hause getragen. Für die folgenden zwei, drei Jahre wäre alles geregelt gewesen, und Mendel hätte sich wieder um seine weiten Horizonte und gastfreundlichen Frauen kümmern können...

Mendel hätte wahrscheinlich auch gewußt, wie man mit Jonathan zu reden hatte. Denn auch über dieses Thema hatte Lizzie in ihrem Brief gesprochen. Es hatte wieder einiges angerichtet, was das Stadium eines Dummen-Jungen-Streichs weit hinter sich ließ. Anscheinend hatte sich seine Aggression sogar gegen Lizzie gerichtet, die in ihrem Brief zwar nur von »einigen kleinen Frechheiten« schrieb, aber wenn Lizzie sich gezwungen sah, dies in einem Brief zu erwähnen, waren die Frechheiten sicher nicht nur klein und unbedeutend gewesen.

»O Mendel, warum haben Sie mich verlassen?«

Sie liebte Rom. Ihr Kosmetiksalon in der Via Veneto hatte einen solchen Erfolg, daß das blaue Schaf in ihrem Notizbuch, das Rom symbolisierte, dreiundzwanzig Beine aufwies. Ihre Geschäfte in der Via del Tritone und an der Piazza Navona waren immer voll, so daß sie sich überlegte, an der Via Sixtina einen dritten Laden aufzumachen. Sie liebte die Stadt, aber auch Italien und die Italiener, die schönsten Männer auf der Welt. Ihre italienische Direktorin war ein Direktor, Ausnahmen bestätigen die Regel. Bruno Metaponte amüsierte sie ungemein, denn seine Blicke verzehrten sie, und es war offensichtlich, daß er es sich in den Kopf gesetzt hatte, mit ihr zu schlafen. Metaponte stammte aus der Lombardei und war ziemlich klein. Einer seiner Onkel hatte die Kardinalswürde erlangt; dank dieser hohen kirchlichen Protektion war es ihm gelungen, die Damen Roms davon zu überzeugen, daß es keine Sünde war, sich Hannahs Cremes ins Gesicht zu schmieren.

Er teilte ihr mit, er habe auf der Via Sixtina nichts Passendes gefunden, von einem Haus einmal abgesehen, das man allerdings von Grund auf renovieren müsse, wenn es überhaupt in Frage käme.

»Na und?«

»Der Besitzer will weder verkaufen noch vermieten.«

»Für ein Problem gibt es immer verschiedene Lösungen. Wie heißt denn dieser hirnverbrannte Besitzer?«

Eine Familie, die, so schien es zumindest, von niemand anderem als Lukrezia Borgia persönlich abstammte. Hannah machte der *Principessa d'Arcangheli* ihre Aufwartung. Sie lernte eine reiche alte Schachtel kennen, die mindestens so antik war wie die Katakomben und in einem roten Samtsessel in einem Salon thronte, der etwas kleiner war als die New Yorker Börse.

Mit eiskalter Höflichkeit wurde die Absage bestätigt.

»Bruno, noch bin ich nicht geschlagen. Für mich wird die Angelegenheit zu einer Frage des Prinzips oder der *principessa.*«

Dabei war sie auf dieses dritte Geschäft eigentlich gar nicht so versessen, doch wie sollte sie diese entsetzliche Wartezeit sonst ausfüllen?

Sie bat, eine Akte über die Arcanghelis zusammenzustellen, was nur wenig Zeit in Anspruch nahm. Neben der betagten Dame gab es nur einen sechsunddreißigjährigen Enkel, ein Witwer mit zwei Kindern. Die Familie war nicht ungeheuer reich, aber sie besaß immerhin in Rom ihren Palast und einige Gebäude (wie eben das in der Via Sixtina), einen Sommersitz in der Lombardei mit 1000 Hektar Ackerland, einige Bilder und Antiquitäten sowie eine Villa auf Anacapri.

Während sie den angeforderten Bericht überflog, betrat ein Mann das *Grand Hotel* und suchte um eine Unterredung mit ihr nach. Der Zufall wollte es, daß es sich bei ihm um den Enkel handelte, auf dessen Familie sie ihre Spürhunde gehetzt hatte. Natürlich empfing sie ihn und lernte ihn als einen sehr charmanten, wenn auch kleinen Italiener mit verführerisch grauen Schläfen kennen. Sofort fielen ihr die schönen Hände auf. Er sprach ein ausgezeichnetes Französisch...

»Wenn Sie wünschen, können wir uns gerne auf Englisch unterhalten«, sagte er lächelnd.

»Setzen wir unsere Unterhaltung doch auf Französisch fort.«

Spitzbübisch lächelnd, reichte er ihr ein dickes Bündel aus Fotografien, offiziellen Dokumenten und verschiedenen Papieren.

Sie schaute ihn überrascht an.

Er erklärte: »Die genauen Pläne unseres römischen Stadtpalais, dann die der verschiedenen Gebäude in Rom und des Sommersitzes in der Lombardei; die der Villa auf Anacapri müssen jeden Augenblick eintreffen. Ich habe ein vollständiges Verzeichnis aller Möbel, die größer sind als ein Küchenhocker, anfertigen lassen. Sie werden feststellen, daß wir über überdurchschnittlich viele Betschemel verfügen. Und hier die Liste der Gemälde, unter denen sich, wie ich befürchte, sehr viele unerträgliche Schinken befinden. Dann mein Stammbaum, aus dem hervorgeht, aus welchem Grund man als meinen zweiten Vornamen Herkules bestimmt hat: eine Erinnerung an einen Herzog von Este. Natürlich existieren diese Vorfahren, auf die ich so stolz sein sollte, nur in der Fantasie. Wenn wir von Lukrezia Borgia abstammen sollten, dann höchstens von einer Kammerzofe dieser Dame. Die Wahrheit ist leider nicht sehr erbaulich: Eine meiner Vorfahren war die Geliebte eines Papstes, so daß wir unseren Titel einer päpstlichen Bulle verdanken, die mehr mit dem Alkoven als mit anderen Dingen zu tun hat. Hier noch die Fotografien meiner Kinder und ein Porträt von mir, das entstand, als ich gerade ein Jahr alt geworden war. Ich bitte Sie, meinen dem damaligen Lebensalter entsprechenden Auftritt zu entschuldigen. Ich bin mir bewußt, daß mein Dossier beträchtliche Lücken aufweist. Es würde mir ein großes Vergnügen bereiten, alle dementsprechenden Fragen zu beantworten.«

Zuerst war Hannah wie erschlagen, dann brach sie in schallendes Gelächter aus.

»Ich habe wirklich den Eindruck, daß ich mich bei Ihnen zu entschuldigen habe!«

»Meine Großmutter lädt Sie zu einem Abendessen in den Palast; bitte bestimmen Sie den Abend, der Ihnen genehm ist. Falls Sie die Güte haben, unser Angebot anzunehmen, sind wir quitt.«

Während der drei Wochen, die sie in Rom verbrachte, befreundeten sie sich. Er wußte kaum etwas von ihr und war so wohlerzogen, daß er ihr keine Fragen stellte. Ihr Ehering war ihm allerdings nicht entgangen. Dabei hatte Hannah keinen Anlaß, ihre Ehe als Waffe einzusetzen, denn Pier-Nicola d'Arcangheli lud sie delikaterweise immer nur im Beisein anderer Freunde ein, von denen er annahm, daß sie Hannah interessieren könnten.

Am Abend vor ihrer Abreise fragte er sie, ob er ihr schreiben dürfe; sie schlug seine Bitte ab.

»Leider nein, Nicki, ich bitte Sie, mich zu verstehen...«

Sie schickte Louis Macke ein Telegramm, obwohl sie wußte, daß es eigentlich sinnlos war. Am gleichen Tag noch traf die Antwort ein:

»Ich weiß selbst nicht, wo er ist. Vor fünfunddreißig Tagen jeden Kontakt verloren.«

»Ihr solltet nach Paris fahren, Gaffouil und du«, bat Hannah Yvonne.

»Der Vorschlag gefällt mir nicht. Gar nicht.«

»Daran kann ich auch nichts ändern. Ihr nehmt den Renault, ich schenk ihn euch. Jetzt fahrt schon los. Yvonne, tu endlich, was ich dir befehle!«

Ihre Blicke trafen sich.

»Ich soll Sie allein lassen? Für wen halten Sie mich eigentlich?«

»Tu das, was ich dir gesagt habe. Bitte.«

»Wenn Ihnen etwas zustößt, werde ich mir das mein Leben lang nicht verzeihen! Sind Sie sicher, daß es dort oben Dienstboten gibt?«

»Mir wird nichts zustoßen. Und natürlich gibt es dort oben Dienstboten, das weißt du so gut wie ich. Als ich telefonierte, hat schließlich jemand abgehoben. Gaffouil, nehmen Sie sie endlich mit!«

Sie wartete, bis ihre persönlichen Koffer in den Rolls umgeladen waren, und fuhr dann los. Nach zwei Kilometern bog sie in eine kleine, sehr steile Straße ein. Sie gewann hundert Meter an Höhe und kam an der Terrasse vor der Kirche Santa Maria del Sasso vorbei, die auf einem Felsvorsprung errichtet worden war. Einige Kurven später erreichte sie das offenstehende Tor und fuhr durch den Park, den sie anders in Erinnerung hatte. Aber vielleicht lag es auch an dem Schnee, daß alles anders aussah.

Sie fuhr auf dem schmalen, geräumten Weg zu dem schloßähnlichen Haus zu ihrer Rechten. Links von ihr lag der See, der langsam vom Abendnebel eingehüllt wurde. Das Motorengeräusch alarmierte das Hausmeisterehepaar, das ihr entgegenkam. Hannah hatte die beiden nie kennengelernt. Soweit sie sich erinnerte, hatte Polly Thwaites das Paar vor ungefähr siebzehn Jahren eingestellt, als er das Anwesen in ihrem Auftrag erwarb. Die beiden waren wohl inzwischen um die sechzig Jahre alt und sprachen rätoromanisch, zumindest glaubte das Hannah. Daneben sprachen sie Deutsch und etwas Italienisch, aber kein Französisch. Sie musterten mit leicht besorgter Neugier die Besitzerin, der sie niemals begegnet waren und die im Lauf der Jahre für sie wohl so etwas wie ein Mythos geworden war.

Nach einem belanglosen Wortwechsel ging sie ins Haus. Sie erkannte das Gewölbe im Erdgeschoß und auch den Tisch, an dem Taddeuz und sie am ersten Abend in der Nähe des riesigen Kamins zu Abend gegessen hatten.

Das Kanapee aus Apfelholz war verschwunden.

»Mister Thwaites hatte uns befohlen...«

»Mister Thwaites lebt nicht mehr. Stellen Sie das Kanapee wieder an seinen angestammten Platz. Sofort.«

›Warum springe ich mit diesen Menschen eigentlich so schrecklich um?‹

Sie zwang sich zu einem Lächeln.

»Ich war in diesem Haus einmal sehr glücklich und möchte gerne, daß alles so ist, wie es damals war. Sie verstehen doch?«

Sie verstanden und waren bereit, alles für Hannah zu tun. Hannah ging als erstes in den zweiten Stock: In dem wichtigsten, dem zehn Meter langen Zimmer mit den vier Fenstern und dem riesigen Baldachinbett, hatte sich nichts geändert.

»Sie können das Feuer hier ausgehen lassen; ich werde in dem kleinen Zimmer im ersten Stock schlafen, in dem mit der rot-weißen Wandbespannung. Bitte machen Sie hier die Fensterläden zu und verriegeln Sie die Tür. Niemand darf das Zimmer ohne meine ausdrückliche Erlaubnis betreten.«

Sie selbst hielt sich noch eine kleine Weile in dem Zimmer auf, von dem aus man den schönsten Blick über den See von Lugano hatte; wenn sie sich aus dem linken Fenster hinausbeugte, sah sie die Dächer des Schweizer Dorfes Morcote. Sie konnte kein Boot auf dem See entdekken, aber das war ganz in Ordnung so, denn als sie vor achtzehn Jahren dieses Haus verlassen hatten, hatten sie ebenfalls kein Schiff entdecken können. Sie hatten damals nach ihrer Hochzeit im Wien der Familie Strauß und des vergangenen Jahrhunderts einen ganzen Monat hier verbracht.

›Heul nicht! Du hast dir geschworen, nicht zu heulen!‹

In den sechs darauffolgenden Tagen arbeitete sie achtzehn Stunden täglich; sie überprüfte ihre Buchhaltungsunterlagen, wobei es ihr völlig gleichgültig war, daß dieselben Unterlagen bereits Zahl für Zahl von den besten Buchhaltungsspezialisten kontrolliert worden waren. Hannah lebte völlig abgeschieden; kein Laut störte sie; die beiden Engadiner respektierten die ihnen erteilten Befehle und waren nahezu unsichtbar.

Nicht aus Mißtrauen rechnete sie Pfennig für Pfennig, Cent für Cent, Kopeke für Kopeke nach: Ihre Buchhaltung war für sie immer eine Art Refugium gewesen.

Für jedes Land legte sie eine eigene Karteikarte an.

Insgesamt achtzehn. Hier die chronologische Reihenfolge der Ausdehnung ihres Imperiums: Australien, Neuseeland, Großbritannien, Frankreich, Belgien, Niederlande, Deutschland, Schweden, Dänemark, Schweiz, Österreich, Italien, Spanien, Portugal, Ungarn, Tschechoslowakei, Vereinigte Staaten und Kanada...

›Und Monaco. Das zählt für ein Land.‹

Sechsundvierzig blaue Schafe (die Institute) mit insgesamt 324 Beinen, die für jeweils 1000 Dollar Jahresgewinn standen – dabei gab es einige Schafe, die nur ein Bein aufzuweisen hatten.

Neunundsiebzig lila Schafe (die Läden), mit insgesamt 206 Beinen.

Drei orangene, von denen eines der glückliche Besitzer von vier Schwänzen war: die New Rocheller Kosmetikerinnen- und Verkäuferinnen-Schule, die von Catherine Montblance geleitet wurde und dank der Zusammenarbeit mit den Großkaufhäusern seit zwei Jahren Gewinne abwarf.

Die roten (europäische Ausbildungsstätten), gelben (Pflanzensammelstellen) und rotgetüpfelten (Versorgungswege für Institute und Geschäfte) Schafe mußten auf Beine verzichten, denn sie warfen keine Gewinne ab.

411 Beine – dieses Schaf nahm eine ganze Seite ihres Notizbuches in Anspruch – stellten für eines der schwarz-weiß karierten Schafe ein gewisses Problem dar. Erst nach vehementem Drängen von Maryan Kaden – vehement natürlich nur relativ, denn Maryan war wie immer ruhig geblieben – hatte sie eingewilligt, ihre brachliegenden Gelder besser zu nutzen. Maryan hatte ihr alle möglichen Anlageformen vorgeschlagen: die Börse, wobei er bereit war, die Anlagen persönlich zu überwa-

chen oder ihr einen vertrauenswürdigen *Broker* zu empfehlen; anscheinend gab es die wirklich. Doch von Börsenspekulationen hatte sie nichts hören wollen; in ihren Augen war die Börse ein Tummelplatz für Diebe, und sie wollte weder stehlen noch bestohlen werden. Erst nach langen Verhandlungen war sie bereit, Staatsanleihen zu fünf Prozent zu kaufen. Wenn sie Bankiers schon nicht vertraute, wie sollte sie da Politikern Vertrauen schenken!

Und dann die Kuh, das blödeste Tier, das ihr eingefallen war. (Sie hatte versucht, ein Huhn zu zeichnen, war aber dabei gescheitert, und hatte sich zu einem Wiederkäuer entschlossen, dem sie Hörner verlieh, damit er auch erkennbar war.

Diese Kuh repräsentierte die Gewinne, die sie mit dem Verkauf ihrer Schönheitscreme »empfohlen von H. H.« in den großen Kaufhäusern erzielte. Der Abwechslung halber hatte sie anstatt der Beine Euter gewählt, die jeweils 10000 Dollar Jahresgewinn symbolisierten.

Im Frühjahr 1919 mußte sich die arme Kuh bereits mit dreiundsechzig Eutern abquälen.

Alle Beine zusammengerechnet und die Euter hinzugefügt, ergab ihren Jahresverdienst: 1574000 Dollar.

Dazu ihr Vermögen: 14¼ rosa Schafe (Immobilienbesitz, Autos und Bilder nicht mitgerechnet).

Am Ende dieser Woche entschied sie sich, wobei wir davon ausgehen sollten, daß die eigentliche Entscheidung bereits Wochen und sogar Monate früher gefallen war, ohne daß sie den Entschluß sofort in die Tat umgesetzt hätte.

An diesem 9. Februar schickte sie vom Postamt Lugano sechsundzwanzig Telegramme ab.

Kapitel 18

Jeanne, ich bitte dich, bestehe nicht darauf!

Sie schrieb an Taddeuz, mit dem sie seit vierzehn Monaten keinen Kontakt mehr gehabt hatte:

Ich weiß nicht, ob die Nachricht für dich bedeutend ist. Ich beschränke mich darauf, dir nur dies mitzuteilen, nichts weiter: Ich bin dabei, meine Kosmetiksalons, meine Geschäfte und meinen Gebrauchsmusterschutz zu verkaufen.

Nichts weiter. Zehnmal hatte sie ihren Brief begonnen; diese lakonische Fassung ohne ein einziges persönliches Wort schien ihr die beste zu sein.

Die erste Antwort auf ihre Telegramme erhielt sie umgehend: Die amerikanische Firma Stahlman und Javitts hatte in New York mit Hannahs Rechtsanwälten, die von dem Engländer Henry Christie geleitet wurden, die Verhandlungen aufgenommen. Hiram Javitts wollte persönlich am 23. in Lugano eintreffen, um sie abzuschließen und die Verträge zu unterzeichnen.

Die anderen Antworten wichen kaum von dieser ab. Hannahs Text war zu kurz und zu unverbindlich gewesen, als daß die Empfänger an der Dringlichkeit hätten zweifeln können:

Bitte am 8. März 12 Uhr mittags wegen Verkauf im Hotel Excelsior, Lugano, einfinden. Hannah.

Sie hatte diese Versammlung zuerst auf den 22. legen wollen, damit auch die australischen und neuseeländischen Vertreter hätten kommen können, doch als sie sich bewußt wurde, daß die Leute aus Sydney, Melbourne, Adelaide, Perth, Brisbane, Wellington und Auckland auch unter diesen Umständen nicht rechtzeitig eintreffen würden, hatte sie es beim 8. gelassen. Sie wollte nicht länger warten.

Am nächsten Morgen rief Jeanne Fougaril an; sie gehörte neben Lizzie und Maryan, Jos Wynn und Cathy Montblanc in New York sowie Henry Christie in London zu den wenigen, die wußten, wo sich Hannah aufhielt.

»Hannah, ich muß mit dir sprechen.«

»Wir sehen uns am 8. März.«

»Ich muß mit dir sprechen. Ich bin gleich bei dir.«

Sie hatte von Lugano aus angerufen; eine Stunde später hielt ihr Chauffeur vor dem großen Gittertor.

»Hannah, was ist eigentlich mit dir los? Bist du verrückt geworden?«

»Du weißt nicht einmal, was ich vorhabe.«

»Die ganze Welt weiß das. Man spricht von nichts anderem mehr. Seit Monaten bist du nicht mehr die Alte. Natürlich gehen mich deine Beweggründe nichts an. Obwohl ich es einfach nicht glauben kann, daß du dich vom Liebeskummer in die Knie zwingen läßt. Du nicht! Jede andere, aber du nicht! Und wenn du glaubst, daß diese Hannah sich von einem Tag auf den anderen umbringen kann, ohne daß die mehr als tausend Menschen, die für sie arbeiten, das merken, dann bist du auf den Kopf gefallen.«

»Von Altersweisheit kann bei dir noch keine Rede sein.«

»In diesem Punkt sind wir uns wohl gleich. Du willst verkaufen? Dann verkauf! Amerika, Australien, Neuseeland, aber nicht Europa.«

»Die Verträge werden deine Gewinnbeteiligung berücksichtigen. Ich habe dich nicht vergessen.«

»Es geht nicht ums Geld. Nicht nur. Ich bin sicher, daß du aus einer Laune heraus handelst.«

»Ganz bestimmt nicht.«

»Das wäre noch schlimmer. Aber ich glaube dir nicht. Wir arbeiten nun fünfundzwanzig Jahre zusammen. Bis heute wärst du mir zweifellos an die Gurgel gegangen, wenn ich dich als Idiotin beschimpft hätte. An wen wirst du verkaufen? An Amerikaner?«

»Wenn sie auf meine Bedingungen eingehen.«

»Das habe ich mir gedacht. Und du meinst, ich solle von Cowboys Befehle entgegennehmen?«

Zwei Stunden lang stritten sie heftig. Dann erlebte Jeanne Fougaril das, was sie immer als die größte Überraschung ihres Lebens bezeichnen sollte: Hannah gab nach und machte sich die Überlegungen der Französin zu eigen, deren Argumente Hand und Fuß hatten. Sie sollte ihr Reich in drei Teile aufteilen und jeden Teil an einen anderen Erwerber verkaufen. Auf diese Weise konnte sie höhere Preise erzielen und mit Hilfe verschiedener Klauseln die Möglichkeit eines eventuellen Rückkaufs aufrechterhalten, oder Jeanne es ermöglichen...

»Darauf wolltest du hinaus, nicht wahr?«

»Ich wollte dich von deiner Entscheidung abbringen. Aber das war unmöglich. Und jetzt versuche ich, das Beste aus allem zu machen. Du hältst mich nicht für einen hoffnungslosen Fall, denn sonst hättest du mich nicht zwanzig Jahre als deine Direktorin für Europa walten lassen.«

...würden es Jeanne ermöglichen, einen Käufer zu finden, in den sie Vertrauen haben und mit dem sie zusammenarbeiten konnte. Es verstand sich von selbst, daß jeder Käufer sich verpflichten mußte, Jeanne zu den bisherigen Bedingungen als Direktorin zu übernehmen.

»Hannah, glaube bitte nicht, daß mich egoistische Gründe zu meiner Handlungsweise treiben. Und auch nicht das Geld, denn ich habe bereits mehr, als ich brauche. Im Gegensatz zu dir bin ich davon überzeugt, daß du eines Tages wieder zurückkommen wirst. Und für diesen Fall möchte ich, daß du dein Haus so vorfindest, wie du es verlassen hast.«

Jeanne wurde von ihren Gefühlen überwältigt. Hannah ließ ihr Zeit, bevor sie fragte:

»Ich nehme an, daß du bereits einen Käufer für Europa ins Auge gefaßt hast?«

»Da gibt es diesen Franzosen, Auriol, den Parfumeur, und die Engländer, die schon mehrmals mit Henry Christie Kontakt aufgenommen haben. Dann diese deutsche Gruppe... und die Australier...«

»Du ziehst ein französisch-britisches Konsortium vor?«

»Schon.«

»Einverstanden.«

»Soll ich mit Christie reden?«

»Mach das.«

Jeanne ging. Henry Christie war Polly Thwaites' Nachfolger und von diesem wärmstens empfohlen worden. Einer seiner jungen Assistenten, Nigel Thwaites, war ein Neffe Pollys. Christie würde ohne ausdrücklichen Befehl Hannahs nichts unternehmen, nicht einmal, wenn Jeanne vorgab, in Hannahs Namen zu sprechen. Doch er hatte ja bereits seit einer Woche den Auftrag erhalten, Hannahs Firmenimperium in drei Paketen zu verkaufen...

›Jeanne war so zufrieden, mich überredet zu haben...‹

Die erste Versammlung fand am 8. März im Hotel *Excelsior* in Lugano statt. Insgesamt einundvierzig Direktorinnen und Direktoren ihrer über den Erdball verstreuten Kosmetikinstitute waren gekommen, inklusive der amerikanischen. Nur die sieben Australier fehlten; Hannah hatte ihnen persönliche Briefe geschrieben. Von den europäischen Leiterinnen war nur die Direktorin von Amsterdam, die ein Kind erwartete, nicht gekommen; sie hatte ihren Stellvertreter geschickt, einen großen, blonden Holländer mit einer merkwürdig zarten Stimme.

Alle Laborchefs waren Hannahs Einladung gefolgt, auch die für den Transport und Vertrieb der Roh- und der Endprodukte Verantwortlichen. Cecily Barton aus London, Jessie aus New York und Jeanne Fougaril aus Paris nahmen neben Josuah Wynn die Ehrenplätze in der ersten Reihe ein.

Die Brüder Fournac aus Melbourne hatten Hannah mitgeteilt, sie träfen am 22. ein.

Hannah selbst sprach nur wenige Minuten, bevor sie das Wort an Wynn weitergab. Im Saal war es totenstill. Sie verkündete ihre Entscheidung, sich vollkommen, endgültig und unwiderruflich aus dem Geschäft zurückzuziehen, bedankte sich bei ihren Mitarbeitern, betonte noch einmal, sie sei durch nichts von diesem Entschluß abzubringen und habe, sobald die Verträge unterschrieben seien, mit allem nichts mehr zu tun. Man möge sie bitte verstehen. Sie werde alles daransetzen, daß ihre Mitarbeiter unter diesem Entschluß nicht zu leiden haben, und sei überzeugt, die neuen Besitzer, wer immer sie auch letztlich sein mögen, würden sie wohl alle übernehmen, obwohl...

»Denjenigen unter Ihnen, die unter Umständen mit mir zusammen aufhören wollen, verspreche ich, unabhängig von den Abfindungen, die möglicherweise von den neuen Besitzern aufgebracht werden, eine persönliche Abfindung, die fünf Jahresgehälter betragen wird. Ich danke Ihnen.«

Sie wollte auf gar keinen Fall von ihren Gefühlen übermannt werden und floh nahezu.

In den folgenden Tagen nahm sie viermal an den Arbeitssitzungen teil, die ihre eigenen Anwälte unter der Leitung von Henry Christie und Jos Wynn abhielten; aus Genf war einer ihrer besten Berater, Pierre Poncetti, dazugestoßen. Doch im Gegensatz zu früheren Zeiten sprach sie nur wenig... und ahnte die Erleichterung, die ihre Entscheidung auslöste, bei den Verhandlungen mit den Käufern nicht einzugreifen. Man wollte ihr die Verträge zukommen lassen, sobald alle Punkte geklärt waren, damit sie sie unterschreiben könne.

Sie vergrub sich mehr als je zuvor in ihrem schloßartigen Haus in Morcote.

Im März empfing sie einen einzigen Besucher, Maryan Kaden, der aus Los Angeles gekommen war, um mit ihr zu sprechen, bevor die Entscheidung endgültig war.

»Hannah, du hörst wirklich auf?«

»Wirklich.«

Er senkte den Kopf und schaute auf seine Füße.

»Ich habe mit Lizzie darüber gesprochen. Sie meint, ich solle nichts unternehmen, um dich von deiner Entscheidung abzubringen.«

»Lizzie hat recht. Es wäre sinnlos, glaub mir.«

»Ich weiß.«

»Danke, Maryan.«

Schweigen. Endlich sagte er:

»Er hat mir geschrieben, Hannah. Nur einige Worte, um mir zu sagen, daß er von Zeit zu Zeit vorbeischauen wird, um die Kinder zu besuchen, und daß er es vorzieht, mir nicht zu begegnen. Er bat mich um Entschuldigung.«

Schweigen.

»Natürlich wird er die Kinder sehen können, so oft er will.«

»Natürlich«, bestätigte Hannah.

Neues Schweigen. Maryans Gesicht war wie üblich ausdruckslos, und auch seine fahlen Augen verrieten nichts. Doch sie wußte, wie sehr ihn die ganze Geschichte aufwühlte.

»Weißt du, das alles tut mir sehr weh«, sagte er plötzlich.

»Ich weiß, Maryan.«

Er öffnete den Mund, atmete tief durch, wandte sich ab und schaute eine geraume Zeit auf den See.

»Dürfen wir dich besuchen kommen, nur Lizzie und ich?«

»Die nächste Zeit bleibe ich lieber allein. Bitte entschuldige mich.«

Er nickte schweigend mit dem Kopf.

»Wie gehen deine Geschäfte?« fragte sie, um ihm die Gelegenheit zu geben, sich wieder zu fassen.

Gut, sehr gut, meinte er. Maryan hatte einen Teil von de Milles letztem Film finanziert, der außergewöhnlich gute Einspielergebnisse aufwies, und wollte jetzt in *The Four Horsemen of the Apocalypse* investieren, in dem unter der Leitung von Rex Ingram ein junger, vielversprechender Schauspieler mitwirken sollte, Rudolph Valentino. Er besaß weiterhin viele Grundstücke in Hollywood, die er Hektar für Hektar gegen Bargeld oder Beteiligungen an Studios verkaufte. Lizzie ging es ausgezeichnet, und den zwölf Kindern ebenfalls. Er meinte, zwölf sei eine runde Zahl und sie wollten es damit bewenden lassen...

»Adam und Jonathan machen uns keine Schwierigkeiten. Und die kleine Abie ist ein Schatz! Jonathan hat uns während einer gewissen Zeit etwas Sorgen bereitet, doch seit Weihnachten hat er sich stark verändert; er ist ruhiger geworden.«

›Direkt nach dem Besuch seines Vaters‹, dachte Hannah.

»Er arbeitet ausgezeichnet in der Schule und hat den Wunsch geäußert, Seemann zu werden. Hannah, er ist sehr intelligent.«

»Ich weiß.«

Hiram Jevitts leitete höchstpersönlich die Delegation der amerikanischen Käufer. Wynn hatte ihn schon einen Monat zuvor wissen lassen, er könne nur den nordamerikanischen Teil von Hannahs Reich kaufen, was ihn nicht erschüttert hatte – ganz abgesehen davon, daß er auf diese Bedingung eingehen oder die Finger von dem Geschäft lassen mußte. Europa interessierte ihn nur am Rande, und Australien noch weniger.

»Wir hätten diesen Zweig Ihrer Geschäfte natürlich mitgekauft, wäre das notwendig gewesen, doch dann natürlich zu anderen Bedingungen.«

Während der Verhandlungen hatte er sich als eiskalter Pokerspieler gezeigt. Wynn und Christie hatten zu Beginn vierzehn Millionen Dollar verlangt, während er nicht über zehn Millionen hinausgehen wollte. Nach zähen Gesprächen hatte man sich auf 11625000 Dollar geeinigt.

»Hannah, laß uns noch zwei Wochen Zeit, dann haben wir eine Chance, ihn auf zwölf Millionen zu treiben.«

»Sagt ja. Ich möchte damit abschließen.«

Der europäische Anteil von Hannahs Reich wurde für zwölfeinhalb Millionen Dollar verkauft, wobei die Hälfte in fünf gleichen Jahresraten zahlbar war. Bei dem Käufer handelte es sich um dieses französisch-britische Konsortium, das Jeanne Fougaril vorgezogen hatte.

Die sechseinviertel Millionen Dollar, die in Jahresraten abgezahlt werden sollten, wurden mit sieben Prozent verzinst.

Auch hier mußte Hannah Christie, vor allem aber Poncetti bremsen, die bereit gewesen wären, wochenlang weiterzuverhandeln, um noch günstigere Bedingungen herauszuholen.

»Ich möchte damit abschließen.«

Dieser Satz war zu ihrem Leitmotiv geworden.

Auch den Käufern des australischen Pakets, den Brüdern Fournac, hatte sie Teilzahlung eingeräumt, um Vorzugszinsen. Atemlos waren sie nach einer hektischen Reise um die halbe Welt am Vormittag des 23. am Luganer See eingetroffen. Sie hatten sich schnell auf den Verkaufspreis geeinigt: Zwei Millionen vierhunderttausend Dollar. Die Fournacs hatten im Augenblick nur eineinhalb Millionen Dollar zur Verfügung; sie meinten, den Rest innerhalb von achtzehn Monaten aufbringen zu können. Die Vorverhandlungen waren recht einfach verlaufen, da Hannah und die Fournacs in Australien Kunden der gleichen Anwaltskanzlei waren, in der Hannah vor vierundzwanzig Jahren Polly Thwaites kennengelernt hatte.

Am Nachmittag des 23. wurden die drei Verträge unterschrieben. Jos Wynn mußte dreimal zwischen Lugano und Morcote hin und her fahren, da Hannah es abgelehnt hatte, ihren Hort zu verlassen.

»Die Klausel 14 hat in den drei Fällen eigentlich keine Schwierigkeiten gemacht«, erklärte er ihr.

In dieser Klausel war festgehalten worden, daß sich die Käufer an ihre Territorien zu halten hatten und keine Versuche unternehmen durften, in andere Gefilde vorzustoßen; da Polly mit seiner gewohnten Gründlichkeit den Gebrauchsmusterschutz in allen Ländern beantragt hatte, in denen Hannahs Produkte verkauft wurden, hatte es juristisch keine Probleme gegeben, die Gebiete eindeutig voneinander zu trennen.

Polly hatte sogar die Länder, von denen man annehmen konnte, daß sie eines Tages unabhängig würden, aufgeführt und bestimmt, wie in solchen Fällen mit dem Gebrauchsmusterschutz verfahren werden sollte. Dies alles, um einen allgemeinen Schiffbruch zu vermeiden, sollte es in einem Teilbereich zu einem Leck kommen.

»Auch mit der Klausel 23 gab es keine großen Schwierigkeiten. Javitts hat wie üblich Einwendungen gehabt – dieser Typ streitet sich wahrscheinlich morgens schon mit seinem Wecker, um richtig in Form zu kommen! – und behauptet, Ihnen ein Vorkaufsrecht einzuräumen, käme einer Beschneidung seiner Rechte als Besitzer gleich, denn er könne im Falle eines Falles vielleicht nicht so handeln, wie er es wünsche.«

»Jos, das ist mir völlig gleichgültig.«

»Ich muß trotzdem mit Ihnen darüber sprechen, denn er hat natürlich nicht recht. Wenn Sie eines Tages Ihre Firma zurückkaufen wollen, müssen Sie, Vorkaufsrecht oder nicht, den Meistbietenden überbieten.«

»Ich möchte meine Firma nicht zurückkaufen, und das wissen Sie ganz genau!«

»Hannah, ich muß aber alle Eventualitäten bedenken, darunter auch die Möglichkeit, daß Sie eines Tages Ihre Meinung ändern.«

Sie stellte endlich die Frage, die er erwartete, obwohl ihr die Antwort völlig gleichgültig war.

»Gut, Jos. Warum hat er eigentlich nachgegeben?«

»Weil Sie eine Frau sind, weil er Sie für unfähig hält, noch einmal von vorne anzufangen, und vor allem, weil er Riesenprojekte wälzt. Er ist überzeugt, mit Hilfe einer anderen Firmenführung die Gewinne zu verdoppeln oder gar zu verdreifachen.«

»Ich werde das in mein Gedächtnis eingraben«, sagte sie fast gelangweilt. »Wenn ich beim nächsten Mal auf die Welt komme, werde ich mich an Mister Javitts rächen; er wird für seine Gemeinheiten büßen müssen. Das wollten Sie doch hören, nicht wahr?«

»Hannah, ohne Sie wird es unendlich langweilig und traurig werden.«

»Alles fertig?«

»Ja. Keiner von uns kann so recht daran glauben...«

Sie schloß ihre riesigen grauen Augen. Bei Wynns drittem Besuch an diesem Tag saß sie auf der Terrasse unter einem vorspringenden Erker in einem Pfauensessel aus Peddigrohr, in dem viele schwarze und rote Kissen lagen, und genoß die großartige Aussicht. Hannah hatte es immer vermieden, ihn im Haus zu empfangen, von dem einen Mal abgesehen, als er in den Wintergarten mit vielen exotischen Pflanzen gebeten worden war.

»Worauf wollen Sie hinaus, Jos? Wollen Sie, daß ich mich selbst herausfordere?«

»Dagegen hätte ich wirklich nichts einzuwenden!« sagte er mit einer Leidenschaft, die ihn selbst überraschte.

»Rechnen Sie nicht damit.«

Sie zog die Exemplare des dritten und letzten Vertrages an sich, paraphierte die einzelnen Seiten und unterschrieb am Schluß, ohne sich die Mühe zu machen, den Vertrag zu lesen.

»Adieu, Josuah. Und vielen Dank für alles!«

Eine in allen drei Verträgen auftauchende Klausel betraf sie persönlich: Hannah hatte nicht mehr das Recht, weder direkt noch indirekt, auf dem Gebiet der Schönheitspflege und Parfümindustrie tätig zu werden. Javitts' Rechtsanwälte hatten sich die Mühe gemacht, alles aufzuzählen, was ihr verboten war: sie durfte weder die Formeln solcher Produkte erarbeiten, noch sie herstellen, noch sie vertreiben, noch verkaufen und nicht einmal dafür werben. Ihr berühmtes Markenzeichen, das doppelte H, gehörte ihr nicht mehr. Die Käufer durften damit machen, was sie wollten, während Hannah in allen Ländern die Benutzung des Markenzeichens streng verboten war. Der Vertrag verwies sogar auf die Länder, die damals noch gar nicht bestanden.

Nichts war vergessen worden.

»Ich bin fast zu der Überzeugung gelangt, daß diese Herren eine panische Angst vor Ihnen haben«, kommentierte der Anwalt Pierre Poncetti, der bei Hannah den Platz von Polly ein wenig übernommen hatte – ein ganz klein wenig.

In der gleichen Nacht noch verbrannte sie in dem riesigen Kamin in dem Erdgeschoßzimmer mit den hohen Gewölben die etwas mehr als dreihundert Notizbücher, die sie die ganzen Jahre in einer feuersicheren Kiste aus Metall mit sich geschleppt und zu der nur sie einen Schlüssel gehabt hatte.

Die frühesten stammten aus dem Herbst 1890 und dem Winter 91, waren folglich achtundzwanzig Jahre alt. Sie war damals, gerade fünfzehneinhalb Jahre alt, in Warschau eingetroffen und hatte schon bald über die Umsätze der drei Läden gewacht, deren Buchhaltung sie führte. Erst in Australien war sie auf den Gedanken gekommen, Schafe als Symbole zu verwenden.

›Hätte ich in Kanada gelebt, dann hätte ich sicher Bären gezeichnet.‹

In diesem ersten Notizbuch befanden sich sorgfältig gefaltete Blätter. Ohne sie anzusehen, wußte sie, was auf ihnen stand: die ersten Gedichte, die Taddeuz nur für sie geschrieben hatte. Und sie wußte auch, was sie mit ihrer damals schon kleinen Handschrift, die im Laufe der Jahre immer kleiner geworden war und die einen seltsamen Gegensatz zu Taddeuz' großer, weitausladender darstellte, auf die Rückseiten der einzelnen Zettel geschrieben hatte: Trotzdem las sie diese Vermerke noch einmal: *6. September 1891 – Taddeuz hat mich zum ersten Mal geliebt.* Etwas weiter, wieder auf der Rückseite eines Gedichts: *11. Dezember 1891: Ich habe Angst.*

(Sie hatte gerade festgestellt, daß sie schwanger geworden war; Pelte, der Wolf, stellte ihr damals ohne Unterlaß nach.)

Sie verbrannte alles.

Ihr Gesicht war starr und die Augen weit aufgerissen, doch sie weinte nicht. Das Feuer hätte auf alle Fälle ihre Tränen sofort getrocknet, denn um alle Notizbücher zu verbrennen, vor allem die in wertvolles Leder gebundenen der letzten Jahre, war sie gezwungen, die Flammen hoch lodern zu lassen.

Am 19. April verließ das Hausmeisterehepaar die Villa schon sehr früh; die beiden Engadiner hatten um Urlaub gebeten, um an einer Hochzeit in ihrem Heimatdorf teilnehmen zu können, und gleichzeitig vorgeschlagen, ein junges Mädchen aus Morcote könne die drei Tage Hannah zur Hand gehen, doch Hannah hatte abgelehnt. Wie üblich war sie noch vor Sonnenaufgang aufgestanden und hatte gehört, wie die beiden das Haus verließen.

Seit siebenundzwanzig Tagen erhielt sie keine Bilanzen mehr, die ihr bisher an jeden Punkt der Erde nachgeschickt worden waren und deren Eintreffen den Rhythmus ihres Lebens bestimmt hatte. Sie hatte sich nicht nur viele Stunden mit ihnen abgegeben, sondern auch Zuflucht bei ihnen gesucht.

Die ersten Tage waren die schlimmsten gewesen. Sie hatte gegen sich selbst gewütet und getobt, bis zur Verzweiflung. Bisher hatte sie sich nie überwinden können, nachts, wenn sie nicht schlafen konnte, das Gardenal zu nehmen, das Louis Macke ihr gegeben hatte.

Endlich hatte sie diesen wilden Lebenswillen wieder gefunden, der sie ihr ganzes Leben über getragen hatte.

›Du wirst noch verrückter als früher werden, wenn du dich einfach so gehen läßt.‹

Als geborene Statistikerin hatte sie methodisch alles aufgezählt, mit dem sie sich hätte beschäftigen können, und nichts Bedeutendes gefunden. Sie konnte weder stricken noch nähen. Auf dem Gebiet der bildenden Kunst war sie völlig unbegabt, und sie wußte es nur allzugut.

Von der Musik ganz zu schweigen. Es gab wohl kaum einen Menschen, der ein so schlechtes Gehör besaß wie Hannah. Marcel Proust hatte ihr empfohlen zu schreiben, doch ein Versuch hatte ihr genügt. Der Schriftsteller hatte sie erstaunt gefragt:

»Warum bist du denn auf dem Papier so kalt und im Leben so warmherzig?«

Blieben noch Weberei, Gartenarbeiten und barmherzige Werke.

Sie mußte über sich selbst lachen, ein gutes Zeichen. Langsam erholte sie sich von dieser Amputation, die der Verkauf für sie bedeutete, und begann, weite Spaziergänge in die umliegenden Berge zu machen, um ihren Bewegungsdrang zu befriedigen. Ihre Schuhe und ihre Kleider waren bei diesen Ausflügen wirklich nicht sehr praktisch, und einmal hätte sie sich beinahe umgebracht, als sie mit ihrem Hut, ihrem heiligen Sonnenschirm, mit dem sie ihre Haut vor der Sonne schützte, ihren Stiefeln mit den hohen Absätzen und ihrer Handtasche eine steile Felswand hochklettern wollte, die sie natürlich hätte umgehen können. Doch Hannah griff die Wand frontal an, und als sie das Hindernis überwunden hatte, genoß sie ihren Sieg. Stolz wie eine Jugendliche grub sie ihr doppeltes H in den Felsen ein und fühlte sich dabei so jung wie schon lange nicht mehr.

Sie hatte wieder zu lesen begonnen, zuerst Bücher aus der Bibliothek, die sie für Taddeuz zusammengestellt hatte, und dann andere, die sie in Paketen zu zweihundert oder dreihundert aus Genf kommen ließ.

An diesem 19. April las sie. Zehn Stunden waren ungefähr verstrichen, seitdem ihr Hausmeisterpaar sich aufgemacht hatte, um in ihr Heimatdorf Guarda im Engadin zu fahren. Kaum war die Sonne aufgegangen, da hatte sie einen weiteren einsamen Spaziergang unternommen... und sich den rechten Knöchel verstaucht, nachdem sie bei einem kleinen Sprung falsch aufgekommen war. Humpelnd ging sie zu dem verlassenen Haus zurück, in dem es totenstill war, und nahm ein langes Bad. Schließlich klapperte sie mit den Zähnen, denn das Wasser war inzwischen eiskalt geworden. (Sie haßte kalte Bäder, aber da sie sich einbildete, sie seien gesund, zwang sie sich immer wieder dazu.) Zu allem Überfluß hatte sie sich, als sie für ihr Bad das Wasser anheizte, einen Finger verbrannt und nach dem Bad Schwierigkeiten gehabt, ihren verstauchten Knöchel zu verbinden. Sie ärgerte sich über ihre Ungeschicklichkeit, zumal sie vier Tage zuvor, als sie im Motor des Rolls ein Teil ausbauen wollte, dessen Namen sie nicht kannte, sich am Ellbogen verletzt hatte. Und jetzt kam auch noch der beginnende Muskelkater dazu!

»Ein wahres Blutbad!«

Sie las unter einer schattigen Laube und knabberte an Zwiebacks, die sie in ein Glas Tokayer tauchte. Um sie herum war es beinahe unnatürlich still. Unter ihr lag der See, doch sie mochte ihn in der Abenddämmerung lieber, wenn das Wasser silbern glänzte, die Hänge zuerst dunkler und dann blau wurden und sich endlich im Himmel auflösten. Einige Sekunden lang hatte man immer den Eindruck, nur der phosphoreszierende See sei noch am Leben.

Sie hatte es sich in ihrem Pfauensessel bequem gemacht, das Kinn auf die Brust gestützt, so daß die Unterlippe leicht vorsprang. Das Buch ruhte auf ihrem Busen, der zu diesem Zweck recht geeignet war. Der Stuhl war entschieden zu groß für sie, und wenn sie sich hineingleiten ließ, schien sie zu schmollen, was recht gut zu einer rebellischen Strähne paßte, die ihr immer wieder ins Gesicht fiel. Ihr gegenüber stand ein anderer Stuhl mit einem großen Kissen, so daß sie ihren verstauchten Knöchel auflegen konnte. Sie trug ein weißes Kleid von Lanvin, das mit einem roten Faden, natürlich in ihrem Lieblingsrot, gefaßt war. Das Kleid bedeckte nur die Hälfte ihrer Waden und hatte einen V-Ausschnitt. Hannah hatte einen Knopf aufgeknöpft, so daß man den Brustansatz sehen konnte, der milchweiß war, da sie ihn unter keinen Umständen der Sonne aussetzte. Um den Hals trug sie das Kollier aus Feingold mit den siebzehn schwarzen Perlen, die Taddeuz ihr geschenkt hatte.

Sie hatte sich die vierundachtzig Bände umfassende Werkausgabe von Walter Scott besorgt, war inzwischen bei Band einundsiebzig angekommen, dem ersten Band der *Chroniken der Canongave*, und langweilte sich ziemlich. Sie las gerade die Szene, in der sich Chrystal Croftangry bei Miss Nelly vorstellte...

...und erstarrte.

Dabei war der Laut kaum vernehmbar gewesen und durch nichts, nicht einmal durch das Quietschen des großen Tores, angekündigt worden.

»Du hättest nicht verkaufen dürfen«, sagte er.

Sie bedeckte ihr Gesicht mit ihrem Buch und rutschte noch tiefer in den Pfauensessel, ohne sich das erklären zu können, ganz als ob sie, sich zusammenkrümmend, verschwinden wollte. Ihre Augen waren so weit aufgerissen wie nie zuvor.

Kapitel 19

Das ist alles ganz einfach...

»Verletzt?«

»Nichts Schlimmes.«

Sie kauerte sich immer noch in ihrem Pfauensessel zusammen; Taddeuz war bei ihr, nur zwei Meter von ihr entfernt! Er lehnte sich an einen der Holzpfosten der Laube. Auf ein Jackett hatte er verzichtet. Er hatte die Ärmel seines Hemdes bis zu den Ellbogen hochgerollt und trug darüber nur eine dünne, ärmellose Weste. Seit mindestens drei Tagen hatte er sich nicht mehr rasiert; seine Haare waren länger als früher. Gesicht, Unterarme, Handrücken und seine Brust – zumindest der Ansatz, den Hannah erkennen konnte, da Taddeuz auf eine Krawatte verzichtet hatte und das Hemd offen trug – waren tief gebräunt. Er war außerordentlich schön, was sie nicht überraschte, und sah nicht älter als höchstens dreißig aus.

›Was du alles siehst! Dabei tust du so, als ob du ihn keines Blickes würdigst!‹

Sie fragte:

»Seit wann bist du in Europa?«

»Seit ungefähr vier Wochen. Bist du allein?«

»Ja.«

»Deine Angestellten?«

»Nur ein Hausmeisterehepaar. Im Augenblick auf einer Hochzeit im Engadin.«

›Hannah, um Himmels willen, beruhige dich! Versuch zu überlegen! Brich bloß nicht in eine Panik aus, du dumme Gans!‹

»Ich habe großen Hunger«, sagte Taddeuz.

Erst jetzt rührte sie sich. Sie legte das Buch auf den Boden und richtete sich auf, wobei sie sich mit den Händen auf den Lehnen abstützte. Dann stand sie auf. Im ersten Augenblick war sie geneigt, stark zu humpeln, stärker, als aufgrund der Verstauchung notwendig gewesen wäre, doch dann überlegte sie es sich anders und zwang sich, so normal wie nur möglich zu gehen.

›Sonst glaubt er noch, ich versuche, sein Mitleid zu erregen!‹

(Womit sie recht gehabt hätte.)

»Ich kann dir kein großes Diner anbieten, denn ich habe nicht mit Besuch gerechnet.«

(›Verdammte Lügnerin! Seit du den Brief geschrieben hast, nein, schon vorher hast du keine Sekunde verbracht, in der du nicht auf ihn gewartet hast!‹)

»Schinken und Käse, das ist alles, was ich dir anbieten kann.«

»Ausgezeichnet!«

»Und im Ofen gebackene Kartoffeln. Du weißt ja, daß ich keine große Köchin bin.«

»Das genügt, wirklich!«

Er folgte ihr in die Küche und setzte sich an den langen Tisch. Sie selbst blieb stehen und kreuzte die Arme. Unbewußt hatte sie die Geste eingenommen, mit der seit Jahrhunderten Frauen ihre heimkehrenden Männer begrüßen. Hannah brauchte eine ganze Zeit, bis sie sich dessen bewußt wurde.

»Setz dich, Hannah.«

»Danke. Ich steh gerne.«

Er schnitt sich eine dicke Scheibe von dem Landbrot ab, legte eine Scheibe Schinken darauf und darüber eine Scheibe Emmentaler. Während er aß, beobachtete er sie. Hannah suchte vergebens nach einem Thema, das ihr erlaubt hätte, die entsetzliche Stille zu brechen.

»Wein?«

»Gern.«

Während sie die Flasche Tokayer holte, die sie bereits aufgemacht hatte, fiel ihr auf, daß seine Augen ihr unablässig folgten.

›Gott sei Dank habe ich wenigstens ein passables Kleid an! Hoffentlich sehen meine Haare nicht zu unordentlich aus!‹

»Möchtest du dich wirklich nicht setzen?«

»Wirklich nicht.«

Sie hatte nicht einmal bemerkt, daß er aufgestanden war. Plötzlich war er dicht bei ihr, packte sie mit beiden Händen an der Taille, hob sie hoch und setzte sie auf einen Schrank. Doch das war noch nicht alles: Die Hände des Riesen ließen sie nicht einfach los, sondern strichen sanft über ihre Brüste und ihren Körper, bevor sie sich ihrer Kehle näherten...

Sie bewegte sich nicht. Es kam selten vor, daß sie ihn wie jetzt von oben mustern konnte.

»Angst, Hannah?«

»Nein.«

»Hat dir Louis Macke nicht gesagt, daß ich dich umbringen wollte?«

»Zweimal, wenn ich richtig informiert bin.«

»Wir sind hier allein. Und niemand hat mich gesehen.«

»Ich habe keine Angst, gerade weil du da bist«, sagte sie ruhig.

›Und das ist wirklich schon recht extravagant, Hannah! Du hast wirklich keine Angst. Obwohl, wenn ich richtig überlege, was soll da eigentlich extravagant sein? Ich habe keine Angst, sondern ganz andere Gefühle...‹

Sie rechnete damit, daß er lächelte. Doch er trat nur einen Schritt zurück:

»Zeig mir deinen Knöchel.«

»Laß nur, das ist wirklich nicht tragisch.«

Er befreite sie von der mehr als ungeschickt angelegten Bandage. Sie spürte den Kontakt seiner Finger – als brennendes Gefühl in ihrem Bauch!

»Das tut wirklich nicht weh.«

»Warum hast du dann keine Schuhe angezogen? Ich habe dich nie ohne Schuhe erlebt, außer wenn du splitternackt warst.«

Er drehte behutsam ihren Knöchel; trotz aller Beherrschung zuckte sie kurz zusammen.

»Na ja, etwas tut es schon weh.«

»Du hast deinen Knöchel verstaucht. Wo finde ich Bandagen?«

Während er die Bandagen suchte, überlegte sie, ob sie vom Schrank springen sollte, blieb aber dann in luftiger Höhe sitzen, denn sie rechnete angesichts ihres derzeitigen Pechs mit der Möglichkeit, sich auch noch den anderen Knöchel zu verstauchen oder gar auf das Gesicht zu fallen und sich eine geschwollene Nase einzuhandeln. Übrigens: Wenn er sie schon hochgehievt hatte, dann sollte er sie ruhig wieder herunterheben.

›Er wird mich wohl oder übel noch einmal berühren müssen!‹

Als er zurückkam, hatte er so viele Bandagen dabei, daß er sie mühelos in eine ägyptische Mumie hätte verwandeln können. Beeindrukkend, mit welcher Geschicklichkeit er Hannahs Knöchel verband und dabei ein streng geometrisches Muster einhielt.

»Ist das nicht zu fest?«

»Nein.«

Sie schaute auf seinen Mund und hatte größte Lust, an Taddeuz' Unterlippe zu knabbern.

Doch es blieb bei der Lust; Taddeuz setzte sich wieder an den Tisch.

»Läßt du mich hier oben verhungern?«

»Der Platz da oben steht dir ausgezeichnet.«

Er aß.

»Du hast Angst, mich in deine Arme zu nehmen, nicht wahr?«

Keine Antwort.

›Hannah, laß dir Zeit, sonst verdirbst du noch alles!‹

»Seit wann hast du nichts mehr gegessen?«

»Seit gestern früh.«

Endlich hob er seinen Kopf und schaute sie an.

»Ich bin am 23. abends in Marseille an Land gegangen.«

»An diesem Tag hab' ich alles verkauft.«

»Ich weiß. Das hättest du nicht tun sollen!«

Beinahe hätte sie geantwortet: ›Gott sei Dank habe ich verkauft, denn du bist zurückgekommen.‹

Doch sie schwieg. Es war wirklich nicht leicht, sich Taddeuz gegenüber richtig zu verhalten. Hätte er sie wirklich am Verkauf hindern wollen, hätte er aus Amerika telegrafiert. Sie war die Frau auf der Welt, die man am leichtesten erreichen konnte, jetzt, wo Victoria tot und begraben war. Er hätte nur in eines ihrer Institute und Geschäfte gehen und eine Nachricht für Madame Hannah abgeben müssen – vor dem Verkauf natürlich. Einmal hatte sie einen Brief aus Ontario erhalten, auf dem als Adresse nichts weiter als *Hannah – New York* angegeben war.

›Er hätte sich auch früher einschiffen können!‹

Plötzlich durchfuhr sie ein Gedanke:

»Wann hast du das Sanatorium verlassen?«

»Im Dezember.«

»Und wohin bist du gefahren?«

»Nach Mexiko. Nach Oaxaca. Ein Konsul hat mich beherbergt. Und dann...«

»Und mein Brief?«

»Ich habe nie einen Brief von dir bekommen.«

»Ich habe dir in dem Brief mitgeteilt, daß ich mein Unternehmen verkaufen will.«

»Nie bekommen...«

»Hat dir Macke deine Briefe nicht nachgeschickt? Da ich nicht wußte, wo du dich aufhältst, habe ich ihn an Macke geschickt.«

»Mitte Januar habe ich Oaxaca mit Adamson – einer meiner Pfleger – verlassen; ab diesem Zeitpunkt wußte auch Louis nicht, wo er mich erreichen konnte.«

»Verdammt noch mal, wie hast du dann erfahren, daß ich verkauft habe?«

»Ganz einfach: aus der Zeitung. In Athen.«

»Wann war das?«

»Vor ungefähr zwei Wochen. Die *Times* war nicht gerade die neueste.«

Ihr hatte es die Sprache verschlagen.

Er schüttelte nachdenklich seinen Kopf:

»Hannah, ich bin nicht gekommen, weil du verkauft hast. Als ich das Schiff nach Europa nahm, wußte ich das noch nicht. Und ich bedauere wirklich, daß du so weit gegangen bist. Doch das ändert nichts an meiner Entscheidung.«

Endlich holte er sie von ihrem Hochsitz herunter und verkündete lautstark, er müsse unbedingt ein Bad nehmen. Er berührte sie, ohne daß man ihm etwas angemerkt hätte. Sein Gesichtsausdruck war weder kalt noch gleichgültig, sondern traumverloren und auch ein wenig traurig.

»Ich werde Wasser heiß machen«, sagte sie.

»Das ist nicht notwendig«, antwortete er. »Bleib sitzen.«

Sie wartete, bis er in den zweiten Stock hinaufging (in dem das Zimmer ihrer Hochzeitsnacht lag) und humpelte dann in den Garten, wo er sein Gepäck hatte stehen lassen. (Er hatte nur einen kleinen Koffer in das Badezimmer mitgenommen.) Sie musterte den Rucksack, ein Gepäckstück, das sie aus den österreichischen und deutschen Alpen kannte. Er schien sehr schwer zu sein – sicher hatte Taddeuz ihn mit Büchern vollgestopft.

›Laß seine Sachen in Ruh, blöde Gans!‹

Sie humpelte weiter zu ihrem Pfauensessel und versuchte zu lesen, konnte sich aber nicht konzentrieren. Lange schaute sie auf den See. Die Schatten wurden immer länger; es wurde langsam dunkel.

Sie hörte ihn nicht kommen.

»Dreh dich nicht um, Hannah.«

Sie wäre am liebsten wieder in ihrem Sessel verschwunden.

»Hannah, ich bin gekommen, um bei dir zu bleiben. Wenn du mich noch haben willst... Nein, bitte sag nichts. Es fällt mir schwer zu reden. Als ich das Sanatorium verließ, wußte ich nicht, was ich tun sollte. Wenn man, wie ich, eine lange Zeit in völliger Abgeschiedenheit lebt, gewöhnt man sich daran, für nichts verantwortlich zu sein, auch nicht für sich selbst. Wenn ich jemals für mich Verantwortung übernommen habe. Verstehst du, was ich sagen will?«

»Nicht ganz.«

»Gut. Ich werde versuchen, es auf eine andere Weise zu erklären. Hannah, ich war verrückt, wahnsinnig, und vielleicht bin ich es noch, auch wenn Louis Macke mich als geheilt betrachtet. Als sich noch alle um mich kümmerten, war es nicht so schwer, ausgeglichen zu sein. Doch seit ich allein bin... Verstehst du jetzt?«

»Ja. Das heißt, ich glaube...«

»Ich mußte mir erst einigermaßen sicher werden, daß ich mich auf mich verlassen konnte.«

»Wußtest du, daß ich auf dich wartete?«

»Natürlich. Ich wußte, daß du jede Minute auf mich gewartet hast. Zumindest wünschte ich mir das... Bitte, sag nichts. Übrigens, hättest du nicht auf mich gewartet, dann wärst du ganz bestimmt nicht nach Morcote gekommen. Von Marseille aus wollte ich nach Deutschland fahren, anschließend nach Griechenland...«

»Überall hin, nur nicht nach Italien...«

»Nur nicht nach Italien... Von Griechenland aus wollte ich dir schreiben und dich entscheiden lassen, ob du mich noch haben willst oder nicht.«

»Sprich nicht so!«

»Ich weiß nicht, wie ich es anders ausdrücken könnte.«

›Zum Teufel mit diesen Hirngespinsten!‹ dachte sie. ›Zum Teufel mit seiner Sucht, alles analysieren und erklären zu müssen! Er ist zurückgekommen, ich habe ihn wiedergefunden, alles andere hat keine Bedeutung.‹

»Ich liebe dich«, sagte sie laut.

›Warum nimmt er mich denn nicht endlich in seine Arme, dieser verdammte Kerl!‹

»Nur, ich hätte nicht den Mut gehabt, deine Antwort abzuwarten. Ich war zu der Überzeugung gekommen, meinen Fall persönlich besser vertreten zu können...«

»Ich liebe dich, und der Rest ist mir ziemlich gleichgültig! Ungeheuer gleichgültig!«

Schweigen. Taddeuz rührte sich immer noch nicht. Nach einigen Sekunden, die ihr so lang wie Wochen erschienen, hörte sie ihn sehr leise lachen.

»Hannah, unter anderem muß ich dir ein Verdienst zuerkennen: Du verfolgst geradlinig deinen Weg!«

»Das Leben ist wirklich kompliziert genug!«

»Du liebst mich, ich liebe dich, das ist alles ganz einfach, das Wichtigste ist damit gesagt.«

»Richtig. Und genauso sollte es auch sein. Nur, daß du mir nie so richtig gesagt hast, daß du mich liebst! Du hast es mir zumindest nicht sehr häufig gesagt und warst ziemlich geizig damit, was sonst gar nicht deine Art ist.«

Die Sonne ging relativ schnell hinter den Bergen unter, doch über dem See lag noch Licht; wie Milch wallte durchsichtiger Nebel auf, manchmal von flüchtigen Schatten und bizarren Bewegungen unterbrochen.

›Dieser See ist wirklich sehr liebenswert; er strengt sich immer an, den Ereignissen gerecht zu werden... O mein Gott, Hannah, das Warten hat sich gelohnt, auch wenn es lang geworden ist...‹

»Ich war in Warschau«, erzählte sie, »und habe auch dein ehemaliges Zimmer in Praga besucht, in dem ein junges, sehr nettes Pärchen wohnte. Der Junge heißt Jan und hat viele Bücher. Das Mädchen ist sehr hübsch... Taddeuz, ich kenne niemand, der blöder ist als wir beide! Das Leben ist da, um gelebt zu werden, ich wüßte nicht, wozu es sonst dient. Du liebst mich, ich liebe dich, das ist alles ganz einfach. Und wir werden uns anstrengen, daß dies sehr lange so bleibt. Ich möchte hundert Jahre alt werden. Dann kann ich immer noch weitersehen. Und wenn du keine Schwierigkeiten bekommen willst, dann sieh zu, daß du es genauso machst.«

»Ich liebe dich, Hannah.«

»Wie bitte?«

»Ich liebe dich, Hannah.«

»Es ist so schrecklich laut hier; ich kann dich kaum verstehen.«

»Ich liebe dich, Hannah.«

Er packte sie an den Schultern. Sie nahm eine seiner Hände, führte sie zu ihrem Mund und leckte mit ihrer heißen Zunge die Handfläche. Die Augen schließend, fragte sie leise:

»Begehrst du mich? Wenigstens ein bißchen?«

»Ich könnte dich vergewaltigen, wenn du es genau wissen willst.«

»Dann ist ja alles in Ordnung. Wunderbar!«

Kapitel 20

Habe ich an dieser Stelle wirklich ein Grübchen?

Drei Tage später fing er wieder zu schreiben an. Im Gegensatz zu seinen früheren Gewohnheiten kam er gut voran. Zehn, zwölf, manchmal sogar fünfzehn Stunden pro Tag, die er ihr jeden Abend zu lesen gab, ebenfalls eine einschneidende Änderung. Als er ihr das erste Mal abends, aus seinem Arbeitszimmer kommend, die Frucht seiner Arbeit reichte, geriet sie beinahe in Panik. Schließlich wurde er es müde, die Seiten in seiner ausgestreckten Hand zu halten; er deponierte sie auf dem Tisch vor ihr, auf dem sie gerade eine Patience legte.

»Ein Beginn, aber zwei Kapitel sind immerhin schon fertig. Würdest du sie bitte lesen und mir deine Meinung dazu sagen?«

»Aber dazu bin ich nicht fähig!«

»Das kannst du mindestens so gut, wenn nicht besser, wie die vereinten Kritiker Londons und New Yorks.«

»Du meinst, ich sei blöd, nicht wahr? Wenn ich deine Geschichte verstehe, dann versteht sie die ganze Welt?«

»In der Richtung...«

»Hör auf! Schriftsteller haben in den Unterhosen ihrer Kritikerinnen nichts zu suchen! Du bringst mich noch dazu, meine Pflicht zu vergessen!«

Sie las. Viermal, und dann noch ein fünftes Mal, aus Angst, sie habe etwas übersehen oder vernachlässigt.

›Man könnte fast den Eindruck gewinnen, du studierst einen Vertrag, du Kritikerlehrling!‹

Erstaunlich regelmäßig lieferte er jeden zweiten Tag ein Kapitel ab; die außergewöhnliche Geschichte spielte in einem völlig abseits gelegenen Dorf in Mexiko, das von der Sonne und dem Staub erdrückt wurde und dessen Bewohner nichts anderes waren als stumme, ängstliche Schatten ihrer selbst. In diesem Dorf lebte ein Priester, der aus der Kirche ausgetreten war...

»So wie du ihn beschreibst, ist dein Priester noch verführerischer als Rudolf Valentino und Douglas Fairbanks zusammen. Kann ein Priester überhaupt schön sein, als Mann, meine ich?«

»Ich wäre beinahe Priester geworden.«

»Ein überzeugendes Argument. Ich habe also noch einmal Glück gehabt. Kannst du dir vorstellen, daß wir uns in einem Beichtstuhl lieben?«

Zwei weitere Hauptpersonen wurden eingeführt (nicht gleichzeitig; die beiden kannten sich nicht, zumindest ließ nichts darauf schließen, aber Hannah kannte ja nur das, was Taddeuz ihr gegeben hatte): eine Frau und ein Bandit.

›Der Priester ist schöner als der Bandit!‹

Das Trio machte sich zu einem recht seltsam anmutenden Ausflug in die Berge auf; die Frau hatte behauptet, dort oben sei ein Schatz vergraben und sie kenne die Stelle.

Während dieses Ausflugs starb einer der beiden Männer.

»Deswegen brauchst du doch nicht zu weinen, Hannah!«

»Die Geschichte ist zu traurig. Ich mochte diesen Banditen sehr gern! Den anderen übrigens auch, aber ich bin ja ein verdorbenes Wesen... ich weiß nicht so recht, was ich zu deinem Buch eigentlich sagen soll.«

»Das hast du bereits getan.«

»Als ich über Kensings Tod flennte?«

»Vor allem mit deinem Gesicht, beim Lesen. Hannah, ich vergöttere deine Augen!«

Im Mai fuhren sie an Bord der *Berengaria* der Cunard Line, der ehemaligen *Imperator*, die die Engländer als Reparationszahlung von den Deutschen einbehalten hatten, nach New York zurück. Taddeuz hatte inzwischen die Reinschrift seines Romans fertiggestellt, die zweihundertzehn Seiten umfaßte.

»Gedruckt werden es wohl zweihundertdreißig bis zweihundertvierzig Seiten werden; ich schreibe jetzt kleiner als früher.«

Der Roman trug den vorläufigen Titel *Die Klapperschlange*.

»Eddy Lucas wird ihn sowieso ändern.«

Hannah hatte ihn noch nie so ungezwungen erlebt. Zuerst freute sie sich, doch dann wurde ihr diese grundlegende Metamorphose etwas unheimlich.

Doch diese Sorge sollte schnell verblassen. Adam und Jonathan holten sie vom Schiff ab. Der Kontrast zwischen der intensiven Liebe zu ihrem Vater und der fast vollständigen Gleichgültigkeit, die sie ihrer Mutter gegenüber hegten, tat Hannah sehr weh, obwohl sie eigentlich darauf gefaßt gewesen war.

›Du hast alles getan, damit sie dich hassen. Adam vielleicht nicht, aber Jonathan ganz bestimmt. Warum sollten sie dich auch lieben? Hast du nur ein einziges Mal an sie gedacht, als du dich in Europa verkrochen hast? Nein? Dann beklag dich auch nicht.‹

»Wo ist Abigail?«

»Bei Lizzie in Los Angeles.«

»Ich glaube, wir sollten ebenfalls nach Los Angeles fahren«, meinte Taddeuz.

»Wann immer du willst. Ich habe ja keine Verpflichtungen mehr.«

Natürlich hatte sie den Wink bemerkt, den er Jonathan gegeben hatte. Der Junge gehorchte tatsächlich, trat zu ihr und umarmte sie:

»I am happy to see you, mother.«

Er hatte die englische Sprache gewählt, um nicht entscheiden zu müssen, ob er seine Mutter duzen oder siezen sollte.

Sie war beinahe erleichtert, als ihre Söhne nach den Sonderferien, die ihnen eingeräumt worden waren, wieder in ihre Schulen zurückkehrten.

Eddy Lucas tauchte nicht einmal achtundvierzig Stunden, nachdem Taddeuz ihm das Manuskript gegeben hatte, bei ihnen auf. Hannah war gerade dabei, eines der Gästezimmer neu zu streichen – sie konnte einfach nicht untätig sein! –, von Yvonne ironisch beobachtet, die für Chinesenkinder warme Sachen strickte.

»Hannah, haben Sie das Manuskript gelesen?«

»Ich warne Sie, ich finde es hinreißend!« sagte sie, bereit, auch Eddy Lucas neu zu streichen, falls dies notwendig werden sollte.

»Ich ebenfalls«, beruhigte sie Lucas.

Sie stellte ihren Pinsel in den Farbtopf und schaute ihn mißtrauisch an.

»Eddy, Sie machen mir doch nichts vor, oder?«

»Gott bewahre, Hannah! Er hat endlich den richtigen Ton gefunden. Ich habe das Buch verschlungen! Ich räume gerne ein, daß ich auf den beiden ersten Seiten etwas Angst gehabt habe, doch als... Sie haben es wirklich gelesen?«

»Wirklich.«

»Doch dann«, fuhr Lucas in seinem Satz fort, »als SIE auftaucht, der er keinen Namen gegeben hat, als SIE zum ersten Mal erwähnt wird, da... Was für eine Persönlichkeit. Die...«

Plötzlich verstummte Lucas. Hannah warf Yvonne einen drohenden Blick zu.

›Wenn sie lacht, dann schlage ich sie nieder!‹

Schweigen.

»Eddy, Sie haben Ihren Satz nicht zu Ende gesprochen«, bemerkte sie.

Er massierte seinen Nacken.

»Als ich mir das letzte Mal so idiotisch vorkam wie heute«, nahm er endlich den Faden wieder auf, »hatte Reverend Partridge in meiner Bibel schweinische Bilder gefunden. Ich war damals zwölf Jahre alt.«

Hannah lächelte ihn zuvorkommend an.

»Und in dem Manuskript von Taddeuz haben Sie ebenfalls schweinische Bilder gefunden, nicht wahr?«

›Hannah, für dein Verhalten gibt es ein schönes Wort: das Messer in der Wunde herumdrehen!‹

Lucas wurde plötzlich hochrot:

»Hannah, bitte...«

Sie lächelte ihn noch zuvorkommender an und machte ihre großen Augen weit auf:

»Ich weiß nicht, warum es mich stören sollte, wenn die ganze Welt weiß, daß mein Mann in seine Frau verliebt ist. Ich finde das eher bezaubernd. Und wenn...«

»Hannah, das Buch wird einen Skandal auslösen!«

»Und wenn er meinen Körper in seinem Buch in allen Einzelheiten beschreibt, dann kann es dafür mehrere Gründe geben. Vielleicht hat er keine Fantasie, aber das würde mich, ehrlich gesagt, wundern; vielleicht hatte er, um es einmal vorsichtig auszudrücken, keine anderen Modelle zur Hand, aber das würde mich noch mehr wundern, denn ich weiß nur zu gut, wieviel Frauen ihm verführerische Blicke zuwerfen. Vielleicht hatte er auch einfach Lust dazu gehabt. Daran glaube ich, und darauf bin ich sehr stolz, Eddy Lucas. Es ist nicht so übel, nackt gemalt zu werden, auch wenn es nur die Feder eines Schriftstellers ist, die einen detailliert beschreibt, wenn man schon zweiundvierzig Jahre alt ist.«

»Eddy Lucas hat vorbeigeschaut.«

Taddeuz war mit seinen Söhnen vom Rollschuhlaufen nach Hause gekommen. Er schaute sie fragend an.

»Er findet das Buch hinreißend«, fuhr Hannah fort. »Er ist begeistert; er befürchtet nur, zusammen mit dir wegen Pornographie ins Gefängnis geworfen zu werden. Habe ich an dieser Stelle wirklich ein Grübchen?«

»Wer wird es wagen, die Dokumentation zu meinem Roman zu überprüfen?«

»Eine ausgezeichnete Frage.«

Edward Lucas machte sich wirklich Sorgen. Beim ersten Mal hatte er das Buch nur überflogen, doch beim zweiten und dritten Mal...

»Tad, so kann ich es auf keinen Fall veröffentlichen. Wir werden alle Ligen und Kirchen gegen uns haben. Es wird verboten werden.«

»Zu traurig«, kommentierte Taddeuz und machte den Eindruck, als ob ihn das alles königlich amüsiere.

»Was können wir tun?« fragte Hannah.

»Kürzen. Abmildern. Sicher beides. Das wird nicht leicht sein, wenn man Taddeuz' Stil bedenkt. Das macht mich krank, aber ich sehe keine andere Lösung. Vor allem die Szene, in der die Klapperschlange sich...«

Er brach wieder einmal mitten im Satz ab und schaute auf seine Hände, die das Fischbesteck bearbeiteten, als ob er deren Existenz im Augenblick erst entdeckte.

»O mein Gott!« rief er.

Schweigen.

Taddeuz lächelte.

»Hannah?«

(Er hatte es nicht einmal für notwendig gefunden, sie anzuschauen.)

»Kein Komma!«

»Kein Komma!« bekräftigte Taddeuz.

Neues Schweigen.

»Natürlich«, sagte Edward Lucas bitter, »Schriftsteller haben ja im Grunde nichts dagegen, ins Gefängnis zu wandern, denn dort können sie wenigstens ungestört arbeiten, doch ich weiß nicht, wie ich meinen Verlag von Sing-Sing aus leiten soll.«

»Armer, armer kleiner Eddy«, spottete Hannah.

»Er hat wirklich unser Mitleid verdient«, gab Taddeuz noch eines drauf.

»Es gibt ja ein berühmtes Vorbild: Baudelaire«, meinte Hannah.

»Ich weiß, *Die Blumen des Bösen*«, sagte Eddy düster.

»Baudelaire hatte damit eigentlich einen recht guten Erfolg erzielt«, träumte Hannah.

»Wobei wir einräumen müssen, daß er begabt war.«

»Einverstanden.«

»Ich hasse euch!« sagte Lucas immer noch düster. »Beide!«

Taddeuz stand auf.

»Die Antwort ist nein, Eddy. Sie können den Roman veröffentlichen, es aber auch bleiben lassen. Doch wenn Sie ihn veröffentlichen, dann dürfen Sie kein einziges Wort ändern.«

Ende Juni trafen sie in Los Angeles ein. Obwohl Lizzies und Maryans Haus wirklich groß war, war es ausgeschlossen, daß das Ehepaar Kaden und ihre zwölf Kinder, die Hausangestellten sowie Adam, Jonathan, Abigail und ihre Gouvernante... sowie Hannah, Taddeuz, Yvonne und Gaffouil unter einem Dach unterkamen.

Zumal es sich nicht um einen kurzen Aufenthalt handelte.

»Lizzie, wir wissen noch nicht, wie lange wir hier bleiben werden.

Vielen Dank, aber ich habe wirklich keine Lust, in einem Zelt in deinem Garten zu schlafen.«

»Hannah, ich freue mich wahnsinnig!«

»Warum eigentlich? Zwischen Taddeuz und mir hat sich nichts verändert. Nichts.«

Sie mieteten schließlich eine Villa in dem Coldwater Canyon Drive, in der Charles Chaplin eine Zeitlang gewohnt hatte, nur wenige Schritte vom Sunset Boulevard entfernt. Die Villa war nicht so überdimensional wie die der Kadens, verfügte aber doch über zwölf Zimmer und eine Wohnung für Yvonne und Gaffouil sowie drei Dienstbotenkammern über der Garage. Der elegante Eric von Stroheim freundete sich rasch mit ihnen an. Im Jahr zuvor hatte er in seinem Bestreben, den Kampf gegen Wilhelm II. zu unterstützen, in dem Film *The Hearts of Humanity* die Rolle eines absolut infamen deutschen Offiziers zu übernehmen, der arme französische Babys aus dem Fenster warf.

Lizzie und Maryan hatten sich wie immer als perfekte Freunde gezeigt. Der ganze Kaden-Clan war zur Begrüßung zum Bahnhof gefahren! Die Familienfanfare hatte sämtliche Trommelfelle, die sich in einem Umkreis von einem Kilometer aufhielten, schwer geschädigt. Lizzies Parole war einfach: Die Melodie sei nicht so wichtig, meinte sie, nur der Lärm, den die Instrumente verursachten, die sie verteilt hatte; es befand sich sogar ein Dudelsack darunter! Sie hatte sich das Becken vorbehalten, das sie mit großer Kraft und Begeisterung schlug; nach einem wie es schien hauptsächlich nachts geführten Kampf hatte sich Maryan endlich bereit erklärt, sich die große Pauke umzuschnallen; düster trommelte er einen frenetischen Rhythmus.

Hinter diesem Spektakel – das durchaus zu Lizzie paßte – versteckte sich höchste Aufmerksamkeit für ihre Freunde: Es ging darum, die Tatsache, daß sich Hannah und Taddeuz endlich wiedergefunden hatten und daß sie die Zeit, die sie sich nicht in Los Angeles hatten sehen lassen, über Gebühr in die Länge gezogen hatten, vergessen zu machen oder ihr zumindest den Anstrich des Alltäglichen zu geben. Auch in den folgenden Wochen und Monaten stellte Lizzie häufig ihr Taktgefühl unter Beweis. Das Haus der Kadens in Beverly Hills war zu einem Hafen für alle geworden und diente ganz Hollywood als Treffpunkt. An ihrem Ankunftstag waren Mary Pickford und Douglas Fairbanks zum Abendessen aufgetaucht. In den darauffolgenden Tagen schauten Cecil B. de Mille und Gloria Swanson, Lewis Selznick* und Sam Goldwyn, Louis B. Mayer, Sam Warner, Harry und Louis Cohn, und viele andere vorbei.

* Vater von David O'Selznick, der *Gone with the Wind* (Vom Winde verweht) produzierte und auch bei der Regie stark eingriff.

»Danke, Lizzie.«

»Was habe ich denn jetzt schon wieder angestellt?«

»Ihr beide habt euch prächtig verhalten.«

»Ich verhalte mich immer prächtig; das gehört zu meinem Naturell.«

Wer in Hollywood – was heißt hier in Hollywood, in ganz Kalifornien – vergötterte Lizzie eigentlich nicht? Sie hatte zugenommen. Nicht sehr viel. Durch die vielen Geburten hatte sie allerdings eine starke Brust bekommen, auf der man einen Teller und ein Glas abstellen konnte – ungelogen, Hannah hatte es ausprobiert. Lizzies Freude am Leben hatte mit den Jahren noch zugenommen, und ihr Humor kannte keine Grenzen. Sie herrschte über ihre sieben Jungen und fünf Mädchen mit einer fast angsteinflößenden guten Laune. Selbst ihre Zornesausbrüche – sie verfügte über eine spitze Zunge und hatte vor niemand Angst – machten einen Teil ihres Charmes aus. Obwohl sie nicht gerade eine Schönheit war, besaß sie eine große Ausstrahlung. Maryan vergötterte sie, und er war nicht der einzige. Ein gewisser Franklin Roosevelt, der gerade zum Vize-Marineminister ernannt worden war, hatte nach einigen Besuchen im Hause Kaden allen Ernstes vor, einen Zerstörer der amerikanischen Marine auf den Namen *Lizzie* zu taufen. Sie hatte einmal zu Hannah gesagt:

»Ich bin dazu geschaffen, glücklich zu sein.«

Sie befolgte das selbstgewählte Motto buchstabengetreu.

»Hannah, wir sprechen über ihn, wann immer du willst. Wenn du willst.«

»Über Taddeuz?«

»Über wen denn sonst? Über meinen Mann kann man kaum etwas berichten. Er verdient Geld, hat mich regelmäßig geschwängert und macht mich glücklich: Ich frage mich wirklich, aus welchem Grund ich diesen Typ geheiratet habe.«

»Alles steht bestens.«

»Du kannst mir keinen Bären aufbinden!«

»Vielleicht gibt es ein paar kleine Probleme.«

»Vielleicht bildest du dir das auch nur ein.«

»Hast du aus diesem Grund das Gespräch auf dieses Thema gebracht? Du meinst, wir sollten darüber sprechen, weil sich nichts ereignet?«

»Ich glaube, daß du dir Gedanken machst, vielleicht unsinnige.«

»Mag schon sein.«

Sie hielten sich im flachen Teil des Schwimmbeckens auf, in dem sie noch Boden unter den Füßen hatten; Hannah fühlte sich immer noch unbehaglich, wenn sie richtig schwimmen sollte. Fünfzig Meter von ihnen entfernt amüsierten sich sechs bis sieben Dutzend hoffnungsvoller Sprößlinge in dem Becken *for kids only* mit einer heftigen Tortenschlacht – eines der Kaden-Kinder feierte Geburtstag.

Hannah wechselte ihren Platz. Der eigens für sie auf einem Schwimmer installierte Sonnenschirm hatte sich ein wenig bewegt, so daß ihr linker Knöchel in die Sonne geraten war.

»Hannah, ich bin überzeugt, daß du dir das nur einbildest. Maryan ebenfalls. Taddeuz geht es ausgezeichnet; wir haben ihn noch nie so strahlend erlebt. Erinnere dich nur an neulich abends: Er glänzte und hat sogar den analphabetischen Produzenten um den Finger gewickelt. Er ist geheilt, Hannah, und zwar nicht nur von seiner letzten Krankheit. Eines darfst du nicht vergessen: Er liebt dich.«

Anfang September erlebte er seine erste Krise – die erste zumindest, die sie miterlebte, seitdem sie wieder zusammen waren.

Adam, Jonathan und die vier ältesten Kadens hatten unter der Aufsicht von Stan, einem Bruder Maryans, den Zug genommen, um zu ihren Universitäten und Colleges zurückzukehren. Taddeuz hatte es sich nicht nehmen lassen, die Kinder zum Zug zu begleiten, und war anschließend nur kurz nach Hause gekommen, bevor er zu einem Gespräch mit den Leitern der zwei Jahre zuvor gegründeten First National Exhibition ging, bei der Chaplin inzwischen einen Vertrag abgeschlossen hatte. (Chaplin hatte nicht nur alle denkbaren Freiheiten bei den Dreharbeiten, sondern auch bei der Verwertung.)

Hannah hatte an diesem Vormittag einmal ausnahmsweise liebende Mutter gespielt, ihren Rolls mit Gören vollgepackt, darunter auch Abigail, und war mit ihnen an den Strand von Malibu gefahren. Gegen halb eins fiel ihr auf, daß Taddeuz, der sich mit ihr am Strand treffen wollte, noch nicht gekommen war, machte sich aber keine Sorgen, denn sie dachte, er äße mit den Leuten der First National zu Mittag. Männer lieben es, beim Essen über ihre Geschäfte zu sprechen. Außerdem war es ihm unmöglich gewesen, Hannah zu benachrichtigen, auch wenn er es gewollt hätte, denn die verdammten Kinder waren gerade dabei, sie bis zum Hals in den Sand einzugraben.

Kurz vor ein Uhr rief sie im Coldwater Canyon Drive an; Yvonne hob ab. Sie war allein in der Villa.

Nachdem sie ihre Horde mit Kuchen und anderen in den Augen von Kindern eßbaren Dingen vollgestopft hatte, kehrte sie gegen zwei Uhr nach Beverly Hills zurück und begann, die Kinder in den verschiedenen Familien abzuliefern. Lizzie war nicht zu Hause, doch damit hatte Hannah eigentlich gerechnet, denn sie hatte fast jeden Mittag irgendwelche Versammlungen von Wohltätigkeitsvereinen; bei einigen hatte sie sogar die Präsidentschaft übernommen.

›Ich frage mich, wie sie es schafft, noch etwas freie Zeit für sich zu haben!‹

Endlich war sie auch den letzten Sprößling losgeworden. Sie fuhr mit Abigail, die heftig gähnte, nach Hause.

Als sie feststellte, daß Gaffouil nicht aus dem Haus kam, um den Wagen zu übernehmen, so wie er es gemeinhin tat, schrillte die erste, noch diskrete Alarmglocke.

Als Yvonne nicht öffnete und ihr Abigail abnahm, schrillte die zweite, recht heftig bereits.

›Da stimmt doch etwas nicht.‹

Doch noch war sie ruhig und eher neugierig, denn erschreckt.

»Yvonne?«

Einmal angenommen, daß Taddeuz und Gaffouil unterwegs waren und aus irgendwelchem Grund Yvonne mitgenommen hatten, mußten sich immer noch die Gouvernante, die Köchin und die beiden philippinischen Dienstmädchen, die sie vor zwei Monaten engagiert hatte, im Haus befinden.

›Richtig, die Gouvernante hat heute ihren freien Tag, doch die anderen?‹

»Abie, bitte geh in dein Zimmer und sei brav wie ein großes Mädchen.«

»Du hast mir ein Eis versprochen!«

»Ich muß nur noch die Kuh melken, dann komme ich. Du darfst dich ausnahmsweise auf deinem Bett ausstrecken. Such dir ein schönes Buch aus, Liebling.«

Sie verließ das Kinderzimmer und zögerte immer noch, Taddeuz zu stören, der, falls er heimgekommen war, sich in seinem Arbeitszimmer im ersten Stock befinden mußte. In dem Augenblick, in dem ihre Hand nach dem Geländer an der Treppe zum ersten Stock griff, hörte sie das Geräusch: einen dumpfen Laut, als ob etwas Schweres plötzlich umfiele.

Sie rannte die Treppe hoch.

»Taddeuz?«

Keine Antwort. Sie schrie:

»TADDEUZ!«

Die massive Eichentür war von innen abgeschlossen; der Schlüssel steckte. Sie preßte ihr Ohr an die Tür und meinte, so etwas wie ein Stöhnen zu hören. Sie erinnerte sich, daß man von ihrem Schlafzimmer aus über die Balkone in sein Arbeitszimmer gelangen konnte; er hatte es öfter gemacht, um sie zu überraschen.

Sie rannte in ihr Zimmer.

Ein Mann wie Taddeuz mit seinen langen Beinen oder auch eine Frau wie Lizzie konnten mit einem großen Schritt ohne größere Probleme von einem Balkon zum anderen gelangen. Für Hannah war das nicht möglich.

Sie kletterte auf das Balkongeländer aus geschmiedetem Eisen und sprang. Hart schlug sie mit dem Bauch auf dem Geländer auf und war trotzdem froh, denn sonst wäre sie in die Tiefe gefallen. Sie klammerte sich fest und zog sich hoch.

Die Balkontür stand offen.

Taddeuz lag auf dem Boden, Gesicht nach unten, eine Hand unter dem Kopf versteckt, und war ganz offensichtlich von dem Fall überrascht worden.

Seine Lider zuckten und seine Wangen waren entsetzlich bleich; bleich wie Kreide, das war die passende Beschreibung. Er starrte vor sich hin, wie nur unter Rauschgift Stehende vor sich hinstarren können. Sein Mund stand weit offen, und in den Mundwinkeln perlte gelblicher Schaum.

›O Gott, jetzt fängt das wieder an!‹

Sie drehte ihn auf den Rücken:

»Taddeuz, was ist passiert?«

Sie suchte nach einer Wunde; eine Sekunde lang hatte sie sogar geglaubt, er habe sich eine Kugel in den Kopf geschossen.

Er packte ihr Handgelenk und drückte es fest.

»Du hast etwas eingenommen, nicht wahr?«

Er nickte mit dem Kopf.

»Hast du dich umbringen wollen? Hast du dich vergiftet?«

Zuerst keine Reaktion. Dann schüttelte er den Kopf. Sie beugte sich vor, küßte ihn und berührte gleichzeitig mit der Spitze ihrer Zunge den Schaum in seinem Mundwinkel; er schmeckte entsetzlich bitter.

»Liebling, laß mich los.«

Sie mußte einen seiner Finger nach dem anderen von ihrem Handgelenk lösen. Dann sprang sie auf, lief zur Zimmertür, sperrte das Schloß auf, öffnete und rannte los...

Im gleichen Augenblick zwang sie sich zur Ruhe.

›Überlege!‹

Sie zählte bis fünf. Und noch mal bis fünf, dann ging sie die Treppe wieder hinunter:

»Abie, hab' keine Sorge, es ist nichts passiert. Papi regt sich auf, weil er nicht schreiben kann, das ist alles. Läßt du mir noch etwas Zeit?« Sie lächelte ihre Tochter an. »Danke, Liebling. Warte noch eine kleine Weile in deinem Zimmer auf mich. Du bist wirklich lieb.«

Endlich fand sie die Telefonnummer: Adolf Zukor hatte ihr von einem jungen Arzt erzählt, der den jungen Schauspieler Wallace Reid behandelte, der unter außergewöhnlichen Umständen rauschgiftsüchtig geworden war.*

Sie ließ es lange klingeln; der Arzt hatte sich in seinem Garten aufgehalten und versprach, sofort zu kommen.

»Allein«, ordnete Hannah an. »Sie kommen allein und vermeiden alle Hektik. Sie besuchen uns, das ist alles. Und wehe, wenn Sie mit jemand darüber sprechen!«

»Ich komme.«

»Er hatte alle Angestellten weggeschickt«, erklärte Hannah.

Der fünfunddreißigjährige Arzt, Darrell Price, kannte natürlich Louis Macke und wollte mit ihm Kontakt aufnehmen.

»Ihr Mann wird morgen wieder gesund. Er braucht keinen Arzt. Innerhalb von wenigen Stunden wird er seine normalen geistigen Fähigkeiten wiederfinden und höchstens etwas verträumt, abwesend wirken. Das ist aber auch schon alles. Hätten Sie ihn nicht entdeckt, dann wäre Ihnen sicher nichts aufgefallen. Hat er in letzter Zeit Reisen unternommen?«

»Warum?«

»Ich habe ähnliche Fälle schon behandelt. Wohin fuhr er?«

»Zu Beginn des Jahres hielten wir uns in Europa auf, in Italien und Frankreich. Anschließend...«

Plötzlich erinnerte sich Hannah daran, daß Taddeuz vom Sanatorium aus ein zweites Mal nach Mexiko gefahren war, nach Oaxaca, und sogar von einem gewissen Konsul gesprochen hatte...

Price nickte verständnisvoll mit dem Kopf.

»In Mexiko gibt es recht ausgefallene Drogen. Vor allem... Haben Sie schon einmal etwas über Mescalin gehört?«

»Nein.«

»Ein aus der in Mexiko wachsenden Kakteenart Peyotl gewonnenes Alkaloid. Nach den letzten Forschungsberichten ähnelt das Mescalin dem Adrenalin, hat allerdings andere Auswirkungen. Hat er sich übergeben?«

»Sieben- oder achtmal zwischen meinem Anruf und Ihrer Ankunft. Welche Auswirkungen?«

»Halluzinationen, Veränderungen der Wahrnehmungen, vor allem der visuellen. Er...«

* Einige Monate zuvor war Wallace Reid während der Dreharbeiten zu *Das Tal der Riesen* schwer verletzt worden. Man behandelte ihn mit starken Morphium-Dosen, damit er seine Hauptrolle weiterspielen konnte. Auch als er aufgrund der starken Schmerzen ins Krankenhaus eingeliefert wurde, behandelte man ihn weiter mit Morphium. Er wurde drogenabhängig und starb am 18. Januar 1923. Zu seiner Zeit war er mindestens so berühmt wie Rudolph Valentino.

»Als ich mit ihm sprach, hat er mir mit Kopfbewegungen geantwortet.«

»Das ist durchaus möglich, Madam. Ihr Mann ist Schriftsteller, nicht wahr?«

»Ja.«

»Er spielt mit dem Feuer.«

»Er ist absolut in der Lage, auch ohne Drogen zu schreiben«, sagte Hannah gefährlich ruhig. Kalte Wut stieg in ihr auf.

»Alle Schriftsteller sind dazu fähig. Drogen helfen ihnen nicht, auch wenn sie das hoffen. Man müßte ihn von dieser Tatsache überzeugen.«

In diesem Augenblick bemerkte er die Brosche mit dem doppelten, diamantenbesetzten H, die ihre linke Brust schmückte.

»Meine Frau benutzt Schönheitscremes, die das gleiche Markenzeichen tragen. Sind Sie vielleicht Hannah? Ich hätte sie erkennen müssen. Meine Frau hat einen Ihrer Vorträge gehört und war sehr beeindruckt.«

»Ich kümmere mich nicht mehr um Cremes. Nur noch um meinen Mann.«

Im April des darauffolgenden Jahres erschien *Die Klapperschlange*. Ohne einen Hinweis auf ihren Verleger. Mit roten, dünnen Buchstaben war auf dem Umschlag ein gewisser T. NEMO als Autor angegeben.

»Warum eigentlich Nemo und nicht Nosferatu, Nikodemus, Nibelungen oder Nicéphore Newfoundland?«

»Auf lateinisch bedeutet das ›niemand‹, auf englisch *nobody*, auf spanisch *nadie*, auf chinesisch *nixnix*, auf serbo-kroatisch...«

»Das ist mir völlig gleichgültig. Scheiße! Warum hat dieser gottverdammte Lucas deinen Namen nicht auf dem Umschlag abgedruckt?«

»Es wäre schön, wenn du darauf verzichten könntest zu fluchen.«

»Ich kann darauf verzichten. Bitte beantworte meine Frage.«

»Die Rechtsanwälte legten keinen besonderen Wert darauf, uns im Gefängnis zu besuchen. Sie hatten Angst, wir würden ihre Rechnungen nicht begleichen.«

»Du hast Angst, ins Gefängnis geworfen zu werden, nur weil du das beste Buch seit zwanzig Jahren geschrieben hast? Was ist denn das für eine verrückte Geschichte?«

»Ich bin mir nicht sicher, daß es sich wirklich um das beste Buch seit zwanzig Jahren handelt.«

»Richtig: Es ist das beste Buch des Jahrhunderts. Und auch der vorherigen. Nenn mir bessere Bücher!«

»Die Bibel«, antwortete Taddeuz lachend.

»Na ja. Der Autor hat sich nicht gerade sehr angestrengt, sondern lauter Sprichwörter benutzt!«

Hannahs Zorn, der übrigens teilweise gespielt gewesen war, legte sich in den darauffolgenden Wochen. Auch wenn das Buch nur unter dem Ladentisch verkauft wurde, schien ganz Amerika nichts anderes zu lesen als *Die Klapperschlange*.

Und die Leute schienen alle zu wissen, daß Taddeuz das Buch geschrieben hatte.

Wer hat ihn wohl dazu inspiriert?

›Die unzüchtigen Blicke, die mir die Männer zuwerfen, verraten alles! Sie ziehen mich in Gedanken aus und fragen, ob ich wirklich so gut gebaut bin, wie mein Mann behauptet. Hannah, gib schon zu: Du bist ganz und gar nicht unzufrieden...‹

»Lucas hätte eigentlich mein Foto auf dem Umschlag bringen können. Oder, noch besser, vorne die Vorder- und hinten die Rückseite. Nackt natürlich. Wir hätten Milliarden verkauft! Was meinst du?«

Er meinte nicht viel dazu, legte aber doch einen gewissen Wert auf seine Exklusivrechte.

»Wir hätten ja eine Tafel mit der Aufschrift *Privatbesitz* dazukopieren können. Schließlich gibt es Grenzen!«

»Es hätte mir Spaß gemacht, die Stelle auszusuchen, an der das Schild angebracht worden wäre.«

Von allen Seiten wurde Taddeuz, der lächelnd leugnete, der Autor des Buches zu sein, gebeten, das Buch für den Film einzurichten sowie das Drehbuch und die Dialoge zu schreiben, ein weiterer Grund für das relativ rasche Abklingen von Hannahs Zorn. Jeder versicherte, diesmal der Vorlage treu bleiben zu wollen und aus dem Stoff keinen Western zu machen. Lubitsch und Murnau wurden als Regisseure vorgeschlagen, und alle sprachen ungemein seriös von dem Projekt. Taddeuz sagte weder ja noch nein. Eddy Lucas hatte sich auf den Weg gemacht. Er verleugnete jede Mitarbeit an der Veröffentlichung der *Klapperschlange*, kannte aber – welch ein Zufall! – die Rechtsanwaltskanzlei, die den Repräsentanten des Freundes des Bruders des Autors kannte.

Aufgrund dieser so präzisen Information glaubte er bestätigen zu können, daß der unbekannte Verleger die Meinung des unbekannten Autors teile.

»Hannah, was meinen Sie?«

»Taddeuz wird entscheiden, Eddy, schließlich hat er das Buch geschrieben.«

Nach reiflicher Überlegung lehnte Taddeuz ab.

Die vielen Gerüchte hatten die Aufmerksamkeit der Produzenten wieder auf Taddeuz gelenkt. Die First National Exhibition Company schlug ihm vor, Conan Doyles hervorragenden Roman *Die vergessene Welt* für den Film einzurichten. Taddeuz unterschrieb den Vertrag. Etwas später bot man ihm an, am Drehbuch für *Ben Hur* mitzuarbeiten, dessen Hauptrolle zuerst George Walsh übernehmen sollte, dann aber von Ramon Novarro gespielt wurde. Er arbeitete auch an der Umarbeitung von Jules Vernes *Die geheimnisvolle Insel*. Die beiden Filme, deren Kosten alles bisher Dagewesene sprengten, wurden erst nach der Gründung der Metro-Goldwyn-Mayer gedreht, die aus dem Zusammenschluß von Laemmles Metro Pictures Corporation und den Produktionsgesellschaften von Sam Goldwyn und Louis B. Mayer hervorging.

Taddeuz wurde einer der bestbezahlten und geschätztesten Drehbuchautoren Hollywoods.

Sechsmal hatte Hannah, wenn er nicht zu Hause war, sein Büro nach Drogen durchsucht.

Und nichts gefunden.

›Alles in allem bin ich glücklich.‹

Kapitel 21

Zärtlicher als alle Männer dieser Welt

Am 25. Juli 1921 erhielt sie einen sehr langen Brief von Jeanne Fougaril und Cecily Beaton. Die Engländerin und die Französin, die ihre Direktorinnenposten in London und Paris beibehalten hatten, wie es der achtundzwanzig Monate zuvor von Hannah unterschriebene Verkaufsvertrag bestimmte, hatten ihr gemeinsam geschrieben. Natürlich hätten die neuen Besitzer die beiden vor die Tür setzen können, doch die in diesem Fall zu zahlenden Entschädigungen waren so hoch, daß jeder davor zurückschreckte. Man hatte sie nicht entlassen; das war nicht der Grund ihres Schreibens. In ihren Augen behandelte man sie schlimmer: Jeden Tag wurden ihre Funktionen ein wenig mehr beschnitten; sie nahmen an keinen Entscheidungen mehr teil, sondern waren auf ein Abstellgleis abgeschoben worden. Ihre Arbeit wurde von Direktoren erledigt, Männern...

Hannah, nicht daß es Männer sind, ist ausschlaggebend: Nach der inzwischen abgelaufenen Schamfrist zeichnen sich wichtige Veränderungen ab. Investitionen werden gestoppt. Alle Ausgaben werden abgeblockt. Läden und Institute werden nicht mehr renoviert, auch wenn es dringend notwendig wäre. Die Zahl der Kosmetikerinnen und Verkäuferinnen wurde um ungefähr dreißig Prozent reduziert und die Schulen geschlossen, da sie keinen unmittelbaren Gewinn abwerfen. Insgesamt wurden mehr als dreihundert Mitarbeiter entlassen; dafür tauchten mehrere Mädchen auf, die von Mitgliedern des Verwaltungsrates empfohlen und problemlos eingestellt wurden. Wenn man die Mädchen sieht, errät man unschwer den Grund für eine solche Vorzugsbehandlung. Diese Mädchen wissen nichts, was sie aber offensichtlich nicht belastet Sie (der Brief war in Englisch geschrieben; Hannah vermißte das vertraute ›tu‹, mit dem Jeanne sie in ihrer französischen Muttersprache immer angeredet hatte) *haben immer betont, es sei in manchen Fällen unumgänglich, aus Promotionsgründen bestimmte Kundinnen, die einen großen Einfluß innerhalb der Gesellschaft haben, gratis zu behandeln. Wir haben die ausdrückliche Anweisung erhalten, weder Kredite zu gewähren noch Gratisbehandlungen durchzuführen – von den Damen und Halbdamen der leitenden Herren einmal abgesehen. Die Abonnements wurden abgeschafft* (die Abonnementsinhaberinnen bezahlten pro Monat eine feste Summe und hatten das Recht, Hannahs Kosmetiksalons zu besuchen, so oft sie wollten). *Jede Behandlung muß inzwischen einzeln berechnet werden. Die Preise wurden um zehn bis vierzig Prozent erhöht, so daß wir teurer sind als die Konkurrenz. Viele unserer besten Kundinnen sind unzufrieden und haben dies auch geäußert – wenn sie uns überhaupt noch besuchen, was nicht immer der Fall ist. Viele kommen nicht mehr. Die Umsätze und Gewinne sind gestiegen – aufgrund der Preiserhöhungen und der Einsparungen. Wir befürchten, daß es sich nur um ein Strohfeuer handelt. In Berlin hatten wir bereits schwere Probleme zu bewältigen, und es war sogar notwendig geworden, das Institut vor einiger Zeit zu schließen. Es ist noch immer geschlossen, da keiner der Herren bereit war, nach Berlin zu reisen. Wien, Prag, Budapest und Stockholm schicken uns keine Bilanzen mehr; die von Ihnen eingesetzten Leiterinnen und Leiter sind alle entlassen worden. Schlimmer noch: Das französische Labor wurde geschlossen; Juliette Mann war gezwungen, nach London umzusiedeln und die Leitung des englischen Labors zu übernehmen. Ihre Arbeitsbedingungen haben sich erheblich verschlechtert; ihre Mitarbeiter sind erstens nicht so gut ausgebildet und zweitens wurde das Budget um die Hälfte gekürzt, so daß Mitarbeiter entlassen werden mußten. Es ist damit zu rechnen, daß das Labor schon bald geschlossen wird. Die Folge? In den Instituten und Geschäften werden nur noch die alten Produkte angeboten; auf manchen Gebieten wurden wir von der Konkurrenz bereits überholt. Auch die Vertriebskosten wurden entscheidend gesenkt. Um ein Haar hätten Madrid, Barcelona und Lissabon für zwei Wochen schließen müssen, da verschiedene Cremes ausgegangen waren, obwohl Yesca Nadal rechtzeitig nachbestellt hatte...*

Hannah, wir wissen, daß Sie nicht mehr oder kaum noch für das von Ihnen geschaffene Unternehmen verantwortlich sind. Wir kennen Sie seit vielen Jahren und haben seit langer Zeit mit Ihnen zusammengearbeitet; wir sind sicher, daß Sie den Vorgängen gegenüber nicht gleichgültig bleiben können. Wir hoffen nicht mehr, daß Sie zurückkehren und Ordnung schaffen. Wochenlang haben wir gezögert, Ihnen zu schreiben, es aber dann doch getan, denn wir wissen, daß Sie unsere Betroffenheit verstehen können. Wir hoffen, daß Sie mit unseren Direktoren Verbindung aufnehmen und auf die Fehler hinweisen, die begangen werden und die Ihr Lebenswerk in Frage stellen.

Sie hatte einen solchen Vorstoß erwartet. Die Australier Regis und Anne Fournac, die Hannah auf dem Weg zwischen Melbourne und Adelaide kennengelernt und mit denen sie ihre ersten Geschäfte gegründet hatte (die Fournacs hatten inzwischen Erfolg gehabt und ihr zusammen mit ihrem Bruder respektive Schwager Jean-François ihre Anteile in Australien abgekauft) hatten ihr bereits im April, lange vor Jeanne und Cecily, geschrieben. Regis Fournac bat sie, nicht einzugreifen, sondern informierte sie nur, als ob er sein Gewissen beruhigen wollte, und ging dabei so deutlich zu Werk, daß über den Inhalt keine Zweifel bestehen konnten. Das australische Hauptquartier in Melbourne hatte praktisch alle Verbindungen zu Europa abgebrochen. Nicht der Wunsch nach Unabhängigkeit war ausschlaggebend gewesen, sondern zuerst Nachlässigkeiten und dann übergroße Geldgier seitens der neuen europäischen Besitzer. Der Nachschub traf nur noch unregelmäßig in Australien und Neuseeland ein, die Qualität der Produkte ließ nach oder blieb im günstigsten Fall auf dem alten Standard, die Preise stiegen unverhältnismäßig schnell. Die Fournacs sahen sich gezwungen, mit amerikanischen Fabrikanten zu verhandeln.

In den australischen Filialen wurden folglich nicht mehr ausschließlich Hannahs Produkte verkauft. Ihren Lieferantenstamm erweiternd, boten die Fournacs inzwischen alles an, was auf dem Markt war.

Regis schrieb:

Die Cremes, Lotions, Toilettenwasser und Parfüms, die Sie kreiert haben, stellen nur noch einen immer kleiner werdenden Teil unseres Umsatzes dar. Ich fürchte, daß eine Epoche zu Ende geht. Wir, das heißt, Anne und ich, sind der Meinung, daß aufgrund Ihres Ausscheidens – ich möchte nicht von Ruhestand sprechen – Ihr wunderbares Unternehmen vor die Hunde geht. Doch Sie haben, bevor Sie Ihre Entscheidung trafen, sicher die Konsequenzen bedacht.

Wir hoffen, daß Sie und Ihr charmanter Gatte uns wieder einmal besuchen kommen. Wir selbst haben vor, nach Amerika zu fahren, aber erst in zwei oder drei Jahren. Erinnern Sie sich an Bates? Sie haben ihm seinen Tabaktopf über den Kopf geschlagen, da er weder katholische noch jüdische Polinnen mochte. Er ist gestorben. Nicht aufgrund dieser Verletzungen, das steht fest. Immerhin sind inzwischen ja achtundzwanzig Jahre verstrichen. Man hat ihn gestern gehängt, da er seinen Partner umgebracht hat. Und da wir schon bei dieser Art von Nachrichten sind: Der Name Lothar Hutwill sagt Ihnen sicher noch etwas. Man hatte diesen aus der Schweiz stammenden naturalisierten Australier ja immer verdächtigt, seiner Frau geholfen zu haben, in eine andere Welt zu gelangen, um von ihrem Erbe zu profitieren. Er ist inzwischen auf ziemlich schreckliche Art von seiner jungen Frau und einem Sekretär umgebracht worden, die ihrerseits in den Besitz der Erbschaft gelangen wollten. Das Leben kann komisch sein, nicht wahr?

»Dein Plan ist dir wirklich gelungen«, sagte Cathy.

Cathy, ehemals Catherine Montblanc, hatte sich inzwischen wieder verheiratet, mit einem gewissen Charles Roadhouse, der in der Erdölindustrie tätig war und jedem, der es hören wollte, bestätigte, er habe zehnmal soviel aktive Ölquellen wie Zähne; während des Ersten Weltkrieges hatte er zu einer kanadischen Spezialeinheit gehört. Mit Hilfe eines Messers hatte er in den feindlichen Schützengräben soviel unbekannte Deutsche wie nur möglich ins Jenseits befördert; er liebte diese Art von Erzählungen!

»Er ist völlig idiotisch, aber ich liebe ihn«, sagte Cathy über ihn.

»Ich versteh' dich nicht«, antwortete Hannah. »Welchen Plan?«

»Das zu verkaufen, was du fünfundzwanzig Jahre lang aufgebaut hast. Bitte, ich beklage mich nicht. Als Javitts die Kosmetikerinnen- und Verkäuferinnen-Schulen schloß, bot er mir an, als stellvertretende Direktorin nach Poughkeepsie zu gehen oder die Abfindungen einzukassieren und die Firma zu verlassen. Ich habe nicht lange gezögert, denn Chas fraß mir damals bereits aus der Hand.« Sie spielte eine Bäuerin, die einige Maiskörner auf der ausgestreckten Hand hielt und ihre Hennen rief: gluck-gluck-gluck-gluck...

»Wer zum Teufel ist denn Chas?« fragte Hannah.

»Charles, mein Mann. Der Messerheld. Wenn er hinter dir herschleicht und dich bittet, den unbekannten Deutschen zu spielen, dann wirf dich auf den Boden. Die einzige Art, ihn aus der Fassung zu bringen und ihn loszuwerden. Ich frage mich, warum die Deutschen nicht daran gedacht haben. Sie hätten wahrscheinlich den Krieg gewonnen...«

»Die Schulen wurden geschlossen?«

»Verkauft. Auch das Labor. Die Duval de Nemours hat das Labor gekauft und das Personal einschließlich des Straßenfegers übernommen.«

»Dupont de Nemours, nicht Duval. Wurden viele entlassen?«

»Es geht. Weniger als in Europa... Chas und ich haben es während unserer Hochzeitsreise besucht. Von Frankreich kannte er nur die Schützengräben, drei Bordelle und *Auprès de ma Blonde*; den Rest der Zeit über war er betrunken. In Paris habe ich Jeanne besucht. Sie war ziemlich verdrossen, die Arme.«

»Ich weiß.«

»Hat sie dir doch geschrieben?«

»Ja.«

Schweigen.

»Ich werde nichts unternehmen«, sagte Hannah. »Ich werde diese Männer in Europa nicht besuchen und ihnen nicht erklären, daß sie die größten Trottel auf Gottes Erdboden sind. Ich als Frau! Sollen sie doch vor die Hunde gehen!«

Cathy hatte mit ihrem Messerhelden auf dem Weg nach Venezuela in Los Angeles haltgemacht. Sie zog ihre Handschuhe an und griff nach ihrer Handtasche:

»Sie werden nicht allein vor die Hunde gehen, Hannah. Gott ist mein Zeuge, daß ich große Worte verabscheue; trotzdem muß es einmal ausgesprochen werden: Hannah, du warst die einzige, die uns, Jeanne, mir, Cecily, Jessie und vielen hundert anderen Frauen eine Chance gegeben hast. Du warst ein Symbol. Wie lange werden wir auf eine andere warten müssen, um eine zweite Chance zu erhalten?«

Neuerliches Schweigen. Hannah gab einen Laut von sich, der sehr stark an ein unterdrücktes Schluchzen erinnerte.

»Ich kann nichts tun«, sagte sie schließlich. »Überhaupt nichts.«

Sie konnte nicht schlafen. Mit weit aufgerissenen Augen lag sie da, während ihr ganzes Berufsleben an ihr vorbeizog, vor allem ihre Mitarbeiterinnen, von den kleinen Waisenmädchen in Sydney angefangen – sie war damals kaum älter gewesen als die Jugendlichen, die sie beschäftigte – bis zu den vielen Mädchen und Frauen, die sie eingestellt hatte. Vielleicht mehr als tausend. Manche dieser Frauen, die Direktorinnen, wurden besser behandelt als Minister, denn Hannah hatte immer vor Augen, daß sie selbst als Mitarbeiterin wohl eher mehr denn weniger gefordert hätte. Worin bestand eigentlich das Außergewöhnliche, das sie angeblich realisiert hatte?

Cathys Bemerkung hatte sie durcheinandergebracht. Bis zu diesem Tag hatte sie sich noch nie unter diesem Blickwinkel gesehen. Sie wurde sich ihrer Naivität bewußt:

›Ich und naiv! Das hätte ich mir nie träumen lassen!‹

Dabei konnte sie sich nicht einmal erklären, aus welchem Grund sie in fast allen Fällen Frauen den Männern vorgezogen hatte. Sie hatte wohl angenommen, mit Frauen leichter umgehen, sie leichter regieren zu können als Männer. Eines stand fest: Bei ihrer Entscheidung spielte die ›weibliche Solidarität‹ trotz der Episode mit Kate O'Shea keine Rolle, auch wenn ihr dies jetzt anscheinend unterstellt werden sollte. Wenn sie sich um etwas nicht gekümmert hatte, dann um feministische Fragen...

Was die Bezahlung ihrer Mitarbeiterinnen anging: auch auf diesem Gebiet war in ihren Augen alles sehr einfach und unkompliziert. Ihr war immer bewußt gewesen, daß Frauen höchstens etwas mehr als die Hälfte der Männer verdienten (für die gleiche Arbeit natürlich), hatte sich aber nicht an den Brauch gehalten – so wie sie viele Gepflogenheiten radikal verändert hatte. Sie erinnerte sich daran, daß sie im Jahre 1910 einmal ausgerechnet hatte, wieviel sie aufgrund ihrer gefährlichen Großzügigkeit verlor. Alles in allem betrug die Summe den Gegenwert eines Gebäudes in der Park Avenue oder der Avenue Foch zuzüglich der Portokosten für elf Jahre und sieben Monate.

»In Wirtschaftsfragen sind Sie eine ausgesprochen romantische Null«, hatte Polly einmal lachend bemerkt.

Dann hatte sie, Konsequenzen ziehend, Jeanne, Jessie, Cecily und Cathy angekündigt, ihr Gehalt würde um fünfundvierzig Prozent gekürzt und den Gepflogenheiten der Zeit angeglichen, obwohl sie fast ebensoviel arbeiteten wie Hannah selbst – zwischen sechzig und siebzig Stunden pro Woche.

›Man hätte mich beinahe mit Sonnenschirmen erdolcht!

... Hannah, du bist ja richtig deprimiert! Nicht wegen dieser dümmlichen Geschichten über die weiblichen Arbeitsbedingungen und die Gehälter. Die anderen Dinge sind viel wichtiger. Dabei wagst du es nicht einmal, genau hinzuschauen. Du leidest, weil du dein Unternehmen nicht mehr hast, das frißt dich auf, und du drehst dich wie eine gefangene Wildkatze in einem Käfig im Kreis herum, denn du hast nichts mehr zu tun. Du hast gewußt, daß du dich amputierst, aber du hast nicht gewußt, daß das so hart ist. Gott sei Dank ist *er* zurückgekommen; er wird bei dir bleiben bis zu eurem gemeinsamen Tod. Du hast ihm das geschenkt, an das du am stärksten gebunden warst, von ihm einmal abgesehen, und du würdest es noch einmal tun, wenn es wieder notwendig würde, denn wenn eure Union bestehen bleibt, dann nur aufgrund deines Opfers, egal, was die anderen dazu meinen. Es ist sicher besser, daran zu glauben, denn der Gedanke, dies alles vergebens unternommen zu haben, wäre grauenhaft... Beklag dich nicht und heul vor allem nicht! Du hast eine Entscheidung fällen müssen, und du hast sie gefällt. Das tut etwas weh, aber das ist auch schon alles.‹

»Ich kann auch nicht schlafen«, unterbrach Taddeuz plötzlich die Stille im Schlafzimmer.

Sie bewegte sich nicht; sie fühlte sich, was selten vorkam, nicht wohl. Er streckte seinen Arm aus und berührte zart ihre Schulter. Sie verbarg ihr Gesicht in seiner Handfläche. Beide schwiegen. Im Erdgeschoß des Hauses in Beverly Hills jaulten die beiden jungen Neufundländer, die Jonathan vor einigen Tagen angeschleppt hatte.

»Catherine und Cecily hätten ihre Probleme für sich behalten müssen!«

»Das geht vorüber.«

Hannah rührte sich immer noch nicht. Die Hunde verstummten. Taddeuz' Hand glitt langsam über die Schulter Richtung Busen, legte sich um eine Brust und streichelte sie.

»Taddeuz, eigentlich möchte ich nicht...«

Sofort hielt die Hand still und zog sich zurück. Hannah griff nach ihr und packte sein Handgelenk mit beiden Händen.

»Wenn du sehr lieb bist, sehr zärtlich...«

»Ich werde zärtlicher sein als alle Männer dieser Welt.«

Kapitel 22

Soll ich mich etwa für die Welt der Hochfinanz begeistern?

Am 28. Juli schifften sie sich mit Jonathan und Abigail auf Maryan Kadens Yacht ein; Adam war mit den beiden ältesten Söhnen Lizzies, die er als seine Vettern ausgab, obwohl die Familien nicht miteinander verwandt waren, nach Wyoming gefahren, wo ein MacKenna aus Lizzies Familie eine Ranch besaß.

Adams Abwesenheit sollte eine Rolle spielen.

Die Yacht fuhr an der Küste von Baja California entlang und entfernte sich von ihr nur, wenn die Untiefen zu gefährlich wurden. Neben der sechsköpfigen Besatzung befanden sich neunzehn Personen an Bord, darunter zehn Kinder und Jugendliche. Erste Zwischenlandungen fanden in Rosario und San Andres statt, von wo aus sie einen Ausflug zur Desierto de Vizcaino machten. Ihr Ziel war der mehr als achthundert Kilometer lange Golf von Kalifornien oder Golf von Cortez, in den sich der Colorado ergoß. Am 9. August umschiffte die Yacht das Kap von San Lucas und drang in das größte Aquarium der Welt ein. Das Wasser war so klar, daß man weit in die Tiefe schauen konnte; ein Teil des Yachtbodens bestand aus dicken Glasscheiben, so daß man die Milliarden Fische mühelos beobachten konnte. Fliegende Fische beeindruckten mit ihren weiten Sprüngen, während Rudel aus blauen Finnwalen die ruhige Wasseroberfläche mit einer Geschwindigkeit von fünfzig Kilometern pro Stunde durchschnitten. Seelöwen hielten sich an den verlassenen Küstenstreifen auf, hinter denen sich die Sierra Madre oder Sierra Tara humana erhob. Hunderttausende, Millionen, Milliarden Vögel, Seeschwalben und Möwen, verdunkelten zuweilen den Himmel. Während der Zwischenlandungen amüsierten sich die jungen Passagiere, die sich endlich einmal Bewegung verschaffen konnten, damit, riesige Taschenkrebse mit blutroten Scheren einzufangen; diese Krebse, die schneller verschwinden konnten als ein Traum oder ein Blitz, wurden zu ihrer Begeisterung auch Gespensterkrebse genannt...

Hannah hatte sich zu ihrer größten Überraschung in die beiden jungen Hunde vernarrt, zwei schwarze Kugeln, bei denen man nicht immer auf Anhieb wußte, wo der Kopf und wo der Schwanz war. Unter den noch nicht aufgerichteten Ohren schauten ab und zu kleine durchtriebene Elefantenaugen hervor.

»Wie heißen sie?«

Jonathan tat so, als habe er die Frage seiner Mutter nicht gehört, richtete sich auf, ließ seine Schützlinge im Stich und ging zu den anderen Kindern, die sich am Rand des Schwimmbeckens der Yacht aufhielten. Hannah, die nie ein Haustier besessen hatte, erinnerte sich mit Schrecken an einen entsetzlichen gelben Hund, der sie, als sie ein kleines Mädchen war, regelrecht terrorisiert hatte. Nicht einmal eine Katze hatte sie gehabt, war allerdings ihr ganzes Leben davon überzeugt, daß ihr Vater ihr eines Tages eine geschenkt hätte, wäre er nicht umgebracht worden, als sie gerade sieben Jahre alt gewesen war. Die Neufundländerbabys rührten sie. Sie waren fünf, höchstens sechs Wochen alt gewesen, als Jonathan sie angeschleppt hatte, und er hatte hart darum gekämpft, daß sie in der Küche schlafen durften. Erst durch das Eingreifen seines Vaters war Yvonne überzeugt worden, die als gute Französin und Hausverwalterin nichts davon hatte wissen wollen: Für sie schliefen Hunde nicht im Haus; diese Biester hatten Flöhe und pißten überall hin, wo es ihnen gerade paßte. Als sie sich zur Kreuzfahrt rüsteten, hatte Lizzie eingegriffen: Wo nun schon zehn Kinder und zwei Sittiche die Reise mitmachten, was sollten dann zwei Hundebabys groß stören? Bei Bären wäre es etwas anderes gewesen, obwohl... Bei einem Schiffbruch auf einer verlassenen Insel hätten sie so etwas wie einen Lebensmittelvorrat dargestellt.

Jonathan selbst hing offensichtlich stark an den beiden Hunden, er, der sonst so verschlossen war und sich für nichts interessierte (oder zumindest so tat). Für seine Hundebabys aber hegte er eine so große Zuneigung, daß er seinem Bruder und seiner Schwester sowie seinen Kaden-Vettern verbot, sich ihnen zu nähern.

Die Kreuzfahrt ließ die Teilnehmer träge werden; das ruhige Meer, die drückende, sengende Hitze und diese Einsamkeit, die das fast lautlos durch das Wasser gleitende Boot Tag und Nacht umgab, hatten dazu beigetragen, in der kleinen Reisegruppe das keineswegs unangenehme Gefühl zu erwecken, die Zeit sei aufgehoben und sie lebten in einem Wattebausch, der durch kein äußeres Ereignis berührt werden könne.

Sie waren bereits tief in den Golf eingedrungen, als sie am Morgen des 19. August zu ihrer Linken den Vulkan Las Tres Virgenes und zu ihrer Rechten die mexikanische Hafenstadt Guaymas erkannten. Die Yacht fuhr weiter Richtung Norden. Große, bergige und von der unbarmherzigen Sonne völlig ausgetrocknete Inseln tauchten auf. Von Zeit zu Zeit zeigte die Sonde an, daß sich nur noch wenige Handbreit Wasser unter dem Kiel befanden. Taddeuz hatte sich in seine Kabine eingeschlossen. Seine Ferien waren bereits beendet; er hatte, sobald sie wieder in Hollywood waren, ein Drehbuch abzuliefern, und hatte, was schwerer wog, einen neuen Roman angefangen, wie er Hannah merkwürdig zögernd mitgeteilt hatte.

Die Sierra San Pedro Martir wurde auf der Backbordseite sichtbar. Die Reise näherte sich ihrem Ende. Schon bald würde sich die trichterförmige Mündung des Colorado abzeichnen. Alles war genau geplant: Wagen warteten bei der Landung auf sie, anschließend ein Sonderzug, der die kleine Truppe über Mexicali und San Diego bis nach Los Angeles bringen sollte.

Hannah hatte es sich angewöhnt, mit den Hunden zu spielen. Einmal, da sie wirklich von ihnen gerührt war, und zum anderen, da sie darin ein Mittel sah, mit ihrem jüngeren Sohn endlich Frieden zu schließen.

Denn in diesem Punkt war sie kaum vorangekommen.

»Du hast mir immer noch nicht verraten, wie sie heißen!«

»Aramis und Porthos.«

So hießen die Musketiere in Dumas' Roman, den er in der Originalsprache gelesen hatte. Er las sehr viel, einen weiteren Zug, den er mit ihr gemein hatte. Wenn Jonathan überhaupt sprach, dann mit einer etwas dumpfen Stimme, als ob er die Worte nur widerwillig freigäbe. Jonathan hatte erst spät zu sprechen begonnen, etwa mit drei Jahren, während Adam und Abigail in dieser Hinsicht ausgesprochen frühreif gewesen waren. Doch als er einmal sprach, hatte er auf Anhieb die Sprache der Erwachsenen benutzt – größtenteils zumindest – und die sprachlichen Verniedlichungen, die man in dem Verkehr mit kleinen Kindern meint anwenden zu müssen, weitgehend überhört. Auch bei seinem Vornamen war er recht eigen gewesen und hatte alle Verkleinerungs- und Koseformen konstant verschmäht. Wurde er mit *John* oder *Johnnie* angeredet, antwortete er einfach nicht; einzig Abigail hatte das Recht, ihn *Atan* zu nennen, doch als sie richtig sprechen konnte, hatte er ihr zu verstehen gegeben, daß diese Sondergenehmigung hinfällig geworden war. Sobald er mit Gleichaltrigen zusammen war, übernahm er das Kommando, wobei er in der Regel nicht als erster sprach. Er wartete, bis sich alle in den Haaren hatten, bevor er bestimmte, was zu tun war, und die anderen seinen Vorschlägen folgten. Er las an den merkwürdigsten Orten: auf Dächern liegend oder in der Garage unter einem Wagen...

Jonathan warf Hannah einen schnellen, beinahe flüchtigen Blick zu; sie stand ganz unter dem Eindruck dieser grauen Augen, die den ihren glichen, nur daß sie nichts ausdrückten.

»Wenn du willst, helfe ich dir, sie zu baden«, begann sie vorsichtig. »Doch die Entscheidung liegt bei dir; ich bin nur deine Adjutantin. Sie haben es wirklich nötig. Als wir gestern auf dieser Insel anlegten, haben sie sich im Staub gewälzt. Welcher der beiden ist Aramis?«

Keine Antwort. Mit weiterhin undurchdringbaren Augen starrte er seine Mutter an.

›Hannah, bleib ruhig! Einmal wenigstens! Jonathan ist schließlich dein Sohn, und wenn er diesen störrischen Charakter hat, dann müßtest du eigentlich wissen, an wen du dich zu halten hast...‹

»Du entscheidest, Jonathan. Die Hunde gehören dir. Der Staub ist eigentlich gar nicht so schlimm, eher das Guano, in dem sie sich gewälzt haben. Offen gesagt, Rosen riechen besser.«

Sie lächelte ihn an, obwohl sie plötzlich verzweifelt war.

›Jonathan, ich liebe dich, unendlich...‹

Er stand auf und ging wie die vorhergegangenen Male mit der gleichen eiskalten Undurchdringlichkeit im Gesicht weg.

Am nächsten Morgen hielten sich die Hunde nicht mehr in dem kleinen Verschlag auf, den die Seeleute auf dem Vordeck gezimmert hatten. Maryan ordnete an, das ganze Schiff zu durchsuchen. Vergebens. Jonathan hatte sich in seiner Kabine eingeschlossen; angeblich las er. Er beantwortete nicht einmal die Fragen seines Vaters. Plötzlich schrie eine der Töchter Lizzies laut auf: Sie hatte die Hunde entdeckt, die an einer Leine hinter dem Boot hertrieben, von der Schiffsschraube entsetzlich zugerichtet.

Sie glaubte nicht an Psychiater. Auch die Erinnerung an ihre Wiener Begegnung mit Freud konnte an dieser Grundauffassung nichts ändern. Sie weigerte sich, Taddeuz bei dessen Besuch bei Doktor Weiss zu begleiten, der die Hintergründe aufklären sollte, die zu dem bedauerlichen Zwischenfall geführt hatten.

›Als ob ich nicht alles bereits wüßte! Mein Sohn haßt mich und vergöttert seinen Vater. Ich bin die Zerstörerin. Alles ist klar. Und was kann man in solchen Fällen eigentlich tun? Er wird nicht mit Hilfe von Medikamenten lernen, seine Mutter zu lieben, vor allem, wenn seine Mutter keine Mutter ist. Hannah, hast du eigentlich deine Mutter geliebt?‹

Zum ersten Mal in ihrem Leben zog sie sich in sich selbst zurück. Weiss, dieser verdammte Psychiater, sagte denn auch nichts anderes als das, was sie ohnehin erwartet hatte: Man brauche Zeit und viel Geduld, es handele sich um eine lange Prozedur, die Tag für Tag fortgeführt werden müsse. Der Arzt hatte Jonathan eigentlich gar nicht so anomal gefunden; sein wissenschaftliches Getue einmal in klare Sprache übersetzt, hatte er nichts anderes gesagt, als daß Jonathan überdurchschnittlich intelligent war und mit seinen vierzehn Jahren sich gerade an der kritischen Schwelle zwischen Kindheit und Erwachsenwerden befand; daß sich dies durch übersteigerte Gefühle ausdrücke, sei ein Beweis für seine Sensibilität und seinen außergewöhnlichen Charakter. Er habe in einem gewissen Sinn nichts anderes getan als sich verteidigt. Hannahs Versuch, sich ihrem Sohn zu nähern, bedrohte diesen, vor allem, als der Versuch begann, sich als fruchtbar zu erweisen. Jonathan hatte sich entschlossen, das Band, das sich zwischen Mutter und Sohn bildete, zu durchschneiden.

Verworrenes Gerede!

›O mein Gott! Hannah, du hättest nie geglaubt, so unglücklich sein zu können!‹

Darüber hinaus befürchtete sie jeden Tag, Taddeuz könne eine neue Krise erleben. Das Wort Krise beruhigte sie etwas, denn es beschwor eine Krankheit herauf, die nur epidemisch auftrat und keinen dauernden Charakter hatte. Während der letzten Monate hatte sie den beinahe verschämt gegebenen Rat von Darrell Price, dem Drogenspezialisten, befolgt und hatte immer wieder seine Sachen durchwühlt, um das Rauschgift zu finden, das sich Taddeuz, wie sie befürchtete, immer noch verschaffte und auch einnahm. Ein einziges Mal hatte sie ein kleines Säckchen mit einem weißen Pulver gefunden und alles verbrannt. Sie hatte nicht den Mut gehabt, Taddeuz darauf anzusprechen, und auch er hatte nichts gesagt. Taddeuz tat so, als bemerke er das Verhalten seiner Frau nicht. Doch sie kannte ihn und wußte, daß ihm ihr Verhalten aufgefallen sein mußte.

Nach der ›Hundeaffäre‹, die totgeschwiegen wurde, seitdem sie nach Los Angeles zurückgekehrt waren, hatte sie eine neue Krise befürchtet und voller Gewissensbisse und Schamgefühle die Überwachung verschärft. Sie wagte es nicht, sich jemand anzuvertrauen. Doch Taddeuz hatte der Versuchung anscheinend nicht nachgegeben. Nachdem die Tage friedlich verstrichen, stellte sie fest, daß sie wieder einmal das Opfer ihrer eigenen Ängste geworden war und keinen Grund mehr hatte, sich zu fürchten.

– Lizzie, man glaubt wirklich nur das, das man glauben will.

Um den 10. September herum nahm Maryan wieder einmal ein altes Thema auf; er hielt Hannah für unvernünftig, die ihre Millionen Dollar brachliegen ließ und nicht einmal die kleinsten Zinsen mitnahm. Ein Fehler, ein Verbrechen innerhalb der Welt der Hochfinanz.

Vielleicht versuchte er auch nur mit der ihm eigenen Diskretion, sie aus der Depression zu holen, in die sie anscheinend geraten war, indem er ihr eine Gelegenheit bot, sich wieder zu beschäftigen.

Sie begegnete seinen Aufforderungen mit überdrüssiger Gleichgültigkeit.

»Maryan, du weißt doch, daß ich von Börsenspielereien nichts wissen will.«

»Hast du die Unterlagen gelesen, die ich für dich vorbereitet habe?«

»Überflogen. Das interessiert mich nicht.«

Er hatte ihr für jeden Wirtschaftszweig die möglichen Börsenanlagen beschrieben, die in seinen Augen aussichtsreich waren. Selbst wenn sie diese Unterlagen nur überflogen hatte, so hatte sie doch mitbekommen, daß Maryan ihr keine Risikoanlagen vorgeschlagen hatte, sondern nur sichere Werte, die *blue chips*.

»Hannah, du solltest doch einmal überlegen...«

»Ich habe überlegt.«

»Du verlierst verdammt viel Geld.«

»Ich werde nicht anfangen, mein Geld mir unbekannten Verwaltern anzuvertrauen, von denen ich nicht einmal weiß, wer von ihnen wirklich entscheidet.«

Im übrigen brachten ihr die wenigen Investitionen, die sie vor einigen Jahren auf Drängen Maryans gemacht hatte, jährlich mehrere hunderttausend Dollar ein.

»Die Steuer bereits abgezogen. Ich könnte von meinen Ersparnissen bis ins Jahr 2250 leben, was willst du mehr? Übrigens, meinen Ausflug in die Hochfinanz habe ich bereits hinter mir. Du erinnerst dich doch noch an ABCD?«

Natürlich erinnerte er sich noch an den Mann mit dem alphabetischen Namen... Und er mußte auch einräumen, daß der Geldwert über die Jahre stabil geblieben war und sich keine Inflation abzeichnete. Trotzdem beharrte er auf seinen Vorschlägen, bis sie endlich nachgab und einwilligte, ihn nach New York zu begleiten, wo er sie mit einigen *brokers*, Bankiers und Finanziers bekannt machen wollte. Zumindest konnte diese Reise für Hannah eine Ablenkung sein.

»Soll ich mich etwa für die Welt der Hochfinanz begeistern, Maryan?«

»Nein. Aber das wäre immer noch besser, als inaktiv zu bleiben«, antwortete er knapp und trocken, was sonst nur selten vorkam.

Maryan hatte sich erlaubt, sie offen zu kritisieren, eine große Ausnahme, und Hannah spürte, daß er sich in seiner Haut nicht wohl fühlte.

»Einverstanden.«

Sie hatte größte Lust, die Reise nach New York in einem Flugzeug anzutreten. Diese unendlich langen Tage im Zug gingen ihr auf die Nerven, und sie konnte sich nichts Dümmeres vorstellen, als Kühe anzustarren, die einen anstarrten. Sie war schon öfter geflogen und hatte sogar auf der Suche nach Beschäftigungen, die die entsetzliche Leere in ihrem Leben ausfüllen konnten, an dem Steuer einer Farman mit einem Motor von Salmson den Pilotenschein gemacht. (Die gleiche

Maschine hielt mit 2000 km den Weitenrekord.) Louis Bleriot hatte ihr ein wunderschönes Zeugnis mit vielen Stempeln ausgestellt, aber anscheinend war es wertlos.

Warum nicht von Los Angeles nach New York fliegen, auch wenn man auf einem Weizenfeld in Kansas oder sonstwo zwischenlanden mußte? Zwei Jahre zuvor waren Wasserflugzeuge der amerikanischen Marine mit drei Zwischenlandungen sogar von Amerika nach England geflogen!

»Das ist vielleicht noch etwas früh«, bemerkte Taddeuz. »In fünfzig Jahren, wenn überhaupt!«

»In fünfzig Jahren wird man zum Mond und zum Mars fliegen. Wenn nicht noch weiter. Was wetten wir?«

»Diesmal keine Liebesnacht. Ich weiß nicht, ob ich in einem halben Jahrhundert auf diesem Gebiet noch sehr leistungsfähig sein werde.«

»Auch darauf gehe ich eine Wette ein. Du kommst doch mit, oder?«

Unmöglich, angesichts der vielen Arbeit, die zu erledigen war. Und zudem, mit dem Flugzeug... Taddeuz war ein leidenschaftlicher Autofahrer, doch den Flugzeugen konnte er keinen Geschmack abgewinnen. Er hätte in New York nichts zu tun, während sie von einem Bankier zum anderen gehen oder, was ihm noch weniger behagte, ein Geschäft nach dem anderen unsicher machen würde.

Natürlich sollte sie mit dem Zug fahren. Fliegen konnte sie später immer noch; er wollte auf keinen Fall, daß sie irgendwelche Risiken einging.

»Wenn du nicht mitkommst, fahre ich auch nicht.«

»Jetzt sei vernünftig. Maryan hat recht: Du solltest dich mit etwas beschäftigen. In letzter Zeit bist du recht unruhig.«

Ihre Blicke kreuzten, verschränkten sich. Er musterte sie in aller Ruhe. Worte waren nicht notwendig. Sie hätte geschworen, daß er mit seinem Blick auf die Überwachung anspielte, die sie für notwendig gehalten hatte. Das, was ein anderer mit Worten ausgedrückt hätte, teilte er ihr schweigend mit: Sie mache sich zu viele Sorgen und tue ihm, da sie ihm nicht vertraue, unrecht. Sie mache ihm das Leben zur Hölle, wenn sie weiterhin hinter ihm herspioniere...

Dann sprach er weiter; er unterstrich, daß er seine Verträge als Drehbuchautor fast erfüllt habe: Die Bearbeitung von Conan Doyles Roman *Die vergessene Welt* habe großen Anklang gefunden; seine Zusammenarbeit mit den anderen Drehbuchautoren sei positiv aufgenommen worden und die Dreharbeiten bereits angesetzt. Er habe ein anderes Drehbuch abzuschließen und die letzten drei Kapitel seines Romans zu schreiben. Sie wisse doch, daß es ihm unmöglich war, abzubrechen und dann die Arbeit wieder aufzunehmen, denn er liefe Gefahr, die

Konzentration zu verlieren und sie vielleicht nie mehr wiederzugewinnen...

Er wirkte sehr überzeugend, trotz des Verdachts, den sie hegte. Während der Schwierigkeiten mit Jonathan hatte er sich ausgezeichnet verhalten – nur daß Hannah gern mit ihm darüber gesprochen hätte, doch er war jedem Gespräch ausgewichen; vielleicht hatte er recht. Mit seinem Sohn hatte er zwei lange Gespräche geführt und sicher alles versucht, um seinen Mutismus und auch seine schrankenlose Feindseligkeit gegenüber seiner Mutter abzubauen. Er hatte sogar Erfolge erzielt: Als Adam und er wieder ins College zurückfuhren, hatte Jonathan seine Mutter zum Abschied sogar umarmt.

Sie fragte sich, wie Taddeuz den Zwischenfall aufgenommen hatte. Es war so schwer, seine teuflische Höflichkeit und Freundlichkeit zu durchschauen. Sie war schon soweit, auch den nebensächlichsten Ereignissen Beachtung zu schenken: So ging ihr jener Abend bei Sam Goldwyn nicht aus dem Gedächtnis, an dem er ohne ersichtlichen Grund plötzlich aufbrechen wollte; oder die Art, in der er seinen Achtzylinder Duesenberg steuerte, den Gaffouil so aufgemöbelt hatte, daß er schneller war als Hannahs großartiger Hispano-Suiza H6B; es kam öfter vor, daß er sich ganze Tage in sein Schweigen einschloß und, wenn man ihn störte, auffuhr, als habe er in einem Traum gelebt. Er entschuldigte sich dann immer auf die liebenswürdigste Weise, was alles noch schlimmer machte. Dann der neue Roman, an dem er arbeitete. Hatte er am Anfang noch darüber gesprochen – er hatte sich vage von dem Leben eines gewissen Johnston oder Johnson, so genau wußte sie es nicht mehr, inspirieren lassen, einem Trapper aus dem letzten Jahrhundert, dessen Spezialität es gewesen war, die Lebern der von ihm getöteten feindlichen Indianer roh zu verschlingen –, so verlor er jetzt seit Wochen kein Wort mehr über dieses Thema. Schon lange vor der Kreuzfahrt im Golf von Kalifornien hatte er aufgehört, ihr einzelne Passagen vorzulesen oder zum Lesen zu geben. Trotzdem konnte sie nicht behaupten, er habe wieder seine alten Manieren aus der Zeit angenommen, als er Hannah von seinen schriftstellerischen Aktivitäten völlig fernhielt; er spielte öfter auf die Fortschritte an, die er erzielte, erwähnte die Zahl der Seiten, die er geschrieben hatte oder die ihm noch verblieben, oder aber er gestand mit diesem halben Lächeln, das sie so gar nicht mochte, es habe heute nicht so recht geklappt.

Am 10. September hatte er ungefähr dreihundert Seiten abgeschlossen, etwas mehr als zwei Drittel, wie er meinte:

»Drei Kapitel noch. Diese Kapitel sind zwar recht lang, aber ich habe die Geschichte bereits im Kopf, inklusive der letzten hundert Zeilen. Es wird recht schnell gehen.«

Sie hatte von weitem das Bündel Papiere gesehen, daß er wie üblich in dem Behälter aus Eichenholz aufbewahrte, den sie für ihn nach den Maßen des Papiers, das er immer benutzte, hatte anfertigen lassen.

»Die Reinschrift werde ich sofort nach meiner Rückkehr in Angriff nehmen.«

»Kommst du?«

»Ich werde kommen. Du fährst vor, und ich komme dann nach.«

»Ich werde hier warten, bis du soweit bist.«

»Das ist doch lächerlich. Maryan hat für dich schon viele Termine ausgemacht. Er wird wie ein Dummkopf aussehen, wenn du ihn einfach im Stich läßt. Das kannst du ihm nicht antun. Ich werde, sobald ich kann, zu dir kommen.«

Er schaute sie immer noch so merkwürdig an wie zu Beginn des Gesprächs, und sie spürte, daß er nahe daran war, auf die Überwachung zu sprechen zu kommen, deren Objekt er war.

»Innerhalb von wenigen Tagen?«

»Versprochen.«

Er lächelte; trotzdem hatte sie den Eindruck, daß sie, hätte sie noch ein wenig länger auf ihrem Standpunkt bestanden, einen heftigen Streit bekommen hätten, wie schon seit einer Ewigkeit nicht mehr.

›Ich lasse ihm nicht genügend Freiheit! Ich muß immer über alle regieren!‹

Wie geplant, fuhr sie am 11. mit Maryan nach New York.

Sobald sie in der Wohnung in der Fünften Avenue angekommen war, rief sie ihn an. Gaffouil hob ab.

»Monsieur Taddeuz ist ausgegangen.«

Sechsmal rief sie noch an; erst während des Abends hob er selbst ab.

»Gaffouil hat sich geirrt, Hannah. Ich habe einen kurzen Spaziergang gemacht und mich dann in meinem Arbeitszimmer eingeschlossen. Du weißt ja, daß ich nichts wahrnehme, wenn ich arbeite.«

Plötzlich bekam sie es mit der Angst zu tun, ohne dies erklären zu können.

»Geht es dir gut, Taddeuz?«

»Aber ja. Ich bin etwas müde. Vor allem die Augen. Ich werde mich früh schlafen legen und ausnahmsweise kein Buch mitnehmen.«

Er lachte verhalten. Taddeuz war fähig, bis zum Morgengrauen zu lesen, während sie das verdammte Licht verwünschte, das sie am Einschlafen hinderte.

»Wann fährst du los?«

»Übermorgen oder Freitag. Ich habe für beide Tage einen Platz reserviert.«

Seine Stimme war normal, etwas gedämpft und tief wie immer. Trotzdem hatte sie den Eindruck, als ob er seine Worte noch stärker voneinander trenne als normal, als ob er seine Worte suche. Doch sie hatten zufälligerweise auf polnisch miteinander gesprochen – normalerweise zogen sie Englisch oder Französisch vor –, und da sie diese Sprache kaum mehr benutzten, mangelte es ihnen an Übung. Und die Verbindung war, wie so häufig, schlecht.

»Ich erwarte dich, Liebling.«

»Ich habe meinen Platz reserviert«, wiederholte er, bevor er auflegte.

Diese Wiederholung löste in Hannah eine zweite, kurze Panik aus, die sie sich noch weniger erklären konnte als die erste. Beinahe hätte sie ihn noch einmal angerufen. Sie kämpfte gegen sich selbst; mühsam gelang es ihr, sich zu beruhigen.

›Ich werde wirklich hysterisch... Flammende Erklärungen haben ihn schon immer entsetzt, vor allem am Telefon, das solltest du eigentlich wissen nach all der Zeit, die du mit ihm zusammenlebst!‹

Beinahe gegen ihren Willen rief sie die Schlafwagengesellschaft an. Eine Stunde später wurde ihr bestätigt, daß für einen gewissen Mister Taddeuz J. Newman – J für Jan, der Vorname seines Vaters – an den angegebenen Tagen jeweils ein Platz reserviert worden war.

›Siehst du, du regst dich völlig grundlos auf!‹

Am nächsten Morgen telefonierte sie mit Lizzie, die in schallendes Gelächter ausbrach: »Was meinst du denn, meine Liebe! Ich wache besser über deinen Kerl als über meinen!«

»Hast du ihn heute schon gesehen?«

»Vor nicht einmal zwei Stunden. Da lebte er noch. Er war zwar müde und ausgepumpt, aber er lebte noch. Du weißt ja, wie intelligent er aussieht, wenn er zu lange geschrieben hat! Sag, Hannah, du wirst doch nicht wieder hysterisch werden? Beruhige dich!«

»Mach ich.«

»Bitte, sag nicht einfach ›mach ich‹, um dich gleich wieder aufzuregen. Wenn ich den Hörer scharf ansehe, sehe ich deine großen, grauen Augen, die mich vorwurfsvoll anschauen.«

»Einverstanden«, sagte Hannah und mußte gegen ihren Willen lachen. »Wenn irgend etwas passieren sollte, dann ruf mich bitte sofort an.«

»Jetzt reicht's mir aber!«

»Bitte versprich es.«

Am nächsten Tag hatte sie zu Beginn des Nachmittags eine Verabredung bei Merrill Lynch & Co., einer der mächtigsten und berühmtesten Maklerfirmen. Man hatte für sie einen speziellen Anlageplan erarbeitet, der von einer Gesamtinvestition von zwölf Millionen Dollar ausging. Drei Stunden setzten ihr die besten *brokers* die Vorzüge der einzelnen Aktien auseinander, und man stellte ihr Gewinne von fünfzehn, zwanzig, ja sogar fünfundzwanzig Prozent in Aussicht.

»Wir werden mit sechs anfangen«, sagte sie. »Später sehen wir weiter. Ich meine natürlich sechs Millionen.«

Das Telefon läutete. Das Gespräch war für sie. Von der Wohnung in der 5th Avenue aus informierte sie Yvonne, Lizzie habe angerufen.

»Madame Kaden läßt Ihnen ausrichten, Monsieur Taddeuz habe vor einer Stunde den Zug nach New York genommen.«

»Warum hat mein Mann nicht selbst angerufen?«

»Madam Kaden sagte mir, er habe bis zur letzen Minute gearbeitet und keine Zeit zum Telefonieren gehabt.«

Sie wollte schon weitere, noch dümmere Fragen stellen – ob Lizzie Taddeuz bis zum Zug begleitet habe –, ließ es aber dann bleiben, nicht nur, weil sie spürte, daß ihre Sorgen wirklich überflüssig waren, sondern auch aufgrund der Anwesenheit der fünf Männer, die so taten, als hörten sie das Gespräch nicht mit.

»Danke, Yvonne. Nimm dir heute abend frei; ich esse auswärts.«

Sie legte auf.

Hannah entschuldigte sich bei ihren Gesprächspartnern und bekräftigte dann noch einmal:

»Zu Beginn nur sechs Millionen Dollar.«

An der Zusammensetzung des Aktienkorbes hatte sie nichts auszusetzen.

Maryan hatte sie an diesem Abend eingeladen; zwei Freunde von ihm leisteten ihnen Gesellschaft, ein berühmter Humorist mit Glubschaugen, Eddie Cantor, der sogar schon bei den *Ziegfeld Folies* aufgetreten war, und ein junger rumänischer Schauspieler, der damals noch Emmanuel Goldenberg hieß und der sich später Edward G. Robinson nennen sollte. Der höchstens Fünfundzwanzigjährige überraschte Hannah mit seiner Kunstliebe und seinen Kenntnissen der Malerei, vor allem der französischen Impressionisten. Maryan hatte darauf bestanden, daß sie die Einladung annahm – sie wäre lieber zu Hause geblieben –, doch dann lachte sie schallend über Cantors Witze und diskutierte mit Goldenberg/Robinson, der ganz begeistert war, als er erfuhr, daß Hannah Claude Monet persönlich kennengelernt hatte, über den Meister.

»Ich wußte, daß dir der Abend gefallen wird«, sagte Maryan, der sie nach Hause brachte.

»Danke, Maryan, du und Lizzie...«

»Hannah, bedank dich nie bei mir. Hörst du, nie. Ich werde nie soviel für dich tun können, wie du für mich getan hast.«

Plötzlich standen ihr Tränen in den Augen...

›Was ist denn nur mit mir los? Ich war noch nie so nervös in meinem Leben!‹

Hannah, die sich immer über das bewußt gewesen war, was in ihr vorging, gelang es nicht, die Angst, die sie beherrschte, zu erklären. Sie zählte die Tage und die Stunden, die sie von Taddeuz' Ankunft trennten.

Am Montag, den 22. war sie lange vor dem Eintreffen des aus Kalifornien kommenden Pullmans am Bahnhof. Sie war so gespannt, daß Yvonne schließlich explodierte und ihr drohte, ihre Schürze an den Nagel zu hängen, falls dieser Zustand noch lange anhalten sollte. Sie und Gaffouil hätten die Schnauze voll; ihre drei Kinder sprächen besser amerikanisch denn französisch – was für eine Schande! Und was sie eigentlich daran hindere, nach Frankreich zurückzukehren und dort ein gemütliches Leben zu führen, weit weg von dieser Heuschrecke mit den grauen Augen, die ihr das Leben unmöglich mache!

Schweigen.

»Sie antworten nicht einmal; das ist wirklich nicht mehr komisch. Vor nicht allzu langer Zeit hätten Sie mir den Kopf gewaschen. Sie sind wirklich nicht in Form. Und ich frage mich, aus welchem Grund. Sie sollten ihre blöden Cremes langsam vergessen: Da Sie nicht mehr schlafen, sehen Sie wie eine wandelnde Leiche aus! Wenn er Sie sieht, wird er meinen, Sie seien krank. Wo Sie doch nie krank gewesen sind! Übrigens, da kommt sein Zug. Jetzt versuchen Sie doch zu lachen, er ist da...«

Er war nicht da.

Taddeuz war nicht im Zug.

Kapitel 23

Ich bin wie ein Mann, der auf einem Ball gähnt...

Hannah konnte es nicht glauben und war sich doch sicher; sie lief den ganzen Zug ab und kontrollierte, von dem Reinigungspersonal, das sich bereits an die Arbeit gemacht hatte, erstaunt beobachtet, Waggon um Waggon, Abteil um Abteil.

Auf dem Bahnsteig traf sie den Zugführer.

Ja, er erinnerte sich genau, in Los Angeles war ein Single im Schlafwagen nach New York auf den Namen Newman reserviert gewesen, doch soviel er wußte, hatte sich der Reisende nicht gemeldet; aber sie solle doch besser den alten Sam fragen, der den betreffenden Waggon während der Reise betreut hatte.

Der schwarze Angestellte befand sich bereits auf dem Bahnsteig der New Yorker Untergrundbahn. Er korrigierte den Bericht des Zugführers: In Los Angeles hatte sich sehr wohl ein Mister Newman gemeldet, groß, blond, grüne Augen, zwischen dreißig und fünfunddreißig Jahre alt und irgendwie abwesend wirkend...

Kurz vor der Abfahrt war er wieder ausgestiegen.

Zwei Stunden lang versuchte Hannah, Lizzie zu erreichen; achtmal rief sie an, doch jedesmal antwortete der philippinische Angestellte, Madam Kaden sei immer noch außer Haus...

Endlich.

»Lizzie, er war nicht im Zug. Er ist eingestiegen, hat ihn aber einige Sekunden vor der Abfahrt wieder verlassen, nachdem er dem Angestellten hundert Dollar gegeben und ihn gebeten hatte, das Gepäck in New York zustellen zu lassen. Seine Koffer sind schon da. Was hatte er eigentlich an?«

Lizzie meinte, sich an einen hellen Anzug und einen dazu passenden Hut zu erinnern.

»Den Anzug habe ich in einem der Koffer gefunden. Zusammengerollt. Er hat sich in seinem Single umgezogen und ist dann verschwunden.«

Hannah war selbstbeherrschter als während der vorausgegangenen Tage. Sie wußte jetzt, daß ihre düsteren Ahnungen begründet gewesen waren und daß sich ihre schlimmsten Befürchtungen bewahrheiteten.

›Nein, noch nicht die schlimmsten!‹

Jetzt konnte sie wenigstens etwas unternehmen. Telegrafisch und telefonisch. Maryan hatte seine kalifornischen Assistenten mobilisiert. Es waren noch nicht einmal neunzig Minuten seit der Ankunft des Zuges im New Yorker Bahnhof vergangen, als die erste Meldung aus Los Angeles bereits eintraf: In der Villa am Coldwater Canyon Drive hatte man festgestellt, daß der Duesenberg verschwunden war. Das Garagentor war nicht aufgebrochen worden; man hatte sich sogar die Mühe gemacht, es wieder ordentlich abzuschließen, nachdem der Wagen herausgefahren worden war. Die beiden Rolls, der Hispano-Suiza, der Mercedes und Gaffouils Ford T standen noch in der Garage. (Gaffouil war kurz zuvor zu einer Frankreich-Reise aufgebrochen.)

»Maryan, er hat den Wagen genommen. Kannst du die Grenzübergänge nach Mexiko überprüfen lassen?«

»Vielleicht wollte er mit dem Wagen nach New York fahren?«

»Obwohl er wußte, daß ich ihn vom Zug abholen würde? Red kein dummes Zeug! Kannst du nun diese verfluchten Grenzübergänge überprüfen lassen oder nicht?«

»Der Gouverneur würde eine entsprechende Bitte sicher nicht abschlagen. Wenn du meinst, daß ich ihn wirklich darum bitten soll...«

Mehr sagte sie nicht, aber es war auch so deutlich, worauf er anspielte. Als Taddeuz das letzte Mal verschwunden war, hatte es sich im nachhinein als eher ungünstig erwiesen, daß man nach ihm gesucht hatte. Und wenn Maryan den Gouverneur einschaltete, bedeutete dies gleichzeitig, die Öffentlichkeit einzuweihen, denn es war unvorstellbar, daß ein solcher Vorgang geheimgehalten werden konnte.

»Maryan, ich glaube, wir müssen ihn darum bitten. Diesmal ist es schlimmer. Bitte, ruf ihn an.«

Woher wußte sie, daß es diesmal schlimmer sein würde? Sie konnte es nicht sagen. Daß Taddeuz zu der Villa zurückgekehrt war, um den Duesenberg zu holen, erschreckte sie mehr als sein Verschwinden selbst. Am 23. flog sie im Morgengrauen nach einer neben dem Telefon durchwachten Nacht nach Los Angeles.

Wobei das Wort »Fliegen« wörtlich verstanden werden muß: Bernard Benda und dessen Intervention beim stellvertretenden Verteidigungsminister in Washington hatte sie es zu verdanken, daß sie einen alten Bomber Vickers Vimy zu einem wahnwitzigen Preis hatte mieten können.

Dreißig Stunden später traf sie im Coldwater Canyon ein; sie waren ein einziges Mal auf einer betonierten Piste bei Dallas zwischengelandet.

»Zwischen Tijuana und Nogales wurde kein Duesenberg gesehen.«

Dale Fitzpatrick, ein sanfter Riese, hatte ihr die Nachricht übermittelt; sie hielt ihn für einen der Assistenten Maryans.

»Wir können die Sperren noch weiter bis nach El Paso ausdehnen«, schlug er vor.

»Tun Sie das.«

Fitzpatrick faltete eine Landkarte auf. Wenn die Sperren bis nach El Paso ausgedehnt werden sollten, waren insgesamt 1200 km Grenze zu überwachen.

Sie fragte:

»Wie lautet eigentlich der Auftrag, den Sie an die Grenzposten weitergegeben haben?«

»Wir haben die Personenbeschreibung Ihres Mannes und die Nummer sowie den Typ des Wagens, mit dem er unterwegs ist, an alle Grenzposten weitergegeben. Man soll ihn unter dem Vorwand, ein Wagen gleichen Typs sei gestohlen worden, festhalten, ohne ihn ins Gefängnis zu werfen. Wir werden in diesem Fall sofort informiert. Auch auf mexikanischem Gebiet halten sich einige unserer Mitarbeiter auf.«

»Wurde eine Prämie ausgesetzt?«

Verlegen schüttelte Fitzpatrick seinen Kopf; er hatte es nicht gewagt, so weit zu gehen.

»Fünfundzwanzigtausend Dollar«, sagte Hannah. »Für jeden, der eine exakte Information über den Verbleib meines Mannes liefern kann.«

›Beruhige dich und überlege! Er schwebt in tödlicher Gefahr, das ist dir bewußt, auch wenn die Menschen in deiner näheren Umgebung, selbst Lizzie und Maryan, dies nicht sehen wollen. Wenn du durchdrehst, tötest du ihn.‹

Sie erklärte:

»Der Duesenberg kann mit einer Füllung ungefähr einhundertfünfzig Kilometer zurücklegen. Normalerweise tanken wir bei der Tankstelle am Santa Monica Boulevard; bitte fragen Sie dort umgehend nach. Ich möchte eine Liste aller Tankstellen in Los Angeles und in einem Umkreis von einhundertsechzig Kilometern.«

Fitzpatricks Leute scheuchten den Tankwart aus dem Bett; vierzig Minuten später wurde Hannah informiert, daß Taddeuz eine Stunde nach Abfahrt des Zuges den Duesenberg und zusätzlich einen Reservekanister hatte volltanken lassen.

Sie machte eine schnelle Überschlagsrechnung:

»Mit dem Reservekanister erweitert sich die Reichweite des Duesenberg um zweiunddreißig Kilometer. Wir müssen den Radius, in dem bei allen Tankstellen nachgefragt werden soll, auf zweihundert Kilometer ausdehnen. Wie lange dauert es eigentlich noch, bis ich diese verdammte Liste bekomme! Dale, setzen sie alle Mitarbeiter daran, die verfügbar sind. Fünftausend Dollar Belohnung.«

Noch von New York aus hatte sie die örtliche Telefongesellschaft beauftragt, umgehend dreißig Leitungen zusätzlich einzurichten, was auch sofort erledigt worden war. Fünfzig Männer und Frauen, Freunde, Angestellte, Verkäuferinnen und Kosmetikerinnen aus ihren ehemaligen Instituten und Geschäften, ehemalige Polizisten und Nachbarn telefonierten in dem betroffenen Gebiet mit Gott und der Welt.

Hannah war am Ende ihrer Kräfte. Seit beinahe sechzig Stunden hatte sie nicht mehr geschlafen. Trotzdem verweigerte sie die Beruhigungsmittel, die ihr der von Lizzie gerufene Arzt geben wollte:

»Hauen Sie bloß ab!«

Unaufhörlich wurde die Villa angerufen: Freunde, die noch nicht auf dem laufenden waren, Freunde, die von den in Hollywood kursierenden wilden Gerüchten gehört hatten, Witzbolde mit ausgesprochen schlechtem Geschmack, Journalisten...

Zeitungs- und Rundfunkjournalisten belagerten die Villa telefonisch, aber auch persönlich. Selbst Lizzie wurde wütend:

»Wenn Taddeuz anrufen will, sind alle Leitungen besetzt!«

»Er wird nicht anrufen«, antwortete Hannah mit erschreckender Gewißheit.

Am 27. September erweiterte sie das Gebiet, in dem Nachforschungen angestellt werden sollten, auf einen Radius von fünfhundert Kilometern; die jetzt dreitägige intensive Sucharbeit hatte nichts gebracht. Hatte Taddeuz seine Flucht vorbereitet und nicht spontan angetreten, konnte er sehr wohl mehrere Reservekanister und nicht nur einen mit sich geführt haben. Hannah nahm sich sehr übel, daß sie nicht früher daran gedacht hatte.

Am 28. – elf Tage und dreizehn Stunden, nachdem Taddeuz den Zug in Los Angeles wieder verlassen hatte – schlug einer der Späher endlich Alarm: eine Kellnerin in einem kleinen Restaurant erinnerte sich daran, einen großen, blonden Mann mit grünen Augen bedient zu haben, der ›schön war wie ein Filmschauspieler‹. Eine Sache war ihr besonders aufgefallen: Obwohl der Mann ein akzentfreies Englisch sprach, hatte er in einem Buch mit merkwürdigen Buchstaben gelesen.

›Kyrillische Schrift!‹

Lermontow! Hannah ging schnell in die Bibliothek und stellte betroffen fest, daß die in Leder gebundene Originalausgabe von Michail Lermontows *Ein Held unserer Zeit* verschwunden war. Sie haßte sich in diesem Augenblick!

›Daran hättest du wirklich früher denken können!‹

Das Zitat kam ihr wieder in den Sinn. Den Leitspruch, der, wie sie jetzt erst entdeckte, die vergangenen einundzwanzig Jahre bestimmt hatte:

...Sterben. Ich werde sterben: Für die Welt wird dies kein großer Verlust sein. Übrigens fange ich an, mich in dieser Welt recht ordentlich zu langweilen. Ich bin wie ein Mann, der auf einem Ball gähnt und nur aus einem Grund nicht nach Hause fährt: Seine Kalesche ist noch nicht da...

Seine Kalesche, das war der Duesenberg.

Das Restaurant, in dem Taddeuz neun Tage zuvor haltgemacht hatte, lag an der nördlichen Ausfallstraße von Wickenburg im Bundesstaat Arizona, etwas weniger als hundert Kilometer nordwestlich von Phoenix.

»Die Kellnerin erinnert sich nicht an die Richtung, die Taddeuz eingeschlagen hat«, informierte Maryan, der inzwischen mit dem Zug aus New York eingetroffen war, Hannah.

›Man könnte fast glauben, daß er diesen Ort hier bewußt gewählt hat: er kann ebenso nach Phoenix im Süden, nach Flagstaff im Nordosten, nach Las Vegas im Nordwesten gefahren oder gar nach Los Angeles zurückgekehrt sein.‹

Wo er schon lange hätte eintreffen müssen, hätte er die Absicht gehabt, heimzufahren.

Dreihundertfünfzig Mann sowie die städtische und die Landpolizei nahmen an der Suche teil. Man hatte um Wickenburg einen Kreis mit einhundertfünfzig Kilometern Durchmesser gezogen. Am 28. fuhr Hannah mit einem Sonderzug nach Phoenix; sie hatte vorsorglich den Mercedes aufladen lassen. Wenn sie in den letzten drei Wochen zehn Stunden geschlafen hatte, dann war das viel. Die wenigen Stunden Schlaf waren zudem von Alpträumen gestört worden, in denen ein seit langem toter, verbrannter Taddeuz die Hauptrolle spielte.

In Phoenix meinten die Polizisten, ein so schwerer und unhandlicher Wagen wie ein Duesenberg habe sich kaum von den Straßen, die selbst oft nur Pisten waren, entfernen können.

Ein Blick aus ihren grauen Augen, die aufgrund der Müdigkeit so groß geworden waren, daß sie das ganze Gesicht bis hin zu den hochliegenden Wangenknochen bestimmten, ließ sie schlagartig verstummen.

»Er hat die Straße verlassen.«

Die Flugzeugpatrouillen hatten nichts ergeben.

Im Morgengrauen des 3. Oktober traf endlich der entscheidende Hinweis ein. Drei Stunden später war Hannah an Ort und Stelle.

Der Sonderzug setzte Maryan und sie in einem verlorenen Nest namens Wenden im Herzen der Wüste von Sonora ab. Der Mercedes wurde ausgeladen. Anschließend fuhren sie in dem ausgetrockneten

Bachbett des Centennial, einem unbedeutenden Nebenfluß des Gila River, hinter einem berittenen Indianer her, der ab und zu stumm auf die Spuren zeigte, die die Reifen des Duesenberg hinterlassen hatten. Die drückende Hitze schien jede Minute, die verstrich, noch entsetzlicher zu werden. Die trockene Luft glühte in den Lungen. Kein Hauch regte sich. Die Erosion hatte die Felsen bizarr verformt; brauner Sandstein wechselte sich mit gelbem Kalk- oder grünem und rotem Tonsandstein ab. Riesenkakteen richteten ihre Arme gen Himmel, übergroße Kandelaber oder Kruzifixe, deren Stämme ab und zu noch die Spuren der Verwundungen zeigten, die die hohen Stoßdämpfer des Duesenberg ihnen vierzehn Tage zuvor zugefügt hatten. Eine Stunde später – die kleine Truppe hatte höchstens zwanzig Kilometer zurückgelegt – bog die unsichtbare Piste nach Südosten ab. Das Blickfeld erweiterte sich, und die Täler waren leichter befahrbar. Hinter den Gila Bend's Mountains versperrten die Kola Mountains den Horizont. Die Reifenspuren verschwanden jetzt öfter mehrere hundert Meter weit; der Weg war wieder so schwierig geworden, daß man eigentlich davon ausgehen mußte, daß hier kein Auto durchgekommen war, doch der Apache führte sie immer weiter. Sie kreuzten das Bachbett eines anderen Zuflusses des Gila River, das, falls dies überhaupt möglich war, noch ausgetrockneter erschien. Die Hitze nahm noch zu.

Der Indianer verharrte, die Hände am Sattelknopf, und schaute starr geradeaus.

Als erstes sah sie den Duesenberg, der auf halber Höhe einer kleinen Steigung hängengeblieben war; die Steigung war nicht schlimmer als viele andere, bereits überwundene. Sie war folglich nicht der Grund, daß der Duesenberg ausgerechnet hier stehengeblieben war. Ungefähr zehn Männer hielten sich mit ihren Pferden in der Nähe des Wagens auf. Ein einziger schaute zu dem Mercedes, der sich langsam näherte, senkte aber sogleich wieder seinen Blick. Fast alle kauerten auf ihren Fersen, die Augen starr auf den Boden gerichtet.

»Hannah, bitte, laß mich zum Wagen gehen«, sagte Maryan leise.

Sie hatte ihn kaum verstanden, stieg aus und ging langsam, als ob ihr Bewußtsein getrübt wäre und sie nur noch durch ihre Augen lebte, von den blonden Haaren magisch angezogen, dem Kopf, der gegen den Sitz lehnte, zum Duesenberg.

»Madam, Sie sollten nicht...«

Einer der Polizisten. Sie nahm ihn nur als Schatten wahr; seine Stimme schien aus weiter Ferne zu ihr zu dringen. Sie hörte ihre Frage:

»Warum ist er hier stehengeblieben?«

»Er hatte keinen Tropfen Benzin mehr.«

»Liegt hier in der Nähe ein Ziel, zu dem er hätte fahren können?«

»Der Weg führt nirgendwo hin. Wäre er im Bachbett geblieben, dann wäre er auf die Eisenbahnlinie gestoßen. Doch er hat einen anderen Weg gewählt.«

Sie ging weiter und spürte undeutlich, daß Maryan ihr folgte. Sechs Schritte, dann stand sie neben der Fahrertür.

Er saß hinter dem Steuer des Kabrioletts; seine kreideweißen Hände lagen ausgestreckt auf seinen Knien. Sein Nacken ruhte auf dem roten Leder des Fahrersitzes. Er trug nur ein weißes Hemd, dessen Ärmel wie so oft aufgerollt waren.

Man hatte ein Halstuch über sein Gesicht gelegt.

Sie stieg auf das Trittbrett und hob die Hand.

»Nein, Hannah, um Himmels willen, tu's nicht!«

Sie ließ sich nicht beirren und zog langsam das Halstuch beiseite.

Die Augenhöhlen waren leer; nicht einmal blutig, sondern einfach leer. Die Augäpfel waren verschwunden, und die pergamentene Haut rund um diese Höhlen, die einmal seine Augen gewesen waren, war von unzähligen kleinen, runden und sehr tiefen Wunden gezeichnet, die eindeutig von den Schnäbeln von Raubvögeln herrührten.

Sie beugte sich vor und küßte lange die von der Sonne verbrannten Lippen. Die Unterlippe, an der sie millionenmal zärtlich geknabbert hatte, war aufgehackt, gespalten, blutverkrustet und ausgedörrt.

Sie stieg vom Trittbrett wieder herab; man machte ihr Platz, als ob man Angst vor ihr habe. Sie ging um den Wagen herum, setzte sich auf den Beifahrersitz, ließ ihre Finger sanft in seine versteinerte Hand gleiten und schmiegte ihre Wange an Taddeuz' Schulter.

Erst jetzt schloß sie die Augen.

›Ich bin tot. Es ist zu Ende.‹

Kapitel 24

Ich möchte mich lebendig begraben

Er wurde auf dem Friedhof der Franziskaner in Santa Barbara begraben. Vor einundzwanzig Jahren waren sie auf ihrer ersten großen Rundreise durch Amerika hier vorbeigekommen und hatten inmitten der verzauberten Küstenlandschaft des spanischen Kaliforniens zwei wunderbare Tage verbracht.

Als sie zum Begräbnis ging, wußte sie, was sie zu erwarten hatte.

Das Erwartete trat denn auch ein. Ohne Lizzie und vor allem ohne Maryan, der zum ersten Mal in seinem Leben in Weißglut geraten war, hätte sich der irre Haß, den Adam und Jonathan ihrer Mutter gegenüber empfanden – wobei der Ältere sicher von dem Jüngeren getrieben wurde –, vielleicht anders als nur in Blicken und der totalen Weigerung, sich ihr zu nähern, ausgedrückt.

Eigentlich sollte die Beerdigung im Familienkreis stattfinden; trotzdem waren Hunderte aus Hollywood und New York gekommen und nicht wenige sogar aus Europa, um ein letztes Mal zu zeigen, wie sehr sie Taddeuz freundschaftlich verbunden gewesen waren.

In den drei folgenden Wochen schloß sie sich in einem kleinen, neben der vor mehr als einhundertdreißig Jahren gegründeten Missionsstation liegenden Hotel ein.

Jeden Tag besuchte sie das Grab; Lizzies häufig wiederholte Bitten, Santa Barbara zu verlassen, ließ sie unbeachtet.

Am 6. November fuhr sie nach New York, wo sie nicht einmal zwei Tage blieb und ihre Finanzangelegenheiten regelte.

Dann schiffte sie sich nach Europa ein und fuhr von Le Havre direkt nach Morcote.

Nicht allein: Yvonne und ihr Mann hatten sich geweigert, sie einfach zu verlassen, obwohl Hannah es ihnen zuerst befohlen und sie dann sogar darum gebeten hatte, finanzielle Vorteile in Aussicht stellend.

»Yvonne, ich möchte mich lebendig begraben. Dein Mann und du, ihr habt wirklich Besseres zu tun.«

»Sie müssen mich schon buchstäblich zur Tür hinauswerfen, wenn Sie mich loswerden wollen!« hatte Yvonne schluchzend und unter Tränen geantwortet.

In den folgenden acht Jahren ging sie nicht mehr aus. Nur einmal im Jahr, im Herbst, reiste sie, ohne irgendwo Station zu machen, von Morcote nach Santa Barbara, um dort drei Wochen zu verbringen.

Lizzie und ihre Tochter Abigail besuchten sie in den Jahren 1921, 1923, 1924, 1926, 1927 und 1928 und wohnten jeweils zwischen zwei und vier Wochen in dem schloßartigen Haus. Die Stille, die in dem Anwesen herrschte, beeindruckte die Heranwachsende.

Weder Adam noch Jonathan besuchten sie. Sie schrieben auch nicht.

1928 war Adam sechsundzwanzig, Jonathan dreiundzwanzig und Abigail sechzehn Jahre alt.

Hannah vierundfünfzig.

Drittes Buch

Kapitel 25

Ein Krach ist nicht auszuschließen

»Wir kommen an«, sagte Yvonne.

Hannah schaute von ihrem Buch hoch – sie las gerade *The Sound and the Fury* von Faulkner – und warf einen schnellen, gleichgültigen Blick aus dem Fenster. Die Belgierin hatte den Vorhang aufgemacht: Sie fuhren durch Manhattan. Es war der 23. Oktober 1929, neun Uhr dreißig, vormittags. Der Zug bremste langsam.

»Wollen Sie Ihren Pelzmantel?«

»Du liebe Güte!«

»Wir sind schließlich nicht mehr in Kalifornien... Ich schaffe es einfach nicht, diesen verdammten Koffer zu schließen!«

Sie beschäftigte sich mit den Schlössern, doch wenn sie eines endlich geschlossen hatte, sprang das andere wieder auf. Hannah war schon wieder in ihr Buch versunken; ihre Lektüre keine Sekunde unterbrechend, stand sie auf und setzte sich auf den widerspenstigen Koffer, der endlich nachgab und sich schließen ließ.

»Zweiundvierzig Kilo Muskeln!« sagte Yvonne. »Welche Masse! Ich wette, daß Sie seit Ihrem fünfzehnten Lebensjahr kein Gramm zugenommen haben.«

»Das kann man von dir nicht gerade behaupten, du Walroß!«

»Dafür bin ich auch etwas größer als ein Stuhl. Wollen Sie weiterhin diese Handtasche benutzen oder wünschen Sie eine andere?«

»Mir vollkommen gleichgültig.«

Der Zug bremste jetzt stärker, bevor er hielt. Eine Gruppe junger Sportler mit vertikal gestreiften, rot-weißen Norfolk-Jacken und runden Mützen in den Farben ihrer Universität zog lärmend vorbei. Yvonne schloß den letzten Koffer und schaute sich nach einem Gepäckträger um.

Hannah las immer noch.

Auch auf dem Bahnsteig gehend las sie. Die Belgierin bahnte ihr mit ausgebreiteten Armen den Weg, als ob sie einen Schwertransport ankündigte. Vor Yvonne schoben zwei Gepäckträger einen Kofferwagen.

»Madam Newman?«

Sie brauchte einige Sekunden, bevor sie Dale Fitzpatrick erkannte.

»Maryan bittet Sie, ihn zu entschuldigen. In letzter Sekunde kam ihm etwas dazwischen. Kann ich Ihnen behilflich sein?«

Die beiden Frauen nahmen in dem Zwölfzylinder Packard Platz, während das Gepäck in einen Chevrolet geladen wurde.

»Wir haben eine Suite im *Waldorf* und eine im *Plaza* reserviert, da wir nicht wußten, welches Hotel Sie bevorzugen.«

»Das *Plaza*.«

Endlich hatte sie ihr Buch zugemacht, legte es aber nicht aus der Hand; sie hatte sogar den Zeigefinger im Buch belassen. Sie bedankte sich bei Fitzpatrick mit einem Lächeln und schaute sich, die Augen etwas weiter geöffnet als normal, New York an, ohne es wirklich wahrzunehmen. Plötzlich sagte sie:

»Ich würde gerne über Wall Street fahren.«

»Die Straße oder das Viertel?«

»Ich habe nichts Bestimmtes im Sinn.«

Die beiden Wagen bogen in den Broadway ein.

»Wirklich unglaublich«, brach Fitzpatrick das Schweigen, »aber Sie haben sich nicht verändert.«

»Danke.«

Erst jetzt erinnerte sie sich wirklich an ihn. Er hatte vor acht Jahren die Suche nach Taddeuz geleitet.

»Seit wann arbeiten Sie für Maryan?«

(Sie machte einen Fehler, als sie ihn für einen einfachen Assistenten Maryans hielt, doch er war zu höflich, sie darauf hinzuweisen.) Er antwortete:

»Seit fünfzehn Jahren. Ein sehr guter Mann.«

»Ich weiß.«

Der Packard fuhr langsam an den sechs mehr oder weniger korinthischen Säulen vorbei, die die New York Stock Exchange schmücken. Hannah beugte sich leicht vor. Es war kurz nach elf Uhr, und die Börsengeschäfte waren in vollem Gange. Die Börse machte einen ruhigen Eindruck, soweit man im Zusammenhang mit Wall Street überhaupt von Ruhe sprechen konnte.

Hannah meinte:

»Vor ungefähr sechs Wochen las ich im *New York Herald* einen Artikel eines gewissen Babson, der behauptete, ein Krach drohe...«

»Ein Krach?« fragte Fitzpatrick lachend. »Ich persönlich bin noch nicht informiert worden. Dieser Babson ist ein fürchterlicher Aufschneider. Er lebt im finstersten Connecticut und diskutiert mit den Eichhörnchen, die ihn anscheinend mit geheimen Informationen versorgen, über die Entwicklung der Wirtschaft. Ich habe einmal aus Neugier eines der Seminare besucht, die er organisiert. Seine Zyklen-Theorie ist schon recht merkwürdig; sie besagt, daß Aufschwung und Depression sich in regelmäßigen Zyklen ablösen, so ungefähr alle dreißig Jahre... Er konnte uns allerdings nicht verraten, ob die Krise an einem Morgen oder einem Nachmittag ausbrechen würde, doch ansonsten... Madam, Sie wissen ja, wie das so läuft: Wenn man einfach so ohne Überlegung daherredet und Dinge beschwört, wird früher oder später das eintreten, was man geweissagt hat.«

»Sie meinen, daß nichts auf einen Krach hinweist?«

»Um Himmels willen, nein! Entschuldigen Sie bitte, daß ich den Himmel beschworen habe!«

An der Kreuzung zum Broadway hielt der Packard kurz, um einen Löschwagen der Feuerwehr, der sämtliche Sirenen eingeschaltet hatte, vorbeizulassen. Plötzlich erkannte sie auf dem Gehweg gegenüber Rokkefeller Junior, das *Wall Street Journal* in der Hand; er war gerade dabei, in seinen Cadillac zu steigen. Hannah wollte schon aussteigen und winken, ließ es aber dann bleiben, denn es waren inzwischen immerhin siebzehn oder achtzehn Jahre seit ihrer letzten Begegnung vergangen. Rockefeller war deutlich älter und erstaunlich selbstsicher geworden.

»Jetzt würde ich gerne zum *Plaza* fahren«, bat Hannah Fitzpatrick.

Maryan bückte sich und küßte sie auf beide Wangen. Einige Sekunden lang drückte sie ihn an ihre Brust.

›Der letzte Mann, der mir geblieben ist...‹

»Du hast dich nicht verändert«, sagte er.

»Wenn Ihr das weiter alle behauptet, werde ich es am Ende noch glauben!«

»Hannah, das stimmt, glaub mir!«

Sie erwiderte sein Lächeln. Er war gerade von Südamerika zurückgekehrt, wo er Gelder angelegt hatte. Er hatte ihr letztes Jahr, als sie von ihrer Pilgerreise nach Santa Barbara zurückgekommen und in New York kurz Station gemacht hatte, davon erzählt, doch sie hatte dem Bericht keine Aufmerksamkeit geschenkt. Sie musterte ihn: Seine Haare hatten vor fünf Jahren begonnen, langsam weiß zu werden und sich an den Schläfen zu lichten, doch das braungebrannte Gesicht ließ seine blauen Augen voll zur Geltung kommen. Er war nie wirklich schön gewesen, aber sein Alter und seine Fähigkeit, aufmerksam zuzuhören – zumindest vermittelte er diesen Eindruck –, die er mit den Jahren immer stärker entwickelte, standen ihm gut. Maryan war inzwischen zweiundfünfzig Jahre alt.

»Und wir kennen uns seit neununddreißig Jahren«, sagte sie.

Er schaute sie überrascht an.

»Maryan, ich habe laut gedacht. Ich habe irgendwo gelesen, daß dein Vermögen auf inzwischen sechzig Millionen Dollar angewachsen ist?«

»Nicht ganz soviel.«

»Neunundfünfzig Millionen und neunhunderttausend Dollar?«

Maryan begann, sein Gewicht von einem Fuß auf den anderen zu verlagern, ganz wie früher, obwohl er inzwischen ja millionenschwer war. Aber dann lächelte er:

»Vielleicht auch etwas mehr.«

»Ich vergöttere dich!«

Zur Antwort küßte er ihren Handrücken und fragte dann:

»Wie lange bleibst du?«

»Ich schiffe mich morgen auf der *Ile de France* ein.«

Sie ahnte die Frage, die er ihr stellen würde: Ob sie denn nicht noch etwas länger bleiben könne?

»Nein, Maryan, auch diesmal nicht.«

»Du wirst Lizzie um wenige Stunden verpassen. Sie wird auf mich böse sein, nicht auf dich!«

»Ich werde ihr schreiben und für dich Verbandszeug beilegen.«

Es klopfte. Ein Maître d'Hôtel, flankiert von einem Etagenkellner, brachten das Mittagessen, das sie in ihrer Suite einnehmen wollte. Es war zwölf Uhr dreißig.

Die beiden Männer verschwanden.

»Erinnerst du dich an Eddie Cantor?« fragte Maryan. »Vor zehn Jahren haben wir zusammen zu Abend gegessen. Er ist inzwischen ein Star geworden. Ich habe ihn für heute abend eingeladen.«

Wieder schüttelte sie abwehrend den Kopf. Seit acht Jahren war es für sie nun schon zu einer Art Ritual geworden, sich auf der Heimreise von Santa Barbara nach Morcote während des kurzen New-York-Aufenthaltes in ihrem Apartment einzuschließen.

Maryan spürte, daß sie gezögert hatte.

Er hakte nach.

Sie akzeptierte.

»Ich habe im *Delmonico* einen Tisch reserviert. Wir werden insgesamt zwölf sein; Jack Benny wird kommen, Al Jolson und jemand, den du nicht kennst und mit dem ich dich überraschen will.«

»Werde ich die einzige Frau sein?«

»Lizzie sollte kommen, aber...«

»Das heißt, ich werde sie vertreten.«

»Lizzie wird erst morgen in New York eintreffen; wenn alles gutgeht, gerade noch rechtzeitig, um dich zum Hafen zu bringen. Wir dachten, du kämst erst Freitag. Nein, du wirst nicht die einzige Frau sein. Fanny Brice, Sophie Tucker und einige andere werden kommen.«

»Kenn' ich nicht.«

Seit acht Jahren lebte sie von der Welt abgeschnitten.

Er schlug ihr vor, sie solle mit ihm zusammen zu Mittag essen – und nicht allein oder zusammen mit Yvonne in ihrem Hotelzimmer, doch sie lehnte ab, denn sie ahnte, daß er einen überfüllten Terminkalender mit vielen Verabredungen hatte.

Als er nach seinem Hut griff und gehen wollte, ließ sie den Namen Roger W. Babson fallen, so wie sie es zwei Stunden zuvor bei Dale Fitzpatrick gemacht hatte. Er verharrte, drehte sich um und schaute sie aufmerksam an.

Sicher nicht wegen dieses Babson; er kannte seine Hannah recht gut und spürte instinktiv, daß sich hinter dieser Frage mehr verbarg. So erklärte er.

»Hannah, nicht nur Babson spricht von einem Krach. Der Präsident des Manhattan Trust, Paul Warburg, sieht ihn ebenfalls in den kommenden Wochen oder Monaten auf uns zukommen. In Europa, in London, aber vor allem in Paris werden seit einiger Zeit massiv amerikanische Aktien verkauft, auch amerikanische Staatsanleihen. Zu Beginn des Monats hat die amerikanische Bankenvereinigung ihre Mitglieder zu etwas mehr Vorsicht bei der Kreditvergabe ermahnt, denn in ihren Augen sind in letzter Zeit viele Kredite höchst leichtsinnig vergeben worden. Selbst die Nationalbank hat öfter ihre Besorgnis ausgesprochen. Kennst du Clarence Barron?«

»Dem Namen nach.«

»Der Besitzer der Wochenzeitschrift gleichen Namens. Ihm gehören außerdem noch die *Boston News Bureau*, vor allem aber das *Wall Street Journal*. Er sprach gestern von einer Überhitzung und dem Risiko eines allgemeinen Einbruches. Ich könnte dir auch noch andere Beispiele zitieren.«

»Viele andere Beispiele?«

»Keine hundert, aber immerhin.«

Sie hob einen der silbernen Schüsseldeckel hoch und biß in eine Strohkartoffel, die als Beilage zu den Lammkoteletts gereicht wurden.

»Und wie sieht deine persönliche Meinung aus?«

Seine blauen Augen verschleierten sich, wie immer, wenn er seine Worte besonders abwog:

»Ein Krach ist nicht auszuschließen«, sagte Maryan.

»Hast du für diesen Fall vorgesorgt?«

»Bei dir habe ich gelernt, vorsichtig zu sein. Ich hole dich um sieben ab. Einverstanden?«

»Einverstanden.«

Den Nachmittag verbrachte sie in ihrer Suite im *Plaza*. Yvonne, die von der langen Bahnfahrt erschöpft war, schlief in ihrem Zimmer, während Hannah mit ihrer bei solchen Übungen gewohnten Ungeschicklichkeit strickte; diese Ungeschicklichkeit wurde durch die Hartnäckigkeit, mit der sie alles anpackte, etwas ausgeglichen. Vor ungefähr sechs Jahren hatte sie zu stricken begonnen und inzwischen laut ihren genau geführten Aufzeichnungen 12623800 Maschen angeschlagen; ihre Berechnungen waren äußerst präzis. Yvonne hatte gedroht, sie würde kündigen, erhielte sie weiterhin diese verdammten Schals im Rechts-rechts-Muster für ihre Enkel.

»Wenn Sie wenigstens einmal versuchten, etwas anderes zu stricken als diese ewigen Schals!«

»Ich kann nichts anderes stricken, das weißt du doch! Du hast immer etwas zu meckern!«

»Und Sie sind nicht einmal in der Lage, ein einfaches Rechts-links-Muster zu stricken, Sie Strickkünstlerin, Sie!«

Einmal hatte sie, nur um gegen das entsetzliche Gefühl des Todes anzukämpfen, das sie aufrieb, einen neunzehn Meter langen Schal gestrickt.

»Hannah, heute nachmittag hat sich an der Wall Street einiges ereignet.«

Sie saßen in dem Packard, der von einem schwarzen Chauffeur gesteuert wurde, und fuhren zum *Delmonico*.

Sie warf ihm einen schnellen Blick zu.

»Ohne ersichtlichen Grund«, nahm Maryan den Faden wieder auf, »hat sich plötzlich eine allgemeine Baisse eingestellt. Die Kurse gaben im Schnitt um einunddreißig Punkte nach; innerhalb von fünfzig Minuten wechselten mehr als zweieinhalb Millionen Aktien ihren Besitzer. Von allen Ländern kamen und kommen immer noch Verkaufsorders. Erst kurz vor fünf Uhr konnten die letzten Kurse amtlich festgesetzt werden, mit mehr als eineinhalb Stunden Verspätung. Die Angestellten waren der Flut der Aufträge einfach nicht Herr geworden.«

»Und wieso soll das anomal sein?«

»Hannah, das ist wirklich ein außergewöhnlicher Vorgang! Die Börse existiert nun seit einhundertfünfzig Jahren, doch so etwas war bisher noch nie vorgekommen. Wieviel hast du angelegt?«

»Sechseinhalb oder sieben Millionen Dollar, so genau weiß ich das nicht. Vielleicht sogar mehr. Ich kümmere mich nicht sehr um diese Dinge.«

»Du bist nicht mehr bei Merrill Lynch, nicht wahr?«

»Nein; ich bin jetzt bei MacHill, Drexel und ich weiß nicht wie. Maryan, werde ich mein Geld verlieren?«

»Da müßte sich die Lage noch erheblich verschlechtern. Und selbst dann verlierst du nichts, wenn du nicht gezwungen bist zu verkaufen.

Du mußt nur warten, bis der Markt wieder einigermaßen normal geworden ist, was einige Tage in Anspruch nehmen wird, vielleicht auch einige Wochen.«

»Aber es handelt sich um keinen Krach?«

»Nein, sicher nicht. Wall Street und Amerika sind solide... Darf ich dir Julius Marx vorstellen? Er mag es lieber, wenn man ihn mit Groucho anredet.«

Am darauffolgenden Donnerstag war sie im Morgengrauen aufgestanden und hatte noch vor dem Frühstück einen Spaziergang unternommen, der ungefähr eine Stunde dauerte. Der Spätsommer hatte New York noch einmal die Ehre gegeben; die Luft war lau, und trotz der frühen Stunde zeigte das Thermometer bereits achtzehn Grad. Der Himmel war leicht bedeckt, doch alles wies darauf hin, daß der Tag schön werden würde.

Sie war gerade dabei, ihre drei weichen Eier zu verschlingen und las dabei die Sportseite der *New York Times,* als Bernard Benda eintraf.

Auch er betonte, sie habe sich, was nachgerade unwahrscheinlich sei, nicht geändert. Bernard hatte ihr das gleiche bereits am Vorabend gesagt, denn auch er war im *Delmonico* gewesen, zwar an einem anderen Tisch, aber er hatte sich dann, von dem schallenden Gelächter der fröhlichen Runde angezogen, zu ihnen gesellt.

Er hatte Hannah schließlich vorgeschlagen, sie zur Wall Street mitzunehmen.

Die Börse schien ruhig zu sein.

»Es sind mehr Leute da als sonst«, bemerkte Benda.

Als Präsident Woodrow Wilson ihn vor zehn Jahren zum Vertreter der Vereinigten Staaten bei verschiedenen internationalen Nachkriegskonferenzen ernannt hatte, hatte er seinen Anteil an einem Broker-Büro und seine Firma, die sich mit Finanzberatungen abgab, verkauft.

Einige Minuten vor zehn Uhr betraten sie die New York Stock Exchange und gingen direkt in den ersten Stock; dort hatten sie einen guten Überblick über den *Floor,* wo sich das eigentliche Börsengeschehen abspielte.

Hannah konnte von ihrem Sitzplatz aus die *trans-lux* sehen, eine riesige Wand, auf der funkelnde gelbe Lampen über An- und Verkäufe sowie Besonderheiten bei den Geschäften informierten.

»Kaffee?«

»Danke, nein.«

Sie beugte sich vor, fasziniert von der Stille, die plötzlich eingetreten war. In dem Saal unter ihr arbeiteten drei- bis viertausend Männer – Makler, Pagen*, Telefonisten und Angestellte, die die Kursveränderungen registrierten.

Alle waren zu Salzsäulen erstarrt.

Sie schauten auf die große Wanduhr. Sobald deren Zeiger auf Punkt zehn Uhr standen, war die Börse eröffnet. Merkwürdigerweise fröstelte sie, als Bernard sie auf die dicken Auftragsbündel in den Händen der Makler hinwies.

Plötzlich brach die Hölle los.

* Auch Botengänger genannt, doch Pagen ist der gebräuchliche Ausdruck. Sie tragen den traditionellen blauen Anzug und befördern die Aufträge von einem Kontor zum anderen – an der New Yorker Börse gab es damals achtzehn Kontore, die nicht ringförmig, sondern U-förmig angeordnet waren – zwölf im Hauptsaal, dem *Floor*, und sechs weitere in Nebensälen – oder aber zu einem der eintausendfünfhundert Telefonisten.

Kapitel 26

Ich hoffe, daß nicht ich für diese Aufregungen verantwortlich bin

Eine Stunde später hatte buchstäblicher Wahnsinn den *Floor* erfaßt. Innerhalb der ersten dreißig Minuten waren mehr als eineinhalb Millionen Aktien verkauft worden. Hannah beobachtete, wie Kontore von verrückt gewordenen Horden nahezu umgeworfen wurden, seriöse Makler auf dem Boden krochen und ihre Papiere verzweifelt an sich preßten und andere einfach umgestoßen wurden; ihre Schreie gingen in dem allgemeinen Tumult unter. Der Parkettboden verschwand unter den Aufträgen, die von den Pagen nicht mehr weitergereicht werden konnten.

›Sie sind verrückt geworden!‹

Hannah hatte in dem ungeheuren Lärm die Namen einiger Aktiengesellschaften ausgemacht, von denen sie glaubte, Papiere in ihrem Portefeuille zu haben, ohne sich dessen allzu sicher zu sein.

Selbst die Galerie, auf der Bernard und sie sich aufhielten, war inzwischen überfüllt; die Gesichter der Männer und Frauen waren zum Zerreißen gespannt. Ganz in ihrer Nähe waren zwei Besucher ohnmächtig geworden; ein Mann sank auf die Knie, preßte seine Stirn gegen das Geländer und weinte, während sein Körper von Seufzern geschüttelt wurde. Etwas weiter von ihr entfernt hatte eine Frau, ohne sich ihres Handelns bewußt zu werden, ihre Perlenkette zerrissen; sie hatte sich nicht einmal gebückt, um die Perlen aufzuheben, sondern starrte weiter gebannt auf die Anzeigetafel...

»Bernard, bitte, laß uns gehen.«

Er nickte, sichtlich bedauernd. Von den Ereignissen völlig in den Bann gezogen, schüttelte er ungläubig den Kopf.

Sie brauchten zwanzig Minuten, um die fünfzehn Meter zurückzulegen, die sie von dem einzigen Galerieeingang trennten.

›Bricht hier ein Feuer aus, kommt keiner mit dem Leben davon!‹

Zwei Sicherheitsbeamte, die Bernard Benda erkannten, nahmen Hannah in ihre Mitte und schützten sie vor der menschlichen Brandung; als es besonders schlimm wurde, nahmen sie Hannah einfach hoch, so daß sie in dem zum Ausgang führenden Gang den Boden nicht mehr berührte.

Endlich konnten sie wieder etwas Luft schnappen: Sie befanden sich in der Nähe der Empfangsräume, in denen die *brokers* normalerweise ihre besten Kunden empfingen. Zu diesem Zeitpunkt allerdings standen hier viele Menschen dicht an dicht gedrängt und beobachteten die Entwicklung der Kurse auf den Anzeigetafeln, die direkt mit der Haupttafel im *Floor* verbunden waren.

»Es wird immer schlimmer«, meinte Benda.

Bernard war sehr blaß geworden; hinter seinem feinen Lorgnon hatte er seine Lider fast völlig zusammengekniffen, so daß man seine intelligenten Augen kaum noch sehen konnte.

»Hannah, möchten Sie dem Schauspiel weiterhin beiwohnen?«

›Er möchte, daß ich ja sage; er will unbedingt noch bleiben. Der Wahnsinn ist anscheinend ansteckend!‹

Doch sie hatte das Gefühl, in der Menge zu ersticken; zudem sah sie nichts, da sie weit und breit die Kleinste war.

Er konnte ihre Antwort nicht verstehen und mußte sich zu ihr beugen, so daß sie ihm ins Ohr brüllen konnte:

»Ich fahre ins Hotel zurück, Bernard. Rufen Sie mir bitte ein Taxi. Sie brauchen mich nicht zu begleiten.«

Ein Makler kam vorbei, hemdsärmelig, ohne Krawatte, einen dicken Stapel Papiere an seine Brust drückend. Verstört rief er Hannah als Zeugin an:

»Es sind ungefähr zweitausend Telefonisten da; man hat ihre Zahl erhöht, und trotzdem kann ich nicht einmal mit meinem Büro telefonieren!«

Er rannte davon, völlig verstört, und wurde einige Meter weiter von anderen Männern angerempelt, die ihm entgegenkamen. Vor Schreck ließ er seine so wertvollen Papiere fallen. Etwas weiter entfernt gingen einem jungen Pagen die Nerven durch:

»Die Bären fressen die Börse auf!«

Endlich hatten sich Bernard und Hannah bis ins Freie durchgekämpft:

»Welche Bären?« fragte sie.

»Spekulanten, die konstant auf Baisse setzen, werden Bären genannt. Die auf Hausse Spekulierenden heißen Bullen.«*

Sie hatten den Gehsteig erreicht.

»So etwas habe ich noch nie erlebt«, sagte Bernard. »Noch nie.«

Seine Hände zitterten.

»Hannah, Sie sprachen vom Krach. Jetzt haben Sie ihn persönlich erlebt. O mein Gott!«

Endlich hatte er ein Taxi für sie aufgetrieben. Hannah hatte immer noch vor, sich auf der *Ile de France* einzuschiffen. Sie sah keinen

* *Bears market* (Bärenmarkt) = fallende Börsentendenz; *Bulls market* (Stiermarkt) = steigende Börsentendenz.

Grund, ihren Aufenthalt in New York zu verlängern, und dachte nicht einmal daran. Zumindest nicht bewußt.

– Lizzie, ich weiß nicht, wann ich auf die Idee gekommen bin. Wahrscheinlich rumorte sie schon lange in mir. Als ich im New York Herald *Babsons Artikel las? (So neu war der Artikel für mich nun auch wieder nicht!) Als ich Dale Fitzpatrick oder anschließend Maryan die betreffenden Fragen stellte? Ich kann es wirklich nicht sagen, doch als ich mir der Idee bewußt geworden war, da...*

»Bitte halten Sie.«

Das von Bernard Benda aufgetriebene Taxi hatte noch nicht einmal hundert Meter in der Nassau Street zurückgelegt. Der Chauffeur drehte sich um und schaute sie verwundert an; er mußte schreien, um den von der Straße hereindringenden Lärm zu übertönen:

»Was wollen Sie denn nun, meine Liebe?«

»Aussteigen. Ich habe es mir anders überlegt.«

Die Straßen im Viertel waren völlig blockiert; viele Taxis, aber auch viele Luxusschlitten mit Chauffeuren versperrten den Weg. Später erfuhr sie, daß viele *Broker*-Kunden, die im Radio von der Baisse gehört hatten und völlig verschreckt waren, zuerst versuchten, ihre Händler per Telefon zu erreichen, und dann, als sie einfach nicht durchkamen, zur Börse fuhren, in der Hoffnung zu retten, was zu retten war:

»Verkaufen! Alles verkaufen!«

Während in der Nord-Süd-Richtung Manhattan praktisch blockiert war, kam es auch aufgrund dieser Panikverkäufe beinahe zu einem Aufstand. Ein weiterer, wichtiger Grund: Zehntausende New Yorker und Millionen Amerikaner hatten sich – von der Börse fasziniert, die seit ewiger Zeit stieg und stieg – zu gewaltigen Spekulationen hinreißen lassen, von Banken und *Broker* unterstützt. Die meisten Kunden hatten Verträge auf längere Zeit abgeschlossen und nur zehn, fünfzehn oder höchstens zwanzig Prozent – oder auch weniger und in manchen Fällen sogar nichts – der Summen anbezahlt. Die Flut, die Wall Street in den Abgrund zu reißen drohte, hatte die Börsenagenten veranlaßt, ihren Kunden sogenannte *margin calls* zuzustellen, Aufforderungen, die restlichen Summen unmittelbar zu bezahlen. Manchmal ließen die Agenten ihren Kunden gerade eine Stunde Zeit.

Ein Teil der Spekulanten verkaufte Werte, die noch nicht in den Strudel geraten waren, um mit dem Erlös die *margin calls* zu befriedigen.

Auf diese Weise blieb keine Aktie von der Baisse verschont; selbst die *blue chips*, die bis dahin als nahezu absolut sicher angesehen worden waren, gerieten ins Wanken.

Hannah hatte 1901 dieses Phänomen bereits beobachten können, als sie gegen A. B. C. Dwyer in den Krieg gezogen war, doch diesmal konnte nichts und niemand die höllische Maschinerie aufhalten...

Unter den Menschen, die sich beinahe schlugen, um bis zur Wall Street und den Maklerbüros vorzudringen, befanden sich viele, die ihr letztes Bargeld lockergemacht hatten, um die von ihnen unterschriebenen Verträge zu erfüllen. Anderen wiederum blieb nicht einmal mehr dieser Ausweg: Sie waren gezwungen, Schmuck und Immobilien überstürzt zu verkaufen... doch für viele kam jede Hilfe zu spät. Bernard Benda lernte einen Mann kennen, der nahe an der kanadischen Grenze im Bundesstaat New York wohnte und verzweifelt versuchte, seinen Makler telefonisch zu erreichen. Endlich gab er es auf und stürzte sich in seinen Cadillac. Nach vierzig Stunden Fahrt, die nur durch Reifen- und sonstige Pannen unterbrochen worden war, kam er in New York an, um zu erfahren, daß am Tag zuvor seine Frist abgelaufen und er ruiniert war.

Es war inzwischen zehn Minuten vor zwölf Uhr. Hannah versuchte, zur *Stock Exchange* zurückzukehren, traute sich aber nicht so recht, aus Angst, von der aufgeregten Masse erdrückt oder umgestoßen zu werden. Ungefähr sechzig Meter von ihr entfernt entdeckte sie plötzlich das so charakteristische Gesicht ihres alten Freundes Winnie Churchill – der sich rein zufällig in New York aufhielt, um einige Vorträge zu halten, wie sie später erfuhr. Sie versuchte, seine Aufmerksamkeit auf sich zu lenken, doch sie war zu klein. Er verschwand in der Börse, und Hannah verlor ihn aus den Augen.

Als ein Trupp Polizei auf der Suche nach einem kommunistischen Aufruhr, der von einem Fantasiebegabten gemeldet worden war, eintraf, gelang es Hannah, in die New Street vorzudringen.

Endlich hörte sie jemand hinter sich ihren Vornamen rufen: Dale Fitzpatrick hatte beobachtet, wie sie ihr Taxi verlassen hatte, und kämpfte, so laut schreiend wie er nur konnte, seit einer Viertelstunde gegen die Menschenmassen, um zu ihr zu gelangen; er war völlig außer Atem. Er hob sie hoch und zog sich mit ihr in eine Toreinfahrt zurück; nur so konnten sie dem Druck der Menge entkommen, die vor neuen, diesmal berittenen Polizeieinheiten zurückwich.

»Entschuldigen Sie bitte, daß ich Sie einfach mit Ihrem Vornamen angeredet habe.«

»Ich weiß nicht, ob es der rechte Moment ist, Höflichkeitsfloskeln auszutauschen. Können Sie mir einen Weg bahnen?«

»Bis nach Florida, falls dies notwendig ist, Madam. Wo wollen Sie denn hin?«

»Nennen Sie mich Hannah wie alle. Zum Büro der MacHill, Drexel und Ich-weiß-nicht-wie am Broadway. Wenn es Ihnen nichts ausmacht, hätte ich gerne wieder Boden unter den Füßen.«

»Entschuldigen Sie bitte; es tut mir furchtbar leid...« sagte er und sah aus, als ob es ihm wirklich furchtbar leid täte.

Er stellte sie wieder auf den Boden.

Fitzpatrick hatte schöne blaue Augen und war, was in diesen Zeiten nicht unpraktisch war, wohl an die zwei Meter groß und einhundertzwanzig Kilo schwer. Sie stellte sich hinter ihn und packte ihn an den Hüften; während er sich einen Weg durch die Gaffer und die bestürzten Börsianer bahnte, hatte sie nichts anderes zu tun, als ihm dicht auf den Fersen zu folgen.

Sie bogen rechts zum Broadway ab; hier war die Menschenmenge nicht mehr ganz so dicht.

»Danke, Dale. Ich nehme an, daß Sie an einem Tag wie heute entsetzlich viel zu tun haben.«

Er schüttelte energisch den Kopf:

»Maryan wird mich standrechtlich erschießen, wenn ich Sie allein lasse. Oder, schlimmer noch, auf der Stelle hinauswerfen. Ich werde bei Ihnen bleiben.«

Hannah war recht froh, einen Mann bei sich zu haben...

Sie überquerten den Broadway. Bei MacHill, Drexel und Smith drängten sich die Menschen in den Korridoren; in den einzelnen Zimmern hielten sich mindestens dreißig Personen auf. Die Telefone läuteten ununterbrochen; Angestellte und Hilfskräfte teilten sich zu dritt einen Schreibtisch, um fieberhaft die Transaktionen, die von den Telefonisten und Botengängern gemeldet worden waren, in ihren Büchern festzuhalten.

Im Büro von Vince MacHill war es im Vergleich zu den übrigen Räumen himmlisch ruhig.

»Hinaus!« sagte der Firmeninhaber, ein kleiner, kahler Mann, dessen Lorgnon mit einer feinen Goldkette an der Weste festgemacht waren, als er Dale Fitzpatrick erblickte.

Dann erst entdeckte er Hannah und sprang von seinem Sessel hoch.

»Madam Newman! Ich wußte nicht, daß Sie in New York sind!«

Sie lächelte ihn an:

»Ich hoffe, daß nicht ich für diese Aufregungen verantwortlich bin.«

Sie setzte sich und überprüfte den Sitz ihres Elsa-Schiaparelli-Hutes, der während der letzten Minuten einiges mitgemacht hatte.

»Ich bin wegen der Aktien der *Hannah Incorporated* gekommen.«

Die Firma, die vor zehn Jahren von Stahlman und Javitts gegründet worden war, nachdem sie Hannah den amerikanischen Teil ihres Imperiums abgekauft hatten, hieß vollständig und korrekt *Hannah Cosmetics & Perfumes Incorporated*.

MacHill schloß seinen Mund wieder, den er erstaunt hatte offenstehen lassen. Er nahm sein Lorgnon ab und legte endlich den Telefonhörer auf, ohne sich um seinen Gesprächspartner am anderen Ende der Leitung zu kümmern, und schob den Apparat zurück:

»Der Himmel sei gelobt«, sagte er, »Sie kommen wirklich nicht, um zu verkaufen?«

»Ich komme, um zu kaufen. Lassen Sie mein derzeitiges Portefeuille unverändert; das interessiert mich im Augenblick nicht. Ich möchte kaufen, aber nicht sofort. Sind die Aktien der *Hannah Incorporated* ebenfalls von der Baisse betroffen?«

Woher sollte er das wissen? Er hatte bisher an diesen Aktien kein spezielles Interesse gehabt.

Sie stimmte zu, als ob er genau die Antwort gegeben hätte, die sie erwartet hatte.

»Nach meinen letzten Informationen«, fuhr sie fort, »belief sich ihr Kurs heute morgen vor Börsenbeginn auf 158¼ Dollar. Ich glaube zu wissen, das heißt, das ist natürlich nur eine Redensart, ich weiß bestimmt, daß die Gesellschaft insgesamt 226 221 Aktien ausgegeben hat, der Gesamtwert folglich 35 797 890 Dollar beträgt. Diese Aktien möchte ich kaufen. Vielleicht nicht alle, aber doch achtzig bis neunzig Prozent.«

Sie lächelte Dale Fitzpatrick zu:

»Ich rechne nicht so schnell wie Maryan Kaden, aber ganz unbegabt bin ich nicht. Dale, Ihre Krawatte sitzt schief.«

»Mister MacHill, ich möchte meine Gesellschaft zurückkaufen. Natürlich nicht zu diesem Preis, der völlig lächerlich ist und für sich allein schon erklärt, warum ihre kleine Börse gerade explodiert. Wenn die Aktien der anderen Gesellschaften genauso überbewertet sind, so daß man ihren Kurs ebenso als irreal bezeichnen muß, dann brauchen Sie nicht lange nach einer Erklärung für den Krach zu suchen... *Bitte lassen Sie mich ausreden!*... Vielen Dank, Mister MacHill.« Sie lächelte ihn an. »Ich werde meine Gesellschaft nur dann zurückkaufen, wenn der Kurs um mindestens die Hälfte sinkt, sagen wir, auf achtzig Dollar. Ich wünsche weder einen Krach noch einen Zusammenbruch der amerikanischen oder gar der Weltwirtschaft, doch wenn dies eintreten sollte, dann bin ich diesmal wirklich nicht daran schuld, und ich weiß nicht, warum ich nicht davon profitieren soll. Achtzig Dollar, Mister MacHill. Ich autorisiere Sie, die Aktien auch billiger zu kaufen. Ich zahle bar. Ich hasse Finanzjonglierereien wie Terminverträge oder Depots oder andere Merkwürdigkeiten. Ich möchte die Aktien wirklich besitzen, das heißt, Sie müssen sie mir liefern.«

– Lizzie, ich schwöre dir, als ich in MacHills Büro auftauchte, hatte ich nicht die geringste Ahnung, was ich ihm sagen würde. Hör auf, so blöd zu lachen! Ich

lüge nicht, ich wußte wirklich nicht, wie ich die Sache anpacken soll, ich habe einfach improvisiert. Der liebe Dale zu meiner Linken bekam Augen so groß wie Dessertteller; ich habe mich königlich amüsiert! Gut, ich gebe ja zu, daß ich die vier, fünf vorhergegangenen Jahre die Entwicklung meiner Gesellschaft täglich verfolgt habe. Ich hatte zum falschen Zeitpunkt verkauft, zu früh; wir befanden uns schon im Jahre 1919 und trotzdem noch im 19. Jahrhundert. Nein, ich bin nicht verrückt. Wenn man das Jahrhundert wechselt, kommt es nicht so sehr darauf an, daß man sich anders kleidet, die Pferdekutschen gegen Automobile eintauscht, mit Flugzeugen fliegt, Radio und Fernsehen zur Verfügung hat und was weiß ich noch alles; wichtig ist, was im Kopf der Menschen und im eigenen Kopf vorgeht. Das sieht man nicht so leicht, aber das ist entscheidend. In den Monaten nach dem Verkauf meiner Unternehmen hat sich die Welt verändert. Millionen Männer waren in den Krieg gezogen und von den Frauen ersetzt worden. Verständlich, daß die Frauen da aufgewacht waren. Das 20. Jahrhundert, in dem ich bereits seit dreißig Jahren lebte, hatte endlich allgemein begonnen. Vor 1914 hatte ich die größte Schwierigkeit, die Frauen dazu zu bewegen, sich meine Cremes ins Gesicht zu schmieren; nach 1919 verstand sich das beinahe von selbst, sie wollten sich von sich aus emanzipieren. Ich hatte zu früh verkauft...

Als ich bei MacHill auftauchte, wußte ich so ungefähr, aus welchem Grund ich kam, aber nicht, wie ich mein Ziel erreichen würde und ob ich überhaupt etwas unternehme... Der von mir angegebene Kurs von achtzig Dollar? Ich hatte heimlich mit Hilfe meiner Finger gerechnet und Dale abgelenkt, indem ich ihn auf seine schlecht sitzende Krawatte hinwies, die übrigens ausgezeichnet saß. Als ich dann den Preis angab, zu dem ich kaufen wollte, kam ich mir saudumm vor, denn ich hatte nie im Leben daran gedacht, daß ich die Aktien wirklich zu achtzig Dollar das Stück kaufen könne.

Ich wußte nicht einmal, ob ich den Kauf finanzieren konnte. Willst du die Wahrheit wissen? Ich rechnete immer noch damit, am gleichen Abend die Ile de France *zu nehmen. Jetzt weißt du alles.*

Was aber diesen Schuft angeht, diesen Herrn mit dem alphabetischen Namen, A. B. C Dwyer, da hatte ich schon seit langem meine kleine Idee ausgekocht...

Seit achtundzwanzig Jahren, vier Monaten und dreizehn Tagen wartete ich...

»Dale, darf ich Sie um einen kleinen Gefallen bitten?«

»Bereits ausgeführt!«

Er lächelte breit und fröhlich.

›Er sieht aus wie ein großer, braver, sehr lieber Hund, der darauf wartet, daß man ihm einen Stock wirft, damit er ihn suchen kann.‹

»Könnten Sie mir alles zusammenstellen, was Sie über einen gewissen Andrew Barton Cole Dwyer herausfinden?«

»Komisch, ABCD...«

»Das ist mir auch schon aufgefallen. Ich möchte wissen, ob er noch lebt, ob er noch geschäftlich tätig ist, und wenn ja, in welcher Branche, ob er Partner hat, verheiratet ist, wenn ja, mit wem, seine Vermögenslage, auch eine eventuelle Streuung seines Vermögens, ob er eine Leiche im Schrank hat, das heißt, ob er sich in jüngster oder auch älterer Vergangenheit unsaubere Machenschaften erlaubt hat...«

»Und er darf natürlich nicht wissen, daß man Informationen über ihn sammelt...«

»Darf man nicht.«

»Hannah, ich bin kein Detektiv.«

»Ich bitte Sie ja auch nicht, selbst tätig zu werden. Engagieren Sie die Leute, die Sie brauchen. Geld spielt keine Rolle.«

»Ich brauche einen Anhaltspunkt.«

»Meine jüngsten Informationen stammen aus dem Jahre 1921, Juni, um genau zu sein. Damals hatte er zum zweiten Mal geheiratet – ich nehme an, daß er sich von seiner ersten Frau hatte scheiden lassen – und wohnte in der Achtundachtzigsten Straße Ost, im Haus 73. Er leitete eine Gesellschaft namens Crane Railway Consolidated und war Mitglied des Eisenbahnclubs, dessen Adresse Sie wohl mühelos herausfinden. Er besaß ein Landhaus in einem Nest namens Wiscasset.«

»Alles notiert. Hannah? Ist Maryan über diese... Gefälligkeit, die Sie von mir erbeten, auf dem laufenden?«

»Ist er. Sie können mit ihm darüber sprechen. Aber nur mit ihm.«

»Um so besser. Ich hätte ungern Geheimnisse vor Maryan, sobald es um Sie geht. Gehört dieser A. B. C Dwyer zu Ihren Freunden?«

»Nicht wirklich.«

Sie schüttelte den Kopf und wiederholte, selbst erstaunt, daß nach so vielen Jahren ihr Haß immer noch so intensiv glühte:

»Nicht wirklich.«

Sie verließen das Büro der MacHill, Drexel und Smith und gingen zur Wall Street, in der es schlimmer zuging als zuvor. Der Verkehr war vollständig zum Erliegen gekommen; Hupen gellten, Menschen schrien verzweifelt, und die Auspuffgase formten einen bläulichen Nebel. Tausende hielten sich in den Straßen auf, Banken und Finanziers wurden verflucht. Vor den bronzenen Pforten der Dreifaltigkeitskirche hatte sich ein hagerer Mann auf eine Kiste gestellt und predigte, nur eine schwarze, ärmellose Weste tragend, mit den kräftigen, knochigen Händen in der Luft herumwirbelnd und mit seinen tiefliegenden, schwarzen Augen die Menge furchterregend musternd, mit dröhnender Stimme über das Ende des Babylon-am-Hudson und über Gottes Zorn, der das goldene Kalb des Satans in unmittelbarer Zukunft in seinem Zorn zerstören werde.

»Heiliges Jesuskind«, meinte Fitzpatrick, »das Ende der Welt wird uns im Vergleich fad vorkommen... Hannah, entschuldigen Sie bitte, daß ich geflucht habe.«

»Fluchen ist eine gottverdammt schlechte Angewohnheit!« meinte sie.

Zwei Krankenwagen bahnten sich mühsam einen Weg und waren gezwungen, dicht an den Häusern auf den Gehwegen zu fahren. In unmittelbarer Umgebung von Hannah und Fitzpatrick sprach jemand von siebzehn Selbstmorden.

»Schauen Sie, dort!« sagte Dale. Er beugte sich so weit wie möglich zurück und deutete mit dem Zeigefinger nach oben. Hannah entdeckte hoch oben am Himmel, vielleicht in der dreißigsten Etage, einen Mann, der sich gefährlich weit vorbeugte.

»Der springt!« kreischte eine Frau. »Noch ein Bankier, der sich umbringt!«

Der Mann sprang tatsächlich. Die Menge machte ihm Platz und bildete den obligaten Kreis, so daß er keine Mühe hatte, sich seinen Schädel auf dem Gehsteig zu zertrümmern.

Worauf einer der Arbeiter, die in hundert Meter Höhe das Dach des gegenüberliegenden Gebäudes reparierten, sich kurz mit dem Zeigefinger an die Stirn tippte und dann weiterarbeitete.

Gegen dreizehn Uhr waren sie an dem Wolkenkratzer aus Stahl und Glas der U. S. Steel (226 Meter hoch) angekommen.

»Wir könnten das Gebäude betreten und auf der anderen Seite wieder verlassen«, schlug er vor. »Dort haben wir sicher eine größere Chance, ein Taxi zu finden.«

»Gut.«

Er lachte: »Ich bin immerhin Aktionär dieser Firma.«

In der Halle des riesigen Gebäudes stießen sie als erstes auf Bernard Benda; Benda hatte mit Winston Churchill gesprochen, der inzwischen die Börse verlassen hatte, vor allem aber mit Richard Whitney, von dem jeder wußte oder annahm oder zumindest hoffte, daß er in engster Verbindung mit John Pierpont Morgan stand, der grauen, übermächtigen Eminenz. (Behauptete man nicht, daß er mehr oder weniger diskret fünfundsiebzig *Milliarden* Dollar kontrollierte?)

»Hannah, Whitney hat gekauft. Für fünfzig Millionen U. S. Steel bei zweihundertfünf, dann Westinghouse, American Can und General Electric. Ein neuer Schock, diesmal allerdings ein positiver. Die fallende Tendenz ist zumindest für den Augenblick gestoppt.«

»Für den Augenblick?« fragte Hannah.

Und dachte:

›Diese Blödlinge werden doch nicht jetzt schon aufhören!‹

»Wenn Morgan wirklich kauft, dann ist die Lage nicht so düster, meint alle Welt. Es ist wieder relativ ruhig geworden.«

Zeitungsjungen gingen am Eingang des Hochhauses vorbei und schrieen sich die Lungen aus dem Leib; in riesigen Lettern verkündeten alle Zeitungen einstimmig den Krach.

»Bernard, für den Augenblick?« wiederholte Hannah ihre Frage.

»Ich gehe davon aus, daß Morgan annimmt, er könne im Moment auf günstige Weise sein Portefeuille vergrößern. Um euch die Wahrheit zu gestehen: Ich war selbst auf diesen Gedanken gekommen. Bin ich nicht durchtrieben?«

»Für den Augenblick?«

»Für den Augenblick, Hannah. Zwei Stunden lang hatte der *Floor* völlig durchgedreht; die Börsianer hatten völlig den Verstand verloren, das hätte ich nie für möglich gehalten. Ich glaube, in ihrem Zustand hätten die *Broker* den Indianern Manhattan für vierundzwanzig Dollar wieder zurückgegeben, und vielleicht sogar für weniger.«

»Die Baisse ist nur momentan aufgehalten worden?« beharrte Hannah.

»Ich bin mir sicher. Es handelt sich um einen wirklichen Krach. Alles wird zusammenbrechen. Im Vergleich zu dem, was noch kommt, haben wir noch nichts erlebt. Nun, das ist meine Meinung...«

Andere Zeitungsjungen kamen vorbei; manche Spezialausgaben umfaßten nur ein beidseitig bedrucktes Blatt, auf denen ein vager Artikel die Apokalypse beschwor, während man sich ansonsten auf die neueste Kursentwicklung beschränkte, die von den Reportern des *Floor* unter Einsatz aller möglichen Hilfsmittel durchgegeben worden war – eine ungeheure Leistung, vor allem, wenn man bedenkt, daß die meisten Angaben richtig waren, obwohl die offiziellen Kursnotierungen erst acht Stunden später festgesetzt wurden.

Endlich fand Hannah einen Hinweis auf die *Hannah Incorporated.* Der Kurs war von 158,25 auf 112,50 gefallen.

›Hannah, drück die Daumen! Wenn das so weitergeht!‹

»Du gehst mir wirklich auf die Nerven!« wurde sie von Lizzie begrüßt. »Wie machst du es nur, daß du dich nie änderst?«

»Ich esse Karotten. Wie geht es Abie?«

»Ausgezeichnet. Ich glaube, es wird möglich sein, daß sie dich Weihnachten besucht.«

»Wir werden das noch bereden. Wie geht es deinen Kindern und Enkelkindern?«

Lizzie holte tief Luft:

»James und seine Frau haben die Zahl ihrer Kinder inzwischen auf vier erhöht; sie leben immer noch in Rio und sind immer noch nicht von den Kannibalen aufgefressen worden. Doug lebt mit seiner Shirley in Australien; sie haben letzten April geheiratet und erwarten im Februar oder März ihr erstes Kind. Colleen lebt weiterhin in Boston und hat gerade ihre dritte Tochter bekommen. Mark wird sich im kommenden Monat mit einer gewissen Linsa Kinkaird aus Philadelphia verloben, noch eine Bankierstochter, und das ausgerechnet während des Krachs! Ich werde diesem Milieu wohl nie entkommen. Kate ist zur Zeit auf der Universität und will allein nach Italien reisen, Maryan ist fuchsteufelswild, wird aber, wie üblich, zustimmen, und ich werde mir die ganze Zeit über entsetzliche Sorgen um die Jungfräulichkeit meiner Tochter machen müssen. Die Zwillinge Patrick und Melanie halten sich gerade in Europa auf, wo sie Orgien mit Gänseleberpasteten feiern, die ein gewisser Louis ihnen liefert, der nicht einmal Franzose, sondern Schweizer ist. Sandy möchte sich verloben, aber wir glauben, daß sie angesichts ihrer sechzehneinhalb Jahre sich besser um ihre Noten in Geschichte und Französisch kümmern sollte. Rod hat meinen erst wenige Wochen alten Cadillac zusammengefahren und dabei so ganz nebenbei einen Blumenladen auf die Hörner genommen. Jeremy hat Mumps und Marion Röteln, beide müssen das Bett hüten. Das wär's. Nichts Aufregendes. Der Alltag eben. Sag mal, sind das wirklich deine Brüste, die so nach oben zeigen, oder stützt du sie mit Aluminiumtrichtern?«

»Ich kann mich ja ausziehen, wenn du willst.«

»Sie hängen immer noch nicht?«

»Heute morgen auf alle Fälle noch nicht.«

»Du widerst mich an. Von wem stammt dieses Kostüm?«

»Schiaparelli.«

»Wenn ich das über meinen Hintern und meinen Butterberg ziehen würde, sähe ich wie das Luftschiff *Graf Zeppelin* aus. Heiratest du Dale Fitzpatrick?«

»Sag mal, bist du jetzt endgültig übergeschnappt? Er könnte mein Sohn sein!«

»Er ist es aber nicht, dafür aber siebenundvierzig Jahre alt. Da hättest du schon verteufelt frühreif sein müssen! Er ist Witwer, und du bist auf dem Holzweg, wenn du ihn für einen Assistenten Maryans hältst. Die beiden haben einige Geschäfte gemeinsam abgewickelt, frag mich bloß nicht, auf welchem Gebiet. Er ist nicht reich, hat aber doch eine oder zwei kleine Millionen zur Verfügung. Ich habe euch beobachtet, als ihr ankamt: Ein Grizzlybär aus den Rocky Mountains, der einen Honigtopf gefunden hat und diesen vorsichtig nach Hause trägt, wobei er sich fragt, wie er den verdammten Deckel aufmachen soll. Er ist in dich verliebt. Einer mehr. Ich frage mich, was die Männer nur an dir finden!«

»Lizzie?«

Schweigen.

»Erzähl mir von Abigail.«

»Ich hab' dir doch schon gesagt, daß es ihr ausgezeichnet geht.«

»Vielen Dank, daß du so lakonisch bist.«

»Du hast sie schließlich im August gesehen, als ich mit ihr nach Morcote kam. Was soll ich dir sonst sagen? Sie ist immer noch so ausgeglichen wie früher, ein Kind, das wirklich keine Scherereien macht. Eine gute Schülerin. Abigail wird nicht sehr groß werden und eher dir gleichen, was die Länge anbelangt. Vor drei Wochen hat sie uns ein ganz klein wenig Sorgen gemacht; sie pflegte mit einem Jungen, der mir dann doch etwas zu ungeniert war, näheren Umgang, aber sie hat ihn von sich aus sitzenlassen. Man bringt sie nicht so leicht um ihren Verstand. Und als sie von...« Lizzie hörte mitten im Satz auf.

Hannah stellte ihre Teetasse ab. »Sprich weiter.«

»Gut, warum eigentlich nicht. Sie hat ihren Bruder in Montreal besucht.«

»Welchen?«

»Adam.«

»Ich wußte nicht, daß er inzwischen in Kanada lebt«, bemerkte Hannah mit ruhiger, aber doch gedämpfter Stimme.

»Er baut dort Häuser. Ich kann dir nicht sehr viel erzählen, weil ich selbst kaum etwas weiß.«

»Lüg mich nicht an, Lizzie.«

»Willst du wirklich, daß ich über Adam spreche?«

›Hannah, halt den Mund, du wirst wieder einmal wochenlang darunter leiden!‹

»Ja«, sagte sie. »Er hat mit seiner Frau einige Tage bei uns in Los Angeles verbracht.«

»War das das erste Mal?«

»Nein.«

»Lizzie, ich mag es nicht so gern, wenn ich dir jedes Wort einzeln aus dem Mund ziehen muß.«

»Gut. Sie haben uns vor zwei Jahren schon einmal besucht. Und Maryan war öfter bei ihnen in Montreal.«

»Adams Kinder?«

»Sie haben drei, Jacqueline und er. Der zweite Sohn kam vor zwei Jahren auf die Welt... Hannah, ich weiß wirklich nicht, was ich dir sagen soll!«

»Erzähl mir von meinem Sohn, das ist alles.«

»Ich weiß nicht, was du schon weißt.«

»Das ist ganz einfach: Ich weiß überhaupt nichts.«

›Verfließ bloß nicht vor Selbstmitleid!‹

»Adam hat sein Architekturstudium abgeschlossen und hat ein Jahr in Europa verbracht. Vor drei Jahren kam er zurück. Er hat dann Jacqueline geheiratet. Sie hatten bereits ein kleines Mädchen, Marianne...«

»Er war noch sehr jung, als er geheiratet hat und Kinder bekam!«

»Weißt du, diese Französin ist wirklich eine hinreißende junge Frau. Nach seiner Rückkehr arbeitete er in einem Chicagoer Architekturbüro. Seit achtzehn Monaten verdient er so viel, daß er... Maryans Unterstützung nicht mehr braucht.«

»Er hat... über mich war er wohl nie auf dem laufenden?«

»Bezüglich des Geldes? Ich weiß nicht. Auf alle Fälle hat er nie Fragen gestellt.«

›Jonathan hat es getan‹, überlegte Hannah verzweifelt. ›Er hat es hundertprozentig getan und Maryan sowie Lizzie verboten, ihm Geld zuzustecken, aus Angst, es stamme von mir.‹

Beinahe wütend sagte sie: »Was macht Jonathan?«

»Seit drei Jahren, seit er nach Polen gefahren ist, haben wir ihn nicht mehr gesehen. Im Januar hat er uns geschrieben, nicht ausführlich, nur um uns ein gutes Jahr zu wünschen und uns mitzuteilen, es ginge ihm gut. Der Brief kam aus Rom. Wir wissen nicht, wo er sich im Augenblick aufhält. Hannah, ich warne dich, ich habe ein wenig Lust zu heulen...«

»Schneuz dich.«

In diesem Augenblick tauchte Maryan im Restaurant des *Plaza* auf, dessen viele Gäste nur ein Thema kannten: die Ereignisse an der Wall Street. Bevor er Hannah die Wange und Lizzie die Hand küßte, war sein Blick zwischen den beiden Frauen hin und her gewandert.

»Alles bricht zusammen«, sagte er.

»Werden wir genauso ruiniert sein wie die Verrückten hier, die sich alle damit brüsten?«

»Erst in zwei, drei Jahrhunderten.«

Dabei hatte er seine blauen Augen nicht von Hannah gewandt.

»Willst du dich immer noch heute abend einschiffen?«

– Lizzie, seit dem Augenblick, in dem ich schwarz auf weiß gesehen hatte, daß die Aktien der Hannah Incorporated *innerhalb von zwei Stunden von über 158 auf 112 gesunken waren, spürte ich, daß ich mich entscheiden mußte und würde; aber erst, als ich mit Maryan und dir im Restaurant saß, wurde mir bewußt, daß die Entscheidung bereits gefallen war.*

»Nein«, antwortete sie. »Ich glaube, ich werde noch eine Weile in New York bleiben. Ich habe ganz den Eindruck, als ob ich an Katastrophen Geschmack fände.«

Kapitel 27

Darf ich Ihre Küche benützen?

Zwei Männer, Partner der gleichen Gesellschaft, baten im Hotel *Ritz* um ein Zimmer in der obersten Etage, steckten dem Liftboy tausend Dollar Trinkgeld zu und stürzten sich Hand in Hand aus dem Fenster.

Ein anderes Opfer des Krachs übergoß sich in der Garage seines prächtigen Besitzes in New Jersey mit Benzin und zündete sich an. Andere wählten klassischere Mittel und schossen sich eine Kugel in den Kopf.

– *Lizzie, Männer sind kleine, zerbrechliche Wesen. Nicht nur bei der menschlichen, sondern bei allen Gattungen. An dem Tag, an dem die Frauen so einfältig werden wie die Männer, sind sie ihnen wirklich ebenbürtig. Doch ich glaube nicht, daß das so schnell passieren wird...*

Innerhalb von fünf Stunden hatten neunzehn Millionen Aktien den Besitzer gewechselt, und Fachleute gingen davon aus, daß fünfzig bis sechzig Prozent der kleinen Spekulanten zwischen der Ost- und der Westküste Amerikas ruiniert waren und sich acht bis zehn Milliarden Dollar in Rauch aufgelöst hatten. Zum erstenmal in der rund einhundertfünfzigjährigen Geschichte der New Yorker Börse mußte das Reinigungspersonal, das jeden Tag um fünfzehn Uhr nach Schließung der Börse eintraf, um den *Floor* auszufegen und zu wischen, unverrichteterdinge nach Hause gehen. Mehr als tausend Makler und Angestellte kämpften sich verzweifelt durch eine zum Teil fünfzig Zentimeter dicke Schicht von Ankaufs- und Verkaufsaufträgen, die noch nicht festgehalten worden waren; diese Arbeit sollte erst Freitag früh ihrem Ende entgegengehen. Einige Aufträge waren verlorengegangen: Manche waren verzweifelt in Papierkörbe geworfen und zerrissen worden, andere buchstäblich vom Wind verweht oder an den Absätzen haftend sonstwie verschleppt worden. Ein Heer von Rechtsanwälten hatte monatelang zu tun, um einigermaßen Ordnung zu schaffen.

Die Umsätze waren fünfzigmal höher gewesen als an einem normalen Tag.

»Die Baisse wird noch weitergehen!« meinte Maryan. »Ich bin Bernard Bendas Meinung, auch wenn uns nur wenige zustimmen: Der Trend wird sich fortsetzen. Hannah, willst du eigentlich dein Portefeuille auflösen?«

»Du selbst hast mir doch geraten, nicht daran zu rühren.«

»Ganz recht. Solange der Markt nicht wieder normal geworden ist, und das wird Monate dauern, solltest du deine Aktien einfach vergessen.«

»Meinetwegen. Die Baisse wird sich fortsetzen?«

»Ich fürchte. Das ist doch der Grund, der dich zum Bleiben bewogen hat, nicht wahr?«

»Ja.«

»Kann ich dir behilflich sein?«

»Ich wüßte nicht wie. Danke. Hat Dale mit dir eigentlich über meinen Auftrag gesprochen?«

»Ja. Dale ist ein prächtiger Kerl, Hannah.«

»Er hat das gleiche von dir behauptet; macht ihr eigentlich füreinander Werbung? Was meinst du, wird die Regierung eingreifen?«

Er glaubte nicht daran. Den Informationen gemäß, die Bernard Benda und er direkt aus dem Weißen Haus in Washington bekommen hatten, war dies ausgeschlossen. Weder Präsident Hoover noch Finanzminister Andrew Mellon wollten eingreifen; die beiden waren überzeugt, daß alles wieder in Ordnung käme, falls man der persönlichen Initiative und dem freien Unternehmertum keine Zügel anlegte; die beiden Politiker gehörten zu denen, die Millionen erarbeitet oder geerbt hatten und dementsprechend selbstsicher auftreten konnten. Die größten Maklerfirmen der Wall Street waren übrigens optimistisch geblieben. Am 24. Oktober, also nur einen Tag nach dem Schwarzen Donnerstag, veröffentlichte eines dieser Häuser in über 100 amerikanischen Tageszeitungen folgende Werbung:

Wir sind davon überzeugt, daß die gegenwärtigen Umstände für Anlagen besonders günstig sind. Wir denken an folgende Aktien:

Die Liste war recht umfangreich; Hannahs ehemaliger Börsenagent Merill Lynch & Co. spornte mit folgendem Spruch zum Kauf an:

Zwei der größten New Yorker Banken haben uns informiert, daß bei ihnen noch nie so viele Kaufaufträge eingegangen sind wie im Augenblick.

»Entweder wissen diese Leute nicht, was sie tun, oder sie bluffen, um auf diese Weise die Wende zum Besseren zu erzwingen. Aber vielleicht täusche ich mich, Hannah. Sei bitte vorsichtig!«

Sie lächelte ihn an; zum ersten Mal seit acht Jahren leuchtete in ihren Augen die kleine Flamme wieder: »Aber sicher! Aber sicher!«

Am Freitag, dem 24. und Samstag, dem 25. – Wall Street war Samstag vormittag zwei Stunden geöffnet –, verließ sie während der Zeit, in der Transaktionen durchgeführt werden konnten, ihre Suite im *Plaza* keine Minute.

Die Nachrichten, die Bernard Benda ihr regelmäßig zukommen ließ, waren gut und schlecht zugleich.

Gut in dem Sinn, daß sich Wall Street nach dem ungeheuren Wirbelsturm anscheinend wieder beruhigt hatte – aber vielleicht lag dies auch nur an dem Schock, der alle immer noch betäubte.

Schlecht für Hannah persönlich, denn der Kurs der *Hannah Incorporated* hielt sich nicht nur, sondern war Samstag vormittag sogar um eineinhalb Dollar auf einhundertvierzehn geklettert.

»Die Baisse wird noch weitergehen«, meinte Bernard und benutzte dabei die gleichen Worte, die Maryan vierundzwanzig Stunden zuvor benutzt hatte.

Nach einer kurzen Pause brach er in schallendes Gelächter aus:

»Es ist nicht zu glauben: Ich versuche, Sie zu trösten, indem ich Ihnen bestätige, daß der schönste Krach des Jahrhunderts erst begonnen hat.«

Der Montag begann ruhig, obwohl Hunderttausende ihren *brokers* Verkaufsaufträge über die Aktien erteilt hatten, die sich einigermaßen hatten halten können, um die *margin calls,* die großen Verlierer betreffend, erfüllen und ihre Konten ausgleichen zu können. Das Phänomen wurde den Börsianern nicht gleich bewußt, und als die von den Ereignissen des Donnerstag noch etwas Betäubten endlich begriffen, versuchten sie, so vorsichtig zu Werke zu gehen, wie es nur möglich war; sie teilten die Verkaufsaufträge in verschiedene Pakete auf und reduzierten sogar ihre Kommissionen, um, wenn irgend möglich, einen neuen, heftigen Einbruch zu verhindern.

Vergebliche Liebesmüh. Eine Stunde vor Börsenschluß kam es zur nächsten Explosion.

Innerhalb von sechzig Minuten wurden vier Millionen Aktien den Bären zum Fraß vorgeworfen. Der Dow-Jones-Index sank um 38 Punkte.

Trotzdem waren die Schlagzeilen der Zeitungen am Dienstag, dem 28. Oktober, optimistisch:

Relativ ruhige Börsenabwicklung mit weiteren Liquidationen...

Gleich zu Börsenbeginn wurden an diesem Dienstag innerhalb der ersten sechs Minuten eine Million, innerhalb der nächsten halben Stunde drei Millionen, bis Mittag acht Millionen und bis Börsenschluß sechzehn Millionen Aktien verkauft.

Im Nachbörsengeschäft wechselten noch einmal siebeneinhalb Millionen Aktien den Besitzer, so daß der Gesamtumsatz an diesem einen Dienstag sich auf dreiundzwanzigeinhalb Millionen belief.

Der Dow-Jones war auf 200 gesunken; innerhalb von sieben Tagen hatte er 125 Punkte verloren.

In Dollar ausgedrückt: allein am Montag und Dienstag 14 respektive 25 Milliarden Dollar. Innerhalb von einer Woche hatten sich von den ursprünglichen 80 Milliarden Dollar, dem Gesamtwert der an der New Yorker Börse gehandelten Aktien, 35 Milliarden in Luft aufgelöst.

Der Kurs der *Hannah Incorporated* war auf 69,75 gefallen. Vince Mac Hill besuchte Hannah Dienstag abend gegen sieben Uhr:

»Ich glaube nicht, daß der Kurs noch wesentlich sinken wird, Madam.«

»Wem gehört der größte Teil der Aktien?«

»Hiram Javitts selbst.«

»Meinen Sie, daß er verkaufen wird?«

»Er hat keine Wahl, denn er befindet sich, wie viele, in einer ausgesprochen kritischen Situation. Javitts war immer risikobereit gewesen und hat sich auch in anderen Unternehmen stark engagiert. Er braucht dringend frisches Geld. Madam Newman, wenn sie noch länger warten, riskieren Sie, daß die Kurse wieder steigen oder daß Javitts einen anderen Käufer findet. Der Kurs liegt unter siebzig. Sie selbst hatten den Ankaufspreis auf 80 festgesetzt.«

Hannah zögerte. Sie müßte 150814 Aktien kaufen, um in den Besitz der Zweidrittelmehrheit zu gelangen, die notwendig war, um das Unternehmen leiten zu können, ohne auf andere Rücksicht nehmen zu müssen. Bei einem Kurs von 69,75 Dollar hätte sie insgesamt 10519276 Dollar aufwenden müssen.

Hannah hatte ihre verfügbaren Gelder immer wieder durchgerechnet: Sie besaß um die fünfundzwanzig Millionen Dollar; davon mußte sie die dreizehn Millionen abziehen, die sie an der Börse angelegt hatte und an die sie im Moment nicht herankam, denn jeder Verkauf hätte ja einen großen Verlust bedeutet.

»Ich warte noch«, antwortete sie.

Trotzdem erkundigte sie sich: »Wieviel Aktien könnten wir im Augenblick kaufen?«

»Ungefähr 140000.«

Javitts! Diesen Kerl hatte sie nicht vergessen. Vor zehn Jahren hatte er sich in Lugano recht überheblich aufgeführt.

›Hannah, du weißt doch, daß dich die Dreiviertelmehrheit nicht befriedigen wird. Du willst alle, auch die letzte. Und wenn du Javitts 69,75 Dollar bezahlst, bleibt dir nicht sehr viel Bargeld...

Vor allem, wenn du auch Europa und Australien zurückkaufen willst... Denn das willst du doch, oder?‹

»Ich warte noch«, sagte sie von neuem.

In der Nacht von Mittwoch, dem 28., zum Donnerstag, dem 29., brach der legendäre John Davison Rockefeller, der Vater von Rockefeller Junior, sein Schweigen. Vor den Mikrofonen sämtlicher Radioanstalten erklärte der Achtzigjährige, seine Familie und er hätten beschlossen, zweihunderttausend Aktien von Gesellschaften, die im Stahlgeschäft engagiert waren, aufzukaufen.

Der Börsenlauf am Mittwoch war nach diesem Versuch des reichsten Mannes der Welt, Öl auf die Wogen zu gießen, beinahe banal, vor allem, wenn man ihn mit den entsetzlichen Einbrüchen am Vortag verglich; vielleicht aber mußten die Bären einfach nur einmal kräftig durchatmen.

Die Börse wurde geschlossen. Für drei Tage. Eine völlig außergewöhnliche Maßnahme. Die Truppen waren ausgelaugt, und man hoffte, diese Schließung würde die Gemüter beruhigen.

Am Montag, dem 3. November, wurde die Börse wieder aufgemacht, allerdings nur für vier Stunden. Dieser Rhythmus wurde für die ganze Woche beibehalten.

»Das ist genauso, als würde man in einem Zimmer, in dem ein an Blinddarm Erkrankter liegt, das Licht löschen und die Vorhänge zuziehen«, kommentierte Eddie Cantor im Rundfunk sarkastisch, »das hilft zwar dem Kranken nicht, aber man sieht ihn wenigstens nicht mehr.«

Bernard und Maryan behielten recht: Am Mittwoch, dem 12., kam der nächste, bedeutende Einbruch, der den fast ausgebluteten Markt schwer mitnahm. Selbst die Standard Oil der Rockefellers brach zusammen und wurde zeitweise mit 50 Dollar gehandelt. Praktisch alle Aktien hatten nachgegeben, nicht nur an diesem Mittwoch, sondern während der ganzen ersten Novemberhälfte. Die beschränkten Öffnungszeiten hatten daran nichts ändern können.

Die *Hannah Incorporated* bildete keine Ausnahme. 39,75 verkündete MacHill, der Hannah inzwischen zum elften Mal im *Plaza* besuchte und eigentlich schon überzeugt war, daß sie nie mehr ja sagen würde.

»Wieviel Aktien können wir kaufen?«

»138640.«

›Das heißt... 5510940 Dollar plus die Kosten.‹

»Ich kaufe.«

Sie saß am Steuer ihres Bugatti T 41 Royale (8-Zylinder-Reihen-Motor, fast 13 Liter, 300 PS, Doppelvergaser, drei Ventile pro Zylinder, sechzehn Zündkerzen). Ein zweitüriges Kabriolett. In Gaffouils Augen ein wahres Wunder. Sie hatte den Fahrersitz und das Lenkrad ihren Maßen entsprechend umbauen lassen. Ohne diese Vorsichtsmaßnahme hätte sie sich gewaltig strecken müssen, um das Lenkrad sicher zu packen, und kaum hinaussehen können.

Gaffouil hatte ihr einen Benzinstandsmesser, einen Öldruckmesser sowie einen Drehzahlmesser eingebaut, obwohl der monströse Motor niemals seine höchste Drehzahl, sondern maximal 2000 Touren erreichte. Er verfügte über drei Gänge und einen Schongang oder Overdrive, wobei der zweite Gang die Bandbreite von zehn bis einhundertzwanzig Kilometern pro Stunde abdeckte. Nachdem Gaffouil den Motor etwas ›aufgemöbelt‹ hatte, konnte Hannah die magische Grenze von 200 Kilometer pro Stunde erreichen.

Allerdings nur geradeaus. Das Wunder haßte Kurven.

Am 16. April 1930 kam sie in Charlotte im Bundesstaat North Carolina an. Ihre Tochter Abigail saß neben ihr. Seit Weihnachten lebten sie zusammen. Alles hatte sich sehr einfach und friedlich abgespielt: Am Heiligabend hatte Hannah Abie beiseite genommen:

»Bitte unterbrich mich nicht. Ich war die schlechteste Mutter, die man sich denken kann, ich werde dir keine Erklärung abgeben und auch nicht versuchen, mich zu entschuldigen. Auch wenn es dir unglaublich erscheinen mag, liebe ich dich. Mehr, als ich es selbst wußte... Du hast seine Augen... Räume mir drei Monate ein, das ist nicht so viel, drei kleine Monate. Wenn du nach Ablauf dieser Frist meinst, ich sei unerträglich, dann verlaß mich. Ich werde dir nicht böse und weiterhin bereit sein, dir alles zu geben, alles. Ich bin immer ungeschickt, wenn ich Liebeserklärungen abgeben soll. Ich kann dir nichts anderes sagen, als daß ich dich liebe.«

Das anschließende Schweigen ließ Hannahs Herz bis zum Zerspringen platzen; Abigail schaute sie lange mit Taddeuz' Augen an, mit dieser ruhigen Heiterkeit, die man bei einem sechzehnjährigen Mädchen kaum vermutete. Als sie endlich antwortete, wählte sie – sicher bewußt – die französische Sprache:

»Bei meinen Examen im Juni dürfte ich eigentlich keine Schwierigkeiten bekommen. Außer in Mathematik. Mama, könntest du mir da vielleicht helfen?«

Der Bugatti bog in eine Allee ab, die von großartigen, mindestens hundertjährigen Eichen gesäumt wurde, und hielt vor einem großen, weißen Haus mit einem säulengeschmückten Portalvorbau.

Ein schwarzer Diener tauchte auf. »Ich habe eine Verabredung mit Madam Lettice Holme«, verkündete Hannah.

Sie betrat das Haus, Abigail weiterhin an ihrer Seite. Man führte sie in einen großen Salon, wo inmitten einer Ahnengalerie ein Brief von General Lee eingerahmt war, in dem er sein aufrichtiges Beileid über den in der Schlacht von... gefallenen Horatius Holme ausdrückte.

»Madam Newman?«

Eine kleine, alte Dame mit schneeweißen Haaren, die ganz in Schwarz gekleidet war und um den Hals ein Band aus Samt trug, hatte den Raum betreten. Hannah stellte Abigail vor, die sich allen Regeln der Kunst entsprechend verbeugte.

»Und aus welchem Grund sollte ich Ihnen diese Aktien verkaufen?« fragte die alte Dame.

»Aufgrund der Krise ist der Kurs stark gesunken.«

»Ich habe das überprüft, nachdem ich Ihren liebenswürdigen Brief erhalten hatte. Sie waren beinahe einhundertsechzig Dollar wert und stehen heute bei vierunddreißig. Zumindest hat Harvey Whyte, mein Anwalt, mir das versichert.«

»Das stimmt.«

»Das ist schon möglich. Er kann einigermaßen rechnen, auch wenn er älter ist als ich. Sagen Sie ihm bitte nicht, daß ich ihn verraten habe, doch sein wirklicher Vorname lautet nicht Harvey, sondern Polonius.«

»Ich werde dieses Geheimnis mit ins Grab nehmen«, beteuerte Hannah.

»Eines verstehe ich nicht: Warum sollte diese Baisse mich veranlassen, die Aktien zu verkaufen? Mister Holme, mein verstorbener Gatte, sagte immer, wenn ich mich richtig erinnere, daß man an der Börse nie verkaufen sollte, wenn eine Baisse regiert.«

Hannah lächelte.

»Darf ich Ihnen eine Frage stellen?«

»Ich bitte Sie darum«, antwortete die alte Dame und lächelte gewinnend zurück.

»Aus welchem Grund befinden sich diese 1853 Aktien in Ihrem Besitz?«

»Weil wir sie gekauft haben, nehme ich an.«

»Sie selbst?«

»O nein! Ich selbst habe nie etwas in meinem Leben gekauft, nicht einmal eine Zuckerstange! Es wird wohl Mister Holme gewesen sein.«

»Hat er Ihnen den Grund verraten?«

Die alte Dame überlegte.

»Weil ich selbst die Cremes benutze, die diese Gesellschaft produziert. Mister Holme war ein sehr aufmerksamer Gatte gewesen. Eines Tages hatte er, als wir auf einer Reise aus Anlaß unseres zwanzigsten Hochzeitstages wieder nach Paris fuhren, eine ganze Straße rosa anstreichen lassen! Ich hoffe, Sie glauben mir!«

»Er muß außergewöhnlich gewesen sein«, sagte Hannah.

Und war überzeugt, daß sie gewonnen hatte.

Sie lächelte kurz ihrer Tochter zu, bevor sie fortfuhr:

»Mein Vorname ist Hannah, Madam. Ich habe dieses Unternehmen, von dem Sie gesprochen haben, geschaffen. Und noch früher habe ich die Formel für jede Creme, jedes Toilettenwasser, jede Milch und jedes Parfüm, das von dieser Gesellschaft vertrieben wird, selbst gefunden. Angefangen habe ich vor jetzt sechsunddreißig Jahren. Ich kann Ihnen die ganze Geschichte erzählen, wenn Sie dies wünschen. Doch vorab möchte ich Ihnen gerne etwas zeigen.«

Sie deutete auf die schwarz-rote Ledertasche, die der schwarze Diener auf ihre Bitte aus dem Bugatti ausgeladen und in den Salon gebracht hatte.

»Ich denke, daß die Kosmetikerin, die Sie beriet, Ihnen die 183 oder die 211 empfahl.«

»Die Cremes haben hübsche Namen.«

»Für mich, die ich die Formeln ausgearbeitet habe, tragen sie nur Nummern. Darf ich Ihre Küche benutzen?«

Die alte Dame schaute die Holzspateln an, auf denen die beiden Cremes aufgetragen waren.

»Das Parfüm ist identisch. Auch die Farbe.«

»Die Zusammensetzung ebenfalls, da können Sie sicher sein. Außer wenn die früheren Besitzer meiner Gesellschaft die Sachen haben treiben lassen und die Fabrikation nicht überwachten, was durchaus möglich ist. Madam Holme, vor elf Jahren habe ich die Gesellschaft, die ich gegründet und aufgebaut habe, aus privaten Gründen verkauft. Ich möchte sie jetzt zurückkaufen und dafür sorgen, daß sie wieder die Qualität bietet, die sie anscheinend eingebüßt hat. Das ist... vergleichbar mit einem Kind, von dem ich mich sträflicherweise getrennt habe, so daß die Jahre, die mir noch bleiben, nicht ausreichen werden, um ihm die ganze Liebe zu beweisen, die ich ihm gegenüber empfinde. Ich bin bereit, diese 1853 Aktien zu vierzig Dollar das Stück zurückzukaufen. Und auch bereit, mehr zu zahlen, falls dies notwendig sein sollte. In diesem Fall habe ich keine Lust, mit jeder Stelle hinter dem Komma zu rechnen.«

Schweigen.

Hannah spürte Abigails Blick. Ihr Herz spielte verrückt und hüpfte sonderbar.

›Endlich hast du es ausgesprochen, Hannah; natürlich handelt es sich nicht um diese Aktien, die dir völlig gleichgültig sind, und auch nicht um diese Gesellschaft, die du zurückkaufen willst. Das war nicht gerade sehr einfach, aber du hast es ausgesprochen, und sie hat genau verstanden, von wem du gesprochen hast.‹

Sie schaute ihrer Tochter offen in die Augen.

»Sie sind eine höchst ungewöhnliche Frau«, bemerkte da die alte Dame. »Ich möchte Sie gerne bitten, mit Ihrer charmanten Tochter bei mir zu Mittag zu essen. Werden Sie meine Einladung annehmen? Und wenn dies nicht zu indiskret sein sollte, möchte ich Sie bitten, mir die Geschichte, die Sie gestreift haben, zu erzählen.«

Abigail lächelte Hannah an.

»Abie?« fragte Hannah.

Die Heranwachsende stimmte zu; man hätte sie in diesem Augenblick wie so häufig für schüchtern halten können, dabei war sie nur reserviert.

»Sehr gern«, sagte Hannah, »es wird meiner Tochter und mir eine Freude sein.«

Am 10. Mai hatte sie neben den 138640 Aktien Javitts' weitere 71096 erwerben können.

Sie besaß folglich 209736 Aktien der *Hannah Incorporated*.

Weit mehr als die Zweidrittelmehrheit.

Trotzdem wollte sie auch noch die restlichen Aktien aufkaufen.

Sie selbst hatte keine Zeit, sich dieser Sisyphusarbeit zu widmen, und die Agentur MacHill, Drexel und Smith schien ihr nicht geeignet zu sein.

Sie dachte an Catherine Ex-Montblanc.

»Du hast nichts weiter zu tun, als die restlichen 16485 Aktien zu kaufen, ein Kinderspiel. Du mußt nur einen Aktienbesitzer – oder -besitzerin, häufig handelt es sich um Frauen – nach dem anderen abgrasen und sie zum Verkauf ihrer Aktien überreden. Das ist dermaßen einfach, daß ich mich frage, ob ich dich dafür überhaupt bezahlen soll.«

Catherine war Witwe; ihr Erdölbohrer, der frühere Alptraum der Deutschen in den Schützengräben, hatte sich in das Gefilde seiner Opfer aufgemacht. Sie hatte es nicht nötig zu arbeiten, denn das Geld, das sie geerbt hatte, reichte aus, um ihre Bedürfnisse für ein Jahrhundert sicherzustellen, doch...

»Doch du hast Angst, daß ich mich langweile, wenn ich nichts zu tun habe.«

»Richtig«, antwortete Hannah lachend. »Sich um seine kleinen Angestellten zu kümmern, ist das Geheimnis jeden Erfolges.«

»Diese *kleinen* Angestellten werde ich dir heimzahlen. Aber sonst hast du wie fast immer recht. Vorsicht, ich habe *fast* gesagt! Ich langweile mich ein wenig. Wo wohnen eigentlich die Besitzer und Besitzerinnen deiner verdammten Aktien?«

»Überall, nur nicht in New York und in der näheren Umgebung. Übrigens, ich habe bereits alle besucht, die über mehr als tausend Aktien verfügen. Den Rest überlasse ich dir. 956, wenn die Zahlen stimmen. Im Durchschnitt besitzt jeder 17,23 Aktien. Die 956 Aktionäre wohnen natürlich an 956 verschiedenen Orten. Hier hast du eine alphabetische Liste; du tust gut daran, dir eine geographische Liste aufzustellen, denn sonst wirst du in 25 Jahren noch unterwegs sein... Denk daran, daß dein Höchstangebot auf neunundreißig Dollar beschränkt ist. Du weißt ja, was du ihnen zu sagen hast.«

»So ungefähr«, antwortete Catherine. »Du hast es mir ja nur dreiundvierzigmal erklärt. So langsam dämmert es in meinem Kopf.«

Sie warf einen Blick auf die Liste und stieß schon bald einen spitzen Schrei aus:

»Um Himmels willen, du wirst mich doch nicht wegen sechsundsechzig Aktien nach Honolulu schicken!«

»Warum beklagst du dich eigentlich? Honolulu ist doch schön. Und wenn du schon unterwegs bist, kannst du gleich nach Orten Ausschau halten, an denen es sinnvoll wäre, einen Kosmetiksalon aufzumachen.«

»Weißt du eigentlich, daß Jessie als Generaldirektorin der amerikanischen Kosmetiksalons abgelöst wurde?«

»Ja. Durch einen gewissen Dennis LaSalle. Der sich seine Fußnägel rosa anstreicht. Ich bin auf dem laufenden.«

»Stimmt es eigentlich, daß er sich seine Fußnägel rosa anpinselt?«

»Nur die am linken Fuß. Und da auch nur den des großen Zehs. Ich habe ihn gezwungen, seine Socken auszuziehen, denn ich wollte natürlich wissen, ob das Gerücht stimmt. Ich werde ihn behalten. Frauen lieben Homosexuelle; in ihren Augen sind das Cremetorten, die nicht dick machen. Und Jessie, diese dumme Gans, die hat doch wirklich schon ihren Ruhestand im heimatlichen Schottland antreten wollen. Mit achtundvierzig Jahren! Hat man so etwas schon einmal gehört! Natürlich habe ich sie zurückgerufen; sie wird morgen in New York eintreffen.«

Schweigen.

»Napoleon kommt von der Insel Elba zurück, nicht wahr?«

»Nur daß ich verdammt viel länger als nur hundert Tage an der Regierung bleiben werde!«

»Jessie, Sie werden als erstes eine Generalinspektion unternehmen: New York, Philadelphia, Baltimore, Washington, Atlanta, Miami, New Orleans, Saint Louis, Chicago, Detroit, Los Angeles, Toronto und Montreal. Ich wünsche über jedes Institut einen möglichst umfassenden Bericht, Türklopfer inbegriffen.«

»Wieviel Zeit habe ich?«

»Bis zum 25. August. Sie besuchen mich an diesem Tag morgens um sieben Uhr fünfzehn. Bitte fertigen Sie ebenfalls eine Liste mit acht oder zehn Städten an, wo es sich Ihrer Meinung nach lohnt, einen Kosmetiksalon aufzumachen. Sie sollten Mary Lindsay auf die Reise mitnehmen; sie hat gerade ihren Mann verloren; die Reise wird sie ablenken. Und auch diese kleine Deutsche... Alicia Testermann. Als Kosmetikerin ist sie wirklich eine Null, aber sie verfügt über ein ausgezeichnetes Gedächtnis. Ich will Ihnen natürlich niemanden aufdrängen. Wenn Sie bessere kennen...«

»Ich habe Alicia selbst eingestellt.«

»Noch etwas: Ich habe auch einen Bericht über die aktuelle Produktpalette der Gesellschaft angefordert, den ich wohl im Juli erhalten werde. Unsere Produkte – ich spreche von denen, die wir augenblicklich im Angebot haben – sollen mit denen der Konkurrenz verglichen werden. Während meiner Abwesenheit wurde praktisch kein einziges neues Produkt auf den Markt geworfen. Das wird sich ändern, und zwar schnell! Ich werde diese Chemiker wachrütteln und mit ihnen arbeiten. Übrigens, ich habe ein Labor gekauft. Stellen Sie während Ihrer Tournee alle möglichen Fragen, die Produkte betreffend, und verkünden Sie überall, daß wir in Kürze viele und wundervolle Neuheiten auf den Markt werfen werden. Ich werde niemanden enttäuschen, das können Sie mir glauben!«

»Ich werde überall verkünden, daß Hannah die Leitung wieder übernommen hat, das wird reichen.«

Die Schottin hatte Tränen in den Augen.

»O Hannah, vielen Dank, daß Sie mich wieder gerufen haben!«

Bevor sie sich 1921 nach Morcote zurückgezogen hatte, hatte Hannah das Haus auf Long Island und die Wohnung in der 5th Avenue verkauft oder vielmehr verkaufen lassen.

Sie fand eine neue Wohnung, ebenfalls in der 5th Avenue: die zwei obersten Etagen eines achtstöckigen Hauses mit einer zusätzlichen, 450 Quadratmeter großen Dachterrasse; die Gesamtfläche betrug 1350 Quadratmeter.

Sie war bereit, den Mietvertrag zu unterschreiben; doch die Rechtsanwälte teilten ihr verlegen mit, aus dem Geschäft würde nichts, da die anderen Mieter im Haus, die nicht mit einer Jüdin unterm gleichen Dach wohnen wollten, den Hausbesitzer erpreßt hatten.

Hannah kaufte kurzentschlossen das Haus.

Und gab ihm einen Namen: *Jerusalem Building*.

Über dem Eingang prangte ab sofort der Davidstern.

Sie wollte auf der Dachterrasse einen großen Garten anlegen...

...doch im augenblick arbeitete sie sechzehn Stunden pro Tag und hatte kaum Zeit, sich um Einrichtungsfragen und ähnliches zu kümmern. Ihr neues Labor befand sich nur wenige hundert Meter von ihrem alten in New Rochelle entfernt. Innerhalb von wenigen Wochen hatte sie zehn erfahrene Chemiker eingestellt – die sie der Dupont de Nemours abgeworben hatte – und die Leitung dem aus der Tschechoslowakei emigrierten Ladislaw Storer anvertraut, der ihr von Juliette Mann wärmstens empfohlen worden war. Juliette leitete immer noch das Londoner Labor. Hannah hatte es nicht gewagt, sie zu bitten, in die Staaten umzusiedeln. Solange sie ihr europäisches Reich nicht zurückerobert hatte, wollte sie dort kein Personal abwerben, auch wenn sie den derzeitigen Besitzern keineswegs wohlgesinnt war.

Storer war ein großer Zigeuner-Teufel, beeindruckend schön, den man sich eher auf einem Pferderücken vorstellen konnte als mit Retorten umgehend. Er war vierunddreißig Jahre alt und hatte in Deutschland studiert, wobei er sich auf Dermatologie spezialisiert hatte. Storer war ein leidenschaftlicher Forscher, und Hannah mußte zähneknirschend eingestehen, daß er sie übertraf. Storer schwor, er sei fähig, alle Cremes herzustellen, die sich Hannah nur ausdenken konnte, und hielt wunderbarerweise Wort. Während der kommenden Jahre segnete Hannah Juliette, die sie auf diesen Schatz aufmerksam gemacht hatte. Ein Jahr später sollte Paul Travers das Team an der Spitze des Labors ergänzen. Gemeinsam erneuerten sie die Angebotspalette, die unter dem Markenzeichen des doppelten H vertrieben wurde, von Grund auf.

Sie hatte ihren alten Generalstab wieder eingesetzt und Josuah Wynn an dessen Spitze gerufen, ihm allerdings einige neue Köpfe zugeteilt, darunter diesen Dennis LaSalle mit dem rosa Fußnagel, den sie auf Jessies Posten vorgefunden hatte.

LaSalle wurde von allen nur Chéri gerufen. Auch von den Kundinnen, die ihn vergötterten und ihn mit Vorliebe dann rufen ließen, wenn sie nackt massiert wurden. Er stammte aus der Nähe von New Orleans, wo seine Vorfahren, wenn man seinen Berichten Glauben schenken darf, sich angesiedelt hatten, noch bevor die Pläne für die *Mayflower* gezeichnet gewesen waren. Er war wohl um die vierzig Jahre alt, obwohl er Stein und Bein schwor, gerade erst seinen achtundzwanzigsten Geburtstag gefeiert zu haben. Seine Schönheit war verwirrend, zwitterhaft, was seine außergewöhnliche Eleganz natürlich nicht beeinträchtigte. LaSalle vergaß weder ein Gesicht noch den dazugehörenden Namen noch das Bankkonto des Ehegatten. Er verstand es ausgezeichnet, Höflichkeit und liebenswürdige Frechheit im richtigen Maße miteinander zu verbinden.

Das Wichtigste vielleicht: Er verstand mehr von Kosmetik als alle Kosmetikerinnen.

»Wo haben Sie das nur gelernt?«

»Das werde ich Ihnen heute abend verraten, meine Liebe, wenn sie mich zum Essen einladen.«

Hannah lud ihn ein – in ihre Küche, sie hatte keine Zeit, sich mit förmlichen Einladungen abzugeben; er tauchte als Frau auf und niemand, der es nicht wußte, hätte ihn als Mann erkannt, trug ein Kleid von Madeleine Vionnet mit einem gewagten Dekolleté und dazu eine Stola aus dem Fell sibirischer Eichhörnchen. Er erklärte, die Kleider gehörten ihm und er habe zwischen zwei und drei Dutzend in seinem Kleiderschrank, was auch notwendig gewesen sei, denn er habe die Kosmetikkurse besucht, die eine gewisse Catherine Montblanc in einer gewissen, Hannah gehörenden Kosmetikerinnen-Schule gegeben hatte:

»Ich habe mich unter dem Namen Denise Coquelet eingeschrieben, dem Namen meiner armen, verstorbenen Mutter. Während der sechs Monate, die ich die Kurse besuchte, fiel keiner der Damen etwas auf. Sie fanden mich etwas großgeraten, das war alles. Übrigens war ich 1918 Jahrgangsbeste, sie dürfen das gerne überprüfen, *ma très chère.*«

Dieses *ma très chère* hatte er auf französisch gesagt; sein Akzent war recht charmant. Er erinnerte Hannah an Henry-Beatrice, ihren englischen Innenarchitekten, der inzwischen verstorben war. Der Arme hatte sich nach dem Tod der großen Liebe seines Lebens, einem schönen Leutnant der Coldstream Guards, der an der Spitze seiner Kompanie auf den französischen Schlachtfeldern den Heldentod gefunden hatte, umgebracht.

»Dennis«, – ›Ich kann ihn wohl schlecht wie die anderen Chéri nennen... doch... warum eigentlich nicht?‹ – »ich werde Sie durch Jessie ersetzen. Jetzt schmollen Sie nicht. Bei allem, was mit Verwaltung zu tun hat, ist sie unübertrefflich, und Sie zeichnen sich durch andere Talente aus. Ich biete Ihnen zwei Stellen an: Entweder Sie beschäftigen sich mit allen Fragen, die den Empfang der Kundinnen betreffen, auch mit der Ausbildung des Personals auf diesem Gebiet, und überlegen sich, mit welchen Mitteln die Zahl der Kundinnen erhöht werden kann; in diesem Fall sind Sie Josuah direkt unterstellt. Oder aber Sie arbeiten direkt mit mir zusammen, als mein, ja, Außenminister. Ich warne Sie: In diesem Fall werden Sie sehr viel reisen.«

Zu Hannahs Überraschung, die gedacht hatte, er könne sich nur schwerlich von seinen Verehrerinnen losreißen, bevorzugte er den zweiten Posten, und sie entdeckte, daß er ehrgeizig war. Während der ersten Wochen befürchtete sie, daß sie sich vielleicht aufgrund ihrer Freundschaft zu Henry-Beatrice – Auch ich bevorzuge Sahnetorten, von denen man nicht dick wird! Selbst wenn ich nie Gewichtsprobleme hatte! – zu etwas hatte hinreißen lassen, was sie eines Tages bedauern würde.

Ihre Furcht war grundlos. Schon bald stellte sie fest, daß er in einem gewissen Sinn ihr Ebenbild war, vor allem, wenn es darum ging, früh zu spüren, was die Kundinnen wünschten, das heißt, bevor es diesen bewußt wurde. Sobald die Umsatzziffern eines Geschäftes oder eines Institutes zu sinken begannen, fuhr er hin und stellte eine Diagnose, die sich in nahezu allen Fällen als richtig erwies.

Häufig verkleidete er sich als Frau, zum Vergnügen, aber auch aus Notwendigkeit, was bei Polizeirazzien peinlich werden konnte.

Sie nannte ihn nur noch Mata Hari. Er ersetzte zu ihrer vollsten Zufriedenheit die früheren Spürhunde, denn er war fähig, eine neue Creme intelligent zu beurteilen, eine wichtige Kundin zu beruhigen, die zu Recht oder zu Unrecht meinte, sich beklagen zu müssen, und alle möglichen Aktionen zu organisieren, von denen sie beide überzeugt waren, sie würden die Ladenkette fördern oder/und neue Kundinnen anziehen.

Alles in allem ergänzte er hervorragend die verborgene und undankbare Arbeit Wynns, der sich vor allem mit verwaltungstechnischen und juristischen Problemen herumzuschlagen hatte.

Doch das zog sich Monate und Jahre hin. Die Zeit der Triumphe war noch nicht gekommen; es drehte sich in erster Linie im Augenblick darum, die ausgesprochen schwierige Periode überleben. Die von dem Krach im Jahre 1929 ausgelöste Depression beherrschte Amerika. Ein Teil der Kundinnen der zwanziger Jahre schien sich in Luft aufgelöst zu haben.

›Vor elf Jahren habe ich zu früh verkauft, und jetzt, wo ich die Mittel gefunden habe, mein Unternehmen zurückzukaufen, droht alles zusammenzubrechen. Als Geschäftsfrau bin ich wirklich unvergleichlich. Auf der anderen Seite ist es natürlich auch richtig, daß ich ohne diese Depression mein Unternehmen nie hätte zurückkaufen können; zumindest hätte es zehn Jahre in Anspruch genommen.«

Sie legte ihre Pläne, das Unternehmen zu erweitern, erst einmal beiseite; die Bedingungen erschienen ihr zu ungünstig.

Zumindest konnte sie die Akte Mister A. B. C. Dwyer endlich schließen.

Kapitel 28

Jetzt weiß ich endlich, was ein Schwein vor einem Fleischerladen empfindet

Im März 1930 brachte ihr Dale Fitzpatrick das Ergebnis seiner mehr als umfassenden Nachforschungen:

»Hannah, wenn er zu Ihren Freunden zählt, sollten Sie ihn trösten; zählt er zu Ihren Feinden, sollten Sie eine Flasche Champagner aufmachen.«

»Geht es ihm so schlecht?«

»Noch schlechter.«

Anscheinend hatte Mister ABCD das Glück verlassen. Obwohl... Anscheinend hatte das Schicksal gewollt, daß Hannah ihm während der erfolgreichsten Periode seines Lebens begegnete. In den drei Jahren nach der Schlacht um die Carrington-Fox hatte er einen seiner Höhepunkte in seiner Laufbahn erreicht...

»Und ich habe die Grundlage zu seinem Reichtum gelegt! Dieses Schwein!« Hannah knirschte mit den Zähnen.

Fitzpatrick, der nicht die geringste Ahnung hatte, was zwischen Dwyer und Hannah vorgefallen war, schaute sie an, ohne zu verstehen, worauf sie hinauswollte.

»Machen Sie weiter, Dale.«

»Er kaufte kurz hintereinander zwei Unternehmen, das eine beschäftigte sich mit der Konstruktion von Eisenbahnwaggons und das andere mit der Produktion von Gleisbaumaterial.«

»Soviel Geld hatte er nicht.«

»Richtig. Er hat bei Banken Kredit aufgenommen. Drei Jahre lang ging es einigermaßen gut. Dwyer blufft, sehr gewitzt, zu gewitzt; er gehört zu den Männern...«

»Oder Frauen. Bitte seien Sie nicht frauenfeindlich, Dale.«

»... zu den menschlichen Wesen, die davon ausgehen, daß sie immer mit einem heilen Auge davonkommen und daß es auf der Erde von Dummköpfen nur so wimmelt, deren sie sich nur zu bedienen haben. Irgendwann war dann sein Spiel zu Ende, nach tausend Winkelzügen, deren Details ich Ihnen ersparen möchte... So war eine seiner Gesellschaften auf den Namen seiner Frau eingetragen, um nur ein Beispiel zu nennen...«

»Ist das wichtig?«

»Verdammt noch mal, woher soll ich das wissen? Entschuldigen Sie bitte, daß ich geflucht habe. Hannah, ich weiß schließlich nicht, wonach Sie eigentlich suchen.«

»Entschuldigt. Sprechen wir von seiner Frau. Wir müßten uns eigentlich in vielen Punkten ähnlich sein.«

Sie sah sich, wie eine Odaliske auf dem Bett ausgestreckt und nur noch mit ihrem Höschen bekleidet, in dem allerdings ein scharfgeschliffenes Rasiermesser steckte, de Sade lesen! Ausgerechnet de Sade! Trotz der ungewöhnlichen Situation hatte sie damals nicht gewußt, was sie wirklich tun wollte, sobald Mister ABCD das Zimmer betreten würde: die Augen schließen und den Rest öffnen oder ihm mit ihrem Rasiermesser... sagen wir... die Nase etwas zurechtstutzen.

›Und ich soll diese Erinnerung ewig mit mir herumtragen? Lieber verrecken!‹

Sie bemerkte Fitzpatricks verstörten Blick und tröstete ihn:

»Jetzt schneiden Sie doch kein solches Gesicht, Dale. Ich war wirklich nicht seine Mätresse, wenn Sie das beunruhigen sollte!«

»Ich schwöre Ihnen...«

»Schwören Sie nicht; fluchen Sie lieber. Fahren Sie endlich fort!«

»Dwyer hatte bei seinem doppelten Schiffbruch so viel Geld gerettet, daß er sich eine kleine Bank kaufen konnte.«

»Der Schuft wird noch wählerisch!«

»Wenn Sie mich dauernd unterbrechen...«

»Sie haben recht; ich werde ab sofort meinen Mund halten.«

»Er hatte sich scheiden lassen, nachdem er natürlich das Geld, das seiner Frau überschrieben war, vorab wieder an sich gebracht hatte. 1911 heiratete er die Tochter eines Industriellen in Baltimore. Ein Jahr später starb sein Schwiegervater... Nein, nein, wir haben keinerlei Anhaltspunkte für Ihren Verdacht; unser Mann hat mit dessen Tod nichts zu tun. Obwohl ihm der Tod sicher in den Kram paßte. Er wurde zum Präsidenten der Stahlhütte ernannt... die kurz darauf Konkurs anmelden mußte.«

»Die Stahlhütte, aber nicht Dwyer. Entschuldigen Sie, ich wollte ja meinen Mund halten.«

»Nicht Dwyer, der für zwei Jahre untertauchte. Wir fanden seine Spur in Seattle wieder, wo er zum dritten Mal heiratete; seine Frau wußte anscheinend nichts von den beiden vorhergegangenen Ehen. Sie erlitt allerdings das gleiche Schicksal wie ihre Vorgängerinnen; fünf Jahre, nachdem Dwyer sie geheiratet hatte, war sie ruiniert. Die Lebensmittelfabriken, die sie geerbt hatte, waren in andere Hände übergegangen.«

»Gehörten aber weiterhin A. B. C Dwyer, nur unter einem anderen Namen.«

»Richtig. Er verkaufte sie später. Es scheint, als sei Dwyer kein richtiger Betrüger. Jedesmal leitet er das durch Hochzeit erworbene Unternehmen recht ordentlich, egal, zu welcher Branche dieses Unternehmen gehörte, aber er kann nicht abwarten. Er will immer zu schnell vorankommen und zielt zu hoch. Kein Wunder, daß das Unternehmen zusammenzubrechen droht. Und anstatt zu versuchen zu retten, was zu retten ist, oder mit dem Unternehmen unterzugehen, flieht er und nimmt alles mit, was er sich unter den Nagel reißen kann, worin er recht geschickt ist; er arbeitet viel mit Briefkastenfirmen, so daß man ihm kaum etwas nachweisen kann.«

Hannah hob wie in der Schule, die sie nie besucht hatte, den Zeigefinger:

»Wird er eigentlich offiziell gesucht?«

»Das FBI hat um das Jahr 1912 eine Akte über ihn angelegt; seine Opfer in Baltimore hatten Klage erhoben, doch nach dem Eingreifen eines Senators und nach der Rücknahme der Klage verlief die Sache im Sand. Die Kinder hatten die Rolle gespielt, die ihnen zugedacht war...«

»Kinder? Welche Kinder?«

»Hannah, entschuldigen Sie bitte, ich hatte bisher keine Zeit, diesen Punkt zu erwähnen. Er hat neunzehn Kinder.«

Hannah verschlug es die Sprache:

»Dale, Sie scherzen!«

»Sechs von seiner ersten, drei von seiner zweiten, vier von seiner dritten, vier von seiner vierten und zwei von seiner fünften Frau. Da er mit der fünften noch zusammenlebt, kann sich die Zahl durchaus noch erhöhen. Der Chef meiner Spürhunde meint, Dwyer betrachte seine Kinder als eine Art Versicherung: Für den Fall, daß er mit seiner jeweiligen Gattin oder deren Familie Schwierigkeiten bekäme, schütze ihn die Tatsache, daß er der Vater der Kinder sei. Natürlich wissen die einen nichts von den anderen.«

»Neunzehn Kinder! Verdammt noch mal!« sagte Hannah.

Und fragte:

»Sie haben zwei weitere Ehen erwähnt.«

»Diese Ehen sind so ungültig wie die in Seattle geschlossene, denn Dwyer hat sich nie von seiner Frau aus Baltimore scheiden lassen. 1920 führte er eine reiche Erbin aus Toronto in Kanada in den Hafen der Ehe...«

»Die ebenfalls ruiniert wird. Krack!«

»Krack! Vor fünf Jahren heiratete er, Sie verzeihen das Wort, eine junge Witwe aus Chicago. Auf diese Weise wurde er Anteilseigner einer *Broker*-Agentur, die an der Rohstoffbörse von Chicago, der Chicago Mercantile Exchange, zugelassen ist, dem zweitwichtigsten Börsenplatz der Welt.«

»Sie sagten mir zu Beginn dieses Gesprächs, seine Lage sei verzweifelt?«

»Für jeden anderen. Hannah, er hat in seinem Leben wohl zwischen zwanzig und fünfundzwanzig Millionen Dollar verdient und alles wieder verloren, eine Tatsache, die man nur mit seinem unwahrscheinlich übersteigerten Selbstvertrauen erklären kann, seiner Arroganz und der Verachtung gegenüber den Mitmenschen, die er allesamt für ausgemachte Trottel hält. Ich verfüge über alle Details seiner Fehlspekulationen, mehr als sechs Dutzend. Hätte er nur ein Zehntel seiner Intelligenz und seiner Fantasie auf eines seiner Geschäfte verwandt, wäre er unweigerlich reich geworden.«

Schweigen. Hannah ging auf ihrer Dachterrasse in der 5th Avenue auf und ab.

»Inwiefern ist seine aktuelle Situation verzweifelt? Sie haben meine Frage immer noch nicht beantwortet.«

»Er hat in Chicago mit Kundengeldern spekuliert; der Krach und die anschließende Depression haben ihm einen bösen Strich durch die Rechnung gemacht. Er scheint keinen Ausweg mehr zu haben, auch wenn er nicht der einzige ist, der sich in dieser Lage befindet.«

»Dale, ich wünsche, daß dieser Mann ruiniert wird. Völlig. Seit zu langer Zeit habe ich mit ihm ein Hühnchen zu rupfen. Die Falle, die ich ihm stellen will, muß so raffiniert sein, daß er ihr trotz aller Gerissenheit nicht entgehen kann. Glauben Sie, daß sich in der Dokumentation, die Sie zusammengestellt haben, etwas finden läßt, mit dessen Hilfe ich ihn endgültig packen kann?«

»Um ihn ins Gefängnis zu schicken?«

»Ich bin weder Sheriff noch Richter. Ich will ihm an den Kragen, das ist alles. Und ich werde mein Ziel erreichen. Haben Sie eine Idee?«

Er glaubte. Er war sich sogar sicher.

Die Unterredung fand im März statt. Zwei Monate später traf Hannah unter dem Namen Sarah H. Kirby, Witwe, Australierin, mit einem recht ansehnlichen Vermögen von zehn Millionen Dollar ausgestattet, zu dem noch zwölf bis dreizehn weitere kamen, die zur Zeit aufgrund der großen amerikanischen Depression an der Börse blockiert waren, in Chicago ein.

Am 24. Mai nahm sie in Begleitung ihrer Gesellschafterin, einer üppigen, mehr als fünfzig Jahre alten Belgierin namens Adelaide Mounicot, ihren *high tea*.

(»Warum, zum Teufel, Adelaide?« hatte Hannah gefragt.

»Wenn Sie Ihren Namen ändern, habe ich wohl auch das Recht

dazu; außerdem wollte ich schon immer Adelaide heißen«, hatte Yvonne geantwortet.)

»Madam Kirby? Madam Sarah Kirby?«

Dwyer war aufgetaucht; sehr elegant, die Kreissäge in der Hand, die Haare der damaligen Mode entsprechend an den Schädel angeklatscht, aufmerksam blickend, charmant lächelnd, wirkte er um fünfzehn Jahre jünger als er in Wirklichkeit war. (Er war siebenundfünfzig.)

»Darf ich mich vorstellen? Andrew Dwyer«, sagte er mit seiner tiefen, melodischen, beeindruckenden Stimme. »Ich bin der Hauptgesellschafter des Unternehmens, an das Sie sich vor drei Tagen wandten, um einige kleine Investitionsprobleme zu regeln. Ich bedauere unendlich, daß ich abwesend war, so daß ich nicht die Freude hatte, Sie empfangen zu dürfen. Hätte nicht ein wunderbarer Zufall gewollt, daß ich hörte, wie der Maître d'Hôtel Ihren Namen aussprach, dann...«

Eine Dreiviertelstunde später – er saß schon längst an ihrem Tisch – lud er sie zum Abendessen ein, nachdem er sie zuerst mit Anekdoten von der Mercantile Exchange amüsiert und ihnen anschließend mit dem Bericht des grausamen Dramas, das sein Leben geprägt hatte, fast die Herzen gebrochen hatte: Seine arme Frau und seine armen vier Kinder waren mit der *Titanic* untergegangen!

»Um offen zu sein: Er erstaunt mich, Sie hier im *Lexington* zu finden. Wußten Sie nicht, daß Al Capone hier sein Hauptquartier eingerichtet hat?«

Sarah Kirby gestand, Mister Capones Berühmtheit sei noch nicht bis nach Sydney oder Brisbane, wo sie lebte, gedrungen.

Genau in diesem Augenblick betrat Al Capone das Hotel und durchquerte die Halle, von vier, fünf wirklich furchterregenden Gestalten flankiert. Sarah Kirby war auf alle Fälle ungeheuer beeindruckt: Sie riß ihre grauen Augen auf und wirkte ergreifend hilflos...

»Glücklicherweise sind Sie da, Mister Dwyer...«

»Ich fange langsam an, Chicago zu hassen«, antwortete er. »Wie kann ich länger in einer Stadt leben, die eine hübsche Frau dermaßen in Angst und Schrecken versetzt? Eine Stadt, in der man jeden Augenblick mit dem Schlimmsten rechnen muß?«

»Glücklicherweise sind Sie da, Mister Dwyer«, echote Yvonne, »wir waren so allein, Madam Sarah und ich...«

Am nächsten Tag aßen sie mittags zusammen. Am Abend gingen sie in ein Konzert in der Orchestra Hall. In den darauffolgenden Tagen nahm er sie ins Art Institute, ins Naturkundemuseum, zu den zwei Millionen Möbeln des Merchandise Mat, dem Walter Tower in der Michigan Avenue und dem neuen Wolkenkratzer der *Chicago Tribune* mit.

Folgte eine Bootsfahrt auf dem Michigansee...

(»Hannah, die Yacht, die ihm angeblich gehört, ist in Wirklichkeit das Eigentum eines seiner besten Kunden, dem er mehr als fünfhunderttausend Dollar schuldet; seine Lage wird von Tag zu Tag schwieriger. Das Wasser steht ihm bis zum Hals...«)

»Das kleine Boot habe ich vor drei Jahren gekauft«, erklärte Dwyer. »Ich werde es wohl kaum behalten. Vielleicht werde ich es einer der Jugendbewegungen schenken, ich weiß noch nicht so recht. Meine Villa in der Woodlawn Avenue habe ich ebenfalls aufgegeben, leider zu früh, denn jetzt kann ich Sie nicht einmal mehr bei mir zu Hause empfangen! Was für ein Jammer! Doch Sie wissen ja, wie es einem so geht, wenn man allein lebt... Es gibt noch einen weiteren Grund für mein Verhalten. Jahrelang habe ich gegen meine Erinnerungen an meine Lieben gekämpft, die mich erdrückten und Tag und Nacht verfolgten, vor allem in den Räumen, in denen ich mit ihnen glücklich war. Es steht fest, ich muß diese Stadt verlassen, in der ich zu sehr leide. Ich weiß nicht, wohin ich soll. Nach Europa vielleicht oder nach Südamerika. Was kann ich noch vom Leben erwarten? Geld? Noch mehr Geld, immer und immer wieder? Ich bin reich, was soll da das Geld.«

Die gerührte Sarah Kirby vergoß bittere Tränen. Sie hatte, um ungehindert ihre Pläne verfolgen zu können, ihren Anstandswauwau Adelaide Mounicot unter dem Vorwand, die Abreise sei vorzubereiten, nach New York geschickt; Yvonne hatte getobt vor Zorn, als sie im entscheidenden Moment aus der vordersten Front genommen wurde.

Sie vergoß bittere Tränen und ließ sich, völlig aufgewühlt, einen Kuß rauben.

»Mein Gott, Andrew, was machen Sie da? Haben Sie Ihren Verstand verloren?«

Er hatte. Sie habe ihn verrückt gemacht, behauptete er, mit ihren großen Augen, der wunderbaren Taille, dem kleinen Mund mit der leicht kantigen Unterlippe und ihren Händen...

›Jetzt weiß ich endlich, was ein Schwein vor einem Fleischerladen empfindet‹, dachte Hannah.

Er küßte sie zum zweiten Mal.

›Zu allem Übel versteht sich dieser Schuft darauf! Hannah, mach dir nichts vor, du hast fest damit gerechnet, als du Yvonne nach New York zurückgeschickt hast! Seitdem ich dich kenne, hast du für Männer schon immer ein Faible gehabt. Auch heute, dreißig Jahre später, wirken sie auf dich... In deinem Alter! Du bist wirklich verdorben. In deinem Alter strickt man... Was hat dieses Ungeheuer denn unter meinen Unterröcken zu suchen! Nicht daß es mir nicht gefiele!‹

»Andrew, respektieren Sie mich«, sagte sie mit Grabesstimme, »ich flehe Sie an.«

Die Hand hielt auf der Außenseite ihres Schenkels inne.

›Dieser Idiot, der macht ja tatsächlich, was ich ihm befehle!‹

Die Hand zog sich zurück.

»Ich liebe Sie, Sarah. Seit achtzehn Jahren kämpfe ich. Jetzt kann ich nicht mehr...«

›Was faselt der von achtzehn Jahren? Ach ja, richtig, seine Frau und seine vier Kinder sind ja angeblich mit der *Titanic* untergegangen. Was für ein verdammter Lügner! Wir sind beide gottverdammte Lügner! Prächtig!‹

»Doch jetzt kann ich nicht mehr, Sarah. Wenn ich Sie in meinen Armen halte... ihr Blick, der unter ihren halbgeschlossenen Lidern hervordringt... ihre zitternden Nasenflügel... ihre bebende Brust, Sarah, da kann ich einfach nicht mehr an mich halten! Verzeihen Sie mir, Sarah, sagen Sie, daß Sie mir verzeihen!«

›Jetzt übertreibt er. Obwohl... Es war sicher kein Zufall, daß er diese fünf dummen Gänse geheiratet hat. Er hat wirklich verdammt viel Charme...‹

»Sie sind höchstens fünfunddreißig Jahre alt«, setzte er noch eins drauf. »Und wirken jünger. Ich selbst bin sechsundvierzig... Hannah, entschuldigen Sie bitte, wenn ich auf ein anderes Thema zu sprechen komme, das mir im Grunde gleichgültig ist... Ich bin nicht ganz unbegütert, das heißt, ich sehe mich in der Lage, Ihnen einen Lebensstil bieten zu können, der Ihrer würdig ist... Selbst wenn Sie kein Geld hätten...«

Sie schloß die Augen...

›Jetzt fang bloß nicht an zu lachen, du dumme Gans!‹

...öffnete sie wieder und stellte fest, daß er sehr viel näher bei ihr war als noch Sekunden zuvor. Ihre Gesichter berührten sich fast.

›Mein Gott, ich habe nicht einmal gespürt, wie er sich bewegt hat!‹

Sie drückte ihr Kreuz noch etwas weiter durch; er hatte seinen Arm um sie gelegt und mußte die Furche spüren, die sich von ihrer Taille bis zu ihren Schultern zog, und auch ihre runden, dabei festen Hüften entdecken...

Und küßte ihn mit der Zurückhaltung, aber auch der Erregung, die in diesem Augenblick angebracht waren.

Einen Moment allerdings ließ sie ihre Zunge spielen, um ihm zu zeigen, daß sie in diesen Dingen Bescheid wußte; sie wollte ihm bewußt goldene Berge versprechen...

»Liebling, das zur Feier unserer Verlobung. Ich hoffe, Sie haben den Mut, bis zu unserer Hochzeitsnacht zu warten.«

»Alles erledigt«, verkündete Dale Fitzpatrick am 1. Juli eher düster und betrübt.

Vier Tage zuvor hatte Hannah ein Telegramm aus Australien erhalten; Dwyer hatte wirklich die Unverschämtheit besessen, mit Hilfe eines Mittelmannes über eine gewisse Kirby, Sarah Helena, Erkundigungen einzuziehen. Die Auskünfte mußten für A. B. C Dwyer so verlockend gewesen sein wie ein Bach aus Honig für einen Bären: Sarah Helena Kirby existierte wirklich, sie war wirklich Millionärin und wirklich Witwe, sie war einundsechzig Jahre alt und reiste wirklich auf der anderen Seite des Pazifiks. Und es stimmte auch, daß sie eine Nichte des großen australischen Milliardärs Clayton Pike war, der vor seinem schon lange zurückliegenden Tod zu Hannahs persönlichen Freunden gezählt hatte. (Dies hatte man Dwyers Kundschafter nicht auf die Nase gebunden.)

Hannah war mit der Entwicklung äußerst zufrieden; sie hatte damit gerechnet, daß Dwyer ihre Identität überprüfen würde und ihre Geschichte dementsprechend abgesichert.

›Gott sei Dank habe ich an die Möglichkeit gedacht, daß er in Australien Erkundigungen einzieht! Nur schade, daß er mich jetzt für einundsechzig hält.‹

Dale Fitzpatrick schmollte in diesen ersten Julitagen; er strengte sich zwar entsetzlich an, um nicht den Eindruck zu machen, er schmolle, aber er konnte niemanden damit täuschen. Die Entwicklung der Affäre Dwyer begeisterte ihn offensichtlich nicht.

›Der arme Dale. Wahrscheinlich ist er eifersüchtig. Mich würde das nicht überraschen.‹

Hannah war gerade dabei, mit Jessie, Dennis LaSalle und Josuah Wynn die Pläne des neuen Labors zu prüfen. Storer hatte sie überzeugen können, daß das ursprünglich vorgesehene Gebäude zu klein sei. So hatte man sich entschlossen zu vergrößern... sobald die Gewinne eine solche Investition ermöglichen würden. Was im Augenblick noch nicht absehbar war.

›Ich verliere zwar kein Geld, stehe aber kurz davor...‹

Die große Depression war in vollem Gange; viele tausend Unternehmen mußten schließen, und Schönheitspflege gehörte wahrlich nicht zu den lebensnotwendigen Dingen. Auch Hannah hätte im Grunde einige Läden und Institute schließen müssen, hatte aber darauf verzichtet, um erstens einem gewissen Javitts keinen Anlaß zur Schadenfreude zu geben und zweitens die vielen Frauen nicht zu enttäuschen, die mehr denn je auf Hannah zählten, um überleben zu können.

»Jessie und Dennis, lassen Sie mich bitte allein. Sie auch, Jos.«

Das Trio verschwand.

»Ja, Dale?«

»Alles erledigt. Er hat in Chicago seine Zelte abgebrochen. Heute nachmittag hat er drei Konten bei der First National praktisch abgeräumt: sein eigenes, das der Firma und das seiner Frau, über das er Vollmacht hat. Frauen sind wirklich unzurechnungsfähig.«

Er machte eine kleine Pause.

»Hannah, entschuldigen Sie bitte.«

»Die Männer übertreffen uns nicht nur auf diesem Gebiet. Wieviel Geld hat er?«

»Eine Million zweihunderttausend. Ganz wie Sie es sich gedacht haben, hat er sich knapp eine Viertelstunde vor Schalterschluß am Schalter eingefunden und erzählt, er müsse dringend nach San Francisco, um ein großes Geschäft abzuschließen, und brauche dafür alles verfügbare Bargeld. Er hat einen Brief seines Partners vorgelegt, der natürlich gefälscht war... Ich habe Ihnen ja bereits gesagt, daß er sich in einer aussichtslosen Lage befindet. Heute ist Freitag; Montag ist geschlossen*, so daß frühestens in vier Tagen Alarm geschlagen wird, wenn überhaupt, denn sein Partner macht gerade in Florida Urlaub.«

»Hat er in Chicago noch einiges eingekauft?«

»Meine Mitarbeiter haben ihn keine Sekunde aus den Augen gelassen. Anscheinend hat er von der Überwachung nichts gemerkt. Er hat für 80000 Dollar ein sehr schönes diamantenbesetztes Goldarmband gekauft...«

»Dale, den genauen Preis bitte.«

»83678 Dollar und 43 Cents, Steuern inklusive. In einem Blumengeschäft hat er den Auftrag erteilt, einer gewissen Madam Sarah Kirby, Hotel *Netherland*, New York, zweihundert rote Rosen zu schicken. Als letztes gab er zwölftausend Dollar für Tropenkleidung, luxuriöse Reisenecessaires und Koffer aus. Kurz vor acht Uhr telefonierte er mit der Reederei, um sicherzugehen, daß Sie Ihr Versprechen, für Madam Sarah Kirby, Miss Adelaide Mounicot und ihn selbst an Bord des am Sonntag – also übermorgen – ablegenden Dampfers mit Ziel Sydney Kabinen erster Klasse zu reservieren, wahrgemacht haben. Unterdessen lieferte man ihm die Dokumentation über Australien, die er angefordert hatte. Hannah, darf ich mir eine Bemerkung erlauben?«

»Nein, Dale, bitte nicht.«

Er schwieg.

»Spätestens übermorgen ist das Spiel zu Ende«, sagte Hannah.

Am Samstag, dem 2. Juli, schauten Colleen, Lizzies älteste Tochter, mit ihrem Mann Norman Lincoln und ihren drei Kindern in Hannahs Wohnung in der 5th Avenue vorbei und holten Abigail ab; sie wollten das Wochenende in Great Kills auf Staten Island verbringen. Die Lincolns besaßen dort, direkt an der Küste, eine sehr schöne Villa und eine

* Am 4. Juli wird in Amerika der Unabhängigkeitstag gefeiert.

Yacht... Vor allem aber wollte einer der jüngeren Brüder Normans, Craig, das Wochenende ebenfalls dort verbringen. In Abigails Augen war Craig mindestens so verführerisch wie John Gilbert, wenn dieser Greta Garbo in seinen Armen hielt – wobei Abigail natürlich die Rolle der Garbo übernahm:

»Craig ist wirklich außergewöhnlich, Mama.«

»Ja, Liebling, den Eindruck habe ich ebenfalls«, hatte Hannah geantwortet, obwohl sie nicht die geringste Idee hatte, wen sie sich unter diesem Craig eigentlich vorstellen sollte.

Völlig aufgeregt verabschiedete sich Yvonne:

»Versuchen Sie, pünktlich zu sein.«

»Ich bin immer pünktlich, das weißt du ganz genau. Warum hast du eigentlich auf den Schiffsfahrkarten Miss eintragen lassen?«

»Ich habe immer davon geträumt, Jungfrau zu sein.«

Hannah hatte den übrigen Angestellten bis Montag freigegeben.

Als sie endlich allein war, rechnete sie ihre Konten durch; die Bilanz konnte sie nicht gerade in Begeisterungsstürme versetzen. Mehrere Kosmetiksalons arbeiteten mit Verlusten, die mit den Gewinnen der übrigen nur mühsam ausgeglichen wurden.

›Himmel noch mal, ich hatte die Heiligen der Wall Street um einen kleinen Regen gebeten, und diese Kretins haben mir die Sintflut über den Kopf gegossen!‹

Zehn Minuten vor zwölf läutete das Telefon; Yvonne war am Apparat:

»Ich wollte nur sichergehen, daß Sie die Verabredung nicht vergessen haben... In 39 Minuten und 35 Sekunden... Kommen Sie bloß nicht zu spät!«

»Häng dich auf!«

Sie stieg gerade aus der Badewanne, als das Telefon wieder läutete. Dale:

»Er kam heute morgen um neun Uhr mit dem Zug aus Chicago an, unter falschem Namen: George Barrett, angeblich aus New York stammend, und hatte viele Koffer dabei, nahm aber in sein Single und in das Taxi nur den Wildlederkoffer mit, in dem sich die eine Million einhunderttausend Dollar befinden. Als erstes fuhr er zum Hafen, um noch einmal die Reservierung der Kabinen zu überprüfen und seine Koffer bereits abzugeben. Er behielt nur zwei bei sich, den Geldkoffer und einen kleinen anderen. Vor einer halben Stunde traf er im *Netherland* ein. Er vergewisserte sich, daß sich Madam Kirby im Hotel befindet, und bat, als die Rezeption seine dementsprechende Frage bejahte, mit der Suite verbunden zu werden, konnte aber nur mit der belgischen Gesellschafterin sprechen, die ihm mitteilte, Madam Kirby schlafe noch. Im Augenblick hält er sich in seinem Zimmer auf. Hannah?«

»Dale, ich muß mich auf den Weg machen. Bitte entschuldigen Sie mich«, schnitt sie ihm das Wort ab, denn sie spürte, daß Fitzpatrick sich anschickte, Kommentare abzugeben.

Das Hotel *Netherland* lag nur drei Blocks von ihrer Wohnung entfernt; normalerweise wäre sie zu Fuß gegangen, doch um jedes Risiko auszuschließen, ließ sie sich von Gaffouil in einem unauffälligen Chevrolet zum Personalausgang des Hotels in der 59. Straße fahren; der offizielle Eingang befand sich in der 5th Avenue. Sie wurde bereits erwartet und ohne ein Wort zu wechseln in die Suite geführt, die auf den Namen Sarah Kirby reserviert war.

Pünktlich wie immer traf sie einige Sekunden vor halb ein Uhr ein.

»Ihr falsches Bad ist bereit«, verkündete Yvonne lachend.

»Wenn du so blöd lachst wie in diesem Augenblick, dann bist du einem Pferd, das an Zahnschmerzen leidet, zum Verwechseln ähnlich!«

Sie zog sich aus, überlegte kurz, änderte ihren Plan und stieg dann in die Badewanne. Yvonne hatte, wie von Hannah angeordnet, dem Wasser bestimmte Badesalze zugefügt, echte Kamille, Johanniskraut, Gurke und eine Spur Tausendgüldenkraut, um der Komposition mehr Gewicht zu verleihen.

Sie hörte, wie Yvonne in einem der beiden Salons der Suite telefonierte.

»In drei, spätestens vier Minuten ist er da«, informierte sie Hannah.

»Hast du Dale Fitzpatrick informiert?«

»Natürlich! Für wen halten Sie mich eigentlich?«

Nur ihr Kopf schaute noch aus dem Wasser; ihre Brüste wurden von dem blaugrünen Wasser leicht aufgetrieben und nahmen eine hübsche, runde Form an.

»Ich habe wirklich ein verdammtes Glück, daß ich einen so festen Körper besitze. Wäre ich nicht so alt in meinem Kopf, könnte ich beinahe glauben, ich sei erst dreißig...«

»Ich bin wirklich nicht schicklich angezogen, ganz und gar nicht«, sagte sie.

»Aber meine Liebe, wir sind doch verlobt.«

Sie zählte langsam bis fünf, in ihren Augen eine angemessene Frist, um ihr Schamgefühl zu bezeugen – und strengte sich sogar an, rot zu werden, doch hätte sie sich gewünscht, sich in eine Chinesin zu verwandeln, wäre das sicher nicht schwerer zu erfüllen gewesen –, bevor sie ihm erlaubte, das Badezimmer zu betreten.

Er trat ein.

»Zu was treiben Sie mich eigentlich noch«, kokettierte sie, »ich muß verrückt nach Ihnen sein, daß ich mich auf so etwas überhaupt einlasse.«

Er trat ein und lehnte sich, wie Männer es gerne tun, mit im Rükken verschränkten Händen gegen den Türstock. Leicht verwirrt und auch überrascht fixierte er sie; als er entdeckte, daß sie nackt und noch in der Badewanne war, konnte er das kurze, nur wenige Sekunden dauernde Aufleuchten in seinen Augen nicht kontrollieren.

›Ich will, daß er geil auf mich wird, wirklich geil. Ich will, daß er sich sagt, daß er überzeugt ist, Sarah Kirby aus Australien sei nicht nur zwischen zwanzig und fünfundzwanzig Millionen Dollar schwer, sondern habe auch noch sonstige Vorzüge. Er muß mich unbedingt auch als Frau haben wollen und nicht nur als Erbin. Gut, er wird sich nicht in mich verlieben, man sollte sich Unmögliches möglichst nicht wünschen. Aber er soll zumindest richtig geil auf mich sein. Und da ich mit meinem Gesicht kaum Leidenschaften entfesseln kann, ist es ganz praktisch, daß mein Körper noch nicht verblüht ist.‹

Sie musterte ihn ebenfalls kurz und war froh, daß er in die Betrachtung ihres Busens versunken war.

›Es klappt. Er hat wohl mit einem alten, verschrumpelten Mütterchen mit einer Lederhaut gerechnet, die sozusagen bereits etwas ranzig ist, und jetzt entdeckt er plötzlich, daß das Doppelbett, das am Ende der Reise winkt, gar nicht so verachtenswert sein wird... Deine Überraschungen sind noch nicht zu Ende, mein Lieber, denn auch die übrige Hannah, die du noch nicht gesehen hast, ist ganz passabel...‹

»Sarah?«

»Ja, mein lieber Andrew?«

Auf Andrews Gesicht spiegelte sich Neugier. Hannah dachte sich, er habe wirklich einen dieser Oscars verdient, die man gerade in Hollywood aus der Taufe gehoben hatte, sollte er Komödie spielen.

»Sarah«, wiederholte er, »Sie haben mein Wort: Ich werde Sie nicht berühren... doch wenn Sie aus dem Wasser steigen, dann fordern Sie mich bitte nicht auf, mich umzudrehen oder das Bad zu verlassen.«

Sie schwieg.

›Verdammt noch mal, warum kann ich nicht rot werden wie alle Frauen? Im Augenblick wäre es wirklich angebracht!‹

So blieb ihr nichts anderes übrig, als die Augen zuzumachen und kurz darauf wieder weit aufzureißen; ihre grauen Augen mußten aufgrund des Dampfes, der immer noch vom Wasser aufstieg, noch heller wirken. Die Wirkung dieses Manövers war im allgemeinen garantiert.

»Kein anderer Mann außer meinem lieben verschiedenen Mortimer hat mich je nackt gesehen«, sagte sie nach einer angemessenen Pause.

»Ich werde Sie nicht berühren.«

Sie zählte noch einmal bis fünf und stellte ohne große Überraschung fest, daß ihr eigener Körper die gewohnten Signale ausstrahlte. (So gewohnt waren diese Signale nun wiederum auch nicht, denn während der vergangenen neun Jahre war sie in dieser Hinsicht lebendig begraben gewesen.) Um so besser! So mußte sie wenigstens nicht schauspielern. Sie stand auf und stieg aus der Wanne.

Langsam. Bald schaute sie ihn mit ihren grauen Augen an, bald schaute sie keusch zu Boden, so daß ihr Nacken genau die richtige Linie aufwies, die in die Schultern und in ihre so schmale Taille überging und sich in dem leicht anschwellenden Hintern verlor. Hannah war sich dieser magnetischen Wirkung durchaus bewußt.

Ohne Eile trocknete sie sich ab und rieb vielleicht ein wenig länger als unbedingt notwendig ihre steil aufgerichteten Brustwarzen, so daß ihre harten Brüste leicht vibrierten. Anschließend wickelte sie sich in ein zweites, rotes Badetuch – auch hier hatte sie an die Wirkung, an den Kontrast zwischen der relativ dunklen Farbe des Stoffes und ihrer milchweißen Haut gedacht.

»Ich schäme mich, Andrew«, sagte sie unverfroren.

Er antwortete nicht. Als sie ihm einen letzten Blick durch ihre aufgelösten Haare hindurch zuwarf, verstand sie, aus welchem Grund: Er war völlig erstarrt und verblüfft.

›Das hatte er wohl nicht erwartet. Nicht bei einer Frau meines Alters, und noch weniger bei einer Frau im Alter der wirklichen Sarah Kirby. Ich habe gesiegt! Er will mich unbedingt haben, nicht nur wegen der fünfundzwanzig Millionen Dollar...‹

Yvonnes Schritte drangen bis ins Badezimmer.

»Gehen Sie schnell hinaus«, flüsterte sie ihm zu. »Ich möchte nicht, daß Adelaide erfährt, wie weit ich mich habe hinreißen lassen!«

Anschließend aßen sie in Gegenwart des Anstandswauwaus; Yvonne fand es höchst vergnüglich, die Anweisungen Hannahs genau zu befolgen, die beiden keine Sekunde allein zu lassen und mit Berichten aus den katholischen Mädchenpensionaten ihrer Jugend tödlich zu langweilen.

Hannah hatte diese Szene für den Fall eingeplant, daß Mister ABCD durch die ungewöhnlichen Ereignisse im Badezimmer und die schmachtende Konversation während des Essens, die unter Umständen durch eine gemeinsame Sitzbank noch geschürt werden konnte, sich zu unternehmungslustig zeigen sollte.

›Der Arme! Wenn er nur könnte, wie er gerne wollte! Wären wir allein, wäre ich fällig. Vielleicht hätte ich sogar mitgespielt... Nun, nur vielleicht. Ich werde es wohl nie wissen. Was ich im übrigen vorziehe. Es stimmt schon, der Kerl ist verdammt verführerisch...‹

Nach dem Mittagessen spielten sie *gin-rummy*. Hannah verlor sieben Dollar und 91 Cents. Obwohl sie es gewohnt war zu verlieren – sie war wirklich eine miserable Kartenspielerin –, fiel es ihr nicht schwer, schlechte Laune zu zeigen.

»Ich hasse es, zu verlieren. Ich bin mir sicher, daß Adelaide betrügt.«

ABCD tröstete sie.

Es war inzwischen vier Uhr nachmittags geworden; nur noch neunzehn Stunden trennten sie von der Einschiffung...

Der Moment war gekommen.

»Adelaide, lassen Sie uns bitte allein.«

Kaum hatte sich die Tür hinter der Belgierin geschlossen, da wurde Sarah Kirby plötzlich ernst und setzte sich in einen tiefen Sessel, in dem sie sicher war, daß das geliebte Andrew-Schätzchen nicht über sie herfallen konnte.

»Liebling, ich habe mit dir zu reden. Über ernste Dinge.«

Er müsse verstehen; sie flehe ihn an, sie richtig zu verstehen; Sarah wisse besser als alle anderen auf der Welt, daß er kein Mitgiftjäger sei und noch weniger einer dieser infamen Abenteurer, die die Vertrauensseligkeit armer, einsamer Witwen, die sich nicht verteidigen können, schamlos ausnützen. Sie stürbe lieber, als auch nur eine einzige Sekunde solchen Schreckensbildern Glauben zu schenken...

Aber...

»Aber in meiner Heimat, in Brisbane und vor allem in Sydney und Melbourne, wo mein geliebter Mortimer sowie Onkel Clayton Pike einige Straßen gekauft hatten, habe ich Freunde und Verwandte.«

Die sich alle hinsichtlich ihrer zweiten Heirat Fragen stellen würden. Schließlich war sie die reichste Witwe der australischen Hemisphäre, diese Glynis Caledon-Jones einmal ausgenommen, obwohl...

»Diese alte Schachtel ist dreieinhalb Jahre älter; vielleicht besitzt sie wirklich einige Hunderttausend *pounds* mehr als ich, dafür aber riecht sie aus dem Mund. Wie abscheulich! Wo war ich noch einmal stehengeblieben? Ja, richtig...

Mein vergötterter Andrew, Sie werden schon verstehen, wenn ich nicht so direkt aufs Ziel lossteuern kann... die Sache geniert mich ein wenig... doch Clarence Campbell hat darauf bestanden. Gut, kommen wir auf den Kern der Dinge zu sprechen... Clarence Campell – mein

Notar, der mein vollstes Vertrauen genießt – meinte, es sei für alle Beteiligten besser, daß wir, bevor wir uns einschiffen, nun, wie soll ich sagen, ich erinnere mich nicht mehr so genau an seine Worte ... es ist mir so peinlich ... die Summen genau festhalten, die wir in die Ehe einbringen ... Mein Gott, Liebling, ich drücke mich sehr unglücklich aus, verstehen Sie, was ich meine?«

»Ich glaube.«

Hannah beobachtete, wie sich seine Hände verkrampften, ließ sich aber nichts anmerken.

›Er ist auf der Hut‹, dachte sie, ›schon bei meinen ersten Worten hatte er begriffen, um was es geht. Gott sei Dank habe ich meine Position abgeschottet, denn er ist wirklich kein Idiot.‹

Dwyer stand auf und ging hin und her, offensichtlich unerschütterlich; seine Lippen kniff er allerdings recht hart zusammen. Auch seine Augen verrieten seine Spannung.

›Er ist ganz und gar nicht zufrieden; er ist sogar wütend. Nicht einmal zwanzig Stunden, bevor er endlich aus Amerika fliehen kann, wo er nicht mehr so gerne gesehen wird, und drei Tage vor dem fatalen Moment, an dem offenbar werden kann, daß er in Chicago abgeräumt hat, müssen meine Fragen einfach an seinen Nerven zerren ... Er wird sich sicher beruhigen; er hat keine Wahl.‹

Er kam zu ihr, schüttelte den Kopf und sagte:

»Sarah, heute ist Samstag und die Banken sind um diese Zeit geschlossen.«

»Natürlich! Ich hätte schon früher mit Ihnen sprechen sollen, mein Lieber. Ich hätte Ihnen wohl besser geschrieben. Doch wie Sie wissen, habe ich die letzten Wochen in Europa im Kreis der Familie meines geliebten Mortimer verbracht, in einer völlig abgeschiedenen Gegend in Schottland. Dort gab es nicht einmal ein Telefon. Unvorstellbar! Die Tage verstrichen ... Andrew, Liebling, können Sie wirklich nichts unternehmen?«

Dwyer musterte sie scharf und kalt; sein Mißtrauen war erwacht.

»Ich weiß wirklich nicht, was ich unternehmen könnte. Ich habe selbstverständlich meinen Besitz in Amerika aufgelöst und meiner Bank den Auftrag gegeben, die ganze Summe auf die Sydneyer Bank zu transferieren, die Sie selbst mir benannt haben.«

»O wie dumm. Und Sie können diese Überweisung wahrscheinlich nicht belegen?«

»Nicht heute. Mit einer solchen Aufforderung, nur wenige Stunden vor unserer Abreise, habe ich wahrlich nicht gerechnet.«

In diesem Augenblick ließ er seiner Verärgerung freien Lauf, doch Hannah spürte sofort, daß sie zum Teil gespielt war.

»Hätte ich mir von meinem Milchhändler und meiner Hausmeisterin vielleicht schriftlich bestätigen lassen sollen, daß ich vor meiner Abreise alle Schulden bezahlt habe?«

»Mein armer Liebling, so verärgert habe ich Sie ja noch nie erlebt! Nun... ich meine... haben Sie eine bedeutende Summe nach Australien überwiesen?«

»Neun oder zehn Millionen Dollar«, antwortete er und zuckte dabei mit hinreißend gespielter Gleichgültigkeit mit den Schultern.

Kurze Pause.

»Gut«, sagte sie. »Neun Millionen sind zwar nicht sehr viel, aber immerhin. Das wird den bösen Zungen das Maul stopfen. Und da ich nur eineinhalbmal so reich bin wie Sie, ist der Unterschied nicht allzu gewaltig.«

›Hannah, übertreib nicht! Er beobachtet dich!‹

»Natürlich könnten wir morgen gemeinsam abfahren, Liebling«, fuhr sie fort, »und hoffen, daß Ihr Geld bereits in Sydney ist, wenn wir dort ankommen... Doch ich möchte nicht, daß Sie dieses Risiko eingehen: Stellen Sie sich nur einmal vor, die neun Millionen träfen nicht rechtzeitig ein! Entsetzlich!«

Während sie dies sagte, beschloß sie, alles auf eine Karte zu setzen und ihn herausfordernd zu mustern. Konnte er bisher davon ausgehen, auf eine Witwe gestoßen zu sein, die sich nichts sehnlicher wünschte, als ihn endlich in ihrem Bett zu haben...

... war es ihr nur recht, wenn er jetzt eine andere Seite der Sarah Kirby (aus Brisbane, Australien) entdeckte: eine verliebte und von den Verlokkungen des Fleisches faszinierte Millionärin, die aber keineswegs ihren Verstand verloren hatte, sondern recht realistisch dachte und Beweise dafür verlangte, daß derjenige, der in Besitz ihres hübschen, kleinen, weißen Körpers und vor allem in den ihres Bankkontos kommen wollte, kein Mitgiftjäger war und finanziell auf eigenen Füßen stand.

Schweigen.

»Einverstanden«, sagte Dwyer endlich.

Er löste sich wieder von ihr.

– Lizzie, in dieser Sekunde hatte sich alles entschieden!

Er fragte sie, ihr den Rücken zudrehend:

»Sarah, gingen Sie wirklich soweit, allein abzufahren?«

»Was bleibt mir anderes übrig, mein Schatz? Ich würde mich mit Freuden während der so entsetzlich langen Überfahrt nach Sydney an ihrem Arm festhalten, vielleicht sogar« – sie lachte unterdrückt, um ihre Schamhaftigkeit zu unterstreichen – »*in* ihren Armen...«

Zwanzig, dreißig Sekunden lang herrschte in dem Zimmer absolute Stille.

Dann sagte er, offensichtlich widerstrebend:

»Kurz bevor ich den Zug nach New York nahm, habe ich einige kleinere Häuser verkauft, die ich in Chicago besaß.«

Die Verträge wurden, seinen Angaben nach, so spät abgeschlossen, daß er das Geld nicht mehr hatte auf die Bank bringen und überweisen lassen können wie die neun Millionen. Und außerdem, meinte er, sei auf Reisen etwas Kleingeld ja nie von Übel...

»Um wieviel Kleingeld handelt es sich denn?« fragte Sarah Kirby unverblümt.

»Um eine Million einhunderttausend Dollar.«

»Für Kleingeld immerhin ein ganz hübsches Sümmchen. Ich weiß, Liebling, daß Sie sich um so profane Dinge wie Geld keine Sorgen machen; trotzdem habe ich den Eindruck, als ob Sie zu unbekümmert damit umgehen.«

– Lizzie, dir ist sicher auch schon aufgefallen, daß die Schwerreichen in der Regel sich immer sehr moralisch verhalten, wenn sie über Geld sprechen... und bei Trinkgeldern am geizigsten sind. Sarah Kirby stellte in dieser Beziehung keine Ausnahme dar, so daß ich diesen Vorwurf durchaus anbringen konnte.

»Das mußte ich einfach loswerden, mein lieber Andrew«, sagte Sarah Kirby, »obwohl eine Million einhunderttausend Dollar natürlich keine bedeutende Summe darstellen.«

Er schwieg.

›Ich amüsiere mich königlich‹, dachte Hannah, obwohl sie sich nicht ganz sicher war.

Sie fragte: »Mein Lieber, Sie können doch sicher noch etwas vorweisen, nicht wahr?«

Erst nach einer langen Pause räumte er ein, daß er noch etwas vorweisen konnte. Etwas mehr als drei Millionen Dollar, die er, Dwyer, fast vergessen hatte. Die Aktiva einer Gesellschaft, die auf dem Papier einer gewissen Mary Meagher gehörte. Hannah kannte den Namen aus den von Fitzpatrick für sie zusammengestellten Unterlagen: Es handelte sich um Dwyers erste Frau, mit der er sechs Kinder gezeugt hatte.

›Ich hätte beinahe vergessen, daß Mister ABCD Frauen reihenweise umlegt, dieser Schuft...‹

»Aus gewissen Gründen«, begann Dwyer vorsichtig, »habe ich es vorgezogen, innerhalb dieser Gesellschaft keine offiziellen Funktionen auszuüben. Sarah, bitte, werden Sie nicht eifersüchtig: Diese Mary Meagher ist ein kleines, dummes Gänschen, das mein Mitleid erregt hatte. Ich schwöre Ihnen, zwischen uns hat es nie etwas gegeben. Sie hat lange für mich gearbeitet, und ich benutze sie als Strohmann. Sie wissen ja, wie es in der Welt der Hochfinanz zugeht. Die Gesellschaft gehört selbstverständlich mir, was ich mit einer notariell beglaubigten Urkunde jederzeit beweisen kann.«

Überglücklich klatschte Sarah Kirby in die Hände:

»Gott sei Dank! Ich atme auf! Vier Millionen einhunderttausend Dollar, das ist immerhin ein schönes Sümmchen; niemand kann behaupten, ich hätte einen Mitgiftjäger geheiratet. Glynis Caledon-Jonas wird sterben vor Eifersucht! Sie können die Urkunde doch sofort vorlegen, nicht wahr? Genau wie das Bargeld?«

»Beides befindet sich in einem Koffer, den ich im Safe des Hotels habe einschließen lassen. Sarah, wem zum Teufel soll ich das alles denn vorlegen?«

»Bitte fluchen Sie nicht, mein Schatz, ich verabscheue das.«

»Entschuldigen Sie bitte... Sarah, wir sind verlobt und haben keine Geheimnisse voreinander; nur aus diesem Grunde habe ich Ihnen alles gesagt. Meine Vermögenslage einem Fremden gegenüber zu offenbaren...«

»Liebling, Clarence Campbell ist nun wirklich kein Fremder. Und dazuhin verschlossen wie ein Grab... O mein geliebter Andrew, wie werden wir diese wunderbare Reise genießen! Wie ich mich freue! Ich bin mir sicher, daß Sie Australien lieben werden... Diese kleinen Details waren etwas unangenehm, doch jetzt ist ja alles in Ordnung! Gott sei Dank! Sie besitzen immerhin die Hälfte dessen, was ich besitze, die neun Millionen Dollar mit eingerechnet, die Sie nach Sydney überwiesen haben. Doch das ist jetzt alles unbedeutend; Geld zählt nicht, wenn man sich liebt.«

›Hannah, du bist wirklich unverschämt, das ist noch das Geringste, was man von dir behaupten kann!‹

Mister A. B. C Dwyer war in der Falle gefangen!

Clarence Campbell tauchte auf, überprüfte den Kofferinhalt peinlich genau, zählte sogar die eine Million einhunderttausend Dollar Schein für Schein nach und wirkte echter als ein echter Notar: Mit der Miene eines Mannes, der überzeugt war, daß man ihm ausschließlich gefälschte Papiere vorlegte, schaute er sich jedes Dokument an und wirkte dabei so fröhlich wie ein Schüler, dem gerade eine Strafarbeit aufgebrummt worden war.

Er konnte allerdings nichts Verdächtiges finden. Die besagte, notariell beglaubigte Urkunde des Mister Dwyer, Andrew Barton Cole, schien genauso echt zu sein wie die Papiere, die Sarah Kirby vorlegte und in denen die Manhattan Bank nach genauer Überprüfung bestätigte, daß besagte Person über ein Vermögen von 25654000 Dollar verfügte.

Nach getaner Arbeit verschwand der Notar wieder. Yvonne ließ die beiden weiterhin allein. Noch...

Der Koffer war in Hannahs Suite geblieben. Dwyer hatte sich allerdings die Mühe gemacht, ihn sorgfältig zu verschließen.

Sarah Kirby klatschte wieder fröhlich in die Hände, benahm sich affektiert, wie es in ihren Kreisen nun einmal üblich war, ohne zu sehr zu übertreiben, und strahlte, als Dwyer sich endlich entschließen konnte, ihr das diamantenbesetzte Goldarmband zu schenken.

Hannah überflog die Situation noch einmal in Gedanken:

›Das war knapp; beinahe wäre es schiefgegangen. Einige Sekunden lang hatte er mit dem Gedanken gespielt, die verdammte Sarah Kirby zum Teufel zu schicken und sich nach einer anderen Lösung umzuschauen, die ihm aus seiner Krise helfen konnte. Doch die Bestätigung der Manhattan über die fünfundzwanzig Millionen Dollar hatte Wunder bewirkt. Er kam wieder zu sich, auch wenn er sich weiterhin fragte, ob er sich wirklich mit dieser Australierin abgeben sollte, die so geizig war. Doch er war in seinem Leben schließlich schon mit vielen anderen Frauen fertig geworden, denn seine Schürzenjägerlaufbahn hatte ja früh begonnen. Als Zeichen, daß er endgültig die Waffen strecken will, hat er mir dann das Armband geschenkt, das übrigens ausgesprochen schön ist. Der Kerl hat einen guten Geschmack, das muß man ihm lassen. Er hat nachgegeben, da er sich sicher ist, Mittel und Wege zu finden, um die Gelder der Australierin an sich zu bringen, sobald die beiden erst einmal im Land der Känguruhs sind... Ich glaube, ich weiß sogar, welche Mittel er einsetzen will: das Bett und all die Zärtlichkeiten, die man in einem Bett austauschen kann. Die Szene im Badezimmer hat ihn wohl zu der Überzeugung gebracht, diese Sarah sei verrückt nach seinem Körper und würde ihm in Kürze aus der Hand fressen. Ich wette drei Kopeken, daß er ein ausgesprochen guter und delikater Liebhaber ist...‹

Angesichts des Armbands riß sie ihre Augen auf:

»O Andrew! Schatz! Liebling! Sie verwöhnen mich zu sehr! Sie sind verrückt geworden! Damit habe ich wirklich nicht gerechnet!«

Sie warf sich an seinen Hals und küßte ihn. Lange und richtig.

›Ich hab' mich wirklich ins Zeug gelegt, denn es war das letzte Mal, und ich wollte davon profitieren.‹

Endlös löste sie sich von Dwyer, der im übrigen begonnen hatte, ein wenig zu stark an ihr herumzufummeln, legte sich das Armband um das linke Handgelenk und ging zu dem großen Spiegel in ihrem Schlafzimmer; die Türen ließ sie hinter sich offen.

»Sie müssen ein Vermögen ausgegeben haben für dieses kleine Mitbringsel!«

»Nichts ist für Sie zu schön.«

Seine Stimme klang noch etwas hart. Trotz der Gefühle, die er empfunden haben mußte, als er sie in seinen Armen gehalten hatte, hatte er seinen Zorn über den Notar noch nicht völlig überwinden können.

›Hannah, es ist Zeit, daß das Spiel zu Ende geht.‹

Sie fragte:

»Wieviel, Andrew?«

»Das hat doch keine Bedeutung, meine Liebe.«

»Wieviel?«

Kurze Pause.

»Einhundertvierzigtausend«, sagte er.

Sie lächelte ihr Spiegelbild an:

»83 678 Dollar und 43 Cents, Steuern inbegriffen. Das trifft wohl eher den Sachverhalt.«

Sie kam in den Salon zurück. Die Hände in den Taschen seines hervorragend geschnittenen Jacketts versteckt, schaute er sie forschend an. Eine Art Schleier schien sich über seine Augen zu legen.

»Zerbrechen Sie sich nicht den Kopf«, sagte sie. »Neunundzwanzig, beinahe dreißig Jahre sind inzwischen vergangen, aber ich habe trotzdem angenommen, daß Sie mich schneller erkennen. Bei der Zahl der Frauen allerdings, die ihren Weg gekreuzt haben... zu deren großem Unglück. Ich bin Hannah.«

Sie überwachte seine Hände.

Er zog sie langsam aus den Taschen...

›Vorsicht, Hannah!‹

»Bevor Sie irgend etwas Dummes unternehmen, Dwyer, sollten Sie einmal nachschauen, was sich hinter der Tür zum Flur verbirgt.«

Endlich rührte er sich.

Er ging zu der besagten Tür. Obwohl sie mehrere Meter entfernt war, konnte sie die drei wartenden Männer genau erkennen. Dale Fitzpatrick war das Wunder gelungen, zwei Begleiter aufzutreiben, die noch größer und noch breiter waren als er selbst.

»Dwyer, Sie können die Tür wieder zumachen. Die Herren werden nur dann hereinkommen, wenn ich sie rufe.«

Dwyer gehorchte und kam ins Wohnzimmer zurück. Während er sich eine Zigarre anzündete, waren seine Hände vollkommen ruhig.

›Eine ausgezeichnete Selbstbeherrschung. Dale hat recht: Hätte er die Energie und Fantasie, den Mut und die Intelligenz, die er bei seinen Betrügereien bewies, nur in ein einziges seiner Unternehmen gesteckt, wäre er heute einer der reichsten und geachtetsten Männer Amerikas. Die Dummheit der Männer kennt wirklich keine Grenzen, und nur die der Frauen ist ihr ebenbürtig.‹

»Jetzt erinnere ich mich«, sagte er, »die Affäre Carrington-Fox. Wie konnte ich nur Ihre Augen vergessen!«

Er lächelte und war schon wieder bereit, seinen Charme einzusetzen.

»Zuerst die Geldfrage«, begann Hannah. »Die eine Million einhunderttausend Dollar, die sich in diesem Koffer befinden, setzen sich wie folgt zusammen: 418000 Dollar gehören ihrer angeblichen Gattin in Chicago, 664158 ihrem Partner – offiziell stehen sie zwar in den Büchern ihrer Broker-Firma, doch Sie schulden Ihrem Partner sehr viel Geld. Bleiben 17842 Dollar. Davon gehen meine Unkosten in dieser Affäre ab; über die restlichen 906 Dollar können Sie nach Herzenslust verfügen.«

Er reagierte nicht.

›In seinem Kopf muß einiges los sein!‹

»Kommen wir auf die 3238000 Dollar der Gesellschaft zu sprechen. Ich wußte, daß sie existierte, ohne derart bedeutende Aktiva zu vermuten. Ich mußte beweisen, daß diese Firma wirklich Ihnen gehört... Dank der notariell beglaubigten Urkunde ist das Problem gelöst. Übrigens, Sie werden die Urkunde vergebens in Ihrem Koffer suchen. Dieser Clarence Campbell ist so wenig Notar wie Sie und ich; er ist vielmehr Zauberer und hat das so wichtige Papier in dem Moment, in dem ich Ihnen um den Hals gefallen bin, an sich gebracht. Sie erinnern sich doch?«

»Mary Meagher ist meine Frau. Wir haben gemeinsame Kinder.«

»Sie sind am 23. April 1906 von ihr geschieden worden; ich bin im Besitz einer Kopie der Scheidungsurkunde. Was Marys sechs Kinder anbelangt, da kann ich Ihnen nicht widersprechen. Schade nur, daß Sie bei den dreizehn anderen Kindern Ihre Vaterpflichten so schändlich vernachlässigt haben...

Wir werden folgendes tun: Ich werde dieses Kapital sicher anlegen. Mary Meagher und ihre Kinder werden zu Lebzeiten jährlich 15000 Dollar erhalten, die aus den Zinsen des angelegten Kapitals bestritten werden. Sie erhalten nichts, Dwyer. Und ich warne Sie, wenn ich erfahre, daß Sie sich bei Ihrer Frau aufhalten, oder wenn ich dies auch nur vermute, werden die Zahlungen so lange eingestellt, bis mir der Nachweis geliefert wurde, daß Sie sie in Ruhe lassen. Ich räume Ihnen vier Besuche pro Jahr ein.

Der Rest der Zinsen wird in fünfzehn Teile aufgeteilt; je ein Teil wird an ihre weiteren dreizehn Kinder ausbezahlt, der Rest dient zur Schuldendeckung; ihre Gläubiger werden zwar sicher nicht befriedigt werden können, aber in Ihrem Fall ist es unmöglich, für alle zu sorgen. Das sollte Ihren Gläubigern als Lehre dienen, Individuen wie Ihnen Geld zu leihen.«

Sie löste das goldene Armband von ihrer linken Hand.

»Dies hier, Dwyer, schenken Sie Mary Meagher. Zum Abschied. Sie haben die Wahl: Entweder warten Sie in Gesellschaft von Kommissar Fitzpatrick und seinen Männern, die vor der Tür zu dieser Suite Stellung bezogen haben, bis Chicago Sie ab Dienstag suchen läßt. Um sicherzugehen, daß diese Suche eingeleitet wird, werden den betroffenen Stellen anonym einige anonyme Papiere zugehen. Ich bin mir sicher, daß sich New York, Baltimore, Seattle und Toronto sofort dieser Suche anschließen werden.«

»Oder?«

»Ich kannte wirklich einen Australier namens Clayton Pike, zu seinen Lebzeiten einer meiner wertvollsten Freunde. Eine Nichte von ihm, Sarah Kirby – ich weiß, daß Sie über sie Erkundigungen eingeholt haben –, lebt noch, ebenso ein Sohn, dem einige hunderttausend Quadratkilometer Land und eine Eisenbahnlinie gehören. Ich habe Terry Pike geschrieben. Er hat eine Stelle für Sie, als Bahnhofsvorstand. In Alice Springs. Wenn Sie auf einer Landkarte Australiens genau die Mitte suchen, stoßen Sie auf einen winzigen Punkt, ihre zukünftige Arbeitsstätte. Ein verschlafenes Nest, doch Terry rechnet fest damit, daß Sie dort für Abwechslung sorgen. Er wird mir ihre Ankunft mitteilen, vor allem aber eine etwaige Abreise Ihrerseits, falls Sie auf den Gedanken kommen sollten, wieder nach Amerika zurückzukehren.«

Er hob plötzlich seine Augen gen Himmel; Hannah wußte nicht, ob er ihr etwas vorspielte oder ob er wirklich erschüttert war.

»Ich hänge sehr an den Kindern, die ich von Mary habe«, sagte er.

»Eine Möglichkeit, mit der ich rechnete«, antwortete sie. »Aus diesem Grund habe ich für Lösung zwei noch eine Variante parat: Ich habe gestern abend mit Mary Meagher gesprochen. Sie ist bereit, wieder mit Ihnen zusammenzuleben, unter der Voraussetzung natürlich, daß Sie sich wirklich bessern wollen. In diesem Fall, und wirklich nur in diesem Fall bin ich bereit, die Bestimmungen über die Nutznießung der fünfzehntausend Dollar Jahrespension zu lockern. Allein Mary wird weiterhin das Geld erhalten, wohlgemerkt, aber ich hätte nichts dagegen, wenn Sie ebenfalls davon profitieren, unter der Bedingung natürlich, daß Sie sie weder verlassen noch betrügen.«

»Sie sind ein durchtriebenes Luder!«

Sie lächelte:

»Das kommt ganz darauf an. Mary ist übrigens damit einverstanden, Amerika zu verlassen und die beiden Jüngsten, Thomas und Lisbeth, mitzunehmen; die anderen sind jetzt so alt, daß sie sich selbst durchschlagen können. Merkwürdigerweise haben Sie sich um Ihre Kinder wirklich gekümmert, was mich Ihnen gegenüber etwas nachsichtiger werden ließ. Dwyer, ich bin einen Meter achtundvierzig groß und wiege zweiundvierzig Kilo, aber ich habe neunundzwanzig Jahre lang geduldig gewartet, bis ich stärker war als Sie und mit Ihnen abrechnen konnte. Und ich werde noch einmal so lange warten, um endgültig und erbarmungslos mit Ihnen abzurechnen, wenn Sie dieser Frau nur noch ein einziges Mal weh tun. Die im übrigen völlig idiotisch ist, Sie in diesem Maß zu lieben; doch über diese Dinge kann man nicht streiten.«

»Wird Sie mit mir kommen?«

»Aufgrund eines glücklichen Umstandes werden die auf die Namen Sarah Kirby und Adelaide Mounicot reservierten Kabinen erster Klasse nicht mehr benötigt. Die Damen verzichten auf die Reise nach Australien. Außerdem ist ja noch eine Kabine auf Ihren Namen reserviert. Sie werden mit Ihrer Familie keine Platzschwierigkeiten haben.«

Schweigen.

Er warf Hannah einen prüfenden Blick zu, schüttelte seinen Kopf, schaute sie wieder an...

»Hannah?... Ich darf Sie doch Hannah nennen?«

»Warum eigentlich nicht. Sie reisen ja ab.«

»Hannah, Sie haben einen wunderbaren Körper. Ich bin aufrichtig; ich wüßte auch nicht, aus welchem Grund ich lügen sollte. Mir hat es vorher die Sprache verschlagen. Ich beneide den Mann, der das Recht hat, Sie in seine Arme zu nehmen. Mein ganzes Leben werde ich mir böse sein, daß ich Ihre Augen nicht sofort erkannt habe. Wann erwarten Sie meine Antwort auf Ihr Ultimatum?«

»So eilig ist es nun auch wieder nicht«, antwortete sie. »Es reicht, wenn Sie in zehn Sekunden ja sagen.«

Kapitel 29

Du siehst trotzdem toll aus...

»Mir wurde gesagt, dies sei ein ausgezeichneter Wein«, meinte Dale Fitzpatrick.

»Das glaube ich gern. Ein Saint-Emilion Balestard-les-Tourrelles! Wo haben Sie ihn gekauft, Dale?«

»Ich habe ihn vor zwei Jahren in Paris geschenkt bekommen. Aber... er ist nicht mehr der jüngste. Laut dem Aufdruck auf dem Etikett ist er mindestens drei Jahre alt. Meinen Sie, daß er noch gut ist?«

»Wenn sie endlich aufhören, ihn durchzuschütteln, dann schon! Man könnte fast den Eindruck gewinnen, Sie wollten die Aufmerksamkeit eines der Boote am Horizont auf sich lenken. Entkorken Sie ihn bitte vorsichtig. Etwa in der Art, in der Sie einer Dame helfen, sich ihrer Unterröcke zu entledigen. Abie, magst du mit mir den Tisch decken?«

An diesem 4. Juli herrschte wunderbares Wetter. Der Strand fiel hinter einigen schwarzen Felsen, die von einer riesigen Pinie überragt wurden, zum Meer hin leicht ab. Hannah hatte widerstrebend eingewilligt, sich einen Badeanzug anzuziehen und ihre Zehen in den Atlantik zu tauchen, um Abigail, die darauf bestanden hatte, zu begleiten.

›Wenn man Mutter ist, muß man Opfer bringen.‹

Ihr ›Opfer‹ reichte allerdings nur bis zu den Waden; als sie beobachtete, wie ihre Tochter wie ein Fisch schwamm, bekam sie es richtiggehend mit der Angst zu tun.

Sie hatte sich nur kurz der Sonne ausgesetzt und war dann sofort in den Schatten unter den Bäumen geflüchtet, wo sie den Bugatti geparkt hatte.

»Mama?«

Abigail flüsterte.

»Ja, Liebling?«

»Du siehst ganz toll im Badeanzug aus. Dale hört nicht auf, Stielaugen zu machen.«

»Halt den Mund, Gör. Wenn er dich hört!«

»Wir sprechen schließlich Französisch; er versteht kein Wort.«

»Ein Grund mehr, den Mund zu halten. Sei nicht unhöflich.«

»Madame Hannah will mir beibringen, höflich zu sein! Das schlägt dem Faß den Boden aus.«

»Wenn ich will, kann ich ausgesprochen höflich sein.«

»Das kommt aber nicht sehr häufig vor.«

»Ich bin eine alte und sehr höfliche Dame.«

»Du siehst trotzdem toll aus.«

Während sie die schwarz-rot karierte Picknick-Tischdecke ausbreiteten, berührten sich ihre Hände. Sie waren zur Oyster Bay auf Long Island gefahren; Dale Fitzpatricks Landhaus befand sich ganz in der Nähe. Dale war zum Bugatti gegangen, den Wein so vorsichtig wie eine Flasche Nitroglyzerin tragend, und suchte im Kofferraum nach einem Instrument, das als Korkenzieher dienen könnte.

Hannahs und Abies Blicke kreuzten sich.

Kleine Pause.

»O Abie...«, rief Hannah, plötzlich von Zärtlichkeit überwältigt.

Sie nahm ihre Tochter in die Arme – die beiden knieten am Boden.

»Es war lieb, daß du mit uns gekommen bist, obwohl der wunderbare Craig uns Konkurrenz machte!«

»Craig? Aber das ist doch eine alte Geschichte. Der jetzige heißt Les.«

»Les?«

»Lester Forbes. Er studiert in Yale.«

»Er ist sicher fantastisch.«

»Er war es noch in der letzten Woche. Inzwischen verliert er an Gewicht. Wenn du Jimmie kennen würdest!«

»Meine Tochter verschlingt Männer!«

›Und du, Hannah, wußtest nicht, wie wunderbar es sein kann, ein Kind bei sich zu haben, das man liebt und das einen ebenfalls liebt...‹

»Jimmy ist absolute Spitze«, schwärmte Abigail. »Ein wahres Wunder der Natur... Bitte, zeig dich ihm nie im Badeanzug. Ich verliere sonst alle Chancen!«

Dale kam zurück, enttäuscht. Er hatte nichts gefunden und sah sich gezwungen, die Flasche mit dem Pfadfinderdolch seines Sohnes aufzumachen.

»In dem Korb zu Ihren Füßen befindet sich ein hübscher Korkenzieher«, erklärte Hannah.

Abbie und sie brachen in schallendes Gelächter aus.

»Hannah!«

»Ich weiß, was Sie sagen wollen, Dale.«

»Das traue ich Ihnen absolut zu. Ich werde es Ihnen trotzdem sagen: Von Wein verstehe ich nichts.«

Hannah lachte wieder:

»Das trifft auch auf mich zu. Ich dachte eigentlich an etwas ganz was anderes.«

»Weder von Wein noch von Malerei. Noch von der Kunst im allgemeinen oder von diesen Dingen, die Sie den Damen verkaufen. Ich habe nicht verstanden, warum Sie diesem Mann, der sich gestern mit seiner Frau und seinen beiden Kindern nach Australien einschiffte, so böse waren. Ich bin mir nicht einmal sicher, ob ich wirklich verstanden habe, was ich zusammen mit den beiden Baseballspielern hinter ihrer Tür eigentlich zu suchen hatte. Ich habe mir weiß Gott was ausgemalt...«

»Er hat mich nicht berührt, Dale.«

»Ich hätte ihn umgebracht, hätte er es getan... Gegen Ihren Willen... Das heißt, ich kann Sie natürlich nicht daran hindern, wenn Sie... O mein Gott, ich weiß nicht mehr, wo mir der Kopf steht!... Entschuldigen Sie bitte, ich weiß, ich habe geflucht... Und schauen Sie mich nicht so an...«

»Wer war eigentlich der Typ, der den Notar gespielt hat?« fragte Hannah in der Hoffnung, ein weniger heikles Thema anzuschneiden. »Dale, er sah aus wie ein wirklicher Notar und handelte auch so. Ich traute meinen Augen nicht!«

»Aber das war ja ein Notar. Der, der mich in allen Angelegenheiten berät. Ich habe ihn gebeten, sich nur für die Dokumente zu interessieren, die Dwyer vorlegen würde, und bei dem anderen nur so zu tun als ob...«

»Verdammt noch mal! Und ich habe Dwyer erzählt, er sei ein Zauberer, fähig, eine notarielle Beglaubigung verschwinden zu lassen, ohne daß man ihm auf die Schliche kommt!«

»Jetzt verstehe ich überhaupt nichts mehr: diese notarielle Bestätigung befand sich doch sowohl vor als auch nach der Unterredung in Dwyers Koffer?«

»Natürlich! Denn Ihr Notar war ja ein echter Notar und Dwyer hat diese Urkunde höchstpersönlich in seinen Koffer zurückgelegt, nachdem der echte falsche Notar gegangen war – oder handelt es sich um einen falschen echten Notar? Ich frage mich... Kurz und gut, ich habe Dwyer geblufft, und er hat mir geglaubt; es gibt nichts Leichteres, als einen ausgekochten Fuchs zu bluffen, der sehr stolz ist, ausgekocht zu sein... Dale, ich ziehe es vor, daß Sie die Frage, die Ihnen im Kopf herumgeht, nicht stellen.«

Er stellte sie trotzdem.

Sie fuhr langsamer. Es war bereits dunkel. Abigail schlief auf der Rückbank, eine Hand unter ihrer Wange, sehr rosa und sehr zart, ein rührendes Bild. Hannah hatte unter dem Vorwand, der spezielle Fahrersitz sei nur für sie geeignet, sich wieder hinter das Lenkrad des Bugatti gesetzt.

»Dale, die Antwort lautet nein. Und ich bin sehr traurig, Ihnen diese Antwort geben zu müssen. Aber ich hatte Sie gewarnt.«

»Ich werde niemals aufhören, um Ihre Hand zu bitten.«

Der Wagen kam nur noch im Schritt voran. Sie befanden sich kurz vor Manhattan; vor und hinter dem Bugatti reihten sich die Wagen Stoßstange an Stoßstange; die Scheinwerfer bildeten farbige Schlangen. Hannah erinnerte sich an das New York vor dreißig Jahren, als sie mit Taddeuz mit dem Panhard et Levassor unterwegs war. Jedesmal, wenn sie einem anderen Wagen ohne Pferde begegneten, winkten sie sich freudestrahlend zu, so wie sich Mitglieder einer sehr exklusiven Organisation begrüßt hätten.

»Ich bin alt, Dale. Ich fühle mich sehr alt.«

Die Erinnerungen stiegen in ihr auf, die eine die andere mit sich ziehend, nie endenwollend, wie immer während der letzten neun Jahre. Dale Fitzpatrick neben ihr sprach weiter, aber sie hörte ihm nicht zu, das heißt, sie hörte ihn nicht einmal:

Ich bin wie ein Mann, der auf einem Ball gähnt und nur aus einem Grund nicht nach Hause fährt: seine Kalesche ist noch nicht da...

›Hannah, was ist denn nur mit dir los? Du stirbst ja immer noch! Die schlimmsten Momente, die du in Morcote verbracht hast, steigen wieder in dir hoch...‹

Beinahe ohne es zu wollen hatte sie brutal auf das Gaspedal gedrückt. Die zwölf Zylinder und die dreihundert Pferde des Bugatti reagierten. Eine ganze Schlange von Ford T wurde innerhalb weniger Sekunden verschlungen. Abigail, die durch die jähe Beschleunigung wachgerüttelt worden war, hatte sich aufgerichtet und ihre Hände auf die Schulter ihrer Mutter gelegt.

Sie lächelte Hannah im Rückspiegel an.

Kapitel 30

Ich ziehe das Gefängnis vor

Groucho Marx hatte seine Kinder in einem Schwimmclub einschreiben wollen; er war unter dem Vorwand, er sei Jude und seine Kinder folglich auch, abgewiesen worden. Groucho hatte der Leiterin einen höflichen Brief geschrieben, in dem er anführte, seine Frau sei Christin und demzufolge die Kinder, die er mit ihr gezeugt habe, nur Halbjuden; ob es denn unter diesen Umständen nicht möglich sei, die Kinder dennoch in den Club aufzunehmen; sie würden selbstverständlich nur bis zum Bauchnabel baden.

Hannah lachte, als ihr die Geschichte erzählt wurde. Sie liebte den entfesselten Humor der Marx Brothers. Als sie an den Dreharbeiten zu *Die Marx-Brothers im Krieg* teilnahm, fand sie diese komischer als später den Film selbst: jeden Morgen kamen die diabolischen Brüder mit einem neuen Drehbuch unter dem Arm zum Aufnahmetermin – wenn sie nicht erst dann alles änderten, als die Kamera bereits lief. Ihre Partner und vor allem ihr Regisseur standen kurz vor einem Nervenzusammenbruch.

Hannah hatte zwei Jahre gebraucht, um ihr amerikanisches Unternehmen von Grund auf neu zu strukturieren; erst in den letzten Wochen des Jahres 1932 war sie davon überzeugt, diese Arbeit abgeschlossen zu haben, zumindest den Bereich, der den direkten Umgang mit Kunden betraf. Auf dem nordamerikanischen Kontinent hatte Hannah inzwischen neunzehn Kosmetiksalons. Cathy Montblanc, die für die Arbeit mit Hannah wieder ihren Mädchennamen angenommen hatte, überprüfte um diese Zeit in Mexiko die Möglichkeiten, das zwanzigste Institut zu eröffnen. Hannah selbst war schon 1931 nach Mexiko gefahren.

Die Zahl der Läden war unterdessen auf vierundsiebzig angestiegen.

Monate verbissener Verhandlungen waren notwendig gewesen, um die Verträge mit den großen Kaufhäusern in Hannahs Sinne zu gestalten; Javitts hatte diesen Bereich stark ausgedehnt und versucht, schnelle Gewinne einzustreichen. Hannah verfolgte eine ganz andere Politik:

»Jos, ich möchte, daß ab sofort zwischen den Produkten, die ich in meinen Kosmetiksalons und meinen Geschäften verkaufe, und denen, die ›von Hannah empfohlen‹ in den Kaufhäusern angeboten werden, keine direkte Vergleichsmöglichkeit mehr besteht.«

»Hannah, es existieren Verträge.«

»Wir haben keine Mittel, um uns zur Wehr zu setzen?«

»Zumindest keine gewichtigen.«

»Was redet ihr da für dummes Zeug? Wir haben die besten Waffen in der Hand! Kanonen! Wenn diese Herren nicht bereit sind, mit uns neue Verträge auszuhandeln, werden wir keinen einzigen Cremetopf mehr liefern. Das heißt, pro Kaufhaus nur noch einen. Für die Frau des Direktors. Falls es nur einen Direktor gibt.«

»Wollen Sie das wirklich tun?«

»Wer soll mich daran hindern?«

»Sie werden auf bedeutende Einnahmen verzichten müssen. Auch wenn sie aufgrund der Depression mit den früher erzielten nicht mehr vergleichbar sind.«

»Jos, ich bin bereit, auf dieses Geld zu verzichten. Auf lange Frist – in fünfzig Jahren – werden Sie feststellen, daß ich recht habe: Man verkauft nicht in Luxusgeschäften, in denen hinreißende, von mir ausgebildete Kosmetikerinnen arbeiten, die gleichen verdammten Cremes, die man zwischen Kochtöpfen in einem Drugstore in North Dakota anbietet.«

»In fünfzig Jahren lebe ich nicht mehr.«

»Ich schon. Außer wenn ich es mir bis dahin anders überlegt habe. Brechen Sie den Vertrag, Josuah Robert Wynn, und blasen Sie zum Angriff!«

Kaum sieben Monate später gab Wynn ihr bereits recht, auch wenn er betonte, die allgegenwärtige Depression habe ihm bei den Verhandlungen beträchtlich geholfen. Ohne sie hätte es sicher fünfzehn Jahre gedauert. Die Großkaufhäuser, die natürlich von der Krise genauso betroffen waren wie alle anderen, hatten sich nicht entschließen können, auf einen der einträglichsten Posten ihrer Warenpalette zu verzichten.

»Natürlich haben sie mit der Konkurrenz Verbindung aufgenommen, doch im besten Fall hatte man um eine Frist von einem Jahr gebeten; vorher war niemand in der Lage, den notwendigen ständigen Nachschub zu garantieren. Hannah, leider wird das nicht immer so günstig für uns ausgehen. Diesmal konnten wir die Konkurrenz noch überraschen, doch das nächste Mal wird sie gerüstet sein.«

»Dann werden wir das nächste Mal eben andere Waffen einsetzen.«

Bei den Präsidentschaftswahlen stimmte sie für Roosevelt. Erstens konnte sie Hoover nicht mehr ertragen, und zweitens erinnerte sie sich immer noch gerne an diesen charmanten Unterstaatssekretär, der bei den Kadens in Beverly Hill so hervorragende Martinis gemixt hatte.

»Maryan, es handelt sich doch um den gleichen Franklin Roosevelt, nicht wahr? Ich täusche mich nicht?«

»Um den gleichen.«

»Seine Frau ist unerträglich.«

»Tröste dich, sie wird auf keinen Fall Präsident.«

Maryan erzählte ihr, er habe sich auf der Seite des demokratischen Kandidaten stark engagiert und trüge einen erheblichen Anteil der Wahlkampfkosten.

»Verdammt noch mal, Maryan, heißt das, daß du Geld ausgegeben hast, nur damit dieser Typ zum Präsidenten gewählt wird?«

»Richtig.«

»Und wie willst du an dein Geld wieder herankommen?«

Ein Wunder geschah: Maryan lächelte. So könne man die Sache nicht sehen, erklärte er. Es handele sich nicht um ein Darlehen und schon gar nicht um eine Art Bestechung. Er sei einfach davon überzeugt, Roosevelt sei der geeignetste, um in einem Land, das dies dringend brauche, Ordnung zu schaffen. Davon einmal abgesehen, hoffe er, daß dieser Roosevelt ihn und die gesamte Wirtschaft in Ruhe lasse, sobald er einmal im Amt sei.

»Hannah, ich und viele andere erwarten von der neuen Regierung nur eines: Wir wollen in Frieden arbeiten.«

Er hielt einen richtiggehenden Vortrag, was Hannah überraschte und verwirrte, denn normalerweise gehörte Maryan eher zu den schweigsamen Menschen und mischte sich kaum in die Politik ein.

Trotz aller Bedenken war sie eines Tages bereit – diesen Hoover verabscheute sie wirklich, und Roosevelts gewinnendes Lächeln war nicht ohne –, auf einen Aufruf eines Komitees, das den demokratischen Präsidentschaftskandidaten unterstützte, positiv zu reagieren. Sie überwies zehntausend Dollar und hielt sich gleichzeitig für völlig übergeschnappt! Geld investierte oder verschenkte man, punktum! Was sollte denn diese idiotische Transaktion, dieses Zwischending eigentlich bedeuten? Doch ein Präsident, der sich im Leben auskannte, Cocktails mixte und Dom Perignon liebte...

Sie hatte die Kosmetikerinnen- und Verkäuferinnenschulen wieder aufgemacht. Nicht ganz freiwillig, denn sie hielt es nicht für klug, zu viel und zu schnell zu investieren, solange sich noch keine grundlegende Änderung der Wirtschaftslage abzeichnete. Maryan und andere meinten, selbst Roosevelt, der gewählt worden war – Hannah war der Ansicht, daß er ihr auf die eine oder andere Art zehntausend Dollar schuldete –, könne erst im kommenden Jahr, ab 1934, die Maschine wieder in Schwung bringen.

›Bis dahin werde ich noch warten, aber dann werde ich ihm einen Brief schreiben, diesen Dom-Perignon-Trinker, wenn es nicht bergauf geht!‹

Sie hatte die Schulen wieder aufgemacht, da sie es nicht mehr aushielt, den vielen jungen Mädchen, die sie Tag für Tag um Arbeit baten, abschlägige Antworten geben zu müssen. Hannah hielt nichts von Mitleid oder Barmherzigkeit – nicht aus Geiz, sondern weil sie überzeugt war, daß man den Menschen, denen man Geld schenkte, einen schlechten Dienst erwies. Arbeit vermitteln, eine Chance geben, das ja. Aber Zwei-Dollar-Münzen verteilen, um ein gutes Gewissen zu haben?

›Oder selbst tausend, denn tausend Dollar haben für mich den gleichen Wert wie zwei Dollar für die Hausmeisterin.‹

»Cathy, wir werden diese verdammten Schulen wieder aufmachen. Kümmere dich darum.«

»Wir brauchen Kosmetikerinnen und Verkäuferinnen so notwendig wie das Gelbfieber!«

»Du wirst diese Schulen wieder auf- und deinen großen Mund zumachen! Für uns pickst du dir, wie immer, die besten Mädchen heraus.«

»Wir werden keine Arbeit für sie haben.«

»Abwarten. Zumindest haben die Mädchen nach der Ausbildung bei uns eine Chance, eine Stelle zu finden. Oder auf eigene Rechnung zu arbeiten.«

»Du weißt schon, daß von den in Frage kommenden Mädchen wohl keine die Kursgebühren bezahlen kann?«

»Sie werden bezahlen, wenn sie arbeiten. Wir werden Monatsraten vereinbaren. Sag mal, hast du sonst noch etwas auszusetzen? Soll ich dir es etwa schriftlich geben?«

»Ich warne dich: Du wirst nie seliggesprochen werden, als Jüdin.«

»Wenn ich tot bin, wird mir das ungemeine Pein bereiten.«

Sie selbst hielt die ersten Stunden.

Und stellte fest, daß fast alle Mädchen eingefallene Wangen hatten.

»Cathy, mach eine Kantine auf. Schnell.«

»Die die Mädchen bezahlen werden, wenn sie erst einmal arbeiten, nicht wahr?«

»Montblanc, reg mich nicht auf. Jetzt warne ich dich: Wenn ein einziges dieser Dinger sich bei mir bedanken will oder an einer Demonstration zu Ehren einer gewissen Hannah teilnimmt, setze ich sie augenblicklich vor die Tür. Ich mache keine Scherze.«

Von Zeit zu Zeit arbeitete sie mit den Chemikern ihres Labors zusammen, das direkt neben den Schulen in New Rochelle lag, und benahm sich dabei außergewöhnlich schüchtern. Storer hatte einen jungen, blonden Brillenträger eingestellt, Paul Travers, ein recht hübscher Kerl, der aus Cleveland stammte, sich vor allem für die Forschung begeisterte und auf diesem Gebiet viel Fantasie besaß. Storer und Travers bildeten, sich ergänzend, ein unvergleichliches Team. Zuerst hatte Hannah sich darauf beschränkt, den beiden zuzuschauen...

Doch dann hatte sie begeistert festgestellt, daß sie sich auf dem Gebiet der Pflanzen erheblich besser auskannte als die beiden, auch wenn ihre Terminologie nicht immer übereinstimmte. Da sie zehn Sprachen sprach, hatte sie sich, allerdings nur zum eigenen Gebrauch, ein höchst eigenwilliges Kauderwelsch angewöhnt, in dem sich englische, französische, polnische, jiddische, deutsche, russische, spanische und italienische Bezeichnungen vermischten, wenn sie sich nicht sogar der Sprache der Eingeborenen Australiens oder der Engadiner bediente.

Hannah ging sehr behutsam zu Werk, wenn sie Vorschläge machte, denn Ladislaw Storer war sehr empfindlich; als sie eines Tages meinte, man solle der Versuchscreme etwas *dibo-watu* hinzufügen, um die gewünschte Wirkung zu erreichen, schauten Storer und Travers sie verdutzt an. Sie erklärte, *dibo-watu* – »das schreibt man genau, wie man es ausspricht!« – sei eine Pflanze, die man nur in Neu-Südwales in Australien an den Ufern des Darling finde, zumindest habe sie sie nur dort entdecken können; sie ähnele dem *mushroom* oder Ständerpilz und – aber das sei nun wirklich sehr weit hergeholt, und sie erwähne das nur, um ihnen einen ersten Hinweis zu geben – der Pflanze, die in Savoyen das *Eustachius-Kraut* genannt wird...

Storer konnte sie in der Regel mit diesen so erleuchteten Ideen nicht überzeugen, Paul Travers schon eher. Er überfiel sie mit lateinischen Namen (hebräische hätte sie eher verstanden) und kam dann häufig zwei, drei Stunden später auf die richtige Idee; diesmal fragte er sich, ob Hannahs Pflanze vielleicht nicht zu der Familie der nelkenblättrigen Saponaria gehörte, dem Seifenkraut.

Man probierte es mit Saponaria-Auszügen, und siehe da, sie hatten das Ergebnis erzielt, nach dem sie seit drei Wochen gesucht hatten: Ihre Creme wurde leicht und beinahe schaumig.

»Mama, kennst du alle Pflanzen, die es auf der Welt gibt?«

»So wie ich alle Einwohner New Yorks persönlich kenne, du dummes Gänschen.«

Abigail hatte am 4. Juli ihren achtzehnten Geburtstag gefeiert.

›Ich glaube nicht, daß es zwischen New York und der Mongolei ein hübscheres Mädchen gibt; wenn, dann möchte ich dieses Wunder wirklich kennenlernen. Abigail ist hinreißend schön – nicht weil es sich um meine Tochter handelt, oder vielleicht nur ein kleines bißchen. Sie schlägt ja nicht nach mir.‹

Abigail hatte einen ausgeglichenen, besser noch, einen heiteren Charakter; sie war größer als ihre Mutter. (In dieser Hinsicht gab es keine

Überraschungen: nur die Liliputaner im Zirkus Barnum waren kleiner als Hannah.) Überrascht war Hannah allerdings, als Abigail ihr mitteilte, sie habe beschlossen, Biologie und Chemie zu studieren. Es verstand sich von selbst, daß Hannah sich gehütet hatte, ihre Tochter auch nur im geringsten zu beeinflussen.

»Abigail, wenn du mir eine Freude machen wolltest, dann hast du dein Ziel erreicht. Ich bin glücklich. Aber ich möchte nicht, daß...«

»Mama, ich will dich nicht imitieren. Ich liebe diese Fächer. Was wolltest du nicht?«

Hannah brauchte länger als ein Jahr, bevor sie sich davon überzeugt hatte, daß ihre Tochter ihre Studienfächer liebte, wirklich liebte, und nicht nur aus Stolz, die Tochter der Hannah zu sein, von der in den Zeitungen soviel gesprochen wurde, diese Fachrichtung einschlug. Hannah wußte, daß sie mit einigen Widersprüchen fertig werden mußte: Einerseits hatte sie volles Vertrauen in ihre Fähigkeiten, ihr Unternehmen zu leiten, andererseits mißtraute sie sich, wenn es galt, Liebe auszustrahlen oder gar auszusprechen...

Abigail hatte den Bau und die Inbetriebnahme des Labors in New Rochelle Schritt für Schritt verfolgt. Im Sommer 1932 arbeitete sie sogar drei Wochen als Laborgehilfin und verdiente 62,50 Cents die Stunde oder, bei neunundvierzig Stunden, 30,62 Dollar pro Woche. Nach drei Wochen hatte Hannah gemeint, es sei anomal, daß ihre Tochter einen vollen Arbeitsplatz in Anspruch nähme, während so viele Menschen arbeitslos wären.

Zu ihrem achtzehnten Geburtstag schenkte Hannah ihr, nicht ohne sich Sorgen zu machen, ihr erstes Auto, einen bescheidenen kleinen Ford:

›Wenn sie wie ich fährt, ist es vielleicht besser, sie nimmt den Zug oder den Bus.‹

Doch Abigail war auch als Fahrerin gelassen und ausgeglichen.

Die vielen Liebesabenteuer ihrer Tochter, die mit erschreckender Regelmäßigkeit Boy-friends sammelte, machten Hannah größere Sorgen.

›Einige waren gar nicht so übel... Verdammt noch mal, sie wird mich doch nicht schon zur Großmutter machen!‹

Lizzie, mit der sie über ihre Sorgen sprach, brach in schallendes Gelächter aus, was Hannah erbitterte.

»Hast du mir nicht selbst erzählt, daß du als Fünfzehnjährige mit Wölfen auf den Fersen allein durch das nächtliche Warschau gelaufen bist?«

»Nicht mit Wölfen, mit *einem* Wolf. Und das war nur ein Spitzname. Und eine andere Zeit.«

»In hundert Jahren werden Mütter und Väter noch behaupten, ihre Jugend habe in einer anderen Zeit stattgefunden. Und wenn ich mich richtig erinnere, dann bist doch du in Abies Alter um die ganze Welt gefahren, nicht wahr?«

»Aber das war nicht der gleiche Kontinent!«

»Wie komisch! Deine Tochter ist sicher vernünftiger, als du es je gewesen warst! Was, so ganz nebenbei gesagt, nicht sehr schwer ist.«

Hannah gab Lizzie innerlich recht:

›Ich muß einen ganz schön blöden Eindruck machen, wenn ich weiterhin eifersüchtig über die Jungfräulichkeit meiner Tochter wache!‹

Inzwischen war es Frühjahr 1933 geworden. Einen Monat zuvor, im März, hatte Franklin Roosevelt sein Amt als Präsident übernommen. Soweit Hannah informiert war, machte er seine Arbeit gar nicht schlecht. Bei einem seiner ersten ›Gespräche am Kaminfeuer‹, die berühmt werden sollten, hatte er die Nation aufgefordert, den Banken wieder ein größeres Vertrauen zu schenken. Der Appell hatte Erfolg: In der darauffolgenden Woche überstiegen die Einzahlungen zum ersten Mal seit langer Zeit wieder die Abhebungen.

»Fünfundzwanzig Dollar ist das schon wert. Er schuldet mir nur noch 9975.«

»Von wem sprichst du eigentlich?«

»Von Roosevelt.«

»Roosevelt schuldet dir Geld?«

»In gewisser Hinsicht.«

Hannah benutzte ihren Bugatti nur noch selten. Sie hatte beschlossen, ihn nie zu verkaufen, dafür liebte sie ihn zu sehr. An diesem Tag hatte sie ihn in der Garage in Yonkers gelassen, neben dem Rolls-Royce *Phantom I*, der in Springfield, Massachusetts, hergestellt worden war, einem Pierce-Arrow, einem Aston-Martin, einem Napier, den sie eigentlich nicht mochte und nur Gaffouil zuliebe gekauft hatte, und einem monströsen Hispano-Suiza mit einem Neuneinhalb-Liter-Motor. Beinahe hätte sie den Hispano für die Reise gewählt, doch Gaffouil hatte ihr abgeraten; er hatte beim Schalten angeblich ein merkwürdiges Geräusch gehört:

»Wären Sie nicht mit einhundertachtzig über die nur drei Meter breite Straße gedonnert, gäbe es sicher keine Probleme.«

Sie hatte sich für den Duesenberg *SJ* entschieden.

Und war sehr zufrieden. Trotz des Gewichtes (der Wagen wog mehr als zwei Tonnen) brauchte der 320 Pferde starke Motor doch nur knappe 17 Sekunden, um bis auf 160 km/h zu beschleunigen; die Spitze lag bei 210 km/h.

›Ich werde Groucho endlich einmal meinen Auspuff zeigen!‹

Zwei Monate zuvor hatte Groucho, ein Mercedes-Fan, sie geschlagen; sie hatte damals den Aston-Martin genommen und brannte auf Revanche:

›Soll er an seiner verdammten Zigarre ersticken!‹

»Mama«, sagte Abigail ausgeglichen wie immer, »dort ist...«

Drei Sekunden.

»Was ist dort?« fragte Hannah.

»Dort war ein Pferdekarren. Wir dürften inzwischen wohl schon einen Kilometer zwischen die Karre und uns gebracht haben. Du bist so dicht an ihr vorbeigefahren, daß ich den Atem des Pferdes gerochen habe. Glaubst du nicht auch, daß du ein wenig zu schnell fährst?«

»Wenn ich bummele, kann ich mich nicht konzentrieren.«

Die Tachonadel zeigte auf 200.

Natürlich passierte, was passieren mußte. Seit drei Stunden durchquerten sie auf dem Weg nach Boston nordwestlich von Hartford im tiefsten Connecticut in höllischem Tempo ein Dorf nach dem anderen. Gott sei Dank sah Hannah die Barrikade aus einem Polizeiwagen und einem Kremser, so daß sie ihr Monstrum rechtzeitig stoppen konnte.

Die Polizisten, die sie angehalten hatten, waren alle sehr blond, sehr rosa und sehr hübsch.

»Um was geht es denn?« fragte Hannah. »Wissen Sie eigentlich, daß Ihre Sperren, mit denen Sie sich amüsieren, höchst gefährlich sind? Wäre ich schneller gefahren, hätte ich nicht rechtzeitig halten können.«

Die Beamten erklärten, Kollegen aus anderen Counties hätten sie auf einen schwarzen Sportwagen hingewiesen, der...

»Mein Wagen ist schwarz *und* rot«, erklärte Hannah. »Samtrot, um genau zu sein. Er ist nicht schwarz.«

Anscheinend war dieses Detail unbedeutend; auf alle Fälle freute sich der Richter bereits auf eine Unterredung mit den Damen. Man bat sie, den Wagen zu verlassen, und führte sie in ein Privathaus, dessen Wohnzimmer einem Gerichtssaal glich. Ein kleiner Mann mit Brille, der Richter, verabscheute ganz offensichtlich alles, was mit Automobilen zusammenhing.

»Fünfhundert Dollar Strafe, ersatzweise fünf Tage Gefängnis.«

»Ich ziehe das Gefängnis vor«, antwortete Hannah energisch.

Tiefes Schweigen. Der Richter und die Polizisten verständigten sich mit Blicken. Hannah amüsierte sich königlich.

›Glauben die eigentlich, mich beeindrucken zu können? Ich habe schließlich niemanden getötet. Ganz abgesehen davon, daß die hier sicher kein Gefängnis für Damen haben.‹

»Vierhundert Dollar«, verkündete der Richter bedauernd.

»Ersatzweise vier Tage Gefängnis, nicht wahr? Ich ziehe weiterhin das Gefängnis vor.«

›Dieser kleine Richter wird gleich zusammenbrechen!‹

Nach dieser Feststellung beschloß Hannah, ihm ein wenig unter die Arme zu greifen.

»Herr Richter, kommen Sie doch einmal mit.«

Sie ging hinaus, von den Polizisten, dem Richter, Abigail und vier oder fünf Neugierigen begleitet, und stellte sich neben den Duesenberg, dessen verchromten Auspuffrohre auf der rechten Seite des Wagens in der Aprilsonne glänzten.

»Können Sie sich wirklich vorstellen«, meinte sie und riß dabei ihre grauen Augen auf, »daß ich kleine, alte und so zerbrechliche Dame dieses Ungetüm hier mit... mit wieviel soll ich gefahren sein?«

»Mindestens hundert Meilen pro Stunde. Höchstwahrscheinlich noch schneller.«

»Hundert Meilen? Ich gebe Ihnen mein Ehrenwort, daß ich mit diesem Wagen noch nie in meinem Leben hundert Meilen pro Stunde gefahren bin. Oder höchstens ein, zwei Sekunden, aber sicher nicht länger.«

Sie hätte Abigail, die sich kaum mehr halten konnte vor Lachen, am liebsten mit ihren Blicken erdolcht.

›Hannah, du spielst diese Komödie vor allem für deine Tochter. Sie soll dich einmal als Clown erleben.‹

»Sind Sie einverstanden«, antwortete der kleine Richter, »wenn wir das Strafmaß auf zweihundertfünfzig Dollar festlegen?«

»Zweieinhalb Tage Gefängnis. Wo befindet sich eigentlich dieses Gefängnis?«

Drei Minuten später genossen Mutter und Tochter die Gesellschaft einer hageren Vogelscheuche, der man leider ihre Gitarre nicht abgenommen hatte, und eines schnarchenden Säufers.

»Glaubst du nicht, daß du bei zweihundertfünfzig hättest ja sagen sollen?« fragte Abigail auf französisch.

»Du willst mir doch hoffentlich nicht beibringen, wie man verhandelt? Ich werde mit der Hälfte davonkommen.«

»O Mama!«

Die beiden konnten ihr Abenteuer nicht ernst nehmen, sondern waren eher geneigt, sich vor Lachen auszuschütten, als es im Büro des Sheriffs lebendig wurde. Der brave Gesetzeshüter tauchte kurz darauf auf:

»Ich kann Sie hier nicht die Nacht über einsperren, das wäre wirklich nicht korrekt. Kommen Sie mit ins Hotel Abbott. Der Richter ist damit einverstanden, daß Sie Ihre Strafe im Hotel absitzen.«

»Ich kenne meine Rechte«, antwortete Hannah. »Ich werde es zu verhindern wissen, daß meine Tochter und ich in einen Mädchenhandel verwickelt werden. Ich werde unter keinen Umständen die Zelle verlassen. Nicht wahr, Liebling?«

»Unter keinen Umständen«, bekräftigte Abigail.

Völlig verzweifelt trat der Sheriff den Rückweg an.

»Deine Freunde in Boston werden sich fragen, was eigentlich los ist«, meinte Abigail wieder auf französisch.

»Sie werden auf mich warten. Und deine?«

Abigails Augen leuchteten kurz auf, was Hannah nicht entging.

›In New York war das schon einmal passiert, als sie unbedingt darauf bestand, mich nach Boston zu begleiten. Ich wette, daß dort ein Geliebter auf sie wartet.‹

»Ich nehme an, daß sie ebenfalls warten werden«, meinte die junge Frau.

Der Gitarrist lächelte ihnen mit seinen angefaulten Zähnen zu und begann, für sie zu spielen, ein Lied von Roy Rogers oder ein Stück von Beethoven – die Melodie war nur schwer erkennbar.

Zehn Minuten später kam der Sheriff bereits zurück.

Er schloß die Zelle auf: »Wollen Sie mir bitte folgen?«

Er führte sie wieder zu dem kleinen Richter.

»In der Zwischenzeit habe ich mit New York telefoniert«, begann dieser. »Es hat den Anschein, als hätten Sie den Wagen gestohlen... Trotzdem...«

»Unsere finsteren Pläne sind enthüllt, Frank James«, sagte Hannah lachend zu ihrer Tochter, »laß uns in die Sättel springen und fliehen!«

»Trotzdem«, ließ sich der kleine Richter nicht beirren, »kennt die New Yorker Polizei Sie, Madam Newman. Ich behaupte sogar, daß Sie und Ihre Automobile dort sehr populär sind.«

Das hatte seinen guten Grund: Jedes Jahr zahlte Hannah zwischen zehn- und fünfzehntausend Dollar für die verschiedenen Hilfswerke der New Yorker Polizei.

»Weiterhin wurde mir mitgeteilt«, nahm der Richter den Faden wieder auf, »daß Sie bereits einhundertzweiunddreißig Strafmandate wegen Überschreitung der zulässigen Höchstgeschwindigkeit erhalten haben. Ich wurde gebeten, Sie zu entlassen. Anscheinend gehen Sie den Kollegen in New York ab, wenn ich Sie ins Gefängnis stecke. Einhundertfünfzig Dollar, und Sie können mit Ihrer Tochter das Gericht auf der Stelle verlassen.«

»Bei einhundert Dollar schlage ich ein«, handelte Hannah weiter, »und fünfhundert für die Schule Ihres hübschen Dorfes.«

Zwanzig Minuten später und dreißig Kilometer weiter fragte sie:

»Interessierst du dich unter den Freunden, die dich in Boston erwarten, für einen besonders?«

»Ja, Mama.«

»Ein schöner Mann?«

»Sehr schön.«

»Ist es diesmal ernst?«

»Ich glaube.«

»Wenn ich dir mit meinen Fragen auf die Nerven gehe, dann sag mir das ruhig.«

»Nein.

»Was soll das heißen, nein?«

»Du gehst mir mit deinen Fragen nicht auf die Nerven.«

Sie lächelten sich zu. Hannah begann, laut und falsch zu singen. Abigail sang den Refrain mit, noch falscher, auch wenn dies unmöglich zu sein schien. Aber sie brachte das Kunststück fertig.

Am 23. April trafen sie in Boston ein. Hannah verbrachte vier Stunden in ihrem Kosmetiksalon in der School Street, um eine recht ärgerliche Geschichte aus der Welt zu schaffen – es handelte sich um Probleme mit der Konkurrenz und um Mietfragen –, und ging dann gegen Mittag zum Louisburg Square, wo sie sich mit Abigail verabredet hatte.

Durch die Fensterscheibe erkannte sie ihre Tochter bereits vom Gehweg aus und sah, daß sie nicht allein war; ein Mann saß an ihrem Tisch. Kurz nachdem sie das Restaurant betreten hatte, wurde sie von Bostoner Kunden aufgehalten, ein Pärchen, das sie in ein endloses Gespräch verwickelte. Ab und zu warf sie einen Blick zu ihrer Tochter; die Silhouette des Mannes, der mit dem Rücken zum Eingang saß, kam ihr vertraut vor, ohne daß sie sie hätte einordnen können.

Endlich allein, ging sie zu dem Tisch; die Spannung und der außerordentliche Ernst auf Abigails Gesicht waren unverkennbar.

»Was ist denn los?«

Sie war fast am Tisch angelangt. Der Mann stand auf, ein Riese. Er drehte sich um. In der darauffolgenden Zehntelsekunde hätte Hannah beinahe einen Schock erlitten. Ihr Herz drohte stehenzubleiben. Sie schloß die Augen und hatte zum ersten und einzigen Mal in ihrem Leben Angst, ohnmächtig zu werden.

Endlich machte sie ihre Augen wieder auf.

Natürlich war es nicht ER.

Sondern Adam, ihr ältester Sohn.

»Ich habe dir Fotos mitgebracht«, sagte er.

Hannah hatte sich neben ihn auf die Bank gesetzt; er breitete die Fotos aus.

»Das ist Jacqueline, meine Frau. Sie stammt aus Nizza. Ich habe sie vor zwölf Jahren in Paris kennengelernt. Und hier die Kinder, Marianne, die Älteste, dann Tadd, Ewan, die Zwillinge Beth und Debbie und schließlich Tim...«

»Wie alt sind sie?«

Sie kannte die Antworten von Lizzie, doch sie war noch so schockiert, daß sie sich an die banalsten Fragen klammern mußte.

»Marianne ist elf Jahre alt, Tadd zehn, Ewan acht, die Zwillinge drei und Tim wird im September ein Jahr.«

Während des Essens sprachen Abigail und Adam fast ununterbrochen; Hannah nur sehr wenig. Jedesmal, wenn sie Adam anschaute, zitterte sie, denn er war seinem Vater in fast allen Punkten ähnlich. Je heftiger sie sich ihre Schweigsamkeit vorwarf, die, wie sie befürchtete, als Zorn ausgelegt werden könnte, daß man sie vor vollendete Tatsachen gestellt hatte, desto weniger fiel ihr ein, was sie hätte sagen können. Sie fühlte sich leer und wie betäubt.

›Warum bin ich nur so entsetzlich ungeschickt, wie gelähmt? Ich müßte doch nur sagen, daß mich die Gefühle überwältigen und das Glück erdrückt? Schließlich findet man nicht jeden Tag seinen Sohn wieder.‹

Adam erklärte während des Essens in allen Einzelheiten seine Arbeit; mit zwei Partnern war er gerade dabei, ein vierzigstöckiges Gebäude in der Griswold Street in Detroit fertigzustellen und hoffte, in der Michigan Avenue, ebenfalls in Detroit, einen weiteren Wolkenkratzer bauen zu können. Anschließend stiegen sie zu dritt in den Duesenberg und drängten sich auf der Vorderbank zusammen.

Hannah achtete nicht auf den Weg; sie fuhr sehr langsam und konnte ihr Schweigen einfach nicht brechen. Nur Abigail versuchte, so etwa wie ein Gespräch in Gang zu bringen.

Am Ufer eines Teiches hielt sie an.

Sie stiegen aus.

»Mama, ich wäre sehr glücklich, wenn du uns in Detroit besuchen würdest. Wann immer du willst.«

Abigail hatte sich, sicher bewußt, fünfzig Meter von Mutter und Sohn entfernt. Das Kostüm von Nina Ricci betonte ihre grazile Figur.

»Und ob ich euch besuchen werde, Adam! Gott weiß, wie sehr ich mich gesehnt habe, meine Enkelkinder kennenzulernen.«

Sie trug die Fotografien in der Hand und schlug mit ihnen mechanisch gegen ihre Knie, wie sie es mit einem Kartenspiel gemacht hätte.

›Was soll ich tun? Ihn in meine Arme nehmen? Er ist mindestens einen Meter fünfundneunzig groß. Wenn nicht zwei Meter! Wie blöd es ist, so entsetzlich klein zu sein!‹

»Du bist für sie keine Unbekannte. Marianne sammelt alle Anzeigen, die in den Zeitungen erscheinen, und natürlich auch die Artikel. Sie bewahrt in ihrem Zimmer die Fotografie auf, auf der du zusammen mit Charlie Chaplin und Groucho Marx abgebildet bist. Ihre Brüder und sie selbst sind sehr stolz auf ihre Großmutter.«

»Und du, Adam?«

›Endlich ist es mir gelungen, eine intelligente Frage zu stellen!‹

»Ich bin hier, Mama. Ich hätte schon vor Jahren auf dich zukommen müssen. Abigail hat recht. Bitte verzeih mir.«

Sie beugte sich vor, preßte die Fotografien gegen die Brust und kämpfte gegen die Tränen auf die einzige Art, die sie kannte: den Mund halb aufmachend, als ob sie ersticke, und die Augen aufreißend.

›Er hat sogar die Stimme von IHM geerbt! Aber er ist nicht ER. Er ist mein Sohn und SEIN Sohn, alles, was mir von ihm bleibt, mehr noch als Abie.‹

Sie spürte kaum, wie sich Adams große Hand um ihre Schulter legte und sie langsam an sich zog, eine Geste, die ER hätte ausführen können und die ER auch tausendfach ausgeführt hat.

Zum ersten Mal seit einer Ewigkeit ließ sie sich gehen; sie legte ihre Wange an seine Schulter und schob ihre Hand in die ihres Sohnes.

»O Mama«, wiederholte Adam leise, »o Mama, bitte verzeih mir, verzeih mir.«

Kapitel 31

Er ist verrückt nach dir, weißt du das?

Im folgenden Monat, im Mai, fuhr sie nach Detroit und blieb fünf Wochen. Die beiden ersten Tage verliefen sehr schwierig und schmerzhaft. Nicht wegen Jacquelines Verhalten; ihre Schwiegertochter war ausgesprochen liebenswürdig. Auch nicht wegen der Kinder, die sie als eine lebendig gewordene Legende empfingen... sie selbst war daran schuld. Soviel Familie war sie nicht mehr gewohnt, und sie verspürte wieder diese Schüchternheit, die so gar nicht zu ihr paßte.

Doch von dem Augenblick an, an dem sie auf Adams Bitten begann, Episoden aus ihrer Vergangenheit zu erzählen, lösten sich die Schwierigkeiten langsam auf, obwohl auch das Geschichtenerzählen nicht zu ihren Angewohnheiten zählte. Normalerweise weigerte sie sich, ihre Erinnerungen an Polen, Australien und das Europa des neunzehnten Jahrhunderts vor anderen Menschen auszubreiten, von Lizzie einmal abgesehen. Eine einzige Ausnahme hatte sie gemacht, an dem Tag, an dem sie ihre beiden Söhne mit zu Mendels Grab genommen hatte.

Natürlich schwächte sie manche Situationen ab und ließ sich nicht lange über das aus, was Pelte der Wolf eines Nachts in den Warschauer Straßen mit ihr hatte anstellen wollen. Zu ihrer Verwunderung fand sie, die immer geglaubt hatte, als Erzählerin unbegabt zu sein, packende Worte:

»Pelte der Wolf hatte die schwarzen Augen eines Zigeuners und trug eine Weste mit silbernen Zechinen; sein Gang war federnd und heimtückisch. Lange hatte er in einem Zirkus als Messerwerfer gearbeitet... Mendel, der Kutscher, tötete ihn in einer Winternacht, während in der Zitadelle die Trommel geschlagen wurde, indem er ihm den Hals sehr fest zudrückte...

Marianne, Tadd und Ewan und selbst die Zwillinge, denen diese Welt sicher noch sehr rätselhaft war, hörten genauso fasziniert zu wie Adam und seine Frau, die ihr gegenüber Hand in Hand auf einem Sofa saßen und von Zeit zu Zeit, während Hannah erzählte, stolze Blicke austauschten.

Jacqueline hatte dunkle Haare und schwarze Augen; sie war, wie gesagt, Französin und immer zu Scherzen aufgelegt. Ihre Familie züchtete Blumen, die sogar vom englischen Hof gekauft wurden. Die beiden Frauen hatten sich innerhalb von nicht einmal drei Tagen aneinander gewöhnt. Sie besuchten zusammen Hannahs Detroiter Kosmetiksalon – wo das Auftauchen der Chefin wie immer hektische Betriebsamkeit auslöste –, machten Schaufensterbummel und sprachen über Monte Carlo und den Blumenmarkt in Nizza.

»Sie sprechen ausgezeichnet Französisch«, bemerkte die junge Frau eines Tages. »Wo haben Sie es gelernt?«

»In Polen. Ich habe *Gefährliche Liebschaften* gelesen. So wie ich Englisch mit Hilfe der Lektüre von Dickens gelernt habe.«

Sie war in Detroit so glücklich, daß sie zweimal ihre Abreise nach Europa verschob. Schließlich schifften sich Hannah, Jacqueline und die Kinder Anfang Juli auf dem italienischen Dampfer *Rex*, der damals das Blaue Band hielt – er hatte die Strecke von der amerikanischen Küste bis nach Gibraltar innerhalb von vier Tagen und vierzehn Stunden bewältigt – nach Europa ein; Adam, der nur ungern seine Zustimmung zu dieser Gruppenreise gegeben hatte, wollte Anfang August nachkommen. So hatte seine Familie die Gelegenheit, fast sechs Wochen in Nizza zu verbringen.

Nur einmal war das Gespräch auf Jonathan gekommen. Adam wußte über seinen Bruder kaum mehr als die Kadens; er hatte ihn seit vier Jahren nicht mehr gesehen.

»Damals kam er von einer Reise durch den Pazifik zurück; er hatte längere Zeit auf einer der Salomon-Inseln gelebt, aber er hat mir nicht gesagt, was er dort eigentlich getan hat. Soviel ich verstanden habe, hat er auf einer Plantage gearbeitet.«

Seit dieser Zeit hatte Jonathan ihnen nur zweimal geschrieben, das erste Mal Anfang 1930, nur einige Worte, um ihnen mitzuteilen, es ginge ihm gut; der zweite Brief, in dem er mitteilte, er wolle nach China fahren, war kaum länger gewesen.

»Er sprach davon, eine Artikelserie über den Krieg zwischen Tschiang Kai-schek und den Kommunisten schreiben zu wollen, erwähnte aber nicht, für welche Zeitung, wenn er überhaupt einen festen Auftraggeber hatte. Ich habe mich einmal umgehorcht. Keiner der bedeutenden Chefredakteure kennt ihn.«

Sie stellte eine Frage, über die sie sich schämte, denn sie als Mutter hätte es ja wissen müssen:

»Wem sieht er ähnlich, Adam?«

»Er ist etwas kleiner als ich, wohl einen Meter neunzig groß, schlanker und knochiger.«

Und hatte Hannahs Augen...

Von Genua aus, wo der Dampfer der Italia-Flotte Riunite, der erst kürzlich von Mussolini ins Leben gerufenen italienischen Staatslinie, gelandet war, fuhren sie mit dem Zug nach Nizza, von einem italo-amerikanischen Detektiv begleitet, eine Vorsichtsmaßnahme von Onkel Maryan.

Der gleiche Maryan hatte drei Jahre zuvor ›neben einigen kleineren Parzellen in dieser Gegend‹ in Saint-Jean-Cap-Ferrat, beinahe an der Spitze der Halbinsel, jenseits des Semaphors, einen größeren Besitz gekauft; die Villa umfaßte zwölf Schlafzimmer. Auf dem Grundstück befanden sich ein großes Schwimmbad und ein Tennisplatz, und eine kleine, private Standseilbahn erlaubte den direkten Zugang zum Meer. Hannah beschloß, sich ebenfalls in der Gegend einzukaufen; eines Tages würde sie schließlich alt und gebrechlich sein und überall nur noch Schafe sehen, und wenn sie dann ganz den Verstand verlieren sollte, mußte man sie schließlich im Auge behalten. Warum also sich nicht hier etwas kaufen, wo es schön war?

Außerdem sollten die Enkel ein Haus für sich bekommen.

›Verdammt noch mal, ich bin jetzt schließlich Großmutter; nicht alle bekommen sechs Enkel auf einmal!‹

Sie rief in Paris an und bat einen der Rechtsanwälte aus ihrer Mannschaft, die auf ihre Bitten hin vier Monate zuvor von dem Genfer Pierre Poncetti zusammengestellt worden war, nach Südfrankreich zu kommen. Am nächsten Morgen bereits traf Jean-Claude Brana ein. Sie schleppte ihn zu Fuß über fast die ganze Halbinsel. Die Sonne brannte vom Himmel und wurde von den Erdbeerbäumen und dem Goldregen kaum gemildert. Hannah spielte fröhlich mit ihrem Sonnenschirm und war trotz des zweistündigen Spaziergangs noch sehr frisch, während der arme Teufel aussah, als habe er ein Dampfbad genommen und vergessen, sich vorher auszuziehen.

»Dieses Grundstück noch, junger Jean-Claude. Bitte finden Sie, wie bei den anderen, heraus, zu welchem Preis es erwerbbar ist, ob die Verhandlungen schnell vonstatten gehen können und wie es mit der Bauerlaubnis und Grundstückserschließung aussieht. Sollte sich unter den Besitzern ein gewisser Kaden befinden, dann lassen Sie es mich bitte wissen; Sie dürfen Kaden auf keinen Fall den Namen Ihrer Auftraggeberin verraten, denn dieser Betrüger wäre durchaus imstande, mir einen Sonderpreis einzuräumen oder das Grundstück gar zu schenken. Nein, das können Sie nicht verstehen; kümmern Sie sich nicht darum, es handelt sich um eine vierzigjährige Geschichte. Dieses Grundstück hier ist leider nur zwei Hektar groß; nicht gerade sehr viel, aber ich werde mich zu bescheiden wissen. Ich ziehe es allen anderen vor, denn es dominiert die ganze Halbinsel und vor allem diesen großen Schuppen dort. Ich werde das Haus so bauen lassen, daß ich von meinem Schlafzimmer aus beobachten kann, wie sich Lizzie und er umarmen ... Nein, auch das können Sie nicht verstehen. Auf englisch nennt man das einen *private joke*.«

»Ich spreche Englisch.« Brana war es endlich gelungen, Hannahs Redefluß zu unterbrechen. »Und Spanisch.«

»Ausgezeichnet, junger Jean-Claude, ausgezeichnet. Ihr Schnauzbart steht Ihnen übrigens sehr gut.«

›Er wird sogar rot! Ein lieber Kerl.‹

Bei dem ›großen Schuppen‹ handelte es sich natürlich um Maryans und Lizzies Villa. Hannah stellte sich bereits vor, wie sie, mit einem guten Fernglas bewaffnet, von ihrer dominierenden Lage aus Maryans Spiele mit seiner Frau beobachtete, denn diese Dickköpfige wollte sich ihr immer noch nicht anvertrauen.

»Junger Jean-Claude, beeilen Sie sich bitte. Sofort nach Abschluß des Kaufvertrags werde ich mit dem Bau beginnen, so daß ich nächsten Sommer bereits in dem Haus wohnen kann.«

Drei Tage später fuhr sie nach Paris.

Bereit, die zweite Phase der Wiedereroberung ihres Reiches einzuleiten.

Seit einhundertdreißig Tagen arbeitete ihr Rechtsanwaltsteam unter der Leitung von Pierre Poncetti; erst eine Woche vor ihrer Abfahrt nach Europa hatte sie den erbetenen Bericht bekommen.

Die Stunde der Entscheidung ist gekommen, hatte Poncetti den Bericht in einem handschriftlichen Zusatz zusammengefaßt. Natürlich wollte Hannah auch in Europa ihr gesamtes Imperium zurückkaufen, nicht nur Anteile.

Anschließend mußte sie nur noch mit den Fournacs verhandeln, um auch Australien und Neuseeland wieder in ihr Reich einzugliedern; Hannah war bereit, selbst nach Melbourne zu fahren, falls es notwendig würde.

Dann wäre das dramatische Zwischenspiel, das immerhin zehn Jahre dauerte, nur noch eine Erinnerung, Vergangenheit...

›Und ich kann mich endlich wirklich um die Expansion kümmern!‹

Ihre Vorstellungen auf diesem Gebiet waren sehr präzis und standen seit langem fest.

Sie schlief in ihrem Single im Train Bleu, von den Rädern sanft in den Schlaf gewiegt.

Hannah war schon immer gern im Zug gereist.

»Es war höchste Zeit«, bemerkte Jeanne Fougaril bitter. »Ich fragte mich schon, ob du dich überhaupt noch entscheiden würdest.«

»Ich mußte erst Amerika absichern, bevor ich mich um den Rest der Welt kümmern kann.«

»Du hast dir Zeit gelassen. Fast fünf Jahre. Deine amerikanische Festung muß ja ganz schön ausgebaut sein.«

»Halt den Mund, Fougaril. Du bist immer noch so mürrisch wie früher, wenn nicht noch schlimmer. Das muß an der Menopause liegen. Je später die eintritt, desto schlimmer soll sie ja ausfallen. Nun?«

Sie aßen in einem Restaurant in der Avenue Montaigne in Paris zu Mittag. Jeanne hatte sich ein weiches Ei und einen Apfel, Hannah zwei Portionen Gänseleberpastete in Blätterteig, einen Butt, Lammrücken und zum Nachtisch Pfirsich-Melba und ein Soufflé bestellt. Dabei war Jeanne recht rundlich und Hannah dünn wie ein Strich. Sie trug ein von Robert Piguet entworfenes Kleid, ein ehemaliger Schüler Paul Poirets, der sich gerade in der Rue du Cirque selbständig gemacht hatte.

»Ich hasse dich«, sagte Jeanne.

»Hast du einen neuen Grund dafür gefunden, oder handelt es sich immer noch um die von früher?«

»Du wirst nicht älter. Und wenn ich dich beim Essen beobachte, wird mir schlecht... O Hannah, ich bin wahnsinnig froh, dich wiederzusehen, und muß gleich weinen. Seit ich deinen Brief erhielt, in dem du deine Rückkehr angekündigt hast, habe ich die Tage gezählt.«

»*Hannah rides again,* Halleluja!« sagte Hannah fröhlich, bevor sie zu ihrer Gänseleberpastete einen Schluck Corton-Charlemagne trank. »An welchem Punkt sind die Rechtsanwälte angelangt?«

»Das werden sie dir selbst sagen.«

»Ich habe dich gefragt. Die Rechtsanwälte sehe ich erst später.«

Als Hannah im März 1919 den europäischen Teil ihres Imperiums verkauft hatte, hatte Jeanne auf eigene Rechnung zwölf Prozent der Anteile erworben.

»Bleiben noch achtundachtzig. Auriols französische Gruppe übernahm vierzig und die englische Bishops den Rest. Auriols Sohn war relativ schnell zum Verkauf bereit, unter der ausdrücklichen Bedingung, daß niemand anders als du seine Anteile übernimmt – er gehört zu meinen persönlichen Freunden. Er überläßt dir fünfundzwanzig Prozent und behält fünfzehn, verpflichtet sich aber, deine Geschäftspolitik unter allen Umständen zu unterstützen. Ich hatte keine Schwierigkeiten, ihn davon zu überzeugen, daß er, sobald du das Ruder übernommen hast, dreimal soviel verdient wie mit den Engländern.«

»Versteht er sich denn mit den Engländern nicht?«

»Oh, man kann wirklich von einer *Entente cordiale* sprechen: Sie hassen sich! Seit Jahren! Ich möchte mich nicht loben, aber hätte ich nicht über die zwölf Prozent verfügt, mit denen ich bald die eine und bald die andere Seite unterstützte, um etwas Ordnung in den Laden zu bringen, hätten die sich schon lange über den Ärmelkanal hinweg Cremetöpfe ins Gesicht geworfen!«

»Ist das der Grund für die momentanen Schwierigkeiten?«

»Ja und nein. Ja, denn alle Reorganisationsprojekte wurden laufend torpediert; sie konnten sich nicht einmal über kleine Investitionen einig werden. Nein, denn es gibt auch andere Gründe. Die vor vier Jahren in Amerika ausgebrochene Krise scheint auch Europa heimzusuchen, Frankreich allerdings nicht so stark wie England, doch ich bin keine Wirtschaftswissenschaftlerin. Hannah, ich weiß nur, daß im Augenblick die Geschäfte ausgesprochen schlecht gehen.«

»Verlierst du Geld?«

»Das immerhin nicht. Aber ich stehe kurz davor. Hast du dir die Buchhaltungsunterlagen und Gewinnberechnungen denn nicht angesehen?«

»Bishop zögert, sie mir zu überlassen.«

»Ich kann dir ja meine Unterlagen zeigen. Sie sind relativ vollständig, das heißt, es fehlen die genauen Zahlen von Großbritannien, Holland, Dänemark, Spanien und Portugal; diese Länder wollte London immer direkt leiten. Aber ich verfüge über recht gute Schätzungen, denn praktisch alle Frauen und Mädchen, die in den Kosmetiksalons arbeiten, wurden in den von dir gegründeten Schulen ausgebildet, Gott sei Dank! So zögern sie nicht, mich zu informieren, wenn ich sie darum bitte. Hannah, Bishop wird nie verkaufen. Er hat mir hundertmal angeboten, meinen Anteil zu kaufen!«

»Für ein Problem gibt es immer viele Lösungen.«

Mit gutem Appetit attackierte Hannah ihren Lammrücken, das Mischgemüse und den Salat aus jungem Spinat, die dazu gereicht wurden.

Zwei Tage später flog sie mit der Imperial Airways nach London.

Arthur E. Bishop war ungefähr fünfundvierzig Jahre alt, korpulent und rot im Gesicht. Laut den Unterlagen, die sie über ihn erbeten hatte, war er verheiratet und Vater von zwei Töchtern. Er selbst war der Sohn eines Eisenwarenhändlers aus Leeds und hatte während des vierjährigen Krieges innerhalb der Royal Air Force Karriere gemacht: Als Pilot war er vom Gefreiten bis zum Hauptmann aufgestiegen. Seine Töpfe im gesamten britischen Reich verkaufend, war er reich geworden. Man hielt ihn für sehr intelligent und genauso hartnäckig.

Einer ihrer Londoner Anwälte, niemand anders als Nigel Thwaites, der Neffe des verstorbenen Polly, erklärte ihr:

»Sie haben nach seinen Schwächen gefragt. Wir haben nur eine gefunden: Bishop wird von dem recht naiven Ehrgeiz geplagt, in die feinsten Kreise eingeführt zu werden. Er hat bereits mehrmals bei exklusiven Clubs Aufnahmeanträge gestellt, die aber jedesmal abgelehnt wurden.«

»Sie, Nigel, sind Mitglied der Clubs, in die er eintreten will?«

»Von einigen. Doch die...« Er brach ab und lächelte. »Sie meinen, ich sei etwas snobistisch, nicht wahr?«

»Sie sind aufgrund Ihrer Herkunft zugelassen worden. Nigel, ich werfe Ihnen natürlich nichts vor...«

»Onkel Polly behauptete häufig, Sie seien anarchistischer als Bakunin!«

»Ich habe Bakunin nie kennengelernt. Mister Arthur Bishop möchte nicht verkaufen?«

»Er hat uns zweimal empfangen: Wir gaben Ihre Angebote ab. Vor allem beim zweiten Mal war seine Ablehnung mehr als kategorisch.«

›Für jedes Problem gibt es viele Lösungen.‹

Am Tag nach ihrer Ankunft traf sie sich mit Bishop. Am Ankunftstag selbst war sie noch in ihren Kosmetiksalon am Saint James-Platz gegangen, den ersten, den sie in Europa gegründet hatte.

›Das ist nun siebenunddreißig Jahre her! Wie die Zeit vergeht!‹

Sie hatte sich aufs schlimmste gefaßt gemacht und war angenehm überrascht. Man hatte ihren Salon im großen und ganzen so belassen, wie sie ihn eingerichtet hatte, und sie überlegte sich sogar, ob dieser Konservatismus nicht übertrieben war...

›...aber wir sind ja in England.‹

Niemand hatte sie erkannt; zunächst hatte sie sich geärgert, aber so hatte sie die Möglichkeit, das Personal sorgfältig zu überprüfen und einen Blick auf die Einrichtungen zu werfen, ohne daß alle aufgeregt durcheinanderliefen. Sie hatte sich selbst die Toiletten angeschaut, die einen neuen Anstrich durchaus vertragen hätten.

– Lizzie, Toiletten sind wichtig! Lach nur. Sie sind wirklich wichtig. Um Pipi zu machen... was du gleich in deine Unterhose machen wirst, wenn du weiter so blöd lachst... doch nicht nur dafür. Was macht eine Frau als erstes, nachdem sie von einer meiner Kosmetikerinnen behandelt worden ist? Was meinst du? Sie geht auf die Toilette. Wirklich, Madam Kaden! Auf die Toilette. Nicht um Pipi zu machen. Sondern um sich im Spiegel anzuschauen, obwohl ihr die Kosmetikerinnen natürlich alle möglichen Spiegel vorgehalten haben. Sie will sich allein anschauen, ohne Zeugen, unter zwei Augen, mitleidslos... Lizzie, in diesem Augenblick gewinne oder verliere ich meine Kundinnen, auf der Toilette... Meine Liebe, wehe dem, der das nicht weiß! Das ist die eigentliche Berufserfahrung.

Cecily Barton war am Saint James-Platz als Direktorin abgelöst worden; die Fünfundsiebzigjährige hatte vor sechs Jahren ihren Ruhestand angetreten und lebte jetzt, soweit Hannah informiert war, bei einem ihrer Söhne in Kanada. Ihre Nachfolgerin hieß Harriet Norris.

»Sie ist gar nicht so übel«, erklärte Hannah, als sie Bishop gegenübersaß. »Nur daß sie kein Wort französisch, deutsch, spanisch, italienisch oder einer sonstigen Fremdsprache spricht. Und sich wie ein Besen frisiert. Ein kapitaler Fehler auch, ihr Büro im zweiten Stock einzurichten: Wenn eine Angestellte im Erdgeschoß eine Kundin erwürgt, wird sie es nicht auf Anhieb mitbekommen.«

Bishop lachte:

»Diese Art Unfall ereignet sich erfreulicherweise recht selten. – Sie wollen also meinen Anteil an dem Unternehmen zurückkaufen? Ich dachte eigentlich, ich hätte Ihren Rechtsanwälten eine klare Antwort erteilt.«

»Ich möchte Ihnen einen neuen, anderen Vorschlag machen.«

Der Unterschied zu den vorhergehenden Vorschlägen war schnell erklärt: Sie, Hannah, wollte nicht mehr alle achtundvierzig Prozent der Anteile kaufen, die Bishop hielt, sondern nur noch fünfzehn, so daß ihm dreiunddreißig Prozent verblieben. (Hannahs Position sah in diesem Fall folgendermaßen aus: fünfundzwanzig Prozent kaufte sie dem Sohn Auriols ab; dazu kamen die fünfzehn Prozent, die im Besitz des Sohnes verblieben, aber in ihrem Sinne verwaltet wurden, die zwölf Prozent Jeanne Fougarils und die fünfzehn Prozent, die sie Bishop abkaufen wollte; alles zusammengerechnet, verfügte sie über siebenundsechzig Prozent, das heißt, über mehr als die notwendigen zwei Drittel.)

»Im Augenblick reicht mir das völlig«, erklärte sie.

»Nur, Madam, ich habe immer noch nicht die Absicht zu verkaufen. Im Gegenteil, ich biete Ihnen ganz offiziell an, Ihre Anteile aufzukaufen.«

Sie lächelte ihn an.

»Sie möchten nicht verkaufen, da Sie noch nicht alles wissen. Ich zwinge Sie natürlich nicht, fordere Sie aber auf, die Verträge, die in Morcote vor vierzehn Jahren und etwas mehr als vier Monaten unterschrieben wurden, noch einmal aufmerksam zu studieren. Ich habe mich damals verpflichtet, dem Unternehmen, das ich verkauft habe, unter keinen Umständen und in keiner Form Konkurrenz zu machen. Selbstverständlich halte ich mich an diesen Passus. Ich werde kein Konkurrenzunternehmen aufmachen. Eine Tatsache allerdings möchte ich Ihnen nicht weiter verschweigen: Ich wurde gerade von den Aktionären der Gesellschaft, von der Sie achtundvierzig Prozent besitzen, zur Direktorin für Europa ernannt. Die anderen Aktionäre verfügen über zweiundfünfzig Prozent und damit über die Mehrheit, die ihnen nach Klausel neununddreißig, Absatz sechs des Vertrages vom 23. März 1919 das Recht gibt, alle Kosmetiksalons aufzumachen, die in ihren Augen zur Expansion des Unternehmens eröffnet werden sollten. Ich bin natürlich keine Juristin und zitiere nur sinngemäß.«

Bishop musterte sie scharf.

›Er schaut mich an, wie er diesen deutschen Piloten angeschaut haben muß, diesen... ich habe seinen Namen vergessen; er hatte ein Engelsgesicht und trotzdem so viele englische und französische Flugzeuge abgeschossen... Übrigens, Bishops Kopf ist gar nicht so übel...‹

Er fragte:

»Und Sie wollen so weit gehen und hier in London ein zweites Institut aufmachen?«

›Vorsicht, Hannah, der Moment des Knock-out ist gekommen, wie Dempsey sagt. Du darfst jetzt keine Fehler machen, während du ihm deine Argumente darlegst. Nur Mut, Kleine.‹

Sie holte Luft:

»In London, Lissabon, Madrid, Barcelona, Kopenhagen, Rotterdam, Amsterdam und Den Haag. Und auch an anderen Orten, falls dies notwendig wird. Wollen Sie eine Wette eingehen? Ich wette mit Ihnen, daß diese Kosmetiksalons noch vor Jahresende funktionstüchtig sind. Nein, antworten Sie noch nicht, ich bin noch nicht fertig. Die Klausel sechsundsechzig, Absatz drei sieht die Möglichkeit vor, Partnerschaften einzugehen, falls dies zur Eröffnung eines oder mehrerer Institute in einem oder mehreren Ländern hilfreich sein sollte. Auch hier zitiere ich nur sinngemäß, ich bin auch in der Zwischenzeit keine Juristin geworden. Eine Einschränkung ist zu berücksichtigen: Der neue Partner darf über höchstens ein Drittel der Aktien verfügen, Klausel siebenundsechzig, Absatz eins, und alle Gesellschaften, die auf diese Weise gegründet werden, müssen den Absatz drei der Klausel einundsechzig vollinhaltlich berücksichtigen. Mister Bishop, können Sie mir folgen? Man hat mir gesagt, Sie zählten zu den englischen Kriegshelden. Ich finde es skandalös, daß man Ihnen die Mitgliedschaft in diesem Club in der Jeremy Street verweigert, während kleine Kretins, die nicht einmal ein Hundertstel soviel wert sind wie Sie, aufgenommen wurden. Ich glaube, Mister Bishop, daß wir zumindest einen Punkt gemein haben: Wir verabscheuen Erben, denn wir sind unsere eigenen Ahnen. Zurück zu diesem Club: Einer meiner ältesten und besten Freunde, Winnie Churchill, den Sie vielleicht kennen, hat dort eine recht bedeutende Stellung inne. Genaueres kann ich Ihnen nicht sagen, denn es handelt sich ja um eine reine Männerangelegenheit, in die ich mich auf keinen Fall einmischen will. Kommen wir wieder auf unsere Affäre zu sprechen... Als Europa-Direktorin Ihrer Gesellschaft, die gestern von zweiundfünfzig Prozent der Aktionäre ernannt wurde, habe ich beschlossen, diese neuen Kosmetiksalons, von denen wir sprachen, aufzumachen. Jetzt werden die Absätze eins, zwei und drei der Klausel einundsechzig wichtig: Für diese neu zu gründenden Filialen wird ein zusätzlicher Partner sich dem Unternehmen anschließen, eine amerikanische Firma mit Sitz im Bundesstaat Delaware, mit der ich, wie ich Ihnen nicht verhehlen möchte, eng verbunden bin. Diese amerikanische Firma wird mit einem Drittel an den neuen Filialen beteiligt sein. Sie können sich leicht ausrechnen, was die Folge sein wird: Innerhalb von einem Jahr werden die alten, das heißt, die im Augenblick bestehenden Institute in London, Lissabon, Madrid, Barcelona, Kopenhagen, Rotterdam, Amsterdam und Den Haag tief in die roten Zahlen geraten. In achtzehn Monaten werden sie, davon bin ich überzeugt, sogar ihre Pforten schließen müssen. Die Mehrheitsaktionäre, die mich ernannt haben, werden kein Geld verlieren, denn sie verfügen ja über zwei Drittel der neuen Institute, während sie nur achtundvierzig Prozent der alten besitzen. Ihnen wird es nicht so gut gehen, denn die verlustbringenden alten Institute lasten schwer auf Ihnen.«

Schweigen.

»Ein guter Grund für einen Prozeß«, sagte Bishop endlich.

Sie klatschte fröhlich in die Hände:

»Wunderbar? Wann fangen wir an? Ich liebe Prozesse. Vor allem Prozesse wie diesen, die drei, vier Jahre dauern. Oder auch länger. Die neuen Institute werden mindestens drei Jahre auf dem Buckel haben, bevor das endgültige Urteil gesprochen wird.«

Jetzt gab es in Hannahs Augen nur noch zwei Möglichkeiten: Entweder bot er ihr einen Tee an oder er warf sie hinaus.

Er machte weder das eine, noch das andere. Er stand zwar auf, aber nicht, um sie zu verabschieden, sondern um auf und ab zu gehen. Sie spürte seinen Blick, der auf ihrem Nacken und der, wie sie sich sicher war, sehr charmanten Silhouette ihres Rückens ruhte, der der Mode entsprechend nicht bedeckt war. Sie hatte Zeit, sich die Fotografien im Büro Bishops anzuschauen; sie zeigten den nicht einmal Fünfzehnjährigen am Steuer einer Sopwith Camel der Royal Air Force.

›Wenn Winnie mir den kleinen Dienst nicht leisten will, um den ich ihn bitten werde, werde ich überall erzählen, daß er mich im Rosarium des Schlosses, das er von seinen edlen Vorfahren, den Herzögen von Marlborough, geerbt hat, hatte vergewaltigen wollen. Das stimmt zwar nicht, aber er war damals so betrunken, daß er sich an nichts mehr erinnern kann.‹

Bishop hatte sich wieder gesetzt. Er schaute sie nachdenklich an.

»Als Sie das Büro betraten«, sagte er, »dachte ich im ersten Moment, Sie seien Ihre eigene Tochter. Man hatte mir eine alte Dame angekündigt.«

»Eines der schönsten Komplimente, das man mir je gemacht hat«, sagte sie und lächelte so betörend wie möglich.

›Bishop, das ist kein Kampf für Sie. Ich bin nicht Manfred von Richthofen, und wir bekämpfen uns nicht mit Flugzeugen. Die Jury, die über den Ausgang unseres Kampfes bestimmt, ist ausschließlich aus Frauen zusammengesetzt, denken Sie daran; ich gehöre schließlich auch zu dieser Gattung.‹

Schweigen.

»Darf ich Ihnen Tee reichen lassen?« fragte Bishop.

»Ich dachte, du wolltest dich nie in deinem Leben mit Partnern einlassen?« fragte Jeanne. »Dieser Bishop hat dir ja nur fünfzehn Prozent verkauft.«

»Achtzehn. Er war ausgesprochen charmant. Diese Rechtsanwälte taugen wirklich nichts. Fünfzehn hätten keine runde Zahl ergeben. Auriol junior hat mir fünfundzwanzig Prozent verkauft, plus die achtzehn von Bishop, machen dreiundvierzig, plus deine zwölf, machen fünfundfünfzig...«

»Stop. Ich habe meine zwölf noch nicht verkauft. Vielleicht verkaufe ich sie gar nicht.«

»Fougaril, geh mir nicht auf die Nerven! Sollen wir wetten, daß du mir sie verkaufst?«

»Für jedes Problem gibt es immer... Ich weiß. Nein, ich nehme diese Wette nicht an. Ich kenne dich zu gut und weiß, daß du zu allem fähig bist.«

»Und daß Bishop auch den Rest seiner Aktien verkaufen wird. Genau wie Auriol junior. Das ist nur eine Frage der Zeit.«

Sie war sich sicher. Drei Jahre später verkaufte denn auch Auriol, und im April 1939 Bishop, einige Tage bevor er von George VI. in den Adelsstand erhoben wurde. Der gleiche Bishop ließ Hannah einen sehr schönen Akt von Whistler und eine Fotografie von Manfred von Richthofen zukommen, der folgender Kommentar beigelegt war:

Er war nicht so gefährlich wie Sie!

Jeanne hatte recht gehabt: Von Australien und Neuseeland einmal abgesehen – doch die Partnerschaft mit den Fournacs war sowieso anders angelegt gewesen, denn sie beschränkte sich ja nicht auf den Verkauf von Hannahs Produkten –, hatte sie bis zu diesem Zeitpunkt immer die Idee von sich gewiesen, einen Partner in ihr Unternehmen aufzunehmen, geschweige denn mehrere! Für sie eine genauso schlimme Vorstellung wie die, bei Banken Kredit aufzunehmen.

Doch damals hatte sie keine andere Wahl gehabt, denn ihr verfügbares Kapital war begrenzt gewesen.

Die Tatsache hatte sie zwar geärgert, aber sie war inzwischen nicht mehr ganz so prinzipienstreng wie zu Beginn ihrer Karriere.

Sie kaufte Jeanne ihren Anteil ab, was ihr nicht weiter schwerfiel, denn Jeanne hatte 1919 nicht die ganzen zwölf Prozent bezahlt, die sie verwaltete, sondern nur 10 Prozent der zwölf Prozent, also 1,2 Prozent der Gesamtsumme. Der Rest war von einem Schweizer Konsortium aufgebracht worden, das Pierre Poncetti gebildet hatte. Eine besondere Klausel hielt fest, daß einzig Hannah das Recht hatte, wann immer sie wollte, diesen Anteil zurückzukaufen. Hannah hatte diese Bestimmung nicht gekannt, sondern erst jetzt entdeckt.

»Pierre war genau wie ich überzeugt, daß du eines Tages dein Unternehmen zurückkaufen wirst.«

»Das heißt, die ganze Welt wußte es, nur ich nicht. Jeanne, du sollst selbst entscheiden, was du vorziehst: Du kannst die 1,2 Prozent, die du aus eigener Tasche bezahlt hast, behalten oder mir verkaufen.«

»Ich mache das, was dir lieber ist.«

»Im Moment bin ich nicht sehr flüssig.«

»Dann machen wir eben einen Vorvertrag zu einem Kaufvertrag, und du kaufst mir meinen Anteil ab, wann es dir in den Kram paßt.«

»Fougaril, ich liebe dich.«

»Es wird langsam Zeit, daß du dir dessen bewußt wirst. Ich ziehe es vor, meinen Anteil zu verkaufen, weil ich bald in den Ruhestand treten will. Irgendwann muß ich es dir doch sagen, und dann mache ich es lieber gleich.«

»RUHESTAND? Bist du übergeschnappt?«

»Ich habe schließlich nicht deine eiserne Gesundheit. Und bin immerhin einige Jahre älter als du. Als ich dich gestern mit dem schönen Italiener tanzen sah, da bin ich mir in der Tat wie deine alte Tante vorgekommen. Wer ist denn dieser Italiener?«

»Ein Freund, den ich vor längerer Zeit in Rom kennengelernt habe. Wir haben uns zufällig wiedergefunden.«

»Zufällig! Den Bären kannst du anderen aufbinden. Er ist völlig verrückt nach dir, weißt du das?«

»Wir sprachen über deinen verdammten Ruhestand.«

»Das Thema ist erledigt, meine Liebe. Ich werde Ende nächsten Jahres aufhören. Ich finde ihn sehr schön und sehr distinguiert und vergöttere seine silbernen Schläfen. Und dieses hübsche Lächeln!«

»Von wem redest du eigentlich?«

»Das weißt du ganz genau!«

Kapitel 32

Ein gewisser Niccolo Machiavelli...

Lizzie, ich hatte ihn, wie gesagt, in Rom kennengelernt. Er hatte mich zum Abendessen in den palazzo *seiner Mutter eingeladen. Ich hatte ihn inzwischen vergessen, doch er hatte seit Jahren auf mich gewartet. Als wir in Genua vom Schiff gingen, hatte er mich nicht am Kai erwartet, aber...*

In Nizza war er dann aufgetaucht. Am Tag nach unserer Ankunft. Ich ging mit Jacqueline auf der Promenade des Anglais spazieren, als er plötzlich vor uns stand mit seinem charmanten Lächeln, seinem Stock mit dem elfenbeinernen Knauf, seinem Panama, seinen weißen Gamaschen und seinem so amüsanten Schnauzbart. Wir sprachen miteinander, oh, nichts Bedeutendes, und nur fünf, sechs Minuten lang, doch kaum hatten wir uns nur wenige Meter entfernt, als meine blöde Schwiegertochter auch schon losprustete:

»Dieser cavaliere *ist ja völlig verrückt nach Ihnen, Mama«, sagte sie, oder so etwas in dieser Art. In den darauffolgenden Tagen konnte ich nirgendwo hingehen, ohne daß er nicht dagewesen wäre, den Panama in der Hand, mit dieser kleinen Flamme in den Augen, die du ja kennst, freundlich, etwas durchtrieben, so als ob er sagen wollte: ›Ja, ich bin's schon wieder.‹*

Ich fuhr nach Paris, und er saß in dem Restaurant, in dem ich mit Jeanne Fougaril zu Mittag aß. Ich versuchte vergebens, ihn mit den Augen zu verscheuchen, er ließ sich nicht beeindrucken...

Natürlich tauchte er auch in London auf. Der Herr war wie ich im Dorchester *abgestiegen und verbrachte seine Zeit, während ich schlief oder mit dem verdammten Bishop diskutierte, bei den Blumenhändlern: Er schickte mir ein Pfingstrosenbukett nach dem anderen. In meiner Hotelsuite waren zeitweise bis zu einhundertsechzig Pfingstrosenbuketts, gleichzeitig natürlich.*

Ich fuhr wieder nach Paris, wo er selbstverständlich noch am gleichen Abend auftauchte. Ich ging zu diesem Maskenball, und wer erschien, als Pfingstrose verkleidet?

Ich habe unterschlagen, daß er im Flugzeug London–Paris die vier Plätze um mich herum belegt hatte, nicht für sich selbst – ich frage mich heute noch, wie er es geschafft hat, so schnell den Ärmelkanal zu überqueren –, sondern um mich auch in der Höhe unter Pfingstrosen zu begraben.

Kurz und gut, er lud mich zum Abendessen ein, und da ich befürchtete, einen nicht zu unterdrückenden Lachanfall zu bekommen, sollte die Komödie weitergehen – du kennst mich ja –, nahm ich an. Ich fragte ihn, warum er denn ausgerechnet auf Pfingstrosen verfallen sei, worauf er antwortete:

»Sie sind billiger als Rosen!«

»Meine Mutter hat mir das große Leid zugefügt, mich zu verlassen«, antwortete er auf die entsprechende Frage Hannahs. »Vor fünf Jahren ist sie sanft entschlafen. Wir gehören nicht zu den Menschen, die spektakuläre Ereignisse und aufgeregte Gesten zu schätzen wissen. Vielen Dank, daß Sie sich an meine Kinder erinnern. Meine Tochter hat sich gerade mit einem Franzosen verheiratet, und mein Sohn hält sich in Argentinien auf, wo wir einige Ländereien besitzen, um die er sich kümmert.«

An diesem Morgen war Hannah wie immer im Morgengrauen aufgestanden und hatte das *Ritz* gegen sechs Uhr früh verlassen. Auf der Place Vendôme hatte er dicht bei seinem Alfa Romeo 1750 auf sie gewartet. Nur einen Meter von ihm entfernt ging sie an dem Wagen vorbei; sofort hatte er sich auf ihre linke Seite gesellt und seine Schritte auf ihre abgestimmt.

Sie überquerten die Rue de Rivoli, gingen durch den Jardin des Tuileries und nahmen den Pont Royal über die Seine. Anschließend gingen sie dann am linken Seine-Ufer über die Quais bis zum Eiffelturm, wo sie den Fluß wieder überquerten.

Sie hatte es schon immer geliebt, am frühen Morgen durch die noch schlafenden und schweigenden Städte zu gehen.

Sie kamen zur Place Vendôme zurück.

»Ich habe großen Hunger«, sagte sie.

Er schaute sie an, seine Hände, über die er selbstverständlich cremefarbene Handschuhe gestreift hatte, auf den Knauf seines Spazierstokkes gestützt.

Für einen Mann war er wirklich klein, kaum einen Meter fünfundsechzig groß. Jedesmal, wenn sie ihn getroffen hatte, war er wie aus dem Ei gepellt gewesen, was bei anderen Männern vielleicht störend gewirkt hätte, zu ihm aber paßte.

Sie stieg in seinen Alfa. Er fuhr sie zu einer der großen Avenues am Bois de Boulogne. In der Wohnung standen wertvolle Möbel aus Zitronenholz, die Robert Adam entworfen hatte; das chinesische Porzellan verlieh dem Ganzen eine exotische Note.

»Ich war einmal Botschafter in Peking gewesen«, erklärte er.

Der Diener, der den Tee servierte und sich nach ihren Wünschen erkundigte, war ein Chinese; er bereitete ein hervorragendes Frühstück zu, das Hannah genoß, während sie die Reiter im Bois de Boulogne beobachtete.

»Ich vergöttere Frauen, die unbekümmert essen«, sagte Niki.

Er beobachtete sie ununterbrochen, und nach und nach stellte sich in ihr so etwas wie Scheu ein, eine Art Verwirrung. Sie mußte lange in ihrer Erinnerung kramen, bevor sie auf etwas Ähnliches stieß, wobei sie sich nicht einmal sicher war, ob es sich wirklich um etwas Ähnliches handelte.

Dann fragte er sie, ob sie ihn nicht heiraten wolle, in dem gleichen Ton, in dem er sie wenige Minuten zuvor gefragt hatte, ob er ihr noch etwas Schokoladencreme reichen dürfe.

Verwirrt und aufgeregt musterte sie ihn; er lächelte sie an, ohne auf eine Antwort zu dringen, und begann, von André Malraux zu sprechen, der gerade *La condition humaine* veröffentlicht hatte.

»Hannah, wenn Sie das Buch gerne kennenlernen wollen...«

Er fuhr sie wieder zum *Ritz* zurück und küßte ihr zum Abschied die Hand:

»Hannah, ich habe vierzehn Jahre auf Sie gewartet. Ich kann noch länger warten.«

›Ich bin zu alt, mein Leben ist abgeschlossen. Ich liebe ihn nicht und werde ihn nie lieben, auch keinen anderen, und wenn ich tausend Jahre alt werde.‹

Einige Tage später kam sie auf das Thema zurück und schilderte ihm ihre Empfindungen. Hannah hatte inzwischen ihre Transaktionen mit Auriol, Bishop, dem Schweizer Konsortium und Jeanne Fougaril abgeschlossen und insgesamt vierundfünfzig Prozent der Anteile erworben. Sie kontrollierte insgesamt zwei Drittel der Aktien und bereitete eine große Europa-Reise von Stockholm bis nach Lissabon vor, bei der sie jeden Kosmetiksalon und jedes Geschäft besuchen wollte, unabdingbare Voraussetzung, um später das Unternehmen mit Erfolg leiten zu können.

»Ich weiß«, antwortete er. »Aber ich habe niemals gehofft, daß Sie mich lieben werden. Hannah, ich bitte Sie, sprechen Sie nicht von Ihrem Alter.«

Sie war um einige Jahre älter als er; warum sollte man das verheimlichen?

Als Antwort schaute er sie ruhig und unerbittlich sanft an und doch so intensiv, daß sie rot geworden wäre, hätte sie überhaupt rot werden können. Ohne so recht zu verstehen, was eigentlich mit ihr passierte, wechselten ihre Gefühle schlagartig; einmal war sie zornig auf sich, dann wieder aufgeregt und verwirrt, wie sie es schon einmal in seiner Gegenwart gewesen war, was sie wiederum hilflos machte; allerdings konnte man an seinen Augen mühelos ablesen, in wie hohem Maße er sie begehrte, obwohl er selbstverständlich die Formen wahrte, die sich in gutbürgerlicher Gesellschaft einfach schickten.

›Schamhaft wie ein junges Ding! O Hannah, was ist nur mit dir los? Du drehst ja beinahe durch! Jetzt mach aber mal einen Punkt! Du kannst dich schließlich nicht in ihn verliebt haben, das ist ausgeschlossen... ganz abgesehen davon, daß du schon achtundfünfzig bist. In diesem Alter sich zu verlieben! Grotesk! Man wird dich bis nach Australien auslachen. Also bitte, unternimm etwas. Schnell, such dir einen Geliebten, oder vier, wenn du Lust dazu hast...

Nur, du hast keine Lust auf einen Geliebten. Obwohl. Also, dumme Gans, du suchst einen Begleiter? Den du wie eine Köchin einstellst?‹

Sie brach zu ihrer Tournee durch Europa auf, ohne ja oder nein gesagt zu haben. Und war sich wegen ihrer Unentschlossenheit böse. Vor allem, als sie enttäuscht feststellte, daß er weder in Lissabon noch in Madrid oder Barcelona und nicht einmal in Rom auftauchte, wo zudem der erste Septemberregen ihr die Tage vergällte.

Der gute, bärbeißige Gaffouil, der seit dreiunddreißig Jahren für sie arbeitete, starb an einem Herzinfarkt. Von Italien aus reiste sie nach Südwestfrankreich, nach Pau, wo Yvonne ihren Mann begraben wollte. Hannah hatte darauf bestanden, an der Beerdigung teilzunehmen, und war erstaunt, daß man über ihre Anwesenheit staunte, denn ihr ganzes Leben lang war sie denen treu geblieben, die sie liebte – und auch denen, die sie haßte; mehr als ein Vierteljahrhundert hatte sie gewartet, bis der Tag der Abrechnung mit Dwyer gekommen war. Die gleiche Hartnäckigkeit und Geduld bewies sie auch denen gegenüber, die sie mochte, so Yvonne, die sie tröstete, so gut es nur ging, und die Kinder Yvonnes und Gaffouils, denen sie großzügig half.

Sie befahl Yvonne zurückzubleiben und setzte ihre Rundreise allein fort.

»Du mußt erst diesen Husten auskurieren!«

Zum ersten Mal seit fünfundvierzig Jahren litt Hannah unter ihrer Einsamkeit. Sie wartete immer schon ungeduldig auf die Briefe von Pier-Paolo d'Arcangheli, Niki für seine Freunde, die ihr regelmäßig an jedes Etappenziel geschickt wurden, so wie in jedem Hotel, in dem sie abstieg, Blumen auf sie warteten, Pfingstrosen natürlich, aber in ›vernünftigen Mengen‹, als habe er seine ersten Verrücktheiten aufgegeben.

Im November traf sie in Berlin ein; eiskalter Regen überfiel sie. Obwohl sie Deutschland seit Hitlers Machtübernahme noch nicht besucht hatte, stand ihr Entschluß bereits fest: Sie wollte den Kosmetiksalon in Berlin ebenso schließen wie die in Hamburg und München. Am 19. November fiel die endgültige Entscheidung. Drei Stunden, nachdem sie mit dem Flugzeug aus Zürich gekommen war.

Ihr Direktor in Deutschland hieß Fred Hauptmann und war mit dem Dramatiker des gleichen Namens weitläufig verwandt. Er erzählte Hannah, drei Repräsentanten der Berliner Ordnungskräfte hätten ihn vor sechs Monaten besucht.

»Doch der Besuch blieb folgenlos.«

»Das ist nicht richtig. Dieser Besuch bestärkt mich in einem Beschluß: Wir schließen, und zwar in einer Stunde, Fred.«

»Es sind mindestens vierzig Kundinnen da!«

»Sie haben genau dreißig Minuten Zeit, um sie hinauszuwerfen.«

Sie setzte sich auf einen der zweisitzigen Sessel in S-Form mit niedriger Lehne, die in der Eingangshalle standen und die ersten Gespräche mit den Kundinnen erleichtern sollten, und überwachte die Ausführung ihrer Anordnung. Plötzlich kam eine große und sehr schöne Frau, von einem sich äußerst unbehaglich fühlenden Fred Hauptmann begleitet, auf sie zu:

»Ich bin Marie Goebbels, und mein Mann...«

»Ich bin Jüdin, und Sie können mich am Arsch lecken!« antwortete Hannah, ihr Kinn auf die zusammengelegten Fingerspitzen stützend.

Am gleichen Nachmittag noch flog sie nach Amsterdam. Später erst erfuhr sie, daß die Polizei sie in allen Berliner Hotels gesucht und Hauptmann gezwungen hatte, die drei Kosmetiksalons wieder aufzumachen. Was vollkommen sinnlos war, denn Hauptmann hatte Hannahs Anordnungen augenblicklich in die Tat umgesetzt; alle Kosmetikerinnen waren entlassen und auf andere Arbeitsmöglichkeiten hingewiesen worden. Drei reisten nach Wien, um dort zu arbeiten, zwei nach Prag, andere nach Zürich und Amsterdam – die, die bereit gewesen waren, Deutschland zu verlassen, waren alle untergekommen. Da Hauptmann die Anordnung der Jüdin Hannah buchstabengetreu ausgeführt hatte, war er verhaftet worden.

Hannah brauchte acht Monate, bis sie ihren Direktor befreit und aus Deutschland herausgeholt hatte. Ihr Genfer Anwalt, Pierre Poncetti, hatte den Generaldirektor der Reichsbank, Hjalmar Schacht, als Vermittler eingeschaltet.

Ende Februar hatte Hannah ihre Rundreise beendet; am 21. traf sie wieder in Paris ein; Weihnachten und Silvester hatte sie mit Abigail, die extra aus den Staaten gekommen war, in Stockholm verbracht.

Pfingstrosen erwarteten sie im *Ritz*. Pfingstrosen hatte sie bereits in dem von Laurent Gaffouil, einem Neffen Yvonnes, gesteuerten Rolls gefunden, der sie vom Pariser Nordbahnhof abgeholt hatte.

In ihrer Suite, die auf die Place Vendôme ging, befanden sich nicht nur Blumen, sondern auch ein Bild von de Chirico, das ihr der Maler gewidmet hatte; es war erst eine Stunde vor ihrer Ankunft geliefert worden.

»*Wann Sie wollen, wenn Sie wollen*«, lautete Nikis lakonische Nachricht.

»Selbst meine eigene Tochter mischt sich ein!« zürnte sie. »Ich nehme an, daß Sie alles darangesetzt haben, um sie kennenzulernen und sie zu verführen!«

»Ein gewisser Niccolo Machiavelli gehört zu meinen Vorfahren, mütterlicherseits.«

Natürlich behauptete er, er habe Abigail rein zufällig kennengelernt. Als sie auf dem Weg nach Stockholm in Paris eintraf, befand er sich zufällig mit seinem Wagen am Bahnhof; glücklicherweise übrigens, denn das Mädchen hätte ansonsten mit ihren vielen Koffern erhebliche Schwierigkeiten bekommen, da ein übler Witzbold das von Jeanne Fougaril bereitgestellte Empfangskomitee telefonisch abgesagt hatte.

»Machiavelli?« meinte Hannah nur.

»Niemand kann für seine Familie verantwortlich gemacht werden.«

»Aber Sie waren nicht verpflichtet, Abie am nächsten Tag einzuladen und mit ihrem unwiderstehlichen Charme eines *latin lover* zu verhexen. Dieses arme und unschuldige Mädchen, fern vom heimatlichen Amerika...«

»Sie haben recht«, räumte er ein.

Er war zerknirscht und senkte, um Vergebung bittend, den Kopf. Hannah schmolz dahin und legte, ohne die Geste vor den anderen Gästen des Restaurants, in dem sie saßen, zu verbergen, ihre Hand auf seine:

»Niki, Europa ist brandheiß geworden; es steht nicht zum Besten.«

Trotz des schwedischen Intermezzos, währenddessen Abigail unaufhörlich von dem so wunderbaren Niki geschwärmt hatte, konnte sie einfach nicht vergessen, was sie in Berlin gesehen und gehört hatte; übrigens nicht nur in Berlin, sondern auch in Amsterdam, Brüssel, Antwerpen und sogar in Paris.

»Ich bin da«, antwortete Niki, »lachen Sie bitte nicht, aber ich glaube, ich bin ausschließlich für Sie geschaffen.«

»Ich lache nicht.«

»Ich liebe Sie.«

Sie schloß die Augen und überließ sich wieder einmal diesem kleinen, so bitteren und so angenehmen Schmerz. An diesem Abend nahm Niki sie, nachdem sie im *Tour d'Argent* gegessen hatten, wo der Italiener Stammgast war, mit zu Adrienne Monnier in die Rue de l'Odéon zu einem literarischen Abend. Paul Valéry, Cocteau, Gide, Valéry Larbaud, André Breton und andere waren gekommen. Hannah stellte erstaunt fest, daß Niki diese Schriftsteller besser und gründlicher kannte als sie selbst.

D'Arcangheli machte sie auch mit einem fünfzigjährigen Iren bekannt, O'Driscoll, einem Weggefährten Lenins vor und nach der Revolution: Er benahm sich immer noch wie ein anti-britischer Terrorist, wie ein Geheimagent, was Hannah königlich amüsierte: Er setzte sich nirgendwo, nicht einmal in der *Coupole* oder in der *Closerie** an einen Tisch, ohne sich versichert zu haben, daß darunter keine Bombe versteckt war.

Eines Abends fragte O'Driscoll, warum sie weder unter den Kommunisten noch unter dem Zaren in Rußland Kosmetiksalons aufgemacht habe.

»Erstens bin ich Polin und habe wirklich keine große Sehnsucht nach den Russen; und zweitens weiß ich nicht, ob meine Cremes überhaupt Chancen haben, die Gesichter dieser Muschiks zu verschönern!«

»Sie scherzt«, warf Niki ein.

»Ich scherze nicht!« antwortete Hannah. »Im übrigen bin ich nicht davon überzeugt, daß Ihr verehrter Stalin sich für so etwas wie Pflegemilch überhaupt interessiert.«

Hannah hatte wirklich keine große Lust, in Stalins Reich eine Filiale aufzumachen. Sie hatte Schwierigkeiten, sich vorzustellen, daß ein solches Institut rentabel arbeiten würde, wenn es überhaupt zugelassen wurde. Den Werbeeffekt, der durch ein solches Projekt ausgelöst werden konnte, konnte sie sich dagegen sehr wohl vorstellen, unter der Voraussetzung natürlich, daß die westlichen Zeitungen über ihr Moskauer Abenteuer berichteten. Was in ihren Augen allerdings keine größeren Schwierigkeiten bereitete, denn mit Journalisten kam sie in der Regel ausgezeichnet zurecht.

Mit den Roten zu paktieren war für Hannah allerdings noch längst kein Grund, rot zu werden; einige Wochen zuvor hatten am 16. November 1933 Roosevelt und Litwinow im Weißen Haus eine Vereinbarung unterzeichnet, in dem Amerika das Moskauer Regime anerkannte und die Wiederaufnahme der diplomatischen Beziehungen zwischen den beiden Ländern festgehalten wurde.

Doch sich Hannah als Repräsentantin des amerikanischen Kapitalismus bei den Sowjets vorzustellen, das war doch etwas anderes. Sie hielt O'Driscoll für einen sympathischen Spinner und ließ es dabei bewenden.

Hannah hatte sich getäuscht; einige Wochen später tauchte O'Driscoll wieder auf. Ob sie Gorkij kenne? Sie antwortete, sie kenne sehr wohl einen gewissen Maxim Gorkij, einen Schriftsteller, der *Das Nachtasyl* und *Die Mutter* geschrieben habe.

»Den meine ich«, antwortete der Ire. »Wären Sie bereit, nach Moskau zu fahren, wenn Sie von Gorkij eingeladen werden?«

»Warum nicht? Ich dachte, er sei tot.«

* Auch heute noch berühmte Pariser Brasserien. Anmerkung des Übersetzers.

»Vor zehn Tagen zumindest lebte er noch; da haben wir zusammen zu Abend gegessen. Sie sprechen doch Russisch, nicht wahr?«
»Sicher besser als Sie.«

Inzwischen war es Frühjahr 1934 geworden. Innerhalb von wenigen Monaten hatte Hannah ihr gesamtes europäisches Reich kontrolliert. Sie hatte alle Kosmetiksalons und Geschäfte besucht und die jeweiligen Buchhaltungsunterlagen genau studiert; inzwischen kannte sie die Namen, die Gesichter, die Fähigkeiten und die Fehler ihrer Mitarbeiterinnen und Mitarbeiter.

Jeden Monat reisten entweder Jessie oder Dennis LaSalle, seltener Wynn, der den großen Fehler hatte, nur englisch zu sprechen, nach Europa; sie überbrachten ihr nicht allein die amerikanischen Geschäftsergebnisse, die erhielt sie fast jeden Tag, sondern Nachrichten allgemeiner Natur, die im übrigen sehr zufriedenstellend waren: Fünf Jahre nach dem Krach von 1929 schien es Roosevelt gelungen zu sein, Amerika aus der Krise zu führen.

›Franklin schuldet mir nur noch 7500 Dollar; wenn er so weitermacht, sind wir in, sagen wir, drei Jahren quitt.‹

Die Trends zeigten nach oben, auf allen Gebieten. Sie rechnete für das Jahr 1934 mit einem Jahresgewinn von netto eineinhalb Millionen Dollar (nur für Amerika), unter der Voraussetzung natürlich, daß es keinen unerwarteten Einbruch gab.

Laut Maryan hatte sich auch Wall Street erholt.

»Hannah, wenn du deine Aktien immer noch verkaufen willst, kannst du das bald tun. Ich bin mir sicher, daß die Kurse in Kürze ein vernünftiges Niveau erreichen.«

Auf der Ile de la Cité konnte sie endlich die Wohnung kaufen, die sie bereits im Jahre 1913 hatte erwerben wollen; doch damals hatte die Besitzerin kategorisch abgelehnt. Erst der Tod hatte ihren Widerstand brechen können. Die Wohnung umfaßte zwei Etagen, drei, wenn man den Dachstock mitrechnete, und befand sich in einem unwahrscheinlich dreckigen Zustand. Die Verstorbene hatte, so wurde Hannah berichtet, mit einhundertdrei Katzen zusammengelebt. Die Wandteppiche aus dem 17. Jahrhundert waren zerfetzt, der Boden in so schlechtem Zustand, daß Hannah befürchtete, an manchen Stellen durchzubrechen, und die wenigen Möbel so wurmstichig, daß es ratsam war, sich nicht hinzusetzen.

»Die Wohnung muß von Grund auf renoviert werden«, bestimmte Adam, der auf ihren Wunsch aus Detroit gekommen war. »Außer den Wänden, obwohl auch die...«

Mutter und Sohn kletterten aufs Dach. Der Blick wäre wunderbar, wenn da nicht das benachbarte Gebäude gewesen wäre, nur fünf, sechs Meter entfernt, das einen Teil der Aussicht versperrte.

»Mama, wenn du schon soviel Geld ausgibst, solltest du gleich die oberste Etage dieses Hauses mitkaufen. Wir werden die beiden Häuser mit einer gläsernen Brücke miteinander verbinden.«

Er wollte auf beiden Dächern Gartenanlagen mit einem Brunnen oder, besser noch, einem kleinen Wasserfall einrichten, von japanischen Zwergbäumen umgeben. Inmitten der Blumen und Bäume wollte er dann ein kleines, fast völlig aus Glas bestehendes Refugium mit zwei, höchstens drei Zimmern konstruieren, von dem aus man den prächtigen Blick über Paris genießen konnte.

Adam blieb eine Woche in Paris. Er war inzwischen dreiunddreißig Jahre alt geworden, und Hannah mußte sich fast widerwillig eingestehen, daß er seinem Vater jedes Jahr etwas weniger ähnelte. Auch wenn er weiterhin das Gesicht, vor allem aber die Hände seines Vaters hatte. Er war größer als ER, athletischer, vor allem aber selbstsicherer, ruhiger und ausgeglichener, was er zum Großteil seiner Jacqueline zu verdanken hatte. Er erzählte viel von seiner Frau und seinen Kindern, von seiner Arbeit und seinem Leben in Amerika, das zu seiner Heimat geworden war – war er nicht zum Hauptmann der Nationalgarde ernannt worden, ein Offizier der Reserve? Und hatte man ihn nicht gebeten, Mitglied der demokratischen Partei zu werden und bei den Detroiter Stadtratswahlen zu kandidieren?

»Aber das kann ich nicht akzeptieren, Mama. Deine Chancen, deinen Sohn eines Tages ins Weiße Haus einziehen zu sehen, sind praktisch gleich Null.«

Sie ahnte, auf was er zu sprechen kommen würde, noch bevor er den Mund aufmachte...

»Wirst du Niki heiraten, Mama?«

»Ich weiß nicht.«

»Abie findet ihn absolut hinreißend. Ich weiß nicht, ob er hinreißend oder wunderbar ist; auf alle Fälle finde ich ihn mehr als sympathisch.«

›Jetzt bin ich schon wieder völlig durcheinander!‹

»Adam, wärst du eigentlich damit einverstanden?«

»Ich habe weder einverstanden noch nicht einverstanden zu sein. Doch ich wäre glücklich. Ich glaube, du brauchst ihn...«

Sie schaute ihn völlig verblüfft und leicht entsetzt an: *Sie sollte Niki brauchen?* Sie wäre nicht einmal auf die Idee gekommen. Ihr ganzes Leben war sie unabhängig gewesen, hatte von den anderen nie etwas erwartet und immer nur gegeben. Und jetzt sollte sie plötzlich jemanden brauchen!

Die ganze Nacht über nagte sie an dem Problem; zuerst war sie wütend und fragte sich, wie Adam eigentlich dazu kam, sich in etwas einzumischen, was ihn nichts anging! Gegen Morgen erst hatte sie so viel Abstand gewonnen, daß sie sich über sich selbst lustig machen konnte.

›Du hast wirklich einen unerträglichen Charakter, Hannah! Wärst du meine Tochter, würde ich dich täglich verprügeln! Es ist nicht einmal auszuschließen, daß du verrückt bist, wenn man die Art bedenkt, in der du mit dir selbst sprichst! Als ob ihr zwei Hannahs wärt – wobei eine vollkommen ausreicht, um der ganzen Welt auf die Nerven zu gehen. Warum zwingst du den armen Niki eigentlich dazu, sich die Beine in den Bauch zu stehen und Ewigkeiten auf deine Antwort zu warten?

Bitte, behaupte jetzt nicht, daß dir das nicht bewußt gewesen wäre. Die Vorstellung, einen anderen Mann zu heiraten und Nacht für Nacht in seinen Armen zu liegen, ist dir aus einem Grund unerträglich: Du empfindest das als entsetzlichen Verrat...

Bis zum letzten Moment wirst du nur an IHN denken!

Das glaubst du zumindest. Vielleicht hast du aber auch nur Angst, eingestehen zu müssen, daß ER nicht mehr so allgegenwärtig ist wie früher.

Hannah, davor hast du am meisten Angst...‹

Adam fuhr in die Staaten zurück; Niki hielt sich in Saint Tropez auf – einem damals unbekannten Dorf –, wo seine Tochter in Kürze ihr zweites Kind auf die Welt bringen sollte.

Sie war allein, als ihr der hochoffizielle Brief von einem Botschaftsangehörigen überbracht wurde: Hannah wurde nach Moskau eingeladen und gebeten, falls möglich, fünf oder sechs ihrer Kosmetikerinnen mitzubringen. Wann sie denn aufbrechen könne?

Bereits am kommenden Montag.

Sie hatte kaum vier Tage Zeit, um alles zu regeln, ihre Begleiterinnen auszusuchen, sich zu vergewissern, daß sie sich im Besitz eines gültigen Passes befanden und problemlos ein Visum erhielten, sie mit Kleidern und Handschuhen und allen notwendigen Accessoires auszustaffieren, die Frisuren zu überprüfen und ihnen zweihundertmal am Tag zu wiederholen, was sie zu sagen und zu tun hatten. (Niemals *njet*, immer *da*, das ist doch einfach, oder?) Die Waren, die sie mitnehmen wollte, mußten zusammengestellt werden – ein ganzer Eisenbahnwaggon voll –, was weiter kein Problem bot; schwieriger war es, an alle Geräte und Möbel zu denken, die man vor Ort unter Umständen nicht auftreiben konnte, und die Presse zu alarmieren, nicht nur die französische, sondern auch die europäische und amerikanische. Die Expedition in die Steppen des Ostens mußte zu einem überwältigenden Ereignis hochgejubelt werden. Als sie endlich, in ihren Zobel gehüllt, den Zug nach Moskau bestieg, wurde sie von fünfzig Fotografen und zwölf Radioreportern bedrängt; fröhlich und beschwingt beantwortete sie alle Fragen in französisch, italienisch, spanisch, polnisch und russisch und betonte die außergewöhnliche Schönheit der sechs jungen Damen ihrer Begleitung, von denen die Kleinste immer noch einen Kopf größer war als sie selbst.

Die ganze Zeit über versuchte sie krampfhaft, sich an etwas Wichtiges zu erinnern, von dem sie überzeugt war, daß sie es in dem ganzen hektischen Durcheinander vergessen hatte.

Sie ging sogar soweit, höchstpersönlich den Waggon mit dem Material zu inspizieren, obwohl Jeanne Fougaril Stein und Bein geschworen hatte, daß nicht einmal die Knöpfe für die Höschen der Damen vergessen worden waren. Sie vergewisserte sich, die Geschenke für Maksim Gorkij eingepackt zu haben: die Erstausgaben von *Vater Goriot* von Balzac und der *Erziehung des Herzens* von Gustave Flaubert...

Während der langen Reise durch die weiten Ebenen im Osten Europas, wo sie auf die Welt gekommen war, fragte sie sich immer wieder, was sie, die nie etwas vergaß, wohl vergessen hatte, ohne deshalb ihre Kosmetikerinnen in Ruhe zu lassen, die ob dieser ständigen Indoktrination beinahe verängstigt waren.

Sie fand nichts.

»Das geht mir langsam auf die Nerven.«

Gorkij hatte sich den Schädel rasiert und trug den Schnauzbart eines echten Muschiks; er empfing sie so freundlich, als ob sie sich seit einer Ewigkeit kennen würden. Hannah war auf Anhieb von seinen intelligenten, brennenden Augen gefesselt. Seinen Aussagen entnahm sie, obwohl er sich natürlich nicht zu Geständnissen hinreißen ließ, daß er nicht mehr der glühende Stalinist war, den O'Driscoll beschrieben hatte. Manches störte ihn, und nach manchem sehnte er sich zurück. Mit seinen Fragen lenkte er das Gespräch eher auf Paris und den Montparnasse, auf London und auf New York und nicht so sehr auf Rußland; das Rußland, von dem er sprach und auf das er stolz war, war nicht das Rußland der Roten, sondern das der Samoware und der Ebenen, die so weit und groß waren wie die Herzen, sein Rußland. Während Hannahs Aufenthalt in der sowjetischen Hauptstadt ließ er sie keinen Augenblick allein. Lächelnd wohnte er den täglichen Demonstrationen bei; die Russinnen schlugen sich trotz aller Unterwürfigkeit darum, bei einer von Hannahs Vorführungen zuschauen zu dürfen. Ursprünglich war nur eine Vorführung pro Tag vorgesehen gewesen; obwohl Hannah die Zahl auf drei erhöhte, konnte sie bei weitem nicht alle Moskowiterinnen befriedigen.

Gorkij machte sie mit vielen begabten Malern, Schriftstellern und Musikern bekannt und betrachtete es als seine Pflicht, sie jeden

Abend in ihr Hotel zurückzubringen. Eines Abends hatte sie sich bereits gegen neun Uhr dreißig auf ihr Zimmer zurückgezogen, denn sie wollte noch einmal ihre Aufzeichnungen durchgehen, als Gorkij plötzlich wieder auftauchte und fragte, ob sie bereit wäre, ›jemanden‹ zu treffen. Sie zögerte und stimmte dann zu, allerdings nur, weil die Stimme des Schriftstellers ihr merkwürdig vorgekommen war.

Eine halbe Stunde später waren sie im Kreml.

Hannah hatte es die Sprache verschlagen. Hätte der alte Gorkij nicht freundschaftlich gelächelt, hätte sie es wohl mit der Angst zu tun bekommen.

Der Schriftsteller wiederholte nun schon des öfteren:

»Er wollte Sie kennenlernen, Hannah.«

Als ob das Ereignis ihn noch mehr überraschte als sie.

Sie wurden von einem Posten zum anderen weitergereicht, und sie drangen langsam in das Innere eines unglaublichen Überwachungssystems vor. Endlich kamen sie im Saal des Heiligen Gregors im Großen Palast an. Sie setzten sich, verloren in diesem riesigen, sechzig auf zwanzig Meter großen Raum. Hannah bewunderte den Parkettboden; zwanzig verschiedene Holzarten waren verarbeitet worden. Mindestens eine Stunde verstrich. Wäre Hannah allein gewesen, wäre sie schon lange gegangen.

›Ich habe mit diesem Kerl, der mich nicht nur aus dem Bett reißt, sondern sogar noch warten läßt, nichts zu tun!‹

Dann wurden sie doch noch geholt. Wieder ging es durch viele Korridore und über viele Treppen, bis sie in einem relativ kleinen, übermöblierten Salon ankamen. Ein kaum mittelgroßer Mann mit einem dicken Schnauzer saß an einem Tisch und schrieb. Endlich legte er die Feder weg und stand auf. Gorkij machte die beiden miteinander bekannt; Joseph Stalin krümmte seine Augenbrauen, als suche er vergeblich in seinem Gedächtnis. Behutsam kam ihm Gorkij zu Hilfe – die beiden duzten sich. Bald darauf kam ein banales Gespräch zustande, das sich von anderen nur aufgrund des Ortes und der Person unterschied.

Stalin wies Hannah darauf hin, daß sie von Geburt Russin sei. Sie stimmte zu, warf aber ein, sie habe seit jetzt vierunddreißig Jahren die amerikanische Staatsbürgerschaft.

Er fragte sie, wie sie als Frau es eigentlich geschafft habe, reich zu werden, und wie reich sie wirklich sei.

»Ich habe Cremes hergestellt, zuerst einen Topf, dann einen zweiten und so weiter«, antwortete sie. »Heute verkaufe ich meine Produkte in einundzwanzig Ländern und besitze ungefähr neunundzwanzig Millionen Dollar. Meine Geschichte ist nicht sehr kompliziert.«

Die leicht gespannten Augen des Georgiers zeigten, daß er sich amüsierte. Er setzte sich neben sie und erzählte, er habe eine einzige Reise unternommen, 1907, nach London, von einem kurzen Aufenthalt in Wien abgesehen. Ohne Übergang zitierte er plötzlich Walt Whitman, seinen Lieblingsdichter, neben Gorkij natürlich. Endlich fragte er Hannah, ob sie vorhabe, in Moskau einen Kosmetiksalon zu eröffnen.

»Wenn die Regierung mir die Genehmigung erteilt, gerne«, antwortete sie.

Jetzt lachte er offen. Er glaubte zu wissen, daß sich die Regierung einem Antrag nicht widersetzen werde. Und nahm an, daß sich eine eventuelle Genehmigung auf das ganze Land erstrecken könne. Ob sie denn bereit wäre, eine Schule für Kosmetikerinnen ins Leben zu rufen, so wie sie es in Frankreich und den Vereinigten Staaten getan hatte?

›Hannah, du träumst! Dieser Strolch mit den entsetzlichen Händen eines Würgers kümmert sich um Kosmetik! Das schlägt dem Faß den Boden aus.‹

Die Unterredung ging schnell zu Ende. Als sie wieder auf dem Roten Platz standen, war Hannahs Verblüffung echt:

»Hat er mir wirklich gestattet, einen Kosmetiksalon aufzumachen? Hat er mich wirklich aufgefordert, eine Schule für Kosmetikerinnen zu gründen? Habe ich das nicht nur geträumt, Aleksej Maksimowitsch?«

»Nein, das hast du nicht geträumt«, beruhigte Gorkij sie.

Vom Erlöserturm kamen ein Unteroffizier und zwei Soldaten im Stechschritt und marschierten zu dem vor vier Jahren fertiggestellten Lenin-Mausoleum. Es war zwei Minuten vor Mitternacht.

›Moskau wird nicht ausreichen; ich werde auch in Leningrad und in anderen Städten Kosmetiksalons und Geschäfte aufmachen müssen.‹

Hannah war bereits dabei, die für sie so unerwartete Ausdehnung ihres Imperiums zu planen.

›Und in China und Japan ... Indien darf ich nicht vergessen ... Istanbul, Kairo ... und Bukarest; dort hätte ich schon lange einen Kosmetiksalon aufmachen sollen. Ich könnte mich eigentlich auch einmal um Südafrika kümmern, ums Kap, vielleicht läßt sich auch dort etwas machen. Bleibt nur noch Lateinamerika, von Mexiko ausgehend ... Argentinien, zum Beispiel, Nikis Sohn lebt dort ...‹

»Oh, verdammt!«

Sie hatte laut geflucht und blieb direkt vor dem Eingang zu ihrem Hotel stehen.

»Ist etwas nicht in Ordnung?« fragte Gorkij.

»Als ich in Paris abfuhr, wußte ich, daß ich etwas Wichtiges vergessen hatte; jetzt weiß ich auch, was ich vergessen habe: Ich hätte heiraten sollen!«

Kapitel 33

Ich bin glücklich und werde nie alt werden

Sie heirateten am 6. Juni 1934 in Rom. Hannah, nun Prinzessin von Arcangheli, blieb vor allem Hannah.

Maryan und Lizzie Kaden und acht ihrer Kinder, die wiederum von den dazugehörigen Ehepartnern und Kindern begleitet wurden, nahmen an der Hochzeit teil; natürlich waren auch Adam und Jacqueline sowie Hannahs sechs Enkelkinder gekommen. Und Abigail am Arm von Paul Travers, dem leitenden Chemiker ihres Labors in New Rochelle. Die beiden hatten sich gerade verlobt.

»Abie, glaubst du nicht, du hättest mit mir darüber reden sollen?«

»Ich wollte dich überraschen, Mama. Sei nicht böse auf mich und vor allem nicht auf Paul. Ich habe ihn kaum überreden können mitzukommen.«

Hannah hatte Paul Travers schon immer geschätzt; sie hätte ihn sonst nicht eingestellt. Doch ihn deswegen gleich als Schwiegersohn zu akzeptieren...

›Meint dieser Kerl eigentlich, er müsse nur meine Tochter heiraten, um eine bessere Stellung innerhalb meines Unternehmens zu bekommen?‹

Ihr Zorn verebbte so schnell, wie er gekommen war; der junge Paul war sichtbar entsetzt, als er seiner derzeitigen Chefin und zukünftigen Schwiegermutter Auge in Auge gegenüberstand. Er und Abigail hatten sich schon Gedanken über ihre Zukunft gemacht:

»Mama, Paul und ich werden unser eigenes Labor gründen. Er hat ein wenig Geld, ich habe ebenfalls gespart...«

»Etwas Dümmeres habe ich während meines ganzen Lebens noch nicht gehört!« fuhr Hannah sie an. »Ich werde nicht nur meinen besten Chemiker verlieren, sondern meine eigene Tochter wird für die Konkurrenz arbeiten. Ich glaube, ich spinne!«

Endlich lachte sie schallend...

...und fragte Paul, über wieviel Geld er wirklich verfüge. Er gab sein Geheimnis preis. Sie nickte anerkennend mit dem Kopf, als der Chemiker die gewünschte Auskunft erteilte. So reich hatte sie ihn sich nicht vorgestellt. Er meinte, er habe seit sechs Jahren Cent für Cent beiseite gelegte.

»Mit einem Bankkredit...«

Hannah sprang hoch. Er wollte bei diesen Dieben einen Kredit aufnehmen?

»Paul, jetzt seien Sie einmal still und hören Sie mir zu: Ich werde Ihnen die Hälfte des Labors in New Rochelle verkaufen; die Summe, über die Sie verfügen, reicht nicht. Gut. Den Rest werden Sie mir in Enkeln auszahlen. Zehn Prozent pro Enkel. Und wenn sie wirklich niedlich und mir ganz unähnlich sind, fünfzehn Prozent... Doch, doch, natürlich können Sie es bewerkstelligen, daß Ihre Kinder mir nicht gleichen, man muß nur wollen, im Leben...«

Jeanne Fougaril war nach Rom gekommen, ebenso Estelle Thwaites, die Witwe Pollys, Jessie und Cathie Montblanc aus New York. Winnie Churchill – Hannah hatte sich nicht getraut, ihn einzuladen – schickte zwei Geschenke: einen hinreißenden Pissarro und ein Frauenkorsett, das wohl aus dem Jahre 1890 stammte und in dem zehn Hannahs bequem Platz gefunden hätten.

Die Hochzeit hatte eigentlich in kleinem Kreis gefeiert werden sollen; mehr als dreihundert Menschen hatten sich eingefunden, darunter viele, die nicht eingeladen worden waren, bereit, im Notfall nur an der Zeremonie teilzunehmen.

Niki besaß neben dem römischen *palazzo* und dem Gut in der Lombardei ein Landhaus in der Toscana und eine Villa auf Anacapri, in Santa Maria Cetrella, in der das ›junge‹ Paar vier Tage verbrachte. Nur vier. Niki protestierte nicht, als sie am Morgen des fünften verkündete, sie müßten wohl die Reise nach Südamerika, die sie geplant hatten, verschieben; Hannah wollte sich zuerst um ihre Filialen bei den Sowjets kümmern und anschließend oder gleichzeitig die in Istanbul, Bukarest und Sofia aufmachen.

»Das wird zwei, drei Monate in Anspruch nehmen, nicht mehr. Bist du mir sehr böse?«

Er schüttelte lächelnd den Kopf und strahlte dabei jene sanfte Zärtlichkeit aus, jene Geduld und jenes Verständnis, die er ihr gegenüber bis zu seinem eigenen Tod beinahe täglich bewies.

»Nicht, wenn ich mit dir kommen kann, Hannah.«

»Du wirst dich langweilen.«

»Das glaube ich nicht.«

Ab dieser Zeit reisten sie immer gemeinsam.

Als Liebhaber erinnerte er sie in vieler Hinsicht an André Labadie, nur, als sie Labadie kennengelernt hatte, war sie nicht frei, so daß sich aus dieser Beziehung nichts Dauerhaftes hatte ergeben können. Sie empfand Niki gegenüber leidenschaftliche Freundschaft, Zärtlichkeit und unendliche Zuneigung. Nach einigen Monaten stellte sie fest, daß sie sich an ihn, an seine oft schweigende Anwesenheit und an seine

Aufmerksamkeiten so gewöhnt hatte, daß sie nicht einmal mehr die Idee ertrug, sie könnten durch irgend etwas getrennt werden.

Niki ertrug sogar ihre Wutanfälle. Mit verwirrender Gelassenheit. So daß sie bald keine Lust mehr hatte, in Wut zu geraten. Wenn sie ihm zu sehr auf die Nerven fiel – und in diesem Punkt war sie sehr begabt! –, begnügte er sich in der Regel damit, in ein anderes Zimmer zu gehen, ein Buch aus dem Regal zu nehmen und zu lesen. Sie konnte schreien und toben, wie sie wollte, er hörte sie nicht oder tat zumindest so – der Unterschied ist unbedeutend. Wenn es ganz schlimm wurde, brach er, ohne etwas zu sagen, zu einem Spaziergang auf; wenn er dann zurückkam, flüsterte sie beinahe, zärtlich und auch amüsiert, gezähmt worden zu sein. Dieser kleine, immer piekfein angezogene und stets höfliche Mann wußte, wie er sie zu nehmen hatte.

»Ich glaube, ich bin ausschließlich für Sie geschaffen«, hatte er ihr einmal gesagt.

Er bewies es.

In ihre Geschäfte mischte er sich nie ein. Außer wenn sie ihn um seine Meinung fragte, was immer häufiger vorkam, allerdings nie im Beisein Dritter. So beriet er sie in der so schwierigen Frage der Nachfolge Jeanne Fougarils – Jeanne hatte hartnäckig darauf bestanden, sich zurückzuziehen – und schlug Maud Derry vor, eine junge, kaum dreißigjährige Frau, deren Mutter Französin und deren Vater Amerikaner war. Maud war bei Paul Poiret Direktorin gewesen, bevor sie die Leitung des Kosmetiksalons in Monte Carlo übernahm, anschließend an die Spitze der spanischen Betriebe berufen wurde und sich schließlich um die Koordination zwischen Europa und Amerika kümmerte, nachdem Hannah ihre Betriebe auf dem Alten Kontinent wieder in Besitz genommen hatte.

Hannah schwankte zwischen ihr und einem sehr talentierten Mailänder, der einen Teil seiner Ausbildung in New York bei Manbocher absolviert hatte.

»Niki, warum nicht Luigi? Ein Landsmann?«

»Du hast mich um meine Meinung gebeten, und ich habe sie dir gegeben. Ich glaube, daß Maud sich für diesen Posten besser eignet.«

»Außerdem ist sie schön, du Satyr!«

»Außerdem ist sie schön. Ich wüßte nicht, warum das schaden sollte.«

Niki hatte zu malen begonnen.

›Wie eine Frau, die häkelt, wenn sie darauf wartet, daß ihr Mann seine geschäftlichen Besprechungen hinter sich gebracht hat‹, war es Hannah durch den Kopf gegangen, bevor sie sich aufgrund dieser durch nichts gerechtfertigten Bösartigkeit schämte. Zerknirscht übertrieb sie vor den Bildern ihres Mannes ihre Begeisterung.

»Hannah, streng dich nicht an, ich bin nur ein Pinsler, wie dein Freund Churchill. Mir ist das übrigens vollkommen gleichgültig.«

Weihnachten und Silvester verbrachten sie in New York. Die amerikanischen Zeitschriften hatten Hannah häufig auf ihren Titelseiten abgebildet, in der Regel auf dem Roten Platz, und ihre Rolle als erste Kapitalistin im Reich Stalins ausführlich gewürdigt. Vor allem die Frauenzeitschriften wurden nicht müde, ihr einen Artikel nach dem anderen zu widmen. Hannah wurde jetzt immer öfter auf der Straße erkannt.

Sie suchte ein Landhaus in der New Yorker Umgebung und war sogar bereit, auch ein etwas weiter entferntes Haus zu erwerben, fand aber nichts Passendes.

Im Januar kehrten sie nach Europa zurück. Pierre Poncetti aus Genf, Nigel Thwaites und Henry Christie aus London, Joachim Hüberschmidt aus Zürich und Jos Wynn aus New York hatten seit Monaten das Terrain vorbereitet und waren um die halbe Welt gereist.

Sie kaufte ihre Anteile in Australien und Neuseeland zurück.

In London traf sie sich mit der australischen Delegation, die aus Regis Fournac und zwei seiner Neffen, Söhne des zwei Jahre zuvor verstorbenen Jean-François Fournac, bestand. Trotz ihrer französischen Namen waren alle drei eingefleischte *Aussies,* die, wenn sie sich der französischen Sprache bedienten, nach den richtigen Worten suchen mußten, vor allem die Vertreter der zweiten Generation.

Hannah hatte ihre Liebe zu Australien nie verloren, und ihre Freundschaft mit Regis Fournac war unerschütterlich. Schon bald hatten sie sich über die grundlegenden Bedingungen geeinigt; Ende März unterzeichneten sie den Vertrag. Hannah übernahm siebzig Prozent der Anteile im kosmetischen Bereich, während sie sich bei den anderen Teilgebieten des weitverzweigten Konzerns aus Restaurants, Hotels, Tee-Salons und allen möglichen Geschäften mit fünfzehn Prozent begnügte. Vor vierzig Jahren hatte sie zusammen mit den französischen Emigranten den Grundstein zu dieser bedeutenden Kette gelegt, und sie dachte immer noch gerne an die Zeit zurück, in der sie in Sydney und Melbourne lebte und im Grunde glücklich war.

»Niki, ich habe etwas Sehnsucht nach Australien und würde gerne hinfahren. Was meinst du?«

»Wann du willst, meine Liebe.«

Niki hatte diskret darauf beharrt, daß sie diese fünfzehn Prozent übernahm und gegen ihre heilige Regel verstieß, die besagte, sich nur in ihrem eigenen Gebiet, der Kosmetik, zu engagieren. Hannah hatte, nachdem sie bereits ein Jahr mit ihm verheiratet war und ihn seit sehr, sehr langer Zeit kannte, erstaunt festgestellt, daß Niki fünfzehn Jahre lang als Finanzberater des Vatikans gearbeitet hatte.

»Verflixt noch mal! Dann wärst du ja beinahe Kardinal geworden!«

»Ich hätte es werden können.«

»Was erzählst du da? Du bist ja nicht einmal Priester!«

»Man muß nicht Priester sein, um zum Kardinal ernannt zu werden.«

Sie, Hannah, die Frau eines Kardinals! Sie hätte sich beinahe vor Lachen am Boden gewälzt!

Sie war damals sehr fröhlich und voller Energie. Als sie wieder einmal Bilanz zog, stellte sie fest, daß sie fast hundert Kosmetiksalons und dreihundertfünfzig Geschäfte besaß.

»Ein richtiges Imperium«, kommentierte Niki.

Unaufhörlich arbeitete sie an der Weiterentwicklung und Perfektionierung ihres Unternehmens. Eine Zeitlang verkleidete sie sich sogar, wenn sie eines ihrer Institute kontrollierte, bis eines Tages in Barcelona in ihrem Institut in der Rambla de Canaletas eine Kosmetikerin, die sich um sie kümmerte und auch auf die dümmsten Forderungen gelassen reagierte, folgendes sagte:

»Übrigens, Señora Hannah, sind wir froh, daß Sie uns wieder einmal besuchen. Wir dachten uns, diese Blumen...«

Trotz ihrer blonden Perücke, der dicken Brille, dem falschen Walkürenbusen und den hohen Absätzen hatte man sie in der Sekunde erkannt, in der sie den Kosmetiksalon betreten hatte.

›Jetzt schau ich schön blöd aus‹, dachte sie zutiefst gekränkt.

Diesmal hätte sich Niki vor Lachen beinahe auf dem Boden gewälzt!

Mit der friedlichen, ausgeglichenen Hartnäckigkeit, mit der sie alles anging, hatte Abigail Paul Travers geheiratet. Das erste ihrer insgesamt fünf Kinder, Hannahs siebentes Enkelkind, kam im September 1935 auf die Welt. Ein Junge. Abie wollte ihn Nicholas taufen, doch Niki widersetzte sich mit ungewohnter Heftigkeit. Hannah war glücklich und mußte schon fünfundzwanzig Jahre in ihren Erinnerungen zurückgehen, um auf eine ähnlich positive Periode zu stoßen. Nicht weiter natürlich, denn dann hätte sie ein Sakrileg begangen und diese Periode in ihrem Leben in Frage gestellt, die sie weiterhin als ihre glücklichste betrachten wollte. Ihr jetziges Leben mit Niki war mit dem früheren nicht vergleichbar; sie genoß jetzt ein stilleres, ruhigeres Glück, ohne große Gefühlsaufwallungen oder dramatische Umschwünge. In einem gewissen Sinn lebte sie in einem sicheren Hafen. Sie war sich inzwischen sicher, daß sie von Niki nichts zu befürchten hatte; er spielte bereitwillig und gutgelaunt die Rolle des Prinzgemahls. Sie wußte, daß einige böse

Zungen flüsterten, er sei ihr geheimer Berater, und sie verdanke ihre Erfolge ausschließlich ihm.

Wie auch immer, eines Tages verkündete er ihr unter unglaublichen Vorsichtsmaßnahmen, er habe Jonathan nicht nur gefunden, sondern auch mit ihm gesprochen.

»Lange, Hannah. Von der Größe einmal abgesehen, ist er dir verwirrend ähnlich.«

Mit einem Schlag empfand sie, die gerade noch ausgelassen gewesen war, unendliches Leid, das ihr fremd geworden war. Sie hatte nicht mehr gewußt, in welchem Maß Menschen Schmerz empfinden konnten.

Seit drei Tagen wohnten sie in San Francisco im Hotel *Fairmont* auf dem Nob Hill.

Niki zog sie an sich, und sie führte diese Geste aus, zu der sie sich immer für unfähig gehalten hatte: sich an einen Mann zu schmiegen und von ihm Trost und Stärkung zu erwarten. Niki erzählte ihr leise, wie sich alles zugetragen hatte: Er hatte Jonathan nicht durch Zufall getroffen. Da er wußte, daß sich Hannahs jüngster Sohn im Fernen Osten aufhielt, hatte er an Freunde in Hongkong, Singapur und Shanghai geschrieben.

Diese Freunde hatten nach langen Mühen endlich einen gewissen Jonathan Nenski aufgetrieben, den Besitzer eines kleinen *cargo tramp*, der im Südchinesischen Meer herumschipperte.

»Du...«

»Bitte, laß mich ausreden, Hannah. Ich habe ihm vor ungefähr fünf Monaten geschrieben...«

»Ohne mir etwas zu sagen.«

»Ohne dir etwas zu sagen. Ich bezweifelte, je eine Antwort zu erhalten. Zu Unrecht.«

»Du hast mir nicht gesagt, daß Jonathan dir geschrieben hat.«

»Nein. Sein Brief bestand aus einem Satz:

Wer, zum Teufel, sind Sie?

Ich schrieb zurück, einen langen Brief, und versuchte, so überzeugend wie möglich zu sein.«

»Das verstehe ich nicht.«

»Hannah, ich versuchte, so gut wie möglich zu erklären, daß ich das immense Glück genieße, dich zur Frau zu haben und doch gegen die absolute Liebe ankämpfen muß, die meine Frau für ihren ersten Mann empfindet, der einzige in ihren Augen, der bedeutend ist, viel bedeutender zumindest, als ich es je sein werde. Ich versuchte außerdem, Jonathan zu erklären, seine Mutter sei ein wunderbares Wesen, auch wenn er vielleicht anderer Ansicht sei... daß ich niemals diesen Platz einnehmen werde, den du, Hannah, dem einzigen Mann in deinem Leben eingeräumt hast, und ich trotzdem über das, was du mir schenkst, außerordentlich glücklich sei.«

Sie konnte ihre Tränen nicht mehr zurückhalten.

»O Niki! Niki!«

»Hannah, der Brief fiel mir nicht schwer. In meinem Kopf war alles klar, und die Geschichte ist im Grunde ja auch ganz einfach.«

Er streichelte sie zärtlich.

»Drei Monate lang mußte ich auf Antwort warten«, fuhr er fort. »Ich hatte zum Schluß schon geglaubt, ich sei nicht so... überzeugend gewesen, wie ich es hätte sein müssen. Doch endlich antwortete er. Sein zweiter Brief war kaum länger als der erste. Jonathan schlug mir vor, wir sollten uns in San Francisco treffen.«

»Jetzt verstehe ich, warum du unbedingt hast hierher fahren wollen.«

»Ich wollte dich vor allem überraschen. Bitte sei mir nicht böse.«

»Ich bin dir nicht böse.«

»Er hatte als Treffpunkt eine Bar am Embarcadero vorgeschlagen. Ich wartete länger als drei Stunden auf ihn und war schon überzeugt, daß er nicht mehr käme, hinterließ eine Botschaft und ging hinaus. Er wartete vor der Bar auf mich.«

»Wie geht es ihm?«

»Gut, soweit ich das beurteilen kann.«

»Beschreib ihn, bitte.«

»Er ist sehr groß und sehr mager. In seiner Art auch sehr schön.«

»Seine Hände?«

»Ein wenig wie die Adams, aber kräftiger. Er wirkt wie ein Mann, der mit seiner Hand Knochen brechen kann. Er trug Seemannskleider und eine Schirmmütze.«

Die Beschreibung fiel sehr genau aus. Am Schluß fragte sie, tief Luft holend:

»Niki, wird er mich besuchen?«

»Er ist bereits wieder abgefahren. Am gleichen Tag noch, gestern, hat er sich auf einem Dampfer nach Japan eingeschifft. Er hatte mir erzählt, er habe sein eigenes Boot verkauft, aber er werde sicher ein anderes kaufen. Ich habe es nicht gewagt, ihm Geld anzubieten. Er gehört nicht zu den Menschen, die Geld annehmen. Und ich glaube auch nicht, daß er welches braucht.«

»Gestern abend hast du mir nichts erzählt.«

»Ich hoffte, ihn heute morgen noch einmal sprechen zu können. Er hatte mir gesagt, er wolle die Familienbande nicht erneuern, aber er hätte es sich ja über Nacht anders überlegen können; zumindest redete ich mir ein, dies wäre möglich...«

»Er war gekommen!«

»Und hat sich als erstes vergewissert, daß ich allein war. Ich glaube, nur aus diesem Grund hat er vor der Bar auf mich gewartet... Ja, Hannah, natürlich habe ich ihm gesagt, daß du dich ebenfalls in San Francisco aufhältst.«

Schweigen.

»Niki, ich möchte die Wahrheit wissen.«

»Er sagte Wort für Wort: ›Ich habe akzeptiert, Sie zu treffen, da Sie mir völlig fremd sind. Ich war neugierig auf den Mann, der so verrückt war, meine Mutter zu heiraten.‹«

»Niki, bist du dir sicher, daß er wirklich ›meine Mutter‹ gesagt hat?«

»Nein, er hat nur ›sie zu heiraten‹ gesagt, ohne zu präzisieren, von wem er sprach. Ich bin entsetzlich traurig, Hannah. Ich hätte euch so gern versöhnt.«

»Niki, du bist mein Glück.«

Sie fuhren nach Südamerika. Nikis Sohn, Pier-Francesco, besaß in Argentinien eine große Hazienda, die er zum Teil von seiner Mutter geerbt hatte; den Rest hatte seine Frau, die Tochter eines ebenfalls aus Italien stammenden *fazenderos* in die Ehe gebracht. Die Hazienda lag in der Region Bahia Blanca im Süden von Buenos Aires. Hannah und Niki verbrachten zwei Monate bei Nikis Sohn. Auf dem Hinweg hatten sie in Salvador de Bahia und in Rio haltgemacht, da sich Hannah um die Lage der beiden künftigen Kosmetiksalons kümmern wollte: Der eine sollte direkt am Meer auf der Avenida Atlantica an der Copacabana und der andere im Stadtzentrum neben der Oper aufgemacht werden.

Auch in São Paulo wollte sie ein Institut gründen; ein Freund der Familie D'Arcangheli leitete dort verschiedene Unternehmen, überzeugte sie von der Dynamik der *paulista* und behauptete leicht übertrieben, diese Stadt sei im Verhältnis zu Rio das, was New York im Verhältnis zu Washington darstelle.

Auch in Montevideo sollte ein Institut gegründet werden, immerhin eine Hauptstadt, und natürlich in Buenos Aires; in Rosario und Mar del Plata – laut Pier-Francesco das zukünftige Cannes Argentiniens, warum nicht? – wollte sie sich mit Geschäften begnügen.

Sie bat Xesca Vidal aus Barcelona, nach Südamerika zu kommen und zusammen mit Luigi Cabrini aus Mailand, der hervorragend Spanisch und Portugiesisch sprach, die Leitung des neuen Netzes zu übernehmen; Cabrini wurde zudem mit der Generaldirektion für ganz Lateinamerika betraut.

Von Bahia Blanca fuhren sie mit dem Dampfer nach Santiago de Chile und anschließend nach Lima. Am 26. Oktober trafen sie in Panama ein, wo, wie schon in Lima und Santiago, ein Schönheitssalon eingerichtet wurde. Der Salon in Caracas wurde neun Tage später unter der Leitung von Jaime Aguilo gegründet, der auf Bitten Hannahs von Madrid gekommen war. Seine Frau Carmen und vier Kosmetikerinnen, die er zur Auswanderung hatte überreden können, begleiteten ihn. Carmen sollte später die Kosmetikerinnen-Schule auf dem südamerikanischen Kontinent leiten.

Die lange Reise, vor allem aber die starke Hitze strengten Niki an, der zudem an einer leichten Malaria litt. Hannah hätte ihre Rundreise gerne mit einem Besuch Mexikos abgeschlossen, verschob diesen Besuch aber dann auf später und kehrte trotz der Proteste Nikis nach einem zweiwöchigen Erholungsaufenthalt auf Jamaika direkt in die Staaten zurück.

Im gleichen Jahr noch fand sie im Shenandoah-Tal in Virginia das Grundstück auf dem Land, von dem sie geträumt hatte. New York war zwar relativ weit entfernt, doch das störte sie nicht, denn sie war überzeugt, schon bald mit einem Flugzeug zwischen New York und ihrer Residenz Virginia hin und her fliegen zu können. Adam hatte die genaue Lage am Rande des eben gegründeten Nationalparks ausgesucht und die Pläne für eine Bleibe entworfen, die Hannah in jeder Hinsicht wunderbar fand. Das Gebäude schmiegte sich so in die Landschaft, daß die Harmonie weitgehend gewahrt wurde. Es lag direkt neben einer Kaskade, die zwei Schwimmbecken – eines der Becken war als Hallenbad angelegt; die Mauern bestanden praktisch nur aus Glas – mit Wasser versorgte. Von den zwei großen, sich überlagernden Terrassen hatte man einen großartigen Blick auf die Schleifen des Shenandoah und die Allegheny Mountains mit ihren dichten, unendlichen Wäldern, in denen Bären, Luchse und Millionen Vögel lebten.

Von Washington aus brauchte man mit dem Wagen ungefähr eine Stunde, wenn man zügig fuhr.

Nach dem Pariser Appartement auf der Ile de la Cité, dem auf der Fünften Avenue in New York, dem Haus in Saint-Tropez am Strand von Pampelonne und dem in Saint-Jean Cap-Ferrat war dies nun Hannahs fünfte Adresse.

Wenn man das schloßartige Haus in Morcote am Luganer See nicht mitzählte, das von dem Engadiner Ehepaar weiter bewacht wurde. Hannah hatte es seit sechs Jahren nicht mehr betreten (und würde es auch sicher nie mehr betreten; trotzdem ließe sie sich eher lebendig verbrennen als es zu verkaufen).

Sie hatte vor, sich auch in London, in den Schweizer Bergen und in der Karibik einzukaufen – sie hatte die Gegend während ihres Aufenthaltes in Jamaika schätzengelernt. Nigel Thwaites hatte ihr von den Jungfern-Insel erzählt; warum eigentlich nicht die Bahamas, dachte sich Hannah, die liegen noch dichter bei den Staaten.

»Hannah«, wandte Niki ein, »du wirst dann acht, respektive neun verschiedene Wohnsitze haben, ganz abgesehen davon, daß du, falls du einmal Schwierigkeiten haben solltest, ein Dach über dem Kopf zu finden – obwohl ich wirklich nicht wüßte, wodurch solche Schwierigkeiten ausgelöst werden könnten – ja immer noch auf Anacapri, im *palazzo* in Rom, in dem Haus in der Toskana und sogar auf dem lombardischen Gut wohnen kannst. Von der Hazienda in Argentinien ganz zu schweigen.«

»Die gehören dir oder deinen Kindern. Und irgendwo muß ich ja schließlich meine Bilder aufhängen können. Ganz abgesehen davon, daß Hotels mir langsam auf die Nerven gehen.«

Ihre vor vierzig Jahren begonnene Sammlung umfaßte inzwischen um die dreihundertsechzig Bilder, darunter sieben Renoirs, neun Claude Monets, fünf Modiglianis, zwei Cézannes, vier Gauguins... und Pissarros, Manets, Whistlers, Mary Cassatts, Kandinskys, Klees, Klimts, Kokoschkas, Matisse, Degas, de Chiricos, de Staëls... und Picassos (insgesamt sieben Bilder von Freund Pablo, darunter ein Porträt von ihr), van Goghs (acht), Derains, Mirós, Juan Gris' und viele andere.

Das Jahresende verbrachten sie in Kalifornien. Maryan hatte in Palm Springs ein zweites, riesiges Haus gekauft, das eigentlich als Hotel geplant war, bevor er es erworben hatte. Das alte Haus in Beverly Hills war trotz seiner das Übliche bei weitem überschreitenden Ausmaße zu klein geworden, um die ganze Familie Kaden aufzunehmen. Der enge Familienkreis umfaßte mit Maryan und Lizzie und den zwölf Kindern, die inzwischen alle verheiratet waren, den Schwiegerkindern sowie den Enkeln – ›die vermehren sich ja wie die Meerschweinchen!‹ – mehr als siebzig Häupter. Wenn man die Brüder und Schwestern Maryans und deren Familien, die ebenfalls bereits zwei Generationen umfaßten, sowie die weniger zahlreichen MacKennas, die sich in diesem amerikanisch-polnischen Meer verloren, mit einschloß, kam man sich wie in einer marschierenden Armee in einem Film von Cecil B. de Mille vor.

»Abigail und Paul mit ihren zwei Kindern, Adam und Jacqueline mit ihren sechs Kindern, du, Yvonne und ich, wir sind dagegen eher unauffällig. Die Liechtensteiner Armee im Vergleich zu der Hitlers.«

»Je mehr Narren beieinander sind, desto mehr gibt's zu lachen. Und das neue Haus umfaßt immerhin neunundvierzig Zimmer, ohne die Ställe und Hundehütten mitzuzählen...«

Die inzwischen dreiundfünfzigjährige Lizzie hatte noch etwas zugenommen und wirkte sehr majestätisch. Sie erzählte, sie sei mit Maryan im Weißen Haus empfangen worden und habe mit ihren anrüchigen Geschichten großen Erfolg gehabt.

Selbst Hannah war darüber etwas verwirrt, nicht aber Lizzie:

»Hannah, von dir habe ich schließlich diese Geschichten! Übrigens, hast du dich bei Groucho revanchieren können?«

»Ja, mit dem Duesenberg SJ (von diesem Modell gab es nur zwei Exemplare; das zweite besaß Gary Cooper) habe ich Grouchos Mercedes um eine halbe Länge geschlagen. Und im Empire State Building hat er mich noch einmal herausgefordert; ich habe ihn wieder geschlagen, diesmal allerdings um fünf Stockwerke.«

Sie unterschlug dabei, daß man sie, einmal auf der Plattform angelangt, nur mit Hilfe von Riechsalzen wiederbeleben konnte. Aber immerhin: Groucho war fünfzehn Jahre jünger als sie.

»Hannah, schuldet Roosevelt dir immer noch Geld?«

»Nicht mehr viel. Etwa 1725 Dollar. Ich habe nicht vor, ihm den Gerichtsvollzieher auf den Hals zu hetzen. Es fehlt ja auch nicht mehr viel bis zu den 10000.«

Jedesmal, wenn Hannah in ihre neue Heimat zurückkehrte, verblüffte sie der Überfluß und die Lebensfreude, die nach den Jahren der Depression dort herrschten. Der Kontrast zwischen dem Rooseveltschen Amerika und Europa war gewaltig. Die Entwicklung Deutschlands unter Hitler entsetzte sie, und auch das Italien Mussolinis konnte weder Niki noch sie begeistern. Bei ihren vielen Reisen kreuz und quer durch Amerika, die in der Regel im Auto unternommen wurden, wobei Hannah am Steuer saß, denn Niki verabscheute dies, liebte sie das Land wie damals, als sie es im Februar 1900 entdeckte.

Die folgende Dekade sollte sie fast ausschließlich in Amerika verbringen, nur von einer langen Reise im Jahre 1937 unterbrochen, die nach Indien, Birma, Siam, Malaysia, Hongkong, Kanton, Shanghai, Peking, Korea, Manila und Japan führte. Maryan hatte sie auf ein österreichisches Ehepaar hingewiesen, das in Singapur lebte, während Niki aus seiner Zeit als Botschafter sich an Engländer erinnerte, die in Shanghai geboren waren und noch dort lebten. Hannah teilte das asiatische Netz aus Kosmetiksalons und Geschäften, das sie während dieser Reise ins Leben rief, zwischen den beiden Paaren auf; der Nachschub sollte teilweise von der amerikanischen und teilweise von der australischen Produktionseinheit geliefert werden.

Der Kreis um die Welt war geschlossen: 141 Kosmetiksalons und 512 Geschäfte trugen das doppelte H; mehr als 6000 Menschen arbeiteten direkt für sie; von neunzig Prozent kannte sie die Namen und die Gesichter.

Einmal rechnete sie aus, wie reich sie inzwischen geworden war:

›Ungefähr achtunddreißig Millionen Dollar. Vor genau dreiundvierzig Jahren lief ich ohne einen Penny in der Tasche durch die Straßen Melbournes... Übrigens besaß ich nicht einmal eine Tasche...‹

Weiterhin waren auf ihrem Haben-Konto ein Sohn und eine Tochter zu vermerken.

Und zehn Enkelkinder; das elfte war bereits unterwegs...

Und Niki.

›Verdammt noch mal, ich werde bald selbst glauben, daß ich glücklich bin.‹

Eine Sache erstaunte, befriedigte und bestärkte sie in der Meinung, die sie schon immer von sich selbst gehabt hatte: Viele Jahre waren inzwischen vergangen, doch der Schwung, der sie seit bald fünfzig Jahren beflügelte, hatte nicht nachgelassen, und nichts wies darauf hin, daß er einmal nachlassen würde. Ihr Lebensrhythmus und ihr Tagesablauf waren unverändert die gleichen: Jeden Morgen stand sie, gleichgültig, wo sie sich gerade befand – obwohl sie sich immer häufiger in ihrem Landhaus in Virginia aufhielt, das das Ehepaar bis unters Dach mit Büchern füllte –, im oder sogar noch vor dem Morgengrauen auf und ging eine Stunde spazieren, meist auf den schmalen Pfaden, die sich in den umliegenden Bergen verloren, gleichgültig, ob es regnete oder schneite, ob großer Sturm herrschte oder erdrückende Hitze. Wenn sie dann nach Hause kam, war auch Niki aufgestanden. Sie frühstückten gemeinsam, Gelegenheit, sich zärtlich zuzulächeln; er nahm nur etwas Tee und einige Zwiebacke, sie ihre drei Eier und Butterbrote oder noch Handfesteres, während es langsam hell wurde und die Sonne bis ins Tal vordrang, so daß die acht Schleifen des Shenandoah, die man von ihrem Haus aus sehen konnte, von Minute zu Minute stärker glänzten.

»Ich bin glücklich und werde nie alt werden.«

Viertes Buch

Kapitel 34

Lizzie, es ist nicht schwer zu altern

Gegen acht Uhr begann der Nebel sich zu heben. Als erstes konnte man den Rhein erkennen und nach und nach dann die Appenzeller Berge sowie Vorarlberg. Es war eiskalt. Niki, der neben ihr saß, wikkelte sich noch etwas mehr in die schwarz-rot karierte Decke.

Er schaute sie fragend an, doch sie schüttelte nur den Kopf:

»Mir ist immer noch nicht kalt.«

Dabei hatte sie sich seit einer halben Stunde nicht bewegt. Ihre Hände, über die sie selbstverständlich Handschuhe gezogen hatte, lagen auf dem mit Leder bezogenen Lenkrad des Bentley *Streamline*, Baujahr 1939, dessen Kilometerzähler bei wenig mehr als 2600 Kilometer angelangt war, wenig für einen sechs Jahre alten Wagen. Hannah hatte ihn zwischen 1939 und 1945 bei ihren seltenen Besuchen in der Schweiz benutzt; die restliche Zeit war er einer Garage in der Züricher Gotthardstraße anvertraut gewesen.

An diesem 8. Februar 1945 hatten Niki und sie um fünf Uhr dreißig in der Früh das Hotel *Baur au Lac* verlassen; nach etwas mehr als einer Stunde durchquerten sie St. Gallen; zehn Minuten später waren sie in Rorschach angelangt und nach weiteren zehn Minuten am Ziel ihrer Reise, in St. Margrethen.

Seit unendlich langer Zeit warteten sie nun schon im Bentley. Auf der rechten Seite zog sich ein Weinberg hin, der allmählich von der Sonne beleuchtet wurde, während man links den Bodensee und über die abgerundete, fliehende Kühlerhaube hinweg den Rhein, die Grenze nach Österreich, die nur zweihundert Meter von ihnen entfernt war, und die Straße nach Bregenz erkennen konnte. Hannah und Niki sahen durch die Windschutzscheibe nicht nur die Schweizer Grenzpolizei, sondern am anderen Ende der Brücke auch die stahlhelmtragenden Soldaten Hitlers.

»Noch etwas Kaffee?«

»Ja, gerne.«

Niki schraubte die Thermosflasche auf.

Mechanisch kaute sie an einem Zwieback. Endlich tauchten hinter ihnen zwei Wagen auf, deren Scheinwerfer noch brannten, obwohl es immer heller wurde. Sie parkten neben dem Bentley. Aus dem einen stieg Hannahs Genfer Rechtsanwalt Pierre Poncetti aus, dessen weiße Haare sich von dem vom Skifahren gebräunten Gesicht abhoben. Ein

Kollege, Peter Erlenbach, begleitete ihn. Beide hatten Aktentaschen bei sich.

»Hannah, es ist alles geregelt«, sagte Poncetti auf deutsch.

Sie nickte nur und trank aus dem Becher der Thermosflasche. Bei dem zweiten Wagen handelte es sich um einen schweren, prächtigen Horch *835 A*. Die drei Passagiere verließen den Wagen und verbeugten sich steif, während der Chauffeur sitzen blieb. Hannah, die noch immer hinter dem Lenkrad des Bentley saß, schaute sie scharf an und nickte kalt mit dem Kopf. Einer der Horch-Passagiere hieß Jean-Pierre Mary und war nichts weniger als ein früherer Präsident der Schweizerischen Eidgenossenschaft und ehemaliger Finanzminister. Seine stark fortgeschrittene Glatze kontrastierte mit dem Schnauzbart und dem von der Kälte geröteten Gesicht. Mary hatte seine Sympathien für den Nationalsozialismus nie verhehlt, und seine persönliche Freundschaft mit dem Reichsführer Heinrich Himmler, dem Chef der SS, spielte bei Hannahs Unternehmen eine entscheidende Rolle.

Seine beiden Begleiter waren Deutsche; der eine gehörte zur Botschaft in Bern, während der andere, ein Gruppenführer der SS, der allerdings auf seine Uniform verzichtet hatte und Zivil trug, von den Schweizer Behörden ein Sondervisum erhalten hatte.

»Hannah, es ist eiskalt, und es dauert mindestens noch dreißig Minuten, bis sich etwas ereignet. Sie sollten sich in der Zwischenzeit aufwärmen.«

»Ich warte hier.«

Angesichts des SS-Mannes packte sie ein solcher Zorn, daß sie zitterte.

Seit nunmehr acht Monaten arbeiteten Pierre Poncetti und Peter Erlenbach in ihrem Auftrag an der Aktion St. Margrethen. Poncetti und Niki hatten alle ihre Geduld aufwenden müssen, um sie davon abzuhalten, sich selbst in die schwierigen Verhandlungen einzumischen.

»Hannah, es gibt nur eine Art, diese Verhandlungen erfolgreich zu führen: Wir müssen die Bedingungen diskutieren, als ob es sich um einen normalen Kauf von Baumaterial oder pharmazeutischen Produkten oder einer sonstigen Ware handele. Entschuldigen Sie bitte, wenn ich brutal werde, doch Ihre Anwesenheit bei den Verhandlungen bringt einen zusätzlichen Risikofaktor mit sich, und das bei einer Affäre, bei der die Risiken bereits Legion sind...«

Wenige Tage vor Weihnachten wurde über den Preis – zehn Millionen Schweizer Franken, das heißt, etwas mehr als siebenhunderttausend Dollar – und über die Zahl der Köpfe – zweitausend – eine Vereinbarung erzielt. Die Zahlen brachten Hannah zur Verzweiflung: Über Lissabon und Madrid flog sie in einer spanischen Maschine über das während des Krieges zerstörte Frankreich nach Genf. In Poncettis Büro ließ sie ihrem Zorn und ihrem Kummer freien Lauf:

»Zweitausend! Es war die Rede von zehntausend! Haben Sie Ihren Gesprächspartnern denn nicht mitgeteilt, daß ich bereit bin, das Zehnfache zu bezahlen! Pierre, ich habe Ihnen dreißig Millionen Dollar zur Verfügung gestellt!«

Zweitausend und kein einziger mehr! Nach langer Zeit erst gelang es Poncetti, Hannah zu überzeugen, daß Erlenbach und er bis zum Äußersten gegangen waren.

»Hannah, es ist ein Wunder, daß Himmler auf diese Bedingungen eingegangen ist!«

»Dort kommen sie«, brach Pierre Poncetti das Schweigen.

Auf der anderen Seite der Brücke, bei den Nazis, bewegte sich etwas. Ein grauer Wagen war vorgefahren und hatte nach dreißig Metern gestoppt.

Hinter ihm tauchte die behäbige Schnauze des ersten Lastwagens auf.

Hannah öffnete die Tür des Bentley und stieg aus. Kaum dreißig Sekunden später dröhnte es hinter ihr: Der enorme Konvoi aus Autobussen, Ambulanzen und Lastwagen, den sie gemietet hatte, traf pünktlich ein. Sie erkannte in der Kabine des Lastwagens, der den Konvoi anführte, Suzanne Dubois, ihre Genfer Direktorin, die ihr zuwinkte.

Ein weiterer Grund für ihren bitteren Zorn: Weder Poncetti noch Erlenbach war es trotz gewaltiger Bemühungen gelungen, die eidgenössische Regierung auch nur zu einer bescheidenen Hilfestellung zu animieren. Die Regierung hatte sogar den aus den Konzentrationslagern stammenden Flüchtlingen, die von Hannah freigekauft werden sollten, den Aufenthalt in der Schweiz verboten; mit einer einzigen Ausnahme: diejenigen, deren Familien sich bereits auf Schweizer Boden niedergelassen hatten, sollten bleiben dürfen. Da es unmöglich war, auch nur das geringste über die armen Teufel zu erfahren, die befreit werden sollten, war das Angebot der Schweizer Regierung praktisch gegenstandslos.

Tagelang war sie von Pontius zu Pilatus gegangen; selbst das Internationale Komitee des Roten Kreuzes hatte sich vornehm aus der Affäre gezogen und ihr die gleiche Antwort gegeben, die sechs Monate zuvor bereits einer ihrer Landsleute, der Vertreter des Joint Distribution Committee, erhalten hatte:

Wir können unter keinen Umständen mit Leuten zusammenarbeiten, die zu illegalen Mitteln greifen, um den Juden zu helfen.

Die amerikanische Botschaft in Bern hatte sie gewarnt: Washington sah sich nicht in der Lage, Vorhaben zu unterstützen, durch die der Feind in die Lage komme, den Krieg zu verlängern, und der Freikauf von Juden gegen westliche Währung zähle zu solchen Vorhaben.

So hatte sie sich zu guter Letzt entschlossen, auf eigene Kosten achtundzwanzig Omnibusse, vierunddreißig Lastwagen und nur neun Krankenwagen zu mieten – mehr Ambulanzen hatte sie einfach nicht aufgetrieben, wobei sie drei sogar zum Neupreis hatte kaufen müssen. Sie hatte sich auch um warme Kleidung, Schuhe und Decken für zweitausendzweihundert Menschen gekümmert, für den Fall, daß in letzter Sekunde doch noch mehr Menschen freigelassen wurden, als sie erwartete. Zusammen mit Niki hatte sie sich dann um die Ernährungsprobleme gekümmert und vorsorglich in sechs privaten Krankenhäusern Betten freihalten lassen. Anschließend war noch der Weg der Konvois durch die Schweiz in das erst kürzlich befreite Frankreich zu regeln und im französischen Savoyen bis hin nach Annecy Hotels etagenweise zu reservieren.

»Liebling, du wirst dich erkälten.«

Niki war ebenfalls ausgestiegen; sie spürte, wie er seinen Arm um sie legte; die zärtliche Geste war ihr in diesem Moment beinahe unerträglich, so gespannt war sie. Sie schaute gebannt zu dem grauen Wagen auf der anderen Seite der Grenze, der sich seit einigen tödlich langen Minuten nicht mehr rührte.

Zwanzig Minuten.

Die beiden Begleiter Marys und Mary selbst hatten sich in ihrem Horch wieder in ihre Decken gehüllt. Poncetti und Erlenbach hatten vor Kälte blaue Gesichter, während Hannah sich ein bitteres Vergnügen daraus machte, das Klima und diese Männer, die ihm nicht widerstanden, herauszufordern.

Weiter auf den grauen Wagen starrend, spürte sie, wie Verzweiflung in ihr aufstieg:

›In letzter Sekunde werde ich scheitern. Ich werde scheitern!‹

Sie scheiterte nicht. Pierre Poncetti, der trotz des offiziellen Verbots ein Fernglas bei sich hatte, wies sie als erster darauf hin:

»Sie fahren wieder an, Hannah. Sie kommen, mein Gott!«

Eine halbe Stunde später war die Sonne verschwunden; am Himmel hingen graue, dicke Wolken, die mit unglaublicher Schnelligkeit von Nordwesten her kommend aufgezogen waren. Kurz darauf fielen die ersten Schneeflocken. Die fahlen und entsetzlich verhärmten Gesichter verwandelten sich im Schneetreiben in die von Toten...

Das Defilee über die Brücke begann. Die Kräftigsten kamen zuerst, nachdem sie ohne fremde Hilfe von den Lastwagen gestiegen und schwankend über die lange Brücke gelaufen waren, um von einer Grenze zur anderen zu gelangen. Dann verlangsamte sich das Tempo; die Schwächeren waren an der Reihe und schließlich die lebendigen Toten. Das Niemandsland zwischen den deutschen und den schweizerischen Grenzbeamten füllte sich langsam, denn die Sanitäter waren ihren Patienten, der Vereinbarung trotzend, entgegengegangen.

Endlich wachte Hannah aus ihrer Versteinerung auf. Kaum dreißig Meter von ihr entfernt waren Frauen, aber auch Kinder, darunter ein vielleicht siebenjähriges Mädchen, in einen Autobus gestiegen. Hannah ging zu ihnen:

»Wie heißt du?«

Sie hatte die Frage auf deutsch gestellt und wiederholte sie auf polnisch, russisch und jiddisch, ohne eine Antwort zu erhalten.

»Hurensau!«

Hannah drehte sich nach links, wo die Beleidigung gefallen war, und erhielt einen Schlag ins Gesicht. Kurz darauf wurde sie angespuckt. Niki und Erlenbach tauchten auf und brachten sie weg, um sie vor den lächerlichen Schlägen zu schützen, die zwei körperlich entsetzlich geschwächte, aber noch zu allem Haß fähige Frauen, denen man die Schädel rasiert hatte, ihr versetzt hatten.

»Komm, Hannah, um Himmels willen!«

Ruhig machte sie sich frei und winkte Suzanne zu sich; sie wollte die Namen, die Nationalität, kurz alles wissen, was man über die beiden Frauen, die kurz vor dem Tod standen, aber noch die Kraft hatten, sich aufzurichten und zu kämpfen, herausfinden konnte.

»Was geht in deinem Kopf vor?« fragte Niki.

Ohne zu antworten ging sie zum Wagen und setzte sich wieder hinters Lenkrad. Was in ihrem Kopf vorging? Kummer, Mitleid, Zorn, Haß. Und Scham über sich selbst, die Überlebenden der Hölle im Nerzmantel begrüßt zu haben und im Bentley zur Übergabestelle gefahren zu sein. Aber auch Bewunderung für die beiden Frauen, die sie angegriffen hatten.

Drei Minuten später spürte sie in der Haltung Poncettis und Erlenbachs, daß etwas nicht in Ordnung war, stieg aus und ging zu den beiden Rechtsanwälten. Poncetti schüttelte verzweifelt den Kopf, bevor er erklärte:

»Man könnte vor Wut Gift und Galle spucken, Hannah. Sie haben tausend Personen freigelassen; wir bezahlten daraufhin, wie vereinbart, die zweite Rate. Die Nazis schickten uns den zweiten Konvoi; es trafen aber nur einhundertsechsundachtzig statt der vereinbarten tausend ein. Und die zuletzt Eingetroffenen sagten uns, daß sich niemand mehr auf der anderen Seite der Grenze befände. O mein Gott, diese Schweinehunde!«

Am 10. Februar überquerte der Konvoi die Grenze nach Frankreich und löste sich dann auf. Trotz seiner großen Arbeitsbelastung hatte Winnie Churchill es sich nicht nehmen lassen, persönlich bei de Gaulle zu intervenieren, damit man Hannahs Schützlingen an der Grenze keine Schwierigkeiten machte. Während der drei kommenden Tage fuhr sie, höchstens ein, zwei Stunden im Bentley schlafend, von einer Gruppe zur anderen; die Zone, in der die der Hölle Entkommenen untergebracht waren, erstreckte sich von Evian am Genfer See bis nach Annecy und Saint-Julien-en-Genevois. Bei neunzehn der Freigelassenen war der Gesundheitszustand so bedenklich, daß sie nicht transportfähig waren; sie wurden in einem privaten Krankenhaus untergebracht. Einige Tage später konnten zwei Drittel dieser bedauernswerten Menschen bereits mit einem Sanitätsflugzeug nach Lyon geflogen werden, wo sie vollständig geheilt wurden. Drei starben. Nur. Vielleicht aufgrund der schnellen und massiven Hilfeleistungen; vielleicht aber auch aufgrund der Tatsache, daß die Nazis nur die am wenigsten Schwachen verkauft hatten.

»Hannah, verkauft? Das Wort ist entsetzlich«, bemerkte Niki.

»Ich kenne kein anderes, das dem Sachverhalt entspricht. Und da muß schon noch mehr zusammenkommen, bevor mich etwas entsetzt!«

Neben der französischen Verwaltung hatte sie zwei Männer um Hilfe gebeten, die sich schier aufrieben: einmal Dougal Kaden, Maryan und Lizzies zweiten Sohn, inzwischen zweiundvierzig Jahre alt; Dougal war während der Landung der Alliierten am Omaha Beach in der Normandie verletzt worden und nach seiner Genesung als Oberstleutnant dem Generalstab von General Hodge zugeteilt worden, der das 12. amerikanische Armeekorps in den Ardennen kommandierte; dann General Shelby, ein entfernter Verwandter der MacKennas, der, aus Italien kommend, die Leitung des militärischen Nachrichtenwesens der Alliierten in der französischen Hauptstadt übernommen hatte. Die beiden taten, was sie nur tun konnten; Shelby gelang es sogar, zwei C-47 mit Verpflegung nach Lyon zu schicken.

Unter den 1186 Freigekauften befanden sich ungefähr sechzig Kinder. Am 8. März hatte Hannah für neununddreißig unter ihnen Familien gefunden, die bereit waren, sie aufzunehmen. Blieben neunzehn, darunter die Kleine, die ihr in St. Margrethen aufgefallen war. Inzwischen hatte sie in Erfahrung bringen können, daß das Mädchen aus Ungarn stammte; eine seiner ehemaligen Leidensgenossinnen glaubte sich zu erinnern, daß es ungefähr zwei Jahre in Theresienstadt verbracht hatte.

»Die Mutter der Kleinen ist tot, Niki. Das Mädchen heißt Charlotte.«

»Und ihr Familienname?«

»Unbekannt. Entweder sie hat ihn vergessen, oder sie hat ihn nie gekannt. Niki?«

Acht Monate zuvor war Niki von der ausziehbaren Leiter in der Bibliothek in ihrem Haus am Shenandoah gefallen und hatte sich einen häßlichen Oberschenkelbruch zugezogen. Er hinkte immer noch und schien älter als sie zu sein, obwohl er jünger war. Trotzdem hatte er während der letzten Wochen sich selbst überboten und alles getan, was er nur hatte tun können, um Hannah bei ihrer Rettungsaktion zu helfen.

Er hatte verstanden, worauf sie hinauswollte.

›Selbst wenn er meint, wir beide seien ein bißchen zu alt für ein solches Unternehmen, vor allem ich; schließlich werde ich im kommenden Monat siebzig und war eigentlich nie besonders mütterlich gewesen. Und ein Mädchen zu adoptieren, dessen Sprache man nicht einmal spricht, in unserem Alter...‹

»Alles, was du machst, Hannah ist mir recht. Ein hübscher Vorname, Charlotte.«

Charlotte, aus der eine Charlotte Travers wurde – Paul und Abigail hatten sie an Hannahs Stelle schließlich adoptiert –, heiratete siebzehn Jahre später Pier-Paolo d'Arcangheli, Nikis ältesten Enkel. Trotz aller Bemühungen hatte Hannah nie etwas über Charlottes Familie ausfindig machen können.

In den ersten Märztagen trafen Hannah und Niki in Paris ein. Hannah hatte Suzanne Dubois und Pier Poncetti die Pflege der aus Theresienstadt Entkommenen anvertraut. Poncetti kümmerte sich zusammen mit einem Mitarbeiter, Thierry Masselon, einem in Genf lebenden Franzosen, zwei Jahre lang um diese Aufgabe.

Hannahs wunderbare Wohnung auf der Ile de la Cité in Paris war völlig verwüstet; wochenlang hatten Soldaten darin gehaust und vor der Befreiung der französischen Hauptstadt alles zerstört, selbst die von Adam entworfene gläserne Brücke. Der Marmor, aus dem die Brunnen auf der Dachterrasse gehauen waren, die Einlegearbeiten und die Stuckdecken waren von Maschinengewehrsalven völlig zerstört worden, aus reiner Lust an der Vernichtung. Trotzdem konnte man in den zweiundzwanzig Zimmern zur Not wohnen, vorausgesetzt, Hannah trieb Möbel und Bettwäsche auf.

Wieder einmal bat sie Shelby um Hilfe, der ihr aus England Möbel für drei Schlaf- und zwei Wohnzimmer schicken ließ. Mit Hilfe eines seiner Studienkollegen von West Point gelang es Dougal Kaden, soviel Bettwäsche und Feldbetten aufzutreiben, daß der große, früher von Paul Iribe eingerichtete Salon in einen Schlafsaal umgewandelt werden konnte, in dem fünfzehn aus Konzentrationslagern Entkommene eine erste Unterkunft fanden. Die ehemalige Bibliothek verwandelte Hannah in eine Kantine, in der täglich einhundertzwanzig Mahlzeiten gekocht wurden.

Sie schrieb an Jeanne Fougaril, von der sie seit drei Jahren nichts mehr gehört hatte, und bat sie, nach Paris zu kommen, um ihr zu helfen. Eines Morgens tauchte nicht Jeanne, sondern Maud Derry, ihre Nachfolgerin als Direktorin für Europa, auf. Maud hatte durch Zufall erfahren, daß Hannah sich in Paris aufhielt: Sie hatte eine der ehemaligen Kosmetikerinnen getroffen, die ihr erzählte, daß alle ehemaligen Pariser Mitarbeiterinnen Hannahs das Recht hatten, in der Kantine auf der Ile de la Cité zu essen. Maud war entsetzlich abgemagert und bleich; sie erholte sich nur mit Mühe von dem Alptraum, den sie durchlebt hatte: Sie war wegen Widerstandstätigkeit im November 1943 verhaftet und zuerst im Gefängnis von Fresnes und anschließend im belgischen Fort Breendonk eingesperrt worden. Während ihres Transportes ins Konzentrationslager Ravensbrück war ihr Zug das Ziel alliierter Bombenangriffe gewesen; in dem dabei entstehenden Durcheinander hatte sie fliehen können. Mauds Schwester hatte weniger Glück gehabt; sie war zum Tod durch den Strang verurteilt und hingerichtet worden. Sie senkte den Kopf, als sie Hannah sagte:

»Ihr Brief an Jeanne wird unbeantwortet bleiben, Hannah. Sie ist im Sommer 1943 gestorben. Zwei ihrer Enkel wurden erschossen, da hat sie sich selbst aufgegeben. Sie hatte mir einen Brief für Sie anvertraut, doch man hat mir alles weggenommen.«

– Lizzie, es ist nicht schwer zu altern, schlimmer ist es zu überleben.

Doch auch unter diesen grauenhaften Umständen bewies die junge, große schlanke Frau mit den violetten Augen, der leicht verschleierten Stimme und dem gewinnenden Charme einen eisernen Willen:

»Hannah«, sagte Maud, »wir müssen wieder aufmachen; je schneller, desto besser.«

Den Anweisungen entsprechend, die sie empfangen hatte, hatte die junge Frau im Juni 1940 alle Kosmetiksalons und Geschäfte in Frankreich, Belgien und Holland geschlossen; im September des gleichen Jahres folgten die übrigen europäischen Länder mit Ausnahme von Italien, Spanien, Portugal, der Schweiz, Schweden und Großbritannien...

... und Rußland. Soweit Hannah informiert war, blieben der Salon in Moskau und auch der im belagerten Leningrad während des Krieges offen – und waren es wohl noch.

Maud berichtete:

»Wie vereinbart habe ich damals eine Liste aufgestellt, auf der die Namen und Adressen aller Mitarbeiter verzeichnet waren. Ich habe diese Liste Harriett Morris in London anvertraut, und ich nehme an, daß sie sie immer noch aufbewahrt.«

Ja, sie wollte versuchen, die mehr als zweitausendfünfhundert Personen aufzuspüren, die früher in Europa für Hannah gearbeitet hatten. Mit verschiedenen Mitarbeiterinnen und Mitarbeitern, die vor dem Krieg leitende Stellungen innegehabt hatten, hatte sie bereits Kontakt aufnehmen können, so mit der Brüsselerin Nicole de Wulf, dem Dänen Willy Clausen, dem Franzosen Jacques de Pinsun und der Französin Pascale Dufresne. Auch aus Italien hatte sie Nachrichten: Da die Kosmetiksalons und Geschäfte in Rom, Mailand, Turin, Florenz, Venedig und Neapel während des Krieges weitergearbeitet hatten, hielt sich der Schaden dort in Grenzen.

»Das gleiche gilt natürlich für Großbritannien und die anderen Länder. Hannah, gewähren Sie mir sechs Wochen, dann kann ich Ihnen sagen, wann wir in Europa generell wieder mit der Arbeit anfangen können.«

Nein, sie brauche keine Verstärkung aus Amerika.

Am Abend des 6. März war es Yvonne gelungen, ein alles in allem recht passables Diner zu improvisieren, das in Hannahs früherem Büro in einem der Zimmer unterm Dach gereicht wurde. Neben Hannah und Niki hatten sich Maud und Pascale Dufresne, Biff MacKenna, der aus dem fernen Australien herbeigeeilt war, um in der Royal Air Force zu kämpfen, General Shelby, der Schriftsteller und Journalist Ernest Hemingway sowie eine junge Militärkrankenschwester, die Hemingway mitgebracht hatte, eingefunden.

Kurz vor zehn Uhr läutete das Telefon. Yvonne bat General Shelby in das darunterliegende Stockwerk – die Telefonleitungen waren alle aus der Wand gerissen worden und nur notdürftig repariert.

Zwei Minuten später tauchte Shelby wieder auf:

»Hannah, wollen Sie bitte zum Telefon kommen.«

Sie ging hinunter. Als sie nach einiger Zeit immer noch nicht wiedergekommen war, machte sich Niki Sorgen und ging ebenfalls in das Zimmer, in dem das Telefon stand. Der Hörer war ordentlich auf die Gabel gelegt. Hannah saß auf einer zusammengerollten Matratze in einem der leeren Zimmer und lehnte sich gegen die Reste eines Wandteppichs.

Sie war totenbleich, aber sie weinte nicht; ihre grauen Augen waren weit aufgerissen, und ihr Mund stand halb offen, als hätte sie Schwierigkeiten zu atmen – Hannahs Miene, wenn sie entsetzlich litt, ein Ausdruck, der Niki noch fremd war.

»Adam«, sagte sie leise. »Sie haben ihn getötet.«

Vor zwei Tagen war er gefallen. Auf einer völlig absurden, kaum zehn

Kilometer langen Insel, die verloren mitten im riesigen Pazifik lag: Iwo-Jima.

Am Tag nach dem Angriff auf Pearl Harbor hatte er sich freiwillig gemeldet und war als Hauptmann in den aktiven Dienst getreten. Hannah hatte ihn beschworen, einen Posten in Washington anzunehmen, den sie ihm mühelos beschaffen konnte. Zuerst hatte er sich ihrem Willen gebeugt. Doch nach dem Fall von Corregidor auf den Philippinen hatte er sich zu einer kämpfenden Einheit versetzen lassen. Erst im Oktober 1943 war er, wie es sein Wunsch war, zur Marine gekommen. Im November hatte er an den Kämpfen um die Gilbert-Inseln und um das Atoll Tarawa teilgenommen und anschließend bei der Rückeroberung der Mashall- und Marianen-Inseln mitgekämpft. In seinem letzten Brief, den er am 26. Februar, vier Tage vor seinem Tod, an Hannah geschrieben hatte, klang sowohl sein Stolz wie auch seine Besorgnis durch.

Er hatte gerade erfahren, daß der achtzehnjährige Ewan, sein Zweitgeborener, dem Beispiel seines älteren Bruders Tadd folgend, sich ebenfalls freiwillig gemeldet hatte und ebenfalls in die Marine aufgenommen worden war.

Mir wurde mitgeteilt, er sei als Fähnrich an Bord des Kreuzers Indianapolis*, *während Tadd als Leutnant auf einem Zerstörer, der* Cecil-Doyle, *fährt. Mama, mach dir bitte keine Sorgen; die beiden befinden sich in Sicherheit. Es gibt keine japanischen Schiffe mehr auf dem Meer, und der Krieg wird in Kürze aus sein.*

Adam war gerade zweiundvierzig Jahre alt geworden.

* Am 30. Juli 1945 wurde der Kreuzer *USS Indianapolis* von einem japanischen U-Boot mitten im Pazifik versenkt. Von den 1196 Besatzungsmitgliedern überlebten 316, darunter auch Ewan Nenski. Die *Cecil-Doyle*, an dessen Bord sich sein Bruder befand, gehörte zu den ersten Schiffen, die den Schiffbrüchigen zu Hilfe kamen. Ein reiner Zufall.

Kapitel 35

Lizzie, ich frage mich, ob in unserem Alter...

Am Vorabend hatte Niki, der sich in dem riesigen Haus am Shenandoah neben der fünfunddreißigtausend Bände umfassenden Bibliothek drei Zimmer vorbehalten hatte, in denen er malte, einen leichten Herzanfall erlitten.

Seine Herzschwäche wäre wohl niemandem aufgefallen – so wenig wie die vorhergegangenen, denn Hannah war überzeugt, daß Niki schon mehrmals Anfälle erlitten und diese verschwiegen hatte –, hätte sie sich nicht ausgerechnet zwei Tage vor Weihnachten ereignet. Der ganze Kaden-Clan war vollständig versammelt, dann natürlich Jacqueline samt Kindern und Enkelkindern, Abigail mit ihrem Paul Travers sowie deren fünf Sprößlinge und noch ein Dutzend Gäste, die nicht mit Hannah verwandt waren. Ewan Kaden war selbstverständlich auch dabei; dieses Jahr verschonte er die Gäste mit seinem abenteuerlichen Bericht von der Rettung durch die Hand seines Bruders: Vier Tage war er auf einem Floß auf dem mit Treibstoff verseuchten Meer getrieben, bis ihn ausgerechnet sein Bruder aufgefischt hatte! Ewan hatte das Jahr 1947 über in Frankreich gelebt und Französisch gelernt, am liebsten in engem Kontakt mit den Französinnen...

Ewan hatte Alarm geschlagen; er war ›Onkel Niki‹ begrüßen gegangen. Niki war unter seinen Augen zusammengebrochen, als er die Hand ausstreckte, um einen Band über Mantegna aus dem Regal zu holen. Als Hannah herbeigelaufen kam, war er schon wieder auf den Beinen. Trotz seiner Proteste ließ sie ihn in ein Washingtoner Krankenhaus transportieren, doch die Ärzte stellten, nachdem sie ihn dreißig Stunden beobachtet hatten, nur eine kleine Herzrhythmusstörung fest und gewährten ihm schließlich seinen ruhig, aber hartnäckig vorgetragenen Wunsch:

»Ich möchte nach Hause, Hannah!«

Niki war neunundsechzig Jahre alt.

»Du hast solche Schwächeanfälle schon öfter gehabt, nicht wahr?« fragte sie.

»Jedesmal, wenn ich dich sehe«, antwortete er mit seinem freundlichen Lächeln.

Er hatte für sie auf praktisch alles verzichtet, was sein Leben vor seiner Hochzeit bestimmt hatte. Natürlich hatten auch der Krieg und die politischen Umstände eine gewisse Rolle gespielt, als er beschlossen hatte, in Amerika zu leben: Als entschiedener Gegner des Mussolini-Regimes hatte er sich bis 1945 standhaft geweigert, heimatlichen Boden zu betreten; Frankreich war besetzt, so daß er auf sein geliebtes Paris ebenfalls hatte verzichten müssen, und seit Jahren schon hatte er Deutschland nicht mehr besucht, obwohl er es sehr liebte.

Niki hatte die größten Schwierigkeiten gehabt, sich an den amerikanischen Lebensstil zu gewöhnen, obwohl er die Sprache perfekt beherrschte, hatte sich aber nie beklagt. Er begleitete Hannah auf allen Reisen und stand sich stundenlang die Beine in den Bauch, während sie Läden inspizierte oder über Geschäfte und Verträge verhandelte. Sie waren zusammen wohl sieben- oder achtmal um die Welt gereist. Sofort nach Kriegsende hatte sie ihre Inspektionsreisen wieder aufgenommen; im Mai war sie nach Europa und im November in den pazifischen Raum gefahren. Niki war der zuvorkommendste, hilfsbereiteste Reisegefährte gewesen, den man sich vorstellen kann, ohne große Worte zu machen oder sich gar zu beklagen. Manchmal hatte er halbe Tage lang geschwiegen – wobei Hannah durchaus wußte, daß sie für zwei sprach...

›Wobei er jedesmal auf die Sekunde genau ahnt, wann er was zu sagen hat... wie beim Tod Adams, wo er genau die Worte gefunden hat, die mir halfen.‹

Als seine eigene Tochter an den Folgen eines Autounfalls gestorben war, hatte er sich beinahe bei Hannah entschuldigt, sie mit dem Leid zu belästigen, das er empfand.

Hannah und er hatten Anfang Dezember 1945 an dem Jungfernflug teilgenommen, mit dem die tägliche Verbindung Amerika–Europa eröffnet worden war. An Bord einer anläßlich dieser Gelegenheit auf den Namen *Paris Big Chief* getauften Constellation hatten sie von Washington bis nach Paris-Orly inklusive einer Zwischenlandung in Irland weniger als sechzehn Stunden in Gesellschaft des amerikanischen Postministers, eines Freundes Maryan Kadens, und weiterer siebenundzwanzig Personen verbracht. Seither waren sie alle zwei Monate nach Europa geflogen, vom Frühjahr 1946 abgesehen, das sie in Australien, Neuseeland und Japan verbrachten.

Ende 1947 und das ganze Jahr 1948 über arbeitete sie am Wiederaufbau ihres ›Reiches‹ – der Name stammte von Niki; Hannah selbst sprach immer nur von ihren ›Läden‹ oder ›Boutiquen‹. Berlin, München und Hamburg waren wieder eröffnet, und Fred Hauptmann war nach zehnjährigem Exil wieder in seine Heimat zurückgekehrt. Er arbeitete zusammen mit Hannah an der Erweiterung des deutschen Netzes; Hauptmann brachte sie mit Konrad Adenauer zusammen, dem zukünftigen Bundeskanzler, der erstaunt war, daß Hannahs Berliner Schönheitssalon trotz der Blockade der ehemaligen deutschen Hauptstadt im Jahre 1948 weiterarbeiten konnte. Hannah zögerte nicht, Adenauer darauf hinzuweisen, daß sie die Möglichkeit hatte, von ihren sowjetischen Niederlassungen aus ihre Berliner Zweigstelle mit Nachschub zu versorgen. Sie selbst konnte sich diese besondere Gunst auch nicht erklären, die die Sowjets ihr seit 1934 bezeugten.

»Ich nehme an, daß Stalin befohlen hat, mich in Ruhe arbeiten zu lassen; er hat seinen Befehl in der Zwischenzeit sicher vergessen, und da niemand es wagt, ihn zu fragen, ob er eigentlich immer noch gültig ist...«

1949 beantragte sie ein Visum, eigentlich nur, um die Reaktion zu testen. Die Antwort, auch für Niki, war eindeutig: *da.* Niki allerdings durfte nur nach Moskau und hatte dort zu warten, bis Hannah von ihrer Inspektionsreise nach Leningrad wieder zurückgekommen war. Sie hatte große Schwierigkeiten gehabt, Leningrad wiederzuerkennen, das sie ja als junge Frau bereits besucht hatte, als noch der Zar über die Russen herrschte. Das Hotel, das man ihr zugewiesen hatte, lag an der Newa, direkt an der Stelle, an der der Museumskreuzer *Aurora* verankert war. Jeden Tag ging sie zu Fuß zu ihrem Kosmetiksalon, der nicht weit vom Newskij-Prospekt entfernt lag, von zwei oder drei Polizisten, die ihr in einiger Entfernung folgten und so taten, als würden sie sie nicht kennen, beobachtet. Zweimal hatte sie sich den Spaß erlaubt, ihre Bewacher in die Irre zu führen: Das erste Mal verschwand sie in den Damentoiletten des Maly-Theaters, während sie beim zweiten Mal einer völlig verblüfften Putzfrau in der Eremitage hundert Rubel in die Hand drückte und dafür deren Schultertuch sowie deren Jacke erbat. Als sie das Museum verließ, würdigten die Geheimagenten sie keines Blickes, obwohl sie dicht an ihnen vorbeiging. Hannah war begeistert; sie hätte Spionin werden sollen. Als sie ins Hotel zurückkam und von einer ganzen Meute von Geheimagenten umringt wurde, die von den enttäuschten Kollegen alarmiert worden waren, amüsierte sie sich noch mehr. Die Unschuld vom Lande spielend – natürlich war sie ihre Verkleidung inzwischen wieder losgeworden –, riß sie ihre großen Augen weit auf und fragte, ob es denn wahrscheinlich wäre, daß gut ausgebildete Geheimagenten eine alte, immerhin fast fünfundsiebzigjähre Frau, die zu Fuß durch die Stadt ging, aus den Augen verlören.

»Niki, mir ist es völlig gleichgültig, ob meine Niederlassungen in diesem verdammten Land geschlossen werden oder nicht; das Geld, das ich in der Sowjetunion verdiene, kann ich nicht ins Ausland transferieren, und ich habe wirklich keine Lust, dort meine Ferien zu verbringen.«

Immerhin führte sie eine Tonne Kaviar und sechs wunderbare, zobelgefütterte Mäntel aus.

Und genoß weiterhin diese unerklärliche Immunität.

»Ich könnte das ja verstehen, wenn der gute Maksim Gorkij noch lebte...«

»Vielleicht besucht Jossif Stalin als Babutschka verkleidet eines deiner Institute und läßt sich eine Schönheitsmaske auflegen?«

»Wie komisch!«

Hannah stand weiterhin früh auf, je nach Jahreszeit sogar noch vor der Dämmerung, gleichgültig, ob sie sich in Virginia, in New York, London, Paris, Saint-Tropez oder in ihrem neuen Haus, das sie sich in Fex in der Schweiz in der Nähe von St. Moritz hatte bauen lassen, aufhielt, und marschierte noch vor dem Frühstück eine Stunde oder auch etwas weniger, wenn das Gelände sehr steil war, aber immer schnellen Schrittes. Sie hatte Niki wegen dessen Problemen mit dem Herzen verboten, sie zu begleiten: »Meines funktioniert ausgezeichnet, vielen Dank!«

Und verbrachte weiterhin nach ihrem Morgenspaziergang eine oder zwei Stunden mit der Kontrolle der aus aller Welt eintreffenden Bilanzen.

»Ich frage mich, warum du eigentlich jeden Tag alles nachrechnest. Du beschäftigst so viele Buchhalter, daß du mühelos drei Kompanien einschließlich der dazugehörenden Intendanz aufstellen könntest!«

»Mit meinen Spaziergängen halte ich meinen hinreißenden Alabasterkörper und mit meinen Rechnung meinen so schnellen Geist frisch, so daß du mich weiterhin liebst. Ende der Randbemerkung. Außerdem müßte der Buchhalter, dem ich traue, erst noch geboren werden. Niki, könntest du nicht aufhören, auf dieser Leiter den Clown zu spielen? Du wirst dir ein zweites Mal ein Bein brechen!«

Nach den Kontrollen der Bilanzen frühstückte sie; allerdings nicht mehr wie früher im Speisezimmer, sondern im Bett, eine gewaltige Veränderung in ihrem Leben, mit der Niki selbstverständlich nicht einverstanden war.

»Liebling, du würdest am liebsten einen Anzug anziehen und dir eine Krawatte umbinden, wenn du nachts Pipi machen mußt«, hatte Hannah lachend das Verhalten ihres Mannes kommentiert.

Schon bald gehörte dieses Frühstück im Bett zum morgendlichen Ritual: Spaziergang, Bilanz, Schaumbad, zurück ins Bett zum Frühstükken. Natürlich kam für Hannah kein x-beliebiges Bett in Frage; in sämtlichen Wohnungen und Häusern waren die Maße genau vorgeschrieben: zweihundertvierzig mal zweihundert Zentimeter, wobei zweihundertvierzig die Breite und nicht die Länge bestimmte, wie man vielleicht hätte annehmen können. Die Laken waren aus schwarzer, rot gefaßter Seide und die Kopfkissen – acht an der Zahl – aus roter Seite mit schwarzen Spitzen. Inmitten dieser riesigen Bettlandschaft, in der ihre grauen Augen und ihr blasser Teint bestens zur Geltung kamen, empfing sie als Regentin ihren Generalstab...

... ihre drei weichgekochten Eier essend, die sie je nach Laune mit Basilikum oder mexikanischem Chili-Pfeffer würzte; sie rundete das Frühstück immer mit zwei Äpfeln und einer Brezel ab (in Frankreich leistete sie sich ein Croissant).

Dazu trank sie ungezuckerten Tee.

Ab und zu aßen bis zu fünfzehn oder sogar zwanzig Personen im Kreis um ihre Bettstatt, die zum Teil vom anderen Ende der Welt angereist waren, um neue Anweisungen entgegenzunehmen oder darauf hingewiesen zu werden, daß sie die in sie gesetzten Erwartungen nicht erfüllt hatten. Wehe denen, deren Gedächtnis nicht ganz so ausgezeichnet funktionierte wie das Hannahs und die sich in ihren Bereichen – gleichgültig, ob es sich um einzelne Institute und Geschäfte oder um ganze Gruppen handelte –, die sie leiteten, in Einzelheiten täuschten. In diesen Fällen richteten sich Hannahs graue Augen strafend auf den oder die Betreffende:

»Sind Sie sich der Zahlen, die Sie mit soviel Überzeugungskraft vorbringen, wirklich sicher?«

Oft konnte sie sich, waren ihre Marschälle einmal gegangen, nicht halten vor Lachen:

»Niki, hast du Ota Schnichis Gesicht gesehen? Ich glaubte schon, er würde vor versammelter Mannschaft Harakiri begehen. Dabei hatte er gar keinen Fehler gemacht! Ich habe ihn nur ärgern wollen. Es ginge mir gegen den Strich, wenn er sich wirklich umbringen sollte, ich mag ihn ganz gern...«

Anfang der fünfziger Jahre war der Wert ihres Schmuckes auf mehr als vier Millionen Dollar angewachsen; ihr Vermögen hatte inzwischen die Schwelle von hundert Millionen Dollar überschritten.

Hannah hatte große Probleme mit der Aufbewahrung ihres Schmucks: Unverständlicherweise konnte sie sich die Zahlenkombinationen zu dem Safe, in dem ihr Schmuck eingeschlossen wurde, einfach nicht merken:

›Nichts zu machen, ich habe diese verdammte Zahl schon wieder vergessen!‹

Anlaß genug, Niki um Hilfe zu rufen.

»Niki, ich habe jetzt endgültig die Schnauze voll. Ich bin mir sicher: Ich habe die richtige Zahl eingestellt, doch das verdammte Ding öffnet sich trotzdem nicht. Dieser blöde Safe muß ausgetauscht werden! Er funktioniert nicht!«

Ohne sich sonderlich zu beeilen, kam Niki, stellte Nummernfolgen ein, die sich auch ein Kind hätte merken können, 12345 oder 67890, und öffnete den Safe, der nicht den geringsten Widerstand leistete.

Einmal hatte sie die verdammte Nummer auf ein Stück Papier geschrieben und dieses auf die Safetür geklebt.

»Eine ausgezeichnete Idee«, bemerkte Niki, »nur, du solltest die Zahlen rot schreiben, dann sehen die Diebe sie besser. Und schon im Erdgeschoß beim Aufzug Pfeile anbringen, damit sie keine Mühe haben, den Weg in dein Schlafzimmer zu finden.«

Lizzie fand endlich die Lösung: eines Tages brachte sie ein höchst banales Kästchen mit, das sie bei *Macy's* gekauft hatte; das Kästchen verfügte über zwanzig Schubladen, auf die Lizzie Etiketten mit Buchstaben geklebt hatte: A, D, G, Pe, Pl, R, Sa, Sm...

»Was bedeuten denn diese blöden Buchstaben?« fragte Hannah mißtrauisch.

»A steht für Amethyst, D für Diamant, G für Gold, Pe für Perlen, Pl für Platin, R für Rubin, Sa für Saphir, Sm für Smaragd. Und so weiter. Du kannst die Etiketten natürlich so beschriften, wie du willst.«

Lizzie mußte so lachen, daß sie gezwungen war, sich zu setzen.

Drei Sekunden später stimmte Hannah ein; als sie endlich wieder zu sich kamen, waren sie völlig erschöpft.

»Lizzie, ich frage mich, ob es in unserem Alter wirklich angebracht ist, sich noch dermaßen auszuschütten vor Lachen.«

Lizzie war nach London gekommen, um Sandy, eine ihrer Töchter, Nummer neun der Zwölferserie, zu besuchen, die mit einem Filmregisseur verheiratet war, einem Engländer, der hauptsächlich in Irland lebte.

»Hannah, was ist eigentlich mit dir los? Jetzt lachen wir schon seit fünfzig Jahren zusammen.«

Hannah war, natürlich in Nikis Begleitung, in die englische Hauptstadt gekommen, um die Umbauarbeiten der Wohnung zu überwachen, die sie gerade gekauft hatte – kurz zuvor hatte sie in der Nähe von Puerto Rico eine kleine Insel erstanden, ganz für sich allein, auf der sich nur eine Hütte und die Ruine eines alten, von französischen Bukaniers gebauten Forts befanden. Und in Paris eine Wohnung, von der aus man in den Garten des Premierministers sehen konnte...

Die Londoner Wohnung umfaßte drei Stockwerke und lag direkt am Saint James-Park. Im Vergleich zu Hannahs anderen Unterkünften war sie ziemlich klein und umfaßte kaum zehn Zimmer. Die Stockwerke der

Wohnung waren nur durch eine außen angebrachte Treppe miteinander verbunden gewesen; Hannah hatte einen kleinen Aufzug ohne Türen einbauen lassen, der beim Hinauffahren *Waltzing Mathilda* und beim Hinunterfahren *Le temps des cerises* spielte. Die beiden alten Damen hatten in den Louis-XV-Stühlen im Aufzug Platz genommen und amüsierten sich königlich, während sie immer wieder hoch- und runterfuhren und sich dabei überlegten, durch welche Schlager sie die beiden alten Chansons wohl ersetzen konnten. Die englischen Arbeiter staunten sehr unenglisch über das Verhalten der beiden Ladys, aber vielleicht stammten sie aus Schottland oder Wales.

Es dauerte eine ganze Weile, bis sich die beiden wieder beruhigt hatten.

Schweigen.

»Lizzie, ich mache mir große Sorgen um Niki.«

»Seine Rhythmusstörungen? Die sind doch nicht so bedeutend!«

»Ich weiß nicht. Er altert so schnell.«

»Du aber nicht.«

»Ich aber nicht, und das ist sehr ungerecht. Hat er mit dir gesprochen?«

»Niki? Kein Wort!«

»Du bindest mir nicht rein zufällig einen Bären auf, Lizzie?«

Der Rolls-Royce fuhr ausgesprochen langsam durch die Regent Street. Hannah, die immer noch leidenschaftlich gern über Land fuhr, fand es inzwischen uninteressant, in der Stadt das Steuer zu übernehmen, und überließ es mehr und mehr – so auch in diesem Augenblick – Yvonnes Neffen Laurent Gaffouil, der immer noch in ihren Diensten stand.

»Aber nein«, antwortete Lizzie. »Was bildest du dir da wieder ein?«

»Er hat mit dir gesprochen. Ich bin mir sicher, daß er dir von seiner Krankheit erzählt hat, die er mir verschweigt.«

»Du machst dir etwas vor.«

– Lizzie, 1921, kurz vor SEINEM Tod, hattest du einen ähnlichen Satz zu mir gesagt. Ich machte mir nichts vor. Damals, in London, habe ich bereits daran gedacht, es aber nicht gewagt, dich darauf hinzuweisen.

»Er hat entsetzlich abgenommen«, fuhr Hannah fort.

Sie überwachte Lizzies Hände und bemerkte, wie sie sich leicht verkrampften. Mit einem Mal wußte sie, daß ihr Verdacht gerechtfertigt war. Als sie im Herbst 1948 von einer Weltreise nach New York zurückgekehrt waren, die über San Francisco, Honolulu, Tokio, Manila, Hongkong, Hanoi, Bangkok, Kalkutta, Katmandu, Kabul, Teheran, Kairo, Rom und Paris geführt hatte, hatte sie sich zum ersten Mal gefragt, ob Niki krank wäre. Ihre nicht zu stillende Leidenschaft für Reisen, die weder durch ihr Alter noch durch den Wiederholungseffekt gebremst werden konnte, hatte sie beinahe blind werden lassen: Wochen waren verstrichen, bevor sie bemerkte, daß Niki an ihrer Seite die Hölle durchmachte. Manchmal hatte er Vorträge, die sie hielt, als willkommenen Vorwand genommen, um sich auf sein Hotelzimmer zurückzuziehen, wo er früher immer so neugierig auf alles gewesen war und sie keine Sekunde allein gelassen hatte. Sie war auf sich böse und haßte sich nahezu:

›Wäre ich wirklich in ihn verliebt, liebte ich ihn in dem Maße, in dem er es verdient, hätte ich die ersten Anzeichen seiner Erschöpfung bemerkt. Aber ich habe ihn ja nie so richtig wahrgenommen, er war für mich ein angenehmer Weggenosse, der mich vor Einsamkeit bewahrte. Hannah, du bist ein Schwein!‹

»Lizzie, ich weiß, daß seine Herzerkrankung nicht gefährlich ist, das haben mir die Ärzte bestätigt. Es muß etwas anderes sein. Ich bin sicher, daß er in Paris einen Arzt besucht hat, ich weiß nur nicht, welchen; er hat mich angelogen, als er behauptete, er sei mit einem Buchhändler ins Reden gekommen und habe sich aus diesem Grund verspätet. So unwahrscheinlich es klingt: Niki hat mich angelogen. Ich hätte ihn beinahe überwachen lassen oder selbst überwacht. Ich schäme mich.«

»Laurent, bitte drehen Sie um und fahren Sie nach Kensington zurück«, befahl Hannah ihrem Fahrer über die Sprechanlage.

»Er ist schwer erkrankt und weigert sich, mit mir darüber zu sprechen«, fuhr Hannah mit Tränen in den Augen fort. »Und ich war so entsetzlich hart mit ihm. Kein einziges Mal habe ich ihm gesagt, daß ich ihn liebe. Kein einziges Mal ...«

»Du weißt, daß er aus deinem Mund Lügen nie akzeptieren wird!«

»Ich hätte es zumindest versuchen müssen.«

Der Rolls fuhr über den Piccadilly Circus und rollte dann am Green-Park entlang, nur wenige Hundert Meter vom Saint James-Park entfernt.

»Ich hätte es versuchen müssen. Ich habe mich lieben lassen, ohne ihm etwas zurückzugeben, ein wenig Zuneigung vielleicht, freundschaftliche Gefühle, aber das ist auch schon alles. Ich bin ein Schwein.«

»Das stimmt«, antwortete Lizzie ruhig. »Du bist das größte Schwein, das ich je kennengelernt habe. Aus diesem Grunde hassen wir dich auch alle, Niki, Maryan, ich, Abigail und Jacqueline und deine Enkel und Hunderte anderer Menschen, die auf dem ganzen Erdball verteilt sind. Du bist so unerträglich, so schweinisch, daß du dir am besten einen Stein um den Hals hängst und in die Themse springst!«

Hannah bediente wieder die Sprechanlage:

»Laurent, bitte fahren Sie sehr langsam.«

Sie legte auf.

»Hannah, ich glaube, für heute hast du genügend Dummheiten von dir gegeben!«

»Was hat Niki dir gesagt, Lizzie? Wird er sterben?«

Der Motor des Rolls war nicht zu hören; der schwere Wagen bewegte sich auf der Rotten Row im Hydepark im Tempo eines nachdenklichen Spaziergängers; links lag die Serpentine, und vor ihnen, zwischen den lindgrünen Frühlingsblättern, konnte man das Albert Memorial und die Kensington-Gärten erkennen.

»Wir werden alle sterben, Hannah, auch du. Das ist keine besonders neue Erkenntnis, ich weiß. Laß doch Niki sein Leben leben, wie er will. Ich glaube, daß er dich während der letzten fünfzehn Jahre glücklich gemacht hat, soweit das möglich war. Du hast ihm auf alle Fälle alles Glück geschenkt, das er von dir erwartet hat. Das hat er mir gesagt, Hannah. Such nicht weiter, das Leben ist einfacher, als man glaubt. Idiotisch, aber einfach.«

Niki starb am 29. Juni 1949. Erst drei Wochen vor dem Tod hatte er seine Krankheit, Krebs, nicht mehr verbergen können. Bis zum letzten Augenblick, bis er wirklich nicht mehr anders konnte, hatte er es abgelehnt, anderen mit seinen Schmerzen zur Last zu fallen, vor allem Hannah.

Die letzten zwanzig Tage allerdings waren entsetzlich. Trotz des außerordentlichen Mutes und der erstaunlichen Beherrschung dieses kleinen Mannes, der, solange er noch reden konnte, darauf bestand, rasiert und gekämmt zu werden, konnte er ab und zu ein dumpfes Stöhnen nicht unterdrücken.

Doch kurz darauf lächelte er wieder, und jedesmal, wenn er das Gesicht erkannte, das sich über ihn beugte, flüsterte er ihr zu:

»Hannah, immer wenn ich dich sah, wurde mein Herz schwach!«

Tag und Nacht wachte sie an seinem Bett in dem großen, weißen Zimmer in der Villa in Anacapri, in die er hatte verlegt werden wollen, sich entsetzlich über die Umstände schämend, die er machte.

Unglaublich viele Freunde aus aller Welt riefen an und viele scheuten auch weite Reisen nicht, um ihm noch einmal ihre Freundschaft zu bezeigen.

Hannah fragte sich, ob sie, wenn sie einmal selbst im Sterben liegen würde, auch nur ein Zehntel der Freundschaftsbezeigungen empfangen würde, die dieser Mann empfing, der seine Diskretion immer als Tugend aufgefaßt und dementsprechend gepflegt hatte.

»Das Leben«, sagte er während dieser Zeit einmal zu Hannah, »ist zuweilen wirklich das Leben und zuweilen nichts anderes als eine Komödie. Man sollte die beiden möglichst nicht miteinander verwechseln.«

Er hatte einen seiner Lieblingsschriftsteller zitiert, den Engländer Edward Morgan Forster, der im gleichen Jahr wie er selbst auf die Welt gekommen war, 1879.

»Ich liebe dich, Hannah. Du hast mir alles Glück geschenkt, das ich von dir erhofft habe, und noch mehr. Bitte verzeih mir, daß ich dich verlasse.«

Nachdem sie ihm die Augen geschlossen hatte, weinte sie unendlich lange in Lizzies Armen.

»Das ist das erste Mal, daß er mir Leid zufügt! O mein Gott! Ich hätte niemals geglaubt, daß ich ihn dermaßen liebe. Und ich habe es nicht verstanden, ihm das zu sagen...«

Kapitel 36

Ich bin unsterblich, Maryan...

Kurz darauf... Maryan.

Im Januar 1950 hatte er den Posten eines Botschafters der Vereinigten Staaten in Moskau abgelehnt, der ihm von Harry Truman auf Empfehlung von Averell Harriman, einem seiner ältesten Freunde, angeboten worden war. Maryan interessierte sich weder für das Amt an sich noch für das persönliche Prestige, das mit dem Amt verbunden gewesen wäre; trotzdem hatte er sich lange gefragt, ob er das Recht habe, seinem Land eine Bitte abzuschlagen. Nach langer Überlegung fand er, er sei für diesen Posten zu alt, und lehnte ab. Auch in seinen eigenen Geschäften hatte er drei Jahre zuvor die Konsequenzen gezogen, die ihm angesichts seines Alters notwendig erschienen waren, und an diejenigen seiner Söhne, die sich dafür interessierten, seine Anteile an seinen Immobilienunternehmen, Banken und dem Flugzeugbau verkauft oder überschrieben und nur seine Anteile an der Filmindustrie, den Radiostationen und vor allem an der wirtschaftlichen Verwertung des Fernsehens behalten, dessen Grundlagen 1923 von dem amerikanischen Physiker russischer Herkunft Vladimir Kosma Zworykin gelegt worden waren.

Maryan war von der Zukunft dieses neuen Kommunikationsmittels fest überzeugt:

»Hannah, der Tag wird kommen, an dem man von jedem Punkt der Erde aus Bilder an jeden x-beliebigen Punkt der Erde übertragen kann. In deinem Sessel sitzend kannst du dann beobachten, was auf der anderen Hälfte der Erdkugel vor sich geht.«

Er hatte eine Geschäftsreise, die ihn nach Paris, Zürich und Mailand führte, unterbrochen, um Hannah in Anacapri zu besuchen. Selbst wenn er überschwenglich wurde wie immer, wenn er vom Fernsehen sprach, blieb er gelassen. Die innere glühende Leidenschaft dieses kalten Träumers drückte sich nur in seinen blauen Augen aus, deren Pupillen sich leicht vergrößerten. Seine blonden Haare waren noch heller geworden und hatten die Farbe des Schnees angenommen, eine Auswirkung der kalifornischen Sonne, die auch sein glattes Gesicht gebräunt hatte. Maryan hielt sich sehr aufrecht. Seine Diskretion war nicht nur bei seinen amerikanischen Kollegen berühmt, sondern in der ganzen Welt. Er war immer verschlossen, lächelte kaum und lachte noch weniger, außer mit seinen Kindern und jetzt mit seinen Enkeln...

Hannah war weiterhin die einzige Person auf der Welt, angesichts derer er merkwürdig schüchtern war, vielleicht sogar ängstlich; er verlagerte immer noch sein Gewicht von einem Bein auf das andere, wenn er mit ihr Schwierigkeiten hatte.

»Hannah, es ist unglaublich: Die Jahre vergehen, und du bleibst immer die gleiche.«

»Stell dir nur vor: Ich färbe meine Haare.«

»Ich meine nicht nur dein Äußeres.«

Sie hatte ihn im Wintergarten empfangen; der Blick über den Golf, das Meer, die grüne Hochebene von Anacapri, auf den Monte Solaro und selbst die zwischen den Zypressen versteckte Villa San Michele, die Axel Munthe gehörte, war großartig. Sie war gerade dabei, einen langen Brief an Abigail zu schreiben; neben ihr lag einer ihrer berühmen Aktendeckel aus schwarzem und rotem Leder, in dem sich die Bilanzunterlagen befanden, mit denen sie sich die vergangenen zwei Stunden beschäftigt hatte.

»Ich bin unsterblich, Maryan!«

Als er eingetreten war, hatte sie sich beinahe auf ihn gestürzt und sich in seine Arme gleiten lassen. Ein Diener hatte ihm den gewünschten Kaffee gebracht. Sie sprachen über Gott und die Welt, über ihre Kinder und Enkelkinder, über Freunde und den Alltag, bis sich dichtes Schweigen zwischen ihnen aufbaute. Hannah spürte, daß er nicht nur aus geschwisterlicher Zuneigung, die sie füreinander empfanden, gekommen war.

»Maryan, du wolltest etwas mit mir bereden?«

Er schaute sie ruhig an; plötzlich verstand sie:

»Jonathan?«

»Ich hielt mich letzte Woche in Hongkong auf und habe ihn gesehen. Ich habe allerdings nicht mit ihm gesprochen. Er überquerte eine Straße, und bis ich meinen Wagen geparkt hatte und ausgestiegen war, war er bereits in der Menge verschwunden.«

»Aber du hast ihn wiedergefunden.«

»Am nächsten Tag, mit Hilfe eines chinesischen Freundes. Hannah, es ist möglich, daß dieser chinesische Freund mit meiner Frage nach Jonathan gerechnet hat.«

»Willst du damit sagen, daß er dich ebenfalls gesehen hat?«

»Vielleicht. Vielleicht hat er sich aber auch bewußt sehen lassen. Hannah, das ist nur ein Eindruck. Jonathan besitzt auf der Insel Hongkong ein Haus, nicht auf Victoria Island, etwas weiter abgelegen, im Viertel Stanley. Als ich dort vorbeischaute, war er nicht da. Dafür aber eine ausgesprochen schöne junge Frau...«

»Seine Frau?«

»Seine Tochter. Ein Mischling.«

»Eine chinesische Mutter?«

»Ja. Die Tochter ist wirklich eine Schönheit. Ich habe mich vorgestellt, und sie antwortete, sie kenne mich aus den Erzählungen ihres Vaters, der sie darauf vorbereitet habe, daß ich eines Tages auftauchen könne.«

Hannah war sich etwas unsicher geworden.

›Ich habe eine Enkelin mit Schlitzaugen‹, dachte sie.

»Und wo hält sich Jonathan auf?«

»Ich habe ihr natürlich diese Frage gestellt, doch sie hat nur lächelnd den Kopf geschüttelt und keine Antwort gegeben.«

»Und hat sie dir erzählt, ob ihre Mutter noch lebt, ob sie Brüder und Schwestern hat?«

»Alle Fragen, ihre Familie betreffend, hat sie nicht beantwortet.«

Er beschrieb das einfache Haus in Stanley.

Hannah fragte:

»Und wie heißt eigentlich meine Enkelin?«

Aus alter Gewohnheit hatte sie dabei seine Hände beobachtet, die leicht zusammenzuckten. Leicht, aber doch bemerkbar.

»Hannah«, sagte er. »Sie heißt Hannah.«

Maryan aß noch mit ihr zu Mittag, bevor er am Nachmittag des 11. Februar wieder auf das Festland nach Neapel zurückfuhr, wo sein Privatflugzeug auf ihn wartete. Er mußte nach London, um dort die letzten Firmenanteile, die er in Europa hielt, zu verkaufen. Anschließend wollte er zurück nach Amerika. Lizzie und Maryan hatten vor, sechs oder sogar acht Monate dieses Jahres in Australien zu verbringen.

»Hannah, die Kinder leben nicht mehr mit uns, und das Haus in Palm Springs ist so bedrückend leer, auch wenn Melanie mit ihrer kleinen Familie dort lebt. Vielleicht kehren wir für die Zeit der Schulferien nach Amerika zurück, um unsere Enkel zu besuchen; Lizzie wird, wie gewöhnlich, entscheiden.«

Sie brachte ihn in ihrem funkelnagelneuen Alfa Romeo zur Schiffsanlegestelle – im September des vergangenen Jahres hätte sie sich beinahe am Steuer ihres Ferraris umgebracht; ein Karren war plötzlich vor ihr aufgetaucht und hatte ihr auf der Landstraße in Umbrien den Weg abgeschnitten. Der Ferrari landete in einem Weinberg und brannte aus; Hannah hatte sich nur ein Handgelenk verstaucht.

»Hast du keine Lust, uns in Australien zu besuchen?«

»Vielleicht. Küß Lizzie von mir.«

›Maryan ist der einzige Zeuge meiner Jugend, der noch lebt‹, dachte sie, als sie dem *vaporetto* nachschaute, der sich auf dem kobaltblauen Meer entfernte. Doch sofort unterdrückte sie solche schmerzhaften, nostalgischen Gedanken, die zu nichts führten. Langsam fuhr sie in die

Villa zurück, denn die engen Straßen von Anacapri erlaubten kein zügiges Tempo. Yvonne hielt sich in Frankreich bei ihren Kindern auf:

›Die Arme wird langsam auch alt.‹

Gegen sechs Uhr kam Wind auf (normalerweise legte er sich gegen Abend); der Himmel hatte sich bezogen. Kurz darauf brach ein fürchterlicher Sturm los. Violett gefärbte Wolken rasten über den Himmel. Hannah ging auf die Terrasse, vom Wind geschüttelt, und lehnte sich an die Marmorbalustrade, die von Bougainvilleas fast völlig zugewachsen war.

Sie schlief normalerweise nur noch vier, fünf Stunden. Es kam öfter vor, daß sie in ihrem riesigen Bett allein Schach spielte, hundertfach unterbrechend, da die Erinnerungen sie übermannten. Manchmal litt sie sogar unter Halluzinationen: Sie *sah*, wie SEINE riesige Hand eine Figur auf dem Schachbrett bewegte, meinte fast, sie berühre die ihre, und roch die Ausstrahlung SEINES Körpers, dessen Namen sie seit vierundzwanzig Jahren nicht einmal mehr in ihren einsamen Monologen aussprach.

Im Morgengrauen verließ sie die Villa und spazierte, einen großen Strohhut auf dem Kopf, bis nach Damecuta, wo sich die Ruinen der Villa von Kaiser Tiberius befinden.

Die ganze Nacht über hatte der Sturm getobt und die Wetterfahne knirschen lassen.

Als das Telegramm eintraf, war sie nicht in der Villa. Sobald sie die Nachricht erhalten hatte, vermischten sich die beiden Toten in ihr, vereinten sich und vermehrten sich bis ins Unendliche, trotz der acht Monate, die sie voneinander trennten – doch was bedeuten acht Monate in einem Leben?

Aus seinem Flugzeug in London aussteigend, war Maryan zusammengebrochen. Schlaganfall. Innerhalb von zwei Minuten war er tot. Hannah wurde später berichtet, sein Gesicht habe wie üblich keine Regung gezeigt und seine blauen, polnischen Augen seien in die Ferne gerichtet gewesen.

Lizzie und Hannah waren die einzigen Überlebenden.

– Lizzie, es ist nicht schwer zu altern; das Schlimmste ist zu überleben: die Zeit, die verstreicht, die Welt, die sich ändert, diejenigen, die man liebte. Sich unsterblich fühlen ... dabei wird man nicht des Lebens müde, sondern man beginnt, sich zu hassen, da man immer noch zu dieser Welt gehört, während alle anderen nicht mehr da sind ...

Weine nicht, Lizzie ...

Kapitel 37

In Malaysia war ich noch nie...

Laurent Gaffouil kam zurück und setzte sich neben den chinesischen Fahrer des Rolls.

»Madame Hannah, sie wird nicht lange auf sich warten lassen.«

Chinesen umringten den Wagen; Kinder näherten sich, darunter ein mit einer kurzen schwarzen Hose und einem ordentlich gebügelten, weißen Hemd gekleideter Junge, der mit unglaublicher Geschicklichkeit mit Stäbchen eine Reisschale leerte. Im Hintergrund konnte man einen kleinen Hafen mit Dschunken und Sampans erkennen. Das Südchinesische Meer reichte bis zum Horizont. Es roch typisch nach Fisch und Gewürzen, Schlamm und Blut, eine Mischung, die für viele Europäer unerträglich war, die Hannah aber am ersten Tag ihrer ersten China-Reise bereits gemocht hatte und die für sie Jahrhunderte an chinesischer Kultur verkörperte.

Laurent Gaffouil gestikulierte und fluchte abwechselnd auf französisch und englisch und griff sogar auf seinen Dialekt aus der Ariège zurück, um die Menge, die sich immer dichter um den Wagen scharte, zu vertreiben.

»Lassen Sie sie doch«, bat Hannah.

Sie lächelte ihren Reisesser an und fragte den Fahrer, was denn ›ist es gut?‹ auf chinesisch heiße. Der Fahrer übersetzte. Der Junge kam daraufhin zum Wagen und bot ihr mit den Stäbchen etwas an, was wie Fisch mit Reis aussah, zumindest hoffte Hannah, daß es sich um Fisch handelte.

Sie schloß die Augen, schluckte hinunter und schnitt eine Grimasse: der Bissen war entsetzlich scharf gewesen.

»Sehr gut«, stammelte sie, aufgrund des roten Pfeffers mühsam um Atem ringend.

Die Chinesen lachten schallend.

›Ich sollte abends auf einer Bühne auftreten‹, dachte Hannah, ›ich hätte sicher Erfolg.‹

Die Kinder hatten den Rolls inzwischen eingeschlossen. Hannah schnitt schlimme Grimassen, berührte mit ihrer Zunge ihre Nasenspitze und schielte dabei entsetzlich, was noch größere Heiterkeitsausbrüche zur Folge hatte.

›Ich habe wirklich eine lange Zunge! Es fehlt nur wenig, und ich könnte mir mit ihr die Tränen abtrocknen.‹

Nacheinander mimte sie einen Drachen, den Golem, einen Bär aus den Karpaten, ein verliebtes Wiesel und andere Clownereien, die sie normalerweise nur ihren Urenkeln vorspielte. Und da die Zeit verstrich und sich immer noch nichts ereignete, fing sie sogar an zu singen, alte Gassenhauer aus dem vorigen Jahrhundert, über die Lizzie und sie sich vor Lachen ausschütten konnten, die aber von der jetzigen Generation nicht mehr verstanden wurden: *Die Mädchen von Camaret behaupten alle, sie seien Jungfrauen, doch wenn sie sich in meinem Bett befinden, beschäftigen sie sich lieber mit meinem Zipfel als mit einer Kerze…*

Hannah zwei musterte sie. Von oben bis unten.

»Er hat mir gesagt, Sie kämen.«

»Ihr Vater?«

»Ja.«

»Mein Sohn also. Sie sind meine Enkelin, und ich bin Ihre Großmutter.«

Hannah zwei war wirklich hinreißend schön. Ihre sehr feine Haut und die sanft geschlitzten Augen wiesen auf ihre asiatische Mutter hin. Die höchstens Zwanzigjährige war fast ebenso groß wie Lizzie.

»Ich weiß sehr wohl, wer Sie sind, Madame.«

»Sprichst du französisch?«

Sie zögerte.

›Sie spricht es, will aber nicht, daß ich sie duze.‹

»Ich ging in Hanoi auf eine Klosterschule.«

Das Haus war wirklich so einfach, wie Maryan es beschrieben hatte; es bestand aus drei Zimmern, einer Küche und einer Dusche, bei der ein unter der Decke angebrachter Tonkrug das Wasser lieferte, mit dem man sich wusch. Eine große Terrasse auf der Rückseite des Hauses bot einen wunderbaren Blick auf eine Bucht.

»Kommt er ab und zu hierher?«

»Ab und zu.«

»Hat er dir von mir erzählt?«

Hannah zwei zögerte wieder. »Nein.«

»Die Klosterschwestern in Hanoi haben dir sicher beigebracht, daß es nicht richtig ist, wenn man lügt. Hat er dir gesagt, wie du dich mir gegenüber verhalten sollst?«

Sie schwieg.

›Er hat dir wohl gesagt, du sollst mich hinauswerfen. Bei deiner Größe gelingt dir das zweifellos. Obwohl…‹

Sie ging noch einmal durch das Haus. Eines der beiden Schlafzimmer gehörte ganz offensichtlich dem jungen Mädchen. An den Wänden hingen Fotografien von Rom, Paris, London und New York.

Das andere wurde genauso offensichtlich von einem Mann bewohnt. Der nur selten da war und dieses hinreißende Mädchen in Hongkong allein ließ.

»Bitte gehen Sie«, sagte Hannah zwei plötzlich.

»Wirf mich nur hinaus, Kleine. Warst du eigentlich schon einmal in Europa oder Amerika? Noch nie, wie? Jonathan ist mein Sohn, der einzige, der mir bleibt. Ich hatte noch einen anderen Sohn, Adam, doch den haben sie mir getötet. Ich habe auch eine Tochter, Abigail. Ich erzähle dir das alles, weil ich nicht weiß, wieweit du auf dem laufenden bist. Adam hat sechs Kinder bekommen und Abigail fünf. Ohne dich habe ich folglich elf Enkel, deine Vettern und Basen, so ganz nebenbei. Außerdem habe ich sechzehn Urenkel und wäre nicht erstaunt, wenn diese Zahl auf zwei Dutzend anwächst.«

Sie kam wieder in das dritte Zimmer zurück, in dem sich die junge Frau aufhielt.

»Kleine, ich war eine katastrophale Mutter. Es hat den Anschein, als ob ich mich als Großmutter schon etwas besser verhalten habe, wenn auch nicht viel. Als Urgroßmutter habe ich wohl wirklich einen Fortschritt gemacht; lebte ich fünfhundert Jahre, würde ich wohl eine ganz passable Ahnherrin abgeben. Ich bin mir sicher, daß dir Jonathan von mir erzählt hat, und zwar viel. Ich hätte Stein und Bein geschworen, daß er mich während seines ganzen Lebens haßte wie die Pest – und jetzt hat er dich auf meinen Namen getauft. Das kann ich einfach nicht begreifen. Oder haßt dein Vater dich vielleicht ebenfalls?«

Hannah zwei schüttelte verneinend den Kopf.

»Verdammt noch mal«, fuhr Hannah eins los, »hat man dir eigentlich befohlen, stumm wie ein Fisch zu bleiben?«

»Ich weiß nicht, was ich sagen soll.«

»Du könntest mir zum Beispiel einen Stuhl anbieten. Und Tee. Ohne Zucker und Gift, wenn irgend möglich. Ich vertrage keinen Zucker.«

›Mußt du eigentlich immer übertreiben? War dieser blöde Scherz mit dem Gift wirklich notwendig? ... Gut, gut, er war notwendig. Hannah, du hast eine verdammte Angst vor diesem Kind, nicht wahr?‹

Überraschend schnell änderten sich die Lichtverhältnisse. Die Sonne ging hinter dem Pik Aguilar unter. Türkisfarbener Nebel breitete sich über das Fischerdorf, die vor Anker liegenden Boote und die aufgespannten Netze. Die Geräusche drangen nur noch gedämpft in das Haus, so daß fast Stille herrschte, auch wenn in der Ferne die Bonzen einer Pagode ihre Gebete skandierten.

»Kleine, ich werde nicht versuchen, dein Mitleid zu erregen. Ich könnte behaupten, ich sei alt und würde bald sterben und vor dem Sterben den einzigen Sohn, der mir blieb, nach dreißigjähriger Trennung noch einmal sehen wollen. Doch das wäre alles erlogen. Ich glaube wirklich nicht, daß ich schon bald sterbe. Ich habe diesbezüglich noch keine Entscheidung getroffen... Dreißig Jahre, eine lange Zeit...«

Beinahe hätte sie geschluchzt. Sie atmete tief durch, denn ihre Gefühle, mit denen sie nicht mehr gerechnet hatte, überraschten und erschreckten sie.

»Kleine, ich möchte meinen Sohn wiedersehen. Es gibt nichts auf der Welt, das mir wichtiger wäre. Ich möchte, daß wir Frieden schließen. Selbst wenn ich mich erniedrigen müßte. Er ist sehr dickköpfig, aber das hat er von mir. Ich werde Hongkong, überhaupt Asien, nicht verlassen, bevor ich ihn nicht gesehen habe. Ist das klar?«

Sie drehte sich um.

»Ich bin allein, Kleine. Willst du nicht mit mir zu Abend essen? Bitte...«

Der erste Kosmetiksalon, den sie in Hongkong eröffnet hatte, lag in der Des Vœux Road auf Victoria Island. In den dreißiger Jahren hatte sie fünf der sogenannten ›chinesischen Schachteln‹ gemietet, lange Rechtecke, von denen nur die Schmalseiten auf die Straße gingen, und das Innere völlig umbauen lassen. Drei der Salons vom Saint James-Park hatte sie einschließlich getäfelter Decke und Parkettboden per Schiff nach Hongkong transportieren lassen, mit dem Erfolg, daß mitten auf der Insel eine Enklave reinsten englischen Geschmacks entstanden war.

»Sie weigern sich, den Mietvertrag zu verlängern?«

Ausnahmsweise war Hannahs Gesprächspartner kaum größer als sie: ein wohl fünfzigjähriger Chinese, der aussah, als habe man drei verschieden große Bälle übereinander montiert; der kleinste diente als Kopf. Er sprach ein ausgezeichnetes Oxford-Englisch.

»Madam, ich weiß wirklich nicht, wer Sie sind.«

»Hannah«, sagte Hannah. »Ich bin Hannah. Sie sind nicht verpflichtet, Haltung anzunehmen, aber wenn Sie es tun, habe ich nichts dagegen.«

Sie zwinkerte Hannah zwei zu.

»Sollten Sie...«, stotterte der Chinese.

»Ich bin.«

»Ich flehe Sie an: Entschuldigen Sie mich bitte!«

»Sobald wir den neuen Mietvertrag unterschrieben haben. Meine Direktorin behauptet, Sie wollten den Vertrag nicht verlängern, aber ich bin mir sicher, daß sie Sie falsch verstanden hat.«

»Ich fürchte, sie hat mich richtig verstanden«, meinte der Chinese.

Er erklärte, das in Hongkong ausgebrochene Baufieber habe einen Unternehmer veranlaßt, ihm ein günstiges Angebot zu machen; anstelle der seit mehr als fünfzehn Jahren vermieteten kleinen Gebäude solle ein dreißigstöckiges Hochhaus errichtet werden.

»Und Sie wollen auf dieses Angebot eingehen?«

»I am afraid so«, sagte der Chinese (und meinte damit, dies sei die traurige Wahrheit).

»Wieviel?« fragte Hannah.

»Fünfhunderttausend Dollar.«

»Du kannst mich...«, kommentierte sie den Preis.

»I beg your pardon«, antwortete der Chinese (und meinte damit, er verstünde Hannahs Bemerkung nicht).

»Zweihunderttausend sind bereits zuviel.«

›Hannah, im Grunde sind dir diese Räume völlig gleichgültig. Du willst nur deine Enkelin beeindrucken, mehr nicht.‹

»Dreihunderttausend«, versuchte es der Chinese.

»Ha! Ha! Ha!«

Sie warf Hannah zwei einen versteckten Blick zu und stellte zufrieden fest, daß die junge Frau, nachdem sie zuerst erstaunt gewesen war, sich nun amüsierte.

›Ich bringe sie zum Lachen, das ist besser als gar nichts; sie wird mich vielleicht ein ganz klein wenig lieben. Und außerdem hat sie mich begleitet, das ist ein gutes Zeichen. Jetzt habe ich zwölf Enkel anstatt elf... Verdammt noch mal, sie ist wirklich hinreißend schön!‹

»Zweihundertfünfzig«, verhandelte der Chinese weiter.

»Was meinst du, Kleine?«

»Ein stolzer Preis.«

»Liebling, sag ihm das auf chinesisch.«

Hannah zwei kam ihrem Wunsch nach und diskutierte länger mit dem Chinesen. Endlich sagte sie zu Hannah:

»Mit zweihundertdreißigtausend ist er einverstanden.«

»Ich höre dich gern chinesisch sprechen«, sagte Hannah. »Komm.«

Sie hakte sich bei ihrer Enkelin ein und zog sie mit sich.

»Amüsant, nicht wahr?«

»Schon.«

Hannah zwei wirkte in ihrem engen, bis zu den Schenkeln geschlitzten Kleid wie eine Dame von Welt. Sie ging nicht, sondern schwebte hocherhobenen Hauptes. Ihr kleiner Körper zeichnete sich in dem Seidenkleid deutlich ab.

»Du bist wirklich schön, Kleine. So ganz nebenbei: Ich habe diese Art Gebäude, über die wir gerade verhandelt haben, von meinen Experten schätzen lassen; sie meinten, wenn wir es für zweihundertsechzig- bis zweihundertachtzigtausend Dollar kaufen könnten, hätten wir ein gutes Geschäft gemacht. Sag mal, willst du wirklich Verkäuferin bei Lane

Crawford werden? Nein, sag nichts, ich bin mit den meisten Couturiers in Paris befreundet; du kannst dir eine Stelle aussuchen. Lüg mich nicht an: Du hast darauf bestanden, daß wir uns kennenlernen, nicht wahr? Dein Vater hat es nicht gewollt, aber du hast ihn so lange unter Druck gesetzt, bis er endlich einverstanden gewesen war. So war es doch, oder?«

Schweigen.

»Du träumst davon, nach Europa oder in die Staaten zu fahren, und hast dir gesagt, deine Großmutter könne dir bei der Erfüllung deines Wunsches helfen...«

Die junge Frau stimmte zu, den Kopf zu Boden gesenkt. Hannah lachte:

»Du brauchst dich nicht zu schämen, Kleine. Ich habe Schlimmeres gemacht. Ich bin richtig froh, daß du so entschieden bist und genau weißt, was das Leben dir schuldet. Ich habe mich in deinem Alter nicht anders verhalten und war sehr entschieden gewesen. Erzähl mir von deinem Vater. Wo ist er? Wo ist mein Sohn?«

»Nicht in Hongkong.«

»Ich werde ihn besuchen, wo immer er auch lebt. Ihr habt sicher miteinander gesprochen und ausgemacht, was du unternehmen sollst, ob du mich zu ihm bringen wirst oder nicht. Täusche ich mich, Kleine?«

»Ich soll die Entscheidung fällen«, antwortete Hannah zwei.

»Je nach dem Eindruck, den du von mir bekommst. Ich verstehe. Und – hast du deine Entscheidung getroffen?«

»Ja.«

»In Malaysia war ich noch nie«, sagte sie. »Außer in Singapur...«

Die beiden Schatten zeichneten sich auf dem sehr weißen Sand einer kleinen Bucht ab, um die sich dichte Bäume gruppierten. Die Schatten waren dermaßen disproportioniert, daß sie schon beinahe grotesk wirkten: Jonathans Schatten war praktisch doppelt so lang wie ihrer. Es war gerade fünf Uhr geworden; die Sonne stand noch nicht lange am Himmel, und im Wald war es noch still. Vor zwei Tagen war sie in Begleitung ihrer Enkelin in Kuala Lumpur eingetroffen; nach einigem Suchen hatte sie eine Art Sultan aufgetrieben, der bereit war, ihr seinen Bentley zu leihen. Die Straße hatte sich nach und nach in einen Feldweg verwandelt, und nach gut vier Stunden wurde plötzlich die Straße von Malakka in ihrer ganzen Pracht sichtbar. Nach einer Weile unterbrach ein luxuriös angelegter, gepflegter Garten die wilde Anarchie des Dschungels. Jonathans prächtiges Haus tauchte auf: eine elegante, rechteckige, von einer Veranda umgebene Strohhütte, die auf zwei Meter hohen Stelzen stand. Auf der Veranda, die um das ganze Haus lief, standen unzähliche, weißgestrichene, offene Vogelkäfige, die von den Vögeln je nach Belieben benutzt werden konnten oder auch nicht.

Kaum war das Motorengeräusch verstummt, da tauchten auch schon die Kinder unter der Obhut einer chinesischen *Ama* auf – der Älteste höchstens zehn – gefolgt von einer jungen, blonden Frau, die einen ausgeglichenen Eindruck machte.

»Meine Stiefmutter, Papas zweite Frau«, erklärte Hannah zwei, »und meine Halbgeschwister, Ihre anderen Enkelkinder.«

»In wieviel Ländern waren Sie schon?« fragte Jonathan.

»In ungefähr hundert. Wahrscheinlich sogar mehr. Hundertzwanzig oder hundertdreißig.«

»In wieviel Ländern haben Sie Kosmetiksalons?«

»In sechsundsiebzig.«

»Sie müssen sehr reich sein.«

»Ich bin es.«

Sie drehte sich um: In dem weißen Sand zeichneten sich ihre Spuren und die ihres Sohnes mindestens sechshundert Meter weit ab; am Ende der Spur stand Jonathans Haus mit dem Strohdach. Von dem Kamin stieg weißer Rauch gerade in den Himmel; die malaische Köchin hatte ihren Holzkohlenherd angemacht.

›Ich habe über die Erde verstreut acht Häuser und bin sicher die reichste Frau der Welt – unter denen, die ihr Geld alleine verdient haben –, und mein einziger Sohn lebt in einer Strohhütte, die von Petroleumlampen beleuchtet wird.‹

»Hättest du mich besucht, wenn ich nicht den ersten Schritt getan hätte?«

»Ich glaube nicht.«

»Vielen Dank, daß du mich nicht hinausgeworfen hast.«

Kaum hatte sie diesen Satz ausgesprochen, da war sie auch schon böse auf sich, denn sie fand ihre Ironie höchst unangebracht. Doch die Bemerkung war ihr einfach herausgerutscht. Geduld oder gar Resignation hatten noch nie zu ihren beherrschenden Charaktereigenschaften gehört.

Sie stand noch ganz unter dem Eindruck ihrer Begegnung mit ihrem Sohn und vor allem ihrer Schwiegertochter Honor, die sie so natürlich und einfach aufgenommen hatte, daß Hannah völlig hingerissen und gleichzeitig leicht ärgerlich gewesen war:

›Man könnte fast annehmen, ich sei nur einen Tag verreist gewesen!‹

Die vier Kinder – alle blond – hatten sich ihr im Gänsemarsch genähert, sie auf die Wange geküßt und völlig unbeteiligt als ›Madam‹ angeredet. Hannah war auf Anhieb bewußt, daß die Kinder Jonathans nie von ihrer Großmutter gehört hatten, und die höfliche Gleichgültigkeit der Kleinen ließ in ihr den Wunsch keimen, wieder abzureisen.

»Seit achtundzwanzig Jahren bin ich weder in Europa noch in den Staaten gewesen«, meinte Jonathan.

»Außer dem einen Mal, an dem du dich mit Niki getroffen hast.«

»Von diesem Mal abgesehen. Ich hatte damals ein Boot gekauft, bin aber nur zwei Tage in Amerika geblieben.«

Jonathan enthielt sich jeden Kommentars über Niki; er ging auf eine Gruppe von Felsen zu, die den Strand auf dieser Seite der Bucht begrenzten. Erst als sie dicht davor angekommen waren, stellte Hannah fest, daß von Menschenhand eine kaum einen Meter große Öffnung geschaffen worden war, durch die man zu einer zweiten, kleineren und felsenreicheren Bucht gelangte.

In dieser Bucht standen fünf weitere Strohhütten und ein kleiner Schuppen. Neben einem Wasserflugzeug waren zwei Motorboote und verschiedene Pirogen und Ruderboote in dem kleinen Hafen verankert. »Gehört dir das alles, Jonathan?«

»Das Wasserflugzeug und die beiden Motorboote.«

»Bist du reich?«

»Ich besitze zwei Frachter und einen Anteil an einer Kautschukplantage. Ich habe so viel Geld, daß ich meinen Kindern alles bieten kann, was sie brauchen.«

Er sprach, als ob ihn das alles nichts anginge.

»Schon als Kind hattest du meinen schwierigen Charakter und vor allem meine Dickköpfigkeit.«

Hatte sie gehofft, ihn mit der Erinnerung an seine Kindheit aus seiner Gleichgültigkeit zu locken, hatte sie sich getäuscht. Er reagierte nicht, sondern unterhielt sich mit einem der Malaien in einer Sprache, die sie nicht verstand. Sie musterte ihn: Er war groß und schlank, ja, knochig, und hatte riesige Hände. Einige silbrige Haare wiesen auf sein Alter hin, dreiundfünfzig. Die wenigen Male, in denen sich ihre Blicke gekreuzt hatten, war Hannah erschrocken; sie hatte den Eindruck, in einen Spiegel zu schauen, so ähnlich waren sie sich; er mußte den gleichen Eindruck gewonnen haben.

»Wann hast du von Adams Tod erfahren?«

»Monate später. Ich hielt mich damals auf den Salomon-Inseln auf.«

»Hast du gegen die Japaner gekämpft?«

»Nicht innerhalb der Armee. Ich besaß auf der Insel Bougainvillé eine Plantage; die amerikanische Marine hat mir einen Sender anvertraut, mit dem ich die Bewegungen der japanischen Schiffe durchgab. Das war alles.«

Sie, Hannah, wußte etwas mehr, als ihr Sohn erzählen wollte. Sie hatte inzwischen viel mit ihrer Enkelin gesprochen; laut Hannah zwei wurde Jonathan monatelang von den Japanern von einer Insel zur anderen verfolgt; die Japaner hörten Jonathans Durchsagen mit, ohne ihn jemals ausfindig machen zu können. Bis zu dem Tag, an dem die Soldaten des Mikado ein ganzes Bataillon aufgestellt hatten, um ihn einzukreisen. Jonathan war gefunden und an der gleichen Stelle zurückgelassen worden, da man ihn für tot gehalten hatte.

»Wo hast du Honor kennengelernt?«

»Ihr Vater war Arzt in Port Moresby auf Neuguinea.«

»Und Hannahs Mutter?«

»In Shanghai. Sie starb zwei Jahre nach der Geburt unserer Tochter.«

›Frag ihn jetzt, Hannah, frag ihn endlich, warum er seiner Tochter den Vornamen seiner Mutter gegeben hat, die er so sehr haßte...‹

Doch sie sagte etwas ganz anderes:

»Jonathan, laß uns Frieden schließen.«

»Er ist geschlossen.«

Er schaute sie an, und wieder war sie völlig verwirrt über diese Augen.

»Das springt ins Auge«, sagte sie bitter.

»Mein Leben spielt sich hier ab«, sagte er. »Sie können uns besuchen, wann immer Sie es wünschen.«

»Kann sie mit mir nach Paris reisen?«

»Ihre Enkelin ist inzwischen so groß, daß sie selbst entscheiden kann. Sie hatte schon immer ihren eigenen Kopf.«

»Und meine anderen Enkel?«

»Nächstes Jahr wird Honor mit Jimmy und Clare nach London fahren und Sie besuchen kommen, wenn Sie das wünschen.«

»Ich wäre darüber sehr glücklich.«

Jonathan sprach wieder mit den Malaien.

›Damit muß ich mich wohl zufriedengeben‹, dachte sie. ›Aber was hätte ich mehr erwarten können? Nur in Romanen enden Geschichten wie die unsere mit Küssen und Umarmungen; das wahre Leben ist logischer und unerbittlicher. Ich habe meinen Sohn schließlich seit dreißig Jahren nicht mehr gesehen, und auch vorher standen wir einander nicht sehr nah. Die Gründe, die uns daran gehindert haben, uns zu verstehen und zu lieben, existieren immer noch.‹

»Ich möchte gerne ins Haus zurückkehren«, sagte sie. »Ich habe Sonne direkt auf meinem Gesicht noch nie ertragen können.«

Er nickte mit dem Kopf. Sie gingen am Strand entlang zurück Richtung Haus, das auf seinen Pfeilern so luftig wirkte.

»Mama?«

Sie blieb stehen, erstarrt und zitterte fast.

»Ich habe Ihnen zweimal geschrieben, die Briefe aber nicht abgeschickt. Das eine Mal nach Adams Tod. Er hat mich in den dreißiger Jahren zweimal besucht, wußten Sie das?«

»Er hat mir nichts davon gesagt.«

»Er hat mir von Ihnen erzählt, aber er brauchte mich nicht zu überzeugen. Sie sind, was Sie sind, und ich habe Ihnen nichts vorzuwerfen. Ich lebe hier und werde hier sterben. Ich verachte die Welt nicht, in der Sie leben, aber das ist nicht meine Welt. Das ist alles.«

»Ich liebe dich auf meine Weise«, sagte sie und starrte auf das Haus, dem sie sich langsam näherten.

»Ich glaube Ihnen. Doch für mich liegt das alles in weiter Vergangenheit.«

»Ich verstehe.«

›Du verstehst überhaupt nichts und leidest wie ein Krüppel! Du bist ihm völlig gleichgültig, das ist tausendfach schlimmer als wenn er dich haßte.‹

»Adam hatte die Idee, meine Tochter Hannah zu nennen. Mama, ich liebe meine anderen Kinder, die, die mir Honor geschenkt hat, unendlich, doch Hannah, meine Tochter, vergöttere ich. Sie ist das Wesen auf der Welt, das mich am besten versteht. Schon als sie ganz klein war, habe ich ihrem Rat vertraut. Sie hat darauf bestanden, daß wir uns treffen.«

»Sie hat es mir gesagt.«

»Nicht nur, weil sie hofft, daß Sie ihr bei ihrer Karriere helfen, wie auch immer diese Karriere aussehen wird. Sie legte großen Wert darauf, daß wir beide Frieden schließen. Wären Sie nicht gekommen, hätte sie mich wohl an den Haaren bis nach Europa geschleift.«

»Jonathan, deine Tochter ist eine sehr bemerkenswerte junge Frau.«

»Ich weiß. Und ich weiß auch, daß sie in vielerlei Hinsicht meiner Mutter stark ähnelt.«

»Trotzdem liebst du sie.«

»Trotzdem liebe ich sie. Ich bin glücklich, daß du gekommen bist, Mama.«

Zum ersten Mal seit mehr als vierzig Jahren hatte er sie geduzt (und dafür die französische Sprache gewählt).

Die Kinder kamen aus dem Haus gelaufen, nackt wie am Tag ihrer Geburt und am ganzen Körper braungebrannt.

»Ich habe einen verdammt großen Hunger«, sagte Hannah.

Und hakte sich bei ihrem Sohn ein, da es ihr anscheinend plötzlich schwerfiel, im Sand zu gehen.

Kapitel 38

Ich habe viel Zeit...

In Paris besaß Hannah in der Rue Beethoven drei Häuser, außerdem die Wohnung in der Rue de Varenne mit Blick in den Garten des Matignon-Palastes sowie noch weitere zwanzig Wohnungen im 16. Arrondissement, vor allem in der Avenue du Maréchal-Fayolle in der Nähe der Porte Dauphine. Hannah zwei wählte eine Fünf-Zimmer-Wohnung mit Blick auf den Bois de Bologne, die sie mit einer englischen Freundin teilen wollte. Sie hatte die Engländerin in Hongkong kennengelernt.

»Aber ich bestehe darauf zu arbeiten, Großmutter!«

»Das ist wohl das mindeste. Du glaubst hoffentlich nicht, daß ich dich aushalte!«

Dabei hatte Hannah zwei Monate zuvor in Genf ein Konto auf den Namen ihrer Enkelin eröffnet und eine Million Dollar überwiesen.

Hannah hatte schon eine ziemlich klare Vorstellung von dem, was ihre Enkelin in ihrer späteren Zukunft wohl machen würde, und hatte auch die unmittelbare Zukunft richtig eingeschätzt: Kaum fünf Wochen in Paris, wurde die junge Frau von Jacques Fath als Mannequin engagiert.

»Warum, zum Teufel, haben die deinen Namen geändert?«

»Fath wollte etwas Exotischeres.«

»Diese Idioten! Hannah ist ein sehr hübscher Name!«

Sie hatte, wie gesagt, eine recht klare Vorstellung über die Zukunft ihrer Enkelin; die langen Diskussionen mit der jungen Frau hatten sie zur Überzeugung gebracht, daß Hannah aus dem Stoff gemacht war, aus dem die großen Direktorinnen geschnitzt waren. Und unter der Voraussetzung, wirklich nur unter der Voraussetzung, es handelte sich einzig um eine Arbeitshypothese, daß sie, Hannah eins, eines Tages sterben würde, dann wäre die Nachfolgefrage geregelt... Unter Adams und Abigails Kindern hatte sie keines gefunden, welches das Zeug dazu gehabt hätte. In diesen Dingen sollte man immer hellsichtig bleiben...

– Lizzie, glaub mir, bei so etwas habe ich mich nie getäuscht! Ich habe mir meine Eseleien für den privaten Bereich aufbewahrt... Ich weiß, da habe ich reichlich Dummheiten begangen.

Sie hütete sich, mit Hannah zwei über ihre Pläne zu sprechen; entweder würde die Kleine von selbst daraufkommen oder nicht; und wenn sie daraufkäme, das Richtige unternehmen.

Hannah eins sollte recht behalten.

Zwei Jahre lang arbeitete Hannah zwei als Mannequin und verdiente ausgezeichnet. Als sie sich eines Tages mit ihren Vettern und Kusinen – den Kindern Abigails und Adams – in dem Haus der Kadens in Beverly Hills aufhielt, schlug man ihr vor, an einem Film mitzuwirken. Sie drehte drei Filme, und als man schon vermuten konnte, sie habe ihre endgültige Entscheidung, ihre Karriere betreffend, getroffen, überlegte sie es sich anders.

»Völlig stumpfsinnig, Großmutter. Wenn ich als Regisseurin arbeiten könnte, dann wäre es unter Umständen interessant, aber ich habe eigentlich nicht einmal Lust, es auszuprobieren. Sie wissen seit Anfang an, daß ich Ihnen eines Tages eine ganz bestimmte Frage stellen werde, nicht wahr? Nun gut, ich stelle sie heute: Was muß ich unternehmen, um mit Ihnen zusammenzuarbeiten?«

Sie fing ganz von unten an, im Kosmetiksalon von Atlanta; anschließend arbeitete sie an der Seite von Eulalia Jones, der Cherokee, die drei Jahre zuvor von Jessie die Leitung aller amerikanischen Unternehmen übernommen hatte. In den fünf darauffolgenden Jahren vervollkommnete sie ihre Ausbildung, studierte Deutsch und Spanisch, aber auch Jura und Betriebswirtschaft.

›In diesen Dingen täusche ich mich nie. An dem Tag, an dem ich in Hongkong mit dem Chinesen verhandelte, wußte ich, daß sie eines Tages meine Nachfolgerin werden würde. Und außerdem heißt sie Hannah!‹

Seit 1951 lebte Lizzie an der Seite Hannahs; sie ertrug ihre Einsamkeit nicht mehr, weder in Kalifornien, noch in New York, wollte aber auch keinem ihrer Kinder zur Last fallen.

»Natürlich nur, wenn du mich bei dir haben willst...«

»Für australische Vogel-Strauß-Figuren hatte ich schon immer eine Schwäche... Eine Bedingung allerdings stelle ich: Du verzichtest auf jeden Kommentar, wenn ich hinter dem Steuer eines Wagens sitze!«

Im September des vorausgegangenen Jahres hatte Hannah wieder einmal Schwierigkeiten mit der Verkehrspolizei bekommen. Sie kam von ihrer jährlichen Pilgerreise nach Santa Barbara zurück und war vor Palm Springs, wo sie sich mit Lizzie verabredet hatte, von der Polizei gestoppt worden; man warf ihr vor, etwas mehr als 200 km/h gefahren zu sein. Die Polizisten verschiedener Counties hatten sich zusammenschließen müssen, um sie zu stoppen. Nur mit Hilfe von Straßensperren hatten sie den Ferrari zum Halten gebracht, den sie anschließend zu sechst mit gezogener Waffe umringten.

»Wo ist der Fahrer?«

Die Frage hatte sie geärgert.

»Ich weiß, daß ich nicht sehr groß bin, aber normalerweise sieht man mich schon, ihr Dummköpfe! Ihr müßtet eure Augen einmal überprüfen lassen!«

Sie wurde vor einen Richter geschleppt, der sich weit über seine Balustrade vorbeugte, um sie zu erkennen:

»Und Sie behaupten, diese charmante alte Dame sei schneller als 140 Meilen pro Stunde gefahren, habe drei Polizeiautos in Schrott verwandelt und um ein Haar sechs Personen getötet?«

»Ich bin mir nicht sehr sicher, ob ich charmant bin«, hatte Hannah geantwortet, »und noch weniger, ob man mich zu den Damen zählen sollte. Doch wenn jemand behauptet, ich seit mit 200 km/h gefahren, dann lügt er, denn die Spitze des Wagens liegt bei 243, und ich hatte das Gaspedal voll durchgedrückt. Wenn der Wagen langsamer fahren sollte, als der Verkäufer angegeben hat, werde ich mich bei Mister Enzo Ferrari persönlich beschweren. Ich bin mit ihm befreundet.«

Hannahs Rechtsanwälte mußten eingreifen, um sie vor einer Gefängnisstrafe zu bewahren; ihre Strafe betrug immerhin zwölftausend Dollar.

Die sie, so ganz nebenbei, unter der Rubrik ›allgemeine Unkosten‹ von der Steuer absetzte...

In der Regel lebten Lizzie und sie jetzt abwechselnd an der Côte d'Azur (Saint-Tropez), in New York, Paris (immer in der Wohnung in der Rue de Varenne) und in Kalifornien. Manchmal ließ sich Lizzie auch zu weiteren Reisen überreden. 1953 verbrachten sie mit Abigail und drei der Kaden-Kinder zwei Monate in Australien; auf der Rückreise hielten sie sich mehrere Wochen bei Jonathan in Malaysia auf.

Im darauffolgenden Jahr reisten sie, von vierzehn Enkelkindern begleitet, von Belem aus den Amazonas hinauf bis nach Iquitos, wo Lizzie aufgrund der feuchten Hitze sich mit letzter Energie weigerte weiterzureisen, während Hannah weiter bis nach Cuzco vordrang und mit ihrer fröhlichen Horde am Machupicchu mit Champagner auf ihren achtundsiebzigsten Geburtstag anstieß.

Was die Zahl der Enkelkinder anging, da war Lizzie weit überlegen: sie führte mit dreiundsiebzig gegen sechzehn.

»Beinahe ein Basketball-Ergebnis«, kommentierte Hannah.

Seit ein oder zwei Jahren begeisterte sie sich für den Sport; sie hatte die französische Zeitschrift *L'Equipe*, die italienische *Gazetta dello Sport* und die amerikanische *Sports Illustrated* abonniert. Einzig vom Krickett verstand sie nichts; doch wer hätte Winnie Churchills Erklärungen verstehen können, die, wie Hannah vermutete, bewußt unverständlich gehalten waren. Rugby, Football, Leichtathletik, Basketball und den Radsport dagegen verfolgte sie genauso aufmerksam wie ihre Bilanzen. Sie war nach Wembley gefahren, um dem Finale des *Cup* beizuwohnen und hatte in Helsinki die drei letzten Tage der Olympischen Spiele miterlebt und sich für den Langstreckenläufer Emil Zatopek begeistert.

Auch auf dem Gebiet der Urenkel führte Lizzie, wenn auch nicht so entschieden: neununddreißig zu dreizehn. Marianne, Adams und Jacquelines älteste Tochter, hatte sich besonders angestrengt und fünf Kinder zur Welt gebracht, während ihre 1923 geborenen Brüder Tadd und Ewan – der beim Untergang der *Indianapolis* mit dem Leben Davongekommene – sich jeweils mit zwei begnügt hatten. Ewan hatte allerdings erst vor kurzem die Tochter eines Industriellen aus Portland im Bundesstaat Oregon geheiratet.

Vier konnte man Abigail und ihrem Chemiker gutschreiben, und dann war es auch schon Schluß.

›Faulenzerbande!‹

Allerdings mußte Hannah zugeben, daß die drei jüngsten Kinder Adams, 1930 bzw. 1932 geboren, noch nicht einsatzfähig waren.

›Aber ich habe ja noch Hannah zwei und die vier Blondschöpfe Jonathans und Honors in Reserve. Es würde mich schon sehr wundern, wenn sie nicht mindestens zwanzig in die Welt setzen!‹

Keinen einzigen Tag verminderte sie den Druck der Firmenleitung auf ihre einzelnen Niederlassungen. In den fünfziger Jahren führte sie das von Maryan erfundene System der Spitzel wieder ein. Insgesamt waren vierundzwanzig Mitarbeiter in diesem Bereich tätig, fast ausschließlich Frauen. Ihre Aufgabe war es, Läden und Kosmetiksalons zu besuchen, sich als normale Kundinnen auszugeben und alles zu notieren. Hannah hatte zu diesem Zweck ein Formular entwickelt, auf dem wirklich nichts vergessen worden war: die Präsentation der Produkte, die Art, wie ihr Anwendungsbereich den Kundinnen beschrieben wurde, der Kundenempfang bis hin zum Zustand der Toiletten und dem unter Umständen schlechten Atem der Verkäuferinnen oder Kosmetikerinnen.

Stammkundinnen bekamen eine persönliche Karte, auf der alle Daten eingetragen wurden, so daß sie in Hannahs Kosmetiksalons überall auf der Welt mit den gleichen Produkten und auf die gleiche Weise behandelt wurden. Eine Heidenarbeit, und Hannah hatte vor, diese Aufgaben mehr und mehr Maschinen zu übertragen. 1946 hatten die Ingenieure Eckert und Manchly eine Maschine entwickelt, einen *computer* mit eigener Speicherkapazität. Sie hatte den beiden einen Besuch abgestattet, aber auch die Radio Corporation of America nicht vergessen, die den *Bizmac* erfunden hatte, der als erster mit einer Datenbank arbeitete, und sich schließlich lange mit den Leuten von IBM unterhalten.

Sie wollte einfache Antworten auf ihre einfachen Fragen: Konnte man alle Kundinnen, die irgendwo auf der Welt eine ihrer Niederlassungen besuchten, in einer Datei erfassen und diese Datei in jeder Niederlassung konsultieren? Jederzeit?

Nein. Noch nicht. Bald allerdings sei das möglich. In zehn Jahren vielleicht.

»Morgens oder nachmittags?« fragte sie spöttisch.

Lachte aber dabei, denn sie hatte aufgrund dieser Besuche so viele Hinweise erhalten, daß sie ihr eigenes System hatte schneller und zuverlässiger machen können.

»Ich werde eben warten. Ich habe viel Zeit.«

Sie war inzwischen fast neunundsiebzig und hatte nur ein einziges Gesundheitsproblem zu bekämpfen: die ewigen Blasen an ihren Füßen; dies auch nur, da sie sich nicht dazu überwinden konnte, auf ihre Charles-Jourdan-Schuhe mit den hohen Absätzen zu verzichten, die sie auch bei ihren morgendlichen Spaziergängen trug.

Lizzies und Hannahs bevorzugter Ort in Europa war Saint-Tropez, obwohl ihnen auch die Villen in Cannes und Saint-Jean Cap-Ferrat behagten. An Platz zumindest mangelte es nicht, denn sie verfügten über vierunddreißig Schlafzimmer, zumal Lizzie im Souterrain einen riesigen Schlafsaal mit Feldbetten ausstaffiert hatte, der auch als Spielzimmer diente. Hier wurden die Jüngsten bunt gemischt untergebracht, wenn im Sommer ihre kleine Welt in Frankreich Urlaub machte.

Hannah hatte es sich ernsthaft überlegt, ein Flugzeug zu kaufen, dann aber doch darauf verzichtet, da sie einerseits leidenschaftlich gern mit dem Wagen lange Strecken fuhr...

...und andererseits ein eigenes Flugzeug auch hätte selbst fliegen wollen.

»Ich habe schließlich meinen Flugschein. Von Louis Blériot. Konnte Louis Blériot etwa nicht fliegen?«

Aber, wie gesagt, sie hatte nach langem Zögern auf ihr Projekt verzichtet.

»Dabei hätte ich so gerne ein schwarzes Flugzeug mit roten Streifen besessen. Stell dir nur einmal vor: Mit meiner großen Brille und einer Fliegermütze wäre ich über meine Kosmetiksalons geflogen, und meine Kosmetikerinnen hätten vor Schreck Pipi in die Hose gemacht, hätten sie das Brummen des Motors nur gehört...«

Zu denen, die sich Hannahs Plänen heftig widersetzten, gehörte auch Lizzie, die drohte, sich in ein Kloster zurückzuziehen. Als Hannah sich im November 1954 zum erstenmal im Cockpit einer Boeing 707 umschaute, mußte sie einräumen, daß sich seit Blériot einiges geändert hatte.

»Obwohl... Ich bin mir sicher, daß viele Knöpfe zu nichts taugen. Sie haben sie nur angebracht, um wissenschaftlicher zu wirken!«

Die grausame Litanei des Todes setzte sich fort. 1953 war Yvonne an der Reihe. Die Belgierin hatte nicht mehr laufen können und die letzten Monate ihres Lebens gezwungenermaßen im Bett ihres Hauses in Bandol in der Nähe von Toulon verbringen müssen, von zwei Pflegerinnen betreut, die Hannah engagiert hatte. Sie war friedlich in der Nacht entschlafen; Hannah, die augenblicklich informiert worden war, hatte in Stockholm ein Flugzeug gechartert und war nach Marseille geflogen in der Hoffnung, diejenige, die ein halbes Jahrhundert mehr für sie gewesen war als eine Angestellte, eine Freundin und auch eine Art Schwester, noch einmal in die Arme schließen zu können. Ihre Hoffnung erfüllte sich nicht.

Cecily Barton starb in London und in New York Jessie und Cathy Montblanc... André Labadie folgte, die Fournacs in Australien, Jos Wynn, die meisten MacKennas in Sydney, zumindest die, die zu ihrer Generation zählten...

Wenn sie einen ihrer Kosmetiksalon betrat und die gewohnte Panik auslöste, richtete sie sich in den meisten Fällen nicht einmal mehr an die Töchter, sondern an die Enkelinnen derer, die unter ihrer Regie vor langer Zeit zu arbeiten begonnen hatten.

›Die meisten müssen mich für ein Gespenst halten.‹

1962 starb Lizzie.

Kapitel 39

So einfach ist das...

Die Hippies in San Francisco umringten sie. Seit einiger Zeit schon fühlte Lizzie sich müde; ihre Beine wurden immer schwerer, und manchmal kam es vor, daß sie beim Treppensteigen außer Atem kam und eine kleine Pause einlegen mußte. Dabei hatte sie um zehn Kilo abgenommen: Anstelle der siebzig Kilo, ihrem Rekord, wog sie nur noch sechzig.

»Zwischen den riesigen Wassermelonen, die mir als Brüste dienen, kann ich jetzt meine Zehen wieder erkennen. Lach nicht, kleine Jüdin, mit dem, was du auf Lager hast, könnte man nicht einmal eine Sake-Schale füllen!«

Am Vortag waren sie in San Francisco eingetroffen; während sich Hannah Mitte November zu ihrer jährlichen Pilgerfahrt aufgemacht hatte, war Lizzie zu ihrer Tochter Melanie nach Palm Springs gefahren. Im Hotel Fairmont hatten sie sich wieder getroffen; am gleichen Tag noch hatten sie sich Sam Peckinpahs Film *Ride the High Country* (auf deutsch: Sacramento) mit Randolph Scott und Joël MacCrea angeschaut; Hannah war begeistert. Als Westernfanatikerin hielt sie den Film, den sie zum dritten Mal sah, für so gut wie *Johnny Guitar* (Johnny Guitar – Wenn Frauen hassen) von Nicholas Ray oder Anthony Manns *The Man of Laramy.*

»Aber doch nicht ganz so gut wie *The Big Sky* (Der weite Himmel) von Hawks, *The Last Hunt* von Richard Brooks und natürlich die drei, vier Meisterwerke von John Ford... O Lizzie, denk nur an die ersten Bilder in *The Searchers* (Der schwarze Falke). Genial! Ich habe ihn siebenmal gesehen! Gehen wir zu Fuß ins Hotel zurück?«

Lizzie hatte es vorgezogen, ein Taxi zu nehmen.

(›Ich bewege mich sicher nicht genug. In Palm Springs lag ich nur im Liegestuhl am Rand des Schwimmbeckens.‹)

Sie hatten beschlossen, daß Lizzie Hannah einmal bei ihren morgendlichen Spaziergängen begleiten sollte, und einen Weg festgelegt: zuerst die California Street hinunter bis zu dem Gebäude der Wells Fargo, dann anschließend über den Montgomery und den Jackson Square bis zum Fisherman's Wharf und der Cannery, wo sich damals noch die alte Konservenfabrik der Del Monte befand.

»Und wenn deine Beine dann noch nicht bis zum Knie abgelaufen sind, können wir vielleicht wirklich marschieren und bis zur Golden

Gate Bridge gehen. Es ist eine Ewigkeit her, daß ich nicht mehr dort gewesen bin.«

»Warum nicht gleich bis nach Seattle oder Yukon?« hatte Lizzie gefragt.

»Wegen der Bären. Du würdest diesen armen Tieren einen entsetzlichen Schrecken einjagen! Halt den Mund und lauf.«

Auf der Höhe des Gefängnisses Alcatraz machte Lizzie schlapp.

»Ich kann nicht mehr.«

Hannah schaute sie an und wurde plötzlich unruhig. Kurz zuvor hatte sie von dem Erdbeben im Jahre 1906 erzählt, von dem sie nur die Auswirkungen kennengelernt hatte (»Ich habe es um wenige Tage versäumt!«), und hatte dann über den großen Sänger Caruso gesprochen – nicht so sprunghaft, wie man vielleicht glauben mag, denn Caruso war während des Erdbebens in der Stadt gewesen –, der ihr eines Tages ein jiddisches Lied vorgesungen hatte, das heißt, es war ein polnisches Lied gewesen, aber eben auf Jiddisch gesungen, und von der berühmten Melba, die sie in Sydney kennengelernt hatte.

»Was soll das heißen, du kannst nicht mehr? Wir sind noch nicht einmal zwei Meilen gelaufen!«

Ihre Augen straften sie Lügen, denn sie musterte besorgt das Gesicht der großen Australierin. Sie war völlig erschlagen von dem, was sie instinktiv spürte:

›O mein Gott, nicht Lizzie, sie nicht!‹

»Setz dich, du komischer Vogel Strauß!«

Sie zog Lizzie zu einer Bank neben der Anlegestelle der Boote, die Touristen in der Bucht von San Francisco spazierenfuhren. Auf der Bank und auf der Rücklehne saßen dichtgedrängt Hippies mit langen Haaren und krausen Bärten und sangen von der weltumspannenden Liebe.

»Macht Platz, Kinder!« befahl Hannah. »Meine Freundin muß sich etwas ausruhen.«

Unbekümmert weitersingend, rückten die Hippies noch etwas dichter zusammen, so daß Lizzie sich setzen konnte.

»Lizzie, geht's besser?«

»Aber ja.«

Sie schloß die Augen. Die Falten waren tief in ihr Gesicht eingegraben.

»Hast du Schmerzen?«

Abwehrendes Kopfschütteln. Dann: »Hannah, ich muß mich nur etwas verschnaufen.«

Hannah schaute einen großen, jungen Mann aufmunternd an, der wohl um die zweiundzwanzig Jahre alt war und seine langen Haare mit einem Indianerband, das er um die Schläfen gebunden hatte, festhielt.

»Bitte, rufen Sie einen Krankenwagen.«

»Wenn du das tust, dann spreche ich die nächsten zwanzig Jahre nicht mehr mit dir!« sagte Lizzie, deren Augen immer noch geschlossen waren.

»Dieses Glück werde ich wohl nie genießen können«, antwortete Hannah.

Sie gab dem jungen Mann Münzen:

»Bitte, beeilen Sie sich.«

Der Hippie zögerte kaum eine halbe Sekunde, bevor er davonlief.

»Touristen?« fragte eine blonde, fade Jugendliche, die mit den Blumen in ihren Haaren aussah wie ein mit Petersilie künstlerisch verzierter Schweinskopf in dem Schaufenster einer Metzgerei.

»Seit einundsechzig Jahren, Gör«, antwortete Hannah. »Allmählich kennen wir das Land. Weiß deine Mutter eigentlich, daß du dich hier herumtreibst?«

Der süßliche Geruch von Marihuana mischte sich mit dem schärferen des Ozeans; der Gitarre gelang es nicht, die kreischenden Möwenschreie in ihr Lied einzugliedern. Bläulicher Nebel hüllte Golden Gate ein. Hannah erinnerte sich: Vor genau sechzig Jahren saß Mendel Visoker bei ihnen im Panhard et Levassor... wieder Mendel, der nach Alaska abfuhr, in einem Boot aus Holz, das noch gut roch... dann das damalige Amerika, unvergleichlich viel jungfräulicher...

Die Hippies sprachen nur noch leise und sangen sanfte Lieder; das bunte Völkchen schloß einen Kreis um die beiden alten Damen, der nur zum Meer hin offen war...

... und sich erst mit der Ankunft des Krankenwagens auflöste.

»Wie alt ist sie?« fragte der Arzt im *Mark Hopkins Hospital.*

»Fast sieben Jahre jünger als ich; neunundsiebzig«, antwortete Hannah.

Sie konnte beinahe die kleinen Rädchen sehen, die sich im Gehirn ihres Gesprächspartners in Bewegung setzten: neunundsiebzig plus sieben, macht sechsundachtzig...

»Madam, Sie sehen wirklich sehr viel jünger aus als Sie sind...«

»Ich bin kerngesund, höchstwahrscheinlich gesünder als Sie... Was hat sie?«

»Hat sie Ihnen jemals etwas über ihre Lymphknoten gesagt?«

Nein! Natürlich nicht! Als ob sich Lizzie jemals über ihre kleinen Probleme beklagt hätte. Und dann noch über so delikate Dinge!

›Ich habe sie kein einziges Mal nackt gesehen! Und sie hat mir nie auch nur den geringsten Hinweis auf das gegeben, was sich zwischen ihr und Maryan im Bett abspielt.‹

»Welche Lymphknoten?«

»Die am Hals, die übrigens kaum sichtbar sind, vor allem aber die in der Achselhöhle und der Leiste.«

»Was bedeutet das?«

»Chronische lymphatische Leukämie.«

»Keine Ahnung, was das ist...«

»Leukämie ist eine Erkrankung des Blutes. Sie wird chronisch lymphatisch, sobald eine starke Zunahme der Lymphozyten zu verzeichnen ist. Man nimmt an, daß diese Zellen bei der Abwehr von Viren und Bazillen eine entscheidende Rolle spielen...«

»Was heißt: man nimmt an... Wollen Sie damit sagen, daß Sie sich nicht sicher sind? Daß Sie, anders ausgedrückt, nichts wissen?«

»Wir sind uns in der Tat nicht sicher... Es gibt verschiedene Hypothesen, die Arbeiten von Gesner und Ginsburg, Gowan, MacGregor und Halphern...«

Hannah verstand überhaupt nichts mehr.

»Um Himmels willen, reden Sie so, daß ich Sie verstehen kann! Ist diese Leukämie tödlich?«

»In den meisten Fällen. Obwohl sie gerade bei älteren Menschen häufig gut verläuft.«

»Was heißt häufig? Wie hoch sind die Chancen von Madam Kaden?«

»Lizzie, dir fehlt nichts. Abgesehen davon, daß du vielleicht neunundfünfzig Jahre zu alt bist.«

»Red du nur! Du könntest meine Mutter sein!«

Sie hielten sich wieder in Lizzies Suite im *Fairmont* auf. Alles in allem war Lizzie nur fünf Stunden im Krankenhaus geblieben. Die Ärzte waren sich nicht einig gewesen; ein Teil meinte, ein Krankenhausaufenthalt sei nicht unumgänglich notwendig, während die anderen darauf drangen, Lizzie dazubehalten. Einer hatte sogar vorgeschlagen, Lizzie in einem völlig sterilisierten Zimmer unterzubringen. Von all dem wollte Lizzie nichts hören, und Hannah beugte sich ihrem Wunsch.

»Ich glaube, ich werde etwas schlafen«, meinte Lizzie gähnend.

Fast augenblicklich schlief sie ein. Ihr Gesicht war noch bleich, so daß die feinen blauen Äderchen unter den Augen deutlich sichtbar waren. Hannah beruhigte sich etwas, als sie feststellte, daß Lizzie ruhig und vor allem tief schlief.

»Wenn Sie sie nur eine Sekunde aus den Augen lassen, dann reiße ich Ihnen die Haut in Stücken vom Leibe!« fuhr Hannah Lizzies Kammerzofe an, eine Puertoricanerin mit dem schönen Vornamen Maria de Los Angeles.

Um ganz sicherzugehen, kommandierte sie Yvonnes Nachfolgerin, die die Belgierin natürlich nicht ersetzen konnte, ans Krankenbett ab, Marie-Claire Piani, eine Korsin, deren Vater Apotheker war und die eher die Rolle einer Sekretärin denn einer Kammerzofe einnahm. Hannah hatte sie vor sechs Jahren eingestellt und konnte sich nur lobend über ihre Tüchtigkeit äußern.

Anschließend ging sie in ihre eigene Suite und telefonierte eine Stunde lang. Als erstes alarmierte sie Jimmy, Lizzies ältesten Sohn, der in Los Angeles die Nachfolge seines Vaters angetreten hatte.

»Nein, ich habe ihr noch nichts gesagt, Jimmy. Ich werde Professor Levin aus New York bitten, sich Lizzie anzuschauen. Levin ist der beste Spezialist auf diesem Gebiet und gleichzeitig einer meiner Freunde. Es gibt noch eine winzige Hoffnung, daß die hiesigen Ärzte sich irren. Wenn du jemanden kennst, zu dem du Vertrauen hast, dann schick ihn doch ebenfalls her.«

Anschließend rief sie Colleen an, Lizzies älteste Tochter, die den gleichen irischen Vor- und Kosenamen wie ihre Großmutter trug (Colleen für Kathleen); ihr Mann Norman Lincoln arbeitete in Seattle in der Flugzeugindustrie.

Sie entschloß sich, auch Melanie, bei der Lizzie gerade drei Wochen in Palm Springs verbracht hatte, zu informieren...

Endlich hatte sie Sol Levin vom *Mount Sinai Hospital* in New York am Apparat; Sol verbrachte gerade Ferien auf Martinique und konnte frühestens in zwei Tagen in San Francisco eintreffen, da die Verbindungen...

»Ich habe das Notwendige bereits veranlaßt«, unterbrach Hannah. »Ein Flugzeug ist von Miami aus unterwegs, um Sie abzuholen. Vielen Dank, Sol.«

Am nächsten Morgen traf der berühmte Arzt bereits im *Fairmont* ein.

»Es tut mir leid, Hannah. Sie ist verloren.«

Eine lange, unendlich lange Minute brachte sie kein Wort über ihre Lippen.

Schließlich unterbrach der Arzt das Schweigen:

»Ich finde es immer besser, den Kranken die Wahrheit zu sagen... Wenn Sie es wünschen, übernehme ich diese Aufgabe.«

Hannah schüttelte den Kopf:

»Nein, ich werde es selbst tun. Es wird ihr sicher lieber sein, wenn ich es bin.«

»Hannah, werde ich heute noch sterben?«

»Nicht, wenn du nicht willst. Man stirbt nur, wenn man bereit ist zu sterben.«

»So einfach ist das...«

»Ja, so einfach.«

Fünf Monate waren seit dem Zwischenfall in San Francisco verstrichen. Die Diagnose war inzwischen bestätigt worden. Die Ärzte hatten übereinstimmend angenommen, Lizzie würde den Jahreswechsel nicht mehr erleben. Selbst Sol Levin hatte sich pessimistisch geäußert.

»Hannah, die Leukämie schwächt die natürliche Abwehr des Körpers gegen Infektionen entscheidend. Ich will mich nicht hinter unverständlichem wissenschaftlichem Gerede verstecken: Diese Infektion, die sie befallen hat und die sich immer weiter ausbreitet, hätten wir vielleicht in den Griff bekommen, hätte ihr Körper uns geholfen, was leider nicht der Fall war... Seit wann kennen Sie sich?... Um Himmels willen, das ist ja ein ganzes Leben!«

Lizzie hatte sich hartnäckig geweigert, in eine Klinik eingeliefert zu werden. Auch ihre Kinder und Enkel konnten sie trotz aller Mühe nicht davon überzeugen. Hannah, die von allen Seiten aufgefordert wurde, Lizzie umzustimmen, antwortete unerschütterlich, Lizzie allein habe über ihr Schicksal zu entscheiden.

Als die Kranke darum bat, nach Palm Springs transportiert zu werden, hatte sie keine Sekunde gezögert, diesen Wunsch zu erfüllen.

›Ich werde sie nach Australien mitnehmen, wenn sie den Wunsch äußert. Sie wird dann sterben, wann sie es will, an dem Ort, den sie sich wünscht.‹

Das Haus in Palm Springs war in spanischem Stil gebaut; zwei große Blöcke standen sich gegenüber und waren mit verschiedenen Galerien untereinander verbunden. In der Mitte befanden sich ein ausgedehnter Patio, das fünfzig Meter lange Schwimmbecken und ein Garten. Lizzies Zimmer nahm mit seinen zwölf auf acht Metern eine ganze Seite ein; die großen Fenster öffneten sich sowohl auf den Patio wie auch auf den Berg San Jacinto und den Palm Canyon mit seinen Palmenhainen und der Wüste.

»Ich habe dieses Haus und dieses Zimmer selbst gewählt; Maryan hatte eigentlich ein anderes ins Auge gefaßt, im Tal von San Fernando, neben Clark Gables Ranch.«

Stille.

»Hannah, glaubst du an ein Leben nach dem Tod?«

»Du weißt doch, daß ich nicht daran glaube.«

»Ich hoffe, du täuschst dich.«

»Ich auch.«

Neben dem Echo ihrer Stimmen unterbrach nur das kaum hörbare Tropfen der Infusionen die Stille. Diskret und stumm hielt sich eine Krankenschwester im Hintergrund auf.

›An dem Tag, an dem ich sterbe‹, dachte Hannah, ›möchte ich, wenn ich mich überhaupt entschließe zu sterben, allein sein, ganz allein.‹

»Ich erinnere mich mit unglaublicher Klarheit an die Vergangenheit«, sagte Lizzie. »Es hatte geläutet. Mama hielt sich in der Küche auf. Ich öffnete die Tür. Es war September... 1893...«

»1892...« korrigierte Hannah mechanisch.

»Vor siebzig Jahren und einigen Monaten. Ich hielt eine Puppe in den Armen. Du standest vor dem Haus 173 in der Glenmore Road in Sydney. Ich habe dich gesehen, und da bist du auch schon umgefallen. Bumm!«

»Ganz so schnell ist das nun auch wieder nicht passiert!«

»Du hattest seit sieben Tagen nichts mehr gegessen.«

»Seit drei.«

Schweigen.

»Hannah, ich habe ein ganz klein wenig Lust zu sterben. Ich bin müde, ziemlich müde...«

»Du kannst noch weitermachen. Du kannst es.«

Seit Tagen und Tagen wiederholte Hannah diese Worte wie eine beschwörende Litanei. Einige Minuten verstrichen. Lizzie hatte die Augen wieder zugemacht. Die Bettdecke hob und senkte sich im Rhythmus ihres Atems.

»Du kannst es«, wiederholte Hannah. »Lizzie, laß mich nicht allein. Bitte. *Bitte.*«

Lizzies Lider zuckten, ihre Art, ja zu sagen. Dann deutete sie sogar ein Lächeln an:

»Nur dir zuliebe, weißt du?«

»Danke«, sagte Hannah heiser.

›Ich kann immer noch nicht weinen. Ich habe nicht einmal geweint, als ER gestorben ist.‹

Eine Stunde verstrich.

»Du wirst mich wohl entschuldigen müssen«, sagte Lizzie sehr schwach.

»Laß mich nicht...«

»Ich tu, was ich kann... Aber es ist sehr schwer... Hannah, du bist so stark. Maryan...«

Kurze Unterbrechung.

»Maryan hat mir das immer gesagt... O Hannah, du hast mir Maryan gegeben...«

Neue Unterbrechung. Sie atmete schwer.

Hannah spürte den fragenden Blick der Krankenschwester auf sich ruhen. Von Wut, Verzweiflung und Leid gepackt, stimmte sie zu. Die Frau stand auf und ging, ohne mit ihren weißen Leinenschuhen auch nur den geringsten Lärm zu verursachen, hinaus. Eine Minute später erklangen in dem bis zu diesem Augenblick totenstillen Haus dumpfe Geräusche.

Nach und nach betraten Maryans und Lizzies Kinder und Kindeskinder das Zimmer und füllten es.

Hannah stand auf und ging weg vom Bett; schweigend machte man ihr Platz. Sie verließ das Zimmer und ging auf die angrenzende Terrasse. Es war an diesem 4. April 1962 zwei Uhr nachmittags geworden, und die kalifornische Sonne brannte vom Himmel.

Ungefähr dreißig Minuten später trat jemand hinter sie. Sie fragte, ohne sich umzudrehen:

»Ist es vorbei?«

»Ja.«

Jemand berührte sie an der Schulter und versuchte, sie in die Arme zu nehmen. Sie machte sich beinahe wütend frei und ging durch das Zimmer, ohne auch nur einmal den Kopf zum Bett zu wenden.

In der Garage im Untergeschoß wählte sie den Duesenberg SJ aus den dreißiger Jahren.

Zehn Minuten später befand sie sich auf der Landstraße, drückte das Gaspedal durch, die 400 PS voll ausnutzend, und fuhr Richtung Osten, ohne dies geplant zu haben. Die Richtung hatte sich ihr einfach angeboten. Sie überquerte, ohne sich dessen richtig bewußt zu werden, die Autobahn und fuhr dann durch die Kleinstadt Thousand Palms. Direkt hinter der Stadt begann die Wüste; das schwarz-rote Kabriolett wirbelte eine zwei Kilometer lange Staubfahne auf.

In Sichtweite des Aquädukts von Colorado hielt sie den Wagen an. Und stellte den Motor ab.

Sofort überfiel sie die lastende Stille. Sie stieg aus und ging in ihrem Nina-Ricci-Kleid langsam vorwärts; zum erstenmal in ihrem Leben war ihr die Sonne, die ihr das Gesicht verbrannte, gleichgültig.

Sie streckte sich auf dem Boden aus und rührte sich nicht mehr.

Am nächsten Tag fanden sie zwei jagende Indianer aus dem Reservat Torreo Martinez. Zuerst hatten sie den offenen Duesenberg entdeckt. Ihren Augen kaum trauend, folgten sie Hannahs Spuren. Erst nach zwölf Kilometern fanden sie sie. Sie lag auf der Seite, Hände, Gesicht und Nacken von der Sonne verbrannt. Ihre Füße waren blutverkrustet, und ihre Nägel voller Erde und Sand: Sie mußte die letzten Meter, hundert, vielleicht auch zweihundert, gekrochen sein. Nachdem sie den Wagen verlassen hatte, war sie der Piste gefolgt, die die Chuckwalla Mountains durchquerte und nach Hopkins Wells führte.

Aufgrund der Größe dachten sie zuerst, es handele sich um ein Mädchen. Und waren überzeugt, es seit tot. Doch kaum hatten sie den leblosen Körper auf den Rücken gedreht und ihr etwas Wasser eingeflößt, da schlug sie ihre riesigen grauen Augen auf.

Sie lebte noch.

Kapitel 40

Und was ist dieses große, rosa Ding dort?

Patrick Fowles, der Sohn Mariannes, die wiederum die Tochter Adams und Jacquelines war, war der Älteste ihrer Urenkel. Im Mai 1964 war er zweiundzwanzig Jahre alt. Mit seinen einhundertfünfundneunzig Zentimetern schlug er seinem Großvater mütterlicherseits nach.

Er hatte die größten Schwierigkeiten, seine Beine in dem Sessel erster Klasse an Bord der Boeing 702-320 B Intercontinental zu verstauen.

»E 9«, verkündete er nach reiflicher Überlegung.

»Versenkt«, antwortete Hannah. »Aber mir bleiben noch ein Flugzeugträger, ein Kreuzer und drei U-Boote.«

Sie benetzte ihren Bleistift mit ihrer großen, rosa Zunge, bevor sie ihrerseits ankündigte:

»C 6.«

»Unterseeboot versenkt«, sagte Patrick.

»Hahaha!« lachte Hannah. »Mein junger Freund, dir wird gleich die Puste ausgehen. Du hast nur noch ein einziges Torpedoboot. So gefährlich wie die Schweizer Marine! Bei diesem Spiel hast du keine Chance gegen mich. Übrigens, ich habe es von einem Schweizer gelernt, von Vuille, einem Filmproduzenten.«

»Ich bin sicher, daß Sie wieder betrogen haben!«

»Ich und betrügen? Was für eine Idee!«

Eine Stewardeß kam vorbei und fragte, ob sie etwas zu trinken wünschten.

»Champagner«, bat Hannah. »Dom Perignon Rosé, Jahrgang 1957. Wenn Sie und Ihr Freund die beiden Flaschen, die ich extra bestellt habe, nicht ausgetrunken haben, müssen sie sich noch an Bord befinden. Außerdem bitte ich um eine Lorbeerkrone und einen Kohlestift. Die Lorbeerkrone für mich und den Kohlestift für die Stirn des jungen Mannes. Wir müssen ihm einen Schwarzen Peter aufmalen.«

»Ich ergebe mich«, erklärte Patrick lachend, »allerdings stelle ich eine Bedingung. Ich würde für mein Leben gern einen Blick auf Ihr Blatt Papier werfen, denn ich hege einen ganz bestimmten Verdacht.«

Hannah richtete sich im gleichen Augenblick auf, knüllte das Papier zu einer kleinen Kugel zusammen und setzte sich darauf, um jeder Gefahr aus dem Weg zu gehen. »Willst du mir nicht noch etwas über diese Schwedin erzählen? Die du im Aufzug geliebt hast?«

»Ich habe Ihnen bereits alles geschildert«, sagte er.

»Du hast mir nicht sehr viele Details gegeben. Hat sie, als euch der Schauer packte, ›Mama‹ gerufen, natürlich auf schwedisch, oder ›jajajajanochmehrmachweiter!‹?«

»Du liebe Güte!« rief Patrick.

Hannah lachte schallend und war begeistert:

›Er ist wirklich rot geworden!‹

Sie waren auf dem Rückflug von Sydney, wo sie eine Generalversammlung aller Direktoren und Direktorinnen in der pazifischen Zone abgehalten hatte. Auf dem Hinflug hatte sie in Panama und Caracas Zwischenaufenthalte eingelegt; in Panama waren verschiedene ihrer Gesellschaften beheimatet, und in Caracas hatte Jaime Aguilo alle leitenden Mitarbeiter im lateinamerikanischen Raum in ihrem Namen zusammengeholt. Auf dem Rückweg hätte sie gerne noch Rio besucht, doch Patrick mußte in Boston seine Doktorarbeit in Betriebswirtschaft abgeben, die dem Unternehmen seiner Urgroßmutter gewidmet war.

Zwei Jahre zuvor, nach Lizzies Tod, war sie nahe daran gewesen, alles aufzugeben. Auch ihr eigenes Leben. Doch die kleine Mechanik...

›Ich hätte mich irgendwo vergraben und wäre zu einem Wurzelgemüse geworden...‹

Unvorstellbar, angesichts Hannahs Charakter. Während sie sich von den Brandwunden erholte, die die Sonne ihr in der Wüste zugefügt hatte – Hannah hatte viel Glück gehabt, daß keine Narben zurückblieben –, hatte sich, wie gesagt, die kleine Mechanik in ihrem Kopf wieder in Gang gesetzt. Nicht einmal drei Monate nach Lizzies Abtreten war sie eines Morgens in der großen Halle des New Yorker Kosmetiksalons aufgetaucht; in der gleichen Sekunde verstummten die mehr als hundert anwesenden Frauen: Ein Gespenst hätte keine bessere, schlagkräftigere Wirkung erzielen können. Diese stumme Referenz hatte sie in weit höherem Maße zu sich kommen lassen als ein mögliches Aufflackern ihrer so erstaunlichen Vitalität. Noch am gleichen Tag hatte sie beschlossen, ihre Tourneen wieder aufzunehmen und die über die Erde verstreuten 318 Kosmetiksalons und 743 Geschäfte regelmäßig persönlich zu kontrollieren; auch in den vier Fabriken, den drei Labors, den Büros der Supermarkt-Ketten, die einen Teil ihrer Produktion auf den Markt brachten, sowie in vielen Verkaufsstellen wurde sie gesehen. Die in ihren Schulen ausgebildeten Kosmetikerinnen und Verkäuferinnen kannte sie fast alle persönlich, denn sie hatte ihre über den Globus verstreuten Niederlassungen in der erstaunlich kurzen Frist von sechsundzwanzig Monaten alle besucht. Zeitschriften auf der ganzen Welt widmeten ihr Artikel und Titelseiten und rühmten vor allem ihre Langlebigkeit, was sie ärgerte:

›Ich bin schließlich nicht einmal neunzig Jahre alt.‹

Und natürlich auch ihren Reichtum: die Fachzeitschrift *Fortune* hatte ihr Vermögen auf zweihundert Millionen Dollar geschätzt. Andere Artikel beschäftigten sich eher mit intimeren Bereichen, beschrieben ihre neun Häuser, ihre wunderbare Bildersammlung, ihren Schmuck, ihre Autos, ihre nicht weniger berühmten Wutanfälle und die spöttischen, ja zynischen Erwiderungen, zu denen sie fähig war.

Jonathan starb. An Krebs, wie Niki. Er hatte seinen Schwur gehalten und nie mehr amerikanischen oder europäischen Boden betreten. Wie Niki hatte er es ebenfalls verstanden, seine Krankheit bis zum letzten Moment vor ihr zu verstecken und im übrigen jegliche Behandlungsform abzulehnen, an die er ohnehin nicht glaubte. Er starb in seinem wunderbaren Strohhaus auf Malaysia mit Blick auf die Straße von Malakka.

Er hatte Hannah einen Brief geschrieben, den einzigen, den sie je von ihm bekommen hatte:

... Ich habe Dich gehaßt und geliebt, Mama. Gleichzeitig. Du hast mich wohl Dir etwas zu ähnlich gemacht. Das ist kein Vorwurf, zumal ich nicht glaube, daß ich nur Deine schwarzen Seiten mitbekommen habe. Allerdings habe ich nie Deinen Mut, Deine wilde Liebe zum Leben und Deine Stärke besessen. Seit langem weiß ich, daß ich vor Dir geflohen bin, wie mein Vater. Ich erinnere mich genau an das, was Du mir gesagt hast, als ich Dich nach Singapur zum Flughafen brachte; Du sprachst von Papa und meintest, alles wäre anders verlaufen, wenn er eine Frau gewesen wäre und Du ein Mann. Das stimmt, Mama. Das trifft auf ihn zu und zeigt mir, in welch starkem Maße er Dich hat leiden lassen. Das trifft auch, allerdings schwächer, auf mich zu. Hätte mein Vater Deine Persönlichkeit besessen, hätte ich wahrscheinlich die gleichen Beziehungen zu ihm gehabt: Liebe und Haß, zu gleichen Teilen miteinander vermischt. Ich bin daran schuld, nicht Du. Adam, der Dich blind liebte, hatte recht, denn Du hattest das verdient... Ich wollte Dir mit meinem Brief eines sagen: Ich bin außerordentlich stolz auf meine Mutter, doch mein Stolz wird noch von meiner Liebe übertroffen, die ich für sie empfinde und die ich viel zu spät ausdrücke, in dem Moment, in dem ich sterbe. Verzeih mir.

1965 kamen drei weitere Urenkel zur Welt. Vier Jahre später malte Pablo Picasso sie zum zweiten Mal (das erste Porträt war 1904 entstanden, als Picasso nach Paris gezogen war). Sie liebten sich seit sechzig Jahren, als wären sie Geschwister, und lagen im edlen Wettstreit, wer von ihnen die schmutzigsten Geschichten kannte.

Als sie entdeckte, was er, sie porträtierend, auf der Leinwand festgehalten hatte, wäre sie beinahe gestorben vor Lachen: Man sah nicht viel mehr als ein Auge (ein blau-schwarzes!), das sich zwischen zwei Ohren befand, deren Größe einen Elefanten vor Neid hätte erblassen lassen.

»Und was ist dieses große, rosa Ding dort?«

»Deine Zunge«, antwortete Pablo. »Ich habe sie allerdings kleiner gemalt, als ich sie höre.«

Ein anderer Maler – insgesamt waren es mehr als ein Dutzend, die sich an Hannahs Porträt wagten, mit Klimt im letzten Jahrhundert angefangen – hatte dagegen einen ihrer gefürchteten Tobsuchtsanfälle ausgelöst. Sie beleidigte den Künstler in zehn verschiedenen Sprachen, wobei der Kontrast zwischen ihrer Größe und ihrem Stimmvolumen wie immer gewaltig war: Der Unglückliche hatte sie stehend in ihrer Londoner Wohnung dargestellt, die rechte Hand auf einen Sesselrücken stützend, in einem prächtigen Kleid von Dior. Die Art, in der sie ihren Kopf hielt, die Kinnlinie, vor allem aber die buchstäblich Flammen sprühenden Augen drückten alle zusammen ihren eisernen, unbeugsamen Willen aus.

Sie hätte am liebsten mit den Füßen auf dem Bild herumgetrampelt.

›Was? Das soll ich sein?‹

Das Schlimmste war, daß alle, die sie als Zeugen anrief, anscheinend der Meinung waren, dieses Machwerk sei ihr verblüffend ähnlich.

»Zum Verrücktwerden!«

Doch auch diesmal siegte letztlich ihr Humor. Anfänglich hatte sie das Porträt auf der Toilette untergebracht –

›Hier kann es nicht bleiben, sonst bekomme ich noch Verstopfung!‹

– es aber dann doch in einem der Salons ihrer Wohnung in der 5th Avenue New Yorks aufgehängt, allerdings mit dem Kopf nach unten und jeden mit dem Tod bedrohend, der sich unterstehen sollte, das Bild anders aufzuhängen.

Hannah scheute sich nicht, vor Gästen in einem Sessel die Beine in die Luft zu strecken und mit dem Kopf nach unten zu behaupten, dies sei ihre bevorzugte Haltung.

Zu Beginn des Jahres 1968 kam ihre erste Ururenkelin auf die Welt.

›Ich hätte einen Stammbaum anlegen sollen; langsam finde ich mich nicht mehr zurecht: Adam und Jacqueline, Jonathan mit seiner chinesischen und seiner zweiten Frau sowie Abie und Paul Travers gehören zur ersten Generation – nach mir; Adam und Jacqueline haben sechs Kinder gezeugt, die zweite Generation. Bei der dritten handelt es sich um meine Urenkel; Patrick gehört dazu, Mariannes Sohn, die wiederum Adams Tochter ist... und Adam ist ja mein Sohn. Soweit ist alles noch einigermaßen klar. Patrick hat eine Schwester, Cindy – Hannah, kannst du mir noch folgen? –, und diese Cindy legte ihr erstes Ei, eine Tochter, die Späherin der vierten Generation oder, wenn man mich mitrechnet, der fünften, die sich davon überzeugt, daß man gefahrlos auf die Welt kommen kann – alles klar?‹

»Wir würden sie gerne Hannah nennen«, meinte Cindy. ›Aber natürlich nur, wenn Sie damit einverstanden sind.‹

»Es gibt bereits sieben in der Familie. Meinst du nicht, daß das ausreicht? Wer ist übrigens dieser Anthony, von dem du mir dauernd erzählst?«

»Mein Mann.«

Um die Wahrheit zu gestehen, mußte sich Hannah etwas zwingen, um sich für die Geburten in Serie innerhalb ihrer weitverzweigten Familie, die angeblich alle von ihr abstammten, noch wirklich zu interessieren. Wenn sie sich auch an jeden ihrer leitenden Angestellten von Japan bis nach Irland genau erinnerte und deren Namen und Eigenheiten ein für allemal in ihrem Gedächtnis gespeichert hatte, fiel es ihr zunehmend schwer, sich daran zu erinnern, welche Tochter zu welcher Tochter zu welcher Tochter von welcher Tochter gehörte, obwohl ihr dies nicht wirklich gleichgültig war.

Sie besorgte sich ein neues Notizbuch und griff wieder auf ihr Schäfchen-System zurück, das sie noch nie im Stich gelassen hatte. Ein blaues Schaf stellte einen Knaben und ein rosa ein Mädchen dar. Die dazugehörigen Ehepaare wurden den Nachkömmlingen durch Pfeile zugeordnet und die zugehörigen Kinder durch Beine.

Hannah hatte Schafe mit acht Beinen in ihrem Familiennotizbuch verewigt.

Sie war begeistert:

›Jetzt finde ich mich wenigstens zurecht. Hübsch, diese Schafe. Nur, rosa mag ich eigentlich nicht.‹

1965 feierte sie ihren neunzigsten Geburtstag, nicht ganz freiwillig, aber sie hatte sich schließlich der Entscheidung der Familie gebeugt, die sich einschließlich der Ururenkel in Saint-Jean Cap-Ferrat versammelt hatte. Eigentlich sogar höchst unfreiwillig, denn sie haßte Anspielungen auf ihr Alter. Aber sie hatte nichts mehr machen können, denn die Horde war mit drei Sonderflugzeugen gekommen und hatte das Haus wie eine Springwelle überflutet. Die zwei ersten Stunden hatte sie leicht geschmollt, aber dann gelang es ihr, sich zumindest nach außen hin über die einhundertneunundvierzig Personen zu freuen, die ihr Haus überfallen hatten.

Drei Jahre später wollte es der Zufall, daß sie sich im Mai 1968, von Japan kommend, in Paris aufhielt.

›Ich habe mich schon seit langem nicht mehr so amüsiert‹, zog sie vier Tage später Bilanz, nachdem sie nur um Haaresbreite einem Polizeieinsatz am Carrefour de l'Odéon entkommen war. Zu ihrer großen Enttäuschung war sie weder verhaftet noch ins Gefängnis geworfen worden, obwohl sie, in vorderster Linie zwischen zwei bärtigen Studenten eingekeilt, die Slogans der Studenten mitgeschrien hatte, so laut sie nur konnte; ganz abgesehen davon, daß sie mit mindestens vier Pflastersteinen ihren Einsatz zum Barrikadenbau geleistet hatte.

›Früher hätte ich diese verdammten Pflastersteine diesen blöden Polizisten selbst an den Kopf geworfen. Ich frage mich, ob ich nicht doch langsam alt werde.‹

Sie ging allein durch die Rue d'Antibes in Cannes. Um aus Saint-Jean Cap-Ferrat zu entkommen, hatte sie alle Schliche einer Geheimagentin anwenden müssen: Marie-Claire Piani, ihre Privatsekretärin, und zwei ihrer Assistentinnen, eine Amerikanerin und eine Deutsche, überwachten Hannah Tag und Nacht unter dem lächerlichen Vorwand, mit ihren fünfundneunzig Jahren könne sie nicht mehr Auto fahren und nicht einmal mehr ohne Begleitung ausgehen. Strenger Befehl von Madame Abigail...

›Ich werde diesen Madame Abigails etwas pfeifen! Die war noch nicht einmal auf der Welt, als ich... gut, gut, ich bin ihre Mutter, so daß es ganz normal ist, wenn sie noch nicht auf der Welt war, als ich... Aber soviel ich weiß, habe ich bisher noch niemand hinterm Lenkrad umgebracht. Natürlich gebe ich zu, daß ich diese Bäckerei in Nizza besser nicht betreten hätte... durch die Fensterscheibe. Aber ich hatte schließlich keine Wahl, entweder die Bäckerei oder ein Gemetzel... Daß auch die Schule gerade in dieser Sekunde aus sein mußte! Ich reagiere zu schnell, das ist alles.‹

Sie war nach Cannes getrampt.

›Dabei besitze ich achtundsiebzig Autos!‹

Ein junger, sehr charmanter Mann hatte sofort gehalten, als er ihren nach oben gerichteten Daumen bemerkte.

›Er muß ausgezeichnete Augen haben; als ich mich hinter einem Kilometerstein aufstellte, der mich fast völlig verbarg, habe ich wohl einen Fehler begangen.

Auf alle Fälle war er charmant. Und sauber. Hübsche Hände hatte er. Und sensibel. Als ich ihm erzählte, meine Schwiegertochter hasse mich und ließe mich nur am Leben, um mir meine Rente zu stehlen, hatte er Tränen in den Augen! Er war schon sehr gerührt gewesen, als ich ihm weismachte, ich müsse den Omnibus nehmen, um das Grab meines lieben, verstorbenen Alphonse zu besuchen, während sie selbst unseren Citroën benutzte, um zum Tennisspielen zu fahren... Aber als er erfuhr, daß meine böse Schwiegertochter nicht einmal davor zurückgeschreckt war, meinen Hund zu vergiften, da dieser zuviel fraß, da wäre er beinahe zusammengebrochen. Für mein Alter lüge ich eigentlich noch recht ordentlich, daran kann man nichts aussetzen.‹

Sie ging mit kleinen schnellen Schritten durch die Rue d'Antibes, stolz ihren hübschen Strohhut von Chanel tragend. Der war zwar schon etwas aus der Mode gekommen, doch sie selbst ja auch, also paßten sie ganz gut zusammen.

Sie hatte sich nicht lange auf der Croisette aufgehalten.

›Erstens gibt es dort nur alte Weiber, und zweitens hat diese teuflische Piani sicher schon Alarm geschlagen und den Plan ORSEC ausgelöst. Als erstes wird man in der Bar des *Carlton* nachschauen, da man weiß, wie sehr ich diesen Ort vergöttere.

Wirklich charmant, dieser junge Mann, der mich mitgenommen hat. Wäre ich fünfundsiebzig Jahre jünger, hätten ihn meine entflammten Blicke zu Asche werden lassen. Er sah aus wie Clark Gable, ohne die großen Ohren... Nur, was sollte ich eigentlich auf dem Friedhof in Nizza, wo er mich unbedingt hatte hinbringen wollen? So ziemlich der einzige Friedhof auf der Welt, auf dem keine Freunde von mir liegen!

Das reicht, Hannah. Bemitleide dich bloß nicht selbst. Wenn du alles überlebt hast, dann nur, weil du es nicht anders wolltest!‹

Wie immer taten ihr die Füße weh.

›Ich kann zu meinem Coco doch keine Schuhe à la Zatopek anziehen!‹

Der Laden fiel ihrem geschulten Auge auf, nicht aufgrund seiner Schönheit, sondern, im Gegenteil, wegen der entsetzlichen Schaufensterauslage.

Sie ging hinein.

»Kann ich mich einen Moment setzen?«

Die junge Frau, die hinter der Registrierkasse saß und *Paris-Match* las, erhob sich nur widerwillig, um ihr ihren Stuhl, den einzigen im Geschäft, anzubieten. Hannah setzte sich. An diesem Tag trug sie als einzigen Schmuck ihr Kollier aus schwarzen Perlen, die ER ihr einzeln geschenkt hatte; das Kollier war unter den Spitzen ihrer schwarzen Bluse mit den roten Knöpfen verborgen.

Der Laden, ungefähr vier mal drei Meter groß, war, wie sein Äußeres schon hatte vermuten lassen, mit seiner Ansammlung an Kitsch abscheulich. Hannah entdeckte sogar Eiffeltürme – und das am Mittelmeer! – und diese entsetzlichen, in Hongkong hergestellten kleinen Porzellanhunde.

Die Ladeninhaberin war wohl fünfundzwanzig Jahre alt; sie hätte gar nicht so übel ausgesehen, hätte sie sich nicht so grell geschminkt, ihre Haare regelmäßig gewaschen und ihren ausladenden Hintern nicht in zu enge Jeans gezwängt.

Sie erzählte, ihr Mann sei Vermesser, und sie hätten den Laden vor zwei Jahren mit dem Erbe, das eine Tante von ihnen hinterlassen habe, gekauft. Doch die Geschäfte gingen schlecht.

»Was ist das eigentlich, ein Vermesser?« fragte Hannah.

Jemand, der irgend etwas ausmißt, wobei kein Mensch weiß, wozu das gut sein soll. Auf jeden Fall arbeite er für den Staat, erklärte die junge Frau, die Marie-Pierre Gonzalo hieß.

Ja, sie hatte ein Kind, einen zweieinhalbjährigen Sohn.

»Mama paßt auf ihn auf. Doch das Geschäft läuft wirklich nicht.«

Sie wartete nur das Ende der Saison ab und hoffte, dann einen Dummen zu finden, der ihr den ganzen Krempel abkaufte, um zumindest das Geld wiederzubekommen, das sie und ihr Vermesser mit soviel Hoffnung und genausoviel Unwissen hineingesteckt hatten.

»Im Oktober kann ich als Kassiererin in einem Supermarkt in Nizza anfangen.«

»Würde Ihnen das Spaß machen?«

»Ich bin dann kranken- und rentenversichert.«

»Interessant.«

»Und hätte geregelte Arbeitszeiten.«

»Besser kann man sich das Leben gar nicht vorstellen.«

»Und bezahlten Urlaub.«

»Ein Traum.«

Hannah fragte die junge Frau, wie sie eigentlich auf die Idee gekommen war, sich als Geschäftsinhaberin selbständig zu machen.

»Ich habe nie gelernt, Maschine zu schreiben, und das braucht man unbedingt, wenn man Sekretärin werden will. Ich wäre am liebsten Sekretärin bei der Stadtverwaltung geworden. Beamtin... Mit den Prämien verdient man da oft mehr als in der Privatwirtschaft, obwohl man lange nicht soviel arbeiten muß. Ganz abgesehen davon, daß man praktisch nicht kündbar ist, auch wenn man keinen Finger krumm macht... Ich habe eine Freundin, die ist Beamtin. Vor kurzem hat sie sich einen Strickapparat gekauft, und mit den Pullovern, die sie während der Bürostunden strickt und an Kollegen verkauft, verdoppelt sie ihr Gehalt.«

Eine Stunde lang schwätzten Hannah und ihre junge Freundin; Kunden störten sie während dieser Zeit nicht.

Hannah sagte plötzlich:

»Vor langer Zeit habe ich selbst einmal ein Geschäft besessen...«

So fing alles an.

Kapitel 41

O meine Liebe, meine Liebe...

Hannah schloß mit der teuflischen Piani einen Pakt. Die Piani war im übrigen gar nicht so teuflisch, sondern vor Sorgen fast umgekommen, da sie angenommen hatte, man habe ihre Chefin entführt. Sie weinte echte Tränen, als sie sie anflehte: »Madame Hannah, ich bitte Sie, machen Sie so etwas nie mehr, nie mehr!«

In dem Vertrag wurde festgehalten, daß Hannah nie mehr ausriß – feierliches Gelöbnis! –, daß sie aber zum Ausgleich jeden Mittwoch vormittag allein nach Cannes fahren durfte... Gut, gut, sollte sie ihretwegen der Chauffeur mit dem Rolls nach Cannes bringen, aber er hatte sie vor dem *Carlton* oder dem *Majestic* abzusetzen oder auch an einem anderen Ort und sich nicht darum zu kümmern, was sie in den folgenden vier Stunden unternahm.

Ab März 1970 verbrachte sie jede Woche vier Stunden in der Rue d'Antibes.

Zuerst ließ sie die abscheuliche Registrierkasse in den Keller bringen –

›Sie können gleich eine Guillotine aufstellen!‹

– und setzte dann durch, daß der Laden geschlossen wurde. Ein riesiges Schild: *Wegen Renovierung geschlossen* versperrte neugierigen Augen den Blick.

»Ihr Mann ist doch sicher nicht ganz ungeschickt! Er kann das Schild selbst malen. Als Vermesser hat er es sicher gelernt, gerade Striche zu ziehen.«

Für zehn Tage sollte der Laden geschlossen werden, damit die entsetzlichen gelben Tapeten entfernt werden konnten, die sicher aus der Zeit vor dem Krieg stammten und damals schon häßlich gewesen sein mußten, und mit den Tapeten auch gleich alle anderen Überreste aus dieser Zeit.

»Kleine, Sie müssen einmal begreifen, daß altes Zeug nicht unbedingt schön sein muß. Schauen Sie mich einmal an, das wird Sie überzeugen... Was wir an die Wände kleben? Nichts, nur weiße Farbe, das ist alles. Das ist zu nackt? Na und? Was verkaufen Sie eigentlich? Die Wände oder das, was in den Regalen steht? Wenn man kein Geld hat, muß man zu den einfachsten Mitteln greifen. Haben Sie Geld? Nein? Ich auch nicht, nur meine Rente... Nur Mut, diese Bahn muß noch abgelöst werden, dann haben Sie es geschafft.«

Hannah leitete von ihrem Stuhl aus die Arbeiten, half aber sonst nicht.

»Ausgezeichnet. Jetzt das Schaufenster. Ich kann es mir sehr gut schwarz vorstellen. Ja, schwarz. Gut, noch eine andere Farbe, als Streifen, sonst sieht es zu sehr nach einem Bestattungsinstitut aus. Nein, bitte kein Rot, das ist bereits vergeben. Und kein Blau, das ist zu kalt. Gelb? Warum nicht. Nur, welches Gelb... Ja, Orange wird sicher noch besser wirken. Marie-Pierre, Sie beginnen, mich zu verstehen...

Und ziehen Sie um Himmels willen diese Lumpen aus! Welche Lumpen? Die Jeans natürlich. Streifen Sie ein Kleid über und heizen sie die Fantasie der Männer an. Glauben Sie mir, die haben Fantasie... Und zweimal die Woche ein gutes Shampoo. Wieso teuer? Nehmen Sie Marseiller Kernseife, mit der erzielen Sie eine ausgezeichnete Wirkung, dazu einen kleinen Schuß Essig, damit die Haare glänzen, und einen Klettenaufguß, dann werden sie weich wie Seide. Versuchen Sie es einmal, der Erfolg ist garantiert.

Ah, so ist es besser... Und die Fingernägel? Warum denn dieser häßliche Lack? Ihre Nägel sind schön, Sie müssen sie nicht verstecken.

Und wenn Sie sich jetzt noch mindestens dreimal täglich die Zähne putzen und dabei die richtigen Bewegungen ausführen, dann fehlt nicht mehr viel... Die Haut? Mischen Sie Kresse, Karotte, Petersilie und Gurke und trinken Sie den Saft jeden Morgen; Sie finden alles auf dem Markt, und zudem ist die Mischung billiger als Kaffee und lange nicht so schädlich. Dazu noch einen heißen Klettenumschlag, da ihre Haut etwas trocken ist, Kuhmilch und saure Sahne. Nein, ich mache keine Witze, ich bin schließlich eine alte Dame. Zufälligerweise kannte sich eine meiner Tanten mit Kräutern sehr gut aus. Wäre sie nicht im Alter von einhundertvier Jahren in Saint-Etienne von einer Straßenbahn überfahren worden, könnte sie Ihnen das alles selbst erklären. Wie, Ihr Vater stammt aus Saint-Etienne? Was für ein Zufall. Übrigens, meine Tante wurde zwar in Saint-Etienne überfahren, stammte aber aus Goondiwindi in Australien... Jetzt behaupten Sie bloß nicht, Sie hätten auch in Australien Verwandte.

Natürlich mache ich Scherze. Sehe ich so aus, als wäre ich je in Australien gewesen?«

»Marie, Sie sehen wirklich nicht übel aus. Wäre ich so hübsch gewesen wie Sie... Würden Sie sich etwas mehr bewegen und etwas weniger essen, würde Ihr Hinterteil vielleicht etwas weniger fett sein... Ich verlange von Ihnen nicht, den Hintern eines Mannequins zu haben, aber immerhin...«

Marie mußte nur noch das Einmaleins des Handels erlernen.

»Diese Dinger da sind völlig blöd, aber komisch ... Doch, doch erinnern Sie sich nur, *Paris-Match* hat sogar über sie geschrieben, in der Ausgabe, die Sie lasen, als ich zum ersten Mal Ihren Laden betreten habe. Ja, die Scherzartikel ... In London? Warum wollen Sie die denn in London kaufen, wenn sie in Hongkong und Formosa hergestellt werden? Sie zahlen doppelt und dreifach! Nein, bestellen Sie direkt bei den Chinesen ... Stellen Sie sich nur vor: Ich spreche auch kein Chinesisch. Lassen Sie Ihren Brief vom Portier des *Palm Beach*, von der Handelskammer oder vom englischen Konsulat schreiben ... An wen Sie schreiben sollen? An die Industrie- und Handelskammer Hongkong. Das reicht. Zu was sind denn diese Kammern da? Sicher werden die in Hongkong den Brief an die richtige Adresse weiterleiten, die sind intelligent ... Nein, natürlich war ich noch nie in Hongkong, genausowenig wie in Australien ... Noch ein Rat: Schicken Sie eine Kopie Ihres Eintrags im Handelsregister mit, eine Postkarte der Croisette, ein Foto Ihres Ladens und eines von Ihnen selbst. Nein, keine Aktaufnahme, auch nicht im Bikini, sondern in einem weißen Sommerkleid, so daß ihre braune Gesichtsfarbe voll zur Geltung kommt. Das Dekolleté kann ruhig bis zu den Knien reichen ... Übrigens, Ihr Vermesser, ist er gut im Bett? Aber, aber, wir sind doch unter Frauen ... solche Dinge sind in einer Ehe schließlich wichtig. Ja? Wirklich? In einer *Hängematte?* Dieser Schlawiner! Hemmungen hat der wohl keine! Sie erzählen mir die Details ein andermal, jetzt sollten Sie besser weiterarbeiten. Übrigens, die erste Lieferung der Chinesen werden Sie wohl im voraus bezahlen müssen. Sie müssen sich entscheiden: Sie können bei einer Bank einen Kredit aufnehmen – persönlich bin ich dagegen – oder aber etwas verkaufen, Ihren Wagen, Ihren Mann, das, was Sie nicht so dringend brauchen. Aber was glauben Sie? Natürlich werden Sie Geld verdienen, ohne ein Risiko einzugehen, denn Sie arbeiten ja mit Ihrem Kopf. Das ist das Wichtigste: mit dem Kopf zu arbeiten, Ideen zu haben, das Geld kommt dann von allein, so wie ein tapferer Soldat ohne sein Zutun mit einer Medaille ausgezeichnet wird.«

Einige Zeit später sagte sie:

»Ich habe mich zufälligerweise eine Zeitlang mit Buchhaltung beschäftigt. Wenn Sie wollen, könnte ich diese Arbeit zu Beginn für Sie erledigen, so lange, bis Sie sich einen Buchhalter leisten können. Ich bin zu alt? Geben Sie eine vierstellige und eine fünfstellige Zahl an ... 4687 und 58999? Warum nicht. Ich werde sie multiplizieren. 276528313. Sie können nachrechnen ... Nein, ich kannte jemanden, der viermal so schnell gerechnet hat wie ich.«

Am 24. Mai traf die erste Lieferung aus Hongkong mit dem Flugzeug ein; das Auto war verkauft und eine Hypothek auf das Geschäft und die kleine Wohnung aufgenommen worden, um die Ware bei Übernahme bezahlen zu können. Siebenundzwanzig Tage später war Marie-Pierre Gonzalo gezwungen, bei der Fabrik in Kowloon telegrafisch Nachschub anzufordern, da sie praktisch keine Ware mehr auf Lager hatte.

»Ihr Gewinn beträgt 47853,85 Francs«, erklärte Hannah. »Abzüglich aller Unkosten und der Steuern, die Sie nächstes Jahr dafür bezahlen müssen. Ein Rat: Tun Sie so, als wäre das Geld für die Steuern gar nicht vorhanden. Das heißt, niemand hindert Sie daran, dieses Geld anzulegen und die Zinsen einzustreichen. Ein oder zwei Kleider müßten dabei eigentlich herausspringen. Ich soll Ihnen Ratschläge geben, wie Sie das Geld anlegen sollen? Wenn ich das nur wüßte. Von so etwas habe ich keine Ahnung. Sie wollen eine Bank um Rat fragen? Warum nicht?«

Anfang August:

»Ferien in Saint-Tropez oder auf den Seychellen? Marie, Sie müssen sich entscheiden: Entweder Sie wollen erfolgreich sein oder sich den Hintern bräunen lassen, was übrigens für die Haut sehr schlecht ist... Übrigens, da wir gerade von Saint-Tropez reden: Ist Ihnen der Laden zwischen Pampelonne und der Bailli-Statue eigentlich nicht aufgefallen? Sie könnten dort eine Zweigniederlassung einrichten. Wie? Beeilen Sie sich, ich hüte solange das Geschäft. Mit welchem Geld? Mit dem natürlich, das Sie verdient haben! Warten Sie nur, warten Sie nur, bis ein anderer Ihnen den Laden vor der Nase wegschnappt!

Haben Sie eigentlich auch an Monte Carlo gedacht? In der Nähe des Hotels *Hermitage*...

Dieses Jahr würde ich dort noch keinen neuen Laden aufmachen. Erst später... Sprechen Sie sich für den Augenblick mit einem Händler ab, der ein Geschäft in guter Lage hat und nicht zu dumm ist und teilen Sie den Gewinn auf chinesisch: neunzig Prozent für Sie, den Rest für ihn.

Italien? Warum eigentlich nicht? Natürlich können Sie einen italienischen Partner nehmen. Aber aus Mailand und nicht aus Neapel. Sie wollen schließlich keinen Pizza-Laden aufmachen!

Noch ein Hinweis: an die Zukunft denken! Diese Scherzartikel werden eines Tages aus der Mode kommen. Und dafür müssen Sie gerüstet sein!«

Im September:

»Müde, Marie? Das zählt nicht. Das ist wie der Schweiß, wenn man sich liebt: das gehört zum Vergnügen. Ein Sportartikelgeschäft, das von Ihrem Mann geleitet wird? Ich soll das vorgeschlagen haben? Daran kann ich mich wirklich nicht erinnern; die Idee muß von Ihnen stammen. Sie ist gut. Kleine, schauen Sie sich nur einmal diese Verrückten an, die jeden Morgen auf der Croisette auf und ab rennen. Diese Mode wird sicher eine Zeitlang anhalten. Ein weiteres Geschäft in Nizza? Und eines in Saint-Raphael? Sie scheinen ehrgeizig zu werden. Doch Vorsicht: Sie sollten Ihren Erfolg steuern und nicht von ihm gesteuert werden!«

Im November:

»Natürlich verstehe ich, Marie. Sie brauchen sich wirklich nicht zu entschuldigen. Ich bin eine alte Jungfer, und diese jungen Mädchen, die sie eingestellt haben, sind recht niedlich. Wenn sie saubere Finger hätten, wäre es noch besser. Ich soll Ihnen geholfen haben? Wie denn? Wir haben zusammen geschwätzt, das ist alles. Sie haben großartige Ideen gehabt, Mut, Hartnäckigkeit, Geduld, Fantasie und soviel Persönlichkeit, daß Sie sich nicht mit dem Schicksal der Masse abfinden wollten, ohne deswegen die andern gleich für Dummköpfe zu halten. Mehr braucht man nicht, um im Leben Erfolg zu haben, das ist alles ganz einfach. Nein, ich bin gekommen, um mich zu verabschieden. Wir werden uns wohl nicht mehr wiedersehen. Ich werde Ihnen im Geschäft nicht mehr im Weg herumstehen. Sie haben ja ganz schön vergrößert, seit ich Sie das erste Mal besucht habe. Wo ich die letzten Wochen war? Ich habe ein Grab besucht. In meinem Alter hat man auf Friedhöfen die meisten Freunde...«

Mit kleinen Schritten ging Hannah die Rue d'Antibes hinunter, traurig und gleichzeitig höchst zufrieden mit sich selbst.

Den Winter verbrachte sie in Kalifornien – sie war September/Oktober bereits auf der jährlichen Pilgerreise hier gewesen und kam Mitte November wieder zurück.

Im Flugzeug hatte man sich hinreißend um sie gekümmert, als ob man noch nie eine etwas ältere Dame betreut hätte! Die Stewardessen waren sogar so freundlich gewesen, so zu tun, als glaubten sie ihr, daß sie in ihrer Jugend Wilbur und Orville Wright, Santos-Dumont und Louis Blériot wirklich gekannt hatte. Wobei wir einräumen wollen, daß Hannah bei ihren Münchhausen-Geschichten ihre riesigen, grauen Augen immer amüsiert aufriß.

Im Frühjahr 1971 verbrachte sie zwei Monate in New York und wandte sämtliche Schliche an, um am 18. April, ihrem Geburtstag, allein zu sein. Sie hatte unter einem falschen Namen eine Suite im *Pierre* gemietet und Marie-Claire unter fürchterlichsten Drohungen befohlen, allen Anrufern auszurichten, sie hielte sich in Alaska auf. Sie schloß sich ein, zog die Vorhänge zu und legte sich aufs Bett; stundenlang lag sie so da, ohne auch nur eine einzige Sekunde ihre Augen schließen zu können.

Im Juni fuhr sie nach Frankreich zurück und verbrachte einige Tage in Paris. Xan Zaval, die Tochter ihres ehemaligen Chile-Direktors, nahm sie mit zu Franck Namani, um sie neu einzukleiden. Nachdem sie die teuflische Piani vergebens davon zu überzeugen versucht hatte, sie könne noch selbst steuern, fuhr sie an die Côte d'Azur, wo sie am 16. eintraf. Am Tag nach ihrer Ankunft in Saint-Jean Cap-Ferrat hielt sie in ihrem riesigen Bett ihre erste Europa-Konferenz nach ihrer Rückkehr auf dem Alten Kontinent ab; ein Spion hatte sie auf einen Zwischenfall in Venedig hingewiesen, ein anderer von einem gewissen Schlendrian in Lissabon berichtet...

»Und nur durch Zufall habe ich erfahren, daß die Tochter von Xesca Vidal, der ehemaligen Spanien-Direktorin, einen Architekten geheiratet hat. Man hat mich nicht rechtzeitig informiert, so daß ich nicht in der Lage war, ihr das übliche Geschenk zu schicken. Tomas Oliver, können Sie mir das erklären?«

Und von Margret Overtah, der Deutschland-Direktorin, wollte Hannah die Gründe für den Rückgang um 3,4% der Verkaufszahlen für HH 331 wissen.

»Dabei sind meine Zahlen fünf Tage alt. Margret, ich warte. Und hören Sie endlich auf, sich die Stirn abzuwischen, das ärgert mich! *Es ist hier nicht heiß!*«

Sie war mit ihren leitenden Angestellten schon härter umgesprungen und war sich dessen bewußt: Sie mußte sich anstrengen, um sich auf die Gesichter der neuen Generation zu konzentrieren, mit der sie es zu tun hatte.

›Ich bin ein sehr, sehr kleiner Dinosaurier, der verschiedene Eiszeiten überlebt hat.‹

Noch am gleichen Nachmittag trafen die Vorläufer der Abordnungen ihrer Nachkommenschaft ein; in den folgenden Tagen füllte sich das Haus. Abigail und Paul Travers waren gekommen, achtundfünfzig beziehungsweise dreiundsechzig Jahre alt, und auch ihr jüngster Ururenkel, der vor drei Monaten erst auf die Welt gekommen war. In dem riesigen, lärmerfüllten Haus gab es eine ruhige Zone: Hannahs Privatzimmer. Sie stand jeden Morgen weiterhin um halb fünf Uhr auf und ging spazieren: bis zum Leuchtturm, wo sie dann nach links in die Corniche abbog, von Marie-Claire, die sie angefleht hatte, ihr folgen zu dürfen, in gebührendem Abstand überwacht. Hannah ging bis zum Chemin du Roy und dann über den Boulevard Edouard VII bis zu dem kleinen Hafen und der Landspitze Saint-Hospice...

Erinnerungen stiegen in ihr auf, und sie unternahm nichts, um sie einzudämmen, im Gegenteil: Sie ließ ihnen freien Lauf, denn sie war sich sicher, daß sie schon bald mit ihr für immer verschwinden würden:

Über der riesigen Ebene, die sich über Tausende von Kilometern von der Weichsel bis zum Ural erstreckte, lag drückende Sommerhitze... Der Sommer war außergewöhnlich trocken und heiß... Hannahs Welt war so klein wie sie: zehn Schritte nur auf der Straße nach Lodz... keinen Schritt mehr in dem großen Fichtenwald... Denn vor zwei Jahren hatte Yasha ihr im Vertrauen mitgeteilt, daß es in dem Wald spukte; Dybbuks, *böse Dämonen trieben dort ihr Unwesen, vor allem aber Shibtah, die Teufelin, die mit ihrem Kuchen aus Zauberfett und ihrem schwarzen Hund die Kinder ins Verderben lockt.*

An der Landspitze Saint-Hospice kehrte sie um und ging ins Haus zurück. Eines Tages rief Pablo Picasso an und fragte, ob er sie besuchen dürfe. Seit siebenundsechzig Jahren kannten sie sich nun. Pablo war jünger als sie, er war erst neunzig. Man ließ die beiden allein. Der Maler meinte:

»Hannah, wir haben beide ein wunderbares Leben gelebt. Ich frage mich, ob ich nicht, wenn sich einmal der Vorhang senkt, um ein *da capo* bitten werde.«

»Ich nicht. Ich glaube, ich werde einfach ›Uff!‹ sagen!«

Bei ihren Spaziergängen ging sie immer langsamer:

Eines Tages hatte sie dann ihren ganzen Mut zusammengenommen und war über diese unsichtbare Grenze hinausgegangen, bis sie die Geräusche aus dem Schtetl nicht mehr hören konnte. Absolute Stille überfiel sie, grenzenlose Einsamkeit, aber auch viele unbekannte Gerüche und dieses goldene Licht...

Ein folgenschwerer Schritt zu Beginn des heißen und blutigen Sommers 1882; aufgrund dieses Schrittes sollte sie Taddeuz kennenlernen.

Am 11. Juli wurden ihre Beine plötzlich sehr schwer, als sie gerade in den Chemin du Roy einbiegen wollte...

Sie blieb stehen... Es war genau wie beim erstenmal: Im Distelgestrüpp versteckt konnte sie Taddeuz kaum fünfzehn Meter von ihr entfernt beobachten...

Marie-Claire schloß zu ihr auf; Hannah mußte sich bei ihr einhaken:

»Piani, ich fühle mich nicht sehr wohl.«

Die Korsin machte ein Zeichen; auf der Stelle kam der Rolls angerollt.

»Ich hasse dich, Piani«, sagte Hannah.

»Ich weiß. Können Sie allein einsteigen?«

»Nein«, antwortete Hannah, »nein, das kann ich nicht.«

Sie war völlig erschüttert, plötzlich so abhängig zu sein.

»Wir werden den Spaziergang zu Ende führen«, sagte sie, »ich werde nicht darauf verzichten, nur weil mir meine Füße etwas weh tun.«

»Es ist sicher besser, wenn wir...«

»Keine Widerrede. Ich habe immer alles zu Ende geführt, was ich angefangen habe.«

Die Ärzte wechselten sich an ihrem Bett ab und beteten ihre ewige Litanei herunter; Hannah hörte ihnen nicht einmal zu, sie war nur gelangweilt.

Man fragte sie, ob sie die Kinder sehen wollte.

»Warum nicht? Schickt sie dutzendweise.«

Ihr Wunsch wurde erfüllt.

»Piani, mein Notizbuch.«

Mit Hilfe ihrer Schäfchen fand sie sich in dem Durcheinander einigermaßen zurecht.

»Piani, ich wünsche, daß für jedes Kind eine Trommel und ein Horn gekauft wird, zumindest für die, die die Instrumente spielen können. An dem Tag, an dem ich mich entschließe zu sterben, soll möglichst viel Lärm gemacht werden. Auf diese Weise wird mir wenigstens das Geheule erspart. Das ist ein Befehl. Piani?«

»Hier bin ich.«

»Das habe ich beinahe angenommen. Ich wäre zumindest sehr erstaunt gewesen, dich in Australien zu wissen. Piani, so sehr hasse ich dich nun auch wieder nicht!«

»Ich weiß.«

»Du bist fast soviel wert wie Yvonne. Hast du das Geld bekommen?«

»Ja.«

»Wenn du dich bedankst, werfe ich dich hinaus.«

»Ich habe nichts gesagt.«

»Bitte, laß mich jetzt allein.«

Am nächsten Tag schaffte sie es bis zum Leuchtturm.

Am darauffolgenden Tag gerade noch bis zur Einfahrt.

Dann nicht einmal mehr durch den Garten...

Man brachte sie in ihr Zimmer.

›Ich glaube, jetzt reicht's‹, dachte sie.

Sie lag auf ihrem zwei Meter vierzig breiten Bett, das mit schwarzroten Laken aus reiner Seide bezogen war. Ihre Augen waren offen.

...Zusammen gingen sie unter der glühenden Sonne durch die Weizenfelder – das reichte aus, um ihr Glück ins Unermeßliche wachsen zu lassen.

Unterdessen hatten sie ein großes, leicht abschüssiges Weizenfeld durchquert und waren auf einen Weg gestoßen. Vor ihnen breitete sich das wogende Meer bis zum östlichen Horizont aus. Hand in Hand gingen sie weiter, während

Taddeuz von Warschau erzählte. Das Widderhorn, das ununterbrochen geblasen wurde, wurde immer leiser, je weiter sie sich vom jüdischen Dorf entfernten.

In diesem Augenblick entdeckten sie die Reiter.

Es waren ungefähr fünfzig, vielleicht auch etwas mehr. Hinter ihnen marschierten Soldaten, doch Taddeuz und Hannah sahen nur die Reiter und begeisterten sich. Die rot orangene Sonne ließ die hohen Silhouetten auf den schweren Rössern irreal werden; majestätisch ritten die Soldaten im Trab, und die Stille, die bis zu diesem Augenblick geherrscht hatte, wurde ab und zu von dem Schnauben eines Pferdes unterbrochen... Eine Erscheinung wie in einem Märchen, plötzlich, von nirgendwo kommend, aufgetaucht. Taddeuz war fasziniert und rührte sich nicht von der Stelle. Hannah spürte, wie sich seine Hand fester um ihre schloß, und teilte seine Faszination.

In der anderen Hand hielt sie den Skarabäus.

O meine Liebe, meine Liebe, meine Liebe,...

Abigail, ihre Enkelin Hannah zwei und Marie-Claire Piani betraten als erste ihr großes Zimmer, in dem die Vorhänge, von der leisen, vom Meer her kommenden Brise bewegt, flatterten. Der Sommer hatte seinen Höhepunkt erreicht.

Sie lag flach auf dem Rücken und lächelte; ihre Augen standen offen und waren zum letztenmal weit aufgerissen.

In ihrer Hand hielt sie ein kleines Objekt – man hatte ihre Finger einzeln aufbiegen müssen, so fest hatte sie es umklammert –, das wie ein Kieselstein aussah, sehr ungeschickt geschnitzt war und entfernt an einen Skarabäus erinnerte, der im Lauf der Zeit unglaublich glattgegriffen war: ER hatte ihn Hannah vor neunundachtzig Jahren geschenkt.